Ne réveille pas le passé

DÉJÀ PARUS DU MÊME AUTEUR

DANS LA SÉRIE RICK BENTZ & RUBEN MONTOYA

Un danger dans la nuit
Visions
Noire était la nuit
Dans l'ombre du bayou
Les disparues de la nuit
Mortel parfum
Le couvent des ombres

DANS LA SÉRIE SELENA ALVAREZ & REGAN PESCOLI

L'hiver assassin
Piège de neige
De glace et de ténèbres
Linceuls de glace

Autres publications

Ce que cachent les murs
Passé à vif
Le secret de Church Island
Dernier soupir

LISA JACKSON

Ne réveille pas le passé

Roman

MOSAÏC

Titre original :
CLOSE TO HOME

Traduction de l'américain par EMMANUELLE DEBON

Le visuel de couverture est reproduit avec l'autorisation de :
Grille : © ROY BISHOP / ARCANGEL
Réalisation graphique couverture : ATELIER DIDIER THIMONIER

MOSAÏC, une maison d'édition de la société HARLEQUIN
83-85, boulevard Vincent Auriol, 75646 PARIS CEDEX 13.
Tél. : 01 42 16 63 63

www.editions-mosaic.fr

ISBN 978-2-2802-8246-8 — ISSN 2261-4540

Prologue

31 octobre 1924
Blue Peacock Manor

Aidez-moi ! Dieu du ciel, je vous en supplie !

Le cœur battant follement, une peur atroce au ventre et pieds nus, Angélique montait à toute allure les marches du grand escalier. Il fallait qu'elle trouve un moyen de sauver sa vie ainsi que celle de ses enfants. Pour l'amour de Dieu, il fallait qu'elle les sauve ! D'un geste vif, elle saisit d'une main ses jupes en lambeaux, toutes tachées d'herbe. Ses jambes étaient mouillées et couvertes de boue.

Et de sperme.

La preuve que ce monstre l'avait violée.

A cette pensée, elle sentit une nausée la secouer tandis qu'elle continuait de monter, sans relâche. En bas, près du salon, la vieille pendule de sa grand-mère égrenait les secondes. S'agrippant à la rampe, elle se hissa vers le haut, laissa derrière elle le premier étage encore baigné de la lumière des lampes et le long tapis s'étendant du couloir jusqu'aux marches menant aux étages supérieurs de la gigantesque maison, qui avait fait autrefois sa fierté.

Quelle imbécile !

Cours, cours, cours !

Ne le laisse pas te remettre la main dessus !

Eloigne-le des enfants.

Elle avait le souffle court et les poumons en feu ; son corps se faisait lourd, et les baleines de son corset lui serraient la poitrine. En atteignant le palier, elle crut entendre des pas à l'étage d'en dessous.

Etait-ce l'un des enfants ?

Ou bien lui ?

Oh ! seigneur !

Le dos trempé de sueur, elle grimpa jusqu'au deuxième étage. Là, haletante, elle se retourna vers le couloir sombre. Des images des enfants — de pauvres innocents — lui assaillirent l'esprit.

Aidez-les ! Mon Dieu, je vous en supplie… AIDEZ-MOI !

Si elle devait mourir, qu'il en soit ainsi, mais pas les petits. Ses yeux s'emplirent de larmes tandis qu'elle pensait à la douce Monica, aux joues potelées du petit Jacques, et à ses autres enfants, plus grands mais tout aussi innocents. Ruth, forte et loyale. Helen, si calme. Et Louis, avec ses grands yeux tristes… Sa gorge se serra. Tout cela était sa faute et eux, qui n'avaient rien fait, allaient souffrir et mourir de façon affreuse à cause d'elle.

La femme qui avait juré de les protéger.

Elle regarda derrière elle la cage d'escalier plongée dans la pénombre. L'éclat faible et vacillant des lampes éclairait chaque palier d'une lueur inquiétante, et l'obscurité qui régnait dans l'escalier lui glaçait le sang.

Mais elle ne pouvait pas céder à la peur. Pas encore.

Allons, espèce d'ordure, suis-moi. Laisse-les tranquilles ! A peine cette pensée lui traversa-t-elle l'esprit qu'elle comprit qu'il ne les épargnerait pas. Elle le savait mieux que quiconque, non ? Ce n'était pas son genre. N'avait-elle pas assez de cicatrices prouvant combien il pouvait se montrer cruel, cet homme qu'elle avait autrefois aimé ?

Elle entendit la porte d'entrée grincer en s'ouvrant, puis se refermer dans un claquement qui la fit sursauter. Submergée par la terreur, elle faillit se prendre les pieds dans ses jupes. *Reste calme. Tu peux l'avoir, tu es plus maligne que lui. Il le faut. Oh… seigneur…*

Un lourd bruit de bottes retentit sur le plancher de l'entrée, puis elle entendit un pied se poser sur la première marche.

Elle fut parcourue d'un long frisson et se mordit violemment la lèvre.

Le monstre hideux approchait.

Comme elle l'avait prévu.

Empoignant la croix d'argent suspendue à une petite chaîne attachée autour de son cou, elle risqua un regard par-dessus la rambarde. L'ombre de l'homme s'étirait jusqu'au plafond, immense et menaçante, avançant inexorablement. Il tenait un objet à la main. Un objet qu'elle reconnut soudain, sans aucun doute possible : une hache.

Elle sentit son estomac se nouer de terreur en l'imaginant brandir la lourde lame tranchante. Il n'hésiterait pas à l'abattre sur elle pour la tuer, elle le savait. Quelles chances avait-elle de s'en tirer face à tant de force et de violence ?

Elle se dit qu'elle aurait dû se réfugier dans les écuries mais c'était trop tard. Plus tôt, elle avait écarté cette idée car la ville se trouvait à huit kilomètres, et elle n'aurait donc pas eu le temps d'enfourcher sa jument pour parcourir routes, champs et forêts, dans le brouillard, la pluie et la boue, afin de rejoindre les rues éclairées au gaz de Stewart's Crossing. Même si elle y était parvenue, comment aurait-elle pu convaincre le shérif qu'elle n'avait pas perdu l'esprit et rentrer à temps pour sauver les enfants ? C'était impossible. Au mépris de toute prudence, elle avait traversé la maison et maintenant elle regrettait de ne pas s'être dirigée vers les écuries qui abritaient, en plus des chevaux, toute une panoplie d'outils — hachettes, marteaux et faux —, dans l'appentis attenant.

Elle attendit.

Son seul espoir était de l'attirer sur le toit. Alors, elle aurait une chance — certes mince — de retourner la situation contre lui. C'était risqué mais, si elle ne parvenait pas à sauver sa vie, elle pourrait au moins entraîner ce monstre avec elle dans sa chute.

Et le bébé ? Tu vas aussi sacrifier la vie d'un enfant à naître ?

Des larmes brûlantes lui embuèrent les yeux.

De nouveau, elle regarda par-dessus la rambarde et aperçut la silhouette. Il avait atteint le premier étage et continuait son ascension.

MAINTENANT !

Elle se pencha par-dessus la rambarde et hurla de toutes ses forces :

— Fuyez !

— Qu'est-ce que tu fiches ? grogna-t-il en levant la tête pour lui jeter un regard noir.

Ses yeux bleus, surplombant sa barbe, brillaient d'une lueur mauvaise.

— Ruth, Helen ! cria-t-elle avec désespoir en espérant alerter les enfants. Prenez les petits et courez aussi vite que vous le pouvez !

— Ils n'arriveront pas à m'échapper, affirma-t-il.

Un rictus satisfait déformait les lèvres qu'elle avait autrefois embrassées avec tant de passion. Comment avait-elle pu être aussi stupide ? Il se mit à rire, et un âcre relent d'alcool parvint jusqu'aux narines d'Angélique. Il était beaucoup trop près !

Tournant brusquement les talons, elle se précipita dans le couloir en direction de l'escalier menant au grenier. Comme toujours, la porte d'accès était fermée.

— Traînée ! hurla-t-il dans son dos. Espèce de garce, reviens ici !

Jamais !

Elle entama une prière silencieuse pour l'âme de ses chers petits.

Notre Père qui es aux cieux…

La pendule de l'entrée commença à sonner en bas, frappant les heures de façon retentissante.

Que Ton nom soit sanctifié…

Les pas de l'homme se firent plus rapides, et elle fouilla dans la poche de ses jupes volumineuses, à la recherche des clés. Dans l'obscurité, elle se débattit avec le lourd porte-clés, faisant cliqueter le métal tandis qu'elle se démenait pour trouver celle qui ouvrait la porte du grenier.

Dépêche-toi !

Elle sentait le sang battre dans ses tempes. Les clés s'entrechoquaient entre ses doigts moites. Elle laissa échapper le porte-clés pour le rattraper aussitôt.

Que Ton règne vienne
Que Ta volonté soit faite
Sur la terre comme au ciel…

La pendule continuait de marquer les heures. A ce bruit familier vint s'ajouter un pas lourd et déterminé. Il approchait.

Son cœur s'arrêta et, pendant une fraction de seconde, elle retint son souffle. Puis elle inséra une clé dans la serrure.

Rien !

— Tu crois que tu peux m'échapper ? brailla-t-il soudain.

Sa voix résonna contre le plafond, et Angélique se figea.

— Tu crois vraiment que tu vas t'en tirer comme ça ? demanda-t-il encore, avant de partir dans un rire obscène.

La peur lui noua la gorge.

Les mains tremblantes, elle enfonça davantage la clé dans la serrure et tenta frénétiquement de la faire tourner. Un bref regard derrière elle lui confirma qu'il avait fini de monter. A présent, un sourire sinistre aux lèvres, il avançait sans se presser, savourant les quelques minutes pendant lesquelles il allait pouvoir la terroriser une dernière fois.

La clé tourna enfin dans un cliquetis, libérant le loquet.

D'un coup d'épaule, elle ouvrit rapidement la porte du grenier.

Qu'il vienne.

Elle était intelligente, et loin d'être morte.

Pas encore, du moins.

D'une façon ou d'une autre, avec un peu de chance, elle sauverait ses enfants, sinon elle. L'air était épais, humide, et sentait la poussière. Elle claqua la porte derrière elle, referma à clé, puis se précipita maladroitement dans l'escalier étroit et raide. L'obscurité était complète.

Elle entendit le cri aigu d'une chauve-souris et un battement d'ailes affolé, mais elle y prêta à peine attention. Elle avait atteint le grenier.

Réfléchis, Angélique, réfléchis. Ne le laisse pas prendre le dessus! Les pensées défilaient à toute allure dans sa tête, courant aussi vite que ses pieds nus sur le sol froid.

Elle devait faire basculer les choses en sa faveur, trouver une arme pour se protéger — maintenant ou jamais. Elle disposait de très peu de temps. Parvenue en haut du dernier escalier en colimaçon, elle se précipita dans la tourelle.

La pluie ruisselait sur les fenêtres de la pièce minuscule. Les doigts tremblants, elle actionna fiévreusement la poignée de la porte. *Pitié, pitié, pitié!* Le loquet céda facilement, mais la petite porte menant au toit ne bougea pas — le bois avait travaillé, bloquant le vantail dans son chambranle.

Les dents serrées, elle essaya de nouveau, le poussant violemment de l'épaule. Elle sentit le bois humide résister sous ses efforts.

Il s'était rapproché. Elle l'entendait au pied de l'escalier du grenier s'acharner sur le bouton de la porte.

Non!

Avec l'énergie du désespoir, elle se jeta de tout son poids sur la porte, et enfin le battant céda, s'ouvrant dans un grand souffle, aspiré par le vent qui hurlait dans l'abîme au fond duquel coulait la rivière, loin en contrebas.

Une pluie glacée tombait du ciel. La lune était voilée par les nuages, mais elle ne s'attarda pas à la contempler, et retourna rapidement dans le grenier. Si elle parvenait à l'attirer sur le toit, seul, et à refermer la porte derrière lui, il serait pris au piège.

Sauf qu'il a une hache. Il pourrait détruire la porte et entrer.

Seigneur !

Dans un craquement retentissant, la porte du deuxième étage céda, volant en éclats et s'écrasant lourdement contre le mur.

Elle ravala un cri.

Sans bruit, elle avança un peu plus loin dans l'obscurité de l'aile nord, progressant à tâtons.

Les marches du grenier grincèrent sous le poids de l'homme. Il prenait son temps, soit parce qu'il craignait d'être attaqué, soit parce qu'il savourait chaque instant de sa traque.

Dans un geste convulsif, elle traça le signe de croix sur sa poitrine et pinça les lèvres pour qu'il n'entende pas son souffle paniqué. *Calme-toi. Tu peux l'avoir. Ce n'est qu'une brute épaisse. Ne craque pas !*

Elle recula lentement, ses mains raclant les murs de bois et les poutres nues. Des échardes se plantèrent sous sa peau et elle se mordit fort la lèvre, refusant de laisser échapper un son, même quand les pointes acérées des clous qui maintenaient en place les voliges du toit lui égratignèrent le crâne.

Ne le laisse pas s'approcher de toi.

Elle s'accroupit et se pencha en arrière. Le toit avait fui, et ses pieds se trouvaient dans une flaque d'eau glacée. Les bras tendus, elle tâtonna à la recherche d'un objet pour se défendre, n'importe quoi — mais ses mains ne rencontrèrent rien qui aurait pu lui servir.

Elle le sentait, à présent, l'odeur d'alcool faisait frémir ses narines.

Elle s'agenouilla, et ses mains effleurèrent nerveusement le sol et les caisses entreposées là. Elle perçut les contours d'un vieux cadre de peinture, d'une malle, d'un panier à ouvrage égaré et de boîtes moisies. Rien, il n'y avait rien de lourd ou de tranchant, pas même une simple pierre. Tout en fouillant à l'aveuglette, elle supplia le ciel de trouver un objet qui puisse lui servir d'arme ou de bouclier.

Il y avait forcément quelque chose ! Même un petit morceau de verre, un clou, un cintre, un vieux fer à repasser, n'importe quoi aurait fait l'affaire !

Un bruit sourd retentit, et la charpente trembla.

— Saloperie ! l'entendit-elle grogner.

Peut-être s'était-il cogné la tête contre une poutre basse. Angélique se figea, les muscles tendus, se transformant en statue.

Elle avala sa salive avec peine puis, toujours blottie près de la porte, balaya de la main l'espace autour d'elle. Le bout de ses doigts se posa sur quelque chose de froid — du métal. Une tige, apparemment. Son cœur fit un bond dans sa poitrine. Peut-être était-ce un tison de cheminée oublié là, ou… non ! Un bougeoir ! Elle faillit laisser échapper un cri de surprise et de soulagement.

— Où es-tu ? demanda l'homme d'une voix doucereuse, comme s'il cherchait à l'amadouer. Allez, sors, où que tu sois.

Elle referma la main autour du métal frais. Face à une hache, cette arme ne faisait guère le poids, mais le bougeoir était dur et lourd. Elle le saisit par son extrémité effilée pour pouvoir le brandir et frapper avec sa base, assez fort pour lui briser le crâne. Elle l'entendit avancer vers l'escalier menant à la tourelle. *Vas-y,* pensa-t-elle. A présent, elle était certaine de pouvoir l'enfermer sur le toit avant de se précipiter en bas pour rassembler les enfants, l'abandonnant là-haut pendant qu'elle s'enfuirait avec eux vers la ville, en prenant le chariot.

Sans le voir, elle le sentit monter la dernière volée de marches de la tourelle qui ouvrait sur un large balcon surplombant le toit. Elle osait à peine respirer.

Soudain, il hésita. Comme s'il avait flairé le piège.

Non, non, continue d'avancer ! Encore un peu, par pitié ! Seulement trois ou quatre pas sur le toit…

Mais il fit demi-tour. Elle entendit la porte claquer en se refermant, puis elle sentit vibrer le sol du grenier tandis qu'il revenait dans la mansarde.

— Angélique ? lança-t-il d'une voix posée, faisant taire un instant le sifflement du vent autour du pignon de la maison. Je sais que tu es là. Allons, sors. Tu ne peux pas t'enfuir.

Le cœur serré, elle songea qu'il n'y avait qu'un moyen de l'attirer à coup sûr sur le toit. Elle allait devoir lui servir d'appât.

L'oreille aux aguets, elle perçut avec soulagement ses pas

s'éloigner tandis qu'il se dirigeait de l'autre côté du grenier. Empoignant le bougeoir, elle bondit pour se précipiter de nouveau dans les marches de l'escalier en colimaçon menant à la tourelle.

Cette fois, la porte du toit s'ouvrit facilement.

Elle s'élança dehors, s'empêtra dans ses jupes et faillit lâcher son arme en dérapant sur le sol plat du balcon. Le vent hurlait, dérangeant ses cheveux. La pluie lui giflait le visage mais ici, au moins, elle avait une chance.

En bas, très loin, la Columbia bouillonnait, le courant entraînant vers l'ouest son ruban sombre et impétueux, entre les parois du canyon sur lequel cette maison grandiose avait été bâtie. Cette maison qui avait autrefois fait sa fierté et sa joie. Et qui était devenue une prison.

Dans sa naïveté, elle avait nommé l'imposante bâtisse Blue Peacock Manor, à cause des paons qu'elle aimait tant. Mais à présent, la maison était devenue un piège mortel, haut perché au-dessus des eaux tumultueuses — et l'homme avait massacré ses oiseaux magnifiques. Cet après-midi même, elle était tombée sur le corps sans vie de celui qu'elle avait appelé Royal ; ses plumes luisantes aux nuances de saphir dégouttaient de sang, et une flèche saillait de sa poitrine.

Mais ce n'était pas le moment de penser à ce carnage… pas alors que la vie des enfants était en jeu.

Se dressant de toute sa hauteur, elle se posta près de la porte.

Elle allait le coincer sur le toit puis s'enfuir avec les enfants.

Ça ne suffira pas. Il faut que tu mettes le feu à cette maison. Piège-le sur ce toit et brûle la maison sous ses pieds. De toute façon, à quoi peut te servir cette affreuse prison, désormais ?

La tête de l'homme émergea dans la petite ouverture, et elle brandit le chandelier.

— Seigneur, pardonnez-moi, murmura-t-elle.

Sans y réfléchir à deux fois, elle l'abattit de toutes ses forces.

Un craquement sinistre lui indiqua qu'elle venait de fracturer la pommette de l'homme, qui se mit à hurler comme un loup blessé.

De nouveau, elle frappa, mais il esquiva le coup, et le bougeoir ricocha sur son épaule.

Il empoigna l'arme de fortune, l'arrachant des mains humides d'Angélique tout en se frayant un passage sur le toit.

Il fondit sur elle, et elle recula. Dans une main il tenait la hache, dans l'autre, le bougeoir.

— Traînée, cria-t-il au milieu des hurlements du vent, tout en avançant avec la patience infinie du chasseur conscient d'avoir acculé sa proie. Tu veux me blesser ? Me tuer ?

Il plissait les yeux, comme s'il n'arrivait pas à croire qu'elle ait eu le culot de se retourner contre lui.

— Maman ? appela soudain une voix terrifiée tandis qu'un éclair déchirait le ciel.

Angélique se tourna vers la porte où Helen, sa fille de dix ans, se tenait, tremblante, à l'abri du portique.

— Qu'est-ce qui… ? commença la frêle fillette en se tournant vers le monstre, les yeux ronds.

— Non, attends ! s'écria celui-ci.

— Redescends, Helen ! ordonna Angélique.

— Mais, maman…

— Descends ! répéta Angélique en croisant brièvement le regard effrayé de la fillette. Et ferme la porte à clé.

— Non ! lança l'homme en se tournant vers Helen. Ne ferme aucune porte !

— Va-t'en maintenant ! cria Angélique, désespérée.

Elle bondit en avant, toutes griffes dehors, propulsant son corps contre celui de l'homme, lui écorchant le visage et cherchant à s'emparer de la hache.

— Traînée ! brailla-t-il.

Quelque part derrière eux, Helen se mit à hurler.

La hache étincela au-dessus d'Angélique.

A cet instant, les bottes de l'homme glissèrent sur les dalles.

— Cours ! cria Angélique à Helen tandis que l'homme vacillait.

De toutes ses forces, elle leva le genou et le frappa à l'aine. Il se mit à crier et à se balancer, et sa hache disparut dans le vide.

Dans un hurlement de douleur, il empoigna le cou d'Angélique de sa main calleuse tandis qu'elle le frappait de nouveau.

Ensemble, ils basculèrent lentement, chancelants, regards aimantés l'un à l'autre. Puis ils sombrèrent en tournoyant dans l'obscurité de la nuit.

1

15 octobre 2014
Blue Peacock Manor

— Oh non, maman, tu plaisantes ou quoi ? s'exclama Jade depuis le siège passager de la Ford Explorer que conduisait Sarah, lorsqu'elles entrèrent dans l'allée autrefois couverte de gravier.

— Je ne plaisante pas, répondit Sarah, et tu le sais très bien.

Le chemin, serpentant entre deux rangées de pins et de cèdres, était marqué d'une double ornière, couvert de mauvaises herbes et troué de nids-de-poule que les récentes pluies avaient transformés en flaques boueuses.

— Tu ne crois quand même pas qu'on va vivre ici !

Jade, dix-sept ans, avait aperçu l'immense maison à travers les arbres. Cette vision l'avait manifestement horrifiée et, à présent, elle n'hésitait pas à exprimer sa pensée haut et fort.

— Maman ne plaisante pas, déclara Gracie depuis le siège arrière, où elle était coincée entre les piles de couvertures, de couettes et de sacs de couchage qu'elles rapportaient de Vancouver. Elle vient de te le dire.

Jade lui décocha un regard noir par-dessus son épaule.

— Je sais. Mais c'est encore pire que ce que je pensais.

— C'est impossible, rétorqua Gracie.

— Personne ne t'a demandé ton avis !

Sarah serra les mains sur le volant. Ses filles lui avaient déjà expliqué qu'elle allait briser leur vie en quittant Vancouver pour les embarquer avec elle dans la vieille demeure où elle était née et avait grandi. A les entendre, elle était la pire mère du monde. Elles la détestaient pour cela, comme elles détestaient ce déménagement et leur vie en général.

Mère célibataire. Ce n'était pas une sinécure, avait-elle conclu il y a longtemps. D'accord, ses filles étaient en colère contre elle. Tant pis. Sarah avait besoin d'un nouveau départ.

Et, même si Jade et Gracie l'ignoraient, elles aussi en avaient besoin.

— J'ai l'impression d'être sur une autre planète, dit Jade alors qu'autour d'elles les arbres cédaient la place à une large clairière surplombant la Columbia.

— Dans un pays très, très lointain, approuva Gracie.

— Oh ! arrêtez ! Ce n'est pas si terrible, dit Sarah.

Ses filles avaient presque toujours vécu à Vancouver, dans l'Etat de Washington, au bord de la Columbia et juste en face de Portland, qui se trouvait dans l'Oregon. C'étaient des filles de la ville. Ici, à Stewart's Crossing, elles auraient une vie différente — et ce d'autant plus qu'elles allaient emménager dans la maison d'enfance de Sarah, Blue Peacock Manor.

Perchée au sommet des falaises surplombant la rivière Columbia, la maison imposante dans laquelle Sarah avait grandi s'élevait sur trois étages, toute de pierre et de cèdre. C'était une demeure victorienne construite dans le style Queen Anne, avec des pignons acérés et des cheminées qui semblaient déchirer le ciel gris sombre. De là où elle se trouvait, Sarah distinguait à présent la tourelle ouvrant sur le balcon du toit. Pendant un instant, elle sentit un frisson d'appréhension lui parcourir l'échine, mais elle le chassa d'un mouvement d'épaule.

— Oh, mon Dieu ! lâcha lentement Jade, bouche bée, en contemplant la maison. Elle a l'air tout droit sortie de *La Famille Addams*.

— Laisse-moi regarder !

A l'arrière, Gracie déboucla sa ceinture de sécurité et se pencha en avant pour mieux voir.

— Elle a raison.

Pour une fois, Gracie était d'accord avec sa sœur aînée.

— Vous exagérez, dit Sarah.

En réalité, la réflexion de Jade n'était pas loin de la réalité.

Avec sa large terrasse à moitié défoncée et ses cheminées croulantes, la demeure autrefois majestueuse, que les habitants de la région qualifiaient alors de joyau de la Columbia, était beaucoup plus abîmée que dans son souvenir.

— Tu es aveugle ou quoi ? s'écria Jade. Cette baraque est une catastrophe !

Elle regardait à travers le pare-brise en secouant lentement la tête, comme si elle n'arrivait pas à croire que sa vie ait pris un tournant aussi désastreux. Sarah continua d'avancer, et elles passèrent devant un autre bâtiment qui paraissait dans un état de délabrement avancé.

— Maman, dit Jade. Sérieusement. On ne peut *pas* vivre ici.

Elle tourna vers sa mère ses grands yeux aux cils chargés de mascara, la dévisageant comme si elle avait complètement perdu l'esprit.

— Si, on peut, dit Sarah. Et c'est ce qu'on va faire. Dans quelque temps.

Sarah manœuvra pour contourner la grande maison et venir garer la voiture près du chemin menant à l'entrée. Le portail ouvragé était rouillé et sortait de ses gonds, la tonnelle ne semblait plus qu'un souvenir, et les rosiers flanquant le chemin dallé avaient triste allure.

— Nous allons camper dans la grande maison jusqu'à ce que l'annexe soit rénovée, sans doute d'ici la semaine prochaine. C'est là que nous habiterons le temps que la maison soit finie, mais cela prendra… des mois, peut-être un an.

— L'annexe… Oh ! mon Dieu, ne me dis pas que c'est *ce truc ?* demanda Jade en pointant un ongle verni de noir en direction d'une bâtisse de plus petite taille, située de l'autre côté d'une large cour pavée. L'annexe était plus ou moins dans le même état que la grande maison et le reste des constructions du domaine. Il lui manquait des bardeaux, et les gouttières étaient rouillées mais aussi dessoudées, quand elles n'avaient pas tout simplement disparu. De nombreuses fenêtres étaient condamnées par des planches, et les vitres encore visibles étaient fêlées et jaunies.

— Charmant, dit Jade avec un soupir dégoûté. J'ai trop hâte.

— Je savais que ça te plairait, commenta Sarah avec un petit sourire.

— Très drôle, rétorqua Jade, sarcastique.

— Allons, courage ! C'est temporaire. D'ici quelque temps, nous emménagerons définitivement dans la grande maison, à moins que nous ne la revendions.

— Tu devrais la revendre maintenant ! dit Gracie.

— Au cas où tu l'aurais oublié, elle n'est pas seulement à moi. Mes frères et ma sœur en possèdent une partie. Nous devons décider ensemble de ce que nous allons en faire.

— Quelqu'un a un briquet? demanda Jade. Tu pourrais y mettre le feu et récupérer l'argent de l'assurance.

Elle semblait ne plaisanter qu'à moitié.

— Comment sais-tu que… ? commença Sarah.

Elle laissa sa question en suspens. Jade s'était récemment découvert un faible pour tout ce qui était macabre et elle ne manquait jamais aucune série policière diffusée à la télévision. Depuis peu, elle s'intéressait aussi aux fictions basées sur des faits réels, des émissions dans lesquelles des acteurs de seconde zone reconstituaient des meurtres effroyables et autres scènes sordides. Les centres d'intérêt de Jade, qui semblaient coïncider avec ceux de son amoureux du moment, perturbaient Sarah. Mais elle s'efforçait de ne pas sermonner sa fille à ce sujet, essayant de se rappeler que le mieux était l'ennemi du bien.

— Tu devrais revendre ta part et laisser la rénovation à oncle Joe, tante Dee Linn et oncle Jake, reprit Jade. Lâche l'affaire tant qu'il en est encore temps. Bon sang, maman, regarde où tu nous as embarquées, c'est complètement dingue! Non seulement cette baraque a l'air de sortir d'un mauvais film d'horreur, mais en plus elle est au milieu de nulle part.

Jade n'était pas si loin de la vérité. La maison et le terrain se trouvaient à huit kilomètres au moins de Stewart's Crossing, la ville la plus proche. Quant aux fermes voisines, elles étaient dissimulées par de longues rangées de sapins et de cèdres. Sarah jeta un coup d'œil en direction de Willow Creek, le ruisseau qui les séparait de la propriété attenante. Celle-ci appartenait à la famille Walsh depuis plus d'un siècle. Pendant une fraction de seconde, Sarah pensa à Clint, le dernier de la lignée des Walsh qui, selon Dee Linn et tante Marge, vivait encore dans la maison familiale. Elle se répéta alors fermement qu'il n'avait rien à voir avec sa détermination à revenir s'installer à Stewart's Crossing.

— Pourquoi tu ne m'emmènes pas chercher ma voiture? demanda Jade, pendant que Sarah garait l'Explorer près du garage.

— Parce qu'elle ne sera pas prête avant au moins deux jours, tu as entendu ce qu'a dit Hal, non?

Elles avaient laissé la Honda Civic de Jade chez le garagiste en ville. Il lui fallait de nouveaux pneus, les freins étaient bons à changer, et il y avait une fuite dont Hal allait tenter de trouver l'origine.

— Ah oui, bien sûr : Hal, le grand maître de la mécanique, ironisa Jade.

— C'est le meilleur de la ville, dit Sarah en rangeant ses clés dans son sac. C'était celui de mon père.

— C'est surtout le *seul* de la ville. Et Grand-père est mort depuis longtemps, alors ça doit remonter à des siècles !

Sarah ne put réprimer un sourire.

— Sur ce point, tu n'as pas tort. Mais, la dernière fois que je suis venue, il avait tout modernisé. J'ai vu des équipements électroniques, et il avait recruté deux nouveaux mécaniciens.

A sa grande surprise, elle vit les lèvres de son aînée frémir dans une ébauche de sourire. Cette image lui rappela la fillette innocente que Jade avait été il n'y a pas si longtemps.

— Il y avait aussi des tas de clients, ajouta cette dernière.

— Les voitures doivent avoir un mauvais karma en ce moment, concéda Sarah.

Dans l'étroite salle d'accueil du garage, elle avait croisé une vieille dame avec son petit chien ainsi que deux hommes ; tous avaient des problèmes avec leur véhicule.

— Je ne sais pas si les voitures ont un karma, commenta Jade, apparemment résignée à devoir se passer de sa Honda pendant quelque temps.

Parfait.

Il n'y avait pas si longtemps, Jade était encore une élève exemplaire. Dotée d'un QI élevé, elle manifestait un véritable intérêt pour l'école. D'ailleurs, elle avait suivi un certain nombre de cours accélérés et s'en était sortie haut la main. Puis, un an plus tôt, elle avait découvert les garçons, et ses notes avaient commencé à baisser. A présent, bien que ce soit un peu démodé, elle avait viré gothique et s'était follement éprise de son petit copain, un garçon plus âgé qui venait à peine d'obtenir son bac et semblait ne s'intéresser qu'à la musique, aux joints et, très probablement, au sexe. C'était un soi-disant intellectuel qui avait laissé tomber la fac et se prétendait passionné de politique.

Jade pensait que Cody Russel faisait la pluie et le beau temps. Sarah était convaincue du contraire.

— Allez, on y va, dit-elle à ses filles.

Jade resta assise et sortit son téléphone de son sac à main.

— Je suis obligée ?

— Oui.

— Qu'est-ce qu'elle est pénible, souffla Gracie.

A douze ans, celle-ci commençait à peine à s'intéresser aux garçons, leur préférant encore les animaux, les livres et tout ce qui avait trait au paranormal — pour l'instant, en tout cas. Dotée d'une imagination débordante, et d'une vive intelligence comme sa sœur, Gracie était complètement en décalage avec les adolescents de son âge.

— J'ai entendu, lança Jade tout en tripotant son téléphone.

— C'est vrai que cet endroit est un peu glauque, admit Gracie en se penchant vers la vitre où venaient s'écraser les premières gouttes de pluie.

— Glauque ? C'est carrément flippant, oui ! s'exclama Jade, qui ne faisait pas dans la retenue. Et... Oh ! non, ne me dis pas qu'il n'y a pas de réseau !

Son visage affichait une expression désespérée.

— On capte par endroits, expliqua Sarah.

— Bon sang, maman, c'est le Moyen Age, ici, ou quoi ? Cet endroit est... *horrible.* Blue Peacock Manor, mon cul.

— Jade ! répliqua vivement Sarah. Je ne veux pas entendre de gros mots, tu le sais très bien. Pas un seul.

— Mais merde, maman...

— Encore ? la coupa Sarah. Qu'est-ce que je viens de te dire ?

— Très bien !

Jade battit en retraite avant d'ajouter, un peu plus calmement :

— Quand même, maman, admets que Blue Peacock est un nom ridicule. Ça fait même un peu obscène.

— D'où tu sors ça ? demanda Sarah.

— Je disais juste ça comme ça, répondit Jade en remettant son téléphone dans son sac. Et Becky m'a dit que la maison était hantée.

— Depuis quand écoutes-tu Becky ? s'étonna Sarah.

Elle serra le frein à main et tendit le bras pour ouvrir la portière. La journée prenait un tour de plus en plus désagréable.

— Je croyais que tu ne l'aimais pas, ajouta-t-elle.

— C'est vrai, dit Jade avec un soupir dramatique. Je te répète juste ce qu'elle m'a dit.

Becky était la cousine de Jade, l'une des filles de Dee Linn, la sœur aînée de Sarah.

— Mais ce n'est pas comme si j'avais une tonne d'amies par ici, pas vrai ?

— D'accord. J'ai compris.

Sarah ne faisait pas confiance à Becky. Selon elle, c'était le genre d'adolescentes qui adoraient les rumeurs et se plaisaient à semer la zizanie ; les conflits la mettaient en joie, surtout s'ils ne la concernaient pas. Becky aimait intervenir dans la vie des gens de son entourage. Exactement comme sa mère. Il ne faisait aucun doute que cette histoire de fantômes censés hanter Blue Peacock Manor, Becky l'avait entendue de la bouche de Dee Linn. Ce genre de racontars, qui la touchaient de près sans l'atteindre, était exactement la tasse de thé de la sœur de Sarah.

— Moi, je trouve que la maison a l'air cool, intervint Gracie. Elle fait un peu peur, mais elle est cool.

Jade émit un hoquet de mépris.

— Cool ? Qu'est-ce que tu y connais ?

— Attention, Jade, lança Sarah à son aînée, en guise d'avertissement.

Habituée aux piques de sa sœur, Gracie fit mine de ne pas avoir perçu le ton agressif de Jade. Elle éluda donc la question pour aborder son sujet de conversation favori :

— On pourrait avoir un chien, maman ?

Avant que Sarah n'ait le temps de répondre, elle ajouta précipitamment :

— Tu as dit qu'on pourrait, tu te souviens ? Tu as dit que, quand on aurait emménagé ici, on se trouverait un chien.

— Je crois avoir dit que j'y réfléchirais.

— Jade a bien eu une voiture, souligna Gracie.

Depuis l'avant du véhicule, Jade répondit :

— Ce n'est pas pareil.

— Si, c'est pareil, rétorqua Gracie.

Puis elle lança, à l'intention de Sarah et en citant les propres mots de celle-ci :

— « Une promesse est une promesse. » C'est ce que tu dis toujours.

Elle décocha un regard froid à sa mère, avant de sortir de la voiture.

— Je sais, soupira Sarah.

Comment aurait-elle pu oublier ce débat qui l'opposait à sa cadette depuis que celle-ci avait cinq ans ? Gracie était folle des animaux quels qu'ils soient, et elle ne cessait de lui mettre la pression pour avoir un animal de compagnie.

Une fois Gracie hors de portée de voix, Sarah dit à Jade :

— Ça ne te tuerait pas d'être gentille avec ta sœur.

Jade décocha à sa mère un regard incrédule avant de déclarer :

— Ça va vraiment être l'enfer !

— Seulement si tu le décides.

Sarah en avait assez de cette dispute qui n'en finissait pas. Elle avait éclaté à la seconde où elle leur avait annoncé le déménagement, deux semaines plus tôt. Elle avait attendu d'avoir signé tous les papiers concernant le partage du domaine avec ses frères et sa sœur puis elle avait engagé une équipe, qui avait commencé à travailler sur le site, avant d'apprendre la nouvelle aux enfants.

— C'est une chance pour nous toutes de prendre un nouveau départ, répéta-t-elle à Jade.

— Je m'en fiche. Ce truc de « nouveau départ », ça ne concerne que toi. Et peut-être *elle,* ajouta-t-elle en désignant le pare-brise du menton.

Sarah suivit son regard et vit Gracie, qui remontait le chemin aux dalles fissurées, entre lesquelles des pissenlits et de la mousse avaient remplacé le mortier, des années plus tôt. Un enchevêtrement de rosiers en piteux état témoignait du fait que la maison était à l'abandon depuis longtemps. Autrefois, la mère de Sarah s'était occupée d'entretenir le jardin, mais cela remontait à des années. Au-dessus de sa tête, un corbeau solitaire battit des ailes pour venir se percher sur le squelette d'un cerisier, près de l'annexe ; là, il rentra la tête dans les épaules pour se protéger de la pluie.

— Allons, Jade, arrête un peu, dit Sarah.

— Non, toi, arrête.

Jade leva les yeux au ciel et détacha sa ceinture, tout en ressortant son téléphone portable pour tenter d'envoyer un texto.

— Smartphone, mon cul… euh, mes fesses.

— Encore une fois, surveille ton langage !

Sarah empocha ses clés de voiture et prit sur elle pour ne pas s'emporter.

— Viens chercher tes affaires, Jade. Que ça te plaise ou non, nous sommes chez nous ici.

— Je n'arrive pas à croire que c'est ça, ma vie !

— Tu devrais.

Sarah ouvrit sa portière puis se dirigea vers l'arrière du véhicule, pour sortir son ordinateur et sa valise du coffre.

Bien sûr, elle aussi avait des doutes concernant ce déménagement. Elle s'était mis en tête de rénover le domaine pour lui redonner sa grandeur passée avant de le revendre — un projet ambitieux, et peut-être même impossible à réaliser. Même à l'époque où elle avait vécu ici avec ses frères et sa sœur, l'immense demeure avait déjà commencé à se délabrer. Après la mort de son père, les choses n'avaient fait qu'empirer. Le crépi s'écaillait, et de nombreuses planches de bardage étaient voilées. La grande terrasse, qui s'étendait sur toute la longueur de la façade, semblait branlante, et des barreaux manquaient à la rambarde. Quant au toit, il était percé par endroits.

— Elle a l'air maléfique, tu sais, dit Jade en jetant un coup d'œil par-dessus son épaule, avant de sortir son sac à roulettes du coffre pour suivre sa sœur à contrecœur. J'ai toujours détesté cette maison.

Sarah allait répliquer sèchement mais elle se contint. La dernière fois qu'elle avait amené les filles ici, elle s'était disputée avec sa propre mère, Arlene. Leur altercation avait été violente, creusant définitivement le fossé douloureux qui les séparait. Gracie était sans doute trop petite pour s'en souvenir, mais Jade n'avait certainement pas oublié cette scène.

Gracie était presque arrivée au pied de l'escalier quand elle s'arrêta brusquement pour regarder le sommet de la maison.

— Qu'est-ce que… ?

— Allez, viens, dit Jade à sa sœur cadette.

Gracie ne bougea pas d'un pouce, pas même lorsque Sarah les rejoignit, elle et sa sœur, et qu'un énorme corbeau se posa sur l'une des gouttières rouillées.

— Quelque chose ne va pas ? demanda Sarah.

Jade s'empressa de répondre :

— Oh ! non, maman. Tout est absolument parfait. Tu te

disputes avec ce pervers à ton boulot et tu décides qu'on doit s'installer ici.

Elle claqua des doigts en ajoutant :

— Et paf! C'est fait. Comme ça. Tu loues notre appartement de Vancouver et tu nous annonces que nous devons déménager dans une vieille baraque en ruine qu'on dirait tout droit sortie de l'imagination de Stephen King. Non, franchement, c'est génial.

S'emparant de nouveau de son téléphone, elle poursuivit :

— Et il va vraiment falloir qu'il y ait du réseau ici, maman, sinon je m'en vais. Je te jure. Une maison sans réseau, c'est juste... archaïque et... inhumain!

— Tu survivras.

Gracie murmura alors :

— Il y a quelqu'un à l'intérieur.

— Quoi? s'exclama Sarah. Non. La maison est vide depuis des années.

Gracie cilla.

— Mais... mais je l'ai vue.

— Tu as vu qui? demanda Sarah en s'efforçant d'ignorer la façon dont son estomac se contractait.

La main toujours posée sur la poignée de sa valise, Gracie répondit :

— Une fille.

Jade adressa à sa mère un regard entendu.

— Une fille? demanda-t-elle. Où ça?

— Elle était debout là-haut.

Gracie pointa le doigt vers le deuxième étage et la pièce qui se trouvait à l'angle nord-ouest de la maison, juste sous la tourelle.

La chambre de Theresa. La chambre dont on m'avait interdit l'accès quand j'étais enfant. L'estomac de Sarah se noua de plus belle. De nouveau, Jade croisa son regard, l'implorant silencieusement de ramener Gracie à la réalité.

— C'est peut-être un fantôme, se moqua-t-elle. Il paraît qu'il y en a plein ici.

Elle se pencha vers sa sœur et ajouta :

— Il n'y a pas que Becky qui le dit, non? Tu m'as raconté que tu avais fait des « recherches » et découvert que la première femme à avoir vécu ici avait été tuée. On n'a jamais retrouvé son corps, et depuis son esprit hante les couloirs de Blue Peacock Manor pour l'éternité.

Gracie jeta un regard en coin à sa mère.

— Eh bien… oui.

— Oh ! pitié, grogna Jade. Tu as à peine mis les pieds ici que tu vois un fantôme !

— Angélique Le Duc est morte ici ! riposta Gracie.

— Tu veux dire Angélique *Stewart,* corrigea Jade. Elle était mariée à un assassin qui se trouve aussi, quelle chance, être notre arrière-arrière-arrière-grand-père. C'est ce que tu m'as dit.

— Je l'ai lu sur Internet, répondit froidement Gracie, qui détestait être prise en faute.

— Alors c'est que ça doit être vrai, dit Jade.

Puis, reportant son attention sur sa mère :

— A l'instant où tu nous as annoncé qu'on déménageait, elle a commencé à se farcir la tête de ces histoires de fantômes. Elle a fait des recherches à la bibliothèque et sur le Net. Elle a même discuté sur des forums avec des gens qui croyaient avoir vu des fantômes. Et il n'y a pas qu'Angélique Le Duc, non, elle en a trouvé d'autres.

Elle fit un grand geste englobant la maison et les terres, avant d'ajouter :

— Cet endroit est infesté d'esprits ! Apparemment, des tas de gens sont morts à Blue Peacock Manor, dans des circonstances tragiques.

La pluie redoubla, et un coup de vent souleva les cheveux de Jade.

— Tu ne vois pas comme c'est ridicule, maman ? demanda-t-elle. Maintenant, elle croit à toutes ces co… bêtises paranormales et elle pense que nous allons vivre en compagnie d'une armée de zombies !

— Jade…, commença Sarah.

— Tais-toi ! intima Gracie à sa sœur d'un ton menaçant.

— Quand je t'entends, j'ai l'impression d'avoir affaire à une folle, continua pourtant Jade, échauffée, avant de se tourner vers Sarah. Il faut que tu lui dises d'arrêter, maman. C'est pour son bien. Si elle continue de débiter ces bêtises sur les fantômes et les démons…

— Les démons! s'exclama Gracie sur un ton dégoûté. Qui a parlé de démons?

— C'est n'importe quoi, déclara Jade. Tout le monde va se moquer d'elle à l'école.

— Ça suffit! cria Sarah.

Pour une fois, cependant, Jade semblait réellement inquiète pour sa sœur. Mais Sarah en avait assez de leurs chicaneries permanentes. S'efforçant d'afficher un calme qu'elle était loin d'éprouver, elle dit :

— Nous allons entrer dans la maison. Maintenant.

— Tu ne me crois pas, dit Gracie, l'air vexé.

Elle leva de nouveau les yeux vers le deuxième étage.

Sarah avait déjà jeté un coup d'œil à la fenêtre de la pièce où elle savait, au plus profond de son âme, que des événements tragiques s'étaient déroulés. Mais elle n'avait rien vu derrière les vitres sales et craquelées. Aucune apparition, aucune silhouette fantomatique. Il n'y avait pas de « fille » qui se cachait derrière la fenêtre poussiéreuse, seuls les rideaux en lambeaux semblaient trembler dans la lumière lugubre de cet après-midi pluvieux.

— Je l'ai vue, insista Gracie, le front barré d'un pli soucieux.

— C'était sans doute un reflet ou une ombre, dit Sarah.

Au-dessus d'elle, le corbeau se mit à croasser bruyamment. Au plus profond d'elle-même, Sarah savait qu'elle venait de mentir.

Gracie s'en prit alors à Jade :

— C'est toi qui l'as fait fuir!

— Ben voyons! Evidemment que c'est ma faute. Bon, lâche-moi un peu!

— Elle va te punir, tu sais, dit Gracie en plissant les yeux. La femme de la fenêtre, elle va se venger.

Sarah en resta sans voix.

— Et alors, tu verras, conclut Gracie en se tournant vers l'entrée de la maison, mettant fin à la discussion.

— Voici les derniers dossiers, annonça Rhea en passant la porte du bureau exigu de Clint, situé dans les petits bâtiments qui constituaient la mairie de Stewart's Crossing.

En tant qu'inspecteur à l'urbanisme, il contrôlait tous les travaux de construction ou de rénovation en cours dans la ville et ses alentours, et travaillait en collaboration avec les services du comté pour ceux qui avaient lieu en périphérie.

— Il y en a un qui va vous sembler particulièrement intéressant, dit-elle en levant ses sourcils épilés, assez haut pour les faire dépasser de la monture de ses lunettes. C'est la maison voisine.

— Ne m'en dites pas plus. C'est la propriété des Stewart.

— Le joyau de la Columbia ? dit-elle malicieusement en secouant la tête sans faire bouger d'un millimètre ses cheveux roux coupés court.

Clint sentit son estomac se contracter légèrement.

— Peut-être que Doug voudra s'occuper de ce dossier, dit-il.

— Je croyais que vous détestiez Doug.

— Détester est un bien grand mot, dit Clint. C'est juste que, si je dois me faire remplacer, il ne figure pas parmi mes candidats favoris.

Il ne savait pas très bien pourquoi il ne faisait pas confiance à Doug, mais cet homme, qu'il formait pour qu'il le soulage d'une partie de sa charge de travail, lui semblait trop inexpérimenté et pressé. Clint trouvait aussi qu'il avait les dents trop longues pour donner à son travail l'attention qu'il méritait. Enfin, il avait un côté un peu sournois, et Clint soupçonnait que Doug était du genre à jouer la facilité et à ne pas trop s'attarder sur les détails.

— Finalement, je vais me charger du dossier Stewart.

— Je m'en doutais, dit-elle en esquissant un sourire de ses lèvres rouges. Oh ! attendez !

Elle se précipita hors de la pièce et revint quelques secondes plus tard, chargée d'un plat de confiseries qu'elle posa au coin de son bureau.

— Des bonbons de Halloween pour vos clients gourmands !

— Je n'en ai pas besoin.

— Bien sûr que si, c'est la saison. Ne faites pas votre Grinch.

— Je croyais qu'il venait à Noël, pas à Halloween.

— Peu importe. En tout cas, c'est bientôt Halloween, il vous faut des friandises.

Elle ouvrit l'enveloppe d'une petite barre chocolatée et se la fourra dans la bouche.

— D'accord, j'ai un côté Grinch, dit-il. Il ne faut pas m'en vouloir pour si peu.

Elle éclata de rire et lui adressa un clin d'œil avant de se diriger vers l'accueil du bâtiment qui abritait tous les bureaux municipaux. Construite au milieu du siècle précédent, la structure était faite de verre et de minces briques claires. Elle était dotée d'un toit plat, et la moitié des bureaux ouvrait sur l'espace d'accueil. On avait installé sur les plafonds bas des plaques antibruit et des néons, et les sols étaient couverts d'un linoléum qui avait fait fureur dans les années 1960. A présent, son état témoignait de décennies d'usure.

— Jetez un coup d'œil à ce dossier, recommanda-t-elle.

Un téléphone se mit à sonner, et Rhea s'éloigna sur ses talons hauts pour décrocher. Elle attrapa le combiné avant que la sonnerie ait eu le temps de retentir une seconde fois, se penchant au-dessus de son propre bureau. Il la soupçonna de le faire exprès ; elle savait très bien qu'il la regardait toujours tandis qu'elle lui offrait une vue imprenable sur ses hanches corsetées dans une jupe très moulante.

— Mairie de Stewart's Crossing, annonça-t-elle d'un ton agréable. Rhea Hernandez à l'appareil.

Elle avait de jolies fesses, il le concédait, mais elle ne l'intéressait pas.

Rhea était séduisante et intelligente, elle avait été mariée puis divorcée trois fois et, à quarante-deux ans, elle était à la recherche d'un quatrième candidat pour l'épouser.

Ce ne serait pas Clint, et sans doute le savait-elle. Si Rhea flirtait avec lui, c'était plus par habitude qu'en raison d'une réelle attirance.

— Je suis désolée, Mme le maire n'est pas là. Je peux prendre un message ou, si vous préférez, vous pouvez lui envoyer directement un mail, dit Rhea en tirant le fil du téléphone pour contourner son bureau et s'asseoir, disparaissant du champ de vision de Clint.

Il l'entendit commencer à épeler l'adresse mail de Leslie Imholt, le maire de Stewart's Crossing.

Clint ramassa les papiers qu'elle avait déposés dans sa corbeille à courrier. Au sommet de la pile se trouvaient les plans pour la rénovation complète de Blue Peacock Manor, cette demeure historique située sur la propriété attenante à son propre ranch. Il n'en fut pas surpris, car il avait entendu dire que Sarah revenait en ville pour restaurer entièrement la demeure familiale des Stewart. Les esquisses préliminaires avaient déjà été soumises à l'ingénieur municipal pour approbation ; il s'agissait d'une rénovation basée sur les plans d'origine. C'était un travail de titan, il le savait. Et dire que Sarah avait décidé de s'en charger, retournant pour cela sur des lieux qu'elle avait fait des pieds et des mains pour quitter ! Il examina les spécifications et remarqua qu'il lui faudrait aller constater quels travaux avaient déjà été entrepris dans la petite maison de la propriété — l'annexe, comme les Stewart avaient coutume de l'appeler.

Avant que le maire n'embauche Doug Knowles, Clint était le seul inspecteur dans cette partie du comté, et il avait contrôlé lui-même tous les travaux. A présent, s'il le voulait, il pouvait déléguer une partie de ces inspections à Doug. Clint avait d'ores et déjà décidé que, en règle générale, ce n'était pas une très bonne idée. Et, dans ce cas précis, son opinion se confirmait.

Mais, s'il se chargeait de ce dossier, il allait forcément recroiser Sarah.

Sourcils froncés, il attrapa l'une des fichues friandises déposées par Rhea. C'était une minibarre de KitKat. Il s'appuya au dossier de sa chaise, plongé dans ses pensées. Sarah et lui ne s'étaient pas vus depuis des années et, pour être honnête avec lui-même, il devait admettre qu'ils ne s'étaient pas séparés en bons termes. Il avala le chocolat et en froissa l'emballage, qu'il lança dans la corbeille à papier.

Une histoire d'amour de lycée, songea-t-il. Intense mais, avec le recul, complètement insignifiante.

Pourquoi, dans ce cas, gardait-il un souvenir aussi vivace de cette histoire qui avait eu lieu dans une autre vie ?

Le téléphone de son bureau se mit à sonner, et il tendit rapidement la main pour répondre, chassant dans les coins les plus reculés de son esprit le souvenir de Sarah Stewart et de leur malheureuse histoire d'amour.

2

— C'est bon, j'ai fini. J'y vais, dit Rosalie Jamison.

Elle retira son tablier et le lança dans une corbeille où il rejoignit les autres torchons, tabliers, vestes et chiffons sales qui seraient nettoyés dans la nuit et prêts à servir de nouveau pour l'équipe qui ouvrirait le restaurant le lendemain matin. Elle posa ses chaussures de travail sur une étagère, puis enfila et laça ses nouvelles Nike dotées de réflecteurs, se préparant à rentrer chez elle à pied.

— A plus tard, tout le monde!

Situé à quelques pâtés de maisons de la rivière, le restaurant avait été baptisé le Columbia Diner par un plouc sans imagination, il y avait bien un million d'années de ça. Il se trouvait au bout de l'aire des routiers, à quelques centaines de mètres de Stewart's Crossing. Rosalie y travaillait depuis six mois; elle servait des habitués et des clients de passage. Elle détestait les horaires ainsi que les odeurs de graisse et d'épices qui lui collaient à la peau, et dont elle ne se débarrassait qu'après avoir passé au moins vingt minutes sous la douche, mais c'était un travail, l'un des rares que l'on pouvait encore décrocher dans ce trou paumé.

Pour le moment, elle s'en contenterait — jusqu'à ce qu'elle ait suffisamment économisé pour quitter Stewart's Crossing une bonne fois pour toutes. Elle avait hâte.

— Attends! s'écria une voix dans son dos.

Gloria, une femme d'une cinquantaine d'années qui traînait avec elle une perpétuelle odeur de cigarettes, rattrapa Rosalie avant que celle-ci ne passe la porte. Elle lui fourra une poignée de dollars et un peu de monnaie dans la main.

— N'oublie jamais ta part de pourboires, déclara-t-elle avec un clin d'œil. Moi, c'est grâce à ça que je peux m'offrir mes perles et mon vison.

— Ah oui, c'est vrai, répondit Rosalie, sans pouvoir réprimer un sourire.

Gloria était sympa, même si elle n'arrêtait pas de parler du temps qu'il lui faudrait avant de pouvoir se payer la Sécu et une mutuelle — des sujets qui barbaient Rosalie. C'était une coiffeuse repentie qui changeait de couleur de cheveux, de coupe ou de style de coiffure à peu près tous les mois. Gloria avait pris Rosalie sous son aile le jour où deux garçons de sa classe, au lycée, avaient débarqué au restaurant et commencé à la harceler en lui adressant des commentaires et des gestes obscènes. Gloria avait refusé de les servir et les avait mis à la porte ; ils étaient partis, tout penauds.

Cet incident n'avait fait que lui rendre la vie encore plus dure au lycée, mais Rosalie avait réglé le problème en sautant certains cours ou en les séchant complètement.

— Si tu patientes encore un petit moment, je te raccompagne chez toi en voiture, dit Gloria en sortant une cigarette de son paquet.

Elle jeta un coup d'œil par la porte pour scruter l'obscurité, puis ajouta :

— Il faut juste que je finisse de nettoyer à l'intérieur.

Rosalie hésita. Il lui faudrait au moins vingt minutes pour rentrer à pied par la route de campagne parallèle à l'autoroute, mais les petits moments de Gloria avaient tendance à durer une heure, voire deux, et Rosalie n'avait qu'une envie : rentrer chez elle, monter discrètement dans sa chambre et se vautrer sur son lit pour regarder un épisode de *Big Brother*, de *L'Incroyable Famille Kardashian* ou de n'importe quelle autre émission que sa petite télé pourrie était à même de capter. Sans compter que Gloria allumait une cigarette sitôt qu'elle se mettait au volant et, ce soir, il faisait trop froid pour baisser les vitres de sa vieille Dodge.

— Non, il vaut mieux que j'y aille maintenant. Merci.

Gloria fit la moue.

— Je n'aime pas l'idée de te laisser rentrer toute seule dans le noir.

— C'est provisoire, lui rappela Rosalie en lui agitant ses pourboires sous le nez, avant de fourrer l'argent dans la poche de son blouson accroché à une patère, près de la porte de service grande ouverte. Je vais racheter la Toyota de mon oncle, il me l'a réservée. Plus que trois cents dollars, et elle est à moi.

— Il commence à pleuvoir.

— Ça va aller, je t'assure.

— Alors sois prudente, d'accord ? dit Gloria en fronçant les sourcils de plus belle, sous sa frange blond paille. Je n'aime pas que tu rentres toute seule, tu le sais bien.

— Pas de souci, la rassura Rosalie.

Elle enfila son blouson, en remonta la fermeture et sortit dans l'obscurité avant que Gloria puisse lui opposer un nouvel argument. Quand la porte du restaurant se referma derrière elle, Rosalie entendit la vieille serveuse dire à Barry, le cuisinier :

— Laisser cette pauvre fille rentrer toute seule à pied si tard le soir… Je me demande à quoi pense sa mère !

Sharon ne pensait à rien. C'était ça, le problème. Et si sa mère ne pensait pas du tout à Rosalie, c'était à cause de ce crétin de Mel, son dernier mari en date — un gros baraqué cradingue que Rosalie appelait, intérieurement, Numéro Quatre. Il était aussi ringard que les précédents maris de sa mère mais Sharon, comme d'habitude, avait décrété que Mel était « le bon », affirmant qu'il était son âme sœur, et autres foutaises du même acabit. Rosalie pensait qu'il fallait être folle ou complètement débile pour considérer comme son âme sœur cet homme à moitié obèse, qui passait son temps à siffler des bières en regardant la télé. La seule chose un peu sympa chez lui, c'était sa moto — sauf qu'elle n'avait jamais eu le droit de la conduire. Le fait que Mel ait tendance à loucher sur Rosalie avec un rictus entendu n'arrangeait pas les choses. Il avait déjà engendré, avec ses ex-femmes ou petites amies, cinq gosses éparpillés de Los Angeles à Seattle. Rosalie avait eu le plaisir douteux de faire la connaissance de la plupart d'entre eux, et elle les avait tous détestés au premier regard. C'étaient tous des Mel miniatures, aussi ringards que leur gros père au ventre poilu. Bon sang, ce type n'avait jamais entendu parler d'épilation ? On ne lui avait jamais dit que même les hommes avaient le droit de soigner leur apparence et, tant qu'on y était, d'éviter de roter à table ?

Une âme sœur ? Quelle connerie !

Sharon était devenue complètement folle !

Rosalie enfonça les mains au fond de ses poches, palpant la liasse de billets qu'elle avait économisés et glissés dans la doublure de son blouson à capuche — un cadeau de son vrai père. Il contenait maintenant presque neuf cents dollars, et elle ne perdait jamais ce blouson de vue. Elle ne voulait pas prendre le risque que Mel ou l'un de ses gosses mettent leurs grosses pattes poisseuses sur l'argent qu'elle économisait pour s'acheter une voiture. Tant qu'elle n'avait pas de quoi payer comptant la Toyota, ainsi que le permis et l'assurance pendant six mois, on lui avait interdit de conduire.

C'était vraiment nul.

Sa vie tout entière était nulle.

La pluie se mit soudain à tomber violemment, lui frappant les joues et éclaboussant le sol. Rosalie commença à regretter de n'avoir pas attendu Gloria. Mieux aurait valu supporter un peu de fumée de cigarette que de patauger sous la pluie.

Vivement qu'elle puisse quitter ce bled où sa mère, en suivant cet imbécile de Mel, l'avait traînée à son corps défendant.

Tout en envoyant valser du pied les cailloux sur la chaussée, Rosalie se mit à envier les gens qui conduisaient leur voiture sur l'autoroute, avec leurs phares qui fendaient l'obscurité, leurs pneus qui ronronnaient sur le bitume mouillé, et leur vie qui avançait à toute allure alors que la sienne était coincée au point mort.

Mais attention, une fois qu'elle aurait sa voiture, les choses allaient changer ! Elle allait avoir dix-huit ans et elle pourrait bientôt planter Sharon et Numéro Quatre pour rallier Denver, où l'attendaient son père et le garçon qu'elle avait rencontré sur Internet.

Plus que trois cents dollars et cinq mois.

C'était tout.

Une nouvelle bourrasque la fit frissonner. Peut-être ferait-elle mieux de rebrousser chemin et d'accepter l'offre de Gloria. Elle jeta un coup d'œil derrière elle, mais les néons du restaurant étaient hors de vue. Elle avait déjà fait presque la moitié du chemin.

Elle se mit à courir.

Un véhicule solitaire venait de s'engager sur la route. La lumière de ses phares l'enveloppa — il était presque à sa hauteur. Rosalie se mit sur le bas-côté, ses Nike glissant un peu sur le bitume.

Percevant le grondement assourdissant du moteur malgré le bruit de la pluie, elle comprit qu'il ne s'agissait pas d'une simple voiture mais d'une fourgonnette. Rien d'étonnant à cela, il y en avait des centaines autour de Stewart's Crossing.

Elle s'attendait à ce que le pick-up la dépasse dans une grande gerbe d'eau, mais en arrivant à sa hauteur, il ralentit.

Ne t'arrête pas, pensa-t-elle. Elle continua d'avancer, mais sans courir à présent. Soudain, elle vit s'allumer les feux de stop, à l'arrière du véhicule.

Qu'est-ce qu'il fichait ?

Elle continua de marcher d'un pas régulier dans l'intention de contourner le véhicule de couleur sombre, espérant que son conducteur ne s'était arrêté ici que par coïncidence. Pas de chance : la vitre du côté passager s'ouvrit.

— Rosalie ? demanda une voix vaguement familière depuis l'habitacle plongé dans l'obscurité. C'est toi ?

Continue de marcher.

Elle ne leva même pas la tête.

— Eh, c'est moi !

La lumière éclaira d'un coup l'intérieur de la voiture, et elle reconnut alors son chauffeur, un homme de grande taille qui fréquentait régulièrement le restaurant. Il se pencha au-dessus du siège passager :

— Tu as besoin que je te dépose quelque part ? demanda-t-il.

— Non, je suis presque arrivée.

— Tu es trempée jusqu'aux os, dit-il d'un ton préoccupé.

— Ça va aller.

— Allez, monte. Je vais t'amener.

Sans attendre sa réponse, il ouvrit la portière.

— Non, je ne…

— C'est à toi de voir, mais je passe juste devant chez toi.

— Vous savez où j'habite ?

Voilà qui était bizarre.

— Je t'ai juste entendue dire que tu habitais sur Umpqua.

Avait-elle vraiment mentionné ce détail ? Peut-être.

— Je ne sais pas…

Rosalie secoua la tête et sentit la pluie glacée s'infiltrer dans son cou. Du regard, elle fixa la portière ouverte du pick-up. Il avait l'air propre. Chaud. Sec. La radio égrenait les notes d'un morceau de country.

— Tu seras chez toi dans cinq minutes.

Ne fais pas ça !

Le vent se mit à souffler de plus belle, balayant les appréhensions de Rosalie.

Elle connaissait ce type. Elle le voyait au restaurant depuis qu'elle avait pris ce boulot de serveuse. C'était l'un des habitués les plus agréables. Il avait toujours un sourire ou un compliment à lui adresser et il lui laissait de bons pourboires.

— Bon, d'accord.

— Excellent choix !

En montant dans le pick-up, elle sentit le souffle chaud du radiateur contre sa peau et reconnut le morceau de Randy Travis que diffusaient les enceintes. Elle tira sur la portière pour la fermer, mais ne parvint pas à enclencher complètement le loquet.

— Attends, je vais te donner un coup de main, dit l'homme. Saleté de portière.

Il se pencha au-dessus d'elle et trafiqua la poignée.

— Tire un bon coup, tu veux ?

— D'accord.

A l'instant précis où elle s'exécutait, elle sentit quelque chose de froid et de métallique se refermer autour de son poignet.

— Eh ! Mais qu'est-ce que vous foutez ? s'écria-t-elle.

La peur s'insinua d'un coup dans ses veines, se muant en panique quand elle s'aperçut qu'elle était menottée à la poignée de la portière.

— Calme-toi.

— Tu parles que je vais me calmer ! Qu'est-ce que c'est que ça ?

Aussi furieuse qu'effrayée, elle essaya d'ouvrir la portière, mais elle était verrouillée.

— Laissez-moi sortir, fils de pute !

C'est alors qu'il la frappa d'un geste vif et brutal, écrasant le revers de sa main sur la bouche de Rosalie.

Elle émit un petit cri.

— Pas de gros mots, lui lança-t-il d'un ton menaçant.

— Hein ? Pas de *quoi ?*

Elle projeta sa main libre dans la direction de son agresseur, mais il lui attrapa le poignet au vol.

— Du calme, mon trésor. Tu as beaucoup à apprendre.

Puis, tenant le poignet de Rosalie d'une main, il mit le moteur en route et se dirigea vers l'entrée de l'autoroute.

— Laissez-moi descendre ! hurla-t-elle en donnant des coups de pied dans le tableau de bord.

Elle balança son corps d'avant en arrière, hurlant à pleins poumons. Le talon de sa chaussure heurta les touches programmables de l'autoradio, et une publicité se mit à retentir dans l'habitacle.

Seigneur, que voulait-il ? Qu'avait-il l'intention de lui faire ?

Il fallait qu'elle trouve un moyen de se sortir de là. N'importe lequel. Elle pensa aux billets qu'elle avait dans son blouson.

— J'ai… j'ai de l'argent, bégaya-t-elle, paniquée, sans cesser de se démener pour échapper à l'homme.

En vain. Il avait une poigne de fer.

— Ce n'est pas ton argent que je veux, répondit-il sur ce ton posé et assuré qu'elle trouvait désormais absolument glaçant. Son sourire était aussi froid que le vent qui dévalait en hurlant les gorges de la Columbia.

— Ce que je veux, poursuivit-il calmement, c'est toi.

— Maman !

La voix de Gracie résonna dans la maison.

— Maman ! répéta-t-elle.

Sarah ouvrit les yeux d'un coup. Son cœur battait à tout rompre.

— Gracie ? appela-t-elle en se redressant brusquement dans son sac de couchage installé par terre.

La pièce était plongée dans la pénombre. Depuis la cheminée, les braises mourantes projetaient des lueurs rouge sang sur les murs.

— Gracie ? dit-elle.

D'une main, elle tâtonna le sac de couchage à côté d'elle tandis que, de l'autre, elle cherchait la lampe-torche.

— Où es-tu ?

Le sac de couchage était vide.

Un frisson lui parcourut l'échine.

— Gracie ?

La lampe à la main, elle se leva d'un bond.

— Gracie ! cria-t-elle de nouveau, le cœur battant la chamade.

— Ici ! lui répondit un cri paniqué.

Sarah s'élança vers l'endroit d'où provenait la voix, le faisceau de sa lampe balayant le sol et le couloir devant elle. Le sang lui martelait les tempes.

— J'arrive !

— Maman, dépêche-toi ! cria Gracie. En haut !

Arrivée en bas de l'escalier, Sarah appuya sur l'interrupteur puis se mit à monter les marches quatre à quatre dans la lueur jaune et feutrée des appliques.

— Gracie, où es-tu ?

— Dans l'escalier, lui répondit sa fille d'une voix à présent plus mesurée.

En avançant sur le palier du premier étage, Sarah trouva sa fille allongée sur les marches menant au deuxième. Pâle, tremblante, les yeux écarquillés, Gracie était plaquée contre le mur couvert d'un papier peint fané et déchiré par endroits. De la main droite, elle s'agrippait à la rampe, comme pour ne pas glisser le long des marches de bois usé.

— Tu n'as rien ? demanda Sarah en attrapant sa fille pour la serrer contre elle. Que s'est-il passé ?

— Je l'ai vu.

— Qui ?

— J'ai vu le fantôme.

— Le fantôme ?

— Oui ! insista Gracie dont le petit corps frémit entre les bras de Sarah. Je suis montée pour aller aux toilettes et j'ai vu quelque chose là-haut, alors… alors je l'ai suivi, c'est tout.

— Et c'était un fantôme ?

— Oui, je te l'ai déjà dit ! répondit Gracie d'une voix suraiguë et désespérée que Sarah ne lui connaissait pas. Elle était habillée en blanc, avec une longue robe, et elle a monté l'escalier à toute allure, comme si elle volait. Je… je l'ai suivie et elle a disparu et puis…

Elle se blottit contre sa mère.

— C'était flippant, murmura-t-elle.

— Ça va aller.

Son regard parcourut l'escalier menant au deuxième étage de la maison — un endroit qu'elle avait évité presque toute sa vie.

Elle savait ce que c'était de paniquer, d'avoir peur parce qu'on croyait avoir vu un fantôme.

— Tu ne me crois pas, lui reprocha alors Gracie.

— Bien sûr que si, ma chérie. Je sais que tu as vu quelque chose, mais je ne sais pas trop ce que c'était. Tu fais souvent des cauchemars, lui rappela-t-elle d'une voix douce, et quelquefois tu es somnambule.

— Ce n'était pas la même chose.

— C'est ce que tu dis chaque fois. Allez, redescendons.

Sarah aida sa fille à se relever, et Gracie risqua un regard par-dessus l'épaule de sa mère, en direction du deuxième étage.

— Elle était là, maman, dit-elle sur un ton plus assuré qui lui ressemblait davantage.

En temps normal et au grand jour, Gracie était une gamine qui n'avait pas peur de grand-chose. En vrai garçon manqué, elle faisait du sport sans compter et ne craignait pas de donner son avis, même à ses professeurs. « Un peu solitaire », « Une indépendante, sans aucun doute » ou « En voilà une qui sait ce qu'elle veut », commentaient les intéressés. D'autres ajoutaient qu'elle était « têtue » et qu'elle refusait qu'on lui « donne des ordres ». Si Gracie n'avait pas été aussi bonne élève et qu'elle n'avait pas dévoré tant de livres, ces traits de caractère lui auraient valu pas mal de problèmes à l'école.

La nuit, pourtant, Gracie était parfois sujette à des crises d'insécurité et d'angoisse qui la faisaient paraître plus jeune que son âge. Ses cauchemars semblaient avoir empiré depuis que Sarah avait divorcé de Noel et que celui-ci avait déménagé à Savannah, à l'autre bout du pays.

A l'aide de la lampe-torche, elles retrouvèrent leur chemin jusqu'à la salle de séjour où elles avaient établi leur campement pour la nuit. Pendant que Gracie se glissait dans son sac de couchage, Sarah raviva le feu en ajoutant des bûches de chêne et du petit bois qu'elle avait trouvés dans l'abri situé sous la terrasse, à l'arrière de la maison. Ce bois de chauffage y était stocké depuis des années, sans doute depuis bien avant la mort de son père. Les morceaux de chêne et de pin bien secs, couverts de poussière et de toiles d'araignée, s'enflammèrent sans difficulté.

— Qu'est-ce qui se passe ? demanda Jade.

Elle leva la tête, les cheveux ébouriffés, et plissa les yeux tandis que le feu commençait à prendre en crépitant et en lançant des flammes ardentes qui dessinaient des ombres mouvantes autour d'elles.

— Rien ! répondit Gracie.

— Je t'ai entendue crier, rétorqua Jade en se retournant pour s'asseoir.

— Je ne criais pas. Je voulais juste maman.

— Encore un cauchemar ? devina Jade en bâillant.

— Non, affirma Gracie d'un air buté.

— Au fait, il est quelle heure ? s'écria Jade.

Elle tendit le bras pour consulter l'écran de son téléphone et leva les yeux au ciel.

— Une heure et demie ? C'est tout ? Je n'arrive pas à croire que je me suis endormie. Bon, alors, qu'est-ce qui s'est passé ?

— Gracie s'est perdue en allant à la salle de bains, dit Sarah.

— Elle s'est perdue ? Comment tu as pu... ? demanda Jade avec une moue perplexe. Non, attends, ne me dis rien. Laisse-moi deviner. Tu crois que tu as revu ce fantôme, c'est ça ?

Gracie ouvrit la bouche pour la refermer aussitôt.

— Oh ! pour l'amour du ciel ! s'écria sa sœur. Cet endroit est plutôt bizarre, d'accord, mais il n'y a pas de fantômes, Gracie. Des gens sont morts ici, et il s'est sans doute passé un ou deux trucs mystérieux dans cette maison, mais il n'y a pas de fantômes.

— Et si on laissait tomber le sujet pour cette nuit ? proposa Sarah.

— C'est ça, ignore-le, marmonna Jade. Fais comme si le problème n'existait pas. Super idée, maman.

Elle lança un regard entendu à sa sœur :

— Ne parle pas de ça quand tu essaieras de te faire des nouvelles copines à l'école, sinon elles vont te prendre pour une folle.

— Jade, ça suffit ! lui intima Sarah. Rendormez-vous, maintenant.

— C'est vrai, grommela Jade.

Tournant le dos à sa mère, elle s'enfonça jusqu'aux oreilles dans son sac de couchage.

— Arrête. Il est tard, et il faut qu'on se lève tôt, dit Sarah.

— Pourquoi ? demanda Jade d'un ton soupçonneux.

— On a du travail.

— Mais on n'a pas école !

— Pas demain, non, confirma Sarah. Mais, si vous voulez parler à votre père avant qu'il parte travailler, il faut qu'on l'appelle tôt.

— Il est trois heures de plus à Savannah, intervint Gracie, ôtant les mots de la bouche de sa mère.

Celle-ci acquiesça.

— Exactement.

— D'accord.

Gracie tapa sur son oreiller pour le regonfler, puis elle se rallongea et ferma les yeux. Sarah rapprocha son sac de couchage du vieux canapé et s'adossa aux coussins pour contempler le feu. La maison semblait se refermer sur elle, avec ses bons et ses mauvais souvenirs. Ses bras se hérissèrent de chair de poule. Les ombres dans les coins de la pièce qui n'étaient pas éclairés par le feu lui rappelaient ses propres peurs, lorsqu'elle était enfant. Il y avait eu cet « incident » sur le balcon du toit, celui qui était depuis toujours enfermé dans une partie inaccessible de sa mémoire. Un incident sur lequel elle ne souhaitait pas s'attarder, du moins pas cette nuit.

Elle changea de position pour pouvoir observer ses deux filles endormies. Elle s'en voulait de n'avoir pas été honnête avec Gracie. Elle aurait dû lui avouer qu'elle aussi avait vu ce qui ne pouvait être décrit que comme un fantôme, dans ce même escalier. Pendant des années, elle avait cru qu'elle allait devenir folle à force d'être rabrouée par le reste de sa famille. Ils lui répétaient qu'elle avait fait un mauvais rêve, ou qu'elle avait trop d'imagination. La pire des remarques qu'on lui ait assenée avait été faite par sa propre mère, Arlene. Elle avait confié à Dee Linn que, selon elle, Sarah racontait ces histoires pour se rendre intéressante. « Elle ment, c'est dans sa nature, tu sais. Et le pire, c'est que ton père s'y laisse prendre. » Elle chuchotait juste assez fort pour que Sarah l'entende. Malheureusement, cette accusation avait porté, et Sarah avait appris à ne plus jamais parler de ce qu'elle avait vu. C'était exactement ce que souhaitait Arlene.

Sarah priait pour ne pas commettre les mêmes erreurs avec ses enfants. De temps à autre, elle entendait les paroles d'Arlene jaillir de sa propre bouche et elle en avait un sursaut de dégoût.

Tu n'es pas comme elle. Tu le sais. Et tu trouveras un moyen d'être honnête avec tes filles. Oui, tu leur diras tout. Mais seulement quand le moment sera venu…

Elle grimaça.

Elle ressemblait davantage à Arlene qu'elle ne le croyait.

3

Par bonheur, Gracie ne se réveilla plus de la nuit, et même Sarah parvint à fermer l'œil vers 2 heures du matin. Elle fut réveillée par son téléphone portable posé par terre, qui vibra en se tortillant. Constatant que c'était Evan Tolliver qui l'appelait, elle ne répondit pas.

Evan était l'une des raisons pour lesquelles elle avait quitté Vancouver.

Une vraie bonne raison.

Là-bas, il avait été son patron et il lui avait mis la pression pour qu'ils sortent ensemble. Elle avait accepté. Et aussitôt regretté. A peine avait-elle dit oui qu'il avait insisté pour faire passer leur relation « au stade supérieur », comme il disait. Sarah avait souligné qu'ils n'avaient pas de relation, et qu'il ne pouvait donc pas y avoir de stade supérieur, mais il n'avait jamais voulu comprendre, et les journées de Sarah dans les bureaux de Tolliver Construction étaient devenues embarrassantes, pour ne pas dire invivables. En tant que fils du directeur et héritier de plein droit de l'entreprise, Evan était persuadé d'être irrésistible, en particulier aux yeux de Sarah. Il avait eu tort. Mais elle aussi. Elle avait commis une erreur en acceptant de sortir avec lui et elle s'était bêtement enfoncée dans cette erreur en acceptant une deuxième invitation à dîner.

Lors de leur troisième rendez-vous, quand il avait évoqué le mariage, il lui avait adressé un clin d'œil suggestif en affirmant vouloir qu'elle lui soit « attachée ». Elle avait décelé dans ses yeux plus de sérieux qu'il ne voulait bien en montrer et lui avait répondu sur-le-champ que cela n'allait pas être possible. Sans prendre de gants, elle lui avait balancé qu'elle ne voulait plus le revoir. Il avait pris cela comme un défi à relever et avait multiplié les tentatives de séduction, incapable de croire qu'elle pouvait lui dire non.

Après avoir pesé toutes ses options, elle avait donc conclu un accord avec ses frères et sa sœur, et elle avait déménagé dans une ville qu'elle détestait, selon ses propres dires, et où elle avait pourtant juré de ne plus jamais remettre les pieds.

Il ne faut jamais dire jamais, se disait-elle en enfilant son jean et son sweat-shirt. Elle se dirigea vers la cuisine en se frayant un chemin entre les cartons, les vieux meubles et des souvenirs beaucoup trop nombreux.

Comme le reste de la maison, la cuisine était dans un état désastreux, mais elle parvint à localiser la cafetière qu'elle avait rapportée de leur appartement de Vancouver. Elle laissa couler l'eau dans l'évier taché pendant plusieurs minutes, pendant qu'elle cherchait le sac contenant le café moulu et les filtres qu'elle avait achetés. Après les avoir trouvés, elle brancha la machine. Heureusement, il y avait toujours l'électricité et l'eau courante dans la maison. L'antique chauffage, en revanche, avait rendu l'âme, et elles allaient donc devoir se contenter de la cheminée jusqu'à ce qu'elles aient emménagé dans l'annexe, la semaine suivante si tout se passait bien.

Pendant que le café coulait, elle se brossa rapidement les dents, se lava le visage à l'eau froide, puis rassembla sommairement ses cheveux en queue-de-cheval. Elle se regarda alors fugitivement dans le miroir qui surmontait le vieux lavabo fendillé. Ce n'était pas beau à voir, songea-t-elle en remarquant les cernes sous ses yeux et son teint livide, résultats d'une nuit trop courte.

Dans la lumière du matin, elle ressemblait beaucoup à sa mère — ce qui, à la réflexion, n'était pas si grave. En effet, Arlene Bennett avait été une femme superbe dans sa jeunesse, et les gènes des Bennett étaient assez dominants pour que chacun de ses enfants, nés de ses deux mariages, en ait hérité. On avait souvent confondu Sarah avec sa sœur Dee Linn et on lui avait également dit qu'elle était le portrait craché de Theresa, leur demi-sœur, la plus âgée. Sarah avait un menton volontaire, des pommettes saillantes, et son visage était encadré de boucles brunes indomptables qu'elle rassemblait souvent en chignon. Elle avait parfois entendu dire qu'elle avait le regard « habité », mais elle n'en avait pas tenu compte. Oui, elle avait de grands yeux gris, alors que ceux de ses frères et de sa sœur étaient plutôt bleus, mais cette histoire de regard « habité » était ridicule.

L'odeur du café embaumait la pièce. Tout en se versant une tasse, Sarah admit que la grande maison était dans un état bien pire que ce qu'elle avait imaginé. Malheureusement, la remarque de Jade, qui avait affirmé que Blue Peacock Manor était une parfaite réplique de la maison de la famille Addams, n'était pas loin de la vérité.

Elle avait réussi à trouver l'arrivée d'eau et à l'ouvrir, mais la tuyauterie émettait un grondement métallique, et l'eau chaude était à peine tiède. Certes, l'électricité fonctionnait et la vieille pompe semblait en état de marche, mais il n'y avait évidemment pas de connexion Internet, ce qui rendait folles Jade et Gracie. Elles parvenaient à utiliser leur iPhone et leur iPad grâce au peu de réseau qu'elles captaient dans certains endroits de la maison mais, tant que l'entreprise de téléphonie locale ne les aurait pas reliées à Internet, au réseau fixe et — surtout — à celui de la télévision, ce serait l'enfer, selon les termes éloquents de Jade, qui avait tendance, récemment, à beaucoup recourir à cette expression.

— Pas de wifi ? Pas de câble ? Tu plaisantes ou quoi ? avait-elle dit en s'apercevant du peu de commodités dont disposait la vieille demeure. Tu t'attends à ce que je vive dans ce tombeau et que j'aille dans un lycée religieux, et tout ça sans avoir Internet ? Mais c'est quoi, ton problème, maman ?

Elle avait fusillé sa mère de ses grands yeux noisette, des accusations plein le regard.

— C'est fou. Je veux dire, c'est carrément complètement fou !

— Il va juste falloir qu'on campe pendant quelques jours, avait dit Sarah en croisant les doigts pour que son estimation s'avère juste. Et je ferai en sorte que toutes les connexions soient mises en service rapidement. Je suis pratiquement sûre que les portables captent, là-bas.

Elle avait accompagné son commentaire d'un geste vague de la main signifiant que, malgré tout, le réseau n'était sans doute pas terrible.

— Et, quant au lycée privé, nous en avons déjà discuté.

— Tu as *décrété* que j'irais, tu veux dire !

— Le lycée public n'a pas fait de miracles pour toi jusqu'à présent, non ?

Jade avait tenté de protester, mais sa bouche ne s'était ouverte que pour se refermer aussi sec. Elle avait respiré un grand coup et dit :

— Très bien. Comme tu voudras. Pense ce que tu veux.

Puis elle avait quitté la pièce, furibonde, pour se rendre dans la seule chambre habitable du rez-de-chaussée. Tout ça pour revenir, un peu plus tard, se joindre à sa mère et à sa sœur dans la salle de séjour où, grâce à la cheminée, il faisait un peu plus chaud.

Cette scène avait eu lieu la veille.

— Aujourd'hui est un nouveau jour, dit Sarah pour elle-même en avalant son café noir à petites gorgées.

Elle songea qu'elle aurait dû acheter de la crème pour l'adoucir, puis balaya la cuisine du regard. Une aube grise filtrait à travers les fenêtres près du coin dédié au petit déjeuner. Elle s'attaquerait au ménage de la cuisine plus tard, décida-t-elle. Pour l'heure, elle avait l'intention de passer rapidement la maison en revue afin d'avoir une idée plus précise de l'état de délabrement de chaque pièce. Ensuite, quand elle aurait une vision générale de l'état du manoir et qu'elle aurait défini les priorités en termes de travaux, elle s'attarderait à chaque étage et prendrait des notes détaillées de ce qu'il fallait nettoyer, réparer, améliorer ou détruire. Ainsi, elle pourrait faire un rapport précis à ses frères et à sa sœur — sans s'impliquer physiquement dans cette rénovation, ils y apportaient leurs deniers et avaient donc leur mot à dire.

Jacob et Joseph, ses frères, étaient de vrais jumeaux aux personnalités radicalement opposées. Tous deux étaient partants pour le projet de rénovation. Leur sœur Dee Linn, en revanche, s'était montrée plus réticente à dépenser de l'argent pour remettre la vieille demeure en état.

— Walter va faire une crise cardiaque s'il apprend que j'ai mis un seul centime dans cette affaire, avait-elle affirmé avec véhémence à Sarah, quand celle-ci l'avait appelée à la fin de l'été.

Walter était le mari de Dee Linn depuis de longues années, et c'était clairement lui qui faisait la loi dans le couple.

— Non, vraiment, avait-elle ajouté. Je ne peux pas.

— Dans ce cas, je paierai ta part, mais tu me la devras, avait répondu Sarah.

— Je ne vois pas ce que ça m'apportera de remettre cette affreuse maison à neuf.

— C'est un investissement, d'accord ? Et tu en possèdes le quart.

Sur ce point, c'était la stricte vérité : le testament de Franklin établissait clairement que la demeure et le terrain devaient revenir à ses enfants après sa mort. Arlene avait été toute retournée de l'apprendre mais, légalement, elle ne pouvait s'y opposer.

Malgré cela, elle avait continué à habiter la maison après le décès de son mari. Aucun de ses enfants n'avait eu le cœur de l'obliger à déménager, jusqu'à ce que son état de santé décline et qu'elle devienne incapable de se débrouiller seule.

Malheureusement, elle n'avait pas pu, ou pas voulu — ou les deux — entretenir le manoir.

— Je sais que je suis partiellement propriétaire de la maison, avait rétorqué Dee Linn. Et je n'essaie pas de te mettre des bâtons dans les roues mais, honnêtement, Walter va me tuer si je te donne de l'argent.

— Très bien. Dans ce cas, je vais te faire signer une reconnaissance de dettes à hauteur d'un quart de la valeur de la maison.

Dee Linn avait hésité, et le silence au téléphone s'était prolongé jusqu'à ce qu'elle finisse par capituler :

— Très bien, Sarah, mais ça reste entre nous, d'accord ? Ne le dis pas aux garçons, ni à personne d'autre. Si Walter l'apprenait…

— J'ai compris, l'avait coupée Sarah.

Elle en avait marre d'entendre sa sœur se plaindre de son tyran de mari. Manifestement, Dee Linn avait peur de l'homme qu'elle affirmait pourtant aimer « plus que sa vie même », entre autres niaiseries du genre, et cela déplaisait à Sarah. Walter Bigelow, docteur en chirurgie dentaire, se montrait aussi despotique avec ses proches qu'avec ses employés du cabinet dentaire. Il avait coutume d'affirmer que, si quelqu'un n'était pas d'accord avec lui, la porte était grande ouverte. Sarah avait espéré plus d'une fois que Dee Linn choisirait de prendre la tangente et qu'elle retrouverait ainsi son sourire et sa confiance en soi. Sa sœur était quand même infirmière diplômée, ce n'était pas rien !

Cela dit, Sarah ne semblait pas la mieux placée pour juger : ses relations avec les hommes étaient en effet loin d'être exemplaires.

Dee Linn avait poussé un long soupir, comme si elle avait éprouvé un intense soulagement.

— Dans ce cas, c'est réglé. Et au fait, une fois que toi et les filles aurez déménagé, je veux que vous veniez à la maison pour une petite fête de retrouvailles.

— Oh ! j'ai bien peur que nous n'ayons pas le temps…

— Bien sûr que si, avait rétorqué Dee Linn.

A présent qu'elle naviguait sur un terrain plus familier, celle-ci avait repris la main, n'hésitant pas à couper court aux protestations de sa sœur.

— Il y aura juste la famille, tu sais, et peut-être une poignée d'amis.

— *Toute* la famille ?

— Bien sûr.

— Roger aussi ?

— A vrai dire, non. Je crois que même son agent de probation ignore où se trouve notre cher frère en ce moment. Mais il y aura les jumeaux chacun avec sa femme, bien sûr, et aussi maman, si elle est en forme.

— Vraiment ?

— Ne t'inquiète pas, il n'y a aucun risque qu'elle vienne, la rassura Dee Linn. Mais, si j'invite tante Marge et sa famille, il faudra bien que j'invite maman aussi.

— Je sais. Mais ça me semble un peu précipité.

Cette « petite fête de retrouvailles » commençait à prendre un peu trop d'ampleur. Dee Linn adorait organiser le genre de soirées extravagantes que Sarah et ses filles détestaient.

— Dee, je ne suis pas trop sûre…

Sa sœur avait fait la sourde oreille et enchaîné avec enthousiasme :

— J'ai prévu qu'on ferait ça le dimanche d'avant Halloween. Cela vous laissera dix jours pour déballer vos cartons et vous installer.

— Ça ne suffira pas. D'après ce que m'a dit Jacob, la maison est dans un état catastrophique et à peine habitable. Je pense donc que nous irons habiter dans l'annexe, mais là aussi il va falloir un peu de temps pour la rendre complètement fonctionnelle.

Sarah avait déjà fréquenté les soirées de Dee Linn ; en général, elles étaient somptueuses et comptaient bien davantage qu'une « poignée » d'amis.

— On pourra se déguiser, ce sera drôle ! Les filles vont adorer ! avait affirmé Dee Linn. En tout cas, je sais que Becky a hâte d'y être.

— Quoi ? Attends une seconde. Comment ça, elle a hâte d'y être ? Tu veux dire que tu as déjà officiellement lancé les invitations ?

— Oh ! désolée, Sarah, j'ai un double appel, il faut que je te laisse. On se voit pour la fête, alors. Et rappelle-toi : pas un mot à Walter ou à qui que ce soit pour l'argent.

Dee Linn avait coupé la communication avant qu'elle puisse protester, et Sarah avait raccroché avec le sentiment d'avoir été manipulée par sa sœur aînée. Un sentiment qui refaisait surface maintenant, alors qu'elle regardait par les fenêtres sales du séjour, en direction des berges bordées de saules de Willow Creek, au niveau de la barrière qui séparait le terrain appartenant aux Stewart de la parcelle de la famille Walsh.

Tout en sirotant son café, elle tenta d'ignorer le petit pincement au cœur qu'elle éprouvait chaque fois qu'elle pensait à Clint qui, elle le savait, habitait juste à côté.

De l'eau a coulé sous les ponts, se répéta-t-elle. *Et en plus, c'est une si vieille affaire.* Bien sûr, elle allait forcément tomber sur lui à un moment ou à un autre. D'autant plus que Clint était l'inspecteur à l'urbanisme de la région.

A vrai dire, Clint et elle avaient encore des choses à régler ; il y avait un sujet, en particulier, qu'il faudrait bien qu'elle aborde avec lui un jour ou l'autre, et, pour cette raison, elle redoutait de le rencontrer. La relation passionnée qu'ils avaient entretenue au cours de leur adolescence avait pris fin depuis longtemps, mise à mal par le bon sens, le temps et la distance. Sarah avait eu le cœur brisé mais, Dieu merci, ce n'était plus qu'un mauvais souvenir.

Elle s'était juré de ne plus jamais revoir le beau visage de Clint et elle continuait, d'une certaine façon, de n'en avoir aucune envie.

— Ça suffit, dit-elle tout haut.

Elle avala le reste de son café puis posa sa tasse dans l'évier ébréché, assez grand pour qu'on y donne le bain à un enfant de quatre ans. Malgré sa cuisinière industrielle des années 1940 et son îlot central ressemblant à un billot de boucher, la pièce donnait encore l'impression d'être immense. Des emplacements vides entre les vieux placards indiquaient qu'autrefois la cuisine avait été équipée d'un réfrigérateur et d'un lave-vaisselle.

Sarah appuya sur quelques interrupteurs et s'aperçut que la plupart des lumières ne marchaient pas. Il y avait peu de choses à conserver ici, ou même dans la salle de bains attenante, avec ses toilettes tachées, son lavabo fêlé, son carrelage branlant et fendu.

En constatant que les autres pièces de l'étage étaient en meilleur état, Sarah se sentit un peu rassérénée. Elle caressa du bout des doigts les piliers qui séparaient la salle de séjour de l'entrée.

Comme les filles dormaient toujours profondément dans leur sac de couchage, devant le feu mourant, Sarah poursuivit son état des lieux dans la vaste salle à manger, puis dans la seule chambre du rez-de-chaussée. Au bout de l'entrée, un large escalier courbe, dont la rambarde avait été sculptée à la main, s'élançait vers les étages supérieurs. Sous la volée de marches du rez-de-chaussée, juste à côté du cellier et de la remise contigus à la terrasse de derrière, se trouvait une porte fermée à clé menant à une cave servant de débarras, où tout un tas de bestioles avaient sans doute élu domicile.

Enfant, Sarah avait évité cet endroit comme la peste, et la simple pensée de descendre les marches branlantes menant à la cave et à ce qui avait autrefois servi de buanderie lui fichait la frousse.

— C'est idiot, dit-elle tout haut.

Au même moment, son portable se mit à sonner.

Un numéro local venait de s'afficher sur l'écran.

— Allô ?

— Sarah ? demanda une voix rocailleuse. C'est Hal, de l'atelier.

— Salut, Hal. Comment ça va ?

— Je crains d'avoir de mauvaises nouvelles, dit le mécanicien. On dirait que ta fille va avoir besoin d'une nouvelle transmission.

Sarah sentit un poids s'abattre sur ses épaules.

— Et combien ça va coûter ?

Il lui donna une estimation du prix, qui était susceptible de varier une fois qu'ils auraient démonté le moteur et reçu les pièces, mais cela suffit à faire réfléchir Sarah.

En ce moment, sans salaire régulier et avec les dépenses qu'allaient occasionner les travaux, elle n'avait pas besoin de nouvelles charges dans son budget.

— Je te rappellerai dès que j'en saurai plus, promit Hal.

Sarah raccrocha en priant pour que la voiture de Jade ne devienne pas un nouveau gouffre financier. Il y avait déjà assez avec la maison.

*
* *

— Rosalie a découché.

Sharon Updike était un peu inquiète, et très en colère. Elle était montée à l'étage pour jeter un coup d'œil dans la porcherie qui tenait lieu de chambre à Rosalie, et dans laquelle cette dernière brillait par son absence. Elle n'y avait pas non plus vu de message et n'avait reçu aucun texto qui l'aurait informée sur les allées et venues de sa Rosalie. Cette gamine lui en faisait vraiment voir de toutes les couleurs ! Pourquoi ne pouvait-elle pas filer doux ? se demanda Sharon, une tasse de café à la main, tandis qu'elle se tenait sur le seuil de sa chambre.

— T'as entendu ? demanda-t-elle un peu plus fort à la masse étendue sur le lit.

Le soleil avait beau s'être levé depuis déjà plusieurs heures, son mari s'entêtait à essayer de dormir.

— Quoi ? coassa-t-il, avant de tousser pour s'éclaircir la voix.

— J'ai dit que Rosalie n'était pas rentrée cette nuit.

— Ah ! Et alors ?

Il ouvrit à contrecœur un œil trouble, éternua et se passa la main sous le nez. S'appuyant sur un coude, il tendit le bras pour prendre ses lunettes sur la table de chevet, entraînant dans son geste un oreiller qui échoua sur la moquette.

— Elle a pas appelé. Pas envoyé de texto. Rien.

Mel semblait sur le point de se tourner pour se rendormir mais, en voyant l'expression préoccupée de sa femme, il changea d'avis et rejeta les couvertures.

— Elle est sûrement avec une copine.

— Peut-être.

— T'es inquiète ?

— Ouais… un peu.

Plus qu'un peu, à vrai dire, mais elle s'efforçait de masquer son anxiété.

— T'as qu'à appeler la fille Dixon… c'est quoi, son nom, déjà ?

— Debbie. Ouais, je lui ai laissé des messages, et à sa mère aussi.

Sauf que Miranda Dixon se fichait pas mal de Rosalie, qui n'était sûrement pas assez bien pour son « innocente » petite princesse. Sale snob. Tout ça parce que Miranda était mariée depuis toujours au même homme et qu'elle avait une belle maison.

Qu'est-ce que ça pouvait foutre ? D'après les ragots, Miranda était déjà en cloque le jour de son mariage, mais c'était de l'histoire ancienne, sans compter que Sharon n'était pas la mieux placée pour juger. N'empêche, le côté sainte-nitouche de cette femme lui restait en travers de la gorge.

Mais, pour le moment, elle n'avait pas envie de penser à ça. Elle voulait juste s'assurer que Rosalie allait bien.

— Et ce type avec qui elle traînait tout le temps ? Tu sais, celui qui te plaisait pas ?

— Bobby Morris ?

Sharon fit la grimace et but une gorgée de café. Ce n'était pas qu'elle n'aimait pas ce garçon : elle le détestait carrément. C'était un crétin fini qui embarquait toujours Rosalie dans de sales histoires.

— Elle m'a dit qu'ils avaient cassé. Il y a un mois ou deux.

— Mouais.

— Tu crois que c'est pas vrai ?

— Je sais pas.

— On aurait dû lui laisser avoir cette voiture, dit-elle en avalant son café.

Elle essaya de réfléchir calmement : où sa fille aurait-elle pu aller ? Et avec qui ? Etait-elle blessée ? Non, non, elle allait bien. Il le fallait, c'était obligé.

— Crois-moi, c'est pas une Toyota de 1970 avec trois cent mille kilomètres au compteur qui aurait changé quoi que ce soit. Elle aurait juste pu décamper avant, commenta Mel avec un regard entendu.

— Tu crois qu'elle s'est barrée d'ici ? s'enquit Sharon, dubitative.

Rosalie n'aurait jamais fait ça, elle ne serait jamais partie sans dire au revoir — pas pour de bon, comme Mel semblait le suggérer.

— Pourquoi, tu imagines quoi ? demanda celui-ci. Qu'elle a été kidnappée ?

— Mon Dieu, j'espère bien que non ! murmura-t-elle.

Mais son mari venait de réveiller ses peurs les plus primaires.

— Allez, Sharon. Elle était sûrement en train de faire la fête avec des copains et elle a dû rester dormir.

Sharon pria silencieusement pour que la supposition de son mari se révèle exacte, mais elle avait des doutes.

— Elle répond pas à son portable.

— Elle est peut-être en train de cuver.

Sharon lui jeta un regard noir :

— Tu crois que ça m'aide ?

— Tu sais, ma chérie, t'as été adolescente, toi aussi, et t'as pas toujours été une sainte. En tout cas, c'est ce que racontent tes frères.

— Peut-être, mais là, c'est différent. Je le sens.

— Tu veux que je fasse quelque chose, c'est ça ?

— Oui !

— Quoi ?

— J'en sais rien !

Elle détestait entendre la panique dans sa propre voix.

— Et merde.

Avec un grognement, Mel frotta sa mâchoire mal rasée puis se pencha pour ramasser par terre son jean de la veille. Il l'enfila d'un coup sec avant de se lever, puis le remonta jusque sous son ventre. Sharon ne put s'empêcher de penser qu'il avait encore pris du poids, mais quoi d'étonnant à ça ? Cet homme était capable d'engloutir deux cheeseburgers au bacon, une portion de frites et un nombre incalculable de bières en un seul repas. Pourtant, elle se garda bien de lui faire la réflexion, se rappelant qu'il avait été prompt à remarquer qu'elle avait pris trois misérables kilos, l'hiver précédent.

— Alors, qu'est-ce que tu veux que je fasse ?

Que tu t'intéresses à ce qui se passe, rétorqua-t-elle intérieurement. Tout haut, elle répondit :

— Je sais pas. Que tu te mettes à sa recherche, j'imagine.

— Elle va revenir.

— Comment tu peux en être si sûr ?

— Parce que, contrairement à toi, je me rappelle ce que c'est d'avoir son âge.

Il enfila un T-shirt et le tendit sur son ventre.

— Laisse-moi une minute pour pisser et boire un café, et ensuite je m'en occupe, soupira-t-il.

Puis, s'apercevant de l'anxiété de sa femme, il murmura :

— Oh ! nom d'un chien, Sharon…

Contournant le lit, il se dirigea vers la porte pour prendre Sharon dans ses bras. Elle s'efforça de ne pas remarquer sa mauvaise haleine.

— On va la trouver, dit-il.

Ses jambes flageolaient. Elle faillit craquer, éclater en sanglots.

— Allez, Sharon. Tout va rentrer dans l'ordre.

Si seulement elle pouvait le croire…

— Ecoute, je vais démarrer la Harley, et on va partir tous les deux à sa recherche. Mais quand on lui mettra la main dessus, à cette gamine, je te jure qu'elle va nous entendre ! D'accord ?

— D'accord, murmura-t-elle.

Elle était contente qu'il soit de son côté et elle espérait de toutes ses forces qu'il avait raison et qu'elle se faisait du mouron pour rien.

Pourtant, alors qu'il relâchait son étreinte et lui donnait une légère tape sur les fesses pour la pousser vers la cuisine, elle n'arrivait pas à chasser de son esprit le pressentiment que quelque chose était arrivé à Rosalie. Quelque chose de terrible.

4

Sarah consulta sa montre. Il était plus de 10 heures du matin, et les filles dormaient toujours. Elle envisagea de les réveiller puis se ravisa. Le déménagement, la veille, les avait suffisamment éprouvées, et la nuit, interrompue par le cauchemar de Gracie — ou sa rencontre avec le fantôme, peu importe — avait été courte.

En montant l'escalier, elle s'arrêta à l'endroit où elle avait trouvé Gracie accrochée à la rambarde. A la lumière du jour, la cage d'escalier ne présentait pas la moindre trace d'une quelconque activité paranormale.

— Parce qu'il n'y en a pas, dit-elle tout haut.

Elle nota qu'une ou deux contremarches du bas avaient besoin d'être réparées, mais la vieille rambarde, celle sur laquelle ses frères avaient glissé chaque jour, semblait toujours solide. Afin de s'en assurer, Sarah s'appuya de tout son poids contre la rampe pour voir si elle était branlante, mais elle ne bougea pas d'un millimètre.

Parfait. Elle avait l'intention de conserver à la vieille demeure son charme et son caractère d'origine — dans la mesure du possible, en tout cas.

Au premier étage, les chambres étaient sales, bien entendu, et elles avaient probablement besoin d'être isolées, mais elles pourraient rester en l'état après avoir été nettoyées et repeintes ; il faudrait également poncer et vitrifier le parquet. Dee Linn et Sarah avaient eu des chambres séparées, et Roger aussi avait eu la sienne, tant qu'il avait vécu à Blue Peacock Manor. Les jumeaux, quant à eux, s'étaient partagé la plus grande.

L'unique salle de bains de l'étage allait elle aussi devoir être complètement rénovée, mais ce n'était pas une surprise.

Au deuxième étage, les choses s'amélioraient nettement. C'est là que se trouvait la suite parentale, avec sa salle de bains attenante dotée d'une baignoire et d'une douche de marbre, toutes deux dans un état acceptable. La pièce offrait une vue impressionnante sur la rivière et occupait la moitié de l'étage. La salle de bains extérieure semblait elle aussi en bon état : les robinets étaient ternis mais fonctionnels, et les taches qui piquetaient baignoire et lavabos n'étaient pas trop nombreuses.

— C'est déjà ça, soupira Sarah.

Il lui restait cependant une dernière pièce à visiter — la chambre située dans l'angle, celle où Gracie avait juré avoir vu le fantôme pour la première fois, la veille. La chambre de Theresa. Personne ne l'avait occupée au cours des quelque trente années qui avaient suivi sa disparition. A présent, alors qu'elle arpentait le tapis aux motifs fanés du couloir, Sarah sentit un tressaillement froid la traverser, un frisson glacé, presque imperceptible, qui lui courait le long du bras.

Cette sensation de froid fit resurgir un souvenir malvenu.

— N'entre pas ici, Sarah Jane, tu m'entends? Je t'interdis d'entrer dans la chambre de ta sœur!

La voix d'Arlene semblait résonner le long du couloir vide. Sarah entendait encore dans sa tête l'écho de la voix de sa mère, aux accents autoritaires. Et pourtant, elle ne devait guère avoir plus de six ou sept ans quand elle avait reçu cet ordre spécifique.

Theresa avait disparu des années plus tôt, et Sarah n'avait donc aucun véritable souvenir de sa sœur aînée. Elle ne la connaissait qu'à travers les instantanés et les photographies pris au cours des années qui avaient précédé sa propre naissance — une série de photos qui s'interrompait brusquement après que Theresa, alors âgée de seize ans, avait soudainement disparu.

La voix menaçante d'Arlene flottait encore dans le couloir, et l'image de ses traits torturés par le chagrin était gravée de façon immuable dans le cerveau de Sarah.

— Tu sais très bien que tu ne dois pas mettre le pied dans cette chambre, alors n'essaie même pas!

A ces mots, Sarah avait lâché la poignée de la porte comme si celle-ci avait été chauffée à blanc. La colère de sa mère, presque palpable, avait étouffé dans l'œuf cette simple curiosité d'enfant attirée par ce qui avait été l'univers de sa sœur. Elle avait eu envie d'en savoir plus sur cette fille devenue une sainte aux yeux de sa mère.

— Elle va revenir, vous verrez, avait insisté Arlene presque jour après jour.

Elle s'était transformée en une espèce d'ange exterminateur gardant jalousement le sanctuaire de sa fille aînée, prête à payer de sa vie pour empêcher quiconque d'y pénétrer.

Un ange armé d'un martinet.

Arlene avait fait usage de la badine de saule avec parcimonie mais efficacité, fouettant les fesses de Jacob et de Joseph, et le revers des mains de Sarah, chaque fois qu'elle estimait qu'ils méritaient une punition exemplaire.

Dee Linn était la seule à avoir échappé à la fureur de sa mère. Et peut-être Theresa, bien que Sarah n'en ait jamais été certaine. Theresa demeurait une énigme pour elle, un fantôme — en ce sens qu'elle n'existait que dans sa mémoire d'enfant. Même à l'époque, Sarah n'était pas certaine que les images qu'elle avait de sa sœur aient été bien réelles — peut-être était-ce seulement son subconscient qui lui jouait des tours. Roger, en revanche, lui semblait nettement plus réel, à toujours entrer et sortir de la maison — ou de prison.

— Il est perturbé, avait expliqué Arlene. Tellement perturbé...

Pourtant, Sarah s'était souvent demandé si ce trouble expliquait vraiment les problèmes de son frère, comme l'affirmait sa mère, ou si ce n'était qu'une excuse qui cachait quelque chose de plus sombre — quelque chose d'inavouable.

Debout au milieu du couloir, Sarah crut entendre la voix haut perchée de sa mère qui la réprimandait et, pendant un instant, elle s'immobilisa et ferma les yeux, s'efforçant de faire le vide dans son esprit.

Reprends-toi. Arlene n'est pas dans cette maison. Elle n'y a pas mis les pieds depuis des années.

Et Theresa n'est jamais revenue, n'est-ce pas ? Elle s'est échappée de cette fichue cage. Quant aux fantômes, ils n'existent pas, à part dans ton petit cerveau fragile. Tu le sais et tu sais quand ça a commencé, non ?

L'« incident » sur le toit, cette nuit où il pleuvait tant. Tu te rappelles ?

— Non, murmura-t-elle.

Elle s'aperçut qu'elle serrait les poings, et que les muscles de sa nuque étaient tellement tendus qu'ils lui faisaient mal.

Maman n'est pas là, Sarah, et ce n'est pas parce que Gracie a cru voir quelque chose dans cette pièce que tu dois soudain te mettre à croire aux fantômes.

— Arrête, s'intima-t-elle.

Pas question que les peurs et les doutes de son enfance reviennent l'envahir maintenant. Mâchoires serrées, elle tourna la poignée de la chambre de Theresa et poussa.

Elle ne bougea pas.

— Allez, ouvre-toi !

Elle essaya de nouveau mais le bois avait gonflé, et la porte restait bloquée dans son chambranle. Après avoir secoué inutilement la poignée, elle donna un grand coup d'épaule dans le panneau. Dans un craquement sinistre, la porte s'ouvrit d'un coup, entraînant Sarah, qui bascula dans la pièce plus qu'elle n'y entra.

La chambre était glaciale.

Il y faisait facilement quinze degrés de moins qu'ailleurs dans la maison.

Comment était-ce possible ?

Se tournant vers la fenêtre qui donnait sur le nord, elle s'aperçut qu'elle n'était pas tout à fait fermée. Evidemment qu'il faisait plus froid dans cette pièce. Sans compter que la trappe de la cheminée située juste à côté était peut-être restée ouverte, elle aussi. Si la couverture de marbre du foyer était intacte, le cadre et le manteau de bois étaient fendus ; la peinture blanche était craquelée, et une épaisse couche de poussière recouvrait l'étroite tablette. Posant un genou à terre, Sarah se pencha dans le foyer noirci par la suie, tâtonna un instant pour trouver la poignée de la trappe, puis tira. Elle se referma dans un grincement.

La pièce semblait encore plus abandonnée et sinistre que le reste de la maison mais Sarah, s'efforçant de chasser ce sentiment, se dirigea vers la fenêtre orientée plein nord, pour regarder à travers les vitres. Elle se posta à l'endroit où Gracie avait assuré avoir vu quelqu'un la veille, en arrivant. Rien n'indiquait que quelqu'un s'était tenu à cet endroit précis. Les rideaux défraîchis, couverts de toiles d'araignée et de leurs proies desséchées, semblaient n'avoir pas été touchés depuis un quart de siècle. Le rebord de la fenêtre était aussi poussiéreux que le sol, et il n'y avait pas de traces visibles sur le parquet, pas plus que de marques de doigts sur les vitres crasseuses.

Sarah tenta de fermer la fenêtre mais, comme pour la porte, le châssis avait travaillé et elle était bloquée.

— Mystère résolu, dit-elle tout haut.

Elle pivota sur elle-même pour examiner la chambre de sa sœur avec un regard nouveau — celui d'une adulte. La pièce avait mal vieilli et portait les marques du temps. Un tapis décoré de motifs floraux défraîchis, couvert de moisissures et mangé par les mites, s'étendait sur le plancher de bois sombre. Des draps poussiéreux recouvraient un lit à baldaquin et une petite table de chevet. Dans l'alcôve, elle distingua une coiffeuse ; le drap qui la protégeait avait glissé, laissant apercevoir le miroir piqueté de taches et s'étalant sur le sol près du petit placard.

Le refuge de Theresa.

Le sanctuaire d'Arlene.

— Maman ! lança soudain Gracie depuis le rez-de-chaussée. Maman ! Ton téléphone sonne !

Derrière la voix de sa fille, Sarah percevait faiblement la sonnerie de son portable.

— J'arrive, cria-t-elle en sortant précipitamment de la pièce.

Elle descendit les deux étages en toute hâte et trouva sa fille qui l'attendait au rez-de-chaussée, son téléphone à la main.

— Evan.

— Oh !

— Je n'ai pas répondu.

— Tu as bien fait.

Sarah rabattit le clapet du portable, qu'elle enfouit dans la poche avant de son jean.

— Tu as faim ? demanda-t-elle en entraînant Gracie vers la cuisine.

Celle-ci haussa les épaules.

— Bien dormi ?

— Ouais.

— Pas de nouveau cauchemar ?

— Ce n'était pas un… Non, soupira Gracie.

— Parfait.

— Qu'est-ce que tu faisais là-haut ? demanda Gracie en désignant le plafond du pouce.

— Une sorte d'inventaire, j'imagine. Ou de reconnaissance, expliqua-t-elle, tout en fouillant dans les sacs qu'elle avait rapportés de Vancouver. Je veux effectuer un relevé de tout ce qu'il faut faire dans la maison avant de commencer les travaux. Jade est levée ?

Gracie décocha à Sarah un regard incrédule.

— Bien sûr que non.

Sarah hocha la tête. Très bien. Au moins, les hostilités ne seraient pas déclenchées avant quelques heures. Pour une fois, elle n'était pas mécontente que sa fille aînée passe sa matinée à dormir. Evidemment, tout cela allait changer lundi matin, quand les filles reprendraient l'école. Sarah appréhendait la bataille qu'elle aurait alors à livrer… raison de plus pour profiter du semblant de calme qui régnait à présent.

— Ne réveillons pas le dragon, d'accord ? recommanda-t-elle à Gracie. Alors, que dirais-tu d'un peu de beurre de cacahuètes avec de la confiture… ou de confiture avec du beurre de cacahuètes ? Il y a les deux.

— Maman…, dit Gracie, qui hésitait manifestement à rire à cette blague idiote.

Sarah lui décocha un grand sourire. Peut-être que tout irait bien, finalement.

5

— Tu es au courant que Sarah est revenue habiter ici, je suppose ? demanda Holly Collins en tendant à Clint le terminal de carte de crédit.

Il se trouvait devant le comptoir du Collins Lumber — un magasin abrité à l'intérieur d'un entrepôt, dans lequel on trouvait tout ce dont on pouvait avoir besoin, qui avait survécu à deux guerres mondiales et connu trois générations de propriétaires, tous issus de la famille Collins. Il était situé tout près de la rue principale.

— J'en ai entendu parler, oui, répondit Clint en rangeant sa carte dans son portefeuille.

— Evidemment, c'est parce qu'elle a l'intention de rénover cette espèce de ruine, commenta Holly en attendant que la machine crache son reçu. Elle est célibataire maintenant, tu le savais ?

— Ah oui ?

— Arrête, Clint, on ne me la fait pas, à moi. Je parie que tu gardes un œil sur elle. C'était drôlement sérieux à l'époque, entre vous.

Elle arracha le reçu et le lui tendit.

— A l'époque, comme tu dis, c'était il y a longtemps.

Il signa le reçu et remit son portefeuille dans la poche arrière de son jean.

— Je n'arrive même pas à imaginer qu'on puisse redonner un semblant de vie à cette monstruosité. Le Blue Pigeon, là.

— Peacock.

— C'est ça. Mon père l'appelait le joyau de la Columbia. C'était il y a des siècles. Ici, il n'y a que les anciens qui s'en souviennent ou que ça intéresse encore.

— J'en ai bien l'impression.

— Si tu veux mon avis, ça va coûter une fortune de restaurer cet endroit. N'importe qui d'un peu sensé aurait tout de suite compris que la meilleure chose à faire, ce serait de passer un bon coup de bulldozer sur le terrain pour se débarrasser de cette vieille baraque, des mauvais souvenirs qui y traînent et, tant qu'à faire, d'un fantôme ou deux au passage.

A cette idée, son sourire s'élargit et elle ajouta :

— Là-haut, avec cette vue sur la rivière, on pourrait construire des trucs fantastiques ! Peut-être un domaine avec un golf et un centre thermal ? Tu imagines ça ? Ça vaudrait de l'or !

Puis, pointant un doigt vers Clint :

— A cet endroit-là, ce serait un vrai joyau, pas vrai ? Quel dommage que personne ne me demande mon avis !

— C'est vraiment une honte, oui.

— Et puis, dit-elle en soutenant le regard de Clint comme s'ils partageaient un secret, Sarah a toujours eu des idées bien à elle, si tu vois ce que je veux dire.

Il voyait très bien, oui, mais il ne comprenait pas où Holly voulait en venir.

— Chacun son truc, bien sûr, déclara-t-elle.

Clint éprouva soudain l'envie irraisonnée de défendre Sarah. Il y résista à grand-peine.

— Bien sûr, se contenta-t-il de répondre, sans parvenir à masquer le sarcasme dans sa voix.

Holly ne releva même pas. Au lieu de ça, elle reprit :

— Je trouve juste que c'est un peu bizarre de déménager maintenant alors que ses filles sont encore à l'école. Personne ne fait changer ses gosses d'établissement six semaines après la rentrée !

— Eh bien apparemment, Sarah le fait.

— Comme je le disais, elle a des idées bien à elle. Ou alors elle vit sur une autre planète. Enfin, ce ne sont pas nos affaires, n'est-ce pas ? conclut-elle avec un sourire de connivence.

Cette fois, Clint s'abstint de répondre.

— Je suppose que je ne devrais pas trop insister sur le côté original des Stewart, vu que Cam est un peu un parent de la famille, ajouta-t-elle en évoquant son mari.

Puis, se penchant au-dessus du comptoir pour s'approcher de Clint, elle continua :

— En tout cas, je crois que tout a commencé avec Maxim,

celui qui a construit cette fichue maison. D'après le grand-père de Cam, Maxim était un sacré numéro. Il tapait sur ses deux femmes et sur tous ses enfants. Affreux. A l'époque, bien sûr, le grand-père de Cam n'était qu'un gosse.

— Comment aurait-il pu connaître Maxim ? s'étonna Clint. Il a disparu il y a bien cent ans.

— Parce que ce vieux schnock de grand-père avait à peu près soixante ans quand le père de Cam est né. Sa femme était beaucoup plus jeune que lui.

Clint en avait assez entendu. Jetant un coup d'œil à sa montre en espérant couper court à d'autres ragots concernant le clan des Stewart, il déclara :

— Il faut que j'y aille.

Elle acquiesça d'un signe de tête.

— Bien sûr.

Clint lui adressa son plus beau sourire et vit Holly se liquéfier sous ses yeux. Elle avait toujours eu un faible pour lui et continuait de lui lancer des œillades enamourées malgré ses quatre fils et ses quinze années de mariage avec Cameron, le propriétaire du magasin.

Elle appuya sur le bouton d'un antique talkie-walkie.

— Clint Walsh arrive pour chercher sa commande. Elle est prête ? hurla-t-elle dans le récepteur, avant de relâcher le bouton.

Après quelques crépitements, un « ouais » traînant lui confirma que le message avait été reçu dans la zone de chargement. Holly ajouta, à l'intention de Clint :

— Cam va te donner ta commande. En bas du parking, comme d'habitude.

Elle lui décocha un clin d'œil qui lui rappela l'adolescente qu'elle avait été à l'époque du lycée — vive, intelligente, et capitaine de l'équipe de majorettes du lycée.

Clint la remercia et se dirigea vers la porte, ses bottes martelant lourdement le plancher usé d'avoir été foulé depuis près d'un siècle par tous les fermiers, bûcherons, éleveurs et bâtisseurs de la région. Dans ce magasin, on trouvait de tout — des clous de charpentier aux aliments pour le bétail, en passant par les outils de jardinage et, bien sûr, tout ce qu'il fallait pour nourrir les habitants de la ville. Au printemps, les propriétaires montaient même dans le magasin un enclos équipé d'une lampe à chaleur pour les poussins. Durant quelques semaines, leurs pépiements recouvraient la musique country diffusée par de minuscules enceintes, fixées sous les poutres apparentes du plafond.

Arrivé dehors, Clint remonta la fermeture de son blouson pour se protéger du froid, inhabituel pour la saison, puis il monta dans sa camionnette où il fut accueilli avec enthousiasme par Tex, un jeune chien de race indéterminée, noir et blanc, au poil raide et au museau effilé. Ce chiot au tempérament légèrement hyperactif avait surgi un beau jour sur ses terres pour ne plus jamais repartir. Clint ne s'en était pas formalisé.

— Tu m'as manqué, à moi aussi. Maintenant, assis ! ordonna-t-il.

Le chien obéit et, avec fougue, sortit sa tête par la vitre du côté passager. Le vieux pick-up, que Clint avait baptisé la Bête, démarra en toussant à la troisième tentative.

Tout en descendant la colline pour contourner le magasin, Clint s'efforça de chasser Sarah Stewart — ou quel que soit son nom, à présent — de son esprit. Moins il penserait à elle, mieux ce serait pour tout le monde, y compris pour l'intéressée.

Elle avait fréquenté l'école publique du coin puis le lycée catholique mais, comme l'avait mentionné Holly, ils avaient été voisins et se connaissaient depuis leur plus jeune âge. Sarah avait d'abord eu toutes les caractéristiques d'un garçon manqué avant de devenir, en grandissant, une jeune femme superbe, à la fois généreuse et volontaire. Il avait alors commencé à la regarder d'un autre œil. Ils avaient éprouvé l'un pour l'autre une attirance passionnée qui, au bout du compte, était apparue comme une erreur.

Il pénétra dans le parking couvert de gravillons, où il fit demi-tour pour venir coller l'arrière de son pick-up contre le quai de chargement du dépôt.

Cam et son fils aîné, Eric, l'attendaient déjà avec sa commande : dix sacs d'aliments pour le bétail, une nouvelle pelle, et cinq poteaux de clôture pour remplacer ceux qui avaient pourri, près du hangar où il garait ses machines.

— Pas bouger, intima-t-il à Tex.

Le chien observa Clint par la vitre ouverte, tandis que celui-ci descendait de la camionnette.

Ensemble, Clint, Cam et Eric chargèrent l'arrière du pick-up, puis Clint repartit, saluant de la main l'homme qui avait été assez courageux pour épouser Holly Spangler, également connue sous le surnom de plus grande allumeuse du comté de Wasco.

Sortant du parking, il remonta les collines abruptes de la ville, qui tenait son nom des ancêtres de Sarah, et qu'on surnommait ironiquement « la Seattle du pauvre » en raison de son terrain accidenté. Dans les grincements du moteur de la Bête, Clint emprunta une route secondaire pour rentrer chez lui, une propriété de cent quatre-vingts hectares de pâturages et de bois qu'il avait héritée de son père. Le ranch s'étendait depuis le pied des collines jusqu'à la chaîne des Cascades. Il était bordé sur trois côtés par des terrains publics et ne se trouvait qu'à quelques centaines de mètres de Blue Peacock Manor, que Clint appelait, comme la plupart des gens du coin, « la maison Stewart ».

Il serra un peu plus fort le volant et, bien qu'il se soit répété maintes fois que cette histoire était terminée depuis plus de quinze ans, il ne put s'empêcher de penser à Sarah. A quoi ressemblait-elle maintenant ? Qui étaient ses amis ? Etait-elle vraiment célibataire ?

— Un problème ambulant, voilà ce qu'elle est, confia-t-il à son chien en se remémorant le sourire mystérieux de Sarah, son regard pétillant et son rire faussement innocent, rauque, sexy et franc.

Il se dit qu'à l'époque il n'était qu'un gamin de vingt ans, excité par toutes les filles qui passaient, et que son histoire avec Sarah n'avait été qu'une aventure. Pourtant, elle lui avait laissé une cicatrice qui continuait, aujourd'hui encore, de le faire souffrir.

— Et merde, marmonna-t-il dans sa barbe.

Il y avait des siècles que leur aventure avait pris fin et, malgré cela, il ne pouvait s'empêcher de penser à Sarah de temps à autre… et même un peu plus souvent que ça, pour être honnête. Cela dit, il y avait belle lurette qu'il avait abandonné l'espoir absurde de renouer avec elle.

— L'eau a coulé sous les ponts, dit-il tout haut.

Il quitta la petite route pour s'engager sur la longue allée, sinueuse et bordée de pins, qui menait à la ferme où il avait grandi. La camionnette cahota entre les ornières pierreuses qui auraient eu bien besoin d'être comblées par quelques pelletées de gravier. Après un dernier virage, la forêt céda la place aux champs où paissaient les chevaux et le bétail. Un peu plus loin, la grande maison familiale, cernée de bâtiments annexes dispersés autour d'un immense parking, lui aussi criblé de nids-de-poule, marquait l'entrée du ranch. Oui, il allait vraiment devoir commander ce gravier avant que l'hiver ne s'installe pour de bon.

Il se gara près de la grange.

— Allez, viens, dit-il avant de siffler son chien.

Tex bondit vivement hors de la camionnette et courut vers le poteau le plus proche, qu'il renifla un instant avant de lever la patte.

— Super, tu m'es d'une grande utilité.

Clint traîna les sacs de fourrage sur la rampe située en bas de la grange, sous le fenil, puis les entassa près des vieilles mangeoires. A cette heure, le bétail et les chevaux n'étaient pas dans le bâtiment, mais il fut assailli par leurs odeurs, relents âcres de fumier et d'urine, mêlés à ceux du foin séché et du cuir huilé — des odeurs au milieu desquelles il avait grandi.

Levant les yeux vers le fenil, il se rappela les nombreuses nuits d'été où Sarah et lui avaient grimpé la vieille échelle de métal pour aller s'allonger sur une couverture, s'embrasser et se caresser pendant des heures. Non que le fenil ait constitué leur refuge de prédilection ; ils avaient également passé pas mal de temps au bord de l'étang sur la propriété des parents de Sarah, ainsi qu'au sommet de la crête surplombant la rivière. Sans bien savoir pourquoi, il monta dans le fenil et se campa sur le plancher, face aux bottes de foin entassées jusqu'à la charpente du toit à double pente. Les lieux n'avaient guère changé depuis des années ; la petite fenêtre ronde, située sous le faîtage, était entrouverte. Ici, il avait serré le corps nu de Sarah contre lui dans les odeurs de foin, de sueur et de sexe, le souffle court, les mains plongées dans ses cheveux. Il avait regardé par cette même fenêtre les centaines d'étoiles qui constellaient le ciel d'été.

Secouant la tête, il se fustigea intérieurement avant de redescendre par l'échelle. Sarah ou pas, il n'y avait pas de place dans sa vie pour la nostalgie.

Pas de place du tout.

— Bonjour, la Belle au bois dormant ! Tu viens te joindre à nous ?

Jade ouvrit péniblement les yeux. Sarah se tenait penchée au-dessus d'elle.

— Il est midi passé, et je t'ai laissée faire la grasse matinée, poursuivit-elle, mais maintenant il est temps de se lever et de se remuer un peu. Nous avons du pain sur la planche.

Jade poussa un grognement et lui tourna le dos en remontant son sac de couchage sur sa tête.

— Tu peux commencer par sortir les sacs-poubelle que Gracie et moi avons remplis.

La voix de sa mère lui parvenait de façon étouffée, mais son ton était d'une fermeté sans appel.

— Je ne plaisante pas, Jade, lève-toi !

— Génial, marmonna Jade.

Inutile de résister à sa mère quand elle avait décidé quelque chose.

Jade s'extirpa de son sac de couchage au prix d'un effort qu'elle fit paraître surhumain, puis constata que Sarah était repartie. A en juger par les bruits provenant de la cuisine, celle-ci s'était déjà remise au travail.

Dans un soupir, Jade se mit debout et enfila une paire de tongs qu'elle trouva près de la cheminée. Traînant les pieds, elle se rendit dans la salle de bains infecte pour faire pipi et s'asperger le visage d'eau froide, afin d'essayer de se réveiller. Après le cirque qu'avait fait Gracie en croyant voir ce fichu fantôme, Jade avait été incapable de se rendormir, et ça n'avait pourtant pas été faute d'essayer. Elle avait fini par renoncer à trouver le sommeil et, s'apercevant que sa mère et sa sœur étaient toutes les deux au pays des rêves, elle s'était mise à envoyer des textos à Cody, le suppliant de venir la chercher pour l'emmener loin de ce trou maudit, vu qu'elle n'avait toujours pas récupéré sa voiture.

Elle avait veillé presque toute la nuit et ne s'était endormie que vers 5 heures du matin. Résultat, elle n'était pas du tout d'humeur à s'intéresser aux grands projets qu'avait sa mère pour la journée. Depuis que Sarah avait pris la décision hallucinante de revenir habiter ici, la vie de Jade s'était mise à dévaler une pente qui allait, elle en était certaine, la mener droit en enfer.

Devoir à présent traîner des sacs de déchets confirmait ses craintes : une entité supérieure avait décidé de la punir en lui pourrissant l'existence.

— Allez, on se bouge, cria de nouveau Sarah. Nous devons nettoyer cet endroit aussi bien que possible.

— Comment ça, « nous » ? ne put s'empêcher de râler Jade.

Elle grimaça en songeant que sa mère l'avait forcément entendue depuis la pièce voisine.

— *Nous,* oui. Que ça te plaise ou non, *nous* sommes ensemble dans cette galère.

— Je déteste ça ! déclara Jade en détachant chaque syllabe.

— Je sais bien. Mais aujourd'hui, ton avis ne compte pas.

— C'est injuste ! protesta Jade, tout en sachant que la bataille était perdue d'avance.

— C'est possible, oui.

Sans cesser de pester, Jade, vêtue d'un T-shirt et d'un bas de pyjama appartenant à Cody, se fraya un chemin jusque dans la cuisine où Gracie et Sarah étaient déjà en train de s'affairer, s'acharnant à en nettoyer la crasse. Les plans de travail étaient couverts de bocaux, de boîtes, d'ustensiles et de toutes sortes de saletés sans nom.

Jade s'affala sur une vieille chaise près de la table.

Sa mère était déjà en train de balayer le lino abîmé qui recouvrait le sol inégal.

— On va commencer par ici et évacuer tout ce qui est inutile ou irrécupérable.

Gracie, cette fayote, était en train de remplir des sacs-poubelle avec tous les trucs que leur mère avait sortis des placards dégoûtants. Etroits et hauts, les meubles de cuisine s'étiraient jusqu'au plafond. Ils semblaient avoir été autrefois peints en vert pâle ,mais à présent les portes et les placards étaient sales et ternes, les charnières avaient rouillé, et les panneaux vitrés d'un des buffets avaient pris une teinte opaque sous la graisse et la crasse qui s'étaient accumulées pendant des années.

Jade était éreintée, et tout ce manège ne l'intéressait pas du tout. Mais, au moment où elle allait ouvrir la bouche pour suggérer à sa mère de mettre le feu à cette baraque, elle surprit le regard menaçant que lui lançait celle-ci et comprit qu'il valait mieux qu'elle s'abstienne de faire le moindre commentaire.

— Oh... beurk, s'exclama Gracie, le nez plissé de dégoût, en déchiffrant l'étiquette d'une boîte de pâtes. 1998 !

— Granny n'était pas du genre à jeter quoi que ce soit. « L'économie protège du besoin » était son credo, dit Sarah d'un air pince-sans-rire.

— C'est surtout un bon moyen d'attraper la salmonellose, souligna Jade.

— Sérieux ? demanda Gracie en balançant vivement la boîte de pâtes dans le sac qu'elle était en train de remplir.

— Et au fait, où est-elle ? demanda Jade en attrapant l'un des sacs pleins pour le refermer à l'aide de son cordon de plastique.

Elle vit le dos de sa mère se raidir légèrement.

— Granny ? Elle est à Pleasant Pines, tu le sais bien.

— Pleasant Pines… On dirait le nom d'une entreprise de pompes funèbres, marmonna Jade. Ils n'auraient pas pu trouver autre chose ?

— On pourra aller la voir ? demanda Gracie.

Pendant un instant, Jade et sa mère échangèrent un regard entendu. Jade se rappelait très bien la dernière fois qu'elle avait vu sa grand-mère, et ce n'était pas exactement le genre de souvenir qu'on avait envie de garder à la mémoire. Jade n'avait jamais vu sa mère aussi tendue et fébrile qu'en présence de Granny Arlene.

— Bien sûr qu'on le pourra, répondit Sarah sans conviction.

Curieuse, Gracie demanda :

— Tu n'en as pas envie ?

Cette idiote ne comprenait vraiment rien. Il était temps de la mettre au parfum.

— Maman et Granny se détestent.

Fin de l'histoire.

Sarah cessa de balayer.

— Détester est un bien grand mot, dit-elle en adressant un regard d'avertissement à sa fille aînée. Nous sommes rarement d'accord, et ce n'est pas nouveau, ce qui fait que nous n'avons jamais été très proches. Mais nous ne nous détestons pas pour autant.

Gracie saisit un bocal sur le comptoir et l'examina avec circonspection.

— C'est triste, commenta-t-elle simplement.

— Je suppose, oui, mais c'est comme ça, conclut Sarah.

Elle avait pris la balayette et poussait maintenant un tas de saletés dans la pelle avec un peu plus de vigueur que nécessaire.

Jade bâilla.

— Granny est un vrai chameau.

Sarah se tourna vers sa fille :

— Arrête, Jade.

— Ce n'est pas parce qu'elle est dans une espèce de maison de retraite que ça fait d'elle quelqu'un de gentil, protesta Jade.

— C'est un établissement de soins, répliqua Sarah d'un ton sec. Une résidence médicalisée.

— Peut-être, mais ça reste Granny, commenta Jade avant de balayer la pièce du regard. Pourquoi on fait tout ça, au fait ? Je croyais qu'on allait vivre dans l'annexe. On perd notre temps à nettoyer ici, non ?

— Mets-toi au travail, répondit simplement Sarah en lui désignant les sacs pleins entassés contre le bas des meubles.

A contrecœur, Jade se leva de sa chaise et jeta sur son épaule l'un des lourds sacs-poubelle.

— Où veux-tu que je les mette ?

— Pour l'instant, sur la terrasse, à l'arrière. On nous livre une benne demain, on les mettra dedans à ce moment-là.

— Super, dit Jade sans une once d'enthousiasme.

Elle avait l'impression d'être en prison.

— Ce sera marrant.

Tu parles.

Elle s'apprêtait à traîner le sac jusqu'à la porte de derrière quand elle entendit un bruit de moteur. En regardant par la fenêtre, elle vit un véhicule gris métallisé s'arrêter près de l'annexe. A peine le moteur s'était-il éteint que la porte s'ouvrit du côté passager. Oncle Jake sortit de la berline et commença à se diriger vers la maison. Une seconde plus tard, oncle Joe émergea à son tour du véhicule. Enfonçant ses clés dans sa poche, il rejoignit son frère jumeau d'un pas vif.

— On a de la compagnie ! s'écria-t-elle.

Si seulement ça avait été Cody et sa vieille jeep qu'elle avait aperçus dans la cour, au lieu de ses oncles ! Si seulement il pouvait venir et l'emmener loin d'ici avant qu'elle ne commence les cours à Notre-Dame de la Rivière…

Elle détestait l'idée d'être « la petite nouvelle » et de devoir supporter les regards curieux de tous les élèves de ce fichu lycée.

Cette pensée la terrifiait — à vrai dire, elle en était presque paralysée de peur. Les larmes lui montèrent aux yeux d'un coup, mais elle les refoula.

Personne ne devait savoir ce qu'elle ressentait vraiment, et combien elle était effrayée.

Pas même Cody.

— Quoi de neuf? demanda le shérif JD Cooke en levant la tête de la pile de papiers qui couvraient son bureau.

Sa dernière recrue, l'inspectrice Lucy Bellisario, se tenait devant la porte de son bureau, situé dans le bâtiment vieux d'un siècle qui hébergeait les services de police. Quand elle débarquait ici, cela ne signifiait généralement rien de bon. Dotée d'un physique de danseuse et d'un caractère aussi flamboyant que sa chevelure, elle était aussi l'une des femmes les plus intelligentes qu'il connaisse et elle en était consciente. Lucy avait levé la main pour frapper contre le verre martelé de la porte, pourtant déjà entrouverte.

— Ne me dis rien, lança le shérif avant qu'elle ait pu placer un mot.

Se calant contre le dossier de son fauteuil, il ajouta :

— Encore des mauvaises nouvelles.

— Tu es devin maintenant? demanda-t-elle en poussant la porte pour entrer.

— Pas besoin d'être voyant extralucide pour ça. Il suffit de voir ta tête.

— En plus des réductions de budget, des agents en arrêt maladie, des vols de bétail et d'un groupe de manifestants anti-gouvernementaux qui s'est installé dans le coin pour essayer de rallier le public à sa cause, les services météo annoncent qu'une tempête de tous les diables arrive droit sur nous. Elle nous vient directement du Canada. Mais ce n'est pas tout…

Cooke émit un grognement sonore qui arracha un sourire à Lucy. Elle entra dans le bureau.

— Et bonjour à toi aussi. Dis donc, on dirait que tu t'es levé du pied gauche, ce matin.

Le shérif soupira. Depuis que sa femme l'avait quitté, deux mois plus tôt, il n'était guère fréquentable, y compris au travail, et il le savait. Mais il ne parvenait pas à retrouver le moral. Il posa les coudes sur le bureau dont il avait hérité en même temps que de ce satané boulot et dit :

— Bon, on recommence. Que se passe-t-il?

— Une personne disparue, répondit-elle en prenant place sur l'une des chaises inconfortables qui faisaient face au bureau.

— Dix-sept ans. Rosalie Jamison. Elle est dans la même classe que ma petite sœur et, du coup, je connais un peu sa mère, Sharon.

Elle eut un geste vague de la main qui signifiait qu'il s'agissait plutôt d'une vague connaissance, puis poursuivit :

— Nous nous sommes rencontrées lors d'une réunion quelconque, au lycée. Quoi qu'il en soit, Sharon m'a appelée ce matin. Elle était dans tous ses états. Rosalie a disparu. Elle est partie depuis plus de douze heures. Je sais, je sais, ça ne fait pas vingt-quatre heures, mais écoute-moi : elle travaille au Columbia Diner.

Le shérif connaissait cet endroit pour l'avoir fréquenté de temps à autre.

— Et donc, elle a quitté le travail vers minuit — elle a pointé à 23 h 53 — mais elle n'est jamais arrivée chez elle.

— Une fugue ? demanda-t-il.

— Peut-être.

Lucy fronça les sourcils, comme chaque fois qu'elle était confrontée à un problème qui la dépassait.

— Elle avait quelques soucis à l'école, mais Sharon a passé des coups de fil, et les gens avec qui sa fille travaillait l'ont vue partir, à pied. L'une des serveuses, Gloria Netterling, a proposé de la raccompagner en voiture mais Rosalie a refusé. Elle préférait marcher.

— La nuit dernière, dit le shérif, pensif, en pianotant sur son bureau. Le temps était mauvais.

— Oui, approuva Bellisario en rejetant la tête en arrière.

Ses cheveux prirent alors des reflets ardents, sous la lumière du plafonnier.

— Il y a vingt à vingt-cinq minutes de marche jusque chez elle, et elle aurait donc dû être rentrée à minuit et demi au plus tard. A cette heure-là, sa mère et son beau-père, Mel Updike, étaient à la maison et déjà au lit, avec la télé allumée. Sharon a pensé que sa fille était rentrée, et c'est seulement le lendemain matin qu'elle s'est aperçue que ce n'était pas le cas. Elle ne s'est pas inquiétée tout de suite parce que c'était déjà arrivé mais, dans l'après-midi, elle a commencé à paniquer et à appeler partout où Rosalie avait l'habitude de traîner. Elle est allée jusqu'au restaurant pour parler à tout le personnel, ensuite elle est revenue chez elle et a appelé tous les amis de sa fille. Personne ne l'a vue depuis qu'elle a passé la porte du restaurant.

— Un petit ami ?

— Pas actuellement, mais sa mère affirme que Rosalie a évoqué un garçon qu'elle avait rencontré en ligne. Sharon ne connaît même pas son nom, elle sait seulement qu'il dit habiter près de Denver, là où vit l'ex de Sharon — le père de Rosalie.

— En ligne ? Mais comment ça marche, pour les ados ?

— Je ne sais pas, sûrement comme pour les adultes.

— Pas de voiture ? demanda le shérif.

— Elle n'en avait pas. Elle se servait de la Chevrolet de sa mère quand elle en avait besoin et sinon elle marchait ou faisait parfois du stop.

Cooke échangea un regard éloquent avec Bellisario. Cette histoire d'auto-stop les mettait en alerte.

— Il y a d'autres véhicules chez elle. Updike a une camionnette ainsi qu'une moto, et ils n'ont pas bougé.

— Des frères et sœurs ?

— Aucun qui vive avec elle. Ce sont seulement des demi-frères, d'ailleurs, et ils vivent avec leur père. Updike a quelques gosses, lui aussi. Aucun d'entre eux n'habite dans cet Etat.

— Et son père ?

Levant une main, il précisa sa question :

— Le père biologique, je veux dire. Celui qui vit à Denver. Elle l'a appelé ?

— Mick Jamison. Oui, elle l'a appelé. Elle l'a même réveillé. Il vit avec sa deuxième épouse, une femme que Sharon n'aime pas, ou en qui elle n'a pas confiance.

— Une première femme qui ferait confiance à la deuxième, ça existe ?

C'était une question purement rhétorique, qui ne l'empêchait pas de réfléchir à toute allure.

— Le père et le petit copain d'Internet, tous deux dans le Colorado… Drôle de coïncidence, non ?

— Peut-être qu'ils se connaissent.

— Regarde ce que tu as sur eux.

— J'ai déjà commencé.

Cooke se remit à pianoter sur son bureau. Il n'aimait pas du tout la tournure que prenait cette histoire.

— Tu as des photos ?

— Sharon m'en a donné des récentes, ainsi qu'au service des personnes disparues. Elle m'a aussi fait passer la photo et les informations figurant sur son permis de conduire. J'ai déjà lancé un avis de recherche et, vu son âge, une alerte AMBER[1].

— Normalement, on attend vingt-quatre heures avant de la déclencher, rappela Cooke.

— C'est une gamine, shérif. Et j'ai vraiment l'intuition qu'il se passe quelque chose.

— D'accord.

Lui aussi avait un mauvais pressentiment.

— Commence à interroger ses amis, coordonne-toi avec les Personnes disparues, fais des recherches sur son beau-père et ses anciens petits amis, ainsi que sur le gamin censé être à Denver. Si elle l'a rencontré en ligne, il pourrait se trouver n'importe où. En bas de la rue, si ça se trouve. Une personne qui sait qu'elle a un père dans le Colorado et s'en sert comme appât pour essayer de l'approcher. Comme d'une couverture, tu sais. D'ailleurs, le type d'Internet n'est peut-être pas du tout un gosse de son âge. Ce pourrait être un adulte. Un imposteur.

Il poussa un long soupir, pensant à ses propres enfants adolescents qui vivaient maintenant à Portland avec leur mère. Il savait ce que c'était de ne pas voir ses enfants rentrer à l'heure convenue — même s'il avait eu de la chance, et que Hallie et Ben ne lui avaient jamais fait ce genre de coup.

— Espérons seulement qu'il s'agisse d'une petite rébellion et qu'elle change d'avis. Comme ça, elle rentrera chez elle de son plein gré.

Le regard gris de Bellisario croisa le sien.

— Ce serait l'idéal, approuva-t-elle.

Malgré ces mots, elle ne semblait pas avoir grand espoir que ce scénario se réalise.

Et lui non plus.

1. L'alerte AMBER est un plan « alerte enlèvement » à grande échelle, mis en place aux Etats-Unis et au Canada lorsqu'une disparition d'enfant est signalée.

6

Le fantôme avait essayé de communiquer avec elle — Gracie en était sûre. Elle se tenait de l'autre côté du mur de la salle à manger, épiant la conversation entre sa mère et ses oncles. Dans l'escalier, cette nuit, elle avait eu très peur ; jamais elle ne se serait attendue à voir un fantôme de si près. Mais la femme en blanc avait essayé de lui dire quelque chose. Sur le moment, elle avait eu trop peur pour le comprendre mais, maintenant, elle en était convaincue.

Ce n'était pas un rêve.

Elle n'avait pas imaginé ce fantôme.

A présent qu'il faisait jour et qu'elle avait eu le temps d'y réfléchir, elle savait que l'esprit d'Angélique Le Duc avait essayé de lui parler.

Gracie avait tout gâché, et maintenant il fallait qu'elle fasse quelque chose. Elle avait lu assez d'histoires concernant Blue Peacock Manor pour deviner qu'Angélique n'était sans doute pas le seul fantôme qui hantait ces lieux. Des tas de gens avaient vécu et étaient morts ici, et la plupart étaient enterrés dans le cimetière familial, quelque part sur la propriété. Gracie avait déjà fait son enquête sur les gens qui avaient habité la maison et ses alentours.

Mais il fallait qu'elle ne parle de tout cela à personne. Si elle devait communiquer avec le fantôme et peut-être aider son esprit à trouver le repos — les fantômes n'en demandaient généralement pas davantage —, elle allait devoir garder le silence. Sinon, sa mère allait encore la traîner chez le psychologue, comme elle l'avait fait après le divorce.

Non, merci. Gracie n'était pas folle, elle le savait bien ; elle était seulement plus réceptive à certaines choses que la plupart des gens. Cela flanquait la trouille à sa mère mais Gracie, pour sa part, trouvait cela épanouissant.

Elle allait juste devoir comprendre comment utiliser ce don.

— Je voudrais qu'on soit bien d'accord, dit Jacob, qui aimait que les situations soient claires.

Des jumeaux, il était le plus nerveux, et c'était généralement à ce trait qu'on les différenciait. Ils avaient des visages presque identiques, les mêmes cheveux d'un blond cendré, les yeux bleu pâle, des silhouettes minces et musclées, et les épaules larges. Mais Joseph souriait volontiers alors que Jacob avait le front déjà ridé à force de froncer les sourcils. Aujourd'hui, ils présentaient également des différences plus flagrantes : Jacob avait les cheveux coupés court et bien coiffés tandis que ceux de Joseph étaient plus longs et en bataille. Ce dernier portait un jean usé et une chemise un peu froissée dont il avait relevé les manches. Jacob, en revanche, était vêtu d'un polo et d'un pantalon de toile bien repassé ; il semblait prêt à lancer sa première balle sur le terrain d'un club de golf privé.

— Une fois que les rénovations seront finies, reprit Jacob, nous vendons cette maison.

— Ou alors, vous me la louez jusqu'à ce que j'aie de quoi l'acheter, répondit Sarah en dévisageant ses frères tour à tour. C'est ce dont on était convenus, vous vous rappelez ? Que nous ne vendrions pas tant que maman serait en vie.

Le regard de Jacob s'assombrit.

— Ça pourrait prendre des décennies !

— C'est ce qu'on peut espérer, dit Joseph. Bon sang, Jake, tu t'entends ?

— Ce n'est pas ce que je voulais dire, et vous le savez très bien. En même temps, soyons réalistes : maman a toujours été un boulet.

Un silence atterré accueillit sa réflexion, et il regarda alternativement son frère et sa sœur.

— Quoi ? Vous n'êtes pas d'accord avec moi ?

Sarah leva les yeux au ciel et haussa les épaules, ce qui lui valut un regard désemparé de la part de Joseph.

— Je suis sérieux, Sarah, reprit Jake. Ce n'est pas moi qui ai un problème avec maman.

Joseph leva les mains.

— On a tous un problème avec maman.

— Ça suffit ! protesta Sarah. Vous n'êtes pas venus jusqu'ici pour dire du mal de maman, alors revenons au sujet : les rénovations. Je vais vous montrer où nous en sommes.

Elle déroula un jeu de plans sur la table. Pour les empêcher de se replier, elle en bloqua deux coins avec des livres poussiéreux qu'elle avait trouvés dans la bibliothèque du salon. Un exemplaire défraîchi de *L'Exorciste* de William Peter Blatty à une extrémité, et une vieille édition des *Quatre Filles du docteur March,* de Louisa May Alcott, de l'autre côté.

— Voici les plans originaux, annonça-t-elle.

— Sérieusement ?

— Regarde la date : 1921.

Les feuillets cassants étaient jaunis et sales, et couverts d'annotations au crayon. Des taches d'origine indéterminée parsemaient le dessin. Avec mille précautions, Sarah lissa les pages fragiles.

— La maison d'origine était impressionnante, elle avait l'eau courante et l'électricité, ce qui était incroyable pour l'époque. On n'en aurait pas fait tant d'histoires dans une grande ville comme San Francisco ou Portland, mais ici, c'était une révolution. Rappelez-vous que la nationale — je veux parler de la vieille route historique — n'a été achevée qu'en 1922.

Les vieux plans d'architecte représentaient la maison telle qu'elle avait été construite par Maxim Stewart, l'arrière-arrière-grand-père de Sarah.

— Maxim était un tyran, à tous points de vue, et il arrivait toujours à ses fins.

La mention de leur ancêtre attira l'attention de Jacob :

— Maxim ? C'est le type qui a tué sa seconde femme ? Angeline, quelque chose comme ça…

— Angélique, corrigea Sarah. C'est ce qu'on raconte, en effet.

— Tu as eu l'occasion de voir son fantôme traîner dans le coin ? Ce n'est pas elle qui est censée hanter la maison ?

A ces mots, Sarah sentit un frisson se former dans ses reins et remonter insidieusement le long de sa colonne vertébrale, mais elle songea qu'elle allait garder pour elle les visions nocturnes de Gracie.

— Des rumeurs, dit-elle. Dans une petite ville comme ça,

les gens aiment discuter et vivre par procuration ou, pire encore, exagérer et inventer des histoires.

— Oui, mais même toi tu as dit que tu l'avais vue, objecta Jacob.

— J'étais gamine, rétorqua Sarah un peu trop sèchement.

L'état de panique dans lequel elle avait retrouvé sa fille la veille était encore bien présent dans son esprit.

— Bon, assez parlé de ça. On a du travail.

Jacob approuva de la tête, mais Joseph continua d'observer sa sœur d'un air pensif. Les ignorant tous les deux, elle déroula un deuxième jeu de plans, datés de 1950, et leur fit remarquer qu'une salle de bains avait alors été ajoutée et la cuisine agrandie. Pour finir, elle étala des dessins de 1978 sur lesquels il apparaissait qu'on avait de nouveau repensé la cuisine, qu'on avait remplacé les tableaux électriques, construit un patio près de la terrasse de derrière et créé la suite parentale, qui empiétait sur une ancienne buanderie.

Joseph étudia chaque jeu de plans.

— Autant de réincarnations que de générations dans la famille, commenta-t-il.

— Pas tout à fait quand même, dit Sarah.

— Et maintenant, il faut tout recommencer, poursuivit-il avec une grimace en balayant rapidement les lieux du regard. Un simple rafraîchissement suffirait peut-être ?

— Si seulement, soupira Sarah. J'ai passé en revue le rez-de-chaussée et les deux étages. Il me reste le grenier et le balcon du toit à inspecter, ainsi que le sous-sol.

Joseph parut surpris :

— Tu vas descendre à la cave ? Je croyais que tu en avais une peur bleue.

— Peut-être parce que je m'y suis fait enfermer par deux imbéciles.

— Désolé, répondit Jacob d'un air penaud.

— Si je me souviens bien, nous avons payé pour ça, intervint Joseph.

Sarah réprima un frisson en se rappelant la correction qu'Arlene avait infligée aux garçons quand elle avait découvert Sarah, alors âgée de six ans, en larmes sur la dernière marche du long escalier descendant vers la cave.

— Mais oui, je vais descendre et faire l'inventaire, affirma-t-elle en chassant l'image de son esprit.

— Et tu vas aussi inspecter le balcon ? demanda Jacob, étonné. Qui êtes-vous, madame, et qu'avez-vous fait de ma sœur ?

Sarah ne put s'empêcher de sourire.

— Je ne suis plus la petite fille que vous martyrisiez, figure-toi.

— J'en ai bien l'impression, répondit Jacob en lui retournant son sourire.

Les jumeaux avaient grandi, eux aussi, et elle ne voyait pas de raison de s'appesantir sur le traumatisme qu'elle avait subi par leur faute. Par ailleurs, l'incident du toit n'avait rien à voir avec eux — c'était du moins ce qu'ils n'avaient jamais cessé de clamer. Plutôt que de remettre le sujet sur le tapis, elle déclara :

— Et pour cette histoire de simple rafraîchissement, Jacob, regarde la taille de cette maison. L'esthétique, ça coûte cher. Et malheureusement, la maison a besoin de beaucoup plus que d'un simple lifting.

Le sourire de Jacob s'estompa.

— Je crois entendre le bruit d'un bulldozer dans la tête de notre frère, dit Joseph à sa sœur.

Se penchant vers elle, il lui confia, en aparté :

— Je peux lire dans son esprit, tu sais. C'est un truc de jumeaux.

— Oh ! tais-toi, rétorqua Jacob.

Il se tourna pour regarder par la fenêtre. D'un côté, les prairies vallonnées s'étendaient jusqu'aux collines boisées et, de l'autre, les eaux de la Columbia coulaient de façon tumultueuse.

— Mais tu sais, enchaîna-t-il, c'est le terrain qui fait la vraie valeur de cette propriété. Cette baraque ne vaut rien, elle tombe en ruine. Joe a peut-être raison.

Celui-ci recula, sur la défensive.

— Je n'ai jamais dit qu'il fallait démolir la maison, continua Jacob. Je pensais seulement que c'était peut-être une solution à envisager.

— Et c'est sans doute la plus raisonnable, souligna Joseph.

— Tout ça, c'est de l'Histoire — avec un grand H —, intervint Sarah, tout en tapotant de l'index les plans originaux.

Puis, avant que ses frères aient le temps de protester et de lui refaire le coup des jumeaux télépathes — un petit jeu qu'ils pratiquaient depuis leur enfance —, elle ajouta, avec un geste qui semblait vouloir englober la demeure :

— Et ça, c'est notre maison, une superbe maison dans laquelle nous avons tous grandi. Elle a juste besoin qu'on s'occupe un peu d'elle.

Jacob la fixa d'un air incrédule.

— Bon, d'accord : qu'on s'occupe *beaucoup* d'elle, admit-elle à contrecœur. Mais je dispose du temps, des compétences et de toutes les relations nécessaires.

Levant les yeux, elle ajouta :

— Tu le sais, Jake, sinon tu n'aurais jamais accepté de te lancer dans ce projet.

Elle s'abstint de leur rappeler qu'après ses études à la fac elle avait d'abord travaillé comme assistante dans un cabinet d'architecte, et qu'elle avait été, pendant ces cinq dernières années, chef de projet pour Tolliver Construction à Vancouver.

La rénovation était sa spécialité.

— Et puis, qui va dire à maman que nous avons passé la maison au bulldozer ?

Aucun des jumeaux ne se porta volontaire.

— C'est bien ce que je pensais. Je vais donc faire un état des lieux rapide de chaque étage et je vais trouver des idées fabuleuses, je vous assure. J'ai déjà envoyé les plans et quelques suggestions à l'architecte, qui est venu avec un ingénieur pour prendre les premières mesures et jeter un coup d'œil à la propriété. Il y a des mois que nous échangeons des mails à ce sujet. Heureusement, j'ai réussi à embaucher un type du coin qui supervise la rénovation de l'annexe, et elle est presque prête à nous accueillir. Une fois que nous y aurons emménagé, avec les filles, nous pourrons nous attaquer sérieusement aux travaux de la maison.

— Ça va coûter les yeux de la tête, dit Jacob, énonçant là une évidence.

— Je ne dis pas le contraire. Nous avons déjà parlé budget, leur rappela-t-elle, et nous nous sommes endettés à vie auprès des banques.

— Ne m'en parle pas, rétorqua Jacob, qui semblait déjà le regretter.

— Eh, j'ai besoin que vous me souteniez. Tous les deux.

De nouveau, elle tapota les plans étalés sur la table.

— C’est un projet énorme, une rénovation d’envergure, mais ça vaut le coup.

— D’accord, dit Joseph en haussant les épaules. Fonce.

Contrairement à Jacob, il ne s’était jamais réellement opposé à cette entreprise.

— C’est ce que je fais, répondit-elle. Je viens de déménager ici avec toute ma famille et, crois-moi, ça n’a pas été une mince affaire. Jade ne voulait pas venir, et j’ai vraiment dû la traîner de force de Vancouver jusqu’à Stewart’s Crossing. Mais maintenant, on ne peut plus revenir en arrière… Pas vrai, Jake ?

Jacob hésita, puis, croisant le regard de son frère, il acquiesça.

— D’accord, dit-il en haussant une épaule. Pas de problème.

— Il faut qu’on y aille, lui dit alors Joseph.

Au même moment, son portable sonna.

— Je dois répondre, désolé, lança-t-il en se dirigeant vers la porte d’entrée. Et au fait, n’oublie pas la fête de Dee Linn.

Sarah eut un mouvement de recul involontaire.

— C’est toujours d’actualité ?

— Elle ne t’a pas appelée ?

— Si, mais ça fait des siècles. Je ne l’ai pas eue au téléphone depuis au moins trois semaines. J’ai été débordée avec le déménagement, et il n’y a presque pas de réseau dans la maison. Jade est persuadée que je l’ai embarquée ici, loin de ses amis, dans le seul but de lui pourrir la vie.

Joseph lui adressa un large sourire :

— Ce n’est pas le cas ?

— Merci pour ton soutien, riposta Sarah en lui retournant pourtant son sourire entendu. Donc la fête de Dee Linn aura bien lieu ?

— Tu crois vraiment qu’elle aurait changé d’avis ? demanda Joseph avec une expression qui soulignait l’inutilité de la question.

— Tu connais son credo, intervint Jacob : « Ne manque jamais une occasion de briller en société. » La famille au grand complet est invitée.

— Maman sera là ? demanda Sarah, contrariée par la façon dont les muscles de son dos se tendaient à l’idée de voir Arlene.

— Je suis sûr qu’elle viendra, si elle le peut, répondit Jacob. J’imagine que tu ne l’as pas vue depuis un moment, sinon, tu le saurais.

— Quoi ? demanda Sarah avec un pincement de culpabilité. Sa conscience la taraudait de nouveau. Récemment, elle avait rendu visite à sa mère à deux reprises. Mais les deux fois, Arlene dormait et ne s'était pas réveillée en présence de Sarah, qui avait donc fait le déplacement depuis Vancouver pour rien. Malgré tout, elle était restée plusieurs heures auprès de sa mère, se demandant si l'irascible vieille dame faisait semblant de dormir. Et, pendant tout le trajet du retour, elle s'était haïe d'avoir pensé qu'Arlene pourrait se montrer aussi sournoise.

— De toute façon, elle n'a pas la force de participer à ce genre de soirée, commenta Jacob. Elle n'a d'ailleurs plus la force de faire grand-chose, et je ne pense pas que ça change d'ici là. Sans compter que les fêtes n'ont jamais été sa tasse de thé. Quoi qu'il en soit, tous les autres sont censés être là. Tante Marge viendra avec les cousins.

Marge était la sœur cadette d'Arlene ; elle avait une fille, Caroline, et un fils, Clark.

— En tout cas, je crois avoir entendu Danica l'affirmer, ajouta-t-il en évoquant sa propre épouse, mais je peux me tromper.

— J'appellerai Dee ce soir, promit Sarah en raccompagnant ses frères dans l'entrée.

Quand la porte se fut refermée derrière eux, elle retourna dans la cuisine. La trouvant déserte, elle se rendit dans le salon.

— Les filles, dit-elle, préparez-vous : on va rendre visite à Granny.

Jade leva les yeux de son portable, sur lequel elle était en train de jouer ou d'envoyer des textos, et adressa à sa mère un regard horrifié.

— Tu plaisantes, j'espère ? demanda-t-elle.

— Pas du tout. C'est la dernière occasion que nous avons avant que vous repreniez les cours la semaine prochaine, et que je me retrouve dans les travaux jusqu'au cou, alors on arrête de faire sa mauvaise tête et on grimpe en voiture.

— Mais je ne suis même pas habillée ! protesta Jade.

— Ce n'est pas mon problème. Nous sommes en plein milieu de l'après-midi, et on part dans cinq minutes, alors secoue-toi.

Tandis que la voiture passait le portail de la maison de retraite de Pleasant Pines, Jade contemplait l'établissement d'un regard morose. Elle n'était à Stewart's Crossing que depuis vingt-quatre heures et, jusque-là, chaque seconde de son bref séjour avait été une torture. Cet endroit était un enfer. Non seulement il n'y avait pas Internet — ce qui était impensable — mais cette idiote de Gracie voyait des fantômes partout. Et voilà qu'à présent il leur fallait rendre visite à Granny, dans cette espèce d'édifice moderne bordé d'un grand portique qui s'étendait au-dessus d'une allée. Une pelouse, constellée de feuilles mortes et de quelques arbustes, cernait le bâtiment principal qui s'élevait sur deux étages, percés de fenêtres et de sorties de climatiseurs.

D'emblée, Jade détesta cet endroit — mais, ces temps-ci, elle détestait à peu près tout ce qui se passait dans sa vie. Cette visite à sa grand-mère ne risquait pas d'améliorer son humeur. Pendant le trajet jusqu'à Pleasant Pines, l'atmosphère était restée tendue. Sa mère n'avait pas décroché un mot et, maintenant qu'elle avait garé leur Ford Explorer sur une place de parking, elle ne semblait guère plus disposée à briser le silence.

Gracie sortit de la voiture et Jade, assise à l'avant, l'imita. Des gouttes de pluie glacées s'écrasèrent aussitôt sur sa tête.

Génial. Vraiment fantastique.

Elle resserra autour d'elle son manteau, qui lui descendait jusqu'aux chevilles, et enfonça les mains au fond de ses poches, tout en suivant sa mère et sa sœur vers le bâtiment. Pour une raison qui lui échappait, Gracie ne semblait pas remarquer combien cette visite craignait.

L'espace d'une seconde, Jade se sentit coupable de ses pensées, puis elle songea qu'elle n'avait rien à se reprocher : après tout, elle avait réellement essayé d'apprécier sa grand-mère, mais c'était impossible. Elle avait des amis qui pensaient que leurs grands-parents étaient les gens les plus cool du monde. Le grand-père de Cody était un type génial que Cody aimait et respectait. Sa grand-mère, Violet, était une adorable petite vieille qui savait faire des pâtisseries et tricoter, et qui adoptait des chats errants qu'elle adorait. Violet possédait une collection de vieux vinyles qu'elle aimait faire écouter à Cody, et son grand-père passait du temps à lui montrer l'arsenal de fusils de chasse qu'il gardait dans une pièce spéciale fermée à clé, ainsi que les peaux et les têtes des animaux qu'il avait « dégommés » — de l'alligator empaillé posé près de la cheminée, au couguar tapi sur la poutre du plafond voûté. Ce n'était d'ailleurs pas ce qu'elle préférait chez le grand-père de Cody. Les portes de verre du bâtiment s'ouvrirent devant elle, lui soufflant au visage une bouffée d'air aussi brûlant que les feux de l'enfer. Jade n'appréciait guère le fait que le vieil homme s'enorgueillisse de tuer des bêtes sauvages, mais sa collection de vieux fusils et de couteaux était quand même super. Cody les aimait tous, en particulier le vieux Luger allemand de la Seconde Guerre mondiale, et la mitrailleuse équipée de sa ceinture à munitions que le grand-père entreposait dans son « cabinet de guerre », au sous-sol.

En dépit du penchant qu'éprouvait le vieil homme pour la guerre et la chasse, lui et la « femme de sa vie » — ils étaient mariés depuis plus de cinquante ans — étaient gais et aimants, et les rides malicieuses qui cernaient leur regard le prouvaient.

Jade n'avait pas eu la chance de Cody. Elle n'avait jamais rencontré les parents de son père, ce qui n'avait rien de surprenant dans la mesure où elle ne connaissait pas son père biologique, la créature mythique et manifestement dénuée de nom qui avait fécondé sa mère. Quant aux parents de son père adoptif, Noel McAdams, ils habitaient à Savannah où lui-même résidait depuis le divorce. Comme elle ne les avait rencontrés qu'en de rares occasions, ils ne comptaient pas vraiment. Et Franklin, le père de Sarah, était mort depuis longtemps, ce qui ne laissait à Jade, pour tous grands-parents, que Granny Arlene — une vieille femme grincheuse et mesquine qui semblait en vouloir au monde entier.

Malheureusement, elle doutait qu'il en soit autrement aujourd'hui.

Après avoir signé le registre des visites et retiré leur badge à la réception, elles furent accompagnées jusqu'à la chambre d'Arlene par Adele Malone, une femme rondelette au visage avenant, plus bavarde qu'une pie. Elle les guida et les fit passer devant une pièce meublée de canapés et de fauteuils aux motifs fleuris, où quelques résidents lisaient le journal ou regardaient la télévision, puis devant un réfectoire vide, avant de leur faire emprunter un large couloir. Là, Mme Malone sourit en saluant de la main quelques femmes qui poussaient leur déambulateur.

— C'est par ici, annonça-t-elle en s'arrêtant devant un ascenseur flanqué de plantes artificielles qui ressemblaient étrangement à de la marijuana.

Ça n'en était sans doute pas, mais Jade trouvait plus amusant de croire qu'il s'agissait là de l'œuvre d'un décorateur à l'humour douteux.

Lorsqu'elles arrivèrent au deuxième étage, Mme Malone, qui n'en finissait pas de discourir sur toutes les choses passionnantes qui se passaient à Pleasant Pines, les précéda jusqu'à une porte, à laquelle elle frappa discrètement.

Jade serrait les dents. Cet endroit lui flanquait la chair de poule. Certes, il faisait bonne impression, au premier abord. La plupart des résidents les avaient saluées dans les couloirs ; certains étaient en fauteuil roulant, d'autres poussaient leur déambulateur ou marchaient lentement, mais tous paraissaient heureux. Tellement heureux, à vrai dire, que Jade se demanda s'ils étaient tous sous antidépresseurs.

Cette impression allait rapidement changer. Mme Malone frappa une deuxième fois à la porte en annonçant d'une voix chantante :

— Madame Stewart ? Vous avez de la visite.

Comme elle n'obtenait aucune réponse, elle frappa de nouveau puis ouvrit doucement et passa la tête par l'entrebâillement de la porte.

— Votre fille et vos petites-filles sont venues vous voir, Arlene.

Le silence seul accueillit ces mots.

Sans se démonter, l'aide-soignante ouvrit la porte en grand et pénétra dans le minuscule appartement.

— Venez, dit-elle en agitant la main derrière elle pour inviter le petit groupe à entrer.

Sarah obéit, mais Gracie et Jade restèrent dehors, juste devant la porte ouverte.

— Madame Stewart ? répéta Mme Malone, plus fort cette fois. Vous avez de la visite.

— Allez-vous-en, lança une voix sèche.

— Ce sont votre fille et vos petites-filles, expliqua de nouveau Mme Malone en s'approchant d'un canapé rembourré à l'excès, sur lequel était assise une femme d'allure chétive, entourée de coussins et d'un lapin en peluche. Ses cheveux étaient clairsemés et raides, pas encore tout à fait blancs. Les grosses lunettes posées sur l'arête de son nez, retenues par une chaîne autour de son cou, lui donnaient l'allure d'une chouette.

— Attendez-moi ici une seconde, murmura hâtivement la

mère de Jade par-dessus son épaule, avant de se diriger vers le canapé. Bonjour, maman ! Comment vas-tu ?

Elle se pencha pour prendre la main de sa mère et lui effleurer la joue d'un baiser, mais Arlene eut un mouvement de recul qui n'échappa à personne. Une grimace de dégoût déforma son visage osseux.

— Toi ? s'exclama-t-elle d'une voix rauque, le ton accusateur. Qu'est-ce que tu fais ici ?

Redressant les épaules, Sarah répondit sans se démonter :

— Les filles et moi avons emménagé dans la maison, tu sais, pour la rénover. Mais on a fait une pause pour venir te voir.

— Quelles filles ? demanda Arlene.

Ses yeux roulaient de colère dans ses orbites creusées. Elle détourna lentement le regard vers la porte, où Jade et Gracie se tenaient sans oser entrer.

— Que font-elles ici ?

Les lèvres fines d'Arlene étaient livides, ses joues caves étaient striées de rides, et ses yeux, d'un bleu si pâle qu'ils semblaient fantomatiques.

— Nous voulions te rendre une petite visite, expliqua de nouveau Sarah.

La bouche d'Arlene frémit.

— Je pensais que tu étais morte.

Mme Malone porta vivement la main à son cœur.

— Quoi ? Oh ! maman, non, lui assura Sarah en secouant la tête, un sourire de plus en plus crispé aux lèvres. Je sais que ça fait un moment mais, la dernière fois où je suis passée, tu dormais.

C'est alors que la vieille femme laissa exploser sa colère. Ses doigts noueux s'enfoncèrent dans l'accoudoir du canapé comme les serres d'un vautour sur sa proie.

— C'est indigne d'une fille de faire ça à sa mère, s'écria-t-elle d'une voix forte, tremblant de tout son corps. J'aurais dû m'en douter, avec toi ! Les sœurs m'avaient bien dit que tu avais péché. Elles m'avaient avertie. Tu ne sais pas que la Madone est la clé de ton salut ? La Sainte Mère ? C'est elle, la clé. Es-tu une païenne ?

Mme Malone intervint :

— Arlene, Sarah est juste venue vous voir avec ses filles.

— Sarah ? demanda la vieille dame dans un souffle.

— Oui, votre fille.

Arlene battit des paupières. Sa bouche s'ouvrit et se referma à plusieurs reprises.

— C'est Theresa, ma fille !

Le feu qui l'avait animée un instant plus tôt sembla soudain s'éteindre, et son menton se mit à trembloter, comme si elle était sur le point de pleurer.

— Tu n'es pas... ?

Pendant un instant, elle baissa la tête, comme pour rassembler ses esprits. Elle paraissait tellement perdue que, cette fois, Jade eut sincèrement pitié d'elle. Dans un geste angoissé, Arlene se mit à frotter l'une contre l'autre ses mains marquées de taches brunes.

— Je... je ne comprends pas. Où est Theresa ? Où est mon bébé ?

Sarah s'accroupit près du canapé.

— On ne sait pas, maman. On ne sait toujours pas.

— Je crois qu'elle est avec Jean, dit soudain Arlene.

— Jean ? Quel Jean ?

— Ou peut-être Matthieu ?

— Maman, qui est Matthieu ?

De toute évidence, Sarah avait du mal à suivre.

— Ce sont peut-être des amis de votre sœur, suggéra Mme Malone à mi-voix. Ou des membres de la famille.

— Ils la protégeront, dit Arlene. Je sais qu'ils s'occuperont bien d'elle.

La furie qui avait agressé Sarah avait complètement disparu pour laisser place à une vieille dame brisée et hébétée, qui cillait derrière les verres de ses lunettes démesurées en marmonnant son charabia.

— Ce n'est sans doute pas le meilleur moment pour elle, suggéra Mme Malone, un pli inquiet sur le front.

Tu parles ! D'après Jade, c'était probablement le pire moment du monde. Pauvre Granny !

L'aide-soignante ajouta alors :

— Vous pourriez peut-être revenir un autre jour ?

— Maman ? insista Sarah.

Trop tard, songea Jade. C'était fini : quelle que soit la chose qui avait possédé cette carcasse desséchée quelques minutes plus tôt, elle s'était retirée pour se cacher dans l'âme tortueuse de son hôte. Jade espéra ne plus jamais la revoir.

Elles sortirent dans le couloir, et Mme Malone expliqua :

— Quelquefois, elle se replie complètement sur elle-même. Si vous voulez bien m'excuser un instant…

Sortant une espèce de talkie-walkie de sa poche, elle réclama de l'aide.

— Vous pouvez y aller, si vous voulez, et je vous appellerai plus tard, ajouta-t-elle alors qu'une grande femme, aux épais cheveux grisonnants coiffés en chignon, se pressait dans leur direction, une expression préoccupée sur le visage.

Sur sa blouse bleue était accroché un badge indiquant qu'elle était infirmière diplômée. Elle prit Mme Malone à part pendant quelques instants, lui murmurant rapidement quelques mots à l'oreille, puis elle entra dans la chambre d'Arlene.

— C'est fréquent, ce genre de choses ? demanda Sarah.

— Elle a de bons et de mauvais jours, expliqua laconiquement Mme Malone en regardant vers la chambre entrouverte, où l'infirmière tentait visiblement de communiquer avec Arlene. De toute évidence, elle n'est pas au mieux aujourd'hui.

Décidément, cette femme était championne du monde de l'euphémisme ! Comment faisait-elle pour garder son boulot ?

— Nous reviendrons une autre fois, dit Sarah, au grand soulagement de Jade.

Plus vite elles partiraient d'ici, mieux ce serait.

Une fois dehors, elle eut enfin l'impression de pouvoir respirer de nouveau. Même la pluie déversée par les nuages sombres qui encombraient le ciel ne la dérangeait plus.

— Cet endroit est affreux ! déclara-t-elle.

Sa mère sortit sa clé pour ouvrir la Ford à distance, et Jade se précipita vers le véhicule pour s'y installer, Sarah et sa sœur sur les talons. Gracie boucla sa ceinture, et Jade fusilla sa mère du regard :

— Pour info, maman, je ne remettrai jamais plus les pieds ici.

— Bien sûr que si, pour voir Granny…

— Pourquoi ? Elle est infecte. Et elle ne t'a même pas reconnue. Elle croyait même que tu étais morte. C'est complètement dingue, non ? proféra-t-elle tout en s'escrimant à attacher sa ceinture, avant que Sarah ne la tanne une fois de plus avec son éternel sermon sur la sécurité.

— Elle m'a juste confondue avec ma sœur aînée, Theresa, expliqua Sarah. C'est tout.

— C'est tout ? s'exclama Jade en écarquillant les yeux, incrédule.

— Elle est malade. Elle a eu une attaque et elle est atteinte d'une sorte de démence sénile.

— Elle a perdu la boule. Très bien. J'ai compris. Elle a Alzheimer ou un truc comme ça, dit Jade. Je suis désolée pour elle. C'est triste, d'accord. Mais c'est trop barré pour moi, maman. Je ne la connais même pas et, apparemment, elle n'a aucune envie de me connaître, elle non plus. Je ne retournerai pas là-bas.

— Moi non plus, dit la voix de Gracie dans son dos. Jade a raison.

Pour une fois, elle était de son côté. Incroyable.

— Elle est complètement folle, ajouta Gracie, et…

— Assez ! lança leur mère d'une voix où la colère le disputait à la frustration.

Elle passa la marche arrière pour sortir de la place de parking et dut aussitôt écraser la pédale de frein, évitant de justesse d'emboutir la voiture derrière elle qui avait reculé au même moment.

— Enfin, les filles ! C'est ma mère. Votre grand-mère. Vous pourriez faire preuve d'un peu de respect et de compassion.

— Pourquoi ? demanda Jade. Elle n'a clairement aucune envie de nous voir. Aucune d'entre nous. Pourquoi tu t'acharnes à embellir les choses ? Je ne comprends vraiment pas.

Dehors, la pluie s'abattait sur le pare-brise embué. Sarah ferma les yeux un instant.

— Oh oh…, souffla Gracie.

Jade entendait presque sa mère compter jusqu'à dix dans sa tête. Elle avait les mains tellement crispées sur le volant qu'elles avaient blanchi aux jointures. Enfin, elle souffla un grand coup et secoua la tête, l'air plus calme, avant de reprendre sa marche arrière.

— C'est ma mère, répéta-t-elle d'une voix posée. Elle m'a élevée.

— Ça explique beaucoup de choses, répliqua Jade.

Une expression peinée s'afficha brièvement sur le visage de sa mère, et Jade regretta presque ses paroles, craignant les représailles. Pourtant, elle ne les retira pas.

— Elle n'a pas toujours été comme ça, se contenta de dire Sarah tout en manœuvrant.

Elles s'engagèrent enfin sur la longue allée menant à la route.

— Maman, Granny a toujours été bizarre, insista Jade. Tu le sais. En tout cas, je suis désolée que ce soit ta mère, mais... je dis juste que c'est une sorcière, tu comprends ?

— Jade, murmura-t-elle.

Mais Jade n'avait pas l'intention de reculer.

— Maman, sois réaliste : Granny est méchante.

— Pour l'amour du ciel, elle est malade, c'est tout. Arrête d'en faire un drame.

— Non, ce n'est pas tout. Tu te mens sur son compte, et sur d'autres choses aussi. Et ensuite, quand tout n'est pas parfait, tu t'étonnes.

A ces mots, Sarah tressaillit. Jade sentit qu'elle avait touché un point sensible chez sa mère, mais tant pis pour elle.

— Essayons juste d'être gentilles avec Granny, d'accord ? demanda-t-elle.

Elle ralentit, laissant un énorme camion la dépasser dans un rugissement de moteur, puis elle bifurqua sur la route menant au cœur de Stewart's Crossing.

— Un peu de compassion et d'empathie, ce n'est pas trop demander, non ? Avec un peu de chance, nous aurons toutes son âge un jour.

Dans un million d'années, oui !

— OK, marmonna la voix de Gracie depuis le siège arrière.

— Pas de problème, lâcha enfin Jade.

Elle se sentait un peu coupable d'avoir été si dure, mais tout de même... Elle se souvenait de Granny Arlene quand elle était plus jeune, et même à l'époque sa grand-mère n'était pas un cadeau.

— Je serai aussi gentille avec elle qu'elle le sera avec moi, conclut-elle.

— Parfait, dit Sarah sans quitter la route des yeux.

Si Jade n'avait pas aussi bien connu sa mère, elle aurait pu croire que cette dernière était d'accord avec elle.

7

Il faisait froid, tellement froid.

Et sombre. L'obscurité était complète.

— Laissez-moi sortir ! cria Rosalie d'une voix rauque et plaintive.

Des deux poings, elle martela la porte de bois fermée à clé, mais personne ne répondit. Elle avait l'impression d'être seule au monde et elle eut envie d'éclater en sanglots encore une fois — mais cela n'arrangerait pas la situation, pas plus que les fois précédentes. Elle était enfermée dans une sorte de grange, dans un box dont les cloisons étaient si proches l'une de l'autre qu'en écartant les bras elle aurait presque pu les toucher toutes les deux à la fois. L'unique source de lumière provenait d'une fenêtre qui se trouvait à près de trois mètres du sol. Sauf qu'il faisait de nouveau sombre — le soir approchait sans doute, se dit-elle. Son estomac se mit à gronder ; elle avait faim.

Plus effrayée qu'elle ne l'avait jamais été dans sa vie, elle se remit pourtant à chercher un moyen de sortir de sa prison, comme elle le faisait depuis la seconde où on l'avait jetée ici. Elle s'était débattue, avait lancé des coups de pied et hurlé, aussi terrorisée que furieuse. A présent, elle avait la voix brisée et les yeux gonflés d'avoir tant pleuré. A force de s'être acharnées à frapper sur la porte, ses mains, étroitement menottées devant elle, étaient tuméfiées et égratignées. Même ses jambes lui faisaient mal ; elle avait tenté de défoncer la solide porte de bois d'un coup de pied, avec pour unique résultat une douleur fulgurante qui lui était remontée le long de la jambe.

— Et merde !

De ses mains attachées, elle frotta sa jambe qui continuait de l'élancer.

Elle ignorait où elle était exactement, mais elle ne devait pas se trouver bien loin de Stewart's Crossing, estima-t-elle. Entre le moment où elle avait été enlevée et celui où la camionnette s'était arrêtée près de ce bâtiment isolé au milieu des bois, elle avait surveillé l'horloge du tableau de bord et le compteur de vitesse, et il ne s'était pas écoulé plus d'une demi-heure ; elle devait donc se trouver à moins de trente-cinq kilomètres du restaurant.

Son ravisseur avait vite changé d'attitude. Adieu le sourire charmeur et la nonchalance de cow-boy — l'homme sympathique qui laissait de bons pourboires, qui avait toujours un mot gentil pour les serveuses tandis qu'il buvait son café, s'était complètement évanoui, laissant place à un pervers à l'expression indéchiffrable.

L'homme avenant n'avait probablement jamais existé ; ce masque, qui lui avait permis de la prendre au piège, était tombé pour révéler le visage d'un monstre qui semblait, elle en avait la certitude, capable de meurtre.

Rosalie se mit à paniquer en imaginant ce qu'il risquait de lui faire subir, et ces images étaient si terrifiantes qu'elle en eut la nausée. Jusqu'alors, il ne l'avait pas touchée, sauf pour la menotter, mais cela pouvait changer. Alors qu'elle envisageait ce qui l'attendait peut-être, son sang se glaça dans ses veines.

Il fallait qu'elle soit forte et qu'elle réfléchisse pour trouver un moyen d'infléchir son destin. Frissonnante, elle s'efforça de chasser sa peur.

Elle s'était conduite comme une idiote, pensa-t-elle. Pour la millionième fois, elle se reprocha mentalement sa stupidité — qu'est-ce qui lui avait pris de monter dans cette camionnette, bon sang ? se demanda-t-elle en se laissant glisser le long du mur pour s'asseoir.

Quand elle avait pris conscience qu'il était en train de l'enlever, elle avait aussitôt envisagé le pire : il allait la violer, la torturer ou la tuer. Pourtant, tandis qu'elle hurlait et se débattait, il n'avait fait que la traîner dans ce box sombre et glacé. Un petit lit de camp avait été disposé dans un coin, et on y avait également placé deux bouteilles d'eau et une bassine pour ses besoins.

— Tout le confort moderne, avait-il lancé d'un ton sarcastique.

Il l'avait jetée sur le lit de camp, couvert d'un vieux sac de couchage et d'un oreiller qui sentait le moisi, et l'avait laissée là, toujours menottée.

Elle avait passé toute la nuit à arpenter cet espace et à taper sur la porte, passant des cris aux larmes sans cesser un instant de chercher un moyen de s'échapper. Si seulement elle avait accepté que Gloria la raccompagne, ou refusé de monter dans la camionnette — ou fait quoi que ce soit qui aurait pu l'empêcher de tomber dans ce piège affreux !

— Je vous déteste ! hurla-t-elle.

Ses mots résonnèrent dans le silence.

Elle était certaine d'être seule. Toute seule.

Sa mère allait-elle jamais la retrouver ?

Est-ce que ce crétin de Mel allait convaincre Sharon que sa fille avait juste décidé de découcher, ou bien allaient-ils se lancer à sa recherche ?

Pitié, pitié, pitié, supplia-t-elle à l'intention d'un Dieu en qui elle avait toujours juré ne pas croire. *Faites qu'on me retrouve !*

Même Mel allait finir par juger son absence inquiétante, non ? Il le fallait. Seigneur, pourvu qu'ils soient partis à sa recherche, pourvu que quelqu'un l'ait vue monter dans la camionnette de ce sale type, qu'il ait reconnu ce pervers ou noté le numéro de sa plaque, ou que…

A quoi bon ? songea-t-elle en se remettant debout, le visage baigné de larmes. Elle s'affala sur ce fichu lit de camp et s'enveloppa dans le sac de couchage. Il y avait déjà un moment qu'elle était là, assez longtemps pour qu'elle se sente morte de faim et de peur. Ce salaud n'allait quand même pas l'abandonner là ?

Avait-il l'intention de l'affamer ? En tout cas, il n'aurait pas mis ces deux bouteilles d'eau s'il avait voulu la laisser mourir de soif. L'esprit bouillonnant de scénarios tous plus affolants les uns que les autres, elle se demanda s'il était arrivé quelque chose à son ravisseur — un accident, peut-être ? C'était tout ce qu'il méritait mais, dans ce cas, comment allait-on la retrouver ? Elle allait sans doute mourir dans ce sac de couchage moisi.

Mon Dieu, il fallait qu'elle trouve un moyen de sortir de là, à tout prix ! Des larmes roulèrent sur ses joues et elle les essuya du revers de la main, malgré le fer des menottes qui mordait ses poignets.

Maman va te retrouver. C'est sûr. Tu le sais.

L'ennui, c'est qu'elle n'en était pas si certaine.

Non, pas certaine du tout.

*
* *

Jusqu'alors, elle n'avait guère fait de prouesses en tant que mère, se dit Sarah en montant l'escalier grinçant du deuxième étage. Sa fille aînée était suffisamment insolente et insensible pour taxer sa grand-mère de méchanceté, et sa cadette était convaincue d'avoir vu un fantôme dans la maison. Deux fois. Voilà qui ne relevait pas exactement des attributs d'une famille équilibrée.

Avec un sentiment de culpabilité, Sarah se demanda si elle n'était pas involontairement responsable de la situation.

De toute évidence, elle ne s'était jamais montrée particulièrement aimante avec sa mère et elle avait cru voir, elle aussi, un fantôme éploré dans cette maison.

En avait-elle parlé à Gracie sans le vouloir, exacerbant ainsi les peurs de sa fille ? Si Jade avait toujours été indépendante et exagérément franche, Gracie, elle, avait un caractère plus introverti et quelques difficultés à se faire des amis. Sarah croisa les doigts pour que ce déménagement provoque des changements positifs — non seulement pour elle, mais aussi pour ses filles.

Arrivée sur le palier, elle s'arrêta. Elle avait inspecté toutes les pièces de cet étage et décidé, une fois de plus, que la salle de bains allait devoir être rénovée de fond en comble, ainsi que la suite parentale. Il fallait refaire l'électricité et la plomberie de toute la maison, mais aussi l'isolation et le système de chauffage.

Tout cela allait coûter une fortune.

— Mais ça en vaut vraiment la peine, se répéta-t-elle à voix haute en passant devant la chambre où sa sœur aînée avait vécu.

Elle ralentit légèrement, hésitante.

— Plus tard, se dit-elle.

Quand elle aurait plus de temps. Pour le moment, il fallait qu'elle affronte ses propres démons. Elle se dirigea donc vers la porte au fond du couloir, celle qui donnait sur un étroit passage menant au grenier, puis au toit.

Lorsqu'elle l'ouvrit, un sentiment d'angoisse familier l'assaillit. Depuis qu'elle était toute petite, elle avait soigneusement évité cet escalier et refusé de mettre les pieds dans le grenier mais, à présent, elle ne pouvait plus reculer.

Elle appuya sur l'interrupteur situé en bas des marches. Il émit un claquement sonore, mais la cage d'escalier béante demeura plongée dans le noir.

— C'est bien ma chance, marmonna-t-elle, avant d'allumer la lampe de poche de son téléphone portable pour s'éclairer.

Elle sentit les muscles de sa nuque se tendre et dut se forcer à avancer dans l'escalier raide, ignorant de son mieux les battements désordonnés de son cœur et la peur qui s'insinuait comme un poison dans ses veines.

La température baissa à mesure qu'elle montait. Des bardeaux manquaient dans la charpente du grenier, elle le savait ; le vent s'engouffrait dans les brèches en émettant des plaintes sinistres, et la pluie s'infiltrait par le toit.

Elle se rappela alors cette nuit d'hiver où elle était montée dans le grenier pour se retrouver sur le balcon surplombant le toit. Le ciel d'un noir profond déversait une pluie glacée. Sa chemise de nuit était trempée, sa peau était mouillée, et un vent cruel sifflait autour d'elle, la faisant trembler de froid. Pourtant, les intempéries n'étaient pas la cause de cette frayeur atroce qui lui tordait l'estomac. Quelque chose de maléfique s'était produit ici, quelque chose d'assez terrifiant pour que son esprit refuse de se souvenir complètement.

Mais parfois, cela lui revenait par bribes.

Elle savait que Roger avait été présent, là, avec elle.

Ou bien était-ce plus tard ? Arlene n'avait cessé de lui répéter qu'elle avait tout imaginé, qu'il ne s'agissait que de délires.

Sauf que, même à présent, elle gardait encore sur sa peau la sensation des mains calleuses de son frère, de ses doigts, rendus rugueux par les travaux d'extérieur, quand ils s'étaient refermés sur ses poignets. Il avait près de vingt ans alors, c'était presque un homme.

— Tout ira bien, lui avait-il murmuré à l'oreille.

C'était un mensonge.

En se rappelant son haleine chaude contre sa tempe, elle frissonna, et une vague de peur l'assaillit. Il fallait absolument qu'elle se souvienne, mais son appréhension l'étourdissait et l'en empêchait — c'est du moins ce que lui avait expliqué la psychologue qu'elle avait consultée des années plus tôt.

— C'est votre subconscient, Sarah. C'est la façon qu'a votre cerveau de vous protéger, avait affirmé le Dr Melbourne de sa voix douce.

— Mais il faut que je sache ! avait protesté Sarah, assise au fond du canapé dans le bureau du médecin.

Situé dans une vieille maison, ce cabinet était constitué de deux pièces que la psychologue avait aménagées de façon douillette, comme pour donner à ses patients une impression de sécurité. L'éclairage était travaillé, les sièges, confortables, et il y avait même une couverture tricotée main et une pendule au tic-tac discret qui contribuaient à l'atmosphère chaleureuse des lieux. Malgré cela, Sarah ne s'y était pas sentie en sécurité, et elle avait serré les poings en luttant contre le malaise qui lui comprimait les poumons.

— Il faut que je comprenne avant de me marier ce qui m'est arrivé, avait-elle insisté.

Elle voulait de toutes ses forces éviter que ses peurs ne viennent perturber sa relation avec Noel McAdams.

— Le blocage finira par céder petit à petit, lui avait assuré le Dr Melbourne. Quand vous serez prête. Faites-moi confiance.

— Mais je veux qu'il cède maintenant, l'avait suppliée Sarah.

Malheureusement, le médecin avait été incapable de lui en promettre davantage, et Sarah avait donc épousé Noel sans savoir exactement de quoi son cerveau essayait de la protéger. Depuis lors, elle avait décidé que la théorie du Dr Melbourne était un ramassis de bêtises... jusque récemment, quand elle avait choisi de retourner vivre dans cette vieille maison, et que des fragments de souvenirs avaient commencé à lui revenir.

Pourquoi était-elle montée là-haut, enfant ? Et que faisait-elle avec Roger ?

Des images troubles se frayèrent un chemin dans sa tête, comme des cadres de photos qui bougeaient trop vite pour qu'elle puisse les attraper.

— Sarah, avait murmuré Roger d'une voix tendue, n'aie pas peur...

Mais si, elle avait eu peur. Tellement peur qu'elle en avait été littéralement paralysée. Il s'était tenu trop près d'elle. Elle avait senti son odeur, celle de sa sueur — un parfum viril mêlé de relents d'alcool. Il l'avait serrée contre lui, et sa barbe lui avait griffé le visage tandis qu'il glissait sa main sous ses jambes pour la porter...

Mon Dieu...

A présent, elle essayait de se rattraper à quelque chose, à n'importe quel élément qui lui aurait permis de se souvenir, mais les images qui l'avaient submergée se dissipèrent rapidement pour laisser, une fois encore, place au vide.

— Merde, chuchota-t-elle, frustrée.

Il ne fallait pas qu'elle laisse ses peurs prendre le dessus.

Au prix d'un effort surhumain, elle se ressaisit et chassa de sa tête l'idée que quelque chose d'affreux était arrivé cette nuit-là sur le toit.

— Allons, Sarah, maîtrise-toi, s'ordonna-t-elle.

Elle dirigea le minuscule faisceau de son téléphone sur les décennies de bric-à-brac entassé sous les soupentes où, soupçonnait-elle, des chauves-souris devaient nicher — ainsi que pas mal d'autres bestioles. Le grenier sombre, avec son toit pentu, ses plafonds détrempés, ses chevrons de bois brut et son plancher poussiéreux, constituait une cachette idéale pour toutes sortes de rongeurs.

Malgré la chair de poule qui lui hérissait la peau, elle poursuivit son inspection, éclairant de vieilles malles, des piles de livres oubliés, des meubles cassés, des caisses et tout un attirail d'objets hétéroclites. Sur le sol, des taches indiquaient les endroits où le toit avait fui.

Se frayant prudemment un chemin, elle parvint au tout dernier escalier et l'emprunta pour déboucher dans la tourelle. Deux de ses vitres étaient fêlées, ce qui n'avait rien de surprenant. Quand elle essaya d'ouvrir la porte, elle constata que l'humidité avait fait gonfler le bois, la bloquant dans son chambranle.

Elle faillit rebrousser chemin. Ses vieilles peurs avaient resurgi et elle songea, très raisonnablement, qu'il était un peu stupide de sortir sur le balcon dans le noir et sous la pluie.

Sauf qu'elle était arrivée jusque-là. Elle n'allait pas renoncer maintenant.

— Allez, vas-y, s'exhorta-t-elle.

Ses mains étaient moites, et elle avait les nerfs à fleur de peau. Il fallait qu'elle sorte, qu'elle aille sur le balcon, jusqu'à l'endroit précis où Angélique Le Duc Stewart s'était tenue près de cent ans plus tôt quand, selon la légende, elle avait affronté son agresseur et qu'ils étaient tous deux tombés dans le vide, se précipitant vers une mort certaine — bien que leurs corps n'aient jamais été retrouvés.

C'était à ce même endroit que Roger avait juré l'avoir surprise en train de délirer sous la pluie. Il l'avait portée en bas, dans le salon où le père de Sarah se trouvait assis devant la cheminée. A l'époque, Sarah avait une dizaine d'années. Elle n'était qu'une enfant. Elle avait assuré ne plus se souvenir comment elle s'était retrouvée sur le toit, et son père lui avait gentiment ouvert les bras, la serrant contre lui sur son grand fauteuil, tandis que le pas nerveux d'Arlene se faisait entendre et se rapprochait, annonçant son arrivée.

— Qu'est-ce que tu faisais là-haut ? avait-elle demandé, tout en arrachant Sarah des bras de son père dans un geste furieux. Tu sais bien que c'est interdit, pourtant !

Elle avait commencé à secouer Sarah puis, se reprenant, avait étreint sa fille avant de se mettre à pleurer.

— Tu me fais peur, Sarah Jane, avait hoqueté Arlene d'une voix brisée, le regard affolé. Tu me fais vraiment peur, tu sais ?

Sarah avait respiré le parfum d'Arlene, mêlé à l'odeur de la cigarette que celle-ci venait de fumer. Puis sa mère s'était effondrée sur le canapé, la serrant toujours de toutes ses forces, comme si elle avait risqué de disparaître.

— Que faisais-tu là-haut ? avait répété Arlene.

— Je ne sais pas, avait répondu Sarah.

Et c'était la vérité.

Arlene ne l'avait pas crue, et Sarah avait dû insister : elle n'avait aucune idée de la façon dont elle s'était retrouvée sur le balcon.

Sa mère avait fini par renoncer à la questionner.

— Eh bien, remercions le ciel que Roger t'ait ttrouvée ! avait-elle murmuré, le visage enfoui dans les cheveux bouclés de sa fille tremblante de froid. Je n'ose pas imaginer ce qui te serait arrivé s'il n'avait pas été là. Allez, viens, tu vas prendre un bon bain pour te réchauffer, et ensuite on te trouvera un pyjama sec.

Avait-elle vu un fantôme, cette nuit-là ? Apparemment, oui. Ou bien était-ce quelque chose d'encore plus terrifiant, quelque chose de plus viscéral ? Quoi qu'il en soit, l'expérience avait été traumatisante et le mystère demeurait entier. Des années plus tard, elle se retrouvait là, dans ce grenier, assaillie par les mêmes émotions, alors qu'elle n'avait cessé de se répéter que ce qui était arrivé sur ce toit appartenait au passé.

Arlene, qui refusait d'envisager un seul instant qu'un fantôme ait élu domicile dans la maison, ou qu'un phénomène inexplicable ait pu avoir lieu, avait affirmé que ce qui avait effrayé Sarah n'existait que dans son esprit — elle devait avoir de la fièvre ou alors les médicaments, alliés à son imagination trop fertile, avaient dû provoquer des hallucinations.

Après cela, chaque fois que Sarah était passée devant la porte menant à l'escalier du grenier, la peau de ses bras s'était hérissée — comme pour la mettre en garde. Aujourd'hui encore, elle pouvait constater que cet épisode de son enfance avait laissé une empreinte menaçante au plus profond de son cerveau.

Elle appuya le front contre le verre froid des fenêtres de la tourelle et ferma les yeux un instant, prenant une profonde inspiration.

Oublie ça. Lâche prise. Tu es une femme, maintenant. Tu n'es plus une petite fille terrorisée.

Avec une détermination redoublée, elle essaya de nouveau d'ouvrir la porte du toit.

— Allez, allez, dit-elle en poussant de toutes ses forces.

Enfin, la porte céda, et Sarah tomba en avant, se rattrapant juste à temps pour ne pas s'étaler de tout son long sur le balcon glissant.

Dehors, la pluie tombait et le vent soufflait en tourbillonnant, semblant monter depuis les gorges profondes où coulait la rivière, loin en contrebas.

A l'aide de sa lampe, elle examina les tuiles du toit et la rambarde, mais il faisait trop sombre pour qu'elle puisse estimer leur état de façon objective.

La partie du toit que surplombait le balcon était en pente raide, percée de chiens-assis et de cheminées, et le sommet de la tourelle s'élevait haut vers le ciel. S'aventurant jusqu'au garde-fou, Sarah baissa les yeux vers la falaise sur laquelle la maison était bâtie. Il faisait trop noir pour distinguer la Columbia, mais elle entendait le grondement de ses eaux, qui se précipitaient en direction de l'ouest.

Qu'était-il arrivé à Angélique Le Duc Stewart cette nuit-là, un siècle auparavant ? Son corps n'avait jamais été retrouvé, pas plus que celui de Maxim, son mari. Les rumeurs, étayées par le récit de Helen, fille de Maxim et belle-fille d'Angélique, évoquaient une terrible dispute. Selon ses dires, elle aurait été témoin, sur ce toit, d'une lutte à mort entre les deux disparus.

Les habitants de Stewart's Crossing avaient émis l'hypothèse, confirmée par les enfants de Maxim, qu'Angélique et son mari, prisonniers d'une relation tumultueuse, s'étaient livré un ultime combat sur ce toit, avant d'être précipités dans les eaux furieuses de la rivière.

A cette pensée, Sarah frissonna de plus belle et son sang se glaça.

Certes, elle comprenait qu'il puisse exister de la colère dans une relation, de la peur également et peut-être aussi de la violence — même vis-à-vis des personnes qu'on aimait le plus. Pourtant, au plus profond de son âme, elle sentait là quelque chose d'obscur qui échappait à son entendement. Quand elle regarda vers l'ouest, suivant le cours accidenté de la rivière à travers les gorges, elle vit en esprit Angélique et Maxim engagés dans un corps-à-corps fatal sur ce toit glissant, tenant chacun une arme à la main et se rapprochant inexorablement de la courte rambarde.

A en croire la légende qui circulait de génération en génération, Maxim avait poursuivi sa femme une hache à la main. Il avait traqué Angélique d'un étage à l'autre jusqu'à l'acculer sur le balcon. Avait-elle sauté pour lui échapper ? Ou bien l'avait-il poussée par-dessus le garde-fou ?

Sarah entendit un son étouffé — un bruit de pas ? — malgré le hurlement du vent. Elle regarda vers la porte ouverte de la tourelle. Elle était seule sur ce toit. Aucune personne saine d'esprit ne se risquerait ici par ce temps. Et pourtant, elle-même y était bien venue, non ?

Les nerfs à vif, elle scruta les contours sombres du toit. Bien sûr, il n'y avait rien. Personne. Pas de fantômes. Rien du tout.

Ressaisis-toi, allons ! Aucune raison d'être tendue.

Clignant des yeux sous la pluie, elle regarda par-dessus le garde-fou, cherchant en vain à distinguer la rivière. Elle l'entendait et la sentait mais, dans cette obscurité, impossible de la voir.

Elle eut la vision d'une très belle femme basculant dans le noir, sa robe blanche et ses cheveux sombres voletant autour d'elle, tandis que les eaux tumultueuses s'apprêtaient à l'avaler…

Un claquement sec résonna sur le toit.

Sarah sursauta. Ses pieds glissèrent.

Ravalant un cri, elle se rattrapa d'une main à la rambarde.

Du coin de l'œil, elle entrevit un éclat blanc — c'était une robe, la même que celle de sa vision.

Le fantôme! Encore lui, exactement comme avant...

Le cœur battant la chamade, elle se retourna, s'attendant presque à apercevoir un spectre s'évanouir en fumée dans la nuit.

— Maman? demanda la petite voix effrayée de Gracie, au moment où Sarah reconnaissait sa fille.

Elle frissonnait sous la pluie, tout comme Sarah trente ans plus tôt.

Oh! mon Dieu!

Cette sensation de déjà-vu était accablante. Sarah sentit ses jambes se dérober sous elle.

— Gracie? chuchota-t-elle, peinant à retrouver sa voix.

Le visage de Gracie était livide, et ses cheveux trempés lui tombaient en boucles désordonnées sur les épaules.

— Que fais-tu là? demanda Sarah.

Elle avait parlé d'un ton brusque, une note de panique dans la voix.

Se précipitant vers sa fille, elle ajouta :

— Rentrons à l'intérieur.

— Qu'est-ce que tu fais? demanda à son tour Gracie.

Elle était en chemise de nuit, les pieds nus — là encore, comme Sarah trente ans auparavant.

— Je vérifiais l'état du toit.

— En pleine nuit? Avec cette pluie?

— Ce n'était pas très futé, je l'admets. Viens, allons nous mettre à l'abri.

Elle décida de ne rien dire au sujet des peurs qu'elle était venue affronter ici — pas maintenant. Après avoir escorté Gracie à l'intérieur, elle tira de toutes ses forces sur la porte de la tourelle pour la refermer, puis emboîta le pas à sa fille dans l'escalier en colimaçon qui descendait au grenier.

— Tu es trempée, dit Sarah, qui avait posé une main sur l'épaule de Gracie, sans perdre des yeux le faisceau bleuté de la lampe dans le fatras qui encombrait la mansarde.

— Toi aussi! protesta Gracie.

— J'ai une veste.

— Tu parles!

— C'est mieux qu'une chemise de nuit.

Elle dirigea la lampe de son portable vers l'escalier raide qui menait au deuxième étage.

Elle sentait la panique refluer et son taux d'adrénaline revenir à la normale. Arrivée en bas de l'escalier, elle avait presque retrouvé son sang-froid.

— Tu n'as pas pris de lampe-torche ? demanda-t-elle à Gracie.

— Non.

— Comment es-tu arrivée jusqu'en haut ? C'est un véritable dédale, dans ce grenier.

Gracie haussa les épaules.

— Je sais pas, répondit-elle de façon laconique, alors qu'elles arrivaient sur le plancher usé du deuxième étage.

Avec précaution, Sarah referma la porte derrière elles, et elles se dirigèrent vers l'escalier principal. C'était toujours comme cela, avec Gracie : parfois, on aurait dit qu'elle possédait un don de prémonition et le reste du temps, c'était une enfant tout à fait normale.

— Tu dois être gelée, dit Sarah en essayant d'entraîner sa fille vers l'escalier.

Mais Gracie s'était arrêtée net devant la chambre de Theresa. Posant la main sur la poignée de la porte, elle dit :

— Il s'est passé quelque chose ici.

Sarah se sentit de nouveau vaciller.

— Bien sûr qu'il s'est passé quelque chose, répondit-elle. Comme dans toutes les autres pièces. Cette maison a presque cent ans, et…

— Je veux dire qu'il est arrivé quelque chose de grave, ici, l'interrompit Gracie en secouant la tête.

— Que veux-tu dire ?

— Je ne sais pas trop.

Elle tourna la poignée, et la porte s'ouvrit en grinçant. Gracie entra dans la chambre.

— Gracie, non. Redescendons, dit Sarah.

Elle aurait préféré que sa fille ne fasse pas ce genre de choses, qu'elle se contente de jouer au foot, de s'accrocher à son smartphone comme à une bouée ou de traîner avec ses amies… Qu'elle ne soit pas si solitaire, en tout cas.

— Tu as eu ton père au téléphone ? Tu lui as parlé du déménagement ?

Mais sa fille ne l'écoutait pas. Elle ne se donna pas non plus la peine d'allumer le plafonnier.

— Il fait froid ici, murmura-t-elle dans un souffle, qui forma effectivement un petit nuage devant sa bouche.

— Bien sûr qu'il fait froid. Il n'y a pas de chauffage, et tu es trempée.

Sarah appuya sur l'interrupteur et la lumière pâle des deux ampoules nues, accrochées au plafonnier abîmé, se diffusa dans la pièce.

— En plus, la fenêtre ne ferme pas bien, et la trappe de la cheminée est sans doute cassée, ce qui provoque des courants d'air.

— Ce n'est pas ce que je voulais dire.

Sarah demeura silencieuse un instant.

— Oui, je sais, finit-elle par admettre.

Tout en se mordillant la lèvre inférieure, Gracie se dirigea vers la cheminée et posa la main sur le manteau avant de lever les yeux sur le miroir fêlé.

— Qu'est-il arrivé ici ?

— Je ne sais vraiment pas. C'était la chambre de ma sœur.

— Mais pas celle de Dee Linn, n'est-ce pas ? Elle était au premier étage avec toi, oncle Jake et oncle Joe.

— C'est vrai.

Elles avaient évoqué ces détails auparavant.

— C'est la chambre de Theresa, expliqua Sarah. Tu ne l'as jamais connue et, même moi, je ne suis pas sûre de me souvenir d'elle.

— C'est plutôt bizarre, murmura Gracie en saisissant une petite figurine — une statue de la Sainte Vierge, posée sur le manteau de la cheminée depuis des dizaines d'années.

Elle souffla la poussière accumulée sur la figurine minuscule puis demanda :

— Et personne ne sait ce qui lui est arrivé ?

— Tout le monde dit qu'elle a fugué.

— Et tu le crois ?

— Je ne sais que croire. Maman prétend que Theresa est en vie quelque part, qu'elle s'est enfuie parce qu'elle ne supportait pas les règles imposées à la maison, parce qu'elle trouvait que mon père était trop sévère.

— C'était vrai ?

— Non, pas avec nous, mais il se comportait peut-être différemment avec Theresa et Roger. Ils étaient plus âgés que nous, et ce n'étaient pas ses enfants.

— Où était leur père ?

— Mort. Maman était veuve quand elle a épousé papa. On pourra parler de tout ça en bas, quand tu te seras changée.

Mais Gracie semblait à des années-lumière de là. Elle tournait et retournait la petite statue entre ses mains.

Sarah sentit un frisson lui parcourir l'échine, et cela n'avait rien à voir avec le froid qui régnait dans la pièce.

— Trésor ? lança-elle, inquiète.

— Tu crois qu'elle est morte ?

Seigneur...

— Peut-être. J'espère que non.

Elle parcourut la courte distance qui la séparait de sa fille avec le sentiment de marcher sur la tombe de sa sœur et prit la madone en céramique des mains de Gracie.

— Mais, maman, quelque chose est arrivé ici, n'est-ce pas ? insista-t-elle en tournant vers sa mère son visage blême. Quelque chose de terrible.

Sarah se figea ; dans son esprit résonnaient des mots venus d'une autre vie.

— Que s'est-il passé ici ? avait demandé Sarah après qu'Arlene l'avait surprise à fouiner chez Theresa.

— Quelque chose de terrible, avait aussitôt répondu sa mère.

Elle avait empoigné sa fille cadette par le bras et l'avait traînée dans le couloir.

— Je ne veux plus te revoir ici, tu m'entends ? Si je t'y reprends, Sarah Jane, je te jure que tu resteras enfermée dans ta chambre pendant un mois ! l'avait-elle menacée. Ça te plairait ?

Elle avait refermé la porte de la chambre de Theresa puis, extrayant une clé de sa poche, l'avait verrouillée à double tour, les mâchoires serrées, le teint cireux et les doigts tremblants.

Ensuite, elle avait poussé un long soupir en s'appuyant contre le panneau de chêne. S'apercevant que ses doigts enserraient toujours le bras de Sarah, elle l'avait brusquement lâchée, comme si elle s'était brûlée.

Ses yeux s'étaient emplis de larmes, et elle s'était agenouillée devant la fillette :

— Oh ! ma chérie, je suis désolée, avait-elle murmuré, son

visage tout proche de celui de sa fille, dans la lueur faible provenant du rez-de-chaussée. Je ne sais pas ce qui m'a pris.

Sarah ne l'avait pas crue. Elle était au contraire persuadée qu'Arlene savait très bien ce qu'elle faisait.

D'une main, sa mère avait repoussé une boucle qui tombait sur le front de Sarah, puis elle avait levé la tête vers le plafond, l'air torturé, comme si elle se livrait une bataille intérieure.

— Mais il ne faut plus jamais aller dans la chambre de Theresa, d'accord ?

— Pourquoi ? avait demandé Sarah dont le bras portait encore la marque des doigts de sa mère.

Le regard d'Arlene était passé de cette marque aux yeux de sa fille dans lesquels elle devait avoir décelé une sorte de défiance, ou même une étincelle de haine, car elle avait de nouveau empoigné Sarah. La tenant fermement, elle lui avait dit :

— Je veux juste que tu sois en sécurité, mon bébé, c'est tout.

Sa voix s'était brisée sur ces mots. Puis, tenant Sarah à bout de bras pour qu'elle voie bien combien elle était sérieuse, elle avait refoulé les larmes qui lui étaient montées aux yeux et ajouté :

— Crois-moi, je veux juste te protéger.

A présent, alors qu'elle se trouvait dans cette chambre dont sa mère lui avait expressément interdit l'accès, Sarah aurait voulu pouvoir dire la même chose à sa propre fille.

A la place, elle s'éclaircit la voix et déclara :

— Allez, descendons nous faire un chocolat chaud. Nous avons une grosse journée, demain. C'est la dernière avant que vous repreniez les cours.

— Je sais. Beurk !

Gracie n'était guère enthousiaste mais elle ne protesta pas. Sarah raccompagna sa fille hors de la chambre et, juste avant d'éteindre la lumière, elle jeta un dernier coup d'œil à la statuette posée sur le manteau de la cheminée. Pendant une fraction de seconde, elle eut la certitude que la petite madone au visage serein lui rendait son regard.

8

D'un geste sec, Rosalie rejeta la partie du vieux sac de couchage qui la couvrait.

Elle en avait assez de rester allongée dans ce misérable box, assez de pleurer toutes les larmes de son corps, et plus qu'assez de se sentir aussi impuissante.

C'était quoi, déjà, ce que répétait sa grand-mère ? « Aide-toi, et le ciel t'aidera. » Voilà qui commençait à prendre tout son sens.

Elle avait passé les deux derniers jours allongée sur son lit de camp, en espérant de toutes ses forces que sa mère, la police ou n'importe qui d'autre allait arriver à sa rescousse. Jusqu'ici, elle avait attendu en vain.

Entre-temps, son ravisseur était revenu mais n'était pas resté plus de cinq minutes. Elle avait eu la peur de sa vie en entendant un bruit de moteur, le grincement de la porte et le claquement de ses bottes sur le plancher, de plus en plus sonore à mesure qu'il approchait d'un pas décidé.

Elle s'était réfugiée dans un coin du box, le sac de couchage remonté jusqu'au menton, suivant du regard chacun de ses mouvements. Il était resté près de la porte, condamnant le passage et tout espoir de s'échapper, et il avait balancé par terre un plat tout préparé, qui avait dû être réchauffé au micro-ondes mais avait refroidi depuis. Ensuite, il avait vidé ce qui tenait lieu à Rosalie de pot de chambre et déposé deux nouvelles bouteilles d'eau.

Quand il avait essayé de lui parler, elle s'était murée dans le silence, ce qui avait eu le don d'énerver l'homme.

— Tu ferais bien d'apprendre la politesse, ma fille, avait-il dit avec un sourire entendu. Et vite.

Sur ces mots, il avait claqué la porte et était reparti.

Elle frémit à ce souvenir.

Comment avait-elle pu lui faire confiance ?

La grange était plongée dans un silence absolu. Elle n'entendait même plus les écureuils trottiner.

Fais quelque chose. N'importe quoi.

Il faut que tu sortes d'ici, Rosalie. Ce n'est pas parce qu'il ne t'a pas encore violée ou tuée qu'il n'a pas l'intention de le faire.

Luttant pour chasser la peur qui ne l'avait pas quittée depuis qu'il l'avait kidnappée, elle décida de mettre à profit les dernières heures de clarté pour explorer sa fichue prison. Elle se leva et tenta de nouveau d'ouvrir la porte. Bien entendu, elle était fermée à clé. Cette fois, elle n'essaya même pas de crier. Elle s'était presque cassé la voix à force de hurler de toutes ses forces pour tenter d'attirer l'attention de quelqu'un et s'était épuisée à taper contre les murs, tout cela pendant des heures.

Et pour rien.

Réfléchis, s'intima-t-elle. Tout ce qu'elle avait, c'était son cerveau et, même si ses notes à l'école avaient toujours été médiocres, elle se savait intelligente. La preuve, les tests de QI qu'elle avait passés avaient complètement soufflé Mme Landers, l'assistante sociale du lycée qui l'avait considérée jusque-là comme une cause perdue.

C'était le moment ou jamais de mettre cette intelligence à profit. Les cris et les menaces n'ayant eu aucun effet sur son ravisseur, elle pensa qu'elle allait devoir recourir à ses talents de comédienne pour lui faire croire qu'il l'avait matée, et qu'elle allait docilement se soumettre à sa volonté. Ainsi, elle parviendrait à gagner sa confiance et trouverait un moyen de s'échapper.

A l'idée de devoir jouer les petites filles fragiles, elle fut secouée d'un haut-le-cœur. Comment feindre la soumission alors qu'elle n'avait qu'une envie : étrangler ce type, lui couper les couilles et lui arracher les yeux pour le punir de ce qu'il lui avait fait subir ? Elle se sentait incapable de s'aplatir devant lui, même pour faire semblant.

Non, pas question.

Mais elle allait trouver un moyen de sortir de cette prison, même si elle devait y laisser sa peau.

De nouveau, elle balaya la pièce du regard, cherchant une issue ou, au moins, un objet susceptible de lui servir d'arme. A première vue, il n'y avait rien.

La fenêtre était trop haute. Même si elle parvenait à poser le lit de camp à la verticale pour l'escalader tant bien que mal, elle n'arriverait pas à atteindre la petite ouverture. Par ailleurs, même si elle réussissait à briser la vitre, sans doute vieille et fragile, les traverses de bois étaient trop rapprochées pour qu'elle puisse se glisser entre elles, et trop épaisses pour qu'elle parvienne à les casser. Quant à la porte, elle était solide. Elle s'était suffisamment acharnée dessus pour le savoir.

Elle remarqua alors que les murs de la pièce ne montaient pas jusqu'au plafond : il restait un peu moins d'un mètre d'espace vide entre les parois du box et les poutres du toit. Si elle se servait du lit de camp comme d'une échelle pour se hisser sur le mur elle pourrait atterrir de l'autre côté et, avec un peu de chance, s'enfuir par là. A moins que le box contigu ne soit également fermé à clé. Mais pourquoi le serait-il ? Il était vide.

Elle contempla l'ouverture avec un regain d'espoir. Elle allait devoir poser le haut du lit de camp en équilibre contre le mur, et y grimper avec les menottes aux poignets. Elles allaient la gêner, certes, mais elles n'entravaient pas complètement ses mouvements. Si elle parvenait à se hisser au-dessus du box, elle pourrait jeter un coup d'œil de l'autre côté et, s'il n'y avait pas de danger, sauter hors de sa cellule.

Cela valait le coup d'essayer, non ?

L'ennui, c'était que le lit de camp était très léger, et que sa mince structure d'aluminium paraissait bien fragile pour supporter son poids. En outre, il était doté d'une série de pieds courts qui avaient tendance à se replier vers l'intérieur quand on appuyait dessus. Elle allait donc avoir du mal à s'y tenir en équilibre.

— « Qui ne risque rien n'a rien », dit-elle, citant de nouveau sa grand-mère.

De toute façon, c'était maintenant ou jamais.

Après avoir calé le côté couchette du lit de camp contre le mur, elle essaya de grimper sur les pieds. Son ascension fut de courte durée : elle chuta presque aussitôt, retombant lourdement sur le sol. Une douleur vive lui remonta le long de la colonne vertébrale tandis que le lit de fortune basculait en arrière et lui retombait dessus.

— C'est pas vrai !

C'était raté pour cette fois.

Pourtant, Rosalie refusait de s'avouer vaincue. Sitôt qu'elle eut repris son souffle, elle posa de nouveau cette saleté de lit à la verticale puis, avec mille précautions, transféra le poids de son corps sur la première prise. Une fois stabilisée, elle leva lentement une jambe. Elle parvint à poser un pied d'un côté de l'échelon suivant, puis fit passer le deuxième sur l'autre extrémité.

Dans un fracas métallique, son échelle de fortune s'effondra de plus belle, et Rosalie avec. Sa tête heurta violemment le sol et, une fois de plus, le lit de camp s'abattit sur elle.

— Merde ! s'écria-t-elle sous l'effet de la frustration.

Les larmes emplirent ses yeux d'un coup.

— Merde, merde, merde !

D'un coup de pied, elle écarta le lit de pacotille et demeura étendue sur le sol, les yeux fixés sur les chevrons, loin au-dessus d'elle. Sa tête l'élançait, et elle avait mal au dos. Elle n'était pas plus avancée que quelques minutes plus tôt.

A vrai dire, c'était même pire, vu son état.

Rosalie sentait les sanglots monter depuis sa poitrine. Elle était proche de craquer. Elle continuait d'espérer que sa mère allait venir la secourir mais, au fond, elle savait bien qu'elle était seule. Elle ne pouvait compter que sur son intelligence et son agilité pour se tirer de ce piège.

Sinon, il y avait fort à parier qu'elle allait mourir.

Notre-Dame de la Rivière était encore plus nulle que son nom ne le laissait prévoir.

Jade croyait être prête et avoir une assez bonne idée de la galère qu'elle allait devoir affronter avant même de pousser les larges portes de verre, ornées du nom du lycée et de deux dessins d'anges, mais elle s'était trompée. Avec ses fenêtres de verre teinté, ses sols de linoléum brillant et ses portraits de saints aux murs, l'endroit était carrément archaïque.

Mais elle était coincée ici.

Pour le moment, du moins.

Remontant la bretelle de son sac à dos, elle se dirigea vers les bureaux du lycée.

Elle détestait changer d'école, et l'idée d'être la nouvelle de la classe, une fois encore, la hérissait. C'était arrivé deux fois dans sa vie, et ça avait été des expériences merdiques. En tant qu'élève de première, elle se demandait comment elle allait survivre à ce lieu, avec ses clans déjà constitués et sa hiérarchie sociale bien établie.

Sans doute valait-il mieux ne pas se poser la question.

Le hall aux sols étincelants était désert. Une rangée de casiers en piteux état le flanquait d'un côté. De l'autre, un mur vitré laissait entrer la lumière. Tout au fond d'elle-même, elle savait qu'elle entamait la première journée de la pire année scolaire de sa vie. Une fois de plus, elle allait être la petite nouvelle, on allait se moquer d'elle, la provoquer ou peut-être même la harceler. Elle allait se retrouver seule pendant quelque temps, jusqu'à ce qu'un tocard ou une boutonneuse quelconque, voire pire, prenne pitié d'elle et tente de la faire entrer dans le cercle pathétique des laissés-pour-compte du lycée.

Plutôt que de se morfondre en songeant à ce destin inévitable, elle envoya un nouveau message à Cody pour lui répéter qu'elle voulait qu'il vienne la voir à Stewart's Crossing. Elle aurait certes préféré se déplacer jusqu'à Vancouver, mais sa voiture étant toujours immobilisée au garage, c'était impossible pour le moment.

Elle repéra un panneau indiquant la direction des bureaux et le suivit. Elle était contente que sa mère n'ait pas insisté pour l'accompagner cette fois-ci, bien que Sarah ait vaguement évoqué la possibilité de venir en personne présenter sa fille au conseiller d'orientation. A cette pensée, Jade frémit. Elle avait forcé sa mère à la laisser descendre de voiture une rue plus haut et elle était entrée dans le lycée par une porte de service ouvrant près de la cafétéria, où se mêlaient des relents de sauce tomate et de désinfectant parfumé au pin. Inutile de fournir aux autres élèves une raison supplémentaire de se moquer d'elle. Ils allaient déjà avoir l'embarras du choix. Sarah avait paru un peu vexée mais elle avait accédé à la demande de Jade. Après tout, elle avait déjà causé assez de dégâts en inscrivant sa fille dans ce vieux lycée flippant, celui-là même que Sarah avait fréquenté durant son adolescence.

Le pied intégral.

Bien entendu, Jade était obligée de porter l'uniforme de Notre-Dame de la Rivière qui était aussi moche que ce à quoi on pouvait s'attendre, avec sa jupe plissée aux genoux, son chemisier blanc et sa veste bleu marine, inconfortable au possible.

Au secours, pensa-t-elle en passant devant une fresque murale représentant un croisé sur le dos d'un cheval blanc. Il était vêtu d'une tunique claire ornée d'une croix rouge et brandissait, d'un air menaçant, une longue épée dans sa main droite. Le tableau était immense, couvrant la totalité d'un mur aux dimensions impressionnantes près du gymnase. Jade y jeta un bref coup d'œil, puis elle poursuivit sa marche le long des installations sportives, s'engageant dans un dédale de bureaux qui, ordinateurs mis à part, semblaient tout droit sortis du XVIIIe siècle.

La conseillère d'orientation l'attendait dans une pièce minuscule envahie de carnets et de piles de papiers. L'endroit dégageait une odeur de poussière invisible mais vieille de cent ans, qu'aucun parfum d'ambiance n'aurait pu masquer.

Pendant l'heure qui suivit, Jade s'efforça de se tenir à peu près droite sur sa chaise de plastique inconfortable, tandis qu'elle faisait mine d'écouter Mlle Smith, une femme mince d'une écœurante gentillesse. Cette dernière, qui avait des cheveux roux, des yeux de biche et un menton fuyant, exposa à Jade son emploi du temps avec un sourire patient. Les doigts volant au-dessus du clavier de son ordinateur, elle évoqua en long et en large des activités extrascolaires toutes plus mortelles les unes que les autres, et différents clubs que la nouvelle élève — elle en était certaine — allait adorer.

Le pire, c'est que la conseillère était manifestement aussi nerveuse qu'elle. Jade pouvait voir que les mains de Mlle Smith, quand elles n'étaient pas en train de trembler légèrement sur les touches du clavier, ne cessaient de remettre en place une mèche de cheveux rétive derrière son oreille.

Les minutes s'écoulèrent lentement tandis qu'elles ajustaient l'emploi du temps de Jade — jusqu'à ce que la conseillère le juge enfin parfait.

C'est ça. Comme si cet endroit pouvait avoir quoi que ce soit de parfait, songea Jade en se mettant debout avec effort.

— Attends ! l'interrompit la conseillère en se levant à son tour. Il faut que je t'imprime tout ça.

— Ah ! D'accord.

— Par ailleurs, à Notre-Dame de la Rivière, nous affectons à chaque nouvel élève un « ange gardien » qui l'aide durant une semaine ou quinze jours. Tu sais, pour lui montrer les ficelles, d'une certaine façon.

— Pourquoi ? Pour qu'il puisse se pendre ?

Cela lui avait échappé. Jade était fatiguée et de mauvaise humeur, et le fait de se retrouver dans ce lycée la rendait littéralement malade. Malgré tout, à la façon dont le visage de Mlle Smith s'était fermé, elle comprit qu'elle avait gaffé.

— Désolée, s'empressa de marmonner Jade. C'était juste une blague.

L'austère conseillère toussota.

— Quoi qu'il en soit, nous souhaitons que chaque nouvel élève se sente intégré et qu'il se fasse des amis. Tu ne le sais peut-être pas encore, mais, récemment, une jeune fille de la ville a disparu, et nous redoublons donc d'efforts pour nous assurer que personne ne se sente seul à Notre-Dame.

— Nous ne sommes pas en sécurité, ici ? demanda Jade.

— Bien sûr que si ! Mais, euh... On n'est jamais trop sûr, n'est-ce pas ?

Pour une fois, Jade parvint à tenir sa langue. Elle garda pour elle les réflexions qui lui venaient, s'abstint de dire que Dieu veillait sur l'enceinte sacrée de ce lycée ou d'autres subtilités du même acabit. Elle était coincée ici à présent, et c'était déjà assez dur : à quoi bon se pourrir davantage la vie ?

— Et donc, reprit Mlle Smith tandis que l'imprimante crachait l'emploi du temps « définitif » de Jade, Mary-Alice Eklund, ton ange gardien personnel, devrait arriver d'ici peu. Ses amis l'appellent Mary-A.

O joie ! Je brûle d'impatience, pensa Jade, sarcastique.

Mlle Smith passa dans un autre bureau pour récupérer les documents et en revint avec un sourire affecté aux lèvres et quelques feuilles de papier à la main. Elle semblait aussi soulagée que Jade à l'idée que leur entretien touchait à sa fin. Elle lissa les pages sur lesquelles se trouvaient l'emploi du temps de Jade ainsi que le plan et le règlement intérieur du lycée, puis elle en tassa les bords en tapotant la pile de feuilles sur son bureau avant de la glisser dans son agrafeuse, qu'elle écrasa du poing.

— Oh ! voici justement Mary-Alice !

Le sourire de Mlle Smith s'élargit tandis qu'une fille blonde au visage épanoui entrait d'un pas sautillant dans la petite pièce ; elle portait l'uniforme de Notre-Dame, ses lèvres brillaient sous une couche de gloss, et ses cheveux étaient rassemblés en une queue-de-cheval haute.

— Bonjour ! lança la fille d'un ton enthousiaste. Bienvenue à Notre-Dame !

Elle était petite et mince, dotée d'une peau parfaite et d'un joli sourire qui ne montait pas tout à fait jusqu'à ses yeux.

Jade lui adressa un remerciement forcé.

— Tu vas adorer ce lycée, crois-moi.

Jade se contenta de lever les sourcils.

Elles échangèrent quelques présentations rapides et, avant que Jade ait eu le temps de hurler « Laissez-moi sortir d'ici », elles avaient quitté le bureau minuscule pour se retrouver dans le couloir. Une sonnerie de téléphone se mit à retentir dans le sac à main rose vif de Mary-Alice. Sans ralentir le pas, elle en consulta l'écran, fronça les sourcils puis le remit dans son sac tout en continuant à parler.

Mary-Alice était en terminale. Comme pour impressionner Jade, elle annonça qu'elle était capitaine de l'équipe de danse, membre de l'association des élèves et du club des meilleurs élèves.

Elle la guida d'un pas rapide dans l'entrelacs de couloirs tout en jacassant sans interruption, vantant les avantages qu'il y avait à fréquenter un lycée privé.

— Voici l'aile des sciences sociales, où tu auras tes cours d'histoire américaine, dit-elle en désignant un bâtiment donnant sur le couloir principal. Et la bibliothèque est à l'étage. Fais attention à sœur Donna, elle est un peu vieille école. Elle tient à ce qu'il règne un silence absolu dans la salle et elle passe son temps à faire taire les élèves.

Elle lui décocha un sourire entendu avant de changer brusquement de trajectoire pour présenter Jade à quelques-uns des professeurs. Pour la plupart, ce n'étaient pas des religieuses, mais elles partageaient toutes le même enthousiasme que Mary-Alice au sujet du lycée.

Jade en avait déjà assez vu et entendu pour vouloir s'enfuir à toutes jambes et ne plus jamais revenir.

Mais la torture ne faisait que commencer, car elles croisèrent alors un prêtre qui marchait dans la direction opposée.

Génial. Jade ne supportait pas les prêtres, les moines, ou n'importe quel religieux, d'ailleurs.

— Père Paul ! s'écria Mary-Alice en agitant la main pour attirer son attention.

Jade eut envie de disparaître sous terre.

Le prêtre en question était un homme voûté, vêtu d'un pantalon à pinces gris et d'une veste assortie, ainsi que d'une chemise noire ornée d'un col romain. Son visage impassible arborait un sourire d'une patience infinie, qu'il avait dû travailler pendant des heures devant son miroir. Le père Paul devait avoir quatre-vingts ans ou plus. Ses cheveux étaient épais et d'un blanc neigeux, et ses traits marqués laissaient supposer que sa vie, ou sa prêtrise, n'avait pas été des plus reposantes.

— Je vous présente une nouvelle élève, Jade McAdams, annonça Mary-Alice.

— Bonjour, dit-il en prenant la main de Jade entre les siennes, pour la garder un temps un peu trop long au goût de celle-ci. Bienvenue à Notre-Dame. J'espère que vous vous plairez, ici.

Jade ne répondit pas. Elle se contenta de hocher la tête et de retirer sa main de la poigne tiède du prêtre, dès qu'elle le put.

— Vous savez, Notre-Dame de la Rivière est un excellent établissement ; le personnel et le corps enseignant sont formidables, et les élèves sont de bons chrétiens.

Tu m'étonnes, padre.

Il sembla hésiter puis ajouta :

— Vous êtes la fille de Sarah, n'est-ce pas ?

Jade se figea. Il se souvenait de sa mère ?

— Ouais. Euh, oui.

Le prêtre afficha une expression pensive.

— Je l'ai connue quand elle était toute jeune, alors que j'étais vicaire. Il y a des années. D'ailleurs, je me souviens également de votre grand-père.

— Ils allaient à la messe ?

Jade tombait des nues. Elle n'arrivait pas à imaginer sa grand-mère agenouillée sur un prie-Dieu, tête basse et mains jointes, dans la grande église rattachée au lycée. Peut-être son grand-père y venait-il seul, ou seulement avec ses enfants ?

Le père Paul eut un geste évasif de la main, et Jade s'efforça de garder une expression aussi impassible que celle du prêtre. Elle n'avait jamais entendu parler d'un membre de la famille ayant fréquenté l'église, sauf peut-être à Noël et parfois à Pâques. Quelle importance, de toute façon ?

— J'ignore si vos parents vous l'ont dit, Jade, mais c'est

Angélique Le Duc Stewart qui est à l'origine de ce lycée. Elle a fait une donation qui a permis de financer la construction du bâtiment d'origine. Certes, il était beaucoup plus petit que celui-ci, mais l'important est qu,e si Notre-Dame de la Rivière existe aujourd'hui, c'est entièrement grâce à elle.

Il écarta les mains et afficha un sourire qui sembla enfin sincère.

— Nous lui en sommes tous très reconnaissants, conclut-il.

C'était la première fois que Jade entendait cette histoire, et elle ignorait si le prêtre disait la vérité ou se payait sa tête mais la bonne nouvelle, c'était qu'une expression légèrement horrifiée était apparue sur les traits parfaits de Mary-Alice.

— Vraiment? demanda Jade.

— Absolument. La ville a peut-être été baptisée en l'honneur de son mari, Maxim, mais c'est à sa femme que ce lycée doit son existence.

Mary-Alice paraissait stupéfaite.

— L'arrière-grand-mère de Jade?

— Ça remonte à un peu plus loin que ça, répondit le prêtre.

Jade ne se donna pas la peine de souligner qu'elle n'avait aucun lien de parenté avec Angélique, et que sa véritable arrière-arrière-arrière-grand-mère était en réalité Myrtle, la première épouse de Maxim.

— Ce n'est pas possible, dit enfin l'ange gardien de Jade, manifestement ennuyée qu'on lui vole la vedette.

— Je vous assure que si, répondit le père Paul d'un ton ferme.

Jade décida de ne pas contredire le prêtre. Ils pouvaient tous penser ce qu'ils voulaient. Elle s'en fichait, après tout.

Pour la première fois, le vieil homme adressa à Jade un regard qui faillit la convaincre qu'il devait savoir combien elle se sentait déplacée ici. D'une voix empreinte de sincérité, il dit :

— J'espère que vous apprécierez votre séjour à Notre-Dame, mademoiselle McAdams.

Puis il les planta là.

Durant quelques secondes, Mary-Alice demeura silencieuse, suivant du regard la silhouette du prêtre jusqu'à ce qu'il bifurque en direction du gymnase, tout au bout du couloir.

Jade prit alors conscience qu'elle avait, bien involontairement, rabaissé la fille censée lui souhaiter la bienvenue et l'aider à s'intégrer dans le lycée. En décelant une lueur irritée dans les yeux de

Mary-Alice, elle comprit que la révélation du père Paul n'allait pas jouer en sa faveur, du moins pas auprès de Mary-Alice et de ses amis.

— Allez, on continue, proposa Mary-Alice. J'ai encore beaucoup de choses à te montrer.

Son ton était devenu un peu plus sec, moins amical, et elle avait relevé le menton d'un air défiant. Elle précéda Jade en direction d'un escalier.

— Au fait, juste un conseil : quand un prêtre te parle, tu dois répondre « oui, mon père ».

— C'est ce que j'ai fait.

— Non, prononça bien distinctement Mary-Alice en levant ses sourcils épilés à la perfection.

Puis elle entraîna Jade dans l'escalier qui menait à l'étage inférieur.

Leurs chaussures claquèrent sur les marches.

— Je crois que j'ai dit…

— Non, coupa-t-elle en secouant la tête dans un mouvement qui fit osciller sa queue-de-cheval blonde. Crois-moi. Quand il t'a parlé de ta mère, tu as répondu « ouais ».

— Peu importe.

— Je ne fais que t'exposer le protocole.

— Peut-être que je me fiche du protocole.

Pendant un instant, Mary-Alice la considéra, les yeux plissés.

— Tu n'as pas envie de t'intégrer ?

Elles étaient arrivées en bas. Jade haussa les épaules.

— Je ne suis pas sûre que ce soit possible.

Les filles comme Mary-Alice, avec leurs cheveux tirés en arrière et leurs grands yeux innocents, avaient tendance à lui porter sur les nerfs.

— Au fait, tu n'aurais pas une clope ?

— Quoi ?

Mary-Alice semblait choquée. Pourtant, Jade avait aperçu un paquet de cigarettes dans son sac quand elle en avait sorti son téléphone.

— Non ! Qu'est-ce qui te fait croire que je fume ?

— J'ai vu ton paquet.

Son ange gardien piqua un fard.

— Elles sont à Liam.

— C'est qui, Liam ?

— Mon copain.

— Ne me dis rien, intervint Jade en imitant le ton un peu hautain de son guide. C'est le *quarterback* de l'équipe du lycée, je parie.

Mary-Alice lui décocha un sourire pincé.

— On t'a déjà dit que tu n'étais pas aussi maligne que tu le croyais ?

— Quelques centaines de fois, oui.

— Et, ça ne te met pas la puce à l'oreille ?

Jade sourit, ravie d'avoir fait sortir cette fayote de ses gonds.

— Et pour ta gouverne, Liam Longstreet ne joue pas au football américain, mais au foot.

— Pour ce que ça change… Il tape dans un ballon, c'est tout.

Mary-Alice leva les yeux au ciel et laissa échapper un soupir exaspéré.

— Puisque tu es si intelligente, sais-tu au moins quelle forme a un ballon de foot ?

— Je sais surtout qu'il faut vraiment être stupide pour poser ce genre de questions.

— Espèce de…

Si une religieuse n'avait pas surgi à cet instant, son long habit flottant autour d'elle, Mary-Alice l'aurait sans doute insultée, et peut-être même giflée. Au lieu de ça, elle fit un sourire, dents serrées.

— Bonjour, sœur Millicent, dit-elle à la nonne.

Mais la femme trapue les avait déjà contournées. Elle avançait d'un pas vif, son chapelet cliquetant à chaque enjambée, comme si elle était en mission. Elle n'entendit pas Mary-Alice — ou l'ignora délibérément.

— On dirait qu'elle est occupée, observa Jade de façon laconique.

— Allez, on retourne à la bibliothèque. Je vais te montrer…

— Laisse tomber. La visite est finie.

— Mais c'est mon travail, protesta Mary-Alice, feignant la surprise.

— On s'en fout, de ton travail. En fait, lâche-moi. Tu es virée.

— Tu ne peux pas me virer !

— Bien sûr que si. Va faire l'ange avec quelqu'un d'autre.

Et Jade commença à s'éloigner dans la direction opposée.

— Tu commets une grosse erreur !

— Ce ne sera pas la première.

Elle avait déjà rencontré une douzaine de clones de Mary-Alice dans les précédents lycées qu'elle avait fréquentés. Elle fit volte-face, se ravisa, puis se retourna à moitié pour lui lancer :

— Au fait, tu devrais repenser tes choix, en ce qui concerne tes petits copains.

— Qu'est-ce que tu racontes ?

— Les vrais athlètes font attention à leurs poumons et, même quand ils fument, ils ne choisissent pas des cigarettes de vieille dame.

Elle s'interrompit un instant pour juger de l'effet de son petit discours sur Mary-Alice, puis reprit :

— Des Virginia Super Slims ? demanda-t-elle. Sérieux ? Qu'est-ce que tu crois, qu'on est en 1980 ?

— Tu n'es vraiment qu'une sale… une saleté, rétorqua Mary-Alice.

Elle s'était complètement démasquée, à présent. Et son exubérance de façade avait cédé la place à un franc mépris.

— C'est possible, dit Jade avec calme.

— Mais tu ne t'en tireras pas comme ça, tu sais. Dieu va te punir !

— C'est déjà fait, crois-moi, répondit Jade en lançant un regard appuyé sur les couloirs vides du lycée qu'Angélique Le Duc avait fondé.

Pour elle, il symbolisait les neuf cercles de l'enfer.

— Ça pourrait devenir pire, l'avertit Mary-Alice.

— Vraiment ?

La blonde se hérissa et parut sur le point d'exploser, puis elle se reprit et souffla lentement.

— Oh ! Jade, dit-elle sur un ton exagérément inquiet. Tu n'imagines même pas.

— Non, et je n'ai même pas envie d'essayer.

Mary-Alice ouvrit la bouche pour lui répondre puis, changeant d'avis, tourna le dos à Jade et s'éloigna d'un pas plein de colère, mâchoires et poings serrés. La queue-de-cheval de l'ange gardien se balançait à chacun de ses pas, mais il n'y avait nulle trace d'auréole au-dessus de sa tête.

9

Sarah vit Gracie trébucher en sortant du bus. Heureusement, elle se rattrapa, mais pas assez vite pour éviter qu'une vague de rires moqueurs ne s'échappe du véhicule dont les portières étaient en train de se refermer. Quelques gamins avaient le visage collé contre les fenêtres, leur souffle embuant les vitres. Ils affichaient des sourires narquois, et un gros garçon pointait sur Gracie son doigt potelé.

— Dure journée ? demanda Sarah, désolée que sa fille soit obligée de subir le traumatisme d'être la petite nouvelle de l'école.

Le mastodonte jaune s'ébranla dans un nuage de fumée grise.

— Ça va, dit Gracie d'un ton neutre, avant de lancer un regard furtif derrière elle, comme pour s'assurer que le bus et son chargement de gamins étaient hors de portée de voix.

Seigneur, comme les enfants pouvaient être cruels, avec ces brutes toujours prêtes à fondre sur les plus faibles ! Sarah en était sincèrement affectée, mais elle n'en dit rien à sa fille.

Pas encore, du moins.

— Tes professeurs sont sympas ?

— Mlle Marshall, la prof principale, n'est pas trop mal, je crois.

De nouveau, elle avait parlé sans manifester de réel intérêt tandis qu'elles avançaient le long de l'allée de gravier aux ornières profondes, semée de mauvaises herbes et de nids-de-poule, qui reliait la route à leur maison. Un vent froid les poursuivait et, bien qu'il n'ait pas encore plu, l'air était chargé d'humidité.

— Et les autres ? Le jury délibère encore ? plaisanta-t-elle.

Comme d'habitude, il fallait arracher les mots à sa fille pour qu'elle lui raconte sa journée.

Gracie haussa les épaules.

— Tu t'es fait de nouveaux amis ?

— Peut-être Scottie, consentit à répondre Gracie avant d'ajouter : C'est une fille.

Elle fit passer son sac à dos d'une épaule à l'autre, puis considéra Sarah d'un regard étonnamment mûr pour une fillette de douze ans.

— Je lui ai demandé pourquoi elle avait un prénom de garçon et elle a dit que, comme son père avait toujours voulu un fils, sa mère avait trouvé ce nom. Et comme son père est écossais…

— Ça se comprend.

— Peut-être.

Elle donna un coup de pied dans un caillou, le projetant dans un arbuste sur le côté de l'allée et débusquant un oiseau. Gracie regarda le pinson sautiller d'une branche minuscule à une autre, dans la voûte dépourvue de feuilles formée par les arbres au-dessus d'elles.

— Mais tu l'aimes bien, non ? Scottie, je veux dire ?

Gracie plissa le nez.

— Je ne suis pas encore bien sûre. Elle est à côté de moi en étude et elle est plutôt sympa.

— C'est très bien, ça.

Gracie ne répondit rien et, pendant un instant, Sarah se demanda si elle l'avait entendue. Au bout d'un moment, elle demanda :

— Gracie, tout s'est bien passé ou quoi ?

Les sourcils de Gracie se rejoignirent au-dessus de son nez, et Sarah sentit un pincement familier au creux de son ventre — une sensation qu'elle éprouvait chaque fois qu'elle percevait qu'une de ses filles n'allait pas bien.

— Ça va prendre un peu de temps, dit-elle, autant pour elle-même que pour Gracie.

Passé le virage, elles sortirent du couvert des arbres et entrèrent dans la grande clairière où la maison et ses dépendances dominaient le paysage. Le bruit de la rivière qui coulait en contrebas leur parvint. Gracie leva les yeux vers la maison, et Sarah se tendit.

S'il te plaît, ne me dis pas que tu vois un fantôme. S'il te plaît.

— Maman ? demanda Gracie.

C'est parti.

— Oui ?

Le regard de Gracie se voila.

— Rien, dit-elle.

— Il y a quelque chose qui te tracasse, n'est-ce pas ? demanda

Sarah en s'armant de courage, tandis qu'un fort coup de vent précipitait dans le ciel les dernières feuilles encore accrochées aux branches.

— Peut-être.

La crampe s'intensifia au creux du ventre de Sarah.

— Qu'est-ce que c'est ?

— Scottie dit que notre maison est hantée et que tout le monde le sait.

— Les gens racontent toujours des histoires.

— Elle a dit qu'une femme avait été assassinée ici. Elle n'est pas seulement morte dans la maison, on l'y a tuée. Elle a dit que c'était Angélique Le Duc.

— On a déjà parlé de tout ça.

— Ouais, mais je ne savais pas que tu l'avais vue, toi aussi. La mère de Scottie dit que tout le monde en ville sait que tu as vu son fantôme, quand tu vivais ici avec Grand-père et Granny.

Sarah ne connaissait pas la mère de Scottie mais, à ce moment précis, elle aurait volontiers étranglé cette femme.

— Pourquoi tu ne m'as pas dit que, toi aussi, tu avais vu la dame en blanc ? Pourquoi tu as laissé Jade se moquer de moi et…

— Non, je n'ai rien fait de tel, Gracie. Ecoute-moi, dit-elle en prenant sa fille par l'épaule.

Celle-ci se déroba.

— Si, maman, c'est ce que tu as fait. Tu m'as fait croire que je m'étais trompée. Que je n'avais pas vu ce que je suis sûre d'avoir vu — et que tu as vu toi aussi.

Elle se mit à courir en direction de la maison.

— Merde, murmura Sarah entre ses dents.

Elle avait tout fichu en l'air. Elle se lança à la poursuite de sa fille, la rattrapant au niveau des marches de l'entrée. Là, Gracie s'arrêta brusquement.

— J'essayais juste de te protéger, lui dit Sarah, essoufflée.

— En me mentant ? demanda Gracie. En me laissant croire que j'étais en train de devenir folle, que je me faisais des idées, alors que je l'ai vraiment vue ?

Sarah s'en voulait atrocement.

— Je ne voulais pas qu'on en arrive là…

Pour toute réponse, sa fille la fusilla du regard.

— Bon, d'accord, j'ai eu tort. Oui, il y a longtemps, j'ai cru voir un fantôme moi aussi.

— Où?

— Dans ma chambre.

— Dans ta chambre?

Sarah acquiesça.

— Il m'arrivait de me réveiller en pleine nuit, persuadée qu'il était là, et puis plus rien. Je me suis dit qu'il s'agissait seulement de rêves. Une fois, j'étais sur le toit, et…

Comment pouvait-elle expliquer à Gracie quelque chose qu'elle-même ne comprenait pas?

— Je ne sais vraiment pas ce que j'ai vu cette fois-là. Je n'ai jamais réussi à me souvenir. Mais, quand on m'a trouvée, j'étais sur le balcon du toit.

Tu veux dire que tu étais là-haut avec Roger.

En pensant à son demi-frère, elle eut l'impression de sentir des doigts minuscules et glacés lui courir le long de l'échine.

— Mais c'était la dame en robe blanche. C'est elle, n'est-ce pas? Celle qui a été tuée par son mari? Angélique Le Duc?

— Je suppose, oui…

— C'est elle. J'en suis sûre. Scottie a dit qu'Angélique avait été tuée à coups de hache sur le toit, et qu'il y avait du sang partout qui coulait dans les gouttières et autour de la maison. Elle a dit que c'était mon arrière-arrière-arrière-grand-père qui avait fait ça, qu'il l'avait tuée et qu'il lui avait coupé la tête, et…

— Eh, une seconde! l'interrompit Sarah en secouant la tête, horrifiée. Calme-toi un peu, tu veux bien? Tout ça, ce sont des racontars. Personne ne sait exactement ce qui s'est passé mais, quoi qu'il en soit, je suis sûre que ce n'était pas aussi sanglant!

— D'accord, mais quelqu'un doit bien savoir comment elle est morte, répliqua Gracie. C'est obligé.

— Et pourquoi ça?

— Tu ne le sais pas, toi?

— Non. Bien sûr que non.

— Scottie dit que son corps a été emporté par la rivière, qu'il est tombé dans les chutes et qu'il a disparu. Quelqu'un a trouvé sa tête sur la rive, juste à côté de l'endroit où se trouve maintenant le restaurant.

— Oh! pour l'amour du ciel… Non. Tout ça, ce sont des mensonges.

Sarah posa une main rassurante sur l'épaule de sa fille. Une fois encore, Gracie se déroba.

— C'est de la fiction mélangée à des faits réels, Gracie. Tu as lu ça dans les livres et sur Internet, non ? Aucune de ces affreuses rumeurs n'a jamais été étayée par la moindre preuve.

— Alors ce n'est pas vrai ? demanda Gracie, sans lâcher le morceau.

— Les gens adorent répandre des histoires et dramatiser. Et je suis désolée d'avoir un peu arrangé la vérité au sujet de ce fantôme.

— Tu m'as carrément menti, maman.

— Je ne le ferai plus, répondit-elle.

La pluie s'était mise à tomber sérieusement et commençait à couler le long de son cou.

— Qu'est-ce qu'on fait ici ? Rentrons.

Elles grimpèrent les trois marches menant à la terrasse.

— Et encore une chose, ajouta Sarah. A l'époque où elles existaient encore, les chutes de Celilo étaient en amont de la rivière. Les corps ne remontent pas le courant.

Gracie considéra cette information en silence.

— Angélique a disparu, et personne ne sait ce qui lui est arrivé, ajouta Sarah. Ça, en tout cas, c'est vrai.

— Et son mari ?

— Maxim a disparu, lui aussi. Certains affirment qu'ils se sont enfuis ensemble.

— En abandonnant tous leurs enfants ? demanda Gracie, incrédule. Ils en avaient cinq. En tout cas, il en avait cinq de sa première femme. J'ai fait des recherches là-dessus. Alors non, je ne crois pas qu'ils aient simplement pris la fuite. Quel genre de parents ferait ça ? demanda-t-elle avant de se taire, le visage de nouveau fermé.

Sarah prit conscience que Gracie pensait à son propre père. Après le divorce, Noel McAdams avait pris le premier vol en partance du nord-ouest pour rejoindre Savannah, en Géorgie.

— Je suppose qu'on ne connaîtra jamais la vérité.

Elle déverrouilla la porte et elles entrèrent. Dans la maison, au moins, il faisait sec et quelques degrés de plus qu'à l'extérieur

— même si la vieille demeure était toujours aussi lugubre et déprimante.

— Je pense qu'il l'a tuée, affirma Gracie en se débarrassant de son sac à dos qu'elle laissa tomber sur le marbre de l'entrée. Il a eu un accès de colère, tu vois, comme dans *Les Experts*.

— Un crime passionnel ? demanda Sarah tandis que Gracie retirait sa veste. Tu devrais peut-être regarder autre chose à la télé.

— Comme quoi, par exemple ? Des émissions de téléréalité sur les filles mères ou sur les concours de beauté pour enfants ? Ce sont les préférées de Scottie, elle les regarde avec sa mère.

— OK, on efface tout et on recommence. Oublie que j'ai dit ça.

— Je pense que, lorsque Maxim a pris conscience de son acte, du fait qu'il avait vraiment tué sa femme, il s'est enfui. Peut-être qu'il a sauté dans la Columbia et qu'il l'a traversée à la nage. Qu'il est remonté jusqu'au Canada, ou bien qu'il a suivi la rivière jusqu'à Portland pour prendre un cargo ou un train. Il a disparu pour ne pas être pendu. Ça se faisait, à l'époque, tu sais. Ils pendaient les gens. J'ai vu des photos.

Sarah secoua la tête. Gracie avait seulement douze ans ; elle était trop jeune pour penser à ce genre d'horreurs. Et pourtant, la réalité était là, et il fallait faire avec.

— Ne laisse pas les autres t'embêter avec ça, à l'école. Ce qui s'est passé il y a presque cent ans reste un mystère qui ne sera sans doute jamais résolu.

— A moins que quelqu'un ne s'en occupe sérieusement. C'est pour ça que le fantôme m'est apparu, je crois. Elle veut que je découvre ce qui s'est passé.

Gracie entra dans la salle à manger et posa son manteau sur le dossier d'une chaise.

— Tu sais, Stewart's Crossing est une petite bourgade, et elle était encore plus petite à l'époque, lui rappela Sarah. Souvent, dans une ville de cette taille, les gens n'ont rien d'autre à faire que de bavarder et de lancer des rumeurs. Ils amplifient les choses ou les déforment.

— Je l'ai vraiment vue, maman, dit Gracie en se dirigeant vers la cuisine.

— Gracie, je sais que tu as vu quelque chose, mais…

— Arrête ! la coupa Gracie en se retournant avec un regard

noir. Tu recommences. Tu arranges la vérité. Tu sais très bien ce que j'ai vu !

Sarah la considéra en silence, mal à l'aise. Pour finir, elle baissa les bras :

— D'accord, concéda-t-elle. J'ai cru voir quelque chose. Il y a longtemps. J'étais beaucoup plus jeune que toi. Mais la vérité, c'est que je ne suis plus du tout certaine de ce que j'ai vu. Sur le moment, j'étais sûre de moi. Etait-ce un fantôme ? Je l'ignore. Mais sans doute pas. Un mauvais rêve ? Une ombre ? Là encore, ce ne sont que des suppositions. Cependant, qu'on puisse ou non l'expliquer, cette apparition n'avait rien de malveillant. Alors je pense que nous ne devrions pas nous inquiéter. Aucun esprit maléfique ne hante cet endroit.

— Je ne suis pas inquiète, dit Gracie d'un ton détaché. Je n'aime pas qu'on se moque de moi, c'est tout.

— C'est ce qu'a fait Scottie ? Elle s'est moquée de toi ? demanda Sarah, sentant ses instincts protecteurs reprendre le dessus.

— Non, pas vraiment. Comme je te l'ai dit, elle est sympa, mais il y a des garçons qui l'ont entendue.

— Et alors ?

— Ils ont dit que j'étais la fille qui murmurait à l'oreille des fantômes et après ils ont ri comme des hyènes.

Sarah leva les yeux au ciel.

— Quelle bande d'idiots ! Je parie qu'ils voulaient que tu les remarques.

— Ça a marché, dit Gracie, une fois qu'elles furent dans la cuisine. J'ai remarqué que c'étaient de gros ringards obèses.

— Oublie-les. Ça te dirait une barre de céréales ou de fruits confits pour le goûter ? Je crois que c'est tout ce qu'on a, malheureusement.

— Je me fiche de ce qu'ils disent ou de ce qu'ils pensent, affirma Gracie avec véhémence.

Elle dénicha une boîte de barres de céréales, en choisit une au beurre de cacahuètes et se jucha sur un tabouret de cuisine.

— Je sais qu'Angélique va continuer de hanter cette maison jusqu'à ce que nous éclaircissions le mystère et, alors seulement, elle pourra trouver le repos.

— D'accord, répondit Sarah pour essayer d'alléger l'atmosphère.

Gracie ne se laissa pas avoir.

— Ne dis pas ça pour me faire plaisir, rétorqua-t-elle.

D'un geste habile, elle ouvrit l'emballage de sa barre.

— Je vais l'aider, décréta-t-elle.

Avant que Sarah ait pu lui demander comment elle comptait s'y prendre, son téléphone se mit à vibrer. Elle le retira de sa poche et vit le nom et la photo de sa sœur sur l'écran.

— Salut, Dee, lança-t-elle en décrochant.

— Sarah, tu es au courant ? demanda Dee Linn d'une voix tremblante. Une fille du coin a disparu, je l'ai appris à la télé. Rosalie Jamison. Heureusement, ce n'est pas une amie de Becky, mais quand même...

— Comment ça, elle a « disparu » ?

— Elle travaillait vendredi soir et elle n'est jamais rentrée chez elle. Il paraît qu'elle a déjà eu des problèmes. Des parents divorcés, plusieurs beaux-pères, et des demi-frères pour parfaire le tableau. Pas de famille stable, quoi.

— Je suis divorcée, souligna Sarah. Ce n'est pas un péché. Et ça ne veut pas dire que les enfants vont forcément mal tourner.

— Oh ! ça va, je ne parlais pas de toi. Mais tu sais, quand il n'y a personne à la maison, les enfants s'attirent souvent des ennuis.

— Maman était à la maison. Ça ne nous a pas empêchés d'avoir notre lot d'ennuis.

— Arrête de te défendre, je n'en ai pas après toi ! Mais j'étais sûre que tu voudrais être au courant et je me suis dit que vous n'aviez peut-être pas encore la télévision.

— Dans le mille, dit Sarah en regardant par la fenêtre la pluie qui s'abattait en trombes.

Elle écouta Dee Linn lui expliquer ce qu'elle savait des circonstances de la disparition.

— Je suppose qu'elle a pu faire une fugue, conclut sa sœur. Ecoute, il faut que j'y aille, mais je préférais que tu sois au courant. Et je voulais aussi te reparler un peu de la fête. Vous viendrez, toi et les filles, n'est-ce pas ?

— On ne manquerait ça pour rien au monde, lui assura Sarah sans en penser un mot.

En se retournant, elle vit que Gracie la fixait d'un air accusateur — elle venait encore de la surprendre en flagrant délit de mensonge.

— Je peux apporter quelque chose ?

— Non, j'ai tout organisé, répondit Dee Linn avant de raccrocher.

— Tu n'as pas du tout envie d'aller à cette soirée, dit Gracie, aussitôt que Sarah eut reposé son téléphone.

Elle sortit sa barre de l'emballage, qu'elle jeta dans le sac-poubelle ouvert appuyé contre la table.

— Pourquoi tu ne l'admets pas ? reprit-elle. Et pourquoi tu n'arrêtes pas de mentir ?

— Il y a mentir et mentir. Je pense que j'essaie de ménager les sentiments de mes proches.

— Mais tu détestes ça quand on ment, Jade et moi.

— Tu as raison, je n'aime pas ça. Nous allons donc essayer de faire des progrès, toutes les trois. Allez, viens, il faut qu'on se dépêche. Je dois récupérer Jade d'ici une demi-heure.

— Ça va être drôle, tiens.

Elle était déjà sortie de la cuisine pour aller chercher sa veste. Depuis la salle à manger, Sarah l'entendit lancer :

— Jade est tout le temps de mauvaise humeur, en ce moment.

— Elle ne voulait pas déménager.

— Elle ne voulait pas quitter Cody, la reprit Gracie depuis l'entrée.

— C'est la même chose.

— Non.

Gracie était revenue dans la cuisine. Tout en enfilant les manches de son manteau, elle lança à sa mère un regard qui signifiait qu'elle la jugeait bornée, ou carrément naïve.

— Avec elle, tout se rapporte à Cody.

— Elle n'a que dix-sept ans.

Gracie la regarda d'un air désabusé.

— Tu ne t'es jamais crue amoureuse, quand tu étais au lycée ?

Seigneur, à quel moment sa fille avait-elle cessé d'avoir douze ans pour en avoir quarante-cinq ? A l'âge de Jade, Sarah était en effet tombée éperdument amoureuse d'un garçon. A s'en rendre malade.

— OK, tu as raison.

Tandis que Sarah attrapait ses clés sur le comptoir, Gracie acheva de boutonner son manteau.

— Il ne l'aime pas, tu sais. Pas comme elle l'aime, lui. Elle va avoir un gros chagrin d'amour.

— Et comment tu sais ça, toi ?

— Je le sais, c'est tout. Il y a beaucoup de choses que je sais.

10

Il se gara à une cinquantaine de mètres du lycée, dans une petite rue. L'avant de sa Prius arrivait presque au niveau du croisement avec Crown Boulevard, sur lequel s'étendait le campus de Notre-Dame de la Rivière. La ruelle était plus près de l'église et du presbytère que du lycée lui-même, mais elle offrait une excellente vue sur l'école malgré la pluie battante.

Les yeux rivés sur les portes de l'établissement, il baissa la vitre de sa voiture pour jeter son mégot de cigarette, qui s'éteignit en grésillant dans l'herbe mouillée. Il consulta sa montre : plus que quelques minutes avant la sonnerie du dernier cours ; ensuite, ce serait à lui de jouer. L'appareil-photo qu'il avait monté sur son tableau de bord était assez petit pour tenir dans le creux de sa main, mais son objectif était suffisamment puissant pour que, même à cette distance, il puisse prendre des photos nettes.

Il allait devoir faire vite. Il avait beau être presque sûr que Notre-Dame de la Rivière n'était pas équipée de caméras de sécurité au-delà du parking du lycée, il devait se montrer prudent et agir rapidement.

La fille Jamison avait été une cible facile mais, à présent que les services de police étaient en alerte, il devait redoubler de précautions et frapper au plus vite, avant que cet abruti de shérif n'ait le temps de comprendre ce qui lui arrivait. Il espérait boucler l'opération et disparaître juste après Halloween. Malheureusement, les autorités n'allaient pas tarder à comprendre que Rosalie Jamison n'avait pas fait de fugue. Pendant quelque temps, ils allaient suivre une fausse piste en pensant qu'elle était partie de son propre chef, mais cela ne durerait pas.

Il esquissa un sourire pâle et glissa la main dans sa poche, à la recherche de son paquet de cigarettes. Puis il se ravisa : il allait attendre encore un peu avant d'en allumer une autre. Il avait déjà photographié les abords des lycées publics de la ville, avait comparé les albums de promotion de l'année précédente avec les comptes Twitter et Facebook des élèves, mais jusqu'à présent il n'avait encore pris aucune photo à Notre-Dame de la Rivière. Il se maudit mentalement d'avoir négligé un terrain de chasse aussi parfait.

Mieux vaut tard que jamais.

Il avait laissé tourner le moteur au ralenti afin que le dégivrage fasse son œuvre — il n'aurait droit qu'à un seul essai. Certes, il pleuvait, mais il était malgré tout certain d'obtenir quelques bons clichés. Il n'aimait pas prendre de risques mais cela faisait partie du travail. Il patienta donc, observant une file de voitures se former. Les mamans venaient chercher leurs petites filles chéries.

Exactement comme il l'avait espéré.

— Dites-leur bien que vous les aimez, ce soir, murmura-t-il, comme si les conductrices des voitures pouvaient l'entendre. Ce sera peut-être la dernière fois.

La sonnerie retentit et, presque aussitôt, les portes du lycée s'ouvrirent. Il appuya sur un bouton, et l'appareil-photo numérique, pointé tout droit sur les portes de verre, commença à mitrailler la nuée d'élèves qui en sortait. La plupart des photos seraient inutiles car il y aurait beaucoup de garçons dessus, mais il en aurait suffisamment pour les trier et faire son choix. Il sentit son sang chauffer dans ses veines et un flot d'adrénaline se répandre dans son corps, quand il pensa à celles qu'il allait enlever : des spécimens parfaits, de toute beauté. Une rousse attira son regard ; elle avait de longues jambes et de gros seins.

Oui, celle-là ferait l'affaire, sans compter quelques blondes qui semblaient avoir du potentiel. Il lui fallait une blonde ou deux, ainsi qu'une brune qui devait être mince et athlétique. Il en aperçut trois qui correspondaient à ce profil.

A cet instant, une autre fille sortit du lycée. Elle semblait seule, sans amis autour d'elle. Elle portait un long manteau noir masquant son uniforme et paraissait mal à l'aise, peut-être même un peu en colère. Il la reconnut aussitôt. *Jade.* Il sourit, se rappelant qu'elle avait des seins plus que respectables. Ses yeux étaient grands et sérieux, ses lèvres, pleines et boudeuses, ses cheveux noirs, un peu trop sombres pour son teint, mais cela pouvait s'arranger.

— Ma chérie, j'ai des projets pour toi, murmura-t-il en la regardant descendre rapidement les marches du lycée, pour se diriger vers une vieille Ford Explorer qui venait de se garer en double file.

La mère de Jade. De nouveau, il sourit. Si elle savait…

Jade s'approcha de la voiture, et il se demanda comment elle pouvait être au lit, nue. Avait-elle de gros tétons ? Etaient-ils bruns ou roses ? Et de quelle couleur étaient les poils de son bas-ventre ? Pas du même noir que ses cheveux, il en aurait mis sa main au feu… mais tout cela, il ne tarderait pas à le savoir. Il le vérifierait par lui-même, peut-être toucherait-il son buisson, peut-être le humerait-il. Il se lécha les lèvres. Sa queue avait gonflé, et son pantalon le serrait.

Oh ! les choses qu'il pourrait lui faire !

Il prit une longue inspiration pour se calmer. Pas maintenant, pas ici. Il entendit la voix de sa mère résonner dans ses oreilles.

« Ne t'approche pas de ce genre de filles ! lui sifflait-elle, l'haleine chargée de gin. Elles te mèneront à ta perte, tu sais. Elles te provoqueront, te feront croire que si tu arrives à les baiser, tu trouveras l'extase. C'est un mensonge, mon fils. Ton corps te ment. Souviens-toi de ça. »

— Va-t'en, maman, chuchota-t-il avant de revenir à son fantasme.

Jade étendue sur son lit, se tordant en tous sens tandis qu'il la mordillait, la léchait, l'embrassait, Jade le suppliant tandis qu'il faisait glisser sa queue contre son ventre plat et lui promettait que, bientôt, elle allait le sentir…

Quelque chose bougea à la périphérie de son champ de vision.

Qu'est-ce que… ?

Un gamin d'une douzaine d'années passa à toute allure sur son vélo puis, arrivé à sa hauteur, freina brusquement, manquant d'arracher le rétroviseur de sa voiture. Contournant l'avant de la Prius dans un crissement de pneus, il tourna sur le boulevard sans prendre la peine de s'arrêter.

Si près qu'il aurait pu égratigner le pare-chocs.

— Eh ! hurla l'homme avant de se reprendre et de la fermer.

Surtout, ne pas se faire remarquer. Le gamin lui fit un doigt d'honneur et continua de pédaler.

Merde ! Maintenant, on risquait de l'avoir repéré.

Sa bonne humeur s'évanouit en même temps que son érection, et il songea brièvement à courser le cycliste et à l'envoyer dans un fossé où, avec un peu de chance, ce crétin se briserait la nuque. Il empoigna le levier de vitesse puis, soufflant lentement entre ses dents serrées, le lâcha de nouveau.

Il fallait qu'il laisse ce gamin tranquille, sinon, il risquait de tout faire foirer. Inutile de s'affoler, le gosse au vélo ne se souviendrait sans doute pas de lui.

S'efforçant de se concentrer sur sa mission, il décida qu'il avait pris assez de photos et que, quelque part dans la mémoire de l'appareil numérique, il trouverait sa prochaine victime.

C'était la pire journée de sa vie.

En voyant le 4x4 de sa mère, à l'arrêt dans la file de véhicules venus chercher à Notre-Dame de la Rivière les élèves les plus jeunes, Jade n'en crut pas ses yeux. Sarah avait promis de la récupérer en bas de la rue, hors de vue du lycée, et pourtant elle était là. L'Explorer avança légèrement tandis qu'un groupe de filles — des secondes, sans doute — montait dans la voiture devant elle.

Génial. Juste génial.

Elle avait déjà passé un affreux moment dans ce lycée pourri, et Cody ne lui avait envoyé aucun message depuis la nuit dernière. Ça commençait à l'agacer. Et puis, il y avait cette pluie — il tombait des cordes, comme si Dieu avait décidé de la punir elle aussi.

La tête rentrée dans les épaules, Jade descendit les marches en courant pour rejoindre l'Explorer. Arrivée devant le véhicule, elle constata que sa sœur s'était déjà attribué la place à l'avant.

C'était la conclusion parfaite d'une journée parfaite, pensa-t-elle avec ironie en ouvrant brusquement la portière arrière. Elle monta, s'assit et claqua la portière sur elle.

— Je croyais que tu devais te garer en bas de la rue! déclara-t-elle à sa mère en guise de bonjour.

— Il pleut, répondit Sarah en lui jetant un coup d'œil par-dessus son épaule.

— Il pleut toujours. On est dans l'Oregon.

— Et une fille a disparu.

— Ouais. Rosalie quelque chose. On nous en a parlé en cours.

Elle n'allait pas à Notre-Dame. Et on s'en fiche, de toute façon. Tu avais dit que tu m'attendrais en bas de la rue.

— Eh bien, tu vois, nous sommes là, répondit Sarah en s'arrêtant pour laisser une autre voiture se glisser dans la file. Comment s'est passée ta rentrée ?

— A ton avis ?

Jade n'avait aucune envie que sa mère lui tire les vers du nez. Pas maintenant, alors que tout le lycée était là, autour d'elle, avec ses hordes d'élèves qui se précipitaient hors du bâtiment, pour se réfugier dans les véhicules qui les attendaient.

A travers la vitre, elle reconnut plusieurs visages qu'elle avait vus en classe — dont celui de Mary-A, accompagnée de deux autres filles de terminale. Elles la gratifièrent au passage de regards condescendants, avant de rejoindre d'un pas vif un long passage couvert menant vers le parking réservé aux élèves, près du gymnase.

C'était l'enfer.

Jade s'enfonça dans son siège, mais cela ne l'empêcha pas d'apercevoir le sourire sarcastique que lui décocha Mary-Alice, alors qu'elle se retournait pour lui lancer un dernier regard par-dessus son épaule.

Garce !

— On peut y aller, maintenant ?

Comme sa mère ne réagissait pas assez vite, elle ajouta :

— S'il te plaît !

— J'attends juste que la circulation soit plus fluide.

Jade aurait voulu disparaître. Cette journée avait été une pure torture. On l'avait « présentée » dans chaque classe, comme si elle était une élève de CE2, bordel ! Cela lui avait donné envie de s'enfoncer dans un trou de souris. La seule bonne nouvelle, c'est qu'elle avait trouvé un moyen de s'esquiver pendant la pause de midi. Ainsi, elle n'avait pas eu à subir la compagnie de Mary-Alice, ni les regards lourds de tous les autres élèves.

A la place, elle était sortie du campus pour aller traîner dans les rues alentour. Elle était arrivée avec dix minutes de retard en cours et s'était attiré les foudres de Mary-Alice, qui l'avait apparemment attendue pour le déjeuner.

Celle-ci avait sermonné Jade, lui reprochant d'avoir manqué la première annonce faite dans l'école sur la disparition de cette fille. Tout le monde était censé l'écouter, et Mary-A considérait comme une insulte personnelle le fait que Jade ne soit pas arrivée à l'heure. La prof avait pris note de son absence et rappelé à Mary-Alice que la nouvelle élève était sous sa responsabilité.

Quand Jade l'avait enfin retrouvée, après le cours, Mary-Alice avait les joues en feu, et sa colère était palpable.

— Tu gâches ta vie si tu veux, lui avait-elle crié, sa voix résonnant dans la cage d'escalier déserte, mais tu laisses la mienne tranquille !

— C'est toi qui vas me laisser tranquille, avait rétorqué Jade en haussant les épaules.

— J'aimerais bien, crois-moi. Mais je suis inscrite à un programme de préparation à la fac, et t'accompagner fait partie de mon projet, alors bouge-toi !

Elle s'était mise à monter l'escalier comme une furie, en faisant claquer ses talons. Jade lui avait rapidement emboîté le pas.

A présent, Jade se demandait quand même si elle n'avait pas commis une erreur en se mettant Mary-Alice à dos. Si celle-ci n'avait pas dû jouer son rôle d'ange gardien, Jade n'aurait sans doute jamais eu affaire à elle. Et, au stade où en étaient les choses, elles étaient devenues des ennemies mortelles en moins d'une journée.

Sa mère était enfin parvenue à s'extraire de la circulation. L'Explorer s'éloigna du lycée, et Jade put respirer.

— Alors, que s'est-il passé ? demanda Sarah.

— Rien.

— Tu veux en parler ?

— Je t'ai dit qu'il n'y avait rien !

Elle tourna la tête vers la vitre embuée tandis qu'elles traversaient la petite ville de Stewart's Crossing. La plupart des bâtiments semblaient tout droit sortis du Far West, avec leurs façades en trompe-l'œil et leurs longues terrasses de bois. Les édifices les plus récents étaient également conçus sur ce principe. Jade trouvait tout cela bidon. Comme si Stewart's Crossing voulait se donner des airs de Dodge City, ou quelque chose de ce genre.

Le téléphone de Sarah se mit à sonner.

— Je prends, dit Gracie.

Elle sortit le portable du sac à main de sa mère et consulta le nom affiché sur le petit l'écran.

— Evan.

Jade fit la grimace. Elle détestait ce type.

— C'est un pervers.

— Non, Jade, ce n'est pas un pervers, rétorqua Sarah sans quitter la route des yeux. Ne réponds pas, Gracie, il laissera un message.

— D'accord.

Gracie rangea le téléphone dans le sac, où il finit par se taire.

— Pourquoi tu ne veux pas lui parler ?

— Ce n'est pas le bon moment pour ça.

— Tu crois qu'il y en aura un, de bon moment ? demanda Gracie avec sa perspicacité coutumière.

— Non. Ils ont rompu, intervint Jade en se penchant en avant. C'est fini, mais Evan est tellement crétin qu'il ne s'en est pas encore aperçu.

— Mais on a déménagé, souligna Gracie.

Jade leva les yeux au ciel.

— J'ai bien dit que c'était un crétin, non ?

— Et si on en profitait, tant qu'on est en ville, pour se prendre une pizza et une salade pour ce soir ? coupa Sarah. Ce n'est pas très original mais, tant que la cuisine n'est pas opérationnelle, on va être obligées de se contenter de ces repas à emporter.

Manifestement, elle n'avait pas envie de parler d'Evan, elle non plus. Tant mieux.

— Fromage et pepperoni ! déclara Gracie, toujours aussi fayote.

Jade ferma les yeux. C'était vraiment à ça que ressemblait sa vie, désormais ?

On aurait dit que le monde entier s'était ligué contre elle. Même Cody. Elle n'avait pas reçu le moindre coup de fil de sa part, pas même un texto depuis cette nuit. Peut-être avait-il déjà tourné la page. Par la vitre, elle contempla le ciel, aussi lugubre que son humeur. Son visage se reflétait sur la vitre mouillée. On lui avait toujours dit qu'elle avait un physique « intéressant », qu'elle était « fascinante », qu'elle avait « des traits classiques » et le regard « hanté ». Tout ça, c'étaient des foutaises destinées à masquer le fait qu'elle n'était ni jolie ni même mignonne. Cody lui avait affirmé qu'elle était belle, et il lui avait dit qu'il l'aimait, mais c'était toujours quand ils étaient en train de se caresser. Il était arrivé à Jade de le surprendre à regarder d'autres filles.

Gracie dit soudain :

— En fait, je préférerais une hawaïenne.

— Ça va à tout le monde? demanda Sarah en freinant pour s'arrêter à l'un des rares feux de la ville.

Jade s'en fichait complètement mais elle acquiesça, sachant qu'on ne la lâcherait pas avant qu'elle ait donné son avis. Bien entendu, sa mère avait des courses à faire, et elles n'allèrent donc pas directement au restaurant. Au lieu de ça, Sarah demanda à Gracie de commander la pizza. Elle composa le numéro sur son clavier sans même consulter son répertoire.

— Tu connais le numéro par cœur? s'étonna Jade.

— Il n'a pas changé depuis vingt ans.

Jade et Gracie attendirent, près de la banque d'abord, puis de l'épicerie et enfin de la poste, que Sarah ait fini ses courses, et il était presque 17 heures quand elles arrivèrent sur le parking d'un centre commercial — évidemment doté de façades en trompe-l'œil — où se trouvait le Giorgio's Real Italian Pizza Parlor.

Le bitume était usé et bosselé, et les lignes délimitant les places de parking étaient presque effacées.

Gracie était déjà en train de détacher sa ceinture quand Sarah retira les clés du contact en demandant :

— Vous venez?

Elle ouvrit prudemment sa portière pour ne pas heurter l'énorme pick-up garé à côté de sa voiture.

— Je passe mon tour, dit Jade.

Mais sa mère ne l'entendait pas de cette oreille.

— Allez, viens! insista-t-elle. Je travaillais ici après les cours, quand j'étais jeune. Ils recrutent peut-être. Ça te ferait de l'argent pour l'essence.

— Il faudrait déjà que je récupère ma voiture, grogna Jade.

A contrecœur, elle sortit de l'Explorer, claqua la portière et suivit Gracie dans la pizzeria, dont les murs étaient surchargés de décorations style western. Un faux plafond de bois surplombait le buffet des crudités, et des portes de grange ouvertes menaient aux jeux vidéo, près des distributeurs de sodas. Seuls des drapeaux aux couleurs de l'Italie, stratégiquement suspendus près de roues de chariot, rappelaient qu'il s'agissait d'une pizzeria. Il y avait même des pioches et des haches accrochées au mur. Le mélange était aussi incongru que la « pizza de la semaine » proposée au menu, composée d'une « infusion » de saucisse italienne et de poulet grillé au barbecue.

— Flippant, murmura Jade pour elle-même, tandis que sa mère payait la pizza et la salade verte.

— Je vais porter la pizza, proposa Gracie en se saisissant de la grande boîte en carton.

A ce moment-là, le portable de Jade se mit à vibrer depuis le fond de la poche de son manteau. Elle l'en sortit aussitôt pour lire le texto.

Il venait de Cody. Enfin!

Serai là sam soir. Tu me manques.

Elle sentit son cœur fondre, et toute la colère qu'elle avait éprouvée envers lui s'évanouit grâce à ces sept petits mots. En relisant le message de Cody, elle sentit des larmes lui monter aux yeux.

Comment avait-elle pu douter de lui?

Tout en lui répondant à toute vitesse, elle suivit sa mère et Gracie jusqu'à la porte, et faillit écraser sa petite sœur.

— Eh! protesta celle-ci.

Jade leva les yeux de son téléphone. Sa mère s'était arrêtée net et dévisageait un grand type en jean qui venait d'entrer.

— Sarah!

Un sourire s'afficha lentement sur son visage, comme s'il était ravi d'avoir failli bousculer sa mère. Génial! Sarah était tombée sur un vieux copain et elle allait s'arrêter pour parler du bon vieux temps. Exactement ce dont Jade avait besoin. Ils allaient y passer la nuit, c'était sûr.

Pendant un instant, sa mère sembla complètement prise de court, comme si elle avait été frappée de mutisme à la vue de cet homme. Puis elle se ressaisit :

— Oh ! Salut.

Masquant sa surprise, elle fit un geste en direction de Gracie et Jade.

— Les filles, je vous présente, euh... M. Walsh.

— Clint, s'empressa-t-il de corriger.

Etrangement, il semblait amusé de voir Sarah aussi nerveuse. Que se tramait-il entre ces deux-là?

— C'est notre voisin, expliqua Sarah. Nous avons grandi

plus ou moins ensemble. Sa maison et la nôtre occupent des terrains contigus.

Jade considéra sa mère d'un air inquisiteur. Pourquoi se perdait-elle dans de longues explications, comme si c'était tellement important ?

— Monsieur… Clint était ami avec vos oncles. Ils étaient dans les mêmes classes à l'école, poursuivit-elle.

Puis elle entreprit de les présenter :

— Voici mes filles. Jade, mon aînée, vient de faire sa rentrée à Notre-Dame de la Rivière. Et voilà Gracie. Elle est au collège.

— Ravi de vous rencontrer, les filles, dit-il avec un sourire qui lui plissa les yeux.

Il paraissait sincère.

Jade marmonna un « salut » guindé, tout en essayant de jauger le nouveau venu. Elle estima qu'il devait mesurer plus d'un mètre quatre-vingts. Vêtu d'un jean délavé et d'une veste de travail, il avait les cheveux très bruns, et sa mâchoire carrée était ombrée d'une barbe naissante. Avec ses traits bien dessinés, il avait une allure de cow-boy et il semblait passer beaucoup de temps dehors. Il se fondait parfaitement dans le décor du restaurant. Et, avec ses sourires en coin, il était plutôt sexy. Pour un vieux.

— J'ai vu que tu avais des projets de rénovation, dit-il à Sarah. Les plans sont arrivés sur mon bureau ce matin même.

Se tournant légèrement vers les filles, il expliqua :

— Je suis l'inspecteur à l'urbanisme responsable de cette partie du comté, alors vous risquez de me voir souvent traîner dans le coin, pour vérifier la conformité des travaux.

— Cette maison devrait être rasée, déclara Jade sans préavis.

A ces mots, sa mère lui décocha un regard horrifié. Jade ne se démonta pas pour autant :

— Oh ! ça va, maman, c'est une ruine ! C'est tout juste s'il y a l'eau courante ! Ne fais pas comme si tu ne le savais pas.

— Vous vivez dans la maison ? demanda Clint, l'air plus que surpris.

Sarah se lança dans son histoire d'annexe qu'elle allait rendre habitable — comme si c'était possible.

La situation était vraiment embarrassante mais, heureusement, deux adolescents que Jade ne connaissait pas entrèrent à ce moment-là, un skateboard sous le bras, dispersant un instant l'étrange petit groupe qu'ils formaient.

Cette fois, sa mère sembla pressée de mettre fin à la conversation.

— Il faut qu'on y aille, dit-elle. La pizza va refroidir.

— Je suis content de t'avoir revue, Sarah, dit Clint en lui posant la main sur le bras.

Pendant une fraction de seconde, leurs regards se croisèrent, puis Sarah détourna vivement les yeux pour reporter son attention sur Jade et Gracie. Clint retira sa main et hocha la tête.

— A bientôt.

Alors, Sarah les poussa dehors avant de les entraîner séance tenante vers l'Explorer, à la grande satisfaction de Jade. Sa mère s'empressa de faire marche arrière et faillit au passage érafler l'énorme pick-up garé à côté, puis elle quitta le parking en roulant un peu plus vite qu'à l'accoutumée.

— C'était plutôt bizarre, dit Jade.

Sarah lança un coup d'œil à sa fille avant de jeter un regard furtif dans le rétroviseur, comme si elle essayait d'apercevoir le type une dernière fois. Ou peut-être ne faisait-elle que surveiller la circulation ?

— Ça faisait un moment qu'on ne s'était pas vus, dit-elle simplement.

— Il avait l'air content de tomber sur toi, observa Jade.

— Et tu trouves ça bizarre ?

Jade ne pouvait se l'expliquer, mais elle avait senti quelque chose. Des ondes spéciales entre eux.

— C'est juste qu'il ne m'a pas l'air du genre à traîner avec oncle Joe ou oncle Jake.

— C'était surtout avec Joe. Il ne s'entendait pas très bien avec Jake.

Les mains crispées sur le volant, Sarah avait accéléré, flirtant avec la limite de vitesse, ce qui étonna Jade — manifestement, cette rencontre avec le voisin avait mis sa mère sur les nerfs.

— Je crois qu'il t'aime bien, intervint Gracie depuis le siège arrière.

Sarah répondit par un rire que Jade jugea forcé. Elle remarqua alors que le rouge lui était monté aux joues. Sarah avec ce type, Clint ? *Sérieux ?*

Jade se retourna sur son siège pour regarder par la vitre arrière, comme pour essayer d'apercevoir l'intéressé, mais la pizzeria et le centre commercial étaient depuis longtemps hors de vue.

— Clint et moi étions amis parce qu'il était tout le temps avec mes frères, lança Sarah, en réponse à la réflexion de Gracie.

— Non, non. Tu l'aimes bien, toi aussi, insista celle-ci.

— Depuis quand tu es devenue experte en relations amoureuses, toi ? demanda Jade en décochant à sa sœur un regard exaspéré.

— Je le sais, c'est tout.

— Super. Tu devrais ajouter ça sur ton CV, ironisa-t-elle. « Voyante extralucide, option histoires d'amour. »

Gracie émit un reniflement dédaigneux.

— Tu peux te moquer autant que tu veux, mais ce monsieur aime vraiment maman. Bien plus que Cody ne t'aime.

Jade se retourna si vivement que sa ceinture de sécurité se bloqua.

— Cody m'aime !

— Si tu le dis, rétorqua Gracie, avec ce petit sourire énigmatique que Jade trouvait un peu flippant.

— Les filles ! Arrêtez ça, intervint Sarah.

Sa mère paraissait tellement tendue que Jade décida de laisser tomber.

— Tu parles, qu'est-ce qu'elle en sait…, se contenta-t-elle de marmonner, avant de reporter son attention sur la route qui défilait devant elle.

Pour autant, elle était soucieuse. La petite pique de Gracie avait touché un point sensible. Au fond d'elle-même, elle se demandait parfois, en effet, si ses sentiments pour Cody n'étaient pas beaucoup plus profonds que ceux qu'il éprouvait à son égard. Fermant les yeux, elle résolut de ne plus y penser. Gracie l'avait blessée, mais il n'était pas question de le lui montrer, cela lui ferait trop plaisir.

Au lieu de ça, elle demanda à sa mère :

— Tu es sortie avec ce type, ou un truc comme ça ?

Sarah serra le volant et écrasa de nouveau la pédale d'accélérateur, tandis que la voiture s'élançait sur la route menant au sommet des collines environnantes.

— Ou quelque chose comme ça, répondit-elle sur un ton qui signifiait que le sujet était clos.

— Je te l'avais dit ! s'exclama Gracie, qui exultait presque.

Jade l'ignora. Qu'est-ce qu'elle était agaçante, celle-là ! Parfois, elle aurait préféré ne pas avoir de sœur.

— Alors, qu'est-ce qui s'est passé ? demanda-t-elle à sa mère. Il t'a larguée ?

Sarah regardait droit devant elle, enchaînant les gestes comme par automatisme, donnant l'impression d'être perdue dans ses pensées.

— Disons que nous nous sommes... éloignés. Il est parti à la fac, en Californie du Sud.

— Et c'est tout ? demanda Jade en remarquant au passage combien sa mère avait les traits tirés.

— Oui. A peu près.

— Quel nul !

Sarah ouvrit la bouche puis la referma, comme si elle avait eu l'intention de prendre la défense de ce ringard, qui l'avait abandonnée dans ce trou paumé pour aller se pavaner sous les lumières de L.A.

— C'était... une décision mutuelle, finit-elle par dire.

Jade était sceptique — tout comme Gracie, qui s'empressa de le clamer :

— Maman, je croyais que tu arrêtais de mentir !

— Ce n'est pas un mensonge, Gracie.

Jade se demanda ce qu'elles voulaient dire, avec cette histoire de mensonges, mais elle n'eut pas le temps d'interroger sa mère : alors qu'elles arrivaient dans l'allée menant à la vieille maison, Jade entendit de nouveau son téléphone biper.

Elle le sortit précipitamment de sa poche, et son cœur fit un bond dans sa poitrine. Cody venait de lui envoyer un nouveau message, ce qui prouvait bien à quel point Gracie se trompait. Elle se trompait à mort.

Il l'aimait. Autant qu'elle l'aimait. Peut-être plus...

Du moins, elle l'espérait.

11

Tu es une idiote. Il n'y a pas d'autre mot.

Tout en jetant la boîte de pizza vide dans le sac-poubelle de la cuisine, Sarah se maudit intérieurement pour la centième fois de la soirée. Elle avait cru qu'elle serait prête, s'était répété qu'il était inévitable qu'elle tombe un jour ou l'autre sur Clint Walsh, qu'il ne fallait pas s'en faire tout un monde. C'était évident, dans une ville de cette taille. Elle avait entendu dire qu'il était inspecteur à l'urbanisme, sans compter qu'il vivait dans la propriété voisine depuis presque toujours. Dans ces conditions, il était évident qu'elle allait se retrouver nez à nez avec lui à un moment donné.

Pourtant, elle ne s'était pas attendue à ce que cette rencontre se produise aussi vite. Et encore moins à réagir comme une adolescente transie face à son premier amour.

— Ridicule, marmonna-t-elle.

Equipée d'un sac à bûches, elle se dirigea vers la vieille cabane à bois. Là, elle enfila des gants beaucoup trop grands pour elle et commença à entasser des morceaux de chêne et de sapin dans le grand cabas en cuir dont son père s'était servi pendant des années. Le bois, fendu et soigneusement rangé des décennies plus tôt par son père et ses frères, était bien sec, plein de poussière et infesté d'araignées dont les toiles et les poches à œufs restaient accrochées à l'écorce.

Heureusement, elle n'aurait plus à revenir beaucoup dans cette cabane : à en croire l'entrepreneur qu'elle avait embauché, l'annexe, plus petite mais aussi plus moderne, serait bientôt habitable en dépit de quelques imprévus qui avaient retardé les travaux.

Ce qui n'arrangeait pas son problème avec Clint Walsh.

Elle allait devoir trouver un moyen de le régler, d'autant plus qu'il n'allait pas tarder à venir vérifier l'avancement des travaux de rénovation, et sans doute à l'improviste.

— Parfait, murmura-t-elle en traînant son chargement hors de l'abri, avant d'emprunter une courte allée et de monter l'escalier menant au débarras.

Elle espérait ne pas s'être montrée aussi godiche qu'elle en avait eu l'impression quand elle lui était presque rentrée dedans, à la pizzeria. En se retrouvant face à lui, elle avait eu la sensation d'être précipitée dans une autre dimension, où elle était redevenue une adolescente mutique.

Non, mais quelle imbécile!

Ce n'était qu'au milieu de son année de seconde au lycée qu'elle était enfin parvenue à surmonter sa timidité, ainsi que son sentiment d'être différente et bizarre, se rappela-t-elle en rapportant le bois dans le salon. A cette époque, elle s'était enfin acceptée telle qu'elle était, et tant pis si elle n'était pas comme on voulait qu'elle soit. Sa mère n'avait pas apprécié la « nouvelle » Sarah, pas plus que Dee Linn, pour qui sa sœur cadette était devenue un boulet de la pire espèce avec lequel elle avait honte d'être vue. Cela n'avait pas gêné Sarah. Lorsque Clint et elle avaient commencé à sortir ensemble, quand lui était en terminale, elle s'était enfin trouvée.

Mais aujourd'hui, ses craintes et ses doutes de jeunesse l'assaillaient de nouveau.

— Uniquement parce qu'il t'a prise de court, se dit-elle tout haut en se frayant un chemin entre les couvertures et sacs de couchage encore étalés par terre, pour aller poser le sac de bois près du foyer de la cheminée.

Au moins, maintenant, la glace était brisée, et elle n'aurait plus à appréhender de tomber sur lui pour la première fois.

Mais ce n'est pas ce qui te tracasse, n'est-ce pas? Ce n'est pas le fait de le revoir qui te met dans cet état. Le problème, c'est Jade.

— Tu as dit quelque chose? demanda Gracie en apparaissant près d'un des piliers jumeaux qui séparaient le salon de l'entrée.

— Je parlais toute seule.

— C'est comme ça que ça commence, lui annonça sa fille. La folie, je veux dire.

— En ce qui me concerne, ça ne fait pas que commencer,

répondit Sarah en retirant ses gants. Voilà ce que c'est d'avoir deux filles.

— J'ai entendu ! lança Jade depuis la salle à manger.

Elle entra dans le salon en pianotant sur son téléphone avec la dextérité de ceux qui baignent dans la technologie depuis toujours.

— C'est la vérité, dit Sarah.

— Je vais peut-être poser la question à Granny, suggéra Gracie. Pour savoir si toi et Dee Linn l'avez rendue folle.

— Vas-y. Elle te le confirmera, rétorqua Sarah.

Elle se frotta les mains pour se débarrasser de la poussière d'écorce entrée sous ses gants.

— Mais elle te dira sans doute que les jumeaux ne l'ont pas épargnée non plus, ajouta-t-elle. Les garçons, ce n'est pas de la tarte.

Sans lever la tête de son portable, Jade déclara :

— Je ne crois pas que Granny soit en mesure de confirmer quoi que ce soit.

Sarah considéra sa fille, ses cheveux teints en noir qui tombaient sur son visage, et elle sentit sa gorge se nouer. Cette rencontre impromptue avec Clint faisait resurgir des problèmes irrésolus.

Qu'avait-elle cru ? Que Jade ne remettrait plus jamais le sujet sur le tapis ? Que sa fille aînée n'avait pas le droit de connaître la vérité sur son père, sur ses origines et son patrimoine génétique ? Que Clint Walsh n'apprendrait jamais qu'il avait eu un enfant ?

Sarah avait joué les autruches et, à présent, elle en payait le prix. Que cela lui plaise ou non, elle devait la vérité à Clint autant qu'à Jade — ils devaient savoir qu'ils étaient père et fille. Ils allaient lui en vouloir à mort, c'était certain.

Elle aurait dû jouer la carte de la franchise dès le départ, la première fois que sa fille l'avait questionnée au sujet de son père.

Sarah se souvenait encore du jour où Jade était rentrée de l'école maternelle en lui demandant :

— Tous les autres ont un papa. Où est le mien ?

Le mensonge avait commencé là et n'avait fait qu'enfler avec le temps. A présent, une simple réponse ne suffirait plus, et il faudrait des explications à n'en plus finir. Sans compter les accusations dont Sarah ferait inévitablement l'objet.

Bien qu'elle ait été adoptée par Noel McAdams, Jade savait qu'il n'était pas son père biologique, et elle avait exigé la vérité. Sarah avait temporisé, admettant simplement que le vrai père de

Jade ignorait qu'il avait eu un enfant, et qu'elle n'avait pas voulu lui imposer une famille alors qu'ils étaient tous les deux si jeunes. C'était la vérité, mais elle n'avait jamais jugé utile de mentionner le nom de Clint. Ils s'étaient séparés avant que Sarah s'aperçoive qu'elle était enceinte et, quand elle avait enfin eu le courage et voulu le lui dire, il avait déjà tourné la page et sortait de façon sérieuse avec une autre fille. Pas question qu'elle lui impose un enfant dans ces conditions.

Elle avait donc gardé le secret, même si sa mère lui avait dit un jour :

— Tu peux bien mentir à tout le monde, Sarah Jane, mais tu ne peux pas te mentir à toi-même. Le fils Walsh a le droit de savoir qu'il est père. Tu es malhonnête envers toi, envers lui, et avant tout envers ta fille.

Arlene avait deviné la vérité mais l'avait gardée pour elle. Tout le reste de la famille croyait que Jade était la fille d'un étudiant que Sarah aurait rencontré juste après être entrée à la fac.

Après cette discussion avec Arlene, le nom de Clint Walsh n'avait plus jamais été évoqué et, les années passant, le secret avait grandi jusqu'à en devenir étouffant.

Quand Jade demandait à rencontrer son père biologique, Sarah répondait toujours :

— Nous le contacterons quand ce sera le moment.

La dernière fois que Jade avait posé la question, elle avait quinze ans. Ses amis avaient découvert par hasard qu'elle était adoptée, et elle en avait été bouleversée. De nouveau, Jade avait exigé des réponses mais, comme à cette époque Sarah et Noel étaient en plein divorce, sa mère avait une fois de plus décidé de garder pour elle le nom du père de Jade.

Cependant, Sarah venait de comprendre que la boucle serait bientôt bouclée, et que « le moment » était apparemment venu. Que cela lui plaise ou non.

D'abord, elle parlerait à Clint. Elle lui devait bien ça. Ensuite, en fonction de la réaction de celui-ci, elle dirait la vérité à sa fille. Une fois que Jade aurait bien pris ses marques, ici et au lycée.

Comme si elle avait senti le regard de sa mère sur elle, Jade leva la tête.

— Ça va ? demanda-t-elle.

— Bien sûr, pourquoi ?

— Parce que tu as l'air soucieuse.

Si tu savais…

Jade avait tant de potentiel. Elle était intelligente — les tests de QI le prouvaient mieux que ses notes — et belle, même si elle ne semblait pas encore l'avoir compris. Avec ses grands yeux noisette, ses traits réguliers, ses pommettes hautes et son épaisse chevelure, c'était une jeune femme magnifique — bien qu'elle fasse tout pour le cacher derrière ses vêtements trop grands, son maquillage trop lourd, et une teinture qui avait transformé sa blondeur naturelle en un noir sans reflets.

— Non, je vais bien, mentit Sarah en se penchant pour ajouter une bûche dans le feu. Et toi ?

— Ça va.

Jade glissa son portable dans sa poche puis jeta son sac de couchage sur le canapé avant de s'y laisser tomber.

— Et toi, Gracie ?

Comme sa cadette ne levait pas le nez de sa tablette, Sarah répéta :

— Gracie ?

— Hein ? Quoi ? demanda-t-elle en tournant une page sur sa liseuse électronique.

Elle alla s'asseoir en tailleur devant le feu.

— Tu as appelé ton père pour lui raconter ta première journée ?

Comme, de nouveau, elle n'obtenait pas de réponse, elle répéta plus fort :

— Gracie ? Tu veux bien poser ce truc quand je te parle ?

Sa fille s'exécuta de mauvaise grâce.

— Quoi ?

— Ton père voulait te parler, lui rappela Sarah.

— Je lui ai envoyé un texto.

— Je crois qu'il préférerait vraiment te parler.

Gracie tendit le bras vers sa tablette.

— Je l'appellerai.

— Il est plus tard, à Savannah. Tu devrais peut-être t'en occuper maintenant.

— Bon, d'accord, répondit sèchement Gracie, avant de se mettre à fouiller dans la pile de couvertures qui l'entourait.

Elle finit par trouver son téléphone et composa le numéro de son père.

Sarah regarda Jade à la dérobée.

— Et toi ?

— J'ai déjà envoyé un texto à papa, répondit-elle en suivant des yeux sa sœur, qui se dirigeait vers la salle de séjour, téléphone à l'oreille. Et ne me dis pas que ce n'est pas pareil, comme tu l'as fait avec Gracie. Je le sais très bien, mais c'est comme ça que ça se passe, de nos jours.

— Je suis au courant.

— Tant mieux. Parce que je n'ai pas envie que tu me fasses un sermon.

— Je ne sermonnais pas Gracie.

— Mais tu allais le faire, non ? Et je connais ça par cœur.

Il y eut un moment de flottement, comme si elle attendait que sa mère contre-attaque. On n'entendait que le crépitement du bois sec qui se consumait dans de grandes flammes jaunes.

Le téléphone de Jade émit un bip, annonçant l'arrivée d'un nouveau texto.

— J'appellerai papa quand j'aurai quelque chose d'intéressant à lui dire. Quelque chose de positif, affirma-t-elle avec une nuance d'ironie dans la voix qui signifiait qu'elle ne croyait pas que cela puisse arriver de sitôt.

Rosalie entendit le grondement d'un moteur. Un instant après, la lueur pâle des phares éclaira sa cellule, perçant difficilement à travers la couche de crasse qui recouvrait la vitre.

Seigneur, il était de retour ! Le pervers qui l'avait enlevée était revenu.

Sa terreur était telle qu'elle en avait la nausée. Pendant les quelques secondes où le box fut illuminé, Rosalie songea qu'elle n'avait nulle part où fuir, nulle part où se cacher. Son cœur battait follement. Si seulement elle avait eu un moyen de s'échapper ! Ses mains étaient toujours menottées devant elle, ce qui lui laissait à peine la liberté nécessaire pour manger et se nettoyer maladroitement.

Elle avait imaginé qu'elle pourrait tourner cela à son avantage — que si, d'une façon ou d'une autre, elle parvenait à lui sauter dessus quand il aurait le dos tourné, elle pourrait passer la courte chaîne reliant les menottes au-dessus de la tête de son ravisseur et autour de son cou. Alors, elle serrerait et tirerait en pesant sur lui de tout son poids, pendant qu'il se débattrait pour se libérer. Avec un peu de chance et beaucoup de force, elle pourrait lui écraser la trachée et l'étrangler, comme elle l'avait vu faire à la télé et au cinéma.

C'était sa seule idée pour se sauver.

Après toutes ses tentatives ratées pour grimper sur le mur, elle avait fouillé le box à la recherche d'une arme potentielle. L'endroit avait dû accueillir des chevaux dans le passé, elle en était certaine, car il sentait encore le crottin et l'urine. Rosalie avait espéré trouver un clou de fer à cheval logé entre les lames du plancher, ou encore une étrille oubliée dans un coin. Elle avait passé des heures à ratisser la pièce, balayant le sol de ses mains jusqu'à ce qu'elles soient à vif, et examiné la moindre fissure dans le plancher ou les murs, pour tenter d'y dénicher un objet susceptible de lui servir d'arme.

Elle n'avait guère été récompensée de ses efforts : son trésor consistait en une petite pierre aux bords vaguement tranchants qu'elle avait trouvée sous son lit de camp, et en un crochet pour suspendre les selles de cheval. Il était à portée de main, mais solidement vissé dans une planche épaisse.

Elle avait essayé de le déloger en se servant de ses ongles cassés comme tournevis, mais en vain. Alors, elle avait tenté de le faire sortir en tirant et poussant dessus de toutes ses forces, mais ça n'avait pas marché non plus. Pour finir, elle s'y était même suspendue dans l'espoir que ses cinquante-cinq kilos contribueraient à desserrer un peu le crochet.

Il n'avait pas bougé d'un millimètre.

En nage malgré la fraîcheur qui régnait dans la pièce, elle avait fini par renoncer et se jeter sur le lit, pour réfléchir à un autre moyen de s'évader.

Elle n'en avait trouvé aucun.

En entendant le moteur du pick-up, elle avait reculé au bout du lit de camp. Elle attendait. L'oreille à l'affût, le cœur battant et les nerfs affreusement tendus, elle réfléchissait à toute allure pour trouver un plan. Peut-être pouvait-elle l'attirer à l'intérieur de sa prison, allant même jusqu'à s'offrir à lui ; quand il aurait le pantalon aux chevilles, elle lui flanquerait son genou dans les couilles, l'aveuglerait à l'aide de la petite pierre, puis se ruerait à l'extérieur avant de l'enfermer dans le box. Ce serait bien fait pour ce salaud !

En serait-elle capable, et cela marcherait-il ?

Le cœur battant la chamade et la bouche sèche, elle retourna un instant ce plan précaire dans sa tête : d'abord le séduire, ensuite l'enfermer.

Cette idée la hérissait mais elle n'avait guère le choix. Elle ne croyait pas une seconde qu'il allait, par pure bonté de cœur, décider soudainement de la laisser partir. Non, il allait la tuer et lui faire Dieu sait quoi d'autre avant.

Le moteur se tut. Elle attendit, la peur au ventre, les doigts tellement serrés autour de la petite pierre que celle-ci lui entaillait la peau. Son cœur battait si fort qu'elle pouvait en compter les battements un à un. Très vite, elle entendit le tintement à présent familier des clés, puis le cliquetis étouffé du pêne dans la serrure, et enfin le grincement d'un verrou. Il allait entrer.

Tu peux le faire, Rosalie. Tu peux!

Seigneur, aidez-moi ! pria-t-elle silencieusement. *Allons, du calme. Il faut que tu aies l'air terrifiée, pas agressive. C'est le seul moyen de le prendre par surprise.*

Elle desserra le poing qui tenait la pierre et déglutit avec effort en entendant le bruit de ses pas sur le sol…

Un instant!

Elle se figea. Soudain, la démarche de son ravisseur ne lui sembla plus aussi régulière, et des sons étouffés résonnaient contre les murs. Comme si…

— Je l'ai mise là-bas, dit-il assez fort pour qu'elle l'entende distinctement.

Elle comprit alors pourquoi ce bruit de pas lui avait paru anormal. L'homme n'était pas seul.

Il avait amené quelqu'un avec lui.

Son cœur s'arrêta, et elle sentit son sang se glacer dans ses veines. Elle recula davantage sur le lit, se rapprochant du mur. Pourquoi y avait-il quelqu'un avec lui ? Cela n'annonçait rien de bon, elle en était certaine.

Pelotonnée dans le coin de la pièce, elle serra ses bras autour d'elle aussi fort que le lui permettaient ces fichues menottes.

— Elle est bien enfermée ?

C'était une voix d'homme, plus aiguë et nasillarde que celle de son ravisseur. Le nouveau venu éclata d'un rire affreux qui s'acheva dans une quinte de toux.

— Tu vas voir, répondit le premier à son compagnon.

Rosalie aurait voulu mourir. Son plan tombait à l'eau.

— Mais il n'y en a qu'une ?

— Pour le moment.

De nouveau, ce vilain ricanement qui lui donnait la chair de poule.

Qu'est-ce que ça voulait dire, « il n'y en a qu'une pour le moment » ? Il allait y avoir d'autres filles ? Pourquoi ? Et qui ?

— Il faut qu'on agisse vite, je veux que tout soit fini pour Halloween.

Fini ? Rosalie se raidit. Qu'est-ce qui devait être fini ?

— Je me disais que ce week-end on aurait pas mal de possibilités. Deux pour une, peut-être.

— Deux pour une ? demanda l'autre.

— Deux filles pour le prix d'une, expliqua le premier, une nuance de dédain dans la voix.

— Ah ! Bien sûr.

Il ricana encore, tandis que retentissaient un bruit de clés et le claquement sinistre d'un cadenas qu'on ouvrait.

Seigneur, qu'est-ce que je vais faire ?

Dans un état proche de la panique, Rosalie vit sa porte s'ouvrir et deux ombres s'étirer dans le halo de lumière provenant du couloir. Elle se colla contre le mur, comme pour s'y enfoncer et disparaître. Elle était prise au piège. La terreur faisait battre son cœur à toute allure, ses mains étaient moites, et elle tremblait de tout son corps. A présent, elle n'avait plus besoin de feindre la peur.

Le plus grand des deux hommes appuya sur un interrupteur dans le couloir, et le plafonnier s'alluma d'un coup, inondant la pièce d'une lumière crue. Rosalie battit des paupières, éblouie. Elle vit l'homme avancer d'un pas, une main levée. Pendant une seconde terrifiante, elle crut qu'il brandissait une arme et allait lui tirer dessus, devant témoin. Elle était en train d'ouvrir la bouche pour hurler quand elle s'aperçut qu'il ne tenait pas un pistolet mais un téléphone.

Elle entendit une série de petits clics. Il était en train de la prendre en photo !

— Arrêtez ! cria-t-elle d'une voix mal assurée.

Entre-temps, le plus petit des deux était sorti de l'ombre et l'examinait de la tête aux pieds.

Il était mal rasé, ses cheveux d'un blond tirant sur le roux étaient en bataille, sa veste, sale et déchirée. Tandis qu'il la détaillait de ses yeux bleus et cruels, il esquissa une grimace de déception.

— Elle ne ressemble pas tellement à sa photo.

— Il faut juste la nettoyer un peu.

Quelle photo? Ce connard l'avait déjà photographiée auparavant? Pour quoi faire?

— Laissez-moi partir! explosa Rosalie en sautant à bas du lit de camp.

Pas question qu'elle reste là sans réagir, qu'elle les laisse faire d'elle ce qu'ils voulaient.

Le petit homme leva les mains.

— Oh! du calme, ma petite!

— Je ne suis pas votre petite, aboya-t-elle.

Puis elle se tourna vers le plus grand, celui à qui elle avait si bêtement fait confiance.

— Comment avez-vous pu me faire ça? demanda-t-elle. Laissez-moi partir. Tout de suite!

— Pas tout de suite, non, répliqua-t-il en se frottant la joue.

— Quand, alors?

Le petit homme émit un ricanement qui, une fois de plus, déclencha une quinte de toux qui le plia en deux pendant quelques secondes. Rosalie remarqua que son jean était crasseux, tout comme la chemise de flanelle visible sous sa veste ouverte. Quant à ses bottes, elles semblaient solides mais usées jusqu'à la trame.

Elle avança d'un pas vers son geôlier et, s'efforçant de maîtriser le tremblement de sa voix, ordonna :

— Otez-vous de mon chemin.

Si elle avait cru pouvoir le déstabiliser, elle s'était trompée. Les lèvres de l'homme s'écartèrent lentement, pour former un sourire froid.

— Tu ferais mieux d'apprendre les bonnes manières, dit-il, une lueur menaçante dans les yeux.

Une lueur qui signifiait qu'elle risquerait de le regretter, si elle poussait le bouchon trop loin. Sans doute la frapperait-il. Et quelque chose lui disait qu'il aimerait ça.

— J'ai dit : ôtez-vous de là.

— Retourne sur ton lit, Star, ordonna-t-il.

Star ? Pourquoi l'appelait-il ainsi ? Malgré son étonnement, Rosalie ne bougea pas.

— Maintenant ! lança-t-il. Sauf si tu veux être punie.

Il fit mine de déboucler son ceinturon, et son comparse se mit à trépigner de joie à l'idée de participer à une séance de flagellation, à un viol, ou peut-être même aux deux.

Toujours immobile, Rosalie lança :

— Il faut que je rentre chez moi.

Dans un sifflement rappelant celui d'un serpent, son ravisseur arracha sa ceinture de son pantalon. Rosalie vit passer dans les yeux de l'homme une étincelle féroce, et son estomac se tordit.

— Tiens-la, ordonna-t-il à son acolyte en remuant à peine les lèvres.

Non !

Avec un enthousiasme écœurant, le rouquin plongea en avant pour la ceinturer.

Elle se débattit comme un beau diable. L'un de ses coups de pied atteignit son agresseur au tibia, et il la lâcha dans un cri de douleur. Aussitôt, elle tenta de se ruer sur la porte mais l'autre lui bloqua l'entrée, et le rouquin parvint à l'attraper de nouveau. Instinctivement, elle pivota pour se retrouver face à lui, visant son entrejambe. *Bingo !*

Avec un hurlement perçant, il s'effondra sur le plancher, criant à en faire trembler les murs.

— Qu'est-ce que tu fous ? grogna le grand en se retournant, sa ceinture à la main.

Il n'eut pas le temps d'en dire plus : Rosalie venait de se glisser entre lui et la porte. A présent, elle courait aussi vite qu'elle le pouvait dans la vaste grange.

Stimulée par l'adrénaline qui se déversait dans ses veines, elle n'entrevit que des images brouillées de ce qui l'entourait — vieilles machines, mangeoires, outils accrochés aux murs…

— Reviens ici ! cria son ravisseur. Putain !

Elle entendit soudain le bruit lourd de ses pas : il l'avait prise en chasse.

Cours. Plus vite ! Ne le laisse pas te rattraper.

Ses menottes la gênaient mais elle ne ralentit pas pour autant. Elle passa comme une flèche devant de vieux tréteaux et une série de lits de camp poussiéreux. Dieu soit loué, la porte de la grange était encore ouverte ! Derrière ses battants, l'obscurité l'appelait.

— Merde ! Arrête ! rugit l'homme.

Si elle arrivait à sortir, elle aurait peut-être une chance.

— Arrête ! répéta-t-il.

Rosalie continua de courir à toute allure. Elle franchit la porte d'un bond et atterrit sur un sol couvert de gravier. L'air frais de la nuit lui gifla le visage. Le ciel était d'un noir d'encre, et une pluie glacée en tombait.

Elle prit encore de la vitesse en dépit du sol inégal qu'elle foulait, et son souffle sema derrière elle de petits nuages blancs.

Seigneur, il faisait vraiment sombre !

Tant mieux. Tu vas peut-être réussir à fuir. A te cacher quelque part.

Elle courut jusqu'à la camionnette de l'homme mais, arrivée devant la portière, elle se souvint avoir entendu le bip de la fermeture automatique quand il était arrivé. Inutile d'essayer de l'ouvrir.

Alors elle continua, détalant le long de la grande allée, priant pour que ses poursuivants soient aussi aveugles qu'elle dans cette obscurité dévorante.

Cours, cours, cours !

Haletante, elle poursuivit sa course, les pieds glissant un peu dans l'herbe mouillée, espérant que l'allée la conduirait loin de cet endroit maudit. La route principale était-elle encore loin ? Là, elle pourrait trouver quelqu'un pour lui venir en aide. Quelle distance devait-elle encore parcourir ? Trois cents mètres ? Peut-être cinq cents ? Davantage ?

Arrête de t'occuper de ça et cours !

Les pensées tourbillonnaient dans sa tête. Si elle restait sur le chemin, ils allaient la retrouver. Il fallait donc qu'elle s'écarte de la route, qu'elle se cache dans l'épaisse forêt qui, elle l'avait remarqué lors du trajet jusqu'à cet enfer paumé, bordait l'allée qu'elle était en train de fouler. Elle l'avait vue quand il l'avait amenée ici, elle se souvenait du halo des phares éclairant les troncs et les branches des arbres, avant de venir se poser sur les écuries et leur appentis — un vieil abri au toit à moitié effondré sous lequel était garée une voiture.

Y avait-il une clôture ?

Rosalie ne se rappelait pas avoir vu la moindre barrière mais à ce moment précis, elle n'était plus sûre de rien.

Elle entendit derrière elle le bip aigu que produisit le déverrouillage de la camionnette, et perçut un bref éclair lumineux quand l'homme en ouvrit la portière.

Merde! L'écho des cris rageurs et du claquement métallique des portières se répercuta dans la nuit. Seigneur, ils allaient la rattraper, maintenant cela ne faisait aucun doute. Le rugissement affolant du moteur retentit peu après. Rosalie quitta l'allée au moment où les phares s'allumaient, enveloppant le gravier mouillé et la fuyarde dans leur lumière crue.

Elle vit la clôture une fraction de seconde avant de la percuter de plein fouet et de basculer tête la première par-dessus le fil barbelé rouillé. Une douleur cuisante lui cisailla l'abdomen, et elle acheva de pivoter au-dessus de la barrière, atterrissant lourdement sur le sol. Dans sa chute, sa tête heurta le bord d'un poteau.

Un cri de souffrance lui échappa et, pendant un bref instant, sa vision s'obscurcit. Elle était sur le point de perdre connaissance, terriblement attirée par le vide sombre et chaud de l'inconscience. L'esprit vacillant, elle allait se laisser aspirer par le gouffre quand elle vit derrière ses paupières mi-closes le visage inquiet de sa mère.

— Maman, murmura-t-elle, au moment où les phares venaient se poser sur elle.

Eblouie, elle chassa l'hallucination et se remit maladroitement debout.

Cours, cours!

Dérapant sur la boue et l'herbe, elle se propulsa en avant, s'efforçant d'ignorer la douleur provoquée par la blessure sur son ventre et le martèlement dans son crâne. La lumière des phares éclairait la zone devant elle. Reprenant de la vitesse, elle se baissa pour éviter les branches qu'elle distinguait dans le halo fantomatique et zigzagua entre les arbres pour s'enfoncer de plus en plus profondément dans la forêt, descendant le long de la colline en espérant de toutes ses forces trouver une échappatoire.

Le couvert des branches la protégeait un peu de la pluie. L'odeur de la terre détrempée emplissait ses narines. Dans une nouvelle décharge d'adrénaline, Rosalie accéléra encore sa course, mains tendues et doigts écartés pour éviter au mieux les arbres.

Des toiles d'araignée humides s'accrochaient à ses cheveux, et les branches giflaient ses bras et son visage.

La lueur des phares s'atténua peu à peu, partiellement masquée par les rangées de pins.

Parfait.

Dans l'obscurité, elle aurait plus de chances.

Elle continua de dévaler la pente, trébuchant de temps à autre sur les pierres et les racines, l'oreille à l'affût du moteur de la camionnette.

Elle était encore trop près.

Ne t'arrête pas de courir, Rosalie!

Elle avait les jambes en coton, et son ventre blessé la faisait souffrir. Quant à ses poumons, ils étaient en feu. Elle ne pourrait pas tenir beaucoup plus longtemps.

Un crissement de pneus lui fit relever vivement la tête.

Elle regarda en arrière. Plus haut sur la colline, la camionnette s'était arrêtée, tous phares allumés.

Avance!

— Là-bas!

La voix de son ravisseur retentit dans la nuit, et elle aperçut sa silhouette qui sautait du pick-up dont l'habitacle était resté illuminé.

Merde!

— Je l'ai vue!

C'était le rouquin. A son tour, il bondit hors du véhicule.

Rosalie sentit son cœur se pétrifier sous l'effet de la peur.

Pourtant, une fois de plus, elle se remit à courir, glissant sur les feuilles et les aiguilles de pin, plongeant dans la forêt vers le bas de la colline. Espérant y trouver la route qui la ramènerait à la civilisation ou, mieux encore, un conducteur de passage.

Ne cours pas en ligne droite!

A force de louvoyer entre les arbres, elle avait perdu tout sens de l'orientation. Tout ce qu'elle savait, c'était que la pente était devenue plus abrupte et qu'elle entendait de l'eau couler non loin de là. Une rivière? Un ruisseau? A présent, ses jambes la portaient à peine et elle respirait mal, mais elle se força à avancer encore, se frayant un chemin entre d'énormes pins et de plus petits, priant de plus belle pour trouver la route et un bon Samaritain…

Du coin de l'œil, elle aperçut un éclair.

Son cœur bondit dans sa poitrine.

Ses prières avaient été exaucées! Les phares d'une voiture… Non. *Oh! mon Dieu, non !* La lueur dansante tout près d'elle ne provenait pas du véhicule d'un potentiel sauveur, mais d'une lampe-torche. L'un des deux hommes cherchait à la prendre à revers. La lumière vacilla et un juron retentit, proféré par une voix nasillarde. Celle du rouquin. Le faisceau lumineux s'abattit d'un coup, comme si ce dernier avait lâché sa lampe.

Bien.

Où était l'autre type, son ravisseur? Etait-il remonté dans la camionnette pour attendre, ou bien…? C'est alors qu'elle remarqua l'autre point lumineux dans les arbres au-dessus d'elle. L'homme semblait maintenir sa lampe immobile, de façon à éclairer des taillis situés loin à gauche de Rosalie.

Encore mieux.

Elle se remit à descendre la colline. Pourtant, quelque chose la tracassait : pourquoi l'homme restait-il planté là, sans bouger sa lampe, comme s'il se prenait pour un putain de phare? Pensait-il que le rouquin allait la rabattre vers lui, comme le gibier qu'elle était?

Quelque chose ne collait pas, elle en avait la ferme intuition. Pourtant, elle n'avait pas le choix : il fallait qu'elle coure. Vite, et loin.

Elle se déporta sur la droite, s'éloignant de la lueur chancelante de la lampe du rouquin et de celle de l'autre homme, complètement statique. Pourquoi cette fichue lumière ne bougeait-elle pas, pourquoi ne se rapprochait-elle pas?

Tous les sens en alerte, Rosalie escalada un tronc abattu et sauta de l'autre côté. Elle dérapa dans la boue et se rattrapa de justesse.

Le rouquin se rapprochait, constata-t-elle, affolée. Elle distinguait de mieux en mieux le faisceau de sa torche.

Quant à l'autre lampe, elle n'avait toujours pas bougé.

Non, ce n'était pas normal. Son ravisseur n'était pas du genre à la laisser filer en espérant que son complice la mènerait jusqu'à lui. D'après ce qu'elle avait vu, il aimait la traque, être aux commandes, et…

— Je te tiens!

L'homme jaillit de derrière un gros arbre tout près d'elle et la ceintura. Rosalie hurla, se tordant en tous sens pour se libérer.

En vain. Elle avait beau être trempée et se tortiller comme une anguille, il la tenait fermement. Ses bras l'enserraient si fort qu'elle avait du mal à respirer. Elle sentit pénétrer dans ses narines l'odeur de l'homme — celle de sa peau et de ses cheveux trempés par la pluie.

Comment était-ce possible ? Etaient-ils trois au lieu de deux à présent ? Deux avec des lampes, en plus du monstre qui l'avait capturée ?

— Lâchez-moi ! hurla-t-elle en se débattant.

Elle le frappa à la tête de ses mains entravées, lui griffant le visage avec ses menottes, mais sans parvenir à le blesser sérieusement.

— Je l'ai ! cria-t-il. On y va !

Le rouquin apparut, le souffle court.

— C'était une putain de bonne idée d'éclairer ses chaussures comme ça, haleta-t-il.

Quoi ? Pourquoi parlaient-ils de ses chaussures ? Rosalie continua de se démener tandis que le rouquin partait dans un accès d'hilarité, riant et toussant en même temps.

— Voilà ce qui arrive quand on achète des pompes trop chères, parvint-il à lâcher entre deux quintes de toux.

C'est alors qu'elle comprit. Ses baskets étaient pourvues de bandes réfléchissantes qui lui permettaient d'être vue quand elle rentrait la nuit du restaurant. Des bandes qui renvoyaient la lumière des phares et des lampes de poche. Comment avait-elle pu l'oublier ? Sa propre stupidité la rendait malade ! Galvanisée par la colère qu'elle éprouvait envers elle-même, elle se débattit de plus belle et parvint à balancer son poing fermé sur le nez de son ravisseur.

Elle entendit un craquement et sentit quelques gouttes tièdes couler sur ses cheveux.

— Espèce de petite garce ! grogna-t-il.

— Ne la frappe pas ! s'écria le rouquin en se précipitant à sa rescousse. Pas de marques, n'oublie pas ! Ou alors, pas visibles.

— Merde !

L'homme se ressaisit et, les muscles tendus à craquer, il balança Rosalie sur son épaule et se mit à remonter la colline à travers les arbres, sans que sa captive ne cesse un instant de crier et de se débattre. La lampe du rouquin les éclaira jusqu'à l'endroit où son ravisseur avait fixé la sienne. Malgré son désespoir, Rosalie continuait de marteler le dos du ravisseur de coups de poing, ses jambes battant dans le vide tandis que des gouttes de pluie glacées, transperçant le couvert des arbres, s'écrasaient sur elle lourdement.

Elle pleurait à présent et elle savait que l'homme allait la punir dès qu'ils seraient rentrés à la grange. A cette pensée, le cœur lui manqua et elle cessa de lutter d'un seul coup, le laissant la porter comme un sac de pommes de terre en haut de la colline, à travers un petit champ et par-dessus les barbelés, jusqu'à sa camionnette — un monstre noir à l'aspect diabolique, dont les phares allumés évoquaient deux yeux et le bruit du moteur une respiration sourde. L'homme jeta Rosalie dans le véhicule, et le rouquin vint le remplacer pour immobiliser leur proie. L'autre se mit derrière le volant, le visage crispé par une fureur froide. Il passa en marche arrière et, dans sa colère, se mit à reculer à toute allure.

— Eh, attention ! s'écria le rouquin d'une voix de fausset.

Rosalie s'en fichait. De toute façon, elle était déjà morte.

Et pourtant…

« Pas de marques », avait dit le rouquin.

Cela ne présageait rien de bon, mais ils ne semblaient pas avoir l'intention de la tuer. Pas tout de suite, du moins.

Son ravisseur enfonça la pédale de frein, et la camionnette s'immobilisa dans une secousse. Sortant du véhicule, il ouvrit la portière et empoigna Rosalie, puis il l'emmena directement jusqu'à sa cellule, ne se retournant que pour ordonner au rouquin :

— Débrouille-toi pour que cette porte reste fermée à clé, putain !

A ce moment-là, Rosalie eut une vue d'ensemble de l'endroit où on la retenait. Oui, c'était bien un box, le premier d'une rangée, et tous étaient dotés de portes et de solides verrous.

Au-dessus de chaque porte figurait le nom d'un cheval en épaisses lettres noires. Dans son cas, l'occupant des lieux s'appelait manifestement Star.

Voilà qui expliquait pourquoi ce salaud l'avait ainsi baptisée. Elle lut rapidement les noms sur les deux box voisins : Princesse et Stormy. Il y en avait d'autres, mais ils étaient trop loin pour qu'elle parvienne à les déchiffrer.

— Tu viens de te priver de dîner, annonça son geôlier.

Il décocha un violent coup de pied dans sa bassine, dont le contenu se répandit sur le sol.

— Et estime-toi heureuse d'être en vie !

Il la poussa sur le lit de camp puis sortit d'un pas furieux, claquant si fort la porte derrière lui que toute la grange en fut ébranlée.

— Allons-y, dit-il à son comparse après avoir refermé le verrou. On va laisser cette petite salope réfléchir un peu.

Le bruit de leurs pas s'éloigna puis la lumière s'éteignit, et Rosalie entendit la porte extérieure se refermer dans un bruit sourd. Le grincement d'un verrou, le cliquetis d'une serrure, puis plus rien.

Rosalie éclata en sanglots.

Elle était de nouveau seule.

12

En descendant les marches qui menaient à la cave, Gracie s'intima une fois de plus d'être prudente — surtout, pas le moindre bruit. Sa mère n'aimait pas qu'elle fouine dans les parties désaffectées de la vieille demeure ; ça venait de son côté ultra-protecteur. En outre, qu'elle l'admette ou non, Sarah avait une peur bleue de cette maison. Pour Gracie, cela crevait les yeux. Elle avait une sorte de sixième sens pour ce genre de choses. Ce n'était pas logique, pas palpable, mais elle se savait dotée d'une sorte de clairvoyance qui, pour elle, allait de soi, mais dont n'avaient pas hérité la plupart des gens.

Elle avait essayé un jour de décrire ce pouvoir à Jade, pour prouver à sa sœur sceptique qu'elle ne bluffait pas. Elle l'avait informée que leur père était sur le point d'appeler. Aussitôt après, le téléphone avait sonné. Mais cela n'avait pas arrangé le cas de Gracie : quand Jade avait décroché et entendu la voix de Noel McAdams au bout du fil, elle avait lancé à sa petite sœur son regard le plus noir, comme si cet appel était le fruit d'une astucieuse combine mijotée par Gracie et leur père.

Bien sûr, tous deux s'étaient défendus, affirmant qu'ils n'étaient pas de mèche, et Jade avait fini par les croire. Pourtant, au lieu de se montrer impressionnée, elle avait simplement balancé le téléphone à sa sœur en lui assenant ces mots :

— Je ne te comprendrai jamais.

Après cet incident, Gracie n'avait plus rien dit concernant son « pouvoir ». Lorsque Jade avait perdu son portable et qu'elle l'avait cherché partout dans la maison, Gracie s'était bien gardée de lui dire qu'il se trouvait sous le siège de la voiture. Et elle n'avait rien dit non plus lorsque Jade s'était plainte que Cody n'appelle pas, parce que Gracie avait le sentiment très net qu'il était avec quelqu'un d'autre. Peut-être une fille, peut-être un de ses amis, elle n'en était pas sûre, mais elle savait qu'il ne pensait pas à Jade. Elle avait perçu du petit copain de sa sœur des ondes qui lui disaient qu'il n'était pas aussi amoureux d'elle qu'elle l'était de lui, néanmoins elle ne gagnerait rien à révéler ce fait à Jade. Gracie estimait que Cody était un voyou sans envergure mais elle gardait cette opinion pour elle. En général. Les rares fois où elle avait essayé de l'exprimer, Jade s'était mise en colère. Mieux valait donc qu'elle tienne sa langue. Pour le moment, en tout cas.

Profitant du fait que sa mère était occupée à passer une série de coups de fil et que Jade était scotchée à Internet, Gracie était allée chercher la clé de la cave qu'elle avait trouvée suspendue à un crochet, près de la porte de derrière. Puis elle avait pris une lampe de poche dans le débarras, avait contourné la cage d'escalier et déverrouillé la porte du sous-sol. Les piles donnaient des signes de faiblesse, et la lampe ne projetait qu'une lumière glauque, mais de toute façon elle n'avait pas beaucoup de temps.

Elle descendit l'escalier d'un pas vif. Les marches poussiéreuses craquaient, des toiles d'araignée se prenaient dans ses cheveux, mais Gracie ne s'arrêta pas. Son temps était compté : bientôt, sa mère allait se demander où elle était passée, et elle n'avait pas envie de lui fournir d'explications.

Qu'aurait-elle bien pu lui dire, de toute façon ? Qu'elle communiquait avec le fantôme d'Angélique Le Duc ? Qui la croirait ? Au début, elle avait eu peur et elle avait même failli s'évanouir lors de cette première nuit dans la maison, quand elle avait senti l'air se charger de glace et vu le spectre s'évaporer aussi vite qu'il s'était formé. Mais, à présent, elle se sentait moins craintive. En effet, elle avait compris depuis lors que cette apparition n'était pas là pour s'en prendre à elle, mais simplement pour essayer de la contacter.

Pour l'essentiel, elle avait appris tout cela dans un rêve qu'elle avait fait au cours de leur deuxième nuit dans la maison. Elle était certaine que ça ne venait pas de son subconscient et que c'était bien Angélique qui lui parlait, qui la suppliait de résoudre le mystère de sa mort afin de pouvoir trouver le repos.

Cela semblait bizarre, même à Gracie, mais de toute façon la vie comme la mort étaient inexplicables. Elle avait décidé de s'acquitter de cette mission et elle se sentait du coup un peu spéciale, voire importante.

Atteignant la dernière marche, elle balaya de sa lampe le sol de ciment qui s'étendait à ses pieds. En avançant dans la semi-obscurité, elle s'efforça d'ignorer le bruit que faisaient les rats en détalant, sans doute perturbés par sa présence, et dont elle entendait les griffes minuscules heurter le sol. Elle crut même discerner leurs petits yeux perçants tandis qu'elle avançait dans la cave. Celle-ci était constituée de vastes pièces séparées par des bibliothèques et des étagères, chargées d'un siècle de vieilleries oubliées. Les tuyaux apparents serpentaient le long des murs de pierre pour aller s'enfoncer entre les solives du plafond. Dans un coin, une machine à laver et un sèche-linge antiques rouillaient près d'une lessiveuse encore plus vieille. Du moins, elle pensait qu'il s'agissait d'une lessiveuse — elle avait lu des romans historiques où il en était fait mention. Des fils étaient tendus entre les piliers de bois et, sur l'un d'entre eux, des pinces à linge étaient encore accrochées.

Elle avait l'impression d'avoir fait un saut dans le temps. Tout le bric-à-brac qui n'avait pas trouvé sa place au grenier avait été relégué ici — lampes cassées, vieux bouquins, bocaux vides ou cadres photo mis au rebut. Il y avait également des outils — scies, marteaux ou clés — ainsi que des meubles qu'on avait transportés dans cette cave avant de les y oublier ; des chaises de jardin bien sûr, mais aussi des meubles d'intérieur. Un fauteuil à bascule cassé et un petit canapé au revêtement éventré avaient été poussés dans un coin avec de vieux bureaux, et tout cela pourrissait lentement.

Quand elle arriva au bout de la cave, la température sembla baisser subitement. Une seconde plus tôt, il faisait bon. L'instant d'après, Gracie avait si froid que d'un seul coup elle eut la chair de poule. Pour la première fois depuis qu'elle était entrée dans la cave, elle avait le sentiment de n'être pas seule.

Elle avala sa salive et rassembla son courage.

— Vous êtes là ? murmura-t-elle en exhalant un petit nuage blanc.

Allait-on lui répondre ? Se mordant la lèvre, elle attendit, écoutant le battement de son propre cœur, espérant qu'elle ne crierait pas si elle entendait une voix. Elle serrait la lampe à s'en faire mal aux doigts.

Rien.

Il régnait dans la cave un silence inquiétant ; même les rats avaient cessé de courir.

— Je… je veux vous aider.

Lentement, elle leva sa lampe devant elle.

— Angélique ?

Sa voix tremblait, et elle se sentait un peu bête d'appeler un fantôme. Si Jade l'apprenait, elle n'aurait pas fini d'en entendre parler.

Mais aucune réponse ne lui parvenait, et le temps passait ; Gracie allait bientôt devoir remonter.

Promenant sa lampe au-dessus des meubles, elle repéra ce qui lui parut être la plus vieille commode de toutes et elle en ouvrit les tiroirs. A sa déception, ils étaient vides. A côté, il y avait un bureau de bois sculpté qui semblait lui aussi avoir été fabriqué à une époque lointaine. Dans le tiroir du haut se trouvaient des objets d'un autre siècle. Des cartes postales en noir et blanc fanées, un stylo à plume, des crayons de couleur et un taille-crayon côtoyaient des déjections de souris. Le deuxième tiroir était bloqué, comme verrouillé, et Gracie eut beau secouer la poignée et tirer, elle ne parvint pas à l'ouvrir. Quant au troisième tiroir, il contenait une liasse de vieux papier à lettres couvert d'insectes desséchés.

Rien d'intéressant.

Et pourtant, elle avait le sentiment d'être toute proche d'une découverte. Sinon, pourquoi aurait-elle perçu cette présence glacée ?

— Il doit bien y avoir quelque chose, murmura-t-elle, entêtée.

Elle entendit des bruits de pas étouffés au-dessus de sa tête. Levant sa lampe, elle supposa que sa mère était en train de passer de la cuisine à la salle à manger. Si elle n'y trouvait pas Gracie, elle allait se demander où elle était, et Gracie n'avait pas envie de le lui dire.

A contrecœur, elle se dirigea vers l'escalier.

Elle s'arrêta net en sentant un courant d'air glacé la traverser, en même temps que retentissait un craquement sinistre. Elle sursauta. Certaine qu'elle allait se retrouver nez à nez avec la dame en blanc, elle s'astreignit pourtant à se retourner, serrant de toutes ses forces le manche de sa lampe-torche. C'était une chose d'envisager d'aider un esprit à trouver la paix, mais c'en était une autre d'en voir un planté devant soi. Allait-elle avoir le cran de l'affronter, ou bien allait-elle partir en courant et grimper l'escalier quatre à quatre ?

— Eh, lança-t-elle d'une voix hésitante, sans rien distinguer d'anormal dans l'obscurité de la cave. Il y a quelqu'un ?

Elle dirigea sa lampe vers les profondeurs du sous-sol.

Rien.

Aucun bruit.

Pas de spectre évanescent flottant sous les énormes bouches d'aération de la vieille chaudière. Et pourtant… quelque chose avait produit ce bruit et lui était passé au travers du corps.

Luttant contre l'impulsion de rejoindre sa mère et sa sœur, elle se força à avancer de nouveau dans l'ombre de la cave — non sans remarquer que le faisceau de sa lampe oscillait ; sa main tremblait. L'air sembla soudain se raréfier et perdre toute odeur.

Gracie avala sa salive en se traitant de froussarde. Elle n'avait aucune raison d'avoir peur.

Pourtant, son fameux sixième sens semblait n'être pas d'accord sur ce point. Tout en balayant de sa lampe les piles de détritus et les étagères, Gracie se prépara à ce qu'une créature aussi affreuse que spectrale fonde sur elle.

Rien ne bougea dans la cave.

Comme attirée par un aimant, elle retourna vers le vieux bureau et vit que le deuxième tiroir, celui qu'elle avait essayé d'ouvrir sans y parvenir, était maintenant légèrement entrebâillé, formant une fine embrasure noire sous le rebord du bureau qui semblait l'inviter à approcher.

Elle s'avança d'un pas prudent, la nuque tendue.

Prête à détaler à toutes jambes, elle éclaira le bureau. D'une main hésitante, elle tira sur la poignée mais, comme quelques minutes plus tôt, le tiroir refusa de bouger. Elle parvenait à le refermer mais pas à l'ouvrir davantage, comme si…

Et soudain, elle comprit.

Tombant à genoux, elle sortit le troisième tiroir du meuble pour pouvoir éclairer le dessous de celui qui était coincé. Comme elle l'avait deviné, quelque chose y était accroché, enveloppé dans une espèce de sac.

De nouveau, les lames du plancher au-dessus d'elle grincèrent sous les pas de sa mère.

Vite !

Elle saisit l'objet et tira. Le sac se déchira, et son contenu tomba dans la main de Gracie. C'était un petit carnet en cuir, relié, sur lequel le mot *Journal*[1] s'étalait en lettres d'or fanées. Elle en fit défiler rapidement les pages. Beaucoup d'entre elles étaient collées mais, en voyant l'écriture à la fois fluide et serrée qui les couvrait, elle comprit qu'elle avait trouvé le journal intime d'Angélique Le Duc.

— Gracie ?

La voix de sa mère sembla ricocher à l'intérieur des énormes tuyaux.

Elle coinça le carnet dans la ceinture de son jean et monta l'escalier aussi silencieusement que possible. Sans pouvoir l'expliquer, elle savait qu'elle devait garder sa trouvaille secrète — pour le moment, du moins. Sa mère n'apprécierait pas que sa fille soit allée fouiner dans le sous-sol, et elle ne comprendrait pas sa démarche.

Gracie se glissa prudemment dans le couloir obscur, se rendit dans le débarras sur la pointe des pieds, puis sortit en toute hâte de la maison. Dehors, il pleuvait. Une fois ses cheveux et son sweat-shirt mouillés, elle rentra et tomba sur sa mère dans le couloir — à deux pas de la porte menant à la cave.

— Où étais-tu ? demanda Sarah, le front plissé d'inquiétude.

— Dehors.

— Je le vois bien, mais pourquoi ?

Gracie haussa les épaules. Dans le mouvement, elle sentit le journal glisser sous son sweat-shirt.

— J'avais juste besoin de prendre l'air une minute.

— Vraiment ?

Sa mère la dévisagea, sceptique, et Gracie remarqua alors qu'elle n'avait pas bien refermé la porte de la cave. Elle était légèrement entrouverte et, si sa mère se retournait, elle allait se demander pourquoi elle n'était pas fermée à clé.

— Ouais… Euh… Je ne me sentais pas très bien.

— Et ça va mieux, maintenant ?

— Oui, ça va. Je crois que j'ai juste besoin de boire quelque chose.

1. En français dans le texte.

— De l'eau ? Du Seven-Up ? demanda Sarah en se dirigeant vers la cuisine.

— N'importe.

Gracie tira doucement la porte de la cave pour la refermer, puis elle rejoignit rapidement sa mère, soulagée. Jusqu'à ce qu'elle croise le regard de Jade, qui était en train de l'observer depuis l'autre côté de la cage d'escalier.

— Qu'est-ce que tu fiches ? chuchota sa grande sœur.

Gracie leva la main et secoua la tête.

Il n'y avait plus qu'à espérer que Jade ne dévoilerait pas son secret.

En tout cas, pas avant qu'elle ait pu jeter un coup d'œil au journal d'Angélique.

— C'est comme si Rosalie Jamison avait disparu de la surface de la terre, bon sang ! déclara l'agent Bellisario en essayant de ne pas se laisser distancer par le shérif Cooke, qui parcourait à longues enjambées les bureaux du commissariat de police.

— C'est tout comme, en effet.

On était mardi. Rosalie avait officiellement disparu depuis minuit le vendredi précédent.

Le shérif lui-même travaillait avec elle sur ce dossier, car un certain nombre d'agents manquaient à l'appel dans le service. Montcliff se remettait d'un accident au cours duquel un conducteur ivre avait plié en deux sa voiture de patrouille, Zwolski était en vacances quelque part au Mexique, et Rutgers venait de partir en congé maternité. Aujourd'hui, après avoir interrogé Ray Price à qui on avait volé un taureau de concours, ils avaient été appelés chez les Delany pour régler une nouvelle dispute conjugale. La nuit précédente n'avait pas été plus calme, car ils avaient dû se déplacer pour empêcher une bagarre au bar de la Caverne. Parmi les agitateurs se trouvaient quelques militants antigouvernementaux qui s'étaient déplacés jusqu'à Stewart's Crossing et avaient commencé à chercher des noises à des garçons du coin. A présent, Bellisario et le shérif s'apprêtaient à rejoindre le laboratoire pour voir si l'analyse de l'iPad et de l'ordinateur de Rosalie, qu'un agent avait récupérés vingt-quatre heures plus tôt, avait abouti à quelque chose.

— Quelqu'un sait où elle est, dit Cooke en tenant la porte à sa collègue.

Le vent glacé d'octobre gifla Bellisario, et elle remonta la fermeture de son blouson jusqu'au menton. Ensemble, ils passèrent devant le mât en haut duquel claquait la bannière étoilée. La chaîne qui retenait le drapeau grinçait, et le vent violent hurlait dans les gorges de la Columbia.

— Il va juste falloir qu'on trouve cette personne, souligna Bellisario.

— Une aiguille dans une botte de foin.

— Exactement.

Ils arrivèrent près de la jeep au moment où la pluie se mettait à tomber du ciel maussade. Sans qu'ils se soient concertés, Bellisario se mit au volant. Le temps que le shérif se soit installé sur le siège passager et qu'il ait refermé la portière, elle avait déjà bouclé sa ceinture.

— J'ai interrogé ses collègues de travail, dit-elle. Gloria Netterling, une autre serveuse du restaurant, s'en veut à mort de ne pas avoir réussi à convaincre Rosalie de rentrer avec elle en voiture. Elle et le cuisinier, Barry Daughtry, sont les derniers à l'avoir vue — d'après ce qu'on sait, en tout cas. Il n'y avait plus personne dans le restaurant ce soir-là.

— Pas de clients ?

— Les deux derniers étaient un couple, un homme et une femme d'une quarantaine d'années. Ils sont partis dix ou quinze minutes avant. Nous avons épluché les reçus des cartes de crédit pour essayer de retrouver les clients qui auraient pu voir quelque chose. Et avant que tu me le demandes : non, le Columbia Diner n'est pas équipé de caméras de sécurité. Ni dedans ni dans le parking.

— Dommage, dit-il pensivement en fouillant dans sa poche à la recherche d'un paquet de cigarettes inexistant.

Il avait arrêté de fumer quelques années plus tôt.

— Tu as parlé au père, celui qui est à Denver ?

— Plusieurs fois.

Elle sortit de la place de parking puis engagea la marche avant.

— Je crois que Mick Jamison et sa nouvelle femme sont en route. Il n'avait pas connaissance d'un petit ami à Denver, rencontré en ligne ou ailleurs.

— Tu as trouvé quelque chose sur le mec de la mère ?

— Ça ne peut pas être lui, à moins que la mère mente, vu qu'elle est son alibi. Mais je ne crois pas.

Elle trafiqua le chauffage et de l'air froid se mit à souffler, qui se réchauffa rapidement.

— Et le copain de Rosalie ?

— Bobby Morris ?

Elle secoua la tête tout en engageant la voiture de patrouille dans la circulation.

— Sharon, la mère de Rosalie, jure que c'était fini entre eux, et Morris dit la même chose.

— Tu lui as parlé ?

— Oh ! oui, répondit-elle en adressant au shérif un regard entendu. Pour faire simple, le gamin n'a pas mâché ses mots au sujet de Rosalie.

En fait, il l'avait traitée de salope, de pute, et pire encore. D'emblée, il avait déplu à Bellisario. Bobby Morris était un gamin d'une vingtaine d'années au visage grimaçant, à la barbe miteuse et au regard perpétuellement fuyant. Elle l'avait intercepté dans le *skate park* où il traînait avec d'autres jeunes désœuvrés. De toute évidence, il n'avait pas apprécié ce petit face-à-face avec un flic. La plupart de ses amis s'étaient éloignés de Bobby en repérant la voiture de patrouille. La capuche de leur sweat-shirt rabattue sur la tête, des lunettes de soleil sur le nez malgré la pluie, et cernés d'une forte odeur de marijuana, ils avaient décampé en faisant crisser les roues de leur skateboard sur le bitume.

— Je n'ai rien à voir avec cette pu… cette salope, avait protesté Bobby quand elle avait évoqué Rosalie.

Il avait allumé une cigarette roulée et avait dévisagé Bellisario avec insolence à travers la fumée, comme si l'agent de police avait été la source de tous ses maux.

— J'ai rompu avec elle.

— Elle a disparu, avait-elle expliqué.

Il avait haussé les épaules.

— J'ai rien à voir là-dedans, avait-il répété.

Pinçant sa cigarette entre ses lèvres, il avait levé les mains en reculant d'un pas.

— Elle est sûrement en train de se taper un nouveau mec.

— Tu as une idée de qui ?

— J'en sais rien et je m'en fous, avait-il dit en tirant sur son mégot.

Puis, comme s'il venait d'être frappé par une idée, il avait ajouté :

— Un type du Colorado, ou un truc comme ça. Sur un site de rencontres. Mais je m'en fous complètement. Elle peut baiser à s'en faire péter le cerveau, je m'en tape, je vous dis.

Elle avait failli riposter puis s'était ravisée — inutile d'entrer dans son jeu. En regardant autour d'elle, elle s'était demandé où étaient passés les amis de Bobby qui s'étaient manifestement éclipsés pendant leur conversation.

Le seul qui était resté lui avait fourni un semblant d'alibi. « Kona » avait confirmé que lui et Bobby étaient allés ensemble au Trailhead, une boîte du coin, la nuit de la disparition de Rosalie.

— Vous pouvez demander au videur, si vous voulez, avait dit Bobby avec un rictus. Il vous dira que j'y étais. Presque toute la nuit. Jusqu'à ce qu'il me foute dehors. Il m'a fait mal, je devrais lui faire un procès.

— Je lui demanderai, lui avait-elle assuré.

Et en effet, juste après cette conversation, elle s'était rendue au Trailhead.

L'armoire à glace qui gardait l'entrée avait le crâne luisant et tatoué, et le menton barbu. Quand Bellisario lui avait montré une photo de Bobby Morris, il avait hoché la tête.

— Oui, il était là. Complètement bourré, comme d'habitude. J'ai été obligé de le sortir.

— Vers quelle heure ?

— Juste avant la fermeture. Il était avec son copain maigrichon, celui qui a un nom hawaïen.

— Kona ?

— C'est ça.

— A quelle heure sont-ils arrivés ?

— Je n'en suis pas très sûr, mais je crois qu'ils ont passé presque toute la soirée ici. Ils ont débarqué vers 22 heures, il me semble. On doit pouvoir vérifier sur les enregistrements vidéo.

Les enregistrements avaient confirmé l'alibi de Bobby. Rosalie aurait pu faire un détour après le travail, retrouver quelqu'un avant d'aller voir Bobby mais, selon sa mère, elle avait l'habitude de rentrer directement à la maison pour se laver, même quand elle sortait ensuite.

Ce n'était pas agréable à admettre mais il était possible que Bobby Morris dise la vérité, et qu'il n'ait rien à voir avec la disparition de Rosalie.

En ralentissant au feu, elle déclara à Cooke :

— Bobby pense qu'elle est partie avec le type qu'elle a rencontré sur Internet, celui du Colorado. Il est aussi insaisissable qu'un fantôme, celui-là. Jusqu'à présent, même avec l'aide de la police de Denver et de la police des autoroutes du Colorado, on n'a pas réussi à le localiser. Je ne suis même pas sûre qu'il existe.

Cooke grimaça.

— Vérifie. Encore.

— Je suis à fond dedans.

Le feu prenait son temps pour passer au vert, et Bellisario pianotait nerveusement sur le volant. Elle consulta l'ordinateur de bord.

— On n'a pas trouvé la moindre trace de lui, avoua-t-elle en mettant les essuie-glaces en marche. On ne connaît pas son nom, et Sharon se rappelle seulement que Rosalie a évoqué un certain Leo ou Leonardo. Elle n'est même pas sûre qu'il s'agisse du type du Colorado ou de quelqu'un d'ici. Personne dans son lycée ne porte ce nom.

— Elle aurait pu le rencontrer au restaurant.

— Ou bien sur Internet, comme le soupçonne sa mère. Ces derniers temps, Rosalie affirmait haut et fort qu'elle allait déménager à Denver pour rejoindre son père, et Sharon pense que ce Leo n'était pas étranger à cette lubie.

Le feu passa enfin au vert, et Bellisario démarra.

— Les flics du Colorado ne vont pas avoir grand-chose à se mettre sous la dent avec ce qu'on leur a donné, grogna Cooke.

— Je sais. J'attends toujours de voir ce que vont révéler son iPad et son portable.

— Son téléphone n'était pas équipé d'un GPS ?

— Désactivé. Apparemment, Rosalie n'avait pas envie que sa mère la suive à la trace.

— De mieux en mieux, commenta le shérif de façon sarcastique.

— Je devrais bientôt avoir des nouvelles de son opérateur, avec toute la liste de ses appels. Si ce type existe, il a bien dû l'appeler ou lui envoyer des messages.

— Espérons-le. Il nous faut une piste.

S'appuyant à la vitre, il désigna un petit kiosque situé au bord d'un parking.

— Arrête-toi là. J'ai besoin d'un café. Un grand ou un maxi, je ne sais plus comment ils appellent ça, maintenant. Un demi-litre. Noir.

— Pas de problème.

Comme le pare-brise commençait à s'embuer, Bellisario mit le dégivrage en route et baissa sa vitre en avançant vers l'unique fenêtre du kiosque, derrière un fourgon sale gris métallisé.

— Deux cafés *grandissimo,* demanda-t-elle au vendeur, qui ne semblait pas avoir plus de quinze ans. Un noir, et un avec de la crème et du sucre.

— *Grandissimo,* répéta le shérif tandis que les essuie-glaces crissaient sur le pare-brise. Pourquoi est-ce qu'ils ne s'en tiennent pas à *petit, moyen* et *grand,* histoire qu'on s'y retrouve ?

— Parce qu'on vit dans un monde de progrès.

— Tu m'en diras tant.

Elle lui sourit de toutes ses dents. Il lui décocha un regard irrité, mais lui tendit tout de même de la monnaie.

— C'est moi qui régale, Madame Je-sais-tout.

Quelques minutes plus tard, ils avaient chacun leur gobelet, et Bellisario se remit en route. L'habitacle sentait bon le café chaud.

— Et les fichés ? demanda-t-il en sirotant sa boisson.

— Les fichés pour crimes sexuels ?

— Pour commencer, oui, mais on pourrait aussi aller piocher dans les anciens condamnés qui se sont écartés du droit chemin. Tu sais, ceux de la liste A.

— Ça fait pas mal de monde mais on est en train de faire le tri. Williams y travaille, lui rappela-t-elle.

Tallah Williams était l'une de leurs collègues.

— Bien. On ira la voir dès qu'on rentre.

— Ça me va.

Elle avait déjà pris une longueur d'avance et demandé à Williams de lui sortir les fichiers de certains des pires criminels de la région. Les premiers qui lui étaient venus à l'esprit étaient Jay Aberdeen, Calvin Remick et Lars Blonski ; tous avaient un alibi qu'elle devait encore vérifier. Ensuite, il y avait Roger Anderson, un homme d'ici qui trempait dans toutes sortes d'activités illégales. Certes, il ne jouait pas dans la même catégorie que les trois précédents, qui avaient tous été condamnés pour avoir commis des agressions sérieuses sur des femmes, mais Anderson avait le don d'apparaître là où on ne l'attendait pas. Chaque fois, il s'attirait des ennuis, proclamait son innocence puis allait purger sa peine ou bien disparaissait quelque temps avant de resurgir peu après. Et de retomber dans ce cercle vicieux.

Arrivée dans le parking du laboratoire, Bellisario gara la jeep sur un emplacement libre et coupa le moteur. Priant pour que les techniciens aient trouvé quelque chose qui les aiderait à localiser Rosalie Jamison, elle attrapa son gobelet de café et courut derrière Cooke, qui avançait à grands pas vers les portes automatiques. Elle avait le terrible pressentiment qu'il ne leur restait plus beaucoup de temps.

13

— J'imagine que, depuis que tu joues les pionnières, tu n'as guère eu l'occasion de te tenir au courant au sujet de la fille qui a disparu, dit Dee Linn.

Sarah regarda par la fenêtre, et un frisson la traversa. Le soir tombait, et le crépuscule obscurcissait la campagne. Les quelques lampes allumées au rez-de-chaussée de la grande maison diffusaient juste assez de lumière pour tenir les ombres en respect.

— On ne sait toujours pas ce qui lui est arrivé ? demanda-t-elle.

— Pas à ma connaissance, mais ça a fait la une des nouvelles toute la journée. Je crois qu'elle a disparu vendredi mais, au début, tout le monde a cru à une fugue. J'ai vu hier à la télé qu'ils avaient lancé une alerte AMBER, mais je n'ai pas pensé à t'appeler sur le moment… jusqu'à ce que je me rappelle que tu n'avais pas la télévision et que tu ne devais pas recevoir le journal.

— Non, pas encore, confirma Sarah.

Soucieuse, elle se rendit dans le salon où Gracie était penchée sur son ordinateur portable. Jade, qui sortait des toilettes, se trouvait dans le couloir.

— Nous n'aurons pas le câble avant demain, je crois.

— De toute façon, je ne sais pas s'il faut trop s'inquiéter à ce sujet. Pour le moment, du moins. Comme je te l'ai dit, on ne sait toujours pas si cette fille est partie de son plein gré ou non, mais je me suis dit qu'il valait mieux que tu le saches.

— Merci.

— Très bien, alors on se voit dimanche, lança Dee Linn. Tante Marge m'a confirmé que Caroline et Clark seraient là.

— J'en suis ravie, dit Sarah pour la forme.

Elle et ses cousins n'avaient jamais été proches. Comme Dee Linn et Caroline — une allumeuse de première — avaient le même âge, elles s'étaient retrouvées dans les mêmes classes et avaient noué davantage de liens. Quant à Clark, qui avait près de dix ans de plus que Sarah, il était un peu plus réservé que sa sœur, et c'était l'un des rares membres de la famille à avoir un peu fréquenté Roger.

Comme si elle avait lu dans les pensées de Sarah, Dee Linn lança :

— J'ai demandé à Clark s'il savait comment joindre Roger. Non que je tienne à ce qu'il vienne, mais c'est une réunion de famille, alors... Clark affirme qu'il n'a aucune nouvelle de lui. C'est un peu bizarre, parce que c'est sans doute le seul de la famille que Roger appellerait. Et sinon, figure-toi que Walter m'a dit qu'un de ses patients avait aperçu Roger en ville.

— Je... je croyais que Roger avait de nouveau disparu et que même son officier de probation ignorait où il était.

Elle n'aimait pas savoir que Roger traînait dans les parages, et pas seulement à cause de cet incident sur le balcon quand elle était enfant. Après la disparition de Theresa, Roger s'était laissé aller jusqu'à commettre divers crimes et délits qui l'avaient mené droit en prison. Il était la dernière personne qu'elle avait envie de voir auprès de Jade et Gracie. Jade avait déjà eu des problèmes avec la loi pour cause d'absentéisme et de consommation d'alcool, quant à Gracie, elle était trop jeune et impressionnable pour se frotter à un oncle de cet acabit.

D'une certaine façon, si elle n'avait jamais pu être proche de sa mère, c'était à cause de Roger et de Theresa. Quand Theresa avait disparu et que Roger avait fini en prison, c'était comme si Arlene avait perdu les deux enfants qu'elle avait eus avec Hugh Anderson, et ses relations avec ses quatre autres enfants — et avec leur père, Franklin Stewart — s'étaient détériorées. Certes, ce n'était pas directement la faute de Roger, mais Sarah avait toujours pensé que, s'il avait pris sur lui après la disparition de Theresa, Arlene ne se serait pas renfermée émotionnellement, et qu'elle se serait montrée plus affectueuse envers les enfants qu'elle avait eus avec Franklin.

Enfin, probablement.

— Mais bon, avait repris Dee Linn, peut-être que le patient s'est trompé, ou que mon cher mari a mal entendu. Cela arrive, tu sais, et plus souvent qu'il ne veut bien l'admettre. C'est difficile pour ses patients de faire la conversation quand ils ont la bouche pleine de miroirs, d'appareils et de doigts. Et Walter, le pauvre, n'a jamais compris ça.

Ça, et bien d'autres choses, pensa Sarah.

— En tout cas, poursuivit Dee Linn d'un ton léger, j'espère qu'on va bien s'amuser à cette soirée.

— J'en suis certaine, dit Sarah, qui n'en pensait pas un mot. Dis-moi, je peux amener quelque chose ?

— Juste les filles !

— D'accord. C'est à 19 heures, n'est-ce pas ? Alors je te dis à dimanche.

Elle raccrocha.

Ayant entendu la fin de la conversation, Jade claironna :

— Je ne viens pas !

— A la soirée de Dee Linn ?

— Exactement. Je n'y mettrai pas les pieds.

Elle se planta sous l'arcade du salon, croisant les bras sur sa poitrine de façon théâtrale, le regard défiant.

— Bien sûr que tu vas venir, dit Sarah sur un ton qui excluait toute contradiction.

Sa fille était têtue, mais elle avait de qui tenir.

— Pourquoi tu ne viendrais pas ?

— Ça va être chiant.

— Objection rejetée. C'est une réunion de famille qu'elle organise pour nous souhaiter la bienvenue à Stewart's Crossing. En tant qu'invités d'honneur, nous ne pouvons pas nous défiler. En plus, ta tante prépare ça depuis des semaines.

— Mais je ne connais presque personne — à part Becky, et je ne l'aime pas trop.

— Justement, il est temps que ça change. Je suis désolée que nous n'ayons pas eu plus de contacts avec eux, mais c'est du passé. On va rattraper le temps perdu.

— Pitié ! soupira Jade en s'appuyant contre l'un des piliers.

— Sois positive, pour une fois, et considère ça comme une occasion de mieux connaître les membres de ta famille.

— Même toi, tu ne les apprécies pas plus que ça.

— Bien sûr que si.

— Tu penses que le mari de Dee Linn est une espèce de monstre, de pervers ou je ne sais quoi.

— Je l'ai traité de chauvin et de macho, corrigea Sarah.

— Et tante Danica ? Ce n'est pas vraiment le grand amour avec elle non plus.

La réflexion de Jade concernant les relations de Sarah avec sa belle-sœur n'était pas loin de la vérité. La femme de Jacob était du genre coincée et en faisait toujours des tonnes. Elle se donnait des airs supérieurs que rien ne justifiait — Sarah trouvait que cela lui donnait l'allure d'une star de cinéma nombriliste dont l'heure de gloire aurait été passée.

— C'est juste qu'ils ont traversé une mauvaise passe dans leur couple, répondit-elle pour botter en touche.

Jacob et Danica étaient de nouveau « ensemble » après une séparation provoquée — d'après ce qu'elle savait — par l'infidélité de Jake et les dépenses excessives de Danica. Mais qui pouvait savoir ce qu'il en était vraiment ? Sarah s'efforçait de ne pas s'en mêler, et elle avait appris depuis longtemps à se taire chaque fois que Jacob jurait ses grands dieux qu'il allait divorcer. En effet, lui et Danica se réconciliaient immanquablement, trouvaient le moyen de raviver leur passion l'un pour l'autre, puis se conduisaient comme s'ils incarnaient l'archétype du couple amoureux pour la vie.

— En tout cas, je sais que tu es en froid avec oncle Roger. Tu as dit toi-même qu'il est tout le temps fourré en prison. Mais il n'empêche que tu parlais de lui avec tante Dee à l'instant.

— Oui, c'est vrai, admit Sarah.

Ses sentiments envers son demi-frère étaient troubles. Elle ne l'avait pas vu depuis un bon moment et, bizarrement, cela lui convenait très bien.

— De toute façon, je ne pense pas que Roger sera là, dit-elle à Jade.

Il était sorti de prison six ou sept mois plus tôt. La dernière fois qu'il avait eu affaire à la loi, c'était pour violences conjugales — même si la femme qui avait appelé le 911 semblait moins abîmée que Roger, dont elle avait fendu la lèvre en lui assenant un coup de poing alors qu'elle portait des bagues. Il n'avait pas contesté les accusations — ce qui, selon Jacob, était « complètement idiot » — et avait donc plaidé coupable. La femme s'était retrouvée en prison six mois plus tard pour trafic de drogue ; Roger était maintenant sorti et censé être rentré dans le droit chemin — sauf qu'il n'avait pas donné de nouvelles à son agent de probation.

Manifestement, il rasait les murs, et personne ne pouvait dire s'il allait venir ou non.

Jade n'avait pas fini de se plaindre.

— Et puis il y a Granny. Waouh ! Elle est trop fun.

Après leur dernière visite à Pleasant Pines, Sarah ne pouvait guère prendre la défense de sa mère.

— Je comprends. Mais laisse-la tranquille, tu veux bien ? Granny est malade, et elle n'a pas eu une vie facile.

— Parce que nous, si ?

Ce n'était pas la même chose, pensa Sarah. Sa mère était orpheline, elle s'était mariée deux fois sans jamais être heureuse, et elle avait enterré ses deux maris et perdu un enfant.

— Très bien, dit Jade avec une moue qui signifiait clairement qu'elle trouvait sa mère hypocrite. Je dis juste qu'ils sont tous bizarres. Tout le monde dans cette famille est bizarre.

Sarah ne put s'empêcher d'éclater de rire.

— Plus bizarre que nous, tu veux dire ?

— Oh ! maman, protesta Jade, que cela n'amusait pas du tout. Tu veux vraiment que je vienne à un bal *costumé ?*

— C'est presque Halloween.

— Ça me fait une belle jambe.

Jade affichait une expression désabusée, et l'idée d'assister à cette soirée semblait la plonger dans le désespoir le plus profond, mais Sarah ne se laissa pas prendre à son jeu.

— Ecoute, moi non plus, je n'aime pas me déguiser. Mais tante Dee y tient.

— Eh ben, ça craint.

— Peut-être, mais tant pis. En plus, je croyais que tu étais à fond dans le look gothique ?

— C'est mon style, ça n'a rien à voir, rétorqua Jade avec une grimace blessée.

— D'accord.

Cette discussion commençait à lui porter sur les nerfs. Sarah abandonna donc Jade, qui s'était mise à fouiller les poches de son jean à la recherche de son portable, et regagna la cuisine.

Elle comprenait ce que ressentait sa fille. Elle aussi aurait aimé éviter cette soirée qui promettait d'être d'une extravagance embarrassante. La sœur de Sarah ne savait pas organiser des soirées calmes en petit comité. Pour Dee Linn, une vraie soirée devait être une énorme *fête,* à écrire en lettres majuscules et à faire suivre de plusieurs points d'exclamation, pour faire bonne mesure.

Sarah ne l'aurait jamais admis devant sa fille, mais elle comprenait que Jade répugne à venir à cette soirée. Toutes les trois commençaient à peine à s'y retrouver parmi les cartons de vêtements, draps ou assiettes, et dénicher des déguisements pour le grand soir était la dernière chose dont elles avaient besoin. Personne, ici, n'était d'humeur à assister au gala de Halloween de Dee Linn.

Les filles étaient retournées en cours, aujourd'hui — Gracie avec un enthousiasme mesuré, et Jade à reculons. Cette dernière s'était plainte que sa voiture soit toujours bloquée au garage, mais on ne pouvait rien y faire tant que la Honda n'était pas réparée. Et Hal n'était peut-être pas très rapide, mais il était méticuleux.

Les meubles et le reste de leurs affaires avaient été livrés dans un conteneur déposé près de l'annexe — elles avaient donc officiellement quitté Vancouver. Si seulement, maintenant, elles pouvaient emménager rapidement dans l'annexe…

— Bientôt, se promit Sarah en croisant les doigts pour que, lors de leur prochain rendez-vous, l'entrepreneur confirme les délais qu'il lui avait fournis avant leur déménagement.

Elle se pencha au-dessus de l'évier de la cuisine pour regarder par la fenêtre malgré l'obscurité. La petite maison d'en face semblait aussi sombre et triste que celle qu'elles occupaient pour le moment. Abandonnée. Elle l'avait déjà inspectée en compagnie de l'entrepreneur. En ce qui concernait la grande demeure, ils en feraient le tour complet plus tard dans la semaine mais, au moins, elle savait maintenant que l'annexe était presque habitable. La plomberie et l'électricité avaient déjà été refaites ; à présent, il n'y avait plus que le chauffage à vérifier.

Ce serait sans doute Clint qui le ferait, songea-t-elle.

Pas de quoi s'affoler, non ?

Alors pourquoi était-elle si nerveuse à l'idée de le revoir ?

Elle connaissait la réponse à cette question, bien sûr. Cette prochaine rencontre risquait de porter sur bien d'autres sujets que les travaux, et elle appréhendait l'instant des grandes révélations.

Elle fit demi-tour pour revenir dans la salle de séjour. Au moment où elle contournait une pile de cartons sur lesquels était inscrit le mot *cuisine*, son téléphone, posé sur le comptoir, se mit à sonner. Elle consulta l'écran.

Le numéro d'Evan apparut, et elle sentit le cœur lui manquer. Elle n'avait pas envie de lui parler. Pas maintenant. Jamais.

Mais Gracie avait touché juste tout à l'heure : il était temps de cesser d'éviter lâchement ses appels. Elle décrocha sans enthousiasme à la troisième sonnerie.

— Bonsoir, Evan.

— Tiens ! Une vraie voix ! s'exclama-t-il avec une nuance de sarcasme qui la fit soupirer. Je commençais à me demander si tu étais toujours vivante.

— Je me débrouille, dit-elle en s'asseyant sur une marche de l'escalier.

Elle regarda à travers les hautes fenêtres qui flanquaient la porte d'entrée. Dehors, la nuit était tombée, et on ne voyait plus qu'un grand vide noir. Elle eut l'impression que quelqu'un était en train de l'observer. C'était idiot, bien sûr.

— Je suis un peu occupée, rien de plus, ajouta-t-elle en réprimant un frisson.

— Si tu le dis…

— Quoi de neuf ?

Elle convoqua l'image d'Evan dans son esprit. Avec son mètre quatre-vingt-cinq et son physique de footballeur, il était séduisant et athlétique. Ses yeux étaient d'un bleu pâle qui lui donnait un regard perçant et froid. Il faisait usage de son charme à loisir, ouvrant et fermant les vannes d'un coup, comme cela lui chantait. Il était également impulsif et réputé pour son tempérament colérique. Né dans un milieu privilégié, il était habitué à obtenir tout ce qu'il voulait.

Pour l'heure, il avait décidé de se la jouer tout miel.

— Je pensais t'inviter à dîner.

— Je suis à Stewart's Crossing.

— Je sais bien, mais j'étais en train de franchir les montagnes pour aller passer le week-end à Sun River, vu que c'est les vacances…

— Ça te fera un trop long détour.

Sun River était une petite station de villégiature située sur le flanc est de la chaîne des Cascades.

— J'ai quelques fournisseurs à The Dalles, tu sais, alors en général je descends toute la 83 jusque-là avant de prendre la route du sud. Ça me permet de boucler quelques contrats là-bas, et en plus j'évite la plupart des gens qui partent skier à Mount Hood Meadows.

— Mais nous ne sommes pas en hiver, souligna Sarah.

— Tout ce que je veux dire, c'est que j'aimerais bien te revoir.

Nous y voilà, songea Sarah. *C'est l'heure des reproches.* Elle se prépara à l'assaut et sentit les muscles de son dos se tendre.

Evan se révéla égal à lui-même.

— Ecoute, trésor, je sais que nous ne nous sommes pas quittés dans les meilleurs termes, mais je voudrais qu'on arrange ça.

Il avait adopté un ton enjôleur qu'elle s'efforça d'ignorer.

— Ce n'est pas une bonne idée, Evan. Et je ne suis pas ton trésor.

— Pour moi, si.

Elle sentit son estomac se nouer. Pourquoi diable avait-elle accepté de sortir avec lui ?

— Je croyais avoir été claire, reprit-elle. J'ai besoin de tourner la page. Et toi aussi. C'est fini entre nous — même s'il n'y a jamais vraiment eu quoi que ce soit.

Une seconde de silence.

Etait-il furieux ? Frustré ? Peiné ?

— Je t'aime, dit-il enfin avec une infime nuance de colère dans la voix. Tu le sais. Je voulais passer le reste de ma vie avec toi. En fait, je le veux toujours.

— Evan, sérieusement... Nous sommes sortis ensemble trois fois, peut-être quatre ? On ne peut pas parler d'une relation dans ces conditions.

— Alors j'avais raison, dit-il, sans retenir cette fois l'élan de colère qu'elle avait senti bouillonner en lui. Tu as quelqu'un d'autre dans ta vie.

— Quelqu'un d'autre, répéta-t-elle. D'où tu tiens ça ? Je n'ai personne.

— Pourquoi est-ce que je ne te crois pas ? demanda-t-il d'une voix froide.

Sarah sentit sa propre colère monter.

— Même s'il y avait quelqu'un d'autre dans ma vie, ce serait mon affaire. Je pense qu'il vaudrait mieux que tu ne me rappelles plus, ajouta-t-elle fermement. Et ne passe pas me voir. C'est fini entre nous, Evan.

Elle raccrocha au moment où Gracie entrait dans la cuisine.

Aussitôt, le téléphone se remit à sonner. Le nom et le numéro d'Evan s'affichèrent de nouveau sur l'écran. Elle éteignit carrément son portable car, le connaissant, elle savait qu'il n'allait pas renoncer si facilement. Il allait la harceler de coups de fil, lui laisser des messages de plus en plus pressants pour finir, à coup sûr, par lui rappeler tout ce qu'il avait fait pour elle lorsqu'elle était employée chez Tolliver Construction. Il avait déjà suffisamment enjolivé les faits pour s'être persuadé d'être à l'origine de la promotion que le père d'Evan avait accordée à Sarah, avant de partir à la retraite et de laisser la direction de l'entreprise à son fils. Pour Evan, les compétences de Sarah n'avaient rien à voir avec cet avancement.

— Evan ? demanda Gracie.

— Evan, confirma-t-elle avec un soupir.

— Quel abruti !

Bien qu'elle partage cet avis, Sarah s'abstint d'en faire part à Gracie.

— Oublions-le, tu veux ?

— Mais il est ici, n'est-ce pas ?

Sarah dévisagea longuement sa fille.

— Ici ? répéta-t-elle, sentant un frisson monter le long de son dos. Comment ça, ici ?

— Evan était à la pizzeria en même temps que nous, l'autre soir.

— Bien sûr que non, répondit Sarah en secouant la tête d'un air incrédule.

Gracie faisait forcément erreur.

— Pas à l'intérieur, expliqua Gracie. Il était dehors dans sa voiture, de l'autre côté de la rue.

— Tu es sûre ?

— Oui.

Gracie n'était pas du genre à se tromper sur un sujet aussi sensible.

— J'allais t'en parler sur le moment, mais on est tombées sur ton voisin et j'ai oublié.

Sarah se perdait en conjectures : si Evan était vraiment à Stewart's Crossing, pourquoi ne le lui avait-il pas dit au téléphone ?

— Evan nous a vues ? demanda-t-elle alors.

— Il était là, juste en face de nous. Je l'ai regardé, et il a baissé la tête, pour faire comme s'il était en train d'envoyer un texto ou je ne sais quoi. Il portait sa casquette des Mariners et des lunettes de soleil.

— Alors il nous a vues parler avec Clint ? Le voisin ?

Elle repensa à la façon dont Clint lui avait posé la main sur le bras, avec familiarité. Ce geste avait dû donner l'impression qu'ils partageaient quelque chose — ce qui était vrai, bien sûr : ils avaient en commun un passé qu'elle n'avait jamais raconté à personne depuis qu'elle avait quitté Stewart's Crossing.

— Bien sûr qu'il nous a vues. Je ne vois pas comment il aurait pu louper ça, répondit Gracie avec un haussement d'épaules.

Sarah se sentit prise de vertiges. Voilà qui expliquait qu'il l'ait accusée d'avoir quelqu'un d'autre dans sa vie.

— Evan est bizarre, maman, je suis contente que tu lui aies dit de nous laisser tranquilles.

— Moi aussi, dit Sarah avec une conviction nouvelle.

Si seulement elle n'avait pas accepté de sortir avec lui, se répéta-t-elle une fois de plus. Elle aurait dû savoir dès le début qu'elle s'en mordrait les doigts. Mais ce qui était fait était fait, et il était inutile de ressasser cette erreur. Elle espérait seulement que, cette fois, il avait compris le message.

Si ce n'était pas le cas, pourtant ? S'il était vraiment à Stewart's Crossing et qu'il avait vu Clint te toucher le bras ? Du coin de l'œil, elle regarda la fenêtre derrière laquelle régnait une obscurité totale. Même s'il avait été en ville ce soir-là, ce qui n'était guère probable, il y avait tout de même peu de chances pour qu'il y soit resté, non ?

Inutile de t'alarmer pour rien. Il n'est pas tapi dehors, dans le noir, des jumelles rivées sur la fenêtre pour essayer de t'apercevoir, en concoctant sa revanche. Ce n'est pas un névrosé ni un psychopathe. Juste un narcissique.

— Guère plus rassurant, murmura-t-elle pour elle-même en se rendant dans la salle à manger, où elle voulait éteindre les lumières.

Elle n'avait pas de volets à fermer, pas de rideaux à tirer. Non, pour le moment, les fenêtres étaient nues, et elles le resteraient jusqu'à la fin des rénovations. Pour ce qui était de l'annexe, décida-t-elle alors, elle allait sacrifier un peu de leurs économies pour acheter des stores bon marché afin de protéger l'intimité de sa famille.

Ne laisse pas la paranoïa s'installer. Ça ne donnera rien de bon.

A présent que la pièce était plongée dans l'obscurité, elle osa s'approcher de la fenêtre. La lueur pâle de la lune baignait les alentours. Elle était presque pleine, et les nuages étaient trop diffus pour en masquer la clarté.

Il n'y avait personne dehors.

Aucune présence malveillante ne rôdait dans le noir.

Et pourtant, la peau de ses bras s'était hérissée.

Se penchant en avant, elle posa le bout de ses doigts sur la vitre froide, sur laquelle serpentaient les gouttes de pluie, et elle plissa les yeux pour scruter de nouveau l'obscurité. Elles étaient seules, c'était certain. Et en sécurité. Sûrement...

Un coup sourd retentit.

Sarah sursauta.

Qu'est-ce que c'était, bon sang ? Instinctivement, elle leva les yeux au plafond, songeant que l'une des filles avait dû monter à l'étage. Se tournant vers la salle de séjour, elle constata que Jade et Gracie étaient là toutes les deux, enveloppées dans des couvertures et absorbées par leur iPad.

— Ils vont bientôt nous le brancher, ce câble ? demanda Jade en la considérant à travers les longues mèches de sa frange. Le vrai câble, je veux dire. Pour qu'on puisse regarder la télé.

— Ils l'installent dans deux jours, dans l'annexe.

— Deux jours !

— Vous avez entendu quelque chose, les filles ? demanda Sarah en ignorant les plaintes de Jade.

— Quoi ? demanda Gracie en levant les yeux de son écran.

Quant à Jade, elle n'avait manifestement même pas entendu la question.

— Non, rien.

Inutile d'effrayer les filles. Elle avait trop d'imagination, voilà tout. L'appel d'Evan et l'isolement l'avaient mise sur les nerfs, et elle réagissait bêtement.

Pourtant, après avoir pris une lampe-torche dans la cuisine, elle monta faire son enquête dans les étages. Au premier, elle ouvrit la porte de la chambre qui avait appartenu à ses frères et la balaya du faisceau de sa lampe. La pièce était comme elle l'avait laissée la dernière fois : des draps couvraient les meubles, il y avait des toiles d'araignée partout, de vieux posters de basket-ball sur les murs, et les cadres des lits jumeaux étaient remisés contre le placard. Tout était à sa place.

Elle fit le même constat dans les autres pièces du couloir, y compris dans sa propre chambre. Le grand lit qu'elle avait occupé durant son adolescence — celui où elle avait passé des nuits blanches pendant les chaudes soirées d'été, les yeux fixés sur le plafond en rêvant de Clint Walsh — n'avait pas bougé. Son bureau se trouvait dans un coin, et des diplômes d'équitation ternis prenaient la poussière sur son vieux panneau d'affichage. Tout était calme. Immobile.

La chambre de Dee Linn, aux murs peints de rose, avait été débarrassée de presque tous ses meubles. L'immense salle de bains et le grand dressing sentaient l'abandon et le renfermé.

Toutes les pièces du premier étaient telles qu'elle les avait vues quand elle y était montée, un peu plus tôt dans la journée. Comme elle s'y attendait, au fond.

S'efforçant de chasser son appréhension, elle monta au deuxième. Les doigts effleurant la rambarde usée, elle s'astreignit à monter rapidement les marches. Arrivée sur le palier, elle appuya sur l'interrupteur du couloir. Un claquement retentit, et l'ampoule du vieux plafonnier brilla une seconde avant de s'éteindre complètement.

— Super.

Allumant sa lampe-torche, elle passa devant la porte fermée de la suite parentale qui consistait en une chambre, un dressing, une salle de bains et un bureau. Quand elle était enfant, on lui avait également interdit l'accès de cette suite. La porte en avait toujours été fermée, et elle n'avait fait qu'entendre les disputes qui se déroulaient derrière le solide panneau de bois — les accusations et les cris de sa mère, le bruit des coups donnés et rendus. Elle soupçonnait que ses parents s'étaient battus avec autant de violence qu'ils avaient fait l'amour, dans une passion aussi aveugle qu'hostile — incompréhensible aux yeux de Sarah. Toute sa vie, Arlene lui avait semblé en colère tandis que Franklin, de caractère plus égal, s'était généralement montré distant avec ses enfants.

Elle décida, pour le moment, de laisser en paix la forteresse de ses parents. Faisant courir sa lampe le long du couloir, elle se rapprocha de l'escalier du grenier. Juste avant, il y avait une autre chambre. Celle de Theresa. Encore un lieu interdit.

Le cœur de Sarah se mit à battre plus vite ; un sentiment d'effroi absurde monta en elle.

Serrant les dents, elle avança jusqu'à la porte. Arrivée là, elle crut entendre des sanglots dans la pièce. Mais non, c'était impossible. Le cœur battant la chamade, elle tourna la poignée et poussa la porte. Pour une fois, elle céda facilement. Le ventre noué, Sarah entra prudemment, malgré le sentiment accablant que quelqu'un ou quelque chose l'attendait à l'intérieur, prêt à bondir sur elle dans l'obscurité.

La pièce était déserte et silencieuse — ou presque : les sanglots qu'elle avait cru entendre n'étaient que les gémissements du vent s'engouffrant entre les vitres et le châssis de la fenêtre.

Rien de vraiment sinistre. Rien de surnaturel.

Il n'y avait personne à l'intérieur. Tout allait bien. Et tout, depuis le miroir fêlé jusqu'à la coiffeuse à demi couverte, était resté tel qu'elle l'avait laissé lors de sa dernière visite.

Retenant son souffle, elle éclaira le sol autour d'elle, par simple acquit de conscience.

Posée par terre, devant la cheminée, il y avait la statue de la petite madone.

Le cœur de Sarah s'arrêta.

Impossible !

Si la statue était tombée, elle n'aurait pas atterri sur son socle et elle se serait certainement brisée en mille morceaux.

A demi tétanisée par la peur, elle recula d'un pas.

Soudain, une rafale de vent chargée de l'odeur de la Columbia s'engouffra dans la pièce, soulevant violemment les rideaux loqueteux qui se mirent à tournoyer dans une danse macabre.

Sarah ravala un hurlement. La porte de la chambre se referma dans un claquement assourdissant.

Faisant brusquement volte-face, elle éclaira la porte et les murs avant de reculer, renversant au passage la madone de céramique et manquant trébucher.

— Laissez-nous tranquilles ! siffla-t-elle entre ses dents, s'adressant d'une voix désespérée à un fantôme en qui elle avait juré ne pas croire — l'esprit d'Angélique Le Duc. Vous m'entendez ? Laissez-nous tranquilles, ma famille et moi !

Elle s'attendait presque à ce qu'une apparition quelconque surgisse près d'elle en émettant un long rire caverneux, comme dans les films d'horreur.

Mais non — elle ne vit rien, n'entendit rien, pas même le chuchotement du vent. Dans la pièce régnait à présent un silence épais et douloureux.

14

— Maman ? cria Gracie en même temps que grinçait la porte de la chambre. Ça va ? Je t'ai entendue parler à quelqu'un.

Sarah distinguait la silhouette de sa fille dans le couloir sombre.

— Non, je parlais toute seule, répondit Sarah.

Elle s'en voulait d'avoir laissé ses nerfs lui jouer des tours. Qu'est-ce qui lui avait pris de se mettre à crier sur des fantômes imaginaires ? Sa fille allait finir par la prendre pour une folle. D'un geste vif, elle se pencha pour ramasser la petite statue et la reposer sur le manteau de la cheminée où elle avait trôné pendant des années. Heureusement, elle était toujours intacte. *Pas bouger !* ordonna-t-elle mentalement en regardant le visage béat de la madone.

— Qu'est-ce que tu faisais ici ?

— J'ai cru entendre quelque chose. Apparemment, cette statuette est tombée de la cheminée, sans doute à cause d'un coup de vent. C'est cette fichue fenêtre qui ne ferme pas…

Se dirigeant vers le montant incriminé, elle essaya de tirer le panneau vers le bas, mais il restait obstinément bloqué.

— Il va falloir qu'on s'y fasse tant que les fenêtres n'auront pas été remplacées, commenta-t-elle. Allez, on descend. Je boirais bien quelque chose de chaud.

Avec une bonne dose d'alcool dedans.

Elles redescendirent dans la cuisine, laissant à l'étage les fantômes du passé.

— Tu savais qu'il y avait des tombes sur le terrain de la maison ? demanda Gracie.

— Bien sûr.

Combien de fois Clint et elle avaient-ils parcouru à cheval les prés bordant la petite concession clôturée ? Quand elle était enfant,

Sarah avait été, elle aussi, fascinée par les sépultures familiales, et elle s'était promenée entre les stèles grisâtres, déchiffrant avec émerveillement les noms et les dates qui y étaient gravés. Dans certaines de ces tombes reposaient des enfants plus jeunes qu'elle ne l'était alors et des ancêtres dont certains avaient vécu jusqu'à plus de cent ans.

— Il y a beaucoup de gens qui sont morts ici, dit Gracie.

— Beaucoup de gens qui ont vécu ici sont enterrés là, corrigea Sarah.

— Non, je veux dire qu'ils sont morts *ici !* insista Gracie en désignant les alentours d'un geste emphatique. Pas dans la cuisine, bien sûr, mais dans la maison ou sur la propriété. J'ai fait des recherches. Et pas seulement Angélique et son mari.

— Maxim.

— L'un des employés de ferme s'est pendu dans le dortoir des ouvriers, dit Gracie.

— C'est juste une rumeur.

— Et Grand-père ?

— Mon père était malade depuis longtemps, et il n'était plus tout jeune. Cela arrive, mon cœur. Les gens meurent.

Où Gracie voulait-elle en venir ?

— On dirait quand même que pas mal de gens sont morts ici, commenta-t-elle en dévisageant Sarah. Tu dois savoir qu'Angélique Le Duc a son caveau dans le cimetière ?

Sarah acquiesça d'un signe de tête. Entre-temps, elle avait trouvé un paquet de préparation pour chocolat. Elle tira un sachet de la boîte et versa la poudre qu'il contenait dans un bol qu'elle avait rapporté de Vancouver, y ajouta du lait puis fit réchauffer le mélange dans le vieux micro-ondes, le seul appareil ménager qui fonctionnait encore dans la cuisine.

— Tu ne m'as jamais parlé du cimetière et de ce caveau, dit Gracie.

— Parce que ça ne m'est jamais venu à l'esprit.

— Mais tu es allée à l'intérieur ? Je veux dire, il est fermé ou pas ? Il n'y a rien dedans, non ? Vu qu'Angélique n'a jamais été retrouvée. Pas d'autres morts ?

— Pas que je sache.

— Quelqu'un a vérifié ?

Le micro-ondes sonna. Sarah secoua la tête.

— Peut-être.

Elle ouvrit le four pour en sortir le bol mais le récipient de céramique était trop chaud.

— Je crois avoir entendu mes frères dire qu'ils y étaient entrés une fois, mais tu sais comme sont les garçons… en réalité, ils n'y ont sans doute jamais mis les pieds.

Pourtant, Sarah elle-même s'était souvent posé la question quand elle était enfant : y avait-il quelque chose dans cette tombe ? Si le squelette d'Angélique ne s'y trouvait pas, elle abritait peut-être les ossements d'autres personnes décédées au fil du temps. Elle avait même pensé à sa sœur aînée, Theresa, mais elle n'en avait jamais rien dit — le fait qu'elle puisse être morte était un sujet tabou.

Personne n'en parlait. Jamais.

A l'aide d'un torchon replié, elle sortit le bol fumant du four et le posa sur le comptoir. Il dégageait une bonne odeur de chocolat chaud.

— C'est brûlant. Laisse-le refroidir.

Ignorant son bol, Gracie grimpa sur un tabouret bancal près du comptoir.

— Le caveau est scellé ?

— Je… je ne sais pas.

Sarah haussa les épaules, feignant l'indifférence. En réalité, la crypte et ses mystérieuses gravures bibliques l'avaient toujours à la fois fascinée et effrayée. Des créatures ailées et évanescentes ainsi que de courts passages du Nouveau Testament ornaient le caveau, le tout gravé dans du marbre que le temps avait abîmé et noirci. Elle avait touché ces murs froids, suivi du bout des doigts le contour des mots ciselés et, oui, elle s'était souvent demandé qui reposait dans cette tombe — si tant est qu'elle ne soit pas vide.

— On peut aller dedans ? demanda Gracie.

Cette idée, quoique séduisante, pétrifiait Sarah. Certes, elle était curieuse mais, si la crypte abritait un mort, ne valait-il pas mieux qu'il y repose en paix ?

Non, pas si ça permet de résoudre un mystère familial.

— Pourquoi veux-tu y aller ?

— On y trouvera peut-être des indices sur ce qui est arrivé à Angélique Le Duc.

— Dans le caveau ? demanda Jade en se joignant à la discussion. C'est morbide.

A son tour, elle prit place sur un tabouret près du comptoir et, pour se faire de la place, poussa de côté une boîte de vieux ustensiles que Sarah n'avait pas encore eu le temps de trier.

— Tu es complètement obsédée, ajouta-t-elle à l'intention de sa sœur.

Celle-ci lui décocha un regard éloquent : « Mêle-toi de tes affaires. »

— En tout cas, c'est une obsession plus saine que la tienne, répliqua-t-elle.

Jade considéra Gracie comme si elle était devenue folle.

— Je ne suis obsédée par rien du t…

— Cody Russel ?

— Ce n'est pas une obsession. C'est…

— Quoi ? l'interrompit Gracie. De l'amour ?

— Ça suffit ! intervint Sarah.

Elle en avait par-dessus la tête de leurs chamailleries, et la frayeur qu'elle s'était faite un peu plus tôt n'arrangeait pas son humeur.

— Jade, tu veux un chocolat chaud ?

Celle-ci considéra le bol de Gracie.

— Pourquoi pas ? Il y a des chamallows ?

— Ça m'étonnerait.

Sarah s'attela de nouveau à la préparation d'un bol de chocolat instantané. C'était le dernier paquet.

— Oh ! attends…

Elle trouva un sac entier de chamallows miniatures qu'elle avait rangé dans l'un des rares cartons de nourriture rapportés de Vancouver.

— C'est ton jour de chance, dit-elle à son aînée.

Celle-ci leva les yeux au ciel, en signe de gratitude.

— Je vais en prendre aussi, dit Gracie.

Sarah versa quelques-unes des friandises blanches dans le bol de sa cadette, puis elle entreprit de réchauffer le chocolat de Jade. Entre-temps, elle était parvenue à se détendre un peu. La statuette était tombée de la cheminée et avait atterri pile sur son socle — et alors ? Cela pouvait arriver. Et, si Evan se trouvait réellement à Stewart's Crossing, eh bien certes, c'était bizarre qu'il ne l'ait pas précisé, mais ça n'avait rien de grave, non ?

Oui, mais la jeune fille qui a disparu ? Là, il y a de quoi s'en faire.

— Vous savez, dit-elle tandis que le plateau du micro-ondes

tournait lentement en ronronnant, je me suis dit que Gracie avait raison.

— A quel sujet ? demanda Jade, l'air subitement inquiet.

— Au sujet d'un chien. Il nous en faut peut-être un.

Un gros chien, ajouta-t-elle intérieurement. *Un chien de garde.*

— C'est vrai, maman, tu le penses vraiment ? s'écria Gracie, tout excitée, en sautant de son tabouret.

— Oui. Et le plus vite sera le mieux, je crois. Nous irons au refuge demain après les cours pour en choisir un.

Le sourire de Gracie s'étendait d'une oreille à l'autre.

— Un chiot ?

— On va commencer par un chien adulte, suggéra Sarah. Ou en tout cas, un qui soit déjà propre.

— D'accord, approuva Gracie, rayonnante.

Sarah mit la main sur la cafetière et se versa une tasse. Elle retira le bol de Jade du micro-ondes, posa sa tasse à la place et remit le four en marche une fois de plus.

— Tu cèdes, alors ? demanda son aînée, l'air sceptique.

— Oui.

Après avoir ajouté une poignée de chamallows dans le bol de Jade, Sarah posa celui-ci devant sa fille.

— Gracie a raison : une promesse est une promesse.

Jade sembla réfléchir un instant, puis :

— Je peux sécher les cours pour qu'on puisse aller chercher le chien plus tôt ?

— J'ai dit, après les... Oh...

Elle se rendit compte que Jade était en train de la taquiner. C'était agréable. Derrière son maquillage et son sale caractère, Jade lui offrait parfois — rarement — un aperçu de la gamine facétieuse qu'elle avait été. Sarah espérait qu'une fois passée sa crise d'adolescence Jade retrouverait sa joie de vivre et son intérêt pour les études, qu'elle prendrait enfin conscience qu'elle était intelligente et capable de faire ce dont elle avait envie.

Jade souffla sur son bol puis dit :

— Sérieusement, maman, je crois que le lycée public me conviendrait mieux.

— Tu ne vas à Notre-Dame que depuis quelques jours.

— Et je peux déjà te dire que ça ne va pas marcher.

— Et si on attendait la fin de l'année scolaire pour en juger ?

Parce que j'ai déjà payé tous les frais, figure-toi. Si tu n'as pas changé d'avis d'ici là, on pourra en discuter.

— Mais je déteste cet endroit, grogna Jade.

— Fais un effort, tu veux ?

— Tu n'imagines même pas ce que j'endure.

— Moi non plus je ne voulais pas y aller quand mes parents m'y ont inscrite, dit Sarah.

Le micro-ondes sonna, et elle sortit sa tasse avec précaution, se servant du torchon pour ne pas se brûler.

— Je n'avais pas du tout envie d'être séparée de mes amies du collège. Je me disais que j'en mourrais. En fait, je crois même l'avoir dit et répété à mes parents. Papa se serait sans doute laissé convaincre et il aurait accepté de m'inscrire dans le public. Il a toujours eu un faible pour ses filles. Mais laissez-moi vous dire que ma mère n'a jamais rien voulu entendre.

Elle goûta prudemment son café avant de reprendre :

— Vous savez, ça me fait mal de l'admettre, même aujourd'hui, mais maman avait raison. J'ai fini par me faire une tonne de nouveaux amis et j'ai continué à voir ceux que je m'étais faits en primaire et au collège.

— Les miens sont à Vancouver, lui rappela Jade.

— C'est à cent soixante kilomètres d'ici. Tu les retrouveras. Tes vrais amis, en tout cas.

— Tu n'en sais rien, rétorqua Jade.

— Pas de disputes ! coupa Gracie en se rasseyant sur son tabouret. On va avoir un chien ! C'est le truc le plus génial du monde !

— C'est vrai, approuva Sarah. Si on trinquait ?

Elle fit tinter sa tasse contre les bols de ses filles.

— A la santé de Rover.

Jade poussa un grognement sonore.

— Pas Rover ! C'est ridicule, maman !

— Fifi, alors. Ou bien Spot, ou Fido, la taquina Sarah.

— Maman, tu es vraiment lourde, protesta Jade en étouffant un rire.

Sarah sourit.

— D'accord. On va attendre d'avoir vu ce chien.

— Ou cette chienne, dit Gracie.

— En effet. Maintenant, si vous avez des devoirs, il va être l'heure de s'y mettre.

Cette fois, Jade protesta sérieusement. En revanche, Gracie, désireuse de ne pas déplaire à sa mère pour ne pas la faire changer d'avis au sujet du chien, sauta de son tabouret et se dirigea vers la salle à manger où elle avait posé son sac à dos. Le portable de Jade vibra à ce moment-là, assez fort pour que Sarah l'entende.

Jade quitta la pièce à son tour en pianotant à toute vitesse sur le clavier de son téléphone.

Restée seule dans la cuisine, Sarah but son café en se répétant qu'elle avait réagi de façon irraisonnée, un peu plus tôt.

Aucun fantôme ne hantait cette vieille maison. Il n'y en avait jamais eu.

Pourtant, en portant les bols des filles jusqu'à l'évier, elle posa les yeux sur les chamallows qui fondaient dans ce qui restait du chocolat de Jade, formant de longs fils de sucre blanc en forme d'ectoplasmes, et elle comprit qu'elle se voilait la face.

Le fantôme de Blue Peacock Manor avait hanté ces couloirs pendant près d'un siècle, et il n'allait pas arrêter maintenant. Au fond, Sarah l'avait toujours su. La question était la suivante : qu'allait-elle pouvoir y faire ?

Allongé sur le ventre dans les buissons, les coudes appuyés sur le tronc d'un arbre abattu, il observait la vieille maison dans ses jumelles de vision nocturne. Il n'était pas là depuis longtemps et pourtant, même dans l'obscurité, il semblait évident que la maison était dans un sale état. Il s'en fichait pas mal mais il était étonné que quelqu'un puisse avoir envie d'y vivre. Surtout parce qu'on lui avait dit que les lieux étaient hantés par des esprits, et que des actes innommables avaient été commis dans l'enceinte de Blue Peacock Manor.

Tant mieux, cela dit.

Cela arrangeait ses affaires.

Depuis qu'il avait repéré Jade sur les marches de Notre-Dame de la Rivière, il avait décidé de la mettre sur la liste de ses candidates. Il espérait seulement qu'elle serait plus docile que Rosalie, qui s'était révélée une garce de première. Il gardait encore les marques douloureuses de la tentative d'évasion de cette dernière. Putain, elle avait failli leur échapper, et ça le mettait en rage ! Pourtant, se rappela-t-il, il avait besoin d'une ou deux filles qui aient du caractère. Il lui en fallait aussi une qui soit malléable bien sûr, et il l'avait déjà choisie, mais Jade, avec sa sensualité et son regard habité, compléterait parfaitement l'ensemble.

Soudain, alors qu'il réglait ses jumelles, il décela un mouvement dans son champ de vision. S'apercevant qu'il s'agissait seulement d'un coyote qui traversait ce qui avait dû être une pelouse devant la maison, il se détendit. L'animal regarda dans sa direction avant de détaler. Une fois de plus, il se concentra sur les fenêtres de la maison dont les lumières, à l'intérieur, exposaient à son regard quiconque passait dans les pièces. Malgré cela, il ne vit rien et, même quand il retira les lentilles de vision nocturne et promena ses jumelles sur les taches de lumière devant lui, personne n'apparut.

Pourtant, elles étaient là : l'Explorer se trouvait devant le garage.

— Allez, murmura-t-il.

Il voulait juste la voir un peu, vite fait… Tout à coup, son vœu fut exaucé : une ombre apparut derrière la fenêtre. Ce n'était pas Jade, avec ses lèvres boudeuses, ses grands yeux et son petit menton pointu, mais l'autre, la plus jeune, celle qui n'était pas encore tout à fait une femme. Quel âge avait-elle ? Douze, treize ans ? Une innocente… une vierge ?

Sûrement.

Quelle bonne idée ! Ce serait parfait, fantastique ! Il était si content de lui qu'il faillit se pisser dessus de plaisir. *Oui, oui !*

Les rouages de son cerveau commencèrent à tourner tandis qu'il réfléchissait à la possibilité d'enlever les deux filles. Ce ne serait pas du gâteau, et il devrait sans doute agir en deux fois, ou alors… non ! L'une servirait d'appât pour l'autre. Voilà, il avait trouvé !

Il déroula le scénario dans son esprit et s'adressa un sourire. Il allait devoir agir vite : l'enlèvement de ces deux-là serait son objectif ultime, et ensuite il disparaîtrait. S'il arrivait à trouver un moyen d'attirer la petite, sa grande sœur la suivrait sûrement.

La lumière s'éteignit d'un coup, et la fillette derrière la fenêtre disparut. Il prit son temps pour repérer le terrain, notant l'emplacement des bâtiments et des allées, des falaises, de la forêt et des limites de la propriété — la rivière d'un côté, la propriété des Walsh de l'autre, avec la route du comté qui coupait la parcelle en deux, et les terrains publics qui la cernaient.

Et, pendant tout ce temps, pas une voiture ne remonta l'allée.

Ce serait l'endroit idéal pour les attraper — et assez loin des écuries pour être tranquille.

Lentement, sans se relever complètement, il s'éloigna du tronc et rassembla ses affaires, puis il retourna en courant à l'endroit où il avait caché son véhicule, sur un ancien chemin forestier, un peu plus loin dans les taillis, derrière la parcelle de terrain clôturée où se trouvait un cimetière plein de stèles immenses, et au centre duquel s'élevait un grand caveau. La clôture tombait en ruine et elle avait presque disparu à certains endroits, mais il contourna néanmoins le cimetière — non par respect pour les morts, mais parce qu'il ne voulait pas déranger les esprits qui y avaient élu domicile. Il se disait que les fantômes n'existaient pas, que les démons ou les sorcières avaient été créés de toutes pièces pour maintenir les gens dans le droit chemin mais, au plus profond de lui-même, l'idée de ces esprits le terrifiait et il n'était pas tout à fait certain de leur non-existence. Combien de fois avait-il cru voir un spectre ou un fantôme, ici même, sur cette propriété ? Et les gens de la ville ne répétaient-ils pas que Blue Peacock Manor était hanté ? Même sa mère l'avait averti que des esprits malveillants entouraient la demeure, évoluant parmi les vivants, et qu'ils devaient se réunir, cela allait de soi, dans le cimetière. Lucifer lui-même, avait-elle insisté, était venu fouler les bois entourant la vieille maison et son étrange famille.

— Regarde-les, lui avait-elle dit. Tous ceux qui vivent là-bas. Ils ne tournent pas rond, je te le dis. Ils ont tous un grain, et c'est à cause des démons qu'ils fréquentent.

Aussi, comme toujours, il fit un grand détour pour éviter le cimetière et rejoindre sa camionnette.

Il était temps de passer à la vitesse supérieure.

Rosalie avait les yeux irrités d'avoir si peu dormi et, quand les premières lueurs de l'aube filtrèrent enfin par la fenêtre sale au-dessus de sa tête, elle battit des paupières, éblouie.

Elle tremblait de froid, et tout son corps lui faisait mal ; il lui semblait désormais impossible de s'évader.

Ainsi, un nouveau jour commençait-il. Elle pria en silence pour que ce soit le jour où sa famille la retrouverait.

Tu parles, aucune chance.

Le cœur lui manqua, et une vague de désespoir l'envahit tandis qu'elle contemplait les solives poussiéreuses soutenant le plafond. Elle avait vu l'hématome qui s'était formé sur son ventre et son flanc, juste à côté d'une longue estafilade — elle avait récolté ces blessures en tombant sur la barrière, au cours de sa tentative d'évasion avortée.

Si seulement elle avait réussi à s'enfuir !

Depuis qu'ils l'avaient ramenée, elle avait passé des heures allongée sur son lit de camp, se repassant la scène en boucle, se demandant comment elle allait pouvoir se libérer à présent.

C'était impossible, admit-elle, les larmes aux yeux. Elle ignorait ce que ce pervers comptait faire d'elle mais, de toute façon, elle était fichue. Secouée de frissons incontrôlables, elle remonta le sac de couchage jusqu'à son menton pour essayer de se réchauffer. Puis elle renifla un bon coup et ravala ses larmes, furieuse contre elle-même. Elle se revit, pliée en deux sur l'épaule de ce salaud comme un vulgaire sac de patates.

Si elle le pouvait, elle le tuerait.

Sauf qu'elle était coincée ici, allongée sur ce foutu lit de camp à se lamenter sur son sort, contemplant la lumière du matin qui chassait les ombres de son misérable box.

Lève-toi. Fais quelque chose. N'importe quoi. Ne te comporte pas en victime ! Tu n'es pas encore morte mais ça va venir si tu laisses ce débile faire ce qu'il veut de toi !

Elle renifla une dernière fois, puis s'efforça de réfléchir. D'échafauder des plans. De trouver une façon de sortir de cet endroit affreux, d'échapper à ce monstre — non, à *ces monstres*. Il y avait aussi le rouquin, un homme dont Rosalie avait instinctivement compris qu'il était plus faible, que c'était un suiveur. Peut-être que si elle pouvait lui parler seule à seul, le supplier…

Arrête ! Aucun de ces deux connards ne te laissera partir ! Remets les pieds sur terre. Tu as vu leur visage, tu pourrais les identifier. Tu n'as pas regardé assez de séries policières à la télé pour savoir que les criminels, du moins ceux qui ont deux sous de jugeote, ne laissent jamais de témoins ?

Son ventre se noua, et la peur resserra sur elle son étau. Ce n'était pas parce qu'ils ne l'avaient pas encore tuée qu'ils n'avaient pas l'intention de le faire. Et il ne s'agissait pas que d'elle : ils avaient évoqué d'autres filles.

Fais quelque chose, Rosalie. Ne compte pas sur maman ou sur cet idiot de Mel pour débarquer ici. Tu es seule.

Sa vessie menaçait d'exploser, il fallait qu'elle se lève. Elle rejeta le sac de couchage et roula hors de son lit de camp, puis se mit debout en étouffant un gémissement. Chaque geste lui coûtait. Elle souleva son sweat-shirt pour examiner son hématome. Il était bleuâtre, bordé de vert, et s'était étendu jusque sous ses côtes. Et si elle avait une hémorragie interne ? Seigneur, ce serait affreux.

Du bout des doigts, elle toucha sa blessure, et la douleur fut immédiate. Ce n'était pas une bonne idée de la tripoter comme ça, d'autant plus que la coupure était encore à vif. Elle décida qu'elle allait juste se soulager dans la bassine puis se rallonger sur son lit de fortune pour réfléchir à son évasion.

Il devait y avoir un moyen de s'échapper d'ici. C'était obligé.

Mais chaque chose en son temps — d'abord, vider sa vessie dans cette fichue bassine.

Quand ce fut fait, elle se redressa et remonta son pantalon sur ses hanches — péniblement, à cause des menottes. Elle eut encore plus de difficultés avec la fermeture de son jean et, quand elle eut enfin réussi à se rhabiller, elle poussa un soupir de soulagement puis balaya la pièce du regard. C'est alors qu'un éclair attira son attention. Quelque chose brillait faiblement dans la lumière du soleil. Qu'est-ce que c'était ? Elle avança d'un pas, et le scintillement s'accentua. Il provenait du coin situé près de la porte. Traversant vivement la pièce minuscule, Rosalie se pencha et découvrit un petit morceau de métal coincé dans l'espace entre le mur et le plancher.

Aussitôt, elle tenta de l'en extirper malgré ses mains entravées, creusant avec ses ongles cassés pour essayer de libérer l'objet mince et plat.

— Allez, allez, murmura-t-elle.

C'était quoi, ce bout de métal si petit qu'elle avait du mal à glisser ses doigts dessous ?

Se mordant la lèvre, elle creusa encore, patiemment, et ses efforts furent enfin récompensés : elle parvint à le déloger et le fit glisser dans sa paume. Il s'agissait d'une minuscule lime à ongles, pas plus longue que son petit doigt, dotée d'un crochet à une extrémité, et d'un trou à l'autre. Elle la retourna dans sa main, se demandant d'où elle venait et pourquoi elle ne l'avait pas remarquée plus tôt.

Un instant! Elle se rappela soudain sa lutte avec le rouquin. Ce truc avait dû tomber de la poche du type pendant qu'elle se débattait. Ce n'était pas grand-chose, mais, utilisé comme il le fallait, ce bout de métal pouvait causer pas mal de dégâts.

Rassérénée, elle se remit à inspecter le sol, espérant qu'autre chose s'était échappé des poches du petit homme. Elle finit par trouver le coupe-ongles lui-même, en pièces détachées, et une chaîne minuscule. Ce n'était pas terrible comme arme, mais elle devrait s'en contenter pour l'instant.

En les prenant par surprise, elle pourrait peut-être se servir de ce coupe-ongles pour infliger à son ravisseur un coup suffisant pour le ralentir et s'échapper. La prochaine fois, elle ne courrait pas au hasard mais elle sauterait dans la camionnette et s'enfuirait pied au plancher. Elle se souvint que, quand il l'avait amenée dans ce trou, il l'avait traînée à l'intérieur sans prendre le temps d'ôter les clés du contact. Certes, il n'avait pas commis cette erreur lorsqu'elle avait tenté de s'enfuir la veille mais, avec un peu de chance, les clés seraient dans la voiture la prochaine fois.

Et, si c'était le cas, elle comptait bien en profiter.

Elle glissa les petits morceaux de métal dans la poche avant de son jean ; elle se sentait un tout petit peu mieux.

Pour la première fois depuis qu'on l'avait jetée dans cette affreuse prison, Rosalie reprit espoir.

15

Jade avait beau être certaine que Mary-Alice la détestait autant qu'elle-même haïssait « l'ange gardien » hypocrite qu'on lui avait attribué, elle fut incapable de s'en débarrasser. Quel que soit le couloir que Jade empruntait à Notre-Dame de la Rivière, elle trouvait toujours la blonde sur son chemin. Cette dernière affichait toujours le même sourire enjoué et faux, et collait Jade autant que possible entre les cours. Ce manège la rendait malade, et elle décida qu'il était temps de mettre les choses au point.

— Ecoute, dit-elle à Mary-Alice, alors qu'elle se rendait à son cours suivant. Je n'ai pas besoin de baby-sitter.

— Il ne s'agit pas de ça.

— Bien sûr que si.

— Je ne comprends pas pourquoi tu te sens obligée d'être aussi méchante.

C'est parti. Jade s'engagea dans l'escalier menant aux salles de maths qui donnaient toutes sur le parking.

— J'ai juste besoin d'un peu d'espace, c'est tout.

— Non, ce n'est pas tout, rétorqua Mary-Alice, toujours sur ses talons. Tu joues les rebelles uniquement parce que tu trouves ça cool.

Jade y réfléchit une demi-seconde avant de décider de jouer la carte de l'honnêteté. Avec Mary-Alice, c'était peut-être la meilleure politique.

— Peut-être, mais ça me fait flipper quand tu me suis comme un petit chien.

Du coin de l'œil, elle vit une étincelle s'allumer dans le regard de Mary-Alice, qui pinçait les lèvres.

— Tu n'as qu'à me laisser tranquille, et tout ira bien entre nous, conclut-elle.

Elles s'écartèrent pour laisser passer un groupe d'élèves qui se précipitaient au premier étage, en faisant résonner leurs semelles sur les marches.

— Je ne peux pas, dit Mary-Alice, quand ils se furent éloignés. Tu fais partie de mon projet d'études.

Ah oui, c'est vrai. Elles étaient arrivées au rez-de-chaussée, près des toilettes situées devant l'auditorium.

— Tu veux dire qu'en me suivant partout tu auras une bonne note ?

— Si je te montre les locaux et que je te convaincs, par exemple, de t'inscrire à des activités extrascolaires, à des clubs ou autre, ça figurera dans mon dossier, et je pourrai mettre cette expérience en avant quand je postulerai à l'université.

— T'es folle ? demanda Jade. Des *clubs ?* Non, je ne vais pas... Oh ! putain !

Saisie d'une impulsion, Jade attrapa Mary-Alice par le poignet et l'entraîna dans les toilettes.

— Mais qu'est-ce que tu fais ? s'écria Mary-Alice, le souffle coupé.

Jade la poussa de l'autre côté de la cloison qui empêchait qu'on les voie depuis la porte, vers la rangée de lavabos en inox. Des serviettes en papier jonchaient le sol. Un robinet gouttait. L'arrière de la cloison et les murs autour des miroirs étaient couverts de phrases crues et de déclarations d'amour griffonnées à la va-vite. Les lieux étaient tout sauf accueillants mais Jade s'en fichait. Il était temps que Mary-Alice l'écoute une bonne fois pour toutes.

— Dans ton dossier ? Sérieux ?

Elle lâcha Mary-Alice. Celle-ci recula vivement en se frottant le bras, fusillant Jade du regard comme s'il s'agissait du diable incarné.

— Je ne m'inscrirai à aucun club, à aucune foutue équipe de danse ni à quoi que ce soit d'autre, tu entends ? Je déteste tout ce qui se passe dans ce lycée et je n'aime pas trop l'idée d'être le « projet » de quelqu'un, alors ne commence pas à me parler du club de théâtre ou des groupes de supporters, je me fous de ce que vous faites ici. Ça ne m'intéresse pas, point barre. Je ne suis pas ton projet, compris ? Trouve-toi un autre cobaye et lâche-moi.

Mary-Alice croisa les bras d'un air de défi, les joues plus enflammées que jamais.

— Ton comportement est infect.

— C'est exact.

— Tu te fiches de tout !

Jade s'approcha de la parfaite Mary-Alice. Elle savait qu'elle aurait mieux fait de la fermer et d'en rester là maintenant qu'elle lui avait dit ses quatre vérités, mais elle était tellement frustrée et furieuse qu'elle fut incapable de tenir sa langue.

— Tu veux que je te dise autre chose ? Tu es une hypocrite, Mary-Alice. Une hypocrite mielleuse, une fourbe et une vipère.

Pendant un instant, Jade crut que Mary-Alice allait la frapper, mais son « ange » se ressaisit.

— Tu vas regretter d'avoir prononcé ces mots, siffla-t-elle sur un ton mélodramatique.

— Ah oui ?

— Je peux te rendre la vie intenable à Notre-Dame de la Rivière.

— Encore plus intenable, tu veux dire ?

Jade n'en doutait pas, mais elle haussa les épaules comme si elle s'en fichait.

— Vas-y. Fais-toi plaisir, je m'en tape.

— Tu es morte !

— Morte. D'accord. C'est un peu menaçant, mais admettons, observa Jade.

— Je le pense vraiment. Je peux… je peux…

— Quoi ?

Comme Mary-Alice semblait incapable de trouver ses mots, Jade déclara d'une voix sèche :

— A mon tour de te faire peur, maintenant : j'ai des amis dangereux.

— Tu me menaces ? demanda l'autre d'une voix stridente.

Un bruit de chasse d'eau retentit, et l'une des portes des toilettes s'ouvrit à la volée. Une fille un peu ronde, que Jade ne connaissait pas, s'approcha des lavabos, l'air soucieux. Elle avait dû entendre toute leur dispute.

— Pas un mot de tout ça, Dana, lui ordonna Mary-Alice dans un sourire sinistre.

— De quoi ? demanda Dana en battant innocemment des cils. Je n'ai rien entendu.

Elle se passa les mains sous l'eau chaude, arracha une serviette en papier du distributeur et se mit à fixer le miroir, jusqu'à ce qu'elle croise le regard de Jade.

Pendant une seconde, la crainte sembla prendre le dessus et Dana parut sur le point de détaler, mais elle se reprit rapidement. Repoussant ses cheveux méchés sur son épaule avec une assurance exagérée, elle étira ses lèvres roses en un sourire radieux, aussi faux que celui de Mary-Alice.

— Non, répéta-t-elle à cette dernière. Je n'ai pas entendu un seul mot.

Après avoir jeté sa serviette dans la poubelle, qui débordait, Dana contourna rapidement la cloison couverte de graffitis avant de franchir les portes battantes et de sortir dans le couloir.

Ces quelques instants avaient suffi pour que la colère de Jade retombe un peu, et elle prit conscience qu'elle était peut-être allée un peu loin. C'était l'inconvénient d'être irascible.

— Bon, on va se calmer, d'accord ? Tu me lâches, et c'est tout. Ta mission ou je-ne-sais-quoi est terminée. Je peux me débrouiller pour trouver mon chemin toute seule dans le lycée et je n'ai pas besoin de toi pour me faire des amis.

— C'est là que tu te trompes.

— Tant pis, dit Jade en remontant la bretelle de son sac à dos.

— J'essayais juste de t'aider, insista Mary-Alice, qui était passée de la fureur au remords avec le talent d'un caméléon.

— Tu espérais juste te faire mousser un peu.

— Tu es vraiment tordue, lança Mary-Alice avec colère.

— Peut-être, répondit Jade d'un ton indifférent.

— Je ne sais pas pourquoi je me donne tout ce mal.

— Pour ton dossier, répliqua Jade.

Mais Mary-Alice, comme s'il lui était insupportable de passer une seconde de plus en sa compagnie, avait déjà contourné la cloison et poussé la porte.

Jade pensa qu'à la seconde où elle avait quitté les toilettes Mary-Alice s'était mise à envoyer des textos à tous ses amis, et peut-être même à tout le lycée, pour expliquer combien Jade était nulle.

On s'en balance.

Ah bon ? Moi, je crois que tu ne t'en fiches pas tant que ça.

Les yeux clos, Jade s'appuya sur un lavabo. Qu'est-ce qui lui avait pris ? C'était une chose de chercher à éviter son « ange gardien », mais il était carrément stupide de se mettre à dos quelqu'un comme Mary-Alice Eklund. Elle expira lentement l'air qu'elle avait dans les poumons et ouvrit les yeux, surprenant son reflet en uniforme dans le miroir. Elle n'était pas taillée pour ce genre d'endroits, voilà tout. Jamais elle ne ferait serment d'allégeance à un lycée, ce n'était pas son style. Cela ne l'avait jamais été. Sa mère ne l'avait-elle pas compris ? Pourquoi la punissait-elle ainsi ?

Elle se pencha au-dessus du robinet qui fuyait, s'aspergea le visage et s'astreignit au calme. Il ne fallait pas qu'elle se laisse prendre au jeu de Mary-Alice. Alors qu'elle attrapait une serviette au distributeur, elle remarqua des affiches accrochées aux murs, destinées à encourager l'équipe de football à gagner le grand match du week-end.

Ici ? Sérieux ? Et comme ça, en sortant des toilettes, en se coiffant ou en se remettant du gloss, on pouvait s'extasier sur l'équipe de foot de Notre-Dame. N'importe quoi.

Jade se rapprocha du miroir et balaya une miette de mascara sur sa joue. Un autre poster attira alors son attention — une affiche en noir et blanc avec une photo de Rosalie Jamison en gros plan ; on proposait une récompense pour tout renseignement qui permettrait de la retrouver saine et sauve. Elle eut une pensée fugitive pour l'adolescente disparue qui ne fréquentait pas Notre-Dame, d'après ce qu'elle avait pu entendre dans les couloirs.

— Tu as bien de la chance, dit Jade sans réfléchir.

Elle regretta aussitôt ces mots ; il n'y avait pas de quoi plaisanter.

A présent, elle allait devoir affronter le reste de la journée. Elle remonta son sac à dos sur son épaule et sortit son téléphone pour envoyer un nouveau texto à Cody, puis poussa la porte pour sortir des toilettes, tête baissée. Elle heurta de plein fouet un grand type qui parlait avec son copain tout en courant à moitié. Jade poussa un cri de surprise. Son téléphone lui échappa des mains, glissa sur le sol poli pour venir s'écraser contre un radiateur.

— Regarde où tu vas ! l'interpella-t-elle, furieuse.

— Moi ?

Il fit volte-face et s'arrêta brusquement. Elle s'apprêtait à le pourrir d'injures quand elle le reconnut. Liam Longstreet. Le petit copain de Mary-Alice, un sportif à la démarche athlétique et au sourire ravageur. Décidément, elle jouait de malchance.

Son copain, plus petit et plus massif, était un rouquin au nez piqueté de taches de son.

A part ces deux imbéciles, le couloir était désert.

Liam Longstreet, qui avait sérieusement besoin de se raser ou en tout cas de faire quelque chose avec sa barbe de trois jours, la considéra du haut de son mètre quatre-vingt-cinq et quelques. Mains tendues et doigts écartés, il recula d'un pas.

— Désolé. Je ne t'avais pas vue.

Jade avança précipitamment pour récupérer son téléphone mais l'appareil était tombé près de Liam et celui-ci, plus rapide qu'elle, s'en empara le premier.

— Rends-moi ça ! ordonna-t-elle.

Pendant un instant, sa vie défila devant ses yeux. Et s'il refusait ? S'il regardait les photos et les textos qu'elle avait envoyés à Cody ? S'il lisait tous ses messages et la voyait à moitié nue, puis postait ces images sur Instagram ou Twitter ? S'il appelait ses contacts ? Elle sentit la panique la gagner : avec ce téléphone, il pouvait lui faire tout ce dont l'avait menacée Mary-Alice, sa petite amie.

— J'ai dit que j'étais désolé.

Pourtant, il ne lâcha pas le téléphone.

— Alors prouve-le.

Elle tendit la main, paume en l'air. Avec défi. Intérieurement, elle était ravagée. Presque désespérée. Le portable recelait des photos d'elle et de Cody en train de s'embrasser, de se caresser, et… *Oh ! et puis zut !*

— Rends-le-moi.

Merde, sa voix tremblait.

Elle remarqua alors que le copain de Liam avait suivi leur échange avec un sourire qui ne présageait rien de bon.

— Et si on y jetait un coup d'œil ? intervint-il alors. Pour voir ce qu'elle a là-dedans.

Il allait s'emparer du téléphone mais Liam resserra les doigts autour de l'objet.

— C'est ma vie privée, ça ne vous regarde pas, dit Jade.

La deuxième sonnerie retentit dans le couloir désert, signalant la fin de l'interclasse.

Super, elle était en retard. Pour changer.

— Si tu ne me le rends pas, je vais dire au père Paul que tu me l'as volé.

Mary-Alice semblait craindre le prêtre. Peut-être la menace agirait-elle également sur Liam…

— Non, garde-le, mon pote, intervint son copain. Putain, elle est flippante, cette nana ! Si elle ne veut pas qu'on voie ce qu'elle a là-dedans, c'est qu'il doit y avoir du chaud !

Quelle brute épaisse ! L'estomac noué, Jade revint à la charge :

— Si tu me voles ce portable, tu seras expulsé de l'équipe, et peut-être même du lycée, déclara-t-elle en levant le menton. Maintenant, redonne-moi ça.

Elle avait gardé le bras tendu et s'étonnait qu'il ne tremble pas alors qu'intérieurement elle était secouée par un véritable séisme.

— Ne lui donne pas, répéta le copain.

Liam secoua la tête.

— Je me suis excusé.

Puis, sans un regard pour son camarade, il posa le téléphone dans la paume de Jade.

Soulagée au-delà des mots, elle referma la main sur son téléphone et le rangea rapidement dans son sac. Pour couronner le tout, elle était écarlate. Quel grand con ! Quant à son copain, plus petit d'une bonne dizaine de centimètres, il avait toujours son sourire stupide plaqué sur la figure.

— Qu'est-ce qui te fait rire ? lui demanda-t-elle, sur la défensive.

— Toi. T'es qui, d'abord ?

— Ça ne te regarde pas, répondit-elle en faisant mine de s'éloigner.

— Je m'en fous, de toute façon, ajouta-t-il en secouant son crâne presque rasé. Merde, Longstreet, t'aurais pas dû lui rendre. Tu la tenais, mon pote, elle allait te manger dans la main.

Puis, décochant un regard dédaigneux à Jade, il conclut avec un rictus :

— Mais bon, elle vaut pas le coup. Allez, Longstreet, on décolle.

— Bonne idée, dit Jade en tournant les talons.

Elle sentait deux paires d'yeux dans son dos.

— Pauvre débile, marmonna le plus petit.

Jade eut envie de se retourner et de l'insulter à son tour, mais quelque chose lui disait qu'elle en avait déjà assez fait pour aujourd'hui.

— Grandis un peu, Prentice, murmura Liam.

Tiens, il avait endossé le rôle du gentil, maintenant ? Le type qui sortait avec l'ange Mary-Alice ? Tu parles, aucune chance. Franchement, sa vie était un enfer.

— T'es vraiment un connard, Longstreet, rétorqua Prentice. Je dis ça juste en passant, le prends pas mal.

Jade commençait à comprendre pourquoi sa mère devenait folle quand elle l'entendait jurer. Elle allait peut-être renoncer aux gros mots, finalement. Ou essayer, du moins, parce qu'il était difficile de se retenir face à des débiles comme ces deux-là. Arrivée devant l'escalier, curieuse, elle regarda furtivement en arrière. Elle croisa le regard de Prentice, qui lui faisait un doigt d'honneur.

— Grandis un peu, articula-t-elle silencieusement. Prentice lui décocha une œillade meurtrière. Il semblait prêt à lui sauter à la gorge, mais Liam était déjà en train de s'éloigner et s'apprêtait à bifurquer dans le couloir. Sans doute avait-il déjà tout oublié de l'incident.

— Gros nuls, pesta Jade entre ses dents.

Oui, Longstreet était forcément un gros nul, sinon il n'aurait pas traîné avec ce sombre crétin qui lui servait d'ami. Du coin de l'œil, elle remarqua que le crétin en question était en train de se marrer comme une baleine. Voilà, elle venait de se faire deux nouveaux ennemis.

Ce qui devait porter son score global à un bon millier.

— C'est quoi ? demanda Scottie sur le chemin de la cafétéria.

Elle venait de repérer quelque chose dans le sac à dos de Gracie. Le journal que celle-ci avait trouvé à la cave. Gracie l'avait mis dans un sac de congélation pour le protéger, et elle le gardait sur elle en permanence.

— Rien.

Jusqu'à présent, elle n'avait parlé à personne de sa trouvaille. Le carnet était si vieux que ses pages craquaient quand elle les feuilletait ; quant à l'écriture, féminine et fluide, elle avait pâli avec le temps mais demeurait lisible. Le seul problème ? Tout le journal était écrit en français. Gracie avait retranscrit quelques phrases sur son ordinateur et les avait passées au traducteur automatique, mais le résultat n'avait rien donné de bien compréhensible.

Elle savait que le journal datait de 1924 mais, en dehors de ça, elle n'avait rien pu en tirer.

— Tu parles français ? demanda-t-elle à son amie.

Scottie secoua la tête, faisant glisser ses cheveux bruns sur ses épaules.

— Non. Mais ma tante Claudette, si. Elle a vécu à Paris.

— Elle habite par ici, maintenant?

— Non, à New York. Pourquoi?

— J'ai besoin de quelqu'un qui sache lire le français.

Autour d'elles, les élèves allaient et venaient dans le couloir en discutant, en riant ou en râlant, livres sous le bras et portable à la main. Des couples étaient enlacés çà et là, et des groupes d'amis encombraient le passage. Gracie et Scottie durent se frayer un chemin dans la meute et crier pour se faire entendre l'une de l'autre, dans le brouhaha des voix et du claquement des portes de casier.

— T'es un blaireau, Carter! cria un garçon par-dessus son épaule en courant vers la cafétéria.

— Va te faire foutre, Maloney! rétorqua l'autre.

— Pourquoi tu as besoin d'un traducteur? insista Scottie alors qu'elles arrivaient en vue de la cafétéria.

L'odeur épicée d'une sauce à pizza assaillit les narines de Gracie, et elle fronça le nez.

Devait-elle se confier à Scottie? Certes, son intérêt semblait sincère, mais c'était une bavarde incorrigible, et mieux valait éviter de lui confier un secret.

— C'est juste un truc que mon père m'a demandé de faire, mentit-elle. Il veut, euh, m'emmener à Paris et sur la Côte d'Azur, et il pense que ce serait mieux si j'apprenais un peu la langue.

Scottie fit la moue.

— A ta place, je le ferais. Pour aller en France, ça vaut le coup. Ma tante Claudette — elle s'appelait Claudia avant d'aller là-bas — dit que c'est génial. Non, attends…

Scottie s'interrompit puis pencha légèrement la tête, comme si elle posait pour une photo.

— Paris, la ville de la lumière, est très magnifique! déclara-t-elle en français.

— Je croyais que c'était Los Angeles, la ville de la lumière.

— Non, c'est la ville des anges.

Puis, avec une grimace :

— C'est peut-être la ville des lumières, au pluriel. Bref, tante Claudette dit que tout le monde devrait aller un jour à Paris.

— Tout ce que je veux, c'est un traducteur.

Elle savait que Jade avait pris quelques cours de français, mais ce ne serait sans doute pas suffisant. En outre, elle ne pouvait confier à sa sœur un secret de cette ampleur. Jade ne croyait en rien et prenait sa sœur pour une idiote, voire pire. Gracie était presque sûre que sa mère parlait un peu français, elle aussi, mais il était hors de question de le lui demander. Si elle apprenait que Gracie était descendue à la cave, elle allait péter les plombs.

— Et Mlle Beatty ? suggéra Scottie. Tu sais, la prof de musique ? Elle donne des cours ici et au lycée.

— Et alors ?

— Elle enseigne aussi le français. Ma cousine l'a eue l'année dernière.

— Ta cousine lit le français ?

Scottie secoua la tête.

— Elle a eu un D au semestre dernier, et oncle Ned flippait parce qu'il veut qu'elle aille faire ses études en France. Dans ma famille, ta seule chance, c'est ma tante Claudette.

Elle détourna soudain le regard de Gracie, comme souvent. Scottie faisait partie de ces gens qui guettent toujours l'apparition de personnes plus intéressantes.

— Oh ! s'exclama-t-elle. Voilà Rita ! Il faut que je te la présente. Elle est super drôle et elle sort avec un terminale de Notre-Dame.

Puis, baissant la voix :

— Ses parents ne sont pas au courant. Elle fait le mur pour aller le voir le soir.

Elle lui confia ce ragot avec des yeux brillants, et Gracie décida sur-le-champ qu'elle ne lui dirait pas un mot au sujet du journal.

Elle n'en dirait rien à personne. Pas même à Jade, qui n'avait pas encore révélé qu'elle avait vu Gracie sortir de la cave. C'était bizarre, d'ailleurs.

Gracie croisa les doigts pour que sa sœur ne crache pas le morceau à leur mère, ni à qui que ce soit d'autre. Elle devait d'abord trouver le moyen de faire traduire le journal puis, avec un peu de chance, de libérer l'esprit d'Angélique Le Duc.

16

Assise à la table de la salle à manger, Sarah annotait les plans dans l'intention d'ajouter une suite parentale au rez-de-chaussée. Elle avait du mal à repérer les circuits de plomberie existants. Après avoir discuté avec le chef d'une équipe de démolition et le représentant d'une entreprise d'excavation, elle se disait qu'il fallait vraiment qu'elle aille au sous-sol pour constater d'éventuels dégâts des eaux et vérifier qu'il n'y avait pas de fissures dans les fondations. Elle devait également examiner l'énorme chaudière qu'elle allait devoir remplacer, sans nul doute. Jusqu'alors, elle n'avait pu se résoudre à descendre le vieil escalier pour se rendre dans les pièces du sous-sol ; elles avaient autrefois servi de cellier, de buanderie, d'entrepôt, et abrité la chaudière à bois d'origine, remplacée vers 1960 par un modèle plus moderne. Elle n'avait aucune envie d'aller explorer cet endroit sombre et infesté d'araignées, où elle s'était fait enfermer quand elle était enfant.

Mais n'était-ce pas exactement l'une des raisons pour lesquelles elle était revenue ici ? Pour affronter ses vieilles peurs et les chasser de sa vie, pour redonner à cette demeure sa splendeur d'antan, tout en comblant les failles les plus profondes de son âme ?

La sonnerie de son portable interrompit ses réflexions.

— Allô ?

— Sarah, c'est tante Margie ! J'ai entendu dire que tu rénovais cette vieille maison affreuse et que tu y avais emménagé ?

— C'est provisoire, mais oui, les filles et moi y habitons pour le moment.

— Fabuleux. Je suis en route.

— Quoi ? Tu veux dire, maintenant ?

— Absolument. Je serai là dans cinq minutes et j'ai une surprise pour toi !

Elle raccrocha. Le portable à la main, Sarah songea qu'elle n'avait pas besoin de nouvelles surprises. Mais il s'agissait de tante Marge — ou Margie, comme elle se plaisait à se faire appeler. Celle-ci était aussi différente de sa sœur, Arlene, que le jour l'est de la nuit.

— Elles sont le yin et le yang de la famille, avait dit Joseph, des années plus tôt, quand Sarah avait une dizaine d'années.

Au repas de Thanksgiving, alors que toute la famille était rassemblée autour de cette même table, tante Marge, son verre à la main, avait papillonné et flirté avec tous les hommes tandis qu'Arlene servait scrupuleusement ses invités. Côté alcool, en revanche, cette dernière ne se laissait pas distancer par sa cadette, et elle avait enchaîné les gin-tonic. Mais au lieu de devenir plus sociable, comme sa sœur, Arlene s'était aigrie et murée dans le silence.

— Ou alors le bien et le mal, avait observé Jacob.

Tous les enfants Stewart se trouvaient alors dans la cuisine pour donner un coup de main et s'assurer du bon déroulement de la soirée — du moins, c'était l'impression qu'ils voulaient donner à leur mère.

Jacob et Joseph étaient censés rapporter du bois pour le feu mais, comme d'habitude, ils tiraient au flanc. Dee Linn, de mauvaise humeur, gardait un œil sur les tartes qui refroidissaient sur le comptoir. Il faisait bon dans la cuisine, et il y flottait une odeur d'épices et de dinde rôtie. Les verres de cristal étaient étincelants et tout semblait parfait, mais Sarah avait trouvé que cela sonnait faux, comme si tout cet apparat masquait du vide. A table, ils avaient dit les grâces et remercié Dieu, il y avait une botte de foin et de grosses citrouilles pour décorer l'entrée de la maison, mais il manquait le sentiment de chaleur qui, selon elle, aurait dû accompagner ce genre de fêtes.

En tant qu'invitée, sa cousine Caroline n'était astreinte à aucune corvée, et elle s'était échappée de la salle à manger pour venir s'appuyer sur le comptoir et jouer avec une salière et une poivrière. Manifestement, elle se débrouillait toujours pour offrir à ses cousins une vue imprenable sur son décolleté.

— Tante Arlene est vraiment remontée aujourd'hui, non ?

S'emparant d'un panier de petits-fours que Sarah venait de poser, elle avait ajouté, en plissant le nez :

— Elle est en colère… ou c'est juste une mégère ?

Elle avait quinze ans à l'époque et, comme toujours, elle essayait de faire sa belle auprès des jumeaux — ou de n'importe quel garçon, d'ailleurs. Aussi charmeuse que sa mère, elle était jolie, avait des cheveux presque noirs et un teint doré, mais Sarah l'avait toujours considérée comme un boulet.

— Non ! avait dit Sarah.

Caroline venait de soulever la serviette orange du panier pour y piocher un petit four et y planter les dents.

— Non quoi ? Ça te dérange que je traite ta mère de mégère ? l'avait taquinée Caroline, le regard pétillant.

— Non… ne prends pas de petit four maintenant, on les garde pour le dîner, avait expliqué Sarah.

— Mais ça ne te gêne pas que je traite ta mère de mégère ? avait insisté Caroline.

A ce moment-là, Clark était entré, surprenant la fin de leur échange.

— Arrête de l'embêter, avait-il dit. C'est une gamine.

La porte s'était refermée derrière lui, étouffant le bruit des conversations autour de la table.

Bien que reconnaissante de cette intervention, Sarah n'avait pas aimé qu'on lui rappelle qu'elle était la plus jeune.

— Tante Arlene veut que nous passions à table, avait enchaîné Clark.

— Mon Dieu, la reine mère a parlé ! On ferait mieux d'y aller en vitesse, avait lancé Caroline d'un ton léger en levant les yeux au ciel.

Repoussant ses longs cheveux derrière ses épaules, elle avait franchi la porte battante ouvrant sur la salle de séjour et s'était arrangée pour que celle-ci se referme sur Clark, qui avait évité de justesse de se la prendre en pleine figure.

— Et maintenant, c'est qui la mégère ? avait-il murmuré, juste assez fort pour que Sarah l'entende.

Caroline n'avait rien répondu mais elle avait fusillé son frère aîné du regard. Ils ne s'étaient jamais bien entendus, et la situation n'avait guère changé à présent qu'ils étaient adultes.

Sarah fut sortie de ses pensées par un bruit de moteur. Tante Marge ne plaisantait pas : elle n'avait effectivement pas mis plus de cinq minutes pour arriver. En se levant pour aller lui ouvrir, elle vit que sa tante n'était pas seule : Caroline et Clark étaient eux aussi en train de descendre de la vieille Mercedes de leur mère. Marge, toujours aussi mince, se tenait droite et marchait d'un pas assuré, sans même s'aider d'une canne. Elle portait un pull, un pantalon élégant, une veste à mi-hanches et une longue écharpe enroulée autour du cou.

Certes, elle n'était plus aussi vive qu'avant, mais son pas restait énergique, et elle salua Sarah en la serrant contre elle avec force. Caroline et Clark, tous deux emmitouflés dans de longs manteaux, paraissaient un peu gênés.

— Surprise? demanda Marge.

— Tout à fait surprise, admit Sarah en s'écartant pour les laisser passer. Entrez.

Marge s'empressa d'obéir. Ses enfants, beaucoup moins enthousiastes, se contentèrent de murmurer un « bonjour » laconique en passant devant leur cousine. Sarah referma la porte derrière eux.

— Mon Dieu! s'exclama Marge, qui inspectait la maison, parcourant lentement l'entrée, le couloir et la salle de séjour. Il fait si sombre, ici! Il fallait que je voie ça en personne, mais j'espérais que la maison serait en meilleur état dedans que dehors. Il y a des années que je n'ai pas mis les pieds ici, je l'avoue. Tu sais, ta mère et moi n'étions pas... Enfin, disons que c'était compliqué.

— Vous vous détestiez, dit Caroline en déboutonnant son manteau.

— Mais non...

— Ne mens pas, maman, insista Caroline. On sait tous ce qu'il en était.

L'étincelle de gaieté qui avait brillé jusqu'alors dans les yeux de tante Marge s'évanouit. Elle portait des lunettes à présent et ses cheveux, autrefois d'un brun roux, semblaient moins foncés et plus clairsemés. Ses enfants aussi avaient pris de l'âge. Clark s'était étoffé pour devenir un homme de grande taille, aux épaules larges. Caroline était toujours aussi élancée mais elle avait les cheveux plus courts, et un léger balayage masquait le gris qui menaçait d'envahir ses boucles autrefois brunes.

— Venez dans le salon, proposa Sarah. J'ai du café...

— Oh! non, ne te dérange pas. Je suis juste venue pour jeter un coup d'œil à la maison et te demander si tu avais vu Arlene.

— Une seule fois depuis mon arrivée à Stewart's Crossing,

reconnut Sarah. J'espère pouvoir retourner à Pleasant Pines un de ces jours.

— Quel endroit affreux ! dit Marge en frissonnant ostensiblement. Tellement impersonnel. Rappelez-vous bien, les enfants : je ne veux pas finir là-bas.

— C'est si terrible que ça ? s'étonna Sarah.

— Non, répondit Caroline à la place de sa mère. Mais c'est un sujet très sensible pour maman.

— Comme pour n'importe qui d'autre, intervint Marge. Pauvre Arlene. Elle ne peut même plus conduire, maintenant… Enfin, aujourd'hui je suppose que c'est le cadet de ses soucis.

Ils entrèrent dans la salle de séjour. Le feu était en train de s'éteindre dans la cheminée. Marge prit place sur le canapé et s'appuya contre un coussin défraîchi tandis que Clark se balançait d'une jambe sur l'autre, en consultant l'heure ou un message sur son téléphone. Quant à Caroline, elle ne pouvait s'empêcher d'aller d'une pièce à l'autre.

— Je m'inquiète pour Arlene, dit Marge en continuant d'examiner les lieux. Je… je crains qu'elle ne soit plus avec nous pour très longtemps. Elle perd la tête, tu sais.

— La plupart du temps, en effet, approuva Sarah.

— Elle fait sans doute de mauvais choix.

— C'est possible.

Caroline les rejoignit et s'arrêta près de l'un des piliers.

— Arrête de tourner autour du pot, maman. Nous n'avons pas que ça à faire. Clark et moi avons un travail, tu sais, et j'ai une famille.

Sarah questionna Marge du regard. Celle-ci toussa pour s'éclaircir la gorge.

— Bon, très bien. Sarah, je voulais te parler en privé.

— En privé ? répéta Sarah.

— Oh ! nom d'un chien ! s'exclama Caroline, à bout de patience.

— Enfin, avant la grande fête de Dee Linn, expliqua Marge. Si j'en crois les rumeurs, elle a invité la moitié de la ville.

Le regard de Sarah passa de sa tante à sa cousine.

— Elle veut te parler du testament de ta mère, dit Caroline.

Clark soupira et feignit de s'intéresser au mur où le papier peint se décollait à moitié.

— Oui, c'est ça. Du testament, répéta Marge, un peu prise de court par la franchise de sa fille.

Sarah s'arma de courage. Pour la première fois, elle se demanda si sa tante n'était pas jalouse de sa sœur aînée, comme Arlene n'avait cessé de le répéter au cours des années, insinuant que Marge, mise dans une situation financière délicate par son divorce, lui enviait le fait d'être « bien » mariée.

— En fait, je ne comprends pas, dit sa tante.

S'interrompant, elle chercha le regard de Clark, mais celui-ci semblait farouchement résolu à ne pas lui offrir de soutien.

— La maison était à ta mère, Sarah, reprit-elle avec un soupir. Comment peux-tu commencer à la rénover dès maintenant ? Je pensais que ces terres et ces bâtiments faisaient partie du patrimoine d'Arlene mais, bien sûr, elle ne s'est jamais beaucoup confiée à moi à ce sujet.

— Et ça t'énerve, n'est-ce pas ? demanda Caroline. Je t'ai dit que j'en avais parlé avec Jacob, et il m'a expliqué ce qu'il en était. Arlene n'est plus propriétaire de tout ça.

— Alors vous le lui avez racheté ? demanda Marge à Sarah. Avec tes frères et ta sœur ?

— Oui… plus ou moins. Ce n'est pas que je veuille faire des mystères, mais je ne peux pas trop en parler.

Cette fois, Marge alla droit au but :

— Arlene a toujours laissé entendre qu'elle me laisserait quelque chose quand elle partirait, et je… enfin, j'espérais que cela suffirait à me mettre à l'abri. Tu sais, quand Darrell nous a quittés, les enfants et moi, ça n'a pas été facile.

D'un seul coup, ses yeux s'emplirent de larmes.

— Oh ! pour l'amour du ciel, murmura-t-elle en cherchant un mouchoir dans son sac. Cet homme !

— Maman, lança Clark, à bout de patience.

— Je sais que c'était votre père, soupira sa mère, mais…

— Il l'est toujours, coupa Caroline d'un ton abrupt.

Toute trace de l'adolescente aguicheuse que Sarah avait connue s'était évanouie.

— Je suis désolée, dit-elle en se tournant vers Sarah. Tout cela est complètement déplacé mais elle a insisté. Clark et moi étions contre.

— Je voulais juste que Sarah soit au courant des intentions

d'Arlene, se défendit Marge. Je sais que ma sœur a un peu perdu le nord mais, quand elle avait encore toute sa tête, elle voulait que je puisse vivre sans me soucier de l'avenir. Il nous arrivait de parler, vous savez. Ça n'a pas été facile pour elle non plus, avec ses maris. D'abord il y a eu cet affreux Hugh, puis Franklin… Oui, je sais que c'était ton père et que tu l'aimais, Sarah, mais cet homme était un coureur de jupons et un joueur. Je le sais, crois-moi. Il m'a fait des avances plus d'une fois et il a même essayé avec Caroline…

— Maman, arrête! s'écria sa fille, qui s'était soudainement empourprée. Je t'avais dit qu'on n'aurait pas dû venir, Clark.

— Et on aurait dû faire quoi? demanda-t-il avec une grimace de dédain.

— Refuser, c'est tout.

Caroline secoua la tête en resserrant nerveusement la ceinture de son manteau.

— Et elle aurait fait une scène chez Dee Linn, observa Clark.

— Arrêtez de parler comme si je n'étais pas là, intervint leur mère. Bon, d'accord, je m'excuse!

Se levant, elle considéra Sarah d'un air hautain :

— Je pensais que tu étais différente de tes frères et de ta sœur. Qu'en tant que divorcée et mère célibataire, tu éprouverais davantage de compassion. Que tu comprendrais ce qui se passe quand un mariage s'écroule et qu'on se retrouve dépouillée de tout soutien financier, sans parler du soutien affectif. Ta mère m'a toujours dit que j'hériterais de quelque chose… Ne serait-ce que de ce petit chalet qu'il nous arrivait de louer à ton père, ou…

— On y va, coupa Clark avec une soudaine autorité.

Prenant sa mère par le coude, il l'entraîna hors de la salle de séjour et jusque dans l'entrée.

— Je suis désolée, répéta Caroline à mi-voix tandis que Sarah se levait à son tour. Je sais qu'on se répète, mais… Ne prête pas attention à maman. Elle est aigrie, c'est tout.

— J'ai entendu! cria Marge, tandis que Clark ouvrait la porte de sa main libre.

— C'était fait exprès, maman. Au revoir, Sarah, dit-elle en se dirigeant vers la porte. On se verra chez Dee Linn, j'imagine. Malheureusement, on sera tous là au grand complet.

— A la prochaine fois, alors, répondit Sarah.

Elle se sentait abattue en découvrant que, pour sa tante, seul l'argent comptait. Elle regarda la vieille Mercedes de Marge s'éloigner, laissant dans son sillage une nuée de fumée et de tristesse.

Pendant la pause déjeuner, Jade s'aperçut que l'écran de son portable s'était salement fendu dans sa chute, et qu'il était à peine déchiffrable. Heureusement, Mary-Alice et sa bande l'avaient lâchée, et Jade put tranquillement avaler un Coca light avant de se glisser discrètement hors du lycée. Elle eut envie d'une cigarette mais elle n'en avait pas et, finalement, ce n'était pas vraiment son truc. C'était surtout son téléphone qui l'inquiétait : il lui était devenu presque impossible de lire ses messages, et elle eut envie d'étrangler Liam Longstreet et son abruti de copain.

Le reste de la journée ne se déroula guère mieux, mais elle subit patiemment son sort jusqu'à son avant-dernier cours. Là, évitant soigneusement son ange gardien, Jade se dirigea vers l'aile scientifique, une bâtisse datant des années 1950 dans laquelle se trouvaient de vieux laboratoires qui exhalaient une odeur âcre jusque dans les couloirs. Sans adresser un mot à quiconque, elle alla s'asseoir derrière une paillasse vide au fond de la salle. En cours de biologie, la plupart des élèves étaient assis par deux pour les expériences, mais on n'avait pas encore assigné de partenaire à Jade. La chaise à côté d'elle était donc vide.

Cela lui convenait parfaitement.

Elle ouvrit son livre et fit semblant de lire ; de l'autre main, elle entreprit d'attraper son portable. La voix haut perchée de sœur Cora interrompit son geste.

— Un peu d'attention, s'il vous plaît ! J'ai une annonce à faire, déclara depuis le bureau leur professeur de biologie, une religieuse vêtue d'un pantalon et d'un pull gris, sur lequel brillait une croix argentée accrochée à une chaîne. Il va y avoir quelques changements. C'est au sujet d'Antonia.

Jade fit la sourde oreille. Antonia Norelli était une autre des amies de Mary-Alice, et elle était également l'assistante de la prof pour ce cours. Elle prêta à peine l'oreille au long discours de sœur Cora, qui expliquait qu'Antonia souffrait d'une sévère mononucléose. Au terme de sa tirade, elle ajouta :

— Heureusement, du moins pour moi, j'ai trouvé un remplaçant.

Se tournant vers le tableau blanc, elle y inscrivit le nom de l'intéressé.

Jade leva la tête et reçut un choc en déchiffrant le nom.

Liam Longstreet, avait écrit la sœur de son écriture fluide.

Elle n'en croyait pas ses yeux. Quelles étaient les chances, statistiquement parlant, que Longstreet, athlète du lycée et élève de terminale, soit assigné à cette classe ? Jade avait eu sa dose. C'en était trop. Elle pria — quoique brièvement — pour que tout cela ne soit qu'un énorme malentendu. Si Dieu existait, il ne pouvait pas lui faire ça.

Mais si, apparemment.

Dix minutes après l'annonce de sœur Cora, Liam Longstreet, un mètre quatre-vingt-cinq d'assurance tranquille, entra d'un pas nonchalant dans la salle et posa son sac à dos. Par la suite, il sembla écouter attentivement le cours assommant que dispensait sœur Cora sur la reproduction des plantes. Jade avait les yeux rivés sur la pendule, comme pour forcer les aiguilles à bouger plus vite. Manifestement, il ne l'avait pas vue — à moins qu'il ait choisi de l'ignorer de façon délibérée, ce qui était tout aussi bien.

Pourtant, vers la fin du cours, il leva la tête et leurs regards se croisèrent.

Il sourit.

Cela ne présageait rien de bon.

Elle était certaine qu'il allait lui décocher une pique quelconque mais, à sa grande surprise, il se contenta de lui adresser un signe de tête qui fit glisser ses cheveux d'un brun presque noir sur son front. Puis il s'empara de son sac et, cinq minutes avant la sonnerie, il quitta la salle.

Elle venait d'éviter une nouvelle confrontation.

Pour le moment, du moins. Parce que, maintenant qu'elle allait le voir chaque jour pendant ce cours, les choses risquaient de changer. La malchance s'acharnait sur elle.

Instinctivement, elle saisit son portable pour écrire à Cody. La fêlure sur l'écran lui sauta au visage.

— Génial, marmonna-t-elle.

Elle s'acharna pourtant et s'aperçut que ses messages passaient, malgré l'écran devenu presque illisible. Frénétiquement, elle tapa un nouveau message à l'attention de Cody, puis passa les quarante minutes suivantes à s'ennuyer à mourir en algèbre. Les portables étaient bien entendu interdits en classe, mais elle gardait néanmoins le sien à portée de main, dans sa poche, en mode silencieux. Toutes les cinq minutes, elle regardait ses messages, dès que la prof, qui n'était pas une religieuse, tournait le dos pour griffonner à toute allure des équations sur le vieux tableau noir.

La prof était tellement absorbée par son cours que Jade n'avait aucun mal à consulter son téléphone. Elle n'était pas la seule : un garçon assis non loin d'elle — un certain Sam quelque chose — avait les yeux rivés sur son portable, très occupé à envoyer des textos ou à jouer à un jeu quelconque.

A un moment, Jade croisa le regard de Dana, la fille qui l'avait surprise avec Mary-Alice dans les toilettes. Dana la considéra froidement, et Jade lui décocha une œillade meurtrière qui la renvoya bien vite dans ses cordes. Parfait. Elle avait vraiment d'autres soucis. C'était surtout Cody qui l'inquiétait : contrairement à ce qu'il lui avait promis, il n'était pas venu. Il lui avait envoyé un message pour lui dire que c'était partie remise, sans lui dire quand. Elle l'avait appelé mais il n'avait pas décroché et il ne l'avait pas non plus rappelée. Sa foi en lui commençait à vaciller sérieusement. Une fois de plus, elle se demanda s'il ne s'était pas déjà trouvé une autre copine.

Mais alors, qu'allait-elle devenir ?

Elle avait clamé à cor et à cri, devant Mary-Alice, qu'elle n'avait besoin de personne dans ce lycée pourri mais, si Cody l'abandonnait, ces déclarations n'étaient que des paroles en l'air.

Son portable vibra. Le cœur battant la chamade, elle se pencha pour déchiffrer le texto, mais il ne venait pas de Cody. Rien à voir. C'était un numéro qu'elle ne connaissait pas.

Ça te dit de sortir un de ces jours ?

Quoi ? Etait-ce une mauvaise blague, un piège stupide orchestré par Mary-Alice, Longstreet ou l'un de leurs acolytes ? Elle ne répondit pas.

C'est Sam. Je suis coincé ici, comme toi. Avec Mlle Sprout.

Elle leva les yeux vers le bureau de Sam. Plutôt mignon. Et en effet, son téléphone était sur ses genoux, masqué par la table, tandis qu'il feignait d'écouter le prof en lisant le livre ouvert devant lui.

Tu vas au match de foot ?

Hors de question. Et au fait, comment avait-il trouvé son numéro ?

Ses doigts hésitèrent un instant au-dessus du clavier tandis qu'elle réfléchissait à une réponse mais, avant qu'elle ait pu taper une seule lettre, son portable vibra silencieusement dans sa main, annonçant un message de Cody.

Tu me manques.

Elle sentit son cœur fondre.

Toi aussi.

Tandis qu'elle écrivait ces mots, des larmes de soulagement lui montèrent aux yeux.

On se voit bientôt.

Quand ?

Seigneur, voulait-il dire tout de suite ? Elle se sentit soudain remontée à bloc. Peut-être allait-il lui faire la surprise ! Elle s'essuya furtivement les yeux puis ignora les autres messages de Sam.

Quand la dernière sonnerie se fit entendre, Jade se rua vers la sortie et courut vers l'escalier. Depuis le balcon, elle avait vue sur le parking des profs et celui des élèves. Elle passa en revue chaque véhicule, espérant de toutes ses forces repérer parmi eux la jeep de Cody. Hélas, elle brillait par son absence. Elle fit alors volte-face pour se rendre de l'autre côté du palier et regarder à travers les hautes fenêtres surplombant la façade du lycée et les rues voisines. Toujours aucun signe de lui.

A quoi s'était-elle attendue ?

Certes, il lui avait écrit qu'elle lui manquait, mais cela ne voulait pas dire pour autant qu'il avait bondi dans sa Cherokee pour la rejoindre. Pourtant, au plus profond d'elle-même, elle avait espéré qu'il ne supporterait pas la distance qui les séparait et qu'il aurait fait cent cinquante kilomètres pour la voir. A cette pensée, les battements de son cœur s'accélérèrent. Mon Dieu, comme elle l'aimait ! Elle voulait passer le reste de sa vie avec lui, et plus tôt ils pourraient se retrouver, mieux ce serait.

Elle jeta un coup d'œil à son téléphone où, sous son nom, s'affichait une photo qu'elle avait prise de lui : un regard bleu frappant, d'épais cheveux bruns qui lui tombaient sur le visage, une mâchoire volontaire… Il souriait rarement mais sa moue d'acteur boudeur fascinait Jade. Cela lui donnait un côté voyou, un air un peu je-m'en-foutiste.

— Un peu James Dean, avait un jour commenté sa mère.

Jade ne connaissait même pas ce nom, elle avait dû regarder sur Google. Rien à voir. Cody était bien plus beau.

Elle pensait qu'il l'aimait et ne pouvait se passer d'elle. Non, il ne cherchait pas d'excuses : elle était sûre qu'il n'avait pu se libérer pour venir la voir plus tôt. Pourtant, comme il ne travaillait qu'à temps partiel, elle s'était un peu attendue à ce qu'il débarque sans prévenir, pour lui faire la surprise. Avant samedi.

Cela dit, pour que la surprise soit entière, peut-être avait-il emprunté une autre voiture… Mais, tout en scrutant les alentours, Jade savait qu'elle se raccrochait à des illusions, qu'elle lui cherchait des excuses. Il y avait encore quelques jours, elle était sur un petit nuage, certaine que Cody, incapable d'attendre le samedi suivant, avait pris la route pour venir lui remonter le moral et la sortir de cet enfer. Mais elle s'était trompée.

Et elle ne pouvait aller le rejoindre sans sa voiture. Cela la mettait hors d'elle. Combien de temps ce crétin de Hal allait-il encore la garder ? Comme elle avait enregistré le numéro du garagiste, elle en profita pour l'appeler. Son appel sonna dans le vide et, certaine qu'elle allait tomber sur un répondeur, elle s'apprêtait à raccrocher quand une femme à la voix rauque répondit :

— Allô ?

— Oui, Jade McAdams à l'appareil. Vous avez ma voiture en réparation.

Elle lui expliqua alors qu'elle devait la récupérer de toute urgence. Elle avait dû se montrer un peu insistante, car sa correspondante lui dit :

— Je vais demander à Hal de vous rappeler, mais il n'y a pas que votre véhicule, vous savez.

— Mais c'est très important, insista Jade, le portable collé contre l'oreille pour entendre la femme malgré le boucan que faisaient les élèves en déferlant dans la cage d'escalier.

— Et je suis sûre que tous les autres clients aimeraient bien récupérer leur voiture, eux aussi.

Jade eut envie de hurler. Oh ! elle les avait vus, les autres clients.

Il y avait une vieille femme et son chien. Elle avait montré à Hal sa Chevrolet Impala blanche qui devait dater des années 1960.

— Elle est impeccable, avait-elle dit avec un sourire entendu. Et j'aimerais qu'elle le reste. Vous savez qu'elle n'a que cinquante mille kilomètres au compteur ? Bien sûr que vous le savez. De son vivant, nous prenions toujours la voiture de Randolph — que Dieu ait son âme.

Jade avait cru que cette vieille peau allait la rendre folle. Il y en avait d'autres, évidemment, dont deux types venus amener leur voiture en même temps qu'elle. C'était le problème, dans un trou comme ça : Hal tenait le seul garage de la ville.

— Mais j'ai besoin de ma voiture, répéta-t-elle d'une voix suppliante. Vraiment, vraiment besoin.

Certainement plus, en tout cas, que la vieille dame au chien.

— Nous avons commandé les pièces, elles ont été expédiées mais nous ne les avons pas encore reçues. Dès qu'elles arriveront, Hal s'occupera de vous.

— Vous n'avez même pas reçu les pièces ?

Elle n'en croyait pas ses oreilles.

— C'est une vieille Honda. Nous n'avons pas les pièces de tous les modèles au garage. Mais rassurez-vous, vous aurez bientôt votre voiture.

Ce ne sera jamais assez tôt, songea Jade, découragée. Elle descendit l'escalier et se dirigea vers son casier. Elle n'avait plus le moindre espoir d'aller voir Cody. Elle allait devoir attendre qu'il vienne. Si tant est qu'il en ait l'intention.

Fais-lui confiance. Il va venir. Tu le sais. Tu es juste déçue parce que tu pensais qu'il viendrait aujourd'hui.

Ce ne serait pas le cas, hélas. Peut-être même qu'il ne viendrait jamais. Mais il fallait absolument qu'elle le voie !

Elle n'allait pas tenir beaucoup plus longtemps à Notre-Dame de la Rivière. C'était au-dessus de ses forces.

17

Planté devant le miroir minuscule accroché près de la porte de son bureau, le shérif Cooke ajusta sa cravate. Il grimaça en constatant que ses cheveux poivre et sel étaient désormais plus blancs que noirs. Pourtant, il aurait seulement quarante ans au printemps. Il avait hérité des gènes de sa mère. Dans sa famille, tout le monde naissait avec des cheveux noir corbeau qui commençaient à grisonner dès l'âge de trente ans, jusqu'à devenir complètement blancs vers quarante-cinq ou cinquante ans. Il ne ferait pas exception à la règle, semblait-il. Au moins, s'il tenait effectivement de sa mère et non de son père, il ne les perdrait pas. Du côté paternel, tous les hommes — et quelques femmes — étaient chauves bien avant qu'on les enterre.

Il allait faire en sorte que la conférence de presse soit brève. Après tout, l'essentiel des résultats de l'enquête avait déjà été diffusé, et il ne lui restait plus grand-chose à apprendre aux journalistes.

Il n'y avait aucune nouvelle avancée dans le dossier. Rosalie Jamison avait bel et bien disparu. Evanouie dans la nature.

Cela lui flanquait une trouille de tous les diables.

Au moment où il posait son chapeau sur sa tête, on frappa discrètement à sa porte. Il n'eut pas le temps de répondre : Lucy Bellisario avait déjà passé la tête.

— C'est l'heure d'entrer en scène, chef.

Il acquiesça sèchement. Il détestait se mettre ainsi en avant. Certes, il voulait montrer qu'il était une figure d'autorité dans un service dont la mission était de protéger les citoyens du comté, mais le décorum qui accompagnait cette fonction l'ennuyait au plus haut point.

— Du nouveau avec son ordinateur ou son téléphone ?

— Rien de concret. Aucune trace de ce prétendu petit ami au Colorado. C'est comme s'il n'avait jamais existé.

— Elle aurait tout inventé ?

— C'est possible. Mais les techniciens ne baissent pas les bras. Ils sont en rapport avec l'opérateur téléphonique et le fournisseur d'accès Internet.

— J'espère qu'ils trouveront quelque chose. Tu as vérifié les alibis de tous les délinquants du coin ?

— Je suis encore dessus. Lars Blonski, par exemple. Il y a quelque chose qui cloche dans son cas. Jay Aberdeen, un de ses amis, n'arrête pas de changer sa version des faits. Il va falloir que j'interroge de nouveau Lars, et aussi la « femme » de Jay. En fait, c'est plutôt une ex-petite amie, et elle vit à Cincinnati.

— Menteur un jour, menteur toujours, commenta le shérif.

— Exactement. J'ai aussi entendu dire qu'on aurait vu Roger Anderson dans les parages. Bon, ce ne sont que des rumeurs de village, mais j'ai discuté avec le barman de la Caverne, et il a cru apercevoir Anderson. Jusqu'à présent, il n'a pas pris contact avec son agent de probation.

Cooke émit un reniflement désabusé.

— Il faut que j'aille voir l'agent en question, et je vais aussi aller me renseigner auprès de la famille et des amis d'Anderson, mais ce n'est pas gagné.

— Il n'avait pas un ancien compagnon de cellule qui habitait dans le coin ?

Elle acquiesça.

— Je l'ai vu dans son dossier. Un petit malfrat du nom de Hardy Jones. Je suis déjà à sa recherche.

— Trouve-le, interroge Lars de nouveau et vérifie ses alibis.

— Ce sera fait, assura-t-elle.

— Parfait.

Cooke jeta encore un coup d'œil au miroir et resserra une dernière fois sa cravate.

— Allons-y.

Une estrade avait été installée dehors, sous le portique près de l'entrée principale, non loin du mât où la bannière étoilée et le drapeau de l'Oregon claquaient dans le vent. Heureusement, la tempête annoncée s'était calmée avant de toucher cette partie du pays, mais il faisait toujours un froid de tous les diables.

Les équipes de télévision d'une chaîne locale et d'une station de Portland avaient pris place; leurs camions étaient garés de l'autre côté de la rue. Des journalistes équipés de micros étaient également rassemblés. Il y avait aussi des habitants du coin — des curieux, que ses agents étaient en train de filmer discrètement au cas où l'éventuel ravisseur de Rosalie aurait éprouvé l'envie perverse de venir voir la police piétiner dans son enquête. Assister à une conférence de presse, pour entendre en personne tous les détails du crime qu'ils avaient commis, constituait peut-être une priorité pour les psychopathes. En tout cas, Cooke l'espérait.

— Merci à vous tous d'être venus, dit-il, une fois que le technicien en charge du son eut rapidement mis fin à un problème d'effet Larsen. J'aimerais d'abord vous faire un point sur la disparition de Rosalie Jamison.

Il se lança dans une brève description de ce qu'ils avaient découvert jusque-là, c'est-à-dire pas grand-chose.

Il expliqua qu'ils exploraient toutes les pistes et espéraient, comme l'avait promis la chaîne de télévision locale, qu'un numéro dédié serait bientôt diffusé dans les Etats de l'Oregon, de l'Idaho et de Washington, pour que quiconque pensant détenir un quelconque témoignage sur l'affaire soit en mesure de les contacter. Une récompense avait également été offerte afin que même les informateurs les plus réticents n'hésitent pas à se faire connaître. Cooke doutait du résultat, mais il se garda bien de le dire.

Les journalistes étaient sur la brèche et les questions fusaient :

— De nouveaux indices? demanda l'un d'eux, âgé d'à peine vingt ans.

— Rien de concret. Comme je l'ai dit, nous explorons toutes les pistes dans cette enquête.

— Le FBI participe-t-il à l'enquête? voulut savoir une élégante femme noire au regard sérieux.

— Pas encore. Il n'est pas prouvé que la disparition de Mlle Jamison soit un kidnapping.

— Vous pensez qu'elle est partie de son propre chef? demanda la journaliste d'un air peu convaincu. A-t-elle un passé de fugueuse?

Une forte bourrasque fit grincer les chaînes des drapeaux.

— Comme je l'ai dit, nous ignorons encore ce qui lui est arrivé, mais l'enquête se poursuit. Nous espérons obtenir rapidement des indices qui nous permettrons de la retrouver.

Il répondit encore à un certain nombre de questions et, dix minutes plus tard, mit fin à la conférence de presse. Puis, alors qu'il était contre cette idée imposée par sa hiérarchie, il céda la place à la famille de la victime. Sharon Updike, l'air découragé et les traits tirés, lança un appel à quiconque détiendrait des informations concernant sa fille. Son message fut bref mais vibrant d'émotion et, d'une voix tremblante, elle conclut par ces mots :

— Je vous en prie, aidez-nous à retrouver notre fille. Si quelqu'un…

Sa voix se brisa, et elle dut s'interrompre avant de reprendre :

— Si quelqu'un détient notre fille, relâchez-la, s'il vous plaît. Rendez-nous notre Rosie. Et, et… Oh ! mon Dieu… Rosalie, si tu m'entends, je t'aime. Ton père t'aime. S'il te plaît, rentre à la maison.

Alors, elle se jeta entre les bras ouverts d'un Mel Updike beaucoup moins ému qu'elle. Quant au père biologique de Rosalie, épuisé par le long trajet qu'il avait fait depuis le Colorado et la douleur causée par la disparition de sa fille, il regardait dans le vide à travers ses lunettes sans monture, le visage sombre et fatigué, les yeux pleins de chagrin. A côté de lui se tenait une femme beaucoup plus jeune que lui — Annie, son épouse — qui lui serrait fort la main.

L'un dans l'autre, songea Cooke, soulagé que la mascarade prenne fin, cette épreuve n'avait guère fait avancer les choses.

Pourtant, il restait la possibilité qu'en voyant cette conférence de presse à la télé quelqu'un se souvienne de quelque chose et contacte la police, ou bien que Rosalie ait fugué et qu'en entendant l'appel de sa mère elle décide de rentrer, ou encore que son ravisseur, s'il y en avait un, soit assez imbu de lui-même pour s'être mêlé à la petite foule rassemblée là.

Si c'était le cas, se jura Cooke intérieurement, il allait mettre la main sur ce fils de pute et l'enfermer derrière des barreaux. D'une façon ou d'une autre, il trouverait ce qui était arrivé à Rosalie Jamison.

Quand sa mère gara la voiture dans le parking du refuge pour chiens, Jade était dans tous ses états. La défection de Cody la décevait plus qu'elle n'aurait su le dire. Certes, il allait venir, mais elle avait l'impression d'être obligée de mendier cette visite, et ce n'était pas normal. Pas s'il l'aimait vraiment. Et puis, il y avait sa voiture. Elle avait besoin de sa Honda, et vite fait. Sans elle, elle se sentait piégée, enfermée dans ce trou à rats. Sans parler de son téléphone abîmé… Quand elle verrait l'écran, sa mère allait la tuer. Et son père, alors ? Jade n'imaginait même pas comment il allait réagir. C'est lui qui lui avait offert l'appareil et l'abonnement pour qu'ils puissent rester en contact, maintenant qu'il habitait à Savannah.

Elle aurait du mal à lui expliquer que l'iPhone était pratiquement bon à jeter.

— Allez, on y va, dit Sarah en se garant près de l'entrée du Refuge de la seconde chance.

Elle coupa le moteur. Gracie bondit hors de la voiture et se précipita à l'intérieur du refuge, avant même que Jade ait eu le temps d'ouvrir sa portière.

— Elle ne tient plus en place, commenta Sarah en fourrant ses clés dans sa poche.

— Pour ce que ça change, dit Jade.

Mais sa mère était déjà sortie de la voiture. Gracie était comme ça : parfois, elle se conduisait comme si elle avait sept ans au lieu de douze et, d'autres fois, elle surprenait Jade avec des réflexions trop profondes pour son âge. C'en était presque effrayant. Aujourd'hui, elle semblait avoir choisi la première option. Jade suivit sa mère dans un vaste hall d'accueil dans lequel les néons accrochés au plafond se reflétaient sur un carrelage étincelant.

Laisses, colliers et harnais occupaient tout un pan de mur. Sur celui d'en face se trouvaient des étagères de métal où s'empilaient des sacs de nourriture pour chien, des paniers et des caisses.

Près du comptoir était installé un grand panneau d'affichage sur lequel figuraient des photos et des informations concernant les animaux à adopter. Gracie passait déjà la liste en revue pendant qu'un chat tigré à trois pattes, perché au sommet du panneau — sans doute le réceptionniste officieux du refuge —, examinait les nouveaux venus en agitant une queue aux nuances rousses.

— Il y en a tellement, dit Gracie en parcourant la sélection de chats et de chiens prêts pour l'adoption.

— Mais il ne nous en faut qu'un, lui rappela sa mère.

— Et peut-être un chat, aussi ? demanda Gracie en désignant la photo d'un chaton noir et blanc.

— Juste un chien, répondit Sarah.

Une porte vitrée s'ouvrit alors derrière le comptoir.

— Bonsoir !

Une femme rondelette d'à peine un mètre soixante, en jean et sweat à capuche violet, venait de faire irruption dans la pièce.

— Désolée !

Elle semblait essoufflée, comme si elle avait couru.

— J'étais au fond en train de nettoyer et je n'ai pas entendu la sonnette d'entrée. Bienvenue au Refuge de la seconde chance ! Je m'appelle Lovey Bloomsville, je suis la gérante… et aussi la propriétaire.

Sarah fit rapidement les présentations puis dit :

— Nous sommes à la recherche d'un chien. Adulte, propre. Et à l'aise avec les enfants.

Elle ajouta qu'elles souhaitaient un chien de taille moyenne puis conclut sur ces mots :

— Nous voulons un animal de compagnie avant tout mais, s'il pouvait également nous servir de chien de garde, ce serait parfait.

— Un chien de garde ? répéta lentement Lovey.

Jade décocha un regard perplexe à sa mère : un chien de garde ? C'était nouveau, ça.

— Nous vivons à l'extérieur de la ville, et la maison est plutôt isolée, expliqua Sarah. La propriété est assez vaste, et ce serait bien que le chien puisse aboyer quand des visiteurs arrivent. Je ne parle pas d'un animal qui mordrait ou gronderait — je ne tiens pas à devoir afficher un panneau du style « chien méchant ». J'en veux juste un qui nous avertisse quand quelqu'un approche de chez nous.

— D'accord. Je suis sûre que vous allez trouver votre bonheur, dit Lovey en agitant la main. Evidemment, nous n'avons pas de chien méchant ici et de toute façon, si vous voulez mon avis, ce sont les maîtres qui donnent mauvaise réputation à certaines races de chien. Toutes ces lois contre les pitbulls, par exemple, c'est n'importe quoi ! Personnellement, j'en ai deux, et laissez-moi vous dire que ce sont des amours, ils ne feraient pas de mal à une mouche. J'ai aussi un petit carlin, une chienne, et c'est plutôt elle qui fait la loi à la maison. Elle mène les pitbulls par le bout du nez, et ils se laissent faire. Donc…

Elle s'interrompit pour leur montrer les photos sur le panneau.

— Tous nos chiens sont testés pour savoir s'ils s'entendent avec les chats, les jeunes enfants, les autres chiens, etc. Nous les faisons travailler tous les jours et nous savons s'ils sont timides, s'ils ont tendance à se montrer agressifs quand ils sont tenus en laisse ou en présence de nourriture, par exemple. Ils ont tous leur propre personnalité, vous savez. Quoi qu'il en soit, dit-elle en claquant des mains, je suis sûre qu'on va vous dénicher le chien idéal. Taille moyenne, disiez-vous ?

— Je pensais à un animal de vingt-cinq à trente kilos. Trente-cinq maximum. Pour la race, peu importe.

Lovey commença à balayer les posters du regard. A ce moment-là, la porte du fond s'ouvrit, et un homme mince d'une vingtaine d'années entra dans la pièce. On entendit alors une cacophonie d'aboiements, de jappements et de hurlements animaux, qui s'interrompirent quand la porte se referma derrière lui.

— Comme vous pouvez l'entendre, vous ne devriez pas avoir de problème à trouver un chien qui sache donner de la voix, commenta Lovey avec un sourire. Venez, je vais vous faire visiter et je vous présenterai quelques candidats. Ensuite, vous pourrez réfléchir en remplissant les papiers pour l'adoption.

Elle interpella le maigrichon, qui venait de s'emparer d'un balai :

— Jared, tu peux amener Henry, Shogun, Brawn et… Oh ! peut-être Xena, oui. Un à la fois, dans la salle des rencontres.

— Bien sûr, mademoiselle Bloomsville, répondit-il en lâchant son balai pour retourner vers la porte.

— Parfait.

Puis, à l'adresse de Sarah et de ses filles :

— Je vais vous montrer rapidement les lieux pendant que Jared réunit les chiens qui correspondent à vos critères. Si vous en voyez un qui vous plaît, n'hésitez pas à me le dire.

Tout en leur parlant de son travail et de l'importance que le refuge accordait à la santé et au bien-être des animaux qu'il recueillait, Lovey les guida dans l'autre pièce, où les chiens de petite taille étaient rassemblés d'un côté et les plus grands d'un autre. Les chats avaient eux aussi leur propre espace. Un cochon dodu appelé Esmeralda — « Ezzy », leur confia la maîtresse des lieux — semblait faire office de mascotte. Elle suivit Lovey en trottinant et en grognant d'un air ravi.

Gracie, aux anges, regardait les chiens jouer et s'ébattre. Lovey Bloomsville continuait de bavarder en marchant, mais Jade ne suivait pas tout ce qu'elle disait, perturbée par les vibrations répétées de son téléphone. Sam, l'accro au portable du cours d'algèbre, refusait de s'avouer vaincu, et sa cousine Becky lui avait envoyé un message au sujet de la fête de Halloween de sa mère.

Tu viens ?

Maman dit que j'ai pas le choix.

On a toujours le choix.

Cela fit réfléchir Jade. Même si elle n'en donnait pas l'impression, elle aimait bien Becky en fait. Mais Becky était un peu hypocrite, comme Mary-Alice — sauf que sa cousine avait aussi un côté sombre qui attirait Jade. Elle lui demanda donc :

On pourra sortir ?

Pas si on demande.

Jade faillit éclater de rire, et Becky conclut leur échange :

T'appelle + tard.

Jade sentit qu'elle reprenait du poil de la bête. La fête était prévue samedi, juste avant Halloween, et cela tombait pile le soir où Cody avait affirmé qu'il viendrait. *Yes !* Enfin, les choses semblaient vouloir s'arranger. Jade ne pouvait s'empêcher de sourire, mais sa mère allait sans doute penser que c'était à cause des chiens.

Lovey Bloomsville leur montra de minuscules chihuahuas et des yorkshires qui bondissaient en tous sens, puis un énorme dogue au museau pendant qui faisait la taille d'un poney.

— Personne ne veut de Bubba, par ici, dit Lovey en couvant l'animal d'un regard maternel. Pourtant, c'est un véritable amour. Je crois qu'on va être obligés de te garder ici, mon garçon, tu ne crois pas ?

Elle caressa l'énorme tête, et Jade se demanda qui pesait le plus de la femme ou du chien. Elle paria sur Bubba.

Tous les chiens venaient se rassembler autour d'elles. Plus que jamais, Gracie semblait au paradis, mais Sarah paraissait un peu dépassée.

— Ça va être plus compliqué que je ne le croyais, dit-elle.

— C'est toujours comme ça, compatit Lovey. Et ce n'est pas plus facile avec les chats, croyez-moi.

Elle secoua la tête et leva les mains d'un air résigné, avant d'ajouter :

— Heureusement que j'aime les animaux. Tenez, voici les chiens que j'ai sélectionnés pour vous.

Elle désigna les quatre bêtes que Jared avait fait entrer dans une petite pièce aux cloisons vitrées, avant de les leur présenter individuellement. Henry était un croisé de border collie d'allure timide et Shogun, un berger quelconque. Brawn, en revanche, était un husky pur race. Quant à Xena, l'unique femelle du lot, c'était apparemment un mélange de labrador et de pitbull.

— On peut les prendre tous ? demanda Gracie à sa mère, de sa voix la plus angélique.

Sarah étouffa un rire.

— Je crois qu'un seul suffira, pour commencer.

Gracie les passa longuement en revue, les uns après les autres.

— Xena, dit-elle enfin, d'un air déchiré.

— Ça te va ? demanda Sarah à Jade.

— J'aime bien Brawn, répondit-elle avec sincérité.

— Génial, dit Sarah dans un soupir. Dans ce cas, c'est moi qui vais trancher. Ce sera Xena.

— Ça m'aurait étonnée, ne put s'empêcher de souffler Jade.

Sa réflexion lui valut un regard furieux de sa mère. Un regard mérité, sans doute. Elle était injuste, elle le reconnaissait : ce chien était pour Gracie, et il était normal qu'elle le choisisse elle-même.

— Xena sera très bien, dit-elle alors. Non, je vous jure. Elle me plaît.

Sarah sembla soulagée.

Lovey les applaudit littéralement.

— Excellent choix. Xena est l'une de nos préférées au refuge. Elle est adorable.

Puis, comme si elle avait parlé trop vite, elle ajouta :

— Mais elle a une grosse voix !

— Parfait, répondit Sarah.

— Dans ce cas, allons nous occuper de ces papiers !

Lovey les précéda vers la réception du refuge, où un homme venait d'entrer. C'était le même que celui sur lequel elles étaient tombées à la pizzeria — le voisin, Clint Walsh. Il tenait une laisse à la main et avait posé sur le comptoir un sac de nourriture pour chien et son portefeuille.

Jared avait lâché son balai et encaissait ses achats.

Walsh leva la tête quand la porte s'ouvrit. Un sourire plus franc que la première fois éclaira son visage.

— Salut, Sarah, dit-il tandis que la machine crachait son reçu de carte bancaire.

Jade vit sa mère lui retourner un sourire gêné.

— J'avais oublié combien cette ville était petite, dit-elle.

— Minuscule, intervint Lovey en émettant un petit rire.

Walsh salua Jade et sa sœur d'un signe de tête.

— Vous vous connaissez ? demanda Lovey.

— J'ai passé toute mon enfance à Stewart's Crossing, expliqua Sarah, l'air un peu embarrassé. Clint habitait… habite toujours à côté. Nous avons pour ainsi dire grandi ensemble.

— Nous étions voisins et nous le sommes de nouveau, commenta l'intéressé en remettant son portefeuille dans la poche arrière de son jean usé.

— Tiens donc ! On revient toujours à ses premières amours, dirait-on, déclara Lovey.

Clint adressa à Sarah un regard à faire fondre l'acier, et elle détourna aussitôt les yeux.

Ils cachent vraiment quelque chose, ces deux-là, songea Jade.

— A bientôt, dit Walsh en balançant le sac de croquettes sur son épaule.

Puis, la laisse dans l'autre main, il sortit du refuge.

A la demande de Lovey, Jared s'en alla chercher Xena.

Pendant ce temps, l'esprit de Jade fonctionnait à toute vitesse, l'entraînant vers des pensées qu'en général elle évitait soigneusement. Etait-il possible que… ? Non, pas moyen. Pourtant, elle ne pouvait s'empêcher de faire des calculs autour de sa date de naissance. C'était un petit jeu auquel elle s'adonnait depuis qu'elle était en âge de comprendre les mécanismes du sexe et de la gestation, et en particulier le fait qu'il s'écoulait environ neuf mois entre conception et naissance. Elle avait donc déterminé que sa mère s'était retrouvée enceinte peu après avoir obtenu son bac. Cette dernière avait souvent évoqué un amour de fac, mais cela n'excluait pas nécessairement son voisin, non ?

Clint Walsh, avec sa mâchoire carrée, sa silhouette élancée et ses yeux gris, avait l'âge requis pour cela. En sa présence, Sarah se conduisait vraiment bizarrement, et ce voisin et ami de ses frères était quelqu'un qu'elle avait connu au lycée. Conclusion ?

Elle ne put s'empêcher de fixer l'homme qui sortait du refuge.

Est-ce possible ? se demanda-t-elle une fois de plus.

A l'idée qu'elle venait peut-être de se retrouver face à son géniteur, elle sentit sa gorge se nouer. Elle se dirigea vers la fenêtre pour pouvoir le regarder regagner sa camionnette.

Après avoir rangé le sac à l'arrière, il ouvrit la portière côté conducteur puis délogea son chien, qui s'était installé derrière le volant. Cow-boy ? Fermier ? Inspecteur à l'urbanisme ? Jade s'était toujours plu à penser que son père était quelqu'un de célèbre, le guitariste d'un groupe de rock ou une star de cinéma, par exemple — un homme avec lequel Sarah aurait partagé une nuit passionnée, dont Jade aurait été le fruit.

Mais un voisin ? Un copain de ses oncles ? Où étaient le romantisme et la passion dans tout ça ?

Elle regarda les feux arrière de la camionnette disparaître dans la pénombre de cette fin d'après-midi. Etait-il au courant, pour Jade ? Avait-il repoussé Sarah quand elle s'était aperçue qu'elle était enceinte d'un enfant non souhaité ? Pour un type de son âge, il était plutôt en forme et assez mignon, mais il ne ressemblait pas du tout à Jade. Cela dit, elle ne ressemblait pas non plus beaucoup à sa mère.

— Beau garçon, n'est-ce pas ? lança Lovey.

Jade sursauta, prise sur le fait.

— Il est vieux, rétorqua-t-elle précipitamment.

Elle jeta un coup d'œil vers sa mère, mais Sarah semblait très occupée à examiner le panneau d'affichage.

— Il n'est pas très sociable, ces derniers temps, poursuivit Lovey. C'est terrible, ce qui lui est arrivé.

Se tournant vers Sarah, elle demanda :

— Comment peut-on survivre à la perte d'un enfant ? Moi, je sais que je ne pourrais pas.

Sarah se contenta de hocher la tête sans quitter le panneau des yeux, mais Jade avait dressé l'oreille. Clint Walsh était père ?

Il avait eu un autre enfant ? Elle avait donc potentiellement un frère ou une sœur ?

— Que s'est-il passé ? demanda-t-elle.

— Accident de voiture, dit tristement Lovey. Sa femme était au volant.

Secouant la tête, elle ajouta :

— Elle s'est mise toute seule dans le décor, et le petit… eh bien, il y est resté. Pas étonnant qu'après ça leur mariage n'ait pas résisté. Andrea est rentrée chez elle, quelque part en Californie, je crois… Mais trêve de commérages !

Elle se tourna vers le comptoir au moment où Jared revenait, en compagnie cette fois de Xena, qui tirait sur sa laisse, impatiente de rejoindre Gracie. A genoux, celle-ci ouvrait grands les bras pour accueillir leur nouvel animal domestique.

— Allons, revenons à ce qui nous intéresse, d'accord ? Jared, tu peux aider Gracie et Xena à faire connaissance ? Il leur faudra aussi une laisse et une caisse. Pendant ce temps, nous allons finir de remplir ces papiers.

Sarah et Lovey se mirent au travail pendant que Gracie câlinait Xena et la promenait à l'intérieur du bâtiment.

Jade se sentait oppressée. Elle avait des millions de questions en tête. Toutes concernaient Clint Walsh. Mais elle ne pouvait pas les poser ici, pas devant Lovey, ni même devant Gracie. Elle allait devoir attendre, et c'était une vraie torture.

18

Clint posa le sac de croquettes près de la porte de derrière, accrocha sa veste au portemanteau puis entra dans la cuisine. Il se dirigea ensuite vers le placard au-dessus du frigo, là où il rangeait l'alcool. Avant lui, son père et son grand-père utilisaient déjà ce même placard comme armoire à liqueurs, et certaines des bouteilles qu'il contenait devaient sans doute être aussi vieilles que lui. Il trouva une bouteille de Jack Daniel's, en examina le contenu et décida qu'il avait droit à un verre.

Puis il se pencha pour gratter son chien derrière l'oreille. La queue de Tex se mit à remuer frénétiquement, et il posa ses pattes avant sur les genoux de Clint pour pouvoir lui lécher le visage.

— Ouais, ouais, je sais. Moi aussi je t'aime, dit-il.

Il sortit deux glaçons et se versa une bonne dose de whisky dont il but une longue gorgée. Cela faisait deux fois cette semaine qu'il croisait Sarah.

Ces rencontres impromptues n'étaient qu'un début. Ils allaient être amenés à se voir bien davantage quand Clint commencerait à se rendre à Blue Peacock Manor, pour inspecter les travaux qui risquaient de s'éterniser. Une fois de plus, il se dit qu'il devrait déléguer ce travail à Doug Knowles mais, au plus profond de lui-même, Clint savait qu'il n'aurait pas le cœur de le faire. Et puis, Sarah et lui étaient voisins.

Il avala une autre gorgée de whisky.

En vérité, l'idée de la revoir lui plaisait. Il l'avait trouvée fascinante dans le passé et cette fascination, comme il avait pu s'en rendre compte récemment, ne s'était pas tout à fait éteinte, malgré les efforts qu'il avait faits au cours des années pour oublier Sarah.

— Idiot, se lança-t-il, avant de croquer dans un glaçon.

Tex leva la tête et poussa un long gémissement ; il avait faim.

— Oui, je sais.

A l'aide du couteau de poche qu'il tenait de son père, Clint ouvrit le sac, mesura une ration pour Tex et, tandis que le chien dévorait ses croquettes, versa le reste du paquet dans une grande boîte en plastique.

Sans parvenir à chasser Sarah Stewart de ses pensées.

Non, pas Stewart : Sarah *McAdams*. Elle avait un ex-mari quelque part dans le Sud, s'il avait bien compris. Jusque-là, il avait essayé de ne pas prêter attention à ce détail, sachant que Sarah ne faisait définitivement plus partie de sa vie. Sauf que, maintenant qu'elle était de retour à Stewart's Crossing et qu'elle habitait de nouveau dans la propriété jouxtant la sienne, il pensait beaucoup plus à elle qu'il ne voulait bien l'admettre.

Au prix d'un gros effort, il la chassa de son esprit. Son verre à la main, il se rendit dans le salon et s'assit à son bureau pour payer quelques factures en ligne, et vérifier sa messagerie au cas où un mail important serait arrivé dans la journée. Son travail exigeait souvent qu'il se rende sur des chantiers, et il traitait parfois des dossiers de chez lui.

Rien d'important. Tant mieux.

Maintenant qu'il en avait fini avec la paperasse, il était temps d'aller jeter un coup d'œil au bétail. La nuit n'allait pas tarder à tomber, et les vaches à lui faire savoir qu'elles étaient affamées. Il tourna la tête vers la fenêtre, en direction de la grange qui abritait ses trois chevaux. Derrière les dépendances et les prés se trouvait une étendue de vieux arbres à abattre que personne, dans sa famille, ne s'était jamais résolu à couper.

Un peu plus loin sur la colline, vers la falaise surplombant la rivière, il distinguait le deuxième étage, le toit et la tourelle de Blue Peacock Manor.

— Ça remonte à tellement loin, dit-il tout haut.

Quand il baissa la tête, son regard tomba sur une photo de Brandon, son fils, à cheval sur un poney de bois peint. Il avait cinq ans, c'était l'été. Sur fond de ciel bleu et d'herbe sèche, Brandon portait un stetson trop grand pour lui, une chemise de cow-boy à boutons de nacre, un foulard autour du cou et des jambières de cuir sur son jean. Il plissait les yeux devant l'objectif mais souriait malgré tout, découvrant des dents qui semblaient trop petites pour son visage piqueté de taches de rousseur.

Clint sentit sa gorge se nouer. Mâchoires crispées, il prit entre ses mains le cadre argenté pour contempler l'image de son fils.

Tu me manques, petit mec.

Son cœur se serra et la douleur familière le submergea de nouveau, celle d'une blessure qui n'avait jamais cicatrisé et continuait de le faire souffrir, jour après jour. En général, pour ne pas devenir fou, il évitait de se repasser chaque détail de la tragédie, mais aujourd'hui il tenait à le faire. Peut-être était-ce lié au fait d'avoir revu Sarah... les vieux amis, les anciennes relations. Quoi qu'il en soit, il laissa les souvenirs affluer.

Il y avait un peu plus de cinq ans qu'il avait perdu Brandon. Par la faute d'Andrea, qui conduisait toujours trop vite, et d'un rehausseur défectueux. Elle avait survécu à l'accident au cours duquel sa Chevrolet était sortie de la route pour venir s'encastrer dans un pin. Leur fils et leur mariage, non. Clint regarda la photo pendant quelques secondes. Puis, comme toujours, il remit le cadre à sa place sur son bureau. Il savait désormais qu'il ne se remettrait jamais de la mort de son fils, mais il fallait qu'il vive avec.

Au moins, Brandon était mort sur le coup et il n'avait pas souffert. Malgré cela, Clint ne pouvait s'empêcher, presque jour après jour, de revivre en esprit les heures ayant précédé l'accident. Si ça n'avait pas été Andrea mais lui, qui avait emmené Brandon en ville — c'est ce qui était prévu, jusqu'à ce que leur pompe tombe en panne et qu'il soit obligé d'appeler les services de dépannage en urgence —, s'il avait lancé à Andrea les clés de sa camionnette, s'il avait raccroché le téléphone avant qu'ils partent et embrassé son fils, ou qu'il lui avait fait un petit signe de la main ; s'il avait fait n'importe quoi qui ait pu changer une seule seconde de ce jour, peut-être que Brandon serait encore en vie.

Mais bien sûr, il n'avait rien fait de tout cela, et cette journée fatidique avait suivi son cours tragique, le privant de sa raison de vivre. Malgré les prières, malgré le soutien de ses amis et plus d'une année de consultation chez un psychologue, il n'avait jamais pu retrouver la paix.

Quand il était arrivé sur la scène de l'accident, les premiers secours, les pompiers et la police étaient déjà sur place, gyrophares allumés, tentant d'ouvrir la porte de la Chevrolet. La voiture était réduite en miettes. Des cris et des ordres retentissaient dans l'air calme de l'été, lancés par les hommes et les femmes qui essayaient de sauver un enfant qui n'était déjà plus. Ces voix, accompagnées des hurlements stridents et des violents sanglots de sa femme, continuaient de résonner dans sa tête.

Les urgentistes l'avaient ceinturée alors qu'elle s'efforçait de retourner vers la voiture de laquelle on sortait le corps sans vie de leur enfant. Le sang. Il y avait tant de sang. Clint s'était rué hors de sa camionnette, ignorant les cris des équipes de secours.

Un flic avait tenté de le retenir, mais Clint l'avait repoussé pour continuer d'avancer vers le cadavre de son fils.

Il se souvenait d'être tombé à genoux, ses propres hurlements lui perçant les tympans. Puis tout avait disparu ; il y avait eu un vide, et les images s'étaient effacées de son esprit, jusqu'à ce que le médecin de l'hôpital lui confirme d'une voix désolée ce qu'il savait déjà.

— Seigneur ! murmura-t-il.

En redressant les épaules, il se dit, comme il l'avait fait mille fois depuis ce jour, qu'il allait devoir s'y faire.

Pas le choix.

S'il avait survécu, Brandon aurait eu onze ans en décembre prochain, il serait alors entré dans l'adolescence. Il aurait commencé à apprendre à s'occuper du bétail et à tirer au fusil, serait sans doute allé se baigner tout nu dans l'étang, se serait démené pour faire des lancers parfaits derrière la ligne des trois points sur le terrain de basket, serait tombé amoureux pour la première fois d'une fille portant un appareil dentaire, serait…

— Suffit ! grogna Clint.

S'appuyant sur le bureau, il s'efforça de se ressaisir. Quand les souvenirs et les pensées affluaient ainsi, il était difficile de les endiguer. Clint serra les dents, tendu. Depuis son panier installé dans le coin de la pièce, Tex laissa échapper un grognement inquiet.

— Tout va bien, le rassura Clint, d'une voix peu convaincue.

Il expédia les dernières gouttes de son whisky puis releva la tête, surpris par un bruit de moteur. Tex émit un bref aboiement et fut aussitôt sur ses pattes. Il trottina d'un air impatient vers la porte de derrière. C'était Casey Rinaldo, l'homme qui aidait Clint aux tâches de la ferme.

Clint lui adressa un petit signe de la tête.

— Allons-y, dit-il en prenant sa veste.

Tout en l'enfilant, il ajouta à l'intention du chien, qui l'attendait déjà sur le seuil :

— On a du boulot.

Dans sa tête, les souvenirs persistaient à vouloir le hanter. Il les chassa en silence.

Sarah ne commença à se détendre qu'en arrivant dans l'allée cahoteuse menant à la maison. Xena, la princesse guerrière à quatre pattes, n'avait certes pas l'allure d'un chien de garde, mais sa seule taille suffirait probablement à dissuader d'éventuels cambrioleurs ou fauteurs de troubles.

Mais pas les fantômes. Aucun chien n'allait faire peur aux créatures surnaturelles installées à Blue Peacock Manor.

Les fantômes n'existent pas. Peu importe ce qu'affirme Gracie ou ce que tu as cru voir quand tu étais gamine. Il n'y a rien de tel.

A cette pensée pourtant, ses mains se crispèrent sur le volant. Les arbres cédèrent la place aux champs, et elle vit l'herbe d'hiver ondoyer sous le vent qui soufflait dans la vallée. Une fois de plus, elle eut la sensation qu'on l'observait, qu'un regard invisible suivait le parcours de son 4x4 émergeant de la forêt.

— Tiens, c'est quoi, ça ? demanda Jade en se redressant sur son siège.

L'Explorer venait de prendre le dernier virage de l'allée, et la maison était en vue. Une fourgonnette blanche était garée devant l'annexe. La portière côté conducteur était ornée d'un écusson métallique aimanté.

— L'entrepreneur que j'ai engagé pour superviser certains travaux, expliqua Sarah. C'est un homme de terrain, et il fait pas mal de charpente et de réparations lui-même.

— Longstreet ? demanda Jade en se liquéfiant à moitié sur son siège.

— Oui, Keith Longstreet, pourquoi ?

Sarah se gara sur son emplacement habituel. A peine la Ford s'était-elle arrêtée que Gracie et le chien sautèrent hors de la voiture. Ces deux-là s'entendaient déjà à merveille.

Jade, elle, ne bougea pas.

— Tu le connais ? demanda Sarah.

— Non, non. Bien sûr que non.

Levant la tête, Jade risqua un regard par la vitre.

— Il a un fils ? demanda-t-elle.

— Oui, et même deux, je crois. Et peut-être aussi une fille.

— Super, marmonna-t-elle.

— Alors tu connais le fils de Keith ? Tu l'as rencontré ?

— Non. Enfin, pas vraiment. Il est à Notre-Dame de la Rivière. C'est juste un joueur de foot qui se la pète… Oh ! non !

La portière de la fourgonnette s'ouvrit côté passager, et un grand garçon élancé d'environ dix-huit ans, en jean et sweat-shirt imprimé « Crusaders », alla rejoindre Keith.

— Je suppose que c'est le garçon en question, dit simplement Sarah.

Un beau garçon à la carrure d'athlète et aux traits réguliers, remarqua-t-elle au moment où il se tournait vers leur voiture, en rabattant sa capuche sur ses épais cheveux bruns.

— Ouais.

— Et tu as un problème avec lui ?

— Aucun.

— Alors pourquoi tu fais cette tête-là ? On dirait que tu souffres le martyre.

— Il ne me connaît pas.

— Donc il ne t'embête pas au lycée ?

— Mais non, maman, bon sang !

— Alors c'est qu'il te plaît, affirma Sarah. Il est plutôt mignon, il faut dire.

— Arrête ! protesta Jade en se redressant pour attraper la poignée de la portière. Pourquoi tu fais toujours ça ? Il n'y a rien du tout, je te dis !

A présent, elle criait presque. Elle avait dû s'en rendre compte car, lorsqu'elle reprit la parole, ce fut d'une voix plus posée :

— Lui et moi, on ne se connaît pas, d'accord ? Il remplace juste notre assistante en cours de biologie.

Elle s'interrompit pour souffler un grand coup et conclut :

— Laisse tomber, d'accord ?

L'instant d'après, elle s'était échappée de la voiture et courait dans l'allée pour rejoindre l'entrée, son long manteau flottant dans le vent.

Perplexe, Sarah descendit à son tour de l'Explorer. Keith la salua d'un geste. Quant à son fils, téléphone à la main, il suivait

Jade des yeux tandis qu'elle montait quatre à quatre les marches de la terrasse.

— Je suis en retard, désolée, s'excusa Sarah en fermant son manteau.

Seigneur, qu'il faisait froid !

— Ce n'est rien, répondit l'homme, on vient d'arriver.

Puis, interpellant son fils occupé à envoyer un texto :

— Qu'est-ce que je t'ai dit ? Range-moi ce satané machin, on est au travail, maintenant.

Le gamin glissa son téléphone dans la poche avant de son jean.

— Tu me laisses une seconde, papa ?

Puis il se mit à crier, à l'intention de Jade :

— Eh, attends !

Sarah réprima un sourire. Alors comme ça, il ne la connaissait pas...

Jade s'immobilisa, la main sur la poignée de la porte. Elle se retourna, lentement, puis redescendit les marches, manifestement dans une fureur noire.

— Mais qu'est-ce qui lui prend ? s'étonna Keith à voix haute.

Sarah était trop loin pour entendre le bref échange entre les deux adolescents, mais elle vit le garçon tendre la main vers Jade, doigts ouverts, comme s'il essayait de lui expliquer quelque chose. Apparemment, Jade ne voulait rien entendre. Mâchoires serrées et lèvres pincées, elle le considérait d'un regard noir. De nouveau, il dit quelque chose et elle secoua la tête. Quand Jade prit la parole, elle cria assez fort pour que Sarah perçoive la fin de sa phrase :

— ... et ne laisse pas cette folle approcher de moi, compris ?

Sans laisser au fils de Keith le temps de répondre, elle entra dans la maison et claqua la porte derrière elle.

Pendant un instant, le garçon parut pétrifié. Puis, les mains dans les poches, le nez rougi par la morsure du froid, il fit demi-tour et revint au petit trot à l'endroit où attendaient Sarah et Keith.

— Tu peux me dire ce que tu trafiquais ? demanda Keith d'un ton impatient.

— Rien, répondit le garçon.

— Ce n'est pas ce qu'il me semblait.

Son fils se balançait d'un pied sur l'autre, l'air gêné.

Longstreet reporta son attention sur Sarah.

— Je vous présente mon fils Liam. Il travaille avec moi de temps en temps. J'espère lui apprendre les ficelles du métier. Liam, voici Mme McAdams.

Le garçon la regarda dans les yeux et lui donna une poignée de main ferme.

— Enchanté, dit-il calmement.

— Moi aussi, Liam.

— Vous êtes la mère de Jade ? demanda-t-il en détournant les yeux vers la maison.

— Oui. Vous êtes au lycée ensemble, n'est-ce pas ?

Il acquiesça. En même temps, avec ce sweat-shirt à l'effigie des Crusaders, elle aurait dû s'en douter.

De nouveau, Liam regarda la maison à la dérobée, comme s'il espérait apercevoir Jade.

— Votre fille est aussi à Notre-Dame ? demanda Keith.

Puis, sans attendre la réponse de Sarah, il ajouta :

— Super lycée. Le programme sportif est excellent. Vous savez, Liam est l'attaquant vedette de l'équipe de foot.

— Papa..., l'interrompit son fils, d'un ton gêné.

— C'est pourtant vrai, insista son père, visiblement très fier.

Décochant un sourire entendu à Liam, il le gratifia d'une bourrade et demanda :

— Combien de buts tu as mis cette saison, mon grand ?

— Je ne sais pas, répondit son fils en rougissant.

— Quatorze. Et c'est pas fini ! C'est déjà un record au lycée, et la saison n'est pas terminée. C'est lui qui a marqué le but décisif contre Molalla, la semaine dernière.

Liam semblait à la torture.

— On n'est pas venus ici pour travailler ?

— Bien sûr que si. Mais il faut bien que je te fasse un peu de pub, non ? Cette victoire était essentielle pour qu'on passe au stade des éliminatoires.

Son fils lui lança un nouveau regard embarrassé. Cette fois, Keith comprit le message.

— D'accord, d'accord, dit-il en levant la main pour parer à d'éventuelles protestations. Il est temps de passer aux choses sérieuses, je crois. La lumière baisse.

Sur ce point, il n'avait pas tort. Le crépuscule avait commencé à envelopper la campagne, étirant doucement les ombres. Une bruyante rafale de vent s'engouffra dans les gorges de la rivière, secouant au passage les branches du cerisier. Plus que jamais, Sarah sentit à quel point elles étaient isolées dans ce qu'elle appelait désormais leur maison.

Clairement soulagé que la conversation ne porte plus sur ses exploits sportifs, Liam sortit son portable et le consulta rapidement avant de le remettre dans sa poche.

Sarah se demandait pourquoi Jade et lui s'étaient disputés, mais elle décida de ne pas le questionner à ce sujet. Désignant l'annexe, elle demanda :

— Alors, comment avancent les travaux ?

— Plus vite que prévu, dit Keith avec un hochement de tête satisfait. Ça se présente vraiment bien.

Ouvrant la portière de sa camionnette, il en sortit un bloc-notes et un stylo. Sur la première page figurait une liste des réparations dont ils avaient déjà discuté.

— D'abord, nous avons remplacé les gouttières et les descentes trop abîmées, et nous avons pris quelques-uns des vieux bardeaux du garage pour réparer le toit. On s'est aussi occupés de la planche pourrie de la terrasse.

Il pointa le bout de son stylo sur la nouvelle lame de bois dont les tons clairs contrastaient avec le gris des planches plus anciennes, qui formaient le sol de la terrasse.

— Les marches, la rambarde et le reste des lames sont en bon état.

— Parfait, dit Sarah, soulagée que les dégâts ne soient pas plus importants.

— Les fenêtres seront livrées lundi, et nous les installerons mardi. Ça ne devrait pas prendre trop longtemps. Pour l'extérieur, c'est tout.

Ils entrèrent dans l'annexe où Longstreet, se référant de nouveau à sa liste, lui montra quelques réparations rapides à effectuer dans les circuits de plomberie et d'électricité. La vieille chaudière avait été réparée, les rongeurs éradiqués, et de nouvelles plaques de plâtre avaient déjà été fixées sur les cloisons des chambres pour masquer des trous de bonne taille. Les appareils ménagers étaient anciens mais, une fois remis en état, ils seraient tous fonctionnels.

— Vous pourrez déjà faire quelques économies, observa Keith.

Puis ils se rendirent dans la salle de bains où des toilettes et un lavabo de la grande maison avaient été utilisés pour remplacer l'équipement d'origine devenu irrécupérable. Tout bien considéré, le petit bâtiment serait habitable dès le milieu de la semaine suivante. Sarah avait déjà décidé qu'avec les filles elles allaient faire elles-mêmes la peinture et le ménage pendant le week-end, après quoi elles pourraient s'installer.

Arrivé dans la salle de séjour, Longstreet déclara en désignant le plafond :

— Je pensais qu'on pourrait enlever l'une des vieilles suspensions de la grande maison pour la mettre ici. Il y en a une dans l'entrée qui s'y prêterait bien, il me semble. Ce serait à peu près la bonne taille. A moins que vous en vouliez une neuve, bien sûr.

— Non, je tiens à ce qu'on recycle tout ce qu'on peut.

Ils discutèrent encore quelques minutes de la grande maison, puis Keith et son fils remontèrent dans la fourgonnette et repartirent vers la ville. La nuit était tombée. Le véhicule disparut un instant dans le virage, puis ses feux arrière furent de nouveau visibles entre les arbres tandis que le grondement du moteur s'éloignait.

Le vent était tombé. L'isolement et l'obscurité étaient tels que Sarah les sentait pénétrer au plus profond de son âme.

Mais ce sentiment n'allait pas durer, se promit-elle. Quand l'annexe serait complètement remise à neuf et que l'électricité, l'eau et le chauffage fonctionneraient, elle n'aurait plus cette sensation d'être coupée du monde.

La brume commençait à se déployer dans les champs, à masquer les arbres et à s'étirer dans la vallée, enveloppant l'annexe de ses tentacules vaporeux. La grande maison, à peine visible dans la nuit, avait un aspect plus sinistre que jamais.

Sarah se frotta les bras et revint vers l'Explorer. Elle en ouvrit la portière arrière et en sortit le grand sac de croquettes pour le nouveau membre de la famille. Le sac en équilibre sur l'épaule, elle referma le 4x4. La lumière de l'habitacle s'éteignit, et elle se retrouva une nouvelle fois plongée dans l'obscurité.

Seules les fenêtres du rez-de-chaussée étaient vaguement éclairées. Sarah réprima un frisson.

Assez, assez.

Il était temps qu'elle rejoigne les filles et cesse de penser que quelqu'un l'observait. Ou la suivait. Quelqu'un qui lui voulait du mal. C'était ridicule, et…

Un craquement sonore la fit sursauter. Une branche sèche qu'on venait de briser.

Sarah se retourna d'un bond vers l'endroit d'où était venu le bruit. Elle scruta l'obscurité, s'imaginant apercevoir quelque chose bouger dans l'ombre du garage. Le craquement s'était produit là-bas.

A moins qu'elle ne se trompe et que le bruit ne soit venu de sous le cerisier, où quelqu'un aurait pu marcher sur une branche morte. Ou du champ, non loin de là ? Elle regarda vers la clôture mais ne vit rien que la vague silhouette d'une barrière autrefois peinte en blanc. Les bras hérissés de chair de poule, elle tenta de transpercer du regard les rubans de brume. L'oreille aux aguets et les yeux plissés, elle recula lentement en direction de la maison. Elle était seule, ici, bien sûr.

C'était sans doute un animal qui avait fait ce bruit — une mouffette, un lapin ou même un cerf.

Ou le chien. Peut-être le chien avait-il échappé à Gracie. Mais alors, où était Xena ?

Et les enfants… ? Du calme, elles étaient forcément à la maison.

Pendant un instant, Sarah sut avec certitude qu'elle n'était pas seule. Quelqu'un ou quelque chose se trouvait là, tout près, à épier le moindre de ses gestes.

C'est idiot, arrête. Il n'y a pas de présence maléfique ici.

Elle se souvint avoir hurlé sur le « fantôme », à l'étage. C'était stupide, bien sûr, mais sur le moment ses craintes lui avaient semblé suffisamment fondées pour qu'elle veuille adopter un chien. Ridicule, vraiment. Certes, il y avait des animaux sauvages dans les parages, et alors ? Elle avait grandi avec eux, quels qu'ils soient.

Stabilisant le sac de croquettes sur son épaule, elle se tourna de nouveau vers la maison. Sans qu'elle en soit consciente, son regard monta vers la fenêtre du deuxième étage, celle de la chambre de Theresa. Là, à travers la mince couche de brouillard et la vitre embuée, elle perçut un mouvement. L'image fugace d'une femme en robe blanche.

Elle tituba et lâcha le sac. Il heurta le coin d'une pierre et explosa, répandant son contenu sur l'herbe et le gravier. Sarah s'en aperçut à peine. Elle avait le regard rivé sur la fenêtre et l'image aperçue derrière le voile des rideaux.

Le fantôme ?

Impossible.

Un frisson glacé monta lentement le long de son dos tendu.

L'instant d'après, la vision s'était évanouie. Mais Sarah avait eu le temps de reconnaître sa fille.

Jade ?

Elle poussa un profond soupir. Il ne s'agissait pas d'une créature surnaturelle ou d'un spectre, mais simplement de sa fille qui explorait la maison. Comme il faisait trop noir pour y voir quoi que ce soit, elle abandonna les croquettes répandues par terre aux créatures de la nuit et rapporta ce qui restait du sac dans la maison.

Gracie était dans la cuisine, en train d'essayer d'apprendre à Xena à s'asseoir sur commande. Manifestement, ça ne donnait pas grand-chose.

— Donne-lui des croquettes, suggéra Sarah en posant le sac sur la table. Essaie de trouver une boîte en plastique pour les mettre dedans, le sac m'a échappé des mains, il est fichu.

Gracie plongea la main dans le sac déchiré et en retira quelques croquettes. Xena ne la quittait pas des yeux.

— Jade ? appela Sarah en bas de l'escalier.

— Quoi ?

Mais sa voix provenait de la salle de séjour, où elle trouva sa fille aînée enveloppée dans une couverture et occupée à pianoter sur son iPhone tout en consultant son iPad.

— Qu'est-ce que tu faisais au deuxième étage ? demanda Sarah.

Sans daigner lever la tête, Jade répondit :

— Je ne suis pas montée.

— Tu étais dans l'ancienne chambre de Theresa il y a à peine quelques minutes.

Jade délaissa enfin ses écrans pour regarder Sarah dans les yeux. Elle secoua la tête.

— Je t'ai dit que je n'étais pas montée.

— Mais je t'ai vue.

— Non, tu ne m'as pas vue, déclara Jade en dévisageant sa mère comme si elle était devenue folle. Attends… Tu penses vraiment m'avoir vue là-haut ? Dans la chambre où Gracie croit avoir vu un fantôme ?

Un frisson parcourut Sarah.

— Tu n'es pas montée ?

— Non.

Elle rejeta la couverture, rassembla son matériel électronique et se leva.

— Pourquoi je serais allée là-haut ?

— Je n'en sais rien. Peut-être pour regarder Liam Longstreet sans être vue.

Jade émit un son étranglé.

— N'importe quoi ! Il est juste venu pour s'excuser d'avoir cassé mon iPhone... Oui, l'écran est fêlé, s'empressa-t-elle d'ajouter en mettant l'objet sous le nez de Sarah. Il marche à peine.

Sarah hocha la tête, s'efforçant de se concentrer sur le téléphone et d'oublier les fantômes.

— Je crois que ton père l'a assuré.

Puis, après un instant d'hésitation, elle ajouta :

— Je pensais que vous pourriez être amis, toi et Liam.

— Amis ? Il a déjà un « ami », une espèce d'ogre qui s'appelle Miles Prentice, et il sort avec Mary-Alice Eklund, la pétasse la plus hypocrite du lycée. Je la hais.

— Ce n'est pas un peu fort, comme terme ?

— Non, je te jure, maman ! Elle me pourrit la vie, et je n'ai pas besoin de ça en ce moment.

— Jade, sois un peu patiente...

— Je n'écouterai plus tes conseils, de toute façon.

— Comment ça ? demanda Sarah.

Cette fois, Jade avait toute son attention.

— Parce que tu n'as pas été honnête avec moi.

— A quel sujet ?

— Mon père.

— Jade..., commença-t-elle d'un ton las.

— Le voisin, c'est mon père ? demanda Jade brusquement. Clint Walsh. Tu sortais avec lui et tu as rompu quand tu t'es aperçue que tu étais enceinte, c'est ça ?

Sarah ouvrit la bouche pour répondre, mais rien n'en sortit. Elle avait l'impression d'avoir reçu un coup de poing dans le ventre. Elle aurait aimé s'en tirer par un mensonge mais elle était sous le choc, et aucun mot ne lui venait. Cela suffit à Jade.

— J'ai fait le calcul, maman, pas la peine de mentir.

Malgré son air défiant, elle paraissait si jeune, si vulnérable.

— J'avais l'intention de t'en parler, dit enfin Sarah d'une voix mal assurée.

— Oh ! merde, c'est vrai, alors ! Je le savais ! Oh ! seigneur ! Ce type — ce type que je n'avais jamais vu, c'est mon…

Elle secoua la tête, sur la défensive.

— Pourquoi tu ne m'as rien dit ? protesta-t-elle. Pendant tout ce temps ! Pourquoi en avoir fait un secret ?

— Je ne savais pas comment te le dire, avoua Sarah.

— Il est au courant ? demanda Jade. Tu m'as dit qu'il ne le savait pas.

— Non, il ne le sait pas. Personne n'est au courant… en fait, si, ta grand-mère l'a deviné, mais c'est tout. Comme j'étais partie à la fac, j'ai pu le cacher au reste de la famille.

Jamais Sarah ne s'était sentie aussi piteuse. Elle était au supplice. Si seulement elle avait pu revenir en arrière et tout avouer à Jade la première fois que celle-ci lui avait demandé qui était son père !

— Je te demande pardon. J'ai mal agi, je sais.

— Et c'est tout ? l'accusa Jade, le regard brillant de larmes contenues.

D'un geste furieux, elle s'essuya les yeux.

— Jade…

Sarah essaya de s'approcher, mais Jade battit en retraite.

— Tu comptais me le dire quand ? Et ne réponds pas « le moment venu », parce que c'est ça, le problème, maman. Ce ne sera jamais le moment d'admettre que tu m'as menti pendant des années.

Elle criait presque, à présent, la voix tremblante et les traits déformés par le chagrin.

Seigneur, dans quel pétrin Sarah s'était-elle fourrée ? C'était sa faute, et ses atermoiements n'avaient fait qu'aggraver les choses.

— Tu as raison, Jade. J'aurais dû être honnête avec toi et Clint depuis le début.

— Mais pourquoi tu ne l'as pas fait ?

— Parce que nous étions déjà séparés quand je me suis aperçue que j'étais enceinte. A l'époque, on ne pouvait pas, comme aujourd'hui, faire un test de grossesse dès les premiers jours de la… conception.

Elle s'efforça de respirer calmement. Comment pouvait-elle expliquer cela à Jade ? Non seulement Clint et elle étaient séparés depuis plusieurs mois, mais leurs dernières « retrouvailles » avaient été une erreur. Ils avaient essayé de ranimer quelque chose qui était mort. Tous deux l'avaient regretté, après. A ce moment-là, il sortait déjà avec une autre fille, et ils avaient eu tous les deux l'impression de l'avoir trompée.

— Il était avec quelqu'un d'autre, finit-elle par dire, et je ne voulais pas qu'il se croie obligé de se remettre avec moi ou de m'épouser.

— Ce n'étaient pas les années 1950, que je sache !

— Je sais. J'ai eu des tas d'occasions de te dire la vérité, pendant toutes ces années. Tu m'as posé la question, et chaque fois j'ai botté en touche. J'ai eu tort, je le reconnais. Et plus le temps passait, plus il m'était difficile de te dire la vérité. Je ne voulais pas te faire de mal.

— Ni à toi.

— Je suppose, oui.

De nouveau, elle avança d'un pas.

— Je suis désolée. Vraiment.

Une nouvelle fois, Jade recula, et Sarah eut envie de mourir.

— Donc, dit Jade en reniflant, il n'est pas au courant.

— Non.

— Et tu vas lui dire ?

— Je crois que je ferais mieux, soupira Sarah.

Elle sortit son portable de sa poche pour composer le numéro qu'elle avait gardé à la mémoire depuis sa jeunesse.

— Maintenant ? demanda Jade, l'air stupéfait.

— Pourquoi attendre ? J'espère juste qu'il n'a pas changé de numéro.

A ce moment précis, Sarah vit du coin de l'œil que Gracie venait d'entrer, la chienne sur les talons.

— Qu'est-ce qui se passe ? demanda-t-elle.

L'atmosphère était chargée d'électricité, et cela ne lui avait évidemment pas échappé.

D'un signe de la main, Sarah lui intima d'attendre.

— Ça ne te regarde pas, dit Jade à sa sœur.

— Qu'est-ce qui ne me regarde pas ?

Le téléphone se mit à sonner chez Clint, et Sarah retint son souffle. Au fil des ans, elle s'était projetée mille fois dans cette situation et elle pensait y être préparée. Mais, à présent qu'elle était au pied du mur, elle se demandait ce qu'elle allait pouvoir dire.

Une sonnerie.

Deux.

— Attends ! s'exclama alors Jade. On devrait peut-être…

La troisième sonnerie s'interrompit, laissant place à une voix d'homme. Celle de Clint.

— Allô ?

— Salut, prononça Sarah avec effort, le regard rivé sur le visage de sa fille aînée. Clint, c'est Sarah. Il faut que je te parle.

Elle tremblait comme une feuille et elle se demanda comment elle faisait pour être encore debout.

— A propos de la maison ?

— Non, ce n'est pas ça. Il faut vraiment que je te voie en personne.

Jade secouait frénétiquement la tête, comme si elle regrettait d'avoir déclenché ce séisme. Quant à Gracie, elle contemplait alternativement sa mère et sa sœur. Xena, qui avait perçu la tension qui régnait dans la pièce, avait fui pour aller s'allonger dans la salle à manger.

— D'accord, dit Clint après un instant d'hésitation.

— Maintenant, ça t'irait ? suggéra Sarah, avant de prendre une grande inspiration pour se calmer. Je peux venir chez toi… ou tu peux venir ici, si tu préfères.

Jade avait levé les mains et les agitait furieusement, plus du tout prête à assumer cette vérité qu'elle avait pourtant réclamée à cor et à cri.

— Non, lança-t-elle. Maman, non !

— Rien de grave ? demanda Clint.

Il semblait sincèrement inquiet, et Sarah en fut touchée.

— Non, répondit-elle plus bas qu'elle ne l'aurait voulu.

Après s'être éclairci la gorge, elle reprit sur un ton plus assuré, ignorant les gesticulations de Jade :

— Rien de grave, mais je préférerais vraiment qu'on se parle face à face.

— J'arrive dans un quart d'heure.

Il raccrocha. Avec un grand soupir, Sarah se laissa tomber sur le vieux fauteuil à bascule.

19

Sa queue-de-cheval l'attirait comme un aimant.

D'un roux flamboyant, elle se balançait dans son dos, épaisse et souple. La fille marchait à pas pressés sur le trottoir, et cette queue-de-cheval provocante traçait des éclairs rouges dans le brouillard.

Il leva le pied de l'accélérateur, s'assurant que sa voiture hybride avançait suffisamment lentement pour fonctionner en mode électrique ; ainsi, elle n'émettait presque aucun bruit. Il avait éteint les phares et, dans cette brume épaisse, le véhicule était pratiquement invisible et inaudible. Cela dit, même en plein jour, et même s'il avait fait hurler le moteur d'un bolide, pas sûr que la fille aurait remarqué sa présence. Complètement absorbée par son téléphone, elle ne prêtait aucune attention à ce qui se passait dans la rue déserte.

Malgré cela, il devait se montrer prudent. Il voulait absolument éviter, quand il lui sauterait dessus, qu'elle alerte la personne qu'elle avait au téléphone ou qu'elle puisse lui envoyer un texto. Pas question, non. Il allait devoir la mettre immédiatement hors d'état de nuire, et son portable avec.

Ce ne serait pas évident. Tout en avançant dans la rue, le pied effleurant à peine la pédale, il sentit chaque muscle de son corps se raidir. Il s'empara de son propre téléphone, puis envoya un nouveau message à son acolyte. Ce type n'était pas une lumière, mais il avait besoin de lui s'il voulait finir ce boulot. Et il le voulait.

Il le voulait salement.

Claymore dir nord. X Dixon. Sois prêt.

Son plan ne fonctionnerait que si son coéquipier faisait sa part du boulot. Heureusement, dans cette petite rue, il n'y avait ni vitrines ni caméras de surveillance, et les rares voitures qui passaient étaient celles des riverains.

Seigneur, qu'elle était belle ! Il le savait. Il était tombé sur sa photo dans un annuaire d'étudiants oublié dans le café du quartier. Il l'avait dérobé pour le feuilleter. Après y avoir découvert la fille, il s'était muni de son nom et de ses coordonnées, puis il était allé sur les réseaux sociaux afin d'en apprendre davantage à son sujet. Quand il repérait une fille qui ne fréquentait pas le lycée public, il se servait généralement d'un logiciel de reconnaissance faciale qu'il appliquait à Facebook, Twitter et Instagram, jusqu'à tomber sur la fille qu'il cherchait. Alors, il téléchargeait toutes les informations la concernant.

Les proies potentielles ne manquaient pas, mais il fallait qu'il choisisse. Il s'était d'abord efforcé de patienter un ou deux jours de plus, le temps que se calment les remous provoqués par la disparition de Rosalie. Il avait également attendu afin de pouvoir cueillir deux filles à la fois, ou plus. Mais il croyait au destin, et c'était comme si Dieu avait placé à dessein ce spécimen parfait sur son chemin.

Il lui fallait encore d'autres filles, et le temps était compté.

Celle-ci, Candice, correspondait parfaitement à son cahier des charges : longues jambes, cuisses musclées, cheveux épais, taille de guêpe, gros seins, pommettes hautes et dentition parfaite — elle venait juste de se faire retirer son appareil. Elle était intelligente et obtenait de bons résultats au lycée. En outre, elle paraissait calme et, plus important encore, elle était très croyante — rien à voir avec cette sauvageonne de Rosalie et son langage ordurier. Candice serait la docile du lot.

Il mourait d'envie de fumer mais il allait devoir attendre qu'elle soit menottée et enchaînée. Ensuite, il pourrait s'accorder un peu de détente et s'offrir une cigarette. Peut-être même un verre. Une fois que la fille serait enfermée dans sa nouvelle maison — il avait décidé de lui attribuer le box de Lucky, parce qu'il avait eu de la chance de la trouver.

A vrai dire, il était surpris de la voir seule.

Après la disparition de Rosalie, les gens de Stewart's Crossing se montraient en effet prudents. Il avait vu les affiches placardées sur les panneaux d'information et les poteaux téléphoniques, vu aussi l'alerte AMBER diffusée aux informations locales à la télévision et entendu les gens parler dans le café du coin.

Tout le monde, à Stewart's Crossing, était à cran. Prudence était désormais le mot d'ordre. La disparition de Rosalie Jamison n'était pas passée inaperçue, et il savait que personne ne croyait plus à une fugue. Même ce bouffon de shérif avait fait un appel à témoin à son sujet, dans l'après-midi, lors d'une conférence de presse diffusée à la télé. Et ses ringards de parents étaient venus aussi. La mère avait craqué devant les caméras, et son père venu du Colorado avec son air paumé avait essayé de la consoler.

Il fallait donc faire profil bas, laisser les esprits se calmer.

Sauf qu'il ne pouvait pas. Il ne lui restait guère de temps et, contrairement à ce qu'il avait espéré, la disparition de Rosalie continuait de préoccuper tout le monde. Il allait donc prendre le risque d'un nouvel enlèvement dès à présent. Ensuite, il en kidnapperait d'autres, à Halloween. Après, il se ferait la malle.

Pour l'heure, cependant, la chance lui souriait, et il n'allait pas la laisser passer.

Son téléphone vibra :

Je la vois.

Le cœur battant, il répondit :

On y va.

En position.

Dès qu'elle raccroche, c'est parti.

Il accéléra un peu pour se rapprocher. La fille ne remarqua rien. Incroyable.

Toujours trop absorbée par sa conversation.

Comme si Dieu envoyait à l'homme un nouveau signe, elle rangea soudain son téléphone dans sa poche et s'apprêta à traverser la rue. C'est alors qu'elle s'aperçut pour la première fois qu'une voiture, silencieuse et tous feux éteints, se trouvait à moins de deux mètres d'elle. Candice regarda dans sa direction. Une expression de panique apparut sur son visage, et elle bondit en arrière au moment où il allumait ses phares pour l'aveugler — au moment, aussi, où son complice lui sautait dessus.

Elle poussa un cri, aussitôt étouffé par la main plaquée sur sa bouche et son nez. L'autre la poussa vers la voiture.

Parfait!

Il mit la Prius au point mort et bondit hors du véhicule. L'instant d'après, il avait ouvert la portière arrière pour permettre à son comparse de la jeter sur le siège où l'attendaient menottes et bâillon. Elle se débattait, se tordant en tous sens et lançant des coups de pied, mais en vain.

Son acolyte monta à côté d'elle. Il prenait son pied à la maîtriser, cela se voyait dans son regard.

— Ne lui fais pas de mal! s'exclama-t-il en refermant la portière.

Une fois qu'il se fut remis au volant, il démarra, prenant garde de ne pas dépasser la vitesse autorisée et d'éviter autant que possible de croiser d'autres véhicules. Il passa par les petites rues pour rejoindre la route menant vers les collines.

— Tu as entendu ? aboya-t-il en jetant un coup d'œil derrière lui. Tu connais les règles : pas de marques.

— Oh! mais elle est tellement mignonne, gémit l'autre avec regret.

Toujours allongé sur la fille, il se frottait contre elle en haletant; il était sûrement en train de bander comme un taureau.

— Ne la touche pas.

— Mais…

Il avait la voix rauque et le souffle court. La fille pleurnichait sous son bâillon.

Merde.

— Ne la touche pas, je te dis!

Il arrêta la voiture sur le bas-côté, serra le frein à main et, une fois de plus, fit le tour pour aller ouvrir la portière arrière. Comme prévu, cet idiot était à califourchon sur la fille et donnait de grands coups de reins, prêt à éjaculer dans son jean.

— Sors de là!

— Mais…

— Maintenant!

— Oh! putain!

Il fit descendre son idiot d'acolyte tandis que la fille se débattait toujours en gémissant.

— Je voulais juste…

Il referma la portière qui se verrouilla automatiquement, puis attrapa le type par le col de sa veste en jean sale avant de le plaquer violemment contre la voiture.

— Tu étais en train de t'envoyer en l'air ! Tu te branlais sur elle ! C'est pas dans le contrat !

Il le secoua encore un bon coup et reprit :

— Laisse-la tranquille. Laisse-les *toutes* tranquilles. On a un job à faire. Tu me dégoûtes. Allez, remonte dans la voiture.

— Nom de Dieu, mec…

— Et arrête de blasphémer, siffla-t-il.

Piteux, le comparse se retourna pour remonter en voiture, et il lui décocha un bon coup de pied dans les fesses.

— Eh ! Fais gaffe ! protesta l'autre en trébuchant.

Se rattrapant de justesse à la poignée, il lui adressa un regard blessé.

— On n'a pas le temps pour ces conneries ! s'écria l'homme en se remettant au volant.

Il était dans une telle rogne qu'il aurait pu briser la nuque de ce demeuré à mains nues. Heureusement, la fille était tellement traumatisée qu'elle ne s'était pas aperçue qu'elle aurait pu grimper par-dessus les sièges et s'échapper. Il claqua la porte et enfonça l'accélérateur tandis que l'alarme retentissait pour qu'ils s'attachent.

— Et boucle ta putain de ceinture !

Sarah regardait par la fenêtre. Jade, furieuse, s'était emparée d'un sac de couchage pour aller se réfugier sans un mot dans l'unique chambre du rez-de-chaussée. Pour une fois, Sarah décida de la laisser tranquille. Jade avait exigé la vérité mais elle n'était pas encore prête à l'affronter, et Sarah avait été un peu vite en besogne quand elle avait décidé d'appeler Clint. Elle se sentait soulagée à l'idée d'être bientôt déchargée du fardeau que constituait ce secret mais, pour l'heure, elle avait d'autres démons à affronter. N'importe quel étudiant en première année de psycho lui aurait sans doute dit qu'elle s'était plantée en beauté. Mais le mal était fait et le plus grand secret de Sarah, qu'elle avait gardé pendant près de dix-huit ans, était enfin éventé.

Aveuglée par la réaction de Jade, elle avait réagi bêtement. Cette confrontation qu'elle venait de provoquer allait avoir de lourdes conséquences sur le plan émotionnel. Jade et Clint allaient la haïr. Mais elle espérait qu'avec le temps les choses s'arrangeraient.

Elle ne voulait pas avoir avec sa fille aînée les mêmes relations qu'elle avait eues avec sa propre mère.

Clint n'allait pas tarder, il fallait qu'elle soit prête.

Sauf qu'elle ne le serait sans doute jamais.

Elle retourna dans la salle de séjour et prit des bûches dans le sac pour les empiler dans l'âtre froid, comme le lui avait appris son père des années plus tôt. Avant d'allumer le feu, elle bascula sur les talons et considéra la trappe ouverte, sentant les ombres de la maison fondre sur elle comme si souvent par le passé. Elle avait beau adorer cet endroit, les murs de la vieille demeure dégageaient une certaine mélancolie, une tristesse qu'elle pensait provoquée par les drames qui s'étaient joués ici durant sa jeunesse — et sans doute bien avant cela.

Maintenant que la nuit était tombée, elle se rappela les soirées où elle restait ainsi assise dans le noir, avec le feu pour seule lumière. Son père dormait sur le long canapé, et sa mère se balançait dans le fauteuil près de la cheminée ; elle tricotait dans la pénombre sans jamais rater une maille, le regard rivé à son ouvrage, ses aiguilles cliquetant interminablement sur le même rythme saccadé. Le feu crépitait, les braises rougeoyaient, et les flammes projetaient des ombres mouvantes sur les murs. La vieille chienne de chasse de son père était généralement lovée sur le tapis près du canapé et du journal jeté par terre. De temps à autre, Franklin, ses lunettes de lecture encore sur le nez, tendait le bras pour caresser la tête de Lady.

Une fois, à l'époque où Sarah était à l'école primaire, alors qu'elle sortait de la cuisine pour se diriger vers l'escalier, elle avait entendu la voix de sa mère, aussi sèche que le claquement de ses aiguilles à tricoter.

— Tout ça, c'est ta faute, tu sais, avait dit Arlene.

Sa mère avait le dos tourné, mais Sarah savait que celle-ci avait les lèvres pincées, comme pour réprimer la colère qui irradiait son corps mince.

Son père n'avait pas répondu, ce qui, bien entendu, n'avait fait qu'accroître la fureur d'Arlene.

— C'est ta faute s'ils sont partis. Theresa et Roger. Tous les deux, avait-elle poursuivi. C'est parce que tu ne les as pas assez aimés, parce que tu les as traités différemment. Et ce n'était pas parce qu'ils étaient plus âgés, comme tu l'as toujours prétendu.

C'est parce qu'ils n'étaient pas de ton sang et que tu voulais me punir.

Silence.

Sarah entendait le cliquetis des aiguilles. Malgré sa colère, Arlene continuait de tricoter.

— Je n'aurais jamais dû t'épouser. Tout ça, c'était un mensonge. Tu m'as juré que tu aimerais mes enfants comme les tiens mais ce n'était pas vrai, n'est-ce pas ? Et… et…

Sa voix s'était brisée, et elle avait étouffé un sanglot. Pendant d'interminables secondes, seul le bruit des aiguilles s'était fait entendre. Puis, d'une voix plus basse, Arlene avait repris :

— Je te déteste. Tu le sais, non ? Tu as gâché ma vie et tu m'as enlevé mes enfants.

Pieds nus, Sarah s'était rapprochée sans aucun bruit. Son père allait forcément se défendre de ces terribles accusations.

Mais il n'avait pas prononcé un mot. Sarah s'était dit qu'elle aurait dû s'esquiver, retourner discrètement dans sa chambre et faire comme si elle n'avait rien entendu de cette conversation. Mais elle était restée là, se mordant la lèvre, sa main moite serrée autour du verre de lait qu'elle s'était servi. Osant à peine respirer, elle avait jeté un coup d'œil dans la salle de séjour, gênée par l'un des piliers marquant l'entrée de la pièce.

Sa mère était dans le fauteuil à bascule, oscillant lentement d'avant en arrière, tournant le dos à Sarah. Il n'y avait personne d'autre. Son père n'était pas étendu sur le canapé, et Lady n'était pas allongée par terre.

Il n'y avait que sa mère. Seule.

Sarah avait senti son sang se glacer dans ses veines.

A pas de loup, elle avait reculé, s'éloignant de la pièce obscure pour revenir vers l'escalier et se réfugier dans sa chambre. Quand ses talons avaient heurté la première marche, elle s'était retournée pour monter.

— Je sais que tu es là, Sarah Jane.

Sarah s'était pétrifiée.

— Tu ne sais pas que c'est malpoli d'écouter aux portes ?

Sarah avait failli en laisser tomber son verre.

— Va au lit avant que j'aille chercher le martinet !

Sarah s'était élancée dans l'escalier sur la pointe des pieds, sans bruit, sans même prendre la peine de boire une gorgée de lait dans son verre, certaine qu'Arlene allait la suivre et mettre sa menace à exécution.

Elle avait attendu, tremblant sous ses couvertures.

Arlene n'était pas venue.

Le lendemain matin, Sarah était convaincue d'avoir passé une nuit blanche, mais le verre de lait qu'elle avait posé la veille, intact, sur la table de nuit, n'était plus là. Elle ne se rappelait pas que quelqu'un soit venu le reprendre, ce qui signifiait qu'elle avait tout de même dû s'endormir. N'avait-elle pas vu sa mère sur le seuil de sa chambre, éclairée par la lumière du couloir, son ombre immense tremblant sur le mur, une badine de saule à la main ? Avait-elle fait un cauchemar ? Elle croyait se souvenir des yeux d'Arlene luisant comme ceux d'un démon, de ses doigts enserrant le martinet, des traits de son beau visage tordus par la rage tandis qu'elle regardait sa fille endormie.

Quand elle s'était enfin résolue à descendre, Sarah avait trouvé Arlene en train de fredonner devant la cuisinière. Du bacon grillait dans la poêle, une pile de pancakes était au chaud dans le four, et l'odeur du sirop d'érable tiède flottait dans la cuisine.

Son père, dans ses vêtements de travail, était assis à table, à sa place habituelle, en train de lire le journal. Sans lever la tête, il avait lancé :

— Bonjour, trésor. Tu es un peu en retard, non ?

— Oh ! Frank, pour l'amour du ciel ! Nous avons le temps, avait protesté Arlene en versant avec précaution de la pâte sur une grande plaque de cuisson. Allez, viens, Sarah, prends quelques pancakes !

Se retournant à moitié, elle avait gratifié sa fille d'un sourire et d'un petit clin d'œil. Un peu comme si elles avaient partagé un secret. Ensuite, elle avait posé une pile de pancakes et deux tranches de bacon sur une assiette devant Sarah, puis lui avait tendu le sirop d'érable.

— Tu as dormi longtemps, ce matin. Tu devais être épuisée.

— Un peu, avait répondu Sarah d'une petite voix, tout en s'asseyant.

Elle avait remarqué les deux assiettes sales et les deux verres posés sur la table. De toute évidence, ses frères avaient déjà pris leur petit déjeuner. « Ces garçons sont des estomacs sur pattes », avait souvent dit son père à propos des jumeaux, une nuance d'orgueil dans la voix.

Il n'y avait aucune trace de Dee Linn, pas plus que d'habitude — elle était au régime. Il y avait un an qu'Arlene avait cessé de la harceler ouvertement pour qu'elle déjeune le matin. Mais, étant donné la tension latente qui régnait entre la mère et sa fille aînée, Sarah soupçonnait que la guerre continuait de faire rage, bien qu'elle se fasse désormais dans un silence plein de colère.

Au moins, ce matin-là, Arlene semblait de bonne humeur, et Sarah avait baissé sa garde. Le moelleux des pancakes qu'elle découpait dans son assiette et le goût du sirop d'érable dans sa bouche donnaient à cette matinée une atmosphère légère. Arlene continuait de fredonner un peu faux, et son père était toujours plongé dans les pages sportives de son journal. Sarah s'était dit que la vie avait repris son cours normal — aussi normal qu'il pouvait l'être ici, en tout cas.

Elle avait mangé avec appétit, venant à bout de la pile de pancakes. Puis, en entendant les talons de Dee Linn marteler les marches de l'escalier, elle s'était essuyé la bouche avec sa serviette.

— Dépêche-toi ! avait lancé sa sœur avec impatience en traversant la cuisine à toute allure pour se rendre dans le débarras où étaient suspendus les manteaux. Sœur Annabelle va me tuer si je suis encore en retard en première heure !

— J'arrive !

Sarah se sentait mieux. Dee Linn allait l'emmener à l'école, et elle oublierait tout ce qui s'était passé la veille.

— N'oublie pas ton lait, avait dit Arlene, au moment où Sarah descendait de sa chaise.

Docilement, elle avait pris le verre et s'était aperçue qu'il n'était pas froid — le lait avait dû être sorti du frigo depuis un bon moment. Mais elle était pressée, elle n'allait pas faire la difficile. Dee Linn était déjà revenue dans la cuisine, coupant court aux éventuelles réflexions de sa mère sur la nécessité de se remplir l'estomac pour la journée.

— Je n'ai pas faim, avait-elle dit comme chaque matin. Les garçons sont prêts ? Bon sang, mais qu'est-ce qu'ils fichent ?

— C'est le repas le plus important de la journée, avait déclaré son père en la dévisageant par-dessus la monture de ses lunettes de lecture.

— C'est juste une combine des céréaliers pour forcer les gens à se goinfrer de leurs saletés industrielles hyper-sucrées, avait-elle répliqué en se pressant vers l'escalier. Jake ! Joe !

Comme elle n'obtenait pas de réponse, elle était retournée dans la cuisine.

— Tu peux les faire descendre ? avait-elle demandé à son père.

— Ça ne sert à rien de crier, avait-il rétorqué en refermant son journal d'un coup sec.

— Tu veux que j'aille chercher le martinet ? avait demandé Arlene, tout en éteignant le four.

— Quoi ? Non !

Dee Linn avait lancé un regard incrédule à sa mère, mais celle-ci ne la regardait pas — elle avait les yeux rivés sur sa cadette. Pendant un instant, Sarah s'était rappelé son cauchemar de la veille, celui où elle avait vu sa mère dans l'encadrement de la porte, la badine de saule à la main.

A cet instant, une cavalcade avait retenti dans l'escalier, et les jumeaux avaient fait irruption dans la cuisine, se bousculant et criant, leur sac à dos volant en tous sens. Ils avaient les cheveux mouillés et coiffés au gel, et ils s'étaient si bien frotté les joues qu'elles étaient rouge vif.

— Apportez vos assiettes dans l'évier ! avait ordonné Arlene. Tous les deux !

Les jumeaux avaient paru sur le point de protester. Sarah était soulagée de ne plus être dans le collimateur de sa mère, qui avait reporté toute son attention sur les deux garçons de quatorze ans :

— Joe, pour l'amour du ciel, tu t'es versé la bouteille d'eau de Cologne sur la tête ? Tu sens à des kilomètres !

— Ecoute ta mère, avait dit son père.

— Allez, on y va ! avait coupé Dee Linn, au bord de la crise de nerfs.

Sans cesser de se chamailler, les garçons avaient rangé leur assiette. D'un froncement de sourcils, Arlene avait indiqué à Sarah qu'elle devait avaler son lait tiède. Elle s'était exécutée.

Jusqu'à ce qu'elle sente quelque chose de bizarre sous sa langue puis dans sa gorge, quelque chose qui n'était pas liquide…

Aussitôt, elle avait recraché le lait dans son verre. Elle avait vu flotter sur le lait mousseux une petite masse noire dotée d'ailes et de pattes — une mouche morte. Elle avait alors croisé le regard de sa mère, et son estomac s'était révulsé. Elle avait lâché le verre sur la table, répandant la moitié du lait et la mouche, puis s'était ruée vers la salle de bains du bas où elle avait vomi tout son petit déjeuner dans les toilettes.

Comment cette mouche avait-elle atterri dans son verre ?

Sarah était maintenant persuadée qu'il s'agissait du verre qu'elle s'était servi la veille. Arlene l'avait laissé dehors pour la punir. Mais la mouche ? Etait-elle tombée toute seule dans son verre ou sa mère l'avait-elle…

Levant la tête, elle avait aperçu le reflet d'Arlene dans le miroir au-dessus du lavabo. Celle-ci la considérait, impassible.

— Qu'est-ce qui t'arrive ?

— Tu le sais très bien ! avait crié Sarah d'une voix étranglée en s'essuyant la bouche. C'est toi qui l'as mise !

— De quoi tu parles ?

— Tu as mis la mouche dans mon verre, maman !

— Voilà que tu recommences, avait soupiré Arlene. Quelle imagination !

— Je n'ai pas imaginé cette mouche !

Elle avait eu de nouveau la nausée. Crachant dans le lavabo, elle avait placé la tête sous le robinet et laissé l'eau couler sur sa langue et ses lèvres en essayant de se débarrasser de l'impression affreuse qu'elle avait encore quelque chose coincé au fond de la bouche. Réprimant une série de haut-le-cœur, elle avait senti la présence de sa mère derrière elle. Elle était certaine qu'elle souriait.

— Maman, tu peux lui dire de se presser ? avait gémi Dee Linn tandis que l'eau ruisselait du robinet. Maintenant, je vais être en retard, c'est sûr !

— Ta sœur est malade. Elle devrait sans doute rester à la maison, et…

— Non, j'arrive !

Sarah s'était redressée et s'essuyait la bouche avec la serviette de toilette que sa mère lui tendait.

— Dans ce cas, tu ferais mieux de te dépêcher, avait rétorqué Arlene en pinçant les lèvres. Il vaudrait mieux que ta sœur évite les excès de vitesse, ce matin.

Sarah avait lancé la serviette dans le lavabo.

— Ce n'est qu'un insecte, Sarah. Dommage qu'il soit tombé dans ton lait, mais ça ne te tuera pas, tu sais. Ce n'est pas du poison, arrête d'en faire tout un drame. Et bien sûr que ce n'est pas moi qui l'y ai mis. Comment aurais-je pu faire une chose pareille ? Et pourquoi ?

— Je t'ai entendue, hier, avait murmuré Sarah. Tu parlais toute seule. Tu reprochais à papa le départ de Theresa et Roger.

— Oh ! nom d'un chien ! s'était écriée Dee Linn en apparaissant sur le seuil. Je ne sais pas ce que vous tramez, mais moi, j'y vais. Avec ou sans toi, Sarah !

L'estomac de Sarah s'était de nouveau soulevé. Elle s'était retournée rapidement pour vomir de la bile dans les toilettes. Quand elle avait enfin réussi à attraper son sac à dos, Dee Linn était hors d'elle.

— Mais qu'est-ce qui t'arrive ? avait-elle demandé en poussant Sarah dans la cuisine puis sur la terrasse, où leur mère, un bras enroulé autour de la taille, fumait une cigarette.

— Bouche cousue, avait-elle soufflé dans un nuage de fumée.

Sarah l'avait ignorée. Combien de fois Arlene lui avait-elle enjoint de se taire ? Quand Dee Linn était enfin parvenue à rassembler leurs frères, qui s'étaient lancés dans un jeu de ballon dans la cour, ils étaient en effet très en retard.

Sarah avait dû aller chercher un billet d'excuse en arrivant à l'école, et les jumeaux avaient dû faire une série de pompes supplémentaires en cours d'éducation physique. Quant à Dee Linn, elle avait été « fustigée » par sœur Annabelle à Notre-Dame de la Rivière.

A présent, près d'un quart de siècle plus tard, Sarah se souvenait avec clarté de cette soirée et de la matinée qui avait suivi. Elle avait devant les yeux l'image presque indélébile de sa mère fumant sa cigarette sur la terrasse derrière la maison. A compter de ce jour, ses relations avec sa mère avaient changé du tout au tout.

Des années plus tard, quand elle avait donné naissance à Jade, elle avait juré qu'elle entretiendrait avec sa fille une relation parfaite. Bien sûr, sa naïveté s'était estompée avec le temps, et elle était maintenant convaincue que, dans ce domaine, la perfection n'existait pas. Mais elle aurait au moins souhaité avoir avec Jade un lien d'amour et de complicité — un lien qui perdurerait au fil du temps.

Sauf qu'elle lui avait menti, et pas qu'un peu.

Elle pouvait s'en faire le reproche jusqu'à la fin de sa vie ou bien tenter de réparer les dégâts. En tout cas, la vérité était maintenant dévoilée.

— Il est là ! cria Jade.

Sarah était tellement plongée dans ses souvenirs qu'elle n'avait pas vu sa fille se glisser dans l'entrée pour regarder par les fenêtres près de la porte.

— D'accord. Laisse-moi lui parler d'abord, et ensuite ce sera ton tour. Je resterai avec toi, si tu veux.

— Et moi ? intervint Gracie.

Le peu qu'elle en avait entendu lui avait permis de reconstituer l'histoire, et Sarah avait été obligée de lui confirmer ce qu'elle avait deviné.

— Tu peux rester quelques minutes avec Xena dans la cuisine ? Ensuite, nous verrons. Je viendrai sans doute te rejoindre.

Jade secouait la tête.

— Je ne veux pas rester seule avec lui.

— Je serai là, ne t'inquiète pas. Tout va bien se passer, dit Sarah, malgré ses doutes.

— C'est l'horreur, marmonna Jade.

Sarah compta jusqu'à cinq dans sa tête, puis elle alla ouvrir la porte d'entrée en songeant que sa fille avait raison : cette soirée était en train de se transformer en cauchemar.

D'autant plus que ce n'était pas Clint Walsh qui se tenait sous la lumière crue de l'entrée.

Pas du tout.

La personne qui attendait devant la porte n'était autre qu'Evan Tolliver, l'homme à qui elle avait dit qu'elle ne voulait plus jamais le revoir.

Apparemment, il n'avait pas compris le message.

20

Jade avait envie de mourir. Ici. Maintenant.

Tout valait mieux que cette situation impossible sauf que, maintenant, elle était obligée d'affronter la vérité ainsi qu'un père qui n'avait pas voulu d'elle à l'époque, et n'avait certainement nulle envie de s'encombrer d'une adolescente aujourd'hui.

Alors qu'elle se tenait en retrait dans l'entrée, des nœuds dans l'estomac, elle s'aperçut avec stupeur que l'homme derrière la porte n'était pas celui qui était censé être son père, mais cet abruti d'Evan Tolliver, prêt à servir à sa mère son numéro de charme. Sa présence n'allait pas arranger les choses.

Est-ce qu'on pouvait arrêter de lui pourrir la vie ?

Elle n'était pas la seule à s'étonner devant ce qui se passait. Après être restée immobile un moment, Gracie lui adressa un regard éberlué, avant de reculer tandis que le chien émettait un grognement menaçant. *Très bien !* Jade espéra qu'Evan allait en prendre de la graine et décamper sans demander son reste.

Resserrant ses bras autour d'elle, elle pensa à l'homme qu'elle savait désormais être son père. Pourquoi sa mère n'avait-elle pas eu le cran de lui dire la vérité la première fois qu'elle l'avait questionnée ? Pourquoi avoir gardé le secret ?

Si tout le monde avait été au courant dès le départ, elles n'en seraient pas là aujourd'hui, à se faire ces grandes scènes tragiques et à crever d'angoisse. Tout le monde aurait su à quoi s'en tenir. Jade aurait peut-être même pu établir une vraie relation avec son père. Mais non, bien sûr, il avait fallu que Sarah garde ça pour elle et, maintenant, Jade était obligée de se coltiner un parfait inconnu. Et ensuite ? Pouvait-elle espérer nouer de vrais liens avec lui ?

Tu parles.

Sa mère avait vraiment tout faux, et pas seulement à ce sujet. Jade était certaine que Sarah leur cachait des tas de choses sur sa famille. Même si elle avait mis en place ce projet de rénovation avec ses frères et sa sœur, on voyait bien qu'il y avait des dissensions parmi eux, ce qui n'avait rien de surprenant.

Franchement, sa mère était bizarre — sans doute parce que toute cette fichue famille semblait tout droit sortie d'un roman gothique. Sans compter cette histoire de fantôme. Existait-il vraiment ? Jade l'ignorait et, à vrai dire, elle s'en fichait. Tout ce qu'elle savait, c'était que sa mère lui avait menti au sujet de son géniteur et qu'elle n'avait pas été capable de retenir son père adoptif. Cet idiot de Noel McAdams était parti depuis quelques années, et Jade n'avait jamais pardonné à Sarah pour ça. Noel avait toujours traité Jade comme sa fille, jusqu'à ce que sa mère l'énerve tellement qu'il décide de prendre ses affaires et de se barrer à l'autre bout du pays. Aujourd'hui, il avait pratiquement disparu de leur vie.

Elle avait de multiples raisons de détester sa mère, et l'une d'entre elles se trouvait plantée là, sur la terrasse. A en juger par son sourire avenant, Tolliver avait l'intention de déployer tous ses charmes pour rentrer dans les bonnes grâces de Sarah.

La seule décision intelligente qu'ait prise sa mère, récemment, avait été de rompre avec lui. Dommage que l'information ne soit pas parvenue jusqu'au cerveau de ce crétin. Il fallait qu'il se barre, maintenant, avant que Walsh débarque et que ça dégénère...

A peine avait-elle formulé cette pensée qu'elle sortit son téléphone brisé de sa poche pour envoyer un message à Cody. Elle l'appellerait plus tard, mais elle voulait lui dire dès maintenant de se tenir prêt ; il fallait qu'il l'aide à mettre au point un plan de bataille.

Elle avait bien l'intention de quitter au plus vite cette vieille baraque et sa famille à problèmes.

Le regard d'Evan s'adoucit un peu en croisant celui de Sarah. En pantalon de toile, pull et blouson, il était habillé de façon plus décontractée que d'habitude. Un bel homme, mais sans cœur.

— Salut, Sarah, dit-il en esquissant un sourire, comme si cela pouvait suffire à effacer leur dernière conversation. Ça fait longtemps.

— Qu'est-ce que tu fais là, Evan ? demanda Sarah.

Il n'aurait pu choisir pire moment pour surgir sur le pas de sa porte.

— Je voulais te faire une surprise.

— Mission accomplie, commenta-t-elle froidement.

Il affecta de ne pas comprendre. Derrière lui, un vent froid soufflait, venant de l'est et éparpillant les feuilles mortes ; elle le sentait s'infiltrer jusqu'au plus profond de son âme.

— Je voulais juste te voir.

— Je t'ai déjà dit…

— Chut…, coupa-t-il en approchant sa main ouverte de la bouche de Sarah. Il faut qu'on parle.

Comme s'il venait de prendre conscience de l'agressivité de son geste, il baissa le bras et se rapprocha d'elle, probablement dans l'intention de pénétrer dans la maison. Elle lui bloqua le passage.

— Je t'ai déjà dit, reprit-elle d'une voix ferme, que j'avais entamé une nouvelle vie ici, avec mes filles. Et tu n'y as pas ta place. Je crois avoir été très claire à ce sujet, au téléphone.

— Eh bien, ce n'est pas très gentil.

Les bras croisés sur la poitrine, Sarah s'efforça de paraître calme. Intérieurement, elle était tendue et en colère. Pour qui se prenait-il ?

— Peut-être, répondit-elle, mais c'est comme ça.

Elle sentit sans les voir ses filles se rassembler derrière elle. Xena émit alors un grognement sourd.

— C'est quoi, ton problème ? demanda Evan, dont le sourire s'était soudain teinté de cruauté.

Evan Tolliver pouvait se montrer intimidant — d'autant plus qu'il la dominait d'une bonne tête.

— Maman ? murmura Gracie, inquiète.

— Pas maintenant, Gracie, répondit Sarah.

Puis, s'adressant à Evan, qu'elle n'avait pas un instant quitté du regard :

— Ce n'est pas la peine de faire une scène. Je veux que tu t'en ailles, maintenant.

— Je veux juste qu'on en discute une bonne fois pour toutes. En tête à tête.

— Je t'ai dit tout ce que j'avais à te dire, et tu tombes vraiment mal.

Comme pour confirmer ses propos, le grondement d'un moteur lui parvint alors, couvrant momentanément la rumeur constante de la rivière, qui coulait en contrebas. La camionnette de Clint, sans nul doute. Génial.

— Et de toute façon, ajouta-t-elle, tu ne tomberas jamais bien.

— Sarah…

— Va-t'en, s'il te plaît. Ne m'oblige pas à appeler la police.

Elle sentit son malaise s'accroître en voyant la lueur des phares apparaître à travers les arbres. Evan avait vraiment mal choisi son moment. Si elle ne se débarrassait pas rapidement de lui…

— Les flics ? lança-t-il, plus furieux que blessé. Tu te fous de moi ?

— Non.

Sortant son portable de sa poche, elle commença à composer le 911.

— Alors, qu'est-ce que tu préfères ? lui demanda-t-elle.

— Pour l'amour du ciel…

A cet instant, il sembla enfin entendre le bruit du moteur et il se retourna au moment où le faisceau des phares éclaira la façade.

— Qu'est-ce qui se passe ? Tu attends quelqu'un ?

Clint gara sa vieille camionnette près du garage, coupa le moteur et sauta du véhicule. Il referma la portière d'un coup d'épaule puis, les mains enfoncées dans les poches, se dirigea d'un pas rapide vers la maison.

— Je vois, grommela Evan avec fureur en décochant à Sarah son regard le plus noir. « Je n'ai personne », mon cul !

Ce n'était pas la peine qu'elle lui réponde. De toute façon, il ne la croirait pas.

— Va-t'en.

— Tu m'as pris pour un con. Tu m'as menti et tu m'as trompé. In-cro-ya-ble ! lâcha-t-il, les mâchoires serrées. Je le savais. Je sens l'odeur d'un autre homme sur toi…

— Tu n'y es pas du tout, l'interrompit-elle.

— Tu as déménagé à cause de lui, s'écria-t-il en pointant un index accusateur en direction de Clint.

Celui-ci venait d'atteindre le halo de lumière qui baignait la terrasse.

— Cela n'a rien à voir, tenta-t-elle d'expliquer avant de se reprendre. Ecoute, je n'ai pas à me justifier. Je veux juste que tu partes.

Clint monta l'escalier quatre à quatre.

— Un problème ? demanda-t-il à Sarah.

— A vous de me le dire, lança Evan, fulminant.

— Evan allait partir, intervint sèchement Sarah. Sinon, je vais demander à la police de le raccompagner hors de ma propriété.

— La police ? répéta Clint en fronçant les sourcils.

Sarah fusilla Evan du regard et fit les présentations.

— Clint Walsh, voici Evan Tolliver, mon ancien patron chez Tolliver Construction. Manifestement, il pensait que notre relation était plus personnelle que professionnelle.

— Bien sûr qu'elle l'était ! rétorqua Evan, dont les yeux s'étaient réduits à deux fentes. Qui êtes-vous, d'abord ?

— Clint est mon voisin, se contenta de répondre Sarah.

— Et quoi d'autre ? demanda Evan.

Tout en se rapprochant de Sarah, Clint déclara :

— Je pense que vous feriez mieux de faire ce que vous dit la dame.

— Pas encore.

Evan ne s'avouait pas vaincu.

— Je dois avoir une petite discussion avec Sarah.

— Certainement pas, lui opposa celle-ci avec toute la fermeté dont elle était capable.

Elle aurait aimé qu'ils disparaissent, tous.

— Vous l'avez entendue, Tolliver, dit sèchement Clint. Elle veut que vous partiez. Et, telle que je la connais, elle va vraiment appeler la police, ce ne sont pas des paroles en l'air. En général, elle fait ce qu'elle dit. C'est quelqu'un de franc.

— Vraiment ? répliqua Evan en évaluant Clint.

Sarah sentit la culpabilité lui vriller l'estomac. « Quelqu'un de franc », avait dit ce dernier. Il n'allait pas tarder à apprendre à quel point il avait tort.

— Vous êtes en train de commettre une violation de propriété, poursuivit Clint. Et, si les flics débarquent et que les journalistes l'apprennent, ça risque d'être mauvais pour la réputation de votre entreprise, vous ne pensez pas ? Vous croyez vraiment avoir besoin de ce genre de publicité ?

La mâchoire d'Evan était agitée d'un tic nerveux accentué par la lumière crue que diffusait l'ampoule nue, située au-dessus de leur tête. Il bouillonnait de colère. Sarah le connaissait : il n'aimait pas perdre, en aucune circonstance. Et il battait rarement en retraite. Elle avait vu exploser le budget de certains projets de construction, et des chantiers entiers avaient été abandonnés parce que Evan était incapable d'admettre qu'il avait eu tort ou de renoncer à ce qu'il avait souhaité. A présent, pourtant, alors que Clint lui exposait calmement les faits, elle le vit reculer d'un pas. Comme il hésitait, Clint ajouta :

— Il vaut mieux que vous partiez, maintenant.

Evan serra les poings, et ses lèvres s'étirèrent en un sourire crispé.

— D'accord, gronda-t-il enfin. Vous et Sarah… C'est comme ça, alors.

Il émit un son dégoûté et considéra Sarah d'un regard dans lequel couvait une fureur glacée.

— On n'en a pas fini, toi et moi, lança-t-il d'un ton menaçant.

— Justement, si, répliqua-t-elle.

— On verra.

En reculant vers le bord de la terrasse, il trébucha et faillit s'affaler dans l'escalier. Il se rattrapa à la rampe au dernier moment.

Les muscles de la nuque tendus à l'extrême, Clint attendait, le visage crispé. Sarah devina que, si Evan ne partait pas, il était prêt à prendre les choses en main.

De nouveau, Evan hésita, comme s'il s'apprêtait à ajouter quelque chose. Sans doute déchiffra-t-il la menace dans l'expression de Clint, car il se ravisa. Faisant volte-face, il lança un dernier regard menaçant à Sarah puis rejoignit son véhicule d'un pas furieux.

— Je crois qu'il a du mal à comprendre le mot *non*, observa Clint, tandis qu'Evan faisait démarrer sa camionnette.

Sarah poussa un soupir de soulagement, la main toujours crispée sur son téléphone.

— Il n'a pas l'habitude qu'on lui tienne tête, c'est vrai. Je suis sortie deux ou trois fois avec lui. Je n'aurais jamais dû.

La camionnette d'Evan s'était élancée. Il lui fit faire un brusque demi-tour, manquant d'arracher le cerisier au passage et parvenant à projeter devant lui le gravier quasi inexistant de l'allée.

— Tu n'as pas fini d'entendre parler de lui, prédit Clint, tandis que les feux arrière du véhicule d'Evan disparaissaient entre les arbres. C'est pour ça que tu m'as demandé de venir ?

— En fait, non, avoua-t-elle, se sentant au bord du malaise.

Maintenant qu'Evan était parti en remballant ses menaces, elle sentit s'abattre sur elle le fardeau de la tâche qu'il lui fallait accomplir.

— Il y a quelque chose d'autre. Entre. Il faut qu'on parle. Toi, moi, et… Jade.

Elle tourna la tête vers l'entrée où attendaient les filles et le chien.

— Allons dans la salle de séjour, dit-elle à Jade. Clint, tu veux bien m'attendre là-bas avec elle ?

— D'accord, répondit-il, sourcils froncés.

Manifestement, la situation et les commentaires énigmatiques de Sarah le laissaient perplexe. Pourtant, il se dirigea sans discuter vers la salle de séjour.

Sarah posa les mains sur les épaules de Gracie pour l'entraîner dans le couloir menant dans la cuisine.

— J'aimerais que tu nous laisses quelques minutes. Quand je lui aurai tout raconté, je reviendrai te voir. Jade et lui auront sans doute besoin de se retrouver un peu seuls.

— Tu crois que ce sera aussi simple ?

— Pas du tout.

— C'est un peu bizarre, maman.

Avec un petit rire sans joie, Sarah répondit :

— C'est extrêmement bizarre.

Sans trop savoir pourquoi, elle se sentait un peu coupable d'exclure Gracie de cet entretien, mais elle pensait qu'elle devait ménager à Clint et Jade une certaine intimité.

— Bien. Croisons les doigts pour que tout se passe bien, dit-elle en revenant sur ses pas.

— Bonne chance, maman. Je crois que tu vas en avoir besoin.

Bien qu'elle ait laissé Gracie et Xena dans la cuisine, Sarah n'était pas dupe : elle était certaine que sa cadette allait se rapprocher de l'arcade ouvrant sur la salle de séjour pour écouter leur conversation.

En entrant dans la pièce, elle sentit deux paires d'yeux se poser sur elle et suivre chacun de ses mouvements. Le regard de Jade était inquiet, presque apeuré. Quant à celui de Clint, qui se tenait près de l'un des piliers du salon, il était plein de questions.

— Bon, que se passe-t-il de si important ? demanda-t-il.

Avant qu'elle ait pu répondre, il sourit faiblement et ajouta :

— Tu sais, Sarah, on dirait que tu viens de voir un fantôme.

— C'est sans doute le cas, souffla Jade.

— Pas maintenant, déclara Sarah, coupant court à toute parenthèse. Nous avons des problèmes plus sérieux à aborder pour le moment.

— Des problèmes ? répéta Clint. Mais ça ne concerne pas Tolliver ?

Sarah secoua la tête.

— Il a débarqué sans prévenir quelques minutes avant toi. Il a mal choisi son moment.

— Super mal choisi, renchérit Jade.

— Tu as des ennuis ? demanda Clint à Jade.

Jade s'accroupit puis s'assit au bord de la cheminée. Les épaules basses, elle enroula une couverture autour de ses pieds.

— Non…

Pour une fois, Jade semblait à court de mots. Plutôt que de s'expliquer, elle consulta sa mère du regard avant de balbutier :

— C'est… c'est compliqué.

— C'est moi qui ai des ennuis, affirma Sarah.

Le front plissé, Clint lui adressa un regard curieux.

— Quel genre ?

Il glissa un bras protecteur autour de ses épaules et l'étreignit. Pendant une seconde, Sarah se rappela son odeur, l'aisance avec laquelle ils se parlaient, le sentiment de sécurité qu'elle éprouvait quand ils étaient ensemble. A l'époque, la vie dans cette vieille maison — en compagnie de ses parents, de ses frères et de sa sœur — s'apparentait émotionnellement à un voyage sans fin sur des montagnes russes. Clint avait été son roc, un ami fidèle devenu un amant passionné. Même après leur rupture officielle, elle avait été incapable de lui résister. Seigneur, tout cela promettait d'être encore plus difficile qu'elle ne l'avait craint. Mais il fallait qu'elle en finisse. Se dégageant de son étreinte, elle dit :

— Tu ferais mieux de t'asseoir, je pense.

— C'est du lourd ? demanda-t-il, plaisantant à moitié.

— Très.

— Je confirme, dit Jade.

Il la regarda un instant, les yeux plissés, puis s'assit au bord du canapé, les mains croisées entre les genoux. Là, il considéra Sarah d'un air suspicieux.

— Vas-y, balance.

— Ça ne va pas être facile, dit Sarah.

Elle avait les mains moites et la voix étranglée. Elle toussa pour s'éclaircir la gorge.

— Je vais essayer de tout t'expliquer. Et pas seulement à toi, mais aussi à ta fille.

Intentionnellement, elle marqua une pause.

Il la dévisagea. Le feu sifflait et crépitait derrière Jade, qui sembla soudain se faire encore plus petite.

— Ma *quoi ?* Ma fille ?

Il considéra Sarah avec de grands yeux, comme s'il avait mal entendu — ou comme si elle était devenue folle.

— Je ne comprends pas…

Son regard passa de Sarah, debout près du pilier, à Jade, assise sur le bord de la cheminée, qui le dévisageait avec de grands yeux inquiets. Elle triturait d'une main nerveuse le bord de la couverture et elle était d'une pâleur mortelle.

Malgré le tremblement intérieur qui la secouait, Sarah tenta d'éclaircir la situation :

— Oui, Clint, Jade est ta fille.

— Quoi ? murmura-t-il, en proie à une évidente confusion. Qu'est-ce que tu dis ?

Pendant une fraction de seconde, il n'ajouta plus rien. Sarah devina qu'il faisait des calculs dans sa tête. Et soudain, la lumière fut. Une expression stupéfaite se peignit sur son visage.

— Jade est ton enfant, Clint, affirma Sarah avant qu'il ait eu le temps de retrouver sa voix.

Jade ferma les yeux, l'air de vouloir se faufiler entre les lames du plancher.

— Ça va aller, Jade, lui lança Clint, les mâchoires serrées.

Comme elle n'ouvrait pas les yeux, il ajouta :

— Donne-moi une minute. Tout ira bien.

Qui essayait-il de convaincre ? se demanda Sarah.

— Non, je ne crois pas que ça ira, chuchota Jade en battant des paupières pour refouler ses larmes.

Sarah en eut le cœur déchiré.

— Bon sang, pesta Clint.

Il avait l'air sonné mais, de toute évidence, il faisait mille efforts pour garder son sang-froid. Le regard qu'il adressa alors à Sarah était froid et distant.

— Très bien, Sarah. Je t'écoute.

21

La nuit semblait calme — en tout cas, autant que pouvait en juger Rosalie depuis le fond de sa prison. Le vent avait cessé de faire vibrer le toit, et les oiseaux de nuit s'étaient tus.

Elle était seule, désespérément seule. Allongée sur le minuscule lit de camp, elle s'accrochait aux morceaux du coupe-ongles en réfléchissant à la façon dont elle pourrait s'en servir.

Si elle en avait l'occasion. Si on ne l'avait pas abandonnée ici pour qu'elle meure de faim et de soif. Elle était devenue dépendante de son ravisseur, et cette pensée la rendait malade.

Pourquoi sa mère n'était-elle pas venue ? Son père était-il au courant qu'elle avait disparu ? Sharon avait-elle pensé à l'appeler ? Et la police, l'avait-elle prévenue ? Mais peut-être était-elle trop occupée à dévorer des yeux cet abruti de Mel pour s'inquiéter de sa fille ?

Non, elle était injuste, sa mère n'était pas comme ça. C'était son esprit qui lui jouait des tours, cette solitude atroce. Elle allait devenir folle si elle se laissait aller à des pensées pareilles. Elle devait garder la foi.

Levant les yeux, elle crut distinguer une lueur pâle par la fenêtre au-dessus d'elle. Une hallucination, sans doute. Non… un instant. Il y avait aussi un bruit de moteur. Un ronronnement plutôt que le rugissement habituel de la camionnette, mais… Seigneur, quelqu'un l'avait peut-être trouvée !

Elle se leva d'un bond, prête à crier au secours, à hurler à ses sauveurs qu'elle était ici, mais au dernier moment une pensée l'arrêta : les nouveaux venus n'étaient peut-être pas animés d'intentions amicales. Jusqu'à présent, ses geôliers ne lui avaient pas fait de mal, pas vraiment, en dépit d'intentions qu'elle savait sinistres, mais qu'en était-il de ces inconnus qui venaient d'arriver ? Ils seraient peut-être pires.

C'était possible, en tout cas.

Elle se posta derrière la porte, prête à la marteler des poings et des pieds, et à hurler à pleins poumons. Soudain, elle entendit des voix et des pas crisser sur le gravier. Tous ses sens se mirent en alerte. *Par pitié, faites que ce soit quelqu'un qui vienne à mon secours !*

Un cliquetis de serrure. Le choc sourd du battant de la porte.

Le cœur de Rosalie s'emballa.

Un claquement puis la lumière jaillit, projetant une lueur fantomatique dans l'espace situé au-dessus des box et le long de la minuscule ouverture entre le sol et la porte de sa cellule.

Encore des bruits de pas, puis des voix étouffées.

Amis ou ennemis ?

En toute hâte, Rosalie se réfugia dans un coin, les morceaux de coupe-ongles cachés dans sa paume, prête à frapper. Elle venait de reconnaître la voix de son ravisseur.

— Bouge ! s'écriait-il d'une voix pleine de colère.

Il n'était pas seul.

Que comptait-il faire ? Et surtout, que comptait-il *lui* faire ? Elle sentit une sueur froide lui parcourir le dos.

— Allez, allez ! On n'a pas toute la nuit ! Fais-la entrer ici.

Qui ? Et où ?

C'était d'elle qu'il parlait ? Demandait-il à son interlocuteur d'ouvrir sa porte pour la faire sortir dans le couloir, ou bien… ?

Elle entendit de nouveaux bruits de pas. Une deuxième personne venait de pénétrer dans la grange. Puis un autre son parvint à ses oreilles. Celui d'une femme ou d'une jeune fille qui sanglotait.

Un sentiment de désespoir s'abattit sur elle. Ils en avaient capturé une autre ? Dans quel but ? Ils en avaient parlé, certes, mais elle n'aurait jamais cru qu'ils mettraient leurs menaces à exécution. Qu'avaient-ils en tête, bon sang ? A pas de loup, elle avança jusqu'à sa porte et tendit l'oreille pour capter leur conversation.

— Merde, lâche-moi un peu, vieux ! Elle pèse une tonne !

Le rouquin. Elle reconnaissait sa voix nasillarde.

Rosalie se mordit la lèvre. Ses pensées s'affolèrent. Ce n'était peut-être pas si mal, après tout. S'ils avaient kidnappé une autre fille et qu'ils la laissaient ici, elle allait pouvoir s'entendre avec elle et, une fois que les deux hommes seraient partis, elles mettraient au point un plan d'évasion. A moins que… Une pensée la paralysa : maintenant que ses ravisseurs avaient deux victimes, ils allaient peut-être changer de tactique et renoncer à les laisser seules. Pire encore, cette nouvelle capture allait peut-être déclencher la seconde partie de leur plan, quelle que soit la nature de ce dernier. Ils risquaient de les déplacer bientôt ou… pire. Ce n'étaient pas les scénarios qui manquaient, et ils étaient tous plus affreux les uns que les autres.

Chaque chose en son temps. Jusqu'ici tout va bien, et maintenant tu as une alliée. Ravalant sa peur, elle serra les doigts autour de son arme minuscule. *Pitié,* pensa-t-elle avec désespoir, *faites qu'on trouve un moyen de s'échapper.*

Elle entendit grincer la porte du box d'à côté.

— Pas ici ! s'écria son ravisseur. On ne va pas les mettre l'une à côté de l'autre !

— Quoi ? demanda le rouquin.

— Sers-toi de ta cervelle, mon vieux. Amène-la au fond, à l'autre bout. Loin de Star. Elle, c'est Lucky.

— Quoi ? demanda le rouquin.

Manifestement, il était dur à la détente.

— Je t'ai dit de la mettre dans le box de Lucky, là-bas au bout. Tu vois le nom au-dessus de la porte ? Oui, celui-là !

— Meeeerde, gémit le rouquin. Ça fait loin.

La porte du box d'à côté se referma dans un claquement, et Rosalie éprouva une grande déception. Elle avait espéré que la fille serait près d'elle, et qu'elles pourraient communiquer sans avoir à crier.

— Bien, bien. C'est mieux. Oui, aussi loin que possible de Star, et magne-toi le train. J'ai encore du boulot, ce soir, il faut que j'avance. Ça ne se fait pas tout seul, tu sais, il faut planifier, peaufiner les détails, tout minuter. Bon sang, c'est quoi ton problème ? Toi, t'as pas oublié d'être con !

Rosalie détestait qu'il l'ait baptisée du nom d'un cheval, mais elle tint sa langue. Elle se retenait de hurler à la fille de se débattre et de se dégager pour venir ouvrir sa cellule. Si « Lucky » pouvait envoyer son genou dans les parties du rouquin et décocher un bon coup dans les tibias de l'autre, elle pourrait peut-être la libérer et l'aider à s'échapper pendant qu'ils se tordraient de douleur. Elles courraient jusqu'à la voiture et… et… *Arrête ! Ça n'arrivera pas. Tu l'entends ? Elle est en train de pleurnicher comme un bébé. Elle ne te sera d'aucune aide. Pas maintenant. Sois patiente, Rosalie. Contente-toi de prier pour que la chance soit de ton côté et que cette fille ne soit pas un boulet, parce que tu n'as vraiment pas besoin de ça.*

Soudain, un nouveau bruit attira son attention. De la musique techno qui devait provenir d'un téléphone portable.

— Ouais ? fit la voix tonitruante de son ravisseur.

Il y eut une pause, pendant laquelle Rosalie entendit les sanglots de la fille que le rouquin menait en pestant dans le box de Lucky.

— Ouais, je sais. J'ai compris. Bientôt !

Il semblait en colère. Frustré, aussi.

Une fois de plus, Rosalie s'astreignit au silence. Elle avait envie de hurler, d'avertir la fille de ne pas se laisser enfermer. Sinon, elle ne serait pas mieux lotie qu'avant l'arrivée de la nouvelle. Pourtant, elle se tut, car elle savait ce qu'elle avait récolté la dernière fois qu'elle l'avait ramenée. Elle repensa à la ceinture de son ravisseur, et un frisson la parcourut.

Tendant l'oreille, elle tenta d'écouter la conversation téléphonique mais, avec le bruit que faisaient le rouquin et la fille, ce n'était pas gagné. Elle ferma les yeux pour mieux se concentrer.

— Oui, je sais ce que j'ai promis… Au moins quatre, peut-être cinq d'ici la semaine prochaine.

Quatre ou cinq quoi ? De quoi parlait-il ? De filles ? Qu'est-ce qu'il complotait, nom d'un chien ?

— Non, non ! Pas maintenant. Il me faut le week-end… Quoi ? Lundi ? Ouais, ça devrait aller.

Une pause.

— Sept ?

Nouvelle pause.

— D'accord, d'accord. Mais on va devoir attendre un peu avant la nouvelle opération…

Puis ses paroles devinrent indistinctes : la fille s'était mise à gémir — à moins que la conversation n'ait pris fin.

Cette idiote faisait un raffut de tous les diables, elle pleurait, geignait, criait, c'était infernal.

— Nom de Dieu, tu vas la fermer ! hurla soudain le rouquin.

— Je t'ai déjà dit de ne pas blasphémer, aboya l'autre.

— Et toi, tu ne jures pas peut-être, espèce de connard ?

— Putain, si, mais je n'invoque jamais le nom du Seigneur en vain. On en a déjà parlé, merde !

Il semblait hors de lui, au point que même la fille l'avait mise en sourdine.

— Je ne vois pas la différence, c'est tout.

— Parce que tu es un païen. Et un demeuré. Tu as été mal éduqué, tu ne sais pas ce que c'est que la morale.

— Foutaises ! En plus, tu as besoin de moi, protesta le rouquin avec colère.

— J'ai besoin de quelqu'un, oui, mais pas forcément de toi.

— Tu ferais ça ? C'est vrai, tu me lâcherais ? Après tout ce que j'ai fait ? Merde, mon vieux. Si tu fais ça, je te dénonce aux flics. Je passerai un marché avec eux et je m'en tirerai comme une fleur. Je vais t'écraser !

— Ah bon ? demanda l'autre d'un ton glaçant. Si tu fais ça, tu es mort.

Un silence pesant suivit ces mots. Les deux hommes s'étaient tus. Même les rats semblaient avoir cessé de courir sur le plancher, et les chauves-souris de battre des ailes.

La nouvelle captive s'était calmée tout net. Rosalie pria pour que ces deux salauds s'en prennent l'un à l'autre. Qu'ils s'entre-tuent. Oui, ce serait parfait. Ensuite, si l'autre pleurnicheuse ne piquait pas une crise de nerfs, elle pourrait faire sortir Rosalie de cette affreuse prison, et elles s'enfuiraient en courant puis prendraient le volant du pick-up ou de l'autre voiture. Libres, enfin !

Rosalie osait à peine respirer. *Pitié, pitié, pitié… Entretuez-vous.*

— Merde, vieux, j'ai rien dit, souffla enfin le rouquin. Allez, on en finit et on se tire d'ici.

Il avait décidé de faire profil bas. Rosalie enrageait. L'autre ne répondait pas mais elle sentait que l'orage était passé — et avec lui toutes ses chances d'évasion. Pour le moment, en tout cas. Pourtant, les deux hommes avaient à présent un contentieux, et cela pouvait tourner à son avantage. Peut-être. L'ennui c'est que, d'après ce qu'elle avait saisi de la conversation téléphonique, ils étaient plus pressés que jamais. Elle ignorait ce qui allait leur arriver, à « Lucky » et à elle, mais leur sort serait apparemment fixé dans deux jours, et cela la terrifiait au-delà des mots.

L'unique bonne nouvelle dans tout cela, c'était qu'elle n'était plus seule. Elle avait de son côté quelqu'un qui pourrait l'aider, qui avait une famille et des amis dehors, susceptibles de prévenir sa mère et la police et de les aider à les localiser. Et puis, d'après ce qu'elle avait vu, ces vieilles écuries n'étaient équipées ni de micros ni de caméras de surveillance. Une fois qu'elle et « Lucky » seraient seules, elles pourraient se parler — sans doute en criant, vu la distance — et échafauder un plan pour échapper à ces salauds. Les doigts croisés, elle attendit, espérant que sa nouvelle compagne d'infortune allait dire quelque chose, mais elle n'entendit que des sanglots étouffés.

Seigneur, pourvu que ce ne soit pas qu'une poule mouillée...

Sinon, ça ne marcherait pas. Aucune chance.

Peut-être qu'elle était seulement traumatisée, ou qu'on l'avait droguée pour l'empêcher de parler. Sans doute était-elle bâillonnée.

Rosalie frémit en songeant à ce qu'ils avaient pu lui faire subir. Pourtant, elle se força à rester optimiste. Elle n'était plus seule maintenant, et c'était tout ce qui comptait pour l'instant.

Elle attendit donc dans sa cellule obscure.

Comme elle l'avait prévu, des pas approchèrent bientôt.

Se jetant en arrière, elle tomba sans bruit sur son lit de camp. D'un geste vif, elle rabattit le sac de couchage moisi sur son corps, ferma les yeux et serra fort les morceaux de coupe-ongles entre ses doigts.

Cliquetis du verrou.

Elle réprima une envie de bondir. S'obligea à ne pas bouger.

La porte du box s'ouvrit, et Rosalie perçut une faible lumière à travers ses paupières closes. Elle demeura immobile malgré les bruits de pas qui lui indiquaient que son ravisseur était entré.

Si tu me touches, espèce de monstre, je t'arrache les yeux.

— Tu ne dors pas, Star.

Elle ne bougea pas. Elle respirait à peine.

— Tu as compris où était ta place, c'est bien.

Seigneur, comme elle le haïssait ! Elle brûlait d'envie de lui sauter dessus et de le mordre, de le griffer. Encore une fois, pourtant, elle se força à rester de marbre.

— Bien, brave fille, murmura-t-il comme à un chiot obéissant — ou à un fichu canasson.

Elle l'entendit qui bougeait dans la pièce.

— Je t'ai apporté de l'eau fraîche et un sandwich, dit-il.

Elle l'entendit remplacer sa bassine pleine par une propre.

Salaud!

Enfin, les bruits cessèrent et elle entrouvrit légèrement les yeux. Il se tenait dans l'encadrement de la porte, à contre-jour.

Il la regardait.

— Tu as perdu ta langue?

Elle ne répondit pas.

— Bien. De toute façon, elle était trop pendue. Reste à ta place, tu t'en porteras mieux.

Connard!

Elle serra les mâchoires pour ne pas répliquer.

Surtout, ne pas céder à la provocation.

— Alors comme ça, tu nous la joues passive-agressive?

Rosalie était étonnée qu'il connaisse ce terme, mais elle prit soin de n'en rien laisser paraître.

— Ça ne marchera pas, tu sais. Ta nature reprendra le dessus tôt ou tard, et ce sera une bonne chose, finalement. On veut que tu saches où est ta place et on dirait que ça commence à rentrer, mais c'est bien aussi que tu aies un peu de caractère. Tu vois de quoi je veux parler, non? Ta vraie nature, tout feu tout flamme? Ça va lui plaire aussi, à lui. Il sera content si tu lui donnes un peu de fil à retordre.

Mais de qui parlait-il?

La réponse s'imposa comme une évidence, et elle sentit son ventre se tordre d'appréhension. Ils allaient la donner à quelqu'un. Ou la vendre. A un homme qui la voulait « tout feu tout flamme ». Elle imaginait très bien la suite, hélas.

Malgré tout, elle garda ses craintes pour elle. Apparemment, le fait qu'elle reste muette avait tendance à rendre son geôlier plus bavard.

— Eh, cria-t-il à son comparse, viens voir, elle boude.

— Tant mieux, répondit à tue-tête le rouquin, j'aime pas trop quand elle crie et qu'elle tape.

Elle perçut des bruits de métal. Il devait être en train d'installer l'autre fille dans sa cellule. Merveilleux. Si elle l'avait pu, Rosalie aurait déchiré le visage de ses deux geôliers, elle les aurait piétinés jusqu'à ce qu'il n'en reste plus rien. La fille, là-bas, n'avait pas cessé de geindre. Pourvu que ce soit le choc. Pourvu que « Lucky », le moment venu, montre un peu de cran.

— Allez, on y va, déclara alors son ravisseur.

Devait-elle saisir sa chance ? Lui sauter dessus ? Le poignarder avec la lime ?

S'il se retournait... Mais non. Comme s'il avait lu dans ses pensées, il sortit du box à reculons et ferma la porte. Elle était de nouveau dans le noir, et pas plus libre qu'avant.

Patience, se répéta-t-elle. *Tu as tout le temps.*

Sauf qu'elle ne se faisait pas d'illusions. Les deux hommes n'avaient pas l'intention de la garder éternellement dans cette vieille grange. Non, elle l'avait entendu, ils avaient des plans pour elle ainsi que pour « Lucky ». Elle songea à ces histoires qu'elle avait entendues au sujet de trafics d'êtres humains et de filles qu'on avait forcées à entrer dans des réseaux de prostitution.

Quelle que soit l'idée que ces deux malades avaient en tête, le sort qui attendait Rosalie et « Lucky » serait terrible, elle en était certaine. Elles n'avaient pas le choix : il fallait qu'elles s'échappent, et vite.

Tant que c'était encore possible.

22

Sarah cherchait ses mots, et Clint peinait à maîtriser la colère qui enflait en lui.

— Tu n'avais pas le droit de me le cacher, gronda-t-il, encore choqué par cette révélation.

Il savait ce que c'était que d'élever un enfant, de voir sa vie bouleversée par un petit être, d'aimer sans condition. Et aussi de perdre du jour au lendemain l'objet même de son amour et de son adoration.

Ces paroles semblèrent sortir Sarah de son mutisme.

— Je ne te l'ai jamais dit parce que je ne voulais pas te forcer à faire quelque chose dont tu n'avais pas envie et que tu aurais accepté uniquement par sens du devoir.

Puis, levant la main dans un geste presque résigné, elle ajouta :

— J'aurais dû vous le dire il y a longtemps, à toi et à Jade. Vraiment. Je suis sincèrement désolée de ne pas l'avoir fait. Jade ne l'a appris qu'il y a une demi-heure.

Il reporta son attention sur l'adolescente de dix-sept ans, pelotonnée près du feu. Elle semblait terrifiée, et le cœur de Clint se serra.

— Je ne savais pas, lui dit-il, confirmant l'évidence.

Elle eut un hochement de tête saccadé. Manifestement, elle était sous le choc, elle aussi.

— Je n'ai aucune excuse, murmura Sarah d'une voix presque inaudible. A l'époque, je pensais avoir pris la bonne décision.

— C'était égoïste de ta part, intervint Jade.

Sarah acquiesça.

— J'avais peur de te perdre, dit-elle à sa fille. Quant à toi, Clint, tu étais déjà avec Andrea quand tu es revenu à Stewart's Crossing, et… quand on s'est retrouvés.

Jade ferma vivement les yeux.

— Je n'ai pas envie d'entendre ça.

— Je ne peux rien faire d'autre que de m'expliquer et de vous demander pardon, poursuivit Sarah, ignorant la réflexion de sa fille. Si ça ne suffit pas, très bien. Je peux comprendre.

Elle décocha à Clint ce regard familier qui avait toujours eu le don de lui couper le souffle. Alors, elle se mit à raconter son histoire par à-coups. Il fallut à Clint tout son sang-froid pour se taire alors que les émotions se livraient une guerre impitoyable en lui, mais il y parvint… tout juste. Sarah lui expliquait qu'elle était tombée enceinte après la nuit où ils s'étaient retrouvés, un week-end, après que lui et Andrea venaient de se séparer pour, quoi, la troisième fois ? Ou était-ce la quatrième ? Sarah lui assurait qu'elle n'avait à aucun moment envisagé de tomber enceinte. C'était arrivé, voilà tout, mais quand elle avait découvert sa grossesse ses craintes s'étaient dissipées devant l'excitation qu'elle éprouvait à l'idée de sentir cet enfant qui grandissait en elle. Il n'avait pas été question qu'elle se débarrasse du bébé ou qu'elle le fasse adopter.

La naissance de Jade, l'arrivée dans sa vie d'un être humain dont elle était responsable avait constitué un tournant pour elle. Sarah elle-même avait rapidement mûri en devenant mère. Comme Clint, elle avait découvert l'amour inconditionnel qu'on voue à un enfant.

Le cœur battant à tout rompre, celui-ci l'écoutait sans pouvoir chasser le flot des pensées qui s'agitaient dans sa tête. Il était père, il était père depuis dix-sept ans, et l'idée qu'il avait été privé des responsabilités, des joies et des peines que Sarah avait connues avec Jade le rendait à moitié fou. Seigneur, il avait été père bien avant que Brandon ne soit conçu !

— Pourquoi ? demanda-t-il quand Sarah se tut. Pourquoi ?

Elle lui adressa un regard presque implorant.

— J'avais peur. Et je suppose que c'était la solution de facilité.

L'instant d'après, elle secouait la tête et relevait le menton, comme pour le défier de s'en prendre à elle, de reporter toute sa colère sur elle. Il faillit céder à la tentation. Comment avait-elle pu lui cacher l'existence de sa propre fille ? Quel droit avait-elle eu de garder le silence ? Et si quelque chose était arrivé à cette enfant, à la fille qu'il n'avait pas eu la chance de connaître ?

Une mèche de cheveux tomba sur le visage de Sarah, et elle la repoussa d'un geste agacé, comme elle aurait chassé un insecte importun. Inconsciente de la façon dont ses boucles brunes rougeoyaient à la lueur des flammes, inconsciente aussi de la bataille qui faisait rage en lui. S'il était en colère ? Et comment ! S'il avait envie de la secouer un bon coup pour lui donner une leçon ? Sans aucun doute. Mais ce qu'il voulait par-dessus tout, c'était la prendre dans ses bras, l'embrasser et lui faire l'amour jusqu'à épuisement. Ça, oui.

C'est alors qu'il surprit sur lui le regard de la jeune fille, de *sa fille*.

— Tu ne veux pas faire un test de paternité ? demanda-t-elle, un rien de provocation dans la voix.

— Non, dit-il sans hésiter. Et toi ?

Sa question sembla la prendre de court, mais elle esquissa un sourire qui creusa dans sa joue une fossette semblable à celle qu'il avait si souvent vue sur le visage de sa propre mère. Il ne doutait pas un instant que Jade soit sa fille. Il se demandait seulement, à présent, comment il avait pu ne pas remarquer cette fossette, ou la forme de ses yeux, ou même la minuscule bosse sur son nez — la même que la sienne — la première fois qu'il l'avait vue. Comment cela avait-il pu lui échapper ? Combien de fois avait-il repensé à cette dernière nuit avec Sarah, une nuit de passion et de culpabilité ? Ils avaient fait l'amour comme jamais alors qu'il sortait plus ou moins avec Andrea depuis déjà un an. Quand il avait retrouvé Sarah, sa relation avec Andrea était en suspens, mais ce n'était pas une excuse car il se doutait déjà qu'ils renoueraient sous peu.

— Si tu as des doutes sur ma paternité, je peux faire ce test, dit-il à Jade.

— Ce n'est pas comme ça que ça marche, lui répondit-elle en le regardant droit dans les yeux.

Avant qu'il ait pu lui demander ce qu'elle entendait par là, elle ajouta :

— Tu n'es pas censé te mettre en rogne et crier sur maman ? La traiter de garce et…

— Jade ! coupa Sarah.

Clint ignora l'interruption.

— Et ? demanda-t-il pour encourager Jade à poursuivre.

Sarah croisa les bras sur la poitrine en soupirant.

— … et l'accuser de faire passer la gosse d'un autre pour la tienne, histoire de se faire du fric ? Enfin, un truc dans le genre ?

— Dis donc, murmura Sarah, soufflée.

— Je crois que ta mère dit la vérité, répondit simplement Clint.

— Et tu es en colère contre elle, compléta Jade.

Clint ne répondit pas, mais il savait que ses sentiments étaient clairs pour tout le monde. Il évitait le regard de Sarah parce qu'il savait qu'elle lirait en lui comme dans un livre ouvert. Alors, au lieu de ça, il planta ses yeux dans ceux de Jade. Dans les yeux de sa fille.

— Tu ne t'es jamais douté de rien ? demanda celle-ci.

— Tout le monde pensait que tu étais la fille de Noel, répondit Sarah à sa place.

— Papa m'a adoptée, souligna Jade. Tout le monde le sait, dans la famille. Pourquoi aurait-il adopté sa propre gosse ?

— Il le savait ? demanda Clint en se tournant vers Sarah. Ton mari, il savait que c'était ma fille ?

Sarah fit un signe de dénégation.

— Personne d'autre que moi ne le savait. Ma mère l'a deviné, bien sûr, mais elle n'en a jamais rien dit à quiconque — pas que je sache, du moins. Mais, si Dee Linn en avait eu vent, je suis certaine que j'en aurais entendu parler depuis longtemps.

— Et ton ex ne t'a rien demandé ? s'étonna Clint.

— Non… On avait une sorte d'arrangement à ce sujet.

— Ça veut dire quoi ? marmonna Jade.

— Tout ce que nous avions vécu avant de nous rencontrer appartenait au passé. Noel et moi ne nous cachions rien qui aurait pu nous faire du mal mais, pour tout le reste, nous n'avons pas jugé bon de rentrer dans le détail.

— Très civilisé, ironisa Clint.

— Au moins, papa, enfin, Noel… Bon sang, comment je vais l'appeler, maintenant ?… Au moins, il était là, déclara Jade. Enfin, il l'était jusqu'à ce que…

Elle adressa un regard entendu à sa mère.

— Jusqu'à ce que je commence à parler de revenir habiter ici, poursuivit Sarah à sa place. Lui, ça ne l'intéressait pas. Je sais qu'on dirait une formule toute faite, mais nous nous étions beaucoup éloignés, tous les deux. Nous nous sommes séparés, et le plus ironique dans tout ça, c'est que je ne suis même pas revenue tout de suite à Stewart's Crossing. Avant, il fallait que je mette certaines choses au point avec les jumeaux et ma sœur. Du coup, je suis restée encore un bon moment à Vancouver.

— Mais il a laissé les filles ? demanda Clint en s'efforçant vainement de masquer l'incrédulité dans sa voix.

— C'était le plus difficile, lui assura Sarah. Pour nous deux. C'était — et c'est toujours — un bon père.

— Tu le vois beaucoup ? demanda Clint à Jade.

— Il habite à Savannah, rétorqua Jade. A l'autre bout du pays.

— Ce n'est pas une question de distance, affirma Clint.

Pour sa part, il aurait fait le tour de la terre dans les deux sens pour pouvoir revoir Brandon et maintenant, il le savait, il ferait la même chose pour Jade — et même, s'il le fallait, pour la petite Gracie. C'était une évidence.

— Vous devriez peut-être discuter un peu, tous les deux, pendant que je vais voir Gracie dans la cuisine, dit Sarah à sa fille.

— Non, maman ! s'écria Jade, paniquée.

— Tu n'es pas obligée de partir, dit Clint à Sarah.

— Je ne serai pas loin. Je vais juste à côté.

Puis, d'une voix plus douce, elle s'adressa à Jade :

— Ça fait des années que tu attends ça, n'est-ce pas ?

Elle esquissa un sourire du coin de la bouche, un petit sourire qui rappela à Clint la fillette innocente qu'elle avait été autrefois. Puis, se tournant vers lui, elle lui décocha un regard qui disait : « Sois gentil avec elle. » Alors, le laissant en compagnie de Jade, elle quitta la pièce. Quand elle lui tourna le dos, il ne put s'empêcher d'admirer la façon dont son jean moulait ses fesses parfaites.

Bon sang, quel idiot il faisait ! Même maintenant, après tout ce qu'il venait d'apprendre, elle continuait de le bouleverser.

Reportant son attention sur Jade, il ouvrit la bouche pour dire quelque chose. Il ne savait pas trop quoi, à vrai dire, mais le regard horrifié que Jade posait sur lui l'empêcha d'articuler quoi que ce soit.

— Je n'y crois pas, murmura-t-elle. Tu es toujours amoureux d'elle !

***

— Eh ! hurla Rosalie.

Les deux malfrats étaient partis depuis cinq minutes, et elle avait attendu que le bruit du moteur de leur voiture s'éloigne jusqu'à devenir indistinct. A présent, elles étaient seules, et elle n'entendait plus que les sanglots étouffés de la fille à l'autre bout des écuries.

— Tu m'entends ?

Les sanglots cessèrent soudainement. Il n'y eut plus que le silence, troublé seulement par les battements de son propre cœur.

— Ils m'ont amenée ici il y a un moment. Un vendredi soir, il doit bien y avoir une semaine, maintenant. Je m'appelle Rosalie Jamison.

Elle criait à pleins poumons. Etait-ce la peur qui avait rendu l'autre muette, ou bien était-elle sourde ?

— La fille qui a disparu ? demanda une voix faible.

— C'est ça. Ces crétins m'ont capturée et traînée ici. J'étais seule jusqu'à ce soir. Et puis ils t'ont amenée.

— Oh ! mon Dieu !

La fille se remit à sangloter en marmonnant des paroles incompréhensibles.

— Eh, hurla Rosalie. Arrête ! Il faut qu'on trouve un moyen de se tirer d'ici.

Les gémissements continuèrent.

Bon sang, ça ne les menait nulle part.

— Qui es-tu ?

— Quoi ?

Elle était stupide ou quoi ?

— Comment tu t'appelles ? Pas « Lucky », j'imagine ?

— Ah…

L'autre renifla avant de balbutier :

— C-Candy.

Rosalie réprima un grognement.

— Candy comment ?

— C-Candice F-Fowler.

Elle bégayait ou bien c'était la peur ?

— Tu… tu es la fille qu'on voit partout sur les affiches ? reprit l'autre, comme pour la détromper. Je les ai vues en ville, et on a eu une réunion de sécurité au lycée mais je… je ne pensais pas… oh, nooon !

Elle s'était remise à pleurnicher.

— Arrête! cria Rosalie. Ressaisis-toi! Il faut qu'on arrive à se tirer, je te dis. Dis-moi ce qui s'est passé. Comment ils t'ont prise. Ce qu'ils ont dit, comment ils ont fait. Dis-moi tout ce que tu sais. Il faut qu'on se serre les coudes, tu comprends?

Elle devait hurler pour se faire entendre, à cause de la distance et des crises de larmes de Candice.

D'une voix entrecoupée de sanglots, celle-ci finit par répondre à ses questions. Elle était partie de chez une amie pour rentrer chez elle et elle avait pris un raccourci. Elle était trop absorbée par son téléphone pour faire attention à ce qui se passait autour d'elle, et c'est alors qu'elle s'était fait coincer par les deux hommes. L'un d'entre eux conduisait une Prius, croyait-elle, une sorte de voiture à moteur hybride, tellement silencieuse qu'elle ne l'avait pas entendue arriver. L'autre était un maigrichon qui lui avait sauté dessus, et elle avait paniqué. Elle n'avait pas la moindre idée de l'endroit où elles étaient. Elle voulait juste rentrer chez elle.

Après son récit, elle avait remis ça. Elle pleurait comme un veau en appelant sa mère, jurant ses grands dieux qu'elle était une « fille bien » et que c'était injuste, que ça n'aurait pas dû lui arriver, pas à elle.

— C'est p-pas p-possible, geignait-elle. Je veux ma mère!

Soudain, elle se mit à hurler comme un porc qu'on égorgeait.

— Un rat! Oh! mon Dieu, j'ai vu un rat! Je te jure! Il faut que je sorte d'ici. Au secours! Au secours!

Elle se mit à marteler sa porte avant de se remettre à pleurer.

— Du calme! Ça ne sert à rien, arrête de pleurer!

— Mais j'ai vu un rat et je me suis fait pipi dessus!

Courage, s'exhorta Rosalie.

— Sérieusement, Candice, ferme-la et écoute-moi. Il faut qu'on soit ensemble sur le coup, et on n'a sans doute pas beaucoup de temps.

Pour toute réponse, Candice poussa un gémissement à fendre l'âme, puis un hurlement si perçant qu'il avait dû faire fuir tous les rats de la création. Mais, malheureusement, quel que soit l'endroit où se trouvaient ces écuries, Rosalie était persuadée qu'elles étaient trop loin de la civilisation pour que même un cri pareil attire l'attention de qui que ce soit.

Candice hurlait sans discontinuer, au point que Rosalie crut qu'elle allait faire voler en éclats les quelques vitres encore intactes et réveiller les morts à des lieues de là.

Dommage que les vivants ne puissent pas l'entendre.

De guerre lasse, Rosalie se rallongea sur son lit de fortune. Elle attendrait que Candice se fatigue ou que sa voix se brise. Cette fille était une plaie, pas d'erreur possible. Elle n'était là que depuis une demi-heure et elle avait déjà confirmé les pires craintes de Rosalie : c'était un boulet, un vrai. Elle n'avait aucun espoir d'en tirer quoi que ce soit.

Sarah avait le plus grand mal à tenir sur ses jambes. La confrontation qu'elle avait appréhendée pendant dix-sept ans n'était certes pas finie, mais le plus dur était derrière elle : elle avait dévoilé son secret, et c'était un véritable soulagement.

Et maintenant, qu'allait-il se passer ?

Sarah n'en avait pas la moindre idée, mais elle avait bien l'intention de ne pas brûler les étapes. En arrivant dans la cuisine, elle s'attendait à voir Gracie postée près de la porte, se balançant d'un pied sur l'autre, impatiente de se mêler à l'action.

Au lieu de ça, elle trouva sa fille assise sur un tabouret face au comptoir. Ses jambes pendaient dans le vide, et elle était concentrée sur ce que Sarah prit d'abord pour un cahier d'école. Cependant, quand Xena, leur pseudo-chienne de garde, remarqua l'arrivée de Sarah et se mit à agiter la queue sur le sol, Gracie sursauta. Sa mère s'aperçut alors que le cahier était en réalité un carnet de cuir relié, tellement usé qu'il semblait sur le point de tomber en miettes.

— Qu'est-ce que c'est que ça ? demanda-t-elle.

Gracie lui adressa un regard coupable.

— Rien.

En essayant de fourrer le carnet dans son sac à dos, elle faillit faire basculer son tabouret. Le carnet tomba par terre, et Sarah le ramassa.

Bien que préoccupée par ce qui se passait dans la salle de séjour, elle s'efforça de se concentrer sur sa cadette. Tout en tournant et retournant le carnet entre ses mains, elle parvint enfin à s'éclaircir les idées.

— Comment ça, rien ?

Elle feuilleta les pages jaunies couvertes d'une écriture déliée.

— On dirait une sorte d'agenda.

— C'est un journal intime, corrigea Gracie.

— Le journal de qui ? demanda-t-elle.

Aussitôt, elle sentit la peau de ses bras se hérisser. Avant même que Gracie ait ouvert la bouche, elle sut ce que sa fille allait répondre.

— Celui d'Angélique Le Duc, dit en effet Gracie. Regarde les dates.

Elle désigna une note à peine lisible. Sarah secoua la tête.

— Ça n'a aucun sens. Cette date est au début du journal, et ça correspond à peu près à la date où elle a disparu. Comment aurait-elle pu écrire tout ce qui suit ?

— C'est la date où elle est *censée* avoir disparu, rectifia Gracie. C'était peut-être un coup monté. Peut-être qu'elle se cachait ou qu'elle était retenue prisonnière quelque part.

— Où as-tu trouvé ça ?

Gracie baissa les yeux.

— Gracie ? insista Sarah.

— Dans… dans la cave.

Sarah eut l'impression d'être happée par un grand vide — une réaction viscérale depuis qu'elle avait été enfermée au sous-sol par ses frères. Cette mauvaise blague l'avait vraiment traumatisée.

— Qu'est-ce que tu faisais là-bas ?

— Je jetais juste un coup d'œil, répondit Gracie en haussant les épaules d'un air évasif.

— Elle fouinait, comme d'habitude.

Jade venait d'entrer, le visage pâle.

— Où est Clint ? demanda Sarah.

— Dans la salle de séjour. Il veut te parler.

— Comment ça s'est passé ? s'enquit Sarah.

— A ton avis ? C'était génial, évidemment, ironisa Jade en mettant la main sur le paquet de chocolat en poudre.

Elle entreprit de s'en préparer une tasse.

— Si j'étais toi, je ne ferais pas trop attendre mon cher papa, lui dit-elle en ouvrant un sachet avec les dents.

— Il est en colère ? demanda Gracie.

— Quelle question ! souffla Jade avec dédain.

Sarah se prépara mentalement au combat. Toutefois, avant de partir, elle tendit le journal à Gracie.

— On parlera de ça plus tard. *Tu sais, je parle français*[1].

— Quoi ? demanda Gracie.

— Elle a dit qu'elle parlait français, traduisit Jade.

— Dis donc, fit Sarah, étonnée.

— Ben quoi, j'ai retenu des trucs de mes cours, ça te surprend tant que ça ?

Sarah leva les mains en signe de reddition, et Gracie demanda :

— Tu pourras me traduire ce journal ?

— Plus tard, peut-être. Mais en attendant, ne va ni dans la cave ni dans le grenier tant qu'on n'est pas sûres qu'il n'y a pas de danger.

Gracie rangea le carnet dans son sac.

— Il n'y a pas de danger, soupira-t-elle.

Sarah se rappela cette impression que la maison était surveillée de l'extérieur, et occupée à l'intérieur par l'esprit des morts. Elle frissonna.

Mais, pour le moment, il fallait qu'elle parle à Clint. Chassant de ses pensées fantômes et ancêtres aux destins tragiques, elle se dirigea vers le salon.

1. En français dans le texte.

23

Tout en engageant sa camionnette sur le parking criblé de nids-de-poule du Columbia Diner, il sentit la tension provoquée par toute cette opération atteindre son paroxysme. Il fallait accélérer le rythme mais, pour cela, l'organisation était le maître mot.

La réussite de cette entreprise reposait sur lui et son associé, lequel était, au mieux, un imbécile, et au pire un parfait demeuré.

Il s'était déjà écoulé trop de temps entre les enlèvements, ce qui avait donné aux flics toute latitude pour enquêter, et c'était dangereux.

A présent, il allait devoir se montrer particulièrement prudent afin de ne pas attirer l'attention sur lui. Il devait se comporter de la même façon que d'habitude, s'en tenir à sa routine et ménager sa couverture. Ainsi, personne ne suspecterait que c'était lui, le cerveau qui avait orchestré ces enlèvements.

Il se gara à sa place habituelle, dans l'allée qui longeait le restaurant. Puis, après avoir verrouillé sa camionnette, il se dirigea vers le bâtiment. Deux types vêtus de blousons épais fumaient debout devant l'entrée, la tête rentrée dans les épaules pour se protéger des rafales de vent, leur cigarette rougeoyant dans la nuit. Ils lui adressèrent un petit signe de tête qu'il leur retourna, bien qu'il n'ait aucune idée de qui ils étaient.

Sans doute des habitués, comme lui.

Dans le restaurant étroit et vivement éclairé flottait une odeur de café réchauffé à laquelle venait se mêler celle des oignons grillés. Les enceintes diffusaient de la musique country, sans couvrir le grésillement de la friteuse et le brouhaha des conversations. Il prit place sur une banquette près de l'entrée, juste en face de la caisse et du plateau des « pâtisseries du jour » sur lequel, à cette heure tardive, ne se trouvaient plus qu'un morceau de tarte au citron meringuée, des cookies et la moitié d'un gâteau à la noix de coco.

Quelques clients étaient répartis entre les banquettes et les tabourets du comptoir. Il n'en reconnut aucun ; sans doute les chauffeurs des énormes camions garés devant le restaurant. La serveuse, Gloria — celle qui changeait tout le temps de coiffure — accourut vers lui, l'air encore plus stressé que d'habitude. Son rouge à lèvres s'était effacé depuis longtemps, mais il remarqua que le mascara dont elle chargeait ses cils avait tenu.

— Bonsoir, dit-elle avec un sourire tendu en lui présentant un menu plastifié. Vous voulez boire quelque chose ?

— De la bière. Une pression, n'importe laquelle.

— On en a bien une demi-douzaine, dit-elle.

Comme elle s'apprêtait à les énumérer, il l'arrêta d'un geste de la main.

— Une Bud, ça ira.

— Pas de problème. Oh ! et au fait, nous n'avons plus de plat du jour — c'était du saumon — mais la morue est parfaite, ce soir.

Sur ces mots, elle partit chercher la bière. Il jeta un coup d'œil désintéressé au menu. Peu lui importait ce qu'il mangeait, il avait juste besoin de recharger ses batteries, surtout à ce stade des hostilités. Il regarda deux routiers payer leur repas puis sortir du restaurant. Tout en discutant, ils se dirigèrent vers un semi-remorque garé côté rivière.

Quelques minutes plus tard, Gloria réapparut.

— Et voilà ! s'exclama-t-elle en posant la bière sur la table de Formica bon marché. Vous avez choisi ?

— Un sandwich bacon-salade-tomate. Sans tomate.

— Un bacon-salade, alors ? dit-elle avec un sourire forcé, sentant que sa plaisanterie tombait à plat.

Dans la cuisine, un bruit de couverts assourdissant retentit, suivi d'un « merde ! » sonore.

Gloria leva les yeux au ciel.

— Je vous mets des frites ?

— Bien sûr. Et ce sera tout.

— Ça roule.

Gloria ne se donna pas la peine de noter la commande, et elle allait retourner dans la cuisine quand quelque chose attira son attention sur l'écran de télévision suspendu au-dessus de l'entrée.

Elle émit un petit son étranglé, et ses mains aux longs ongles vernis de rouge vinrent couvrir sa bouche.

— Excusez-moi, dit-elle d'une voix aiguë, tandis que ses yeux s'emplissaient de larmes.

Il leva les yeux vers l'écran. Celui-ci était tout entier envahi par la photo de la fille qu'il avait baptisée Star.

— Oh! mon Dieu, c'est trop affreux, geignait la serveuse. Personne ne sait ce qui lui est arrivé.

— Elle travaillait ici, non? Je me souviens d'elle.

— Oh! oui. Une fille vraiment adorable.

Il ne répondit pas. Parlaient-ils vraiment de la même personne?

— Elle était au restaurant, ce soir-là, et je n'aurais jamais dû la laisser rentrer chez elle à pied. Ils pensent qu'elle a été enlevée sur le trajet, expliqua Gloria avec un frisson. Je n'en dors plus! Si seulement elle m'avait écoutée et avait attendu que je la raccompagne, elle serait ici aujourd'hui, à servir les clients et à encaisser les pourboires.

De nouveau, elle laissa échapper un petit gémissement.

— On a une idée de ce qui s'est passé? demanda-t-il, l'air de rien.

— Non, juste qu'elle a été enlevée.

Puis, s'éclaircissant la voix, elle ajouta :

— Ils n'ont pas retrouvé de corps.

— Elle a peut-être juste fugué, non?

Gloria tourna vivement la tête pour le regarder. Il avait poussé le bouchon un peu loin, semblait-il. Bon sang, il fallait qu'il soit prudent, sinon il risquait de s'en mordre les doigts.

— Comment ça? demanda-t-elle.

— Certains ados se font la belle, ça arrive, dit-il avec un sourire qu'il espérait réconfortant. Vous verrez, elle va peut-être revenir.

— Eh bien… C'est tout ce qu'on peut souhaiter, murmura-t-elle, avant de s'éloigner pour aller prendre la commande d'un couple qui venait de s'asseoir au comptoir.

Il sirota sa bière en regardant la télévision. Il fallait qu'il tienne sa langue. Trop parler fait du tort, avait-il répété des dizaines de fois à son acolyte. Il était temps qu'il s'inspire de cette maxime.

Pourtant, il brûlait d'en apprendre davantage, de savoir ce que pensait la police. Le compte rendu qu'on donnait sur l'affaire était lacunaire, et il en déduisit que si les flics avaient la moindre idée de ce qui était arrivé à Star ils gardaient leurs conclusions pour eux. Il avait besoin d'être certain de ce qu'ils savaient car l'opération allait passer à la vitesse supérieure ce week-end, et il ne pouvait pas se permettre d'échouer. La pression n'avait jamais été aussi forte.

Gloria revint lui apporter son sandwich et, après lui avoir demandé s'il avait besoin d'autre chose, elle retourna en cuisine. Tout en gardant un œil sur l'écran de télé, il arrosa son sandwich de ketchup et écouta les nouvelles d'une oreille. Un journaliste, planté devant le commissariat de police, affirmait qu'il n'y avait « pas de nouvelle piste » dans l'enquête. Il n'entendit aucune allusion à une seconde disparition. Manifestement, les autorités n'avaient pas été alertées au sujet de Lucky, sinon la presse en aurait eu vent.

Ce n'est qu'une question de temps, pensa-t-il en buvant sa bière. Un kidnapping, ça se prépare minutieusement, avait-il assuré à son associé, surtout quand les autorités et les parents sont sur leurs gardes. Ce n'étaient pas des paroles en l'air. A présent, le niveau d'exigence serait encore plus haut. Il avait envisagé de mettre la main sur deux ou trois filles de plus. Mais cinq ? Il allait devoir la jouer fine, sans compter qu'il n'avait guère de marge de manœuvre. Enlever Rosalie avait été un jeu d'enfant, et il savait alors que les autorités mettraient sa disparition sur le compte d'une fugue, au moins les premiers jours. Il s'en était assuré en lui inventant de toutes pièces un petit ami virtuel. Tout s'était passé comme sur des roulettes : elle avait « rencontré » Leo, son alter ego, sur un forum de discussion dont elle lui avait parlé en passant, un jour qu'elle lui servait un hamburger-frites. Il avait également appris qu'elle rêvait de se rendre dans le Colorado pour retrouver son « vrai » père, et qu'elle détestait les maris et petits amis qui s'étaient succédé auprès de sa mère. Il avait donc créé ce personnage, Leo, qui habitait près de Denver. Elle avait mordu à l'hameçon, ils avaient très vite commencé à flirter en ligne, et le reste avait suivi. Internet et l'informatique n'avaient pas de secret pour lui, il savait créer une adresse IP impossible à localiser rapidement et il n'avait donc eu aucun mal à attirer Rosalie dans son piège, lui donnant ainsi une raison de disparaître de la surface de la terre. En revanche, la deuxième fille ne serait pas considérée comme une fugueuse, et les flics avaient beau être stupides, ils sauraient rapprocher les deux affaires et en conclure que les deux gamines avaient été enlevées.

Et maintenant, il en fallait *cinq de plus ?*

Putain, il n'était pas magicien.

Il attrapa une frite et la plongea dans le petit pot de ketchup. Et s'il fichait le camp ? Il pouvait fourguer les deux qu'il avait sous la main, peut-être en dénicher une de plus, deux maximum, et leur faire quitter l'Oregon, peut-être pour l'Etat de Washington ou, mieux encore, pour l'Idaho. Les suivantes, il les trouverait ailleurs. Sauf que ça prendrait du temps et de l'argent, et qu'il lui faudrait une nouvelle planque. Tout cela, il ne l'avait pas. En outre, son associé avait raison : il ne pouvait pas opérer seul. Malheureusement, il avait manqué de discernement dans le choix de son complice.

Mais chaque chose en son temps. Déjà, il allait surveiller la maison des McAdams dès qu'il sortirait d'ici. Les deux gamines constitueraient sa cible ultime... A moins que... *et pourquoi pas Sarah ?* Ce n'était pas la première fois que cette pensée le traversait mais, à présent qu'il avait besoin de plus de filles, l'idée devenait infiniment plus séduisante. Il pourrait éliminer toute cette foutue famille d'un seul coup. Sarah était un peu vieille pour ce qu'il avait en tête, certes, mais elle était suffisamment jolie, sans compter qu'elle en avait dans la cervelle. Elle était un peu bizarre aussi, mais cela en faisait une personne à part, et cette originalité ne manquait pas d'attrait. Il reprit une gorgée de bière ; l'idée lui plaisait de plus en plus. Si ces trois filles disparaissaient d'un coup, risquait-il d'attirer sur lui l'attention des autorités ?

Ça valait la peine d'y réfléchir.

Tout à ses pensées, il en avait oublié son sandwich et la télévision. Il entama son bacon-salade et faillit s'étouffer en voyant apparaître sur l'écran le visage du shérif Cooke. Il se prépara au pire, mais il ne s'agissait que d'une rediffusion de l'unique conférence de presse organisée par la police. Toujours rien de nouveau dans l'enquête sur la disparition de Rosalie Jamison.

Avec un sourire, il lécha le ketchup qui se trouvait sur ses lèvres et regarda Jefferson Dade Cooke éluder les questions, tout en s'efforçant d'avoir l'air sûr de lui, comme s'il était vraiment l'homme de la situation.

Il ne put s'empêcher d'émettre un reniflement de dédain. Le shérif n'était pas un adversaire à la hauteur.

Ce qui lui convenait très bien.

Quand Sarah entra, elle trouva Clint debout, tournant le dos au feu, le regard braqué sur le mur du fond — sauf que ce n'était sans doute pas ce mur qu'il regardait, mais quelque chose qui n'était visible que de lui seul. En l'entendant arriver, il reporta son attention sur elle.

Si elle avait espéré trouver de l'indulgence dans ses yeux, elle fut déçue. Elle avait été stupide de penser que, à présent qu'elle lui avait tout avoué, ils allaient pouvoir s'entendre.

— D'après Jade, tu ne m'as dit la vérité que parce qu'elle l'avait devinée, déclara-t-il.

— C'est à peu près ça, oui. J'avais l'intention de vous mettre au courant au moment opportun.

— C'est-à-dire ?

A l'entendre, il était persuadé qu'elle n'aurait jamais dévoilé son secret.

— Si je suis revenue ici, c'est en partie pour te dire la vérité, expliqua-t-elle en s'efforçant de garder un ton neutre. Il fallait que Jade l'apprenne tôt ou tard, et toi aussi. A présent, nous devons trouver un moyen d'aller de l'avant.

— Et comment comptes-tu t'y prendre ?

— Je n'en sais rien. Tu as une idée ?

— Je n'ai pas vraiment eu le temps de mettre au point un projet parental, dit-il sèchement. Donne-moi encore quelques minutes.

Sarah s'abstint de répondre. Après un silence tendu, Clint reprit :

— Je crois que nous allons devoir consulter nos avocats.

A ces mots, elle s'anima.

— J'aimerais ne pas mêler les avocats, les juges ou les assistants sociaux à tout ça. J'espérais que toi et moi — et Jade aussi, vu qu'elle a dix-sept ans — pourrions trouver un arrangement.

— Un arrangement ? répéta-t-il d'un ton sarcastique. J'ai eu un fils, figure-toi. Je sais ce que c'est que d'aimer un enfant, de subvenir à ses besoins, de se faire du mouron pour lui. Ce n'est pas une question d'« arrangements ».

— Alors trouve un autre mot, rétorqua-t-elle, agacée d'avoir le mauvais rôle. J'ai commis une erreur, d'accord ? J'en suis consciente. Je le sais, tu le sais, Jade le sait. Et bientôt, le monde entier le saura. Mais je ne peux rien y changer.

Elle traversa la pièce pour s'approcher de lui. Leurs chaussures se touchaient presque.

— Je n'ai pas l'intention de passer le reste de ma vie à me repentir. J'ai fait ce que je pensais être le mieux à l'époque et, si ça ne te plaît pas, tant pis. Alors vas-y, fais-moi un procès.

En prononçant ces mots, elle en comprit toute la portée. Allait-il le faire ? Irait-il devant les tribunaux pour réclamer la garde de Jade ?

— Il y a des questions légales à traiter.

— Tu veux un test de paternité ? Vas-y, ne te gêne pas.

Elle se tenait trop près de lui mais elle refusait de battre en retraite.

— Je le ferai peut-être, dit-il en la défiant du regard.

— D'accord, vas-y, je te dis.

Quelques secondes s'écoulèrent sans qu'ils ne se quittent des yeux.

— Je te crois, dit-il enfin. Jade et moi avons discuté. Je connais sa date de naissance, et la ressemblance est frappante.

— Très bien. Et alors… quoi ? Tu veux voir un avocat pour obtenir une garde partagée ?

— Je ne sais pas, je…

— Parce que, si c'est ce que tu veux, il faut que tu demandes son avis à Jade. Elle est assez âgée pour avoir son mot à dire. Et je suis toujours sa mère. Alors oui, tu peux faire partie de cette famille si tu le souhaites, mais c'est tout.

— C'est pour ça qu'il nous faut des avocats. Pour faire en sorte que…

— Très bien, coupa-t-elle. Appelle-le, ton fichu avocat.

— Bon sang, Sarah, laisse-moi finir !

— Je sais ce que tu vas dire. Ecoute, Clint, je me suis excusée en long, en large et en travers. Je n'ai pas l'intention de remettre ça. Si tu as besoin d'un avocat pour programmer la suite des événements, vas-y. Je tiens à ce que toi et Jade ayez une vraie relation, mais c'est moi qui suis le parent responsable et ça ne changera pas. Compris ?

— Compris, répondit-il d'une voix cassante.

Il soutint un instant le regard de Sarah, puis tourna la tête.

— Jade ? Tu veux bien venir ici une seconde ?

Sarah retint son souffle tandis que sa fille aînée, une tasse de chocolat à la main et un air méfiant sur le visage, regagnait la salle de séjour. Gracie et le chien étaient sur ses talons, mais ils s'arrêtèrent dans l'entrée.

— Vous pouvez venir aussi, lança Clint en invitant d'un geste la cadette à entrer.

Gracie s'approcha avec circonspection, mais Xena ne se le fit pas dire deux fois, et elle bondit dans la pièce avant de venir s'affairer devant la cheminée, pour se fabriquer un petit coin avec la couverture et les sacs de couchage qui traînaient près du feu.

— Super chien de garde, dit Jade à sa mère, en aparté.

Puis, à l'adresse de Clint :

— Je ne sais pas pourquoi, mais maman pensait qu'on avait besoin d'un chien pour nous protéger.

— Je voulais un chien qui puisse donner l'alarme et qui soit aussi un animal de compagnie, corrigea Sarah. Je suis contente que Xena ait rejoint la famille.

— C'est une soirée à thème, en fait, marmonna Jade.

Les traits crispés de Clint se détendirent un peu, et il esquissa même un sourire.

— On a pris cette chienne à cause des fantômes, lui expliqua Jade. Maman et Gracie n'arrêtent pas d'en voir, tu sais.

Elle souffla sur sa tasse puis s'assit sur le bord de la cheminée.

— Je ne sais pas pourquoi je n'en vois pas, moi, reprit-elle. Peut-être qu'ils ne m'aiment pas.

— Jade ! la reprit Sarah.

— C'est parce que tu ne regardes pas bien, intervint Gracie. Ou alors, ils ne veulent pas que tu les voies.

— T'es vraiment dingue, répliqua Jade.

Clint se frotta le menton.

— Vous savez, moi aussi je me battais tout le temps avec mon frère. Et pas seulement verbalement. On s'empoignait, on se donnait des coups de poing et on faisait des trous dans les murs. Mais mon père avait une façon de régler ça. Il nous envoyait aux écuries et il nous faisait pelleter du purin pendant des heures.

— Ça veut dire quoi ? demanda Jade avec une grimace.

— Il faut que je te fasse un dessin ?

Cette fois, il souriait franchement.

Gracie lui décocha un regard soupçonneux :

— Tu veux nous punir ? demanda-t-elle, sur un ton qui laissait entendre qu'il avait complètement perdu l'esprit.

— Il veut simplement dire que toute action a ses conséquences, intervint Sarah.

— Tu n'as pas l'intention d'emménager ici ou quoi que ce soit ? demanda Jade, sans chercher à dissimuler sa consternation.

Sarah était sur le point d'assurer à sa fille qu'elle était loin du compte, mais Clint ne lui en laissa pas le temps :

— Pas pour le moment, non, mais si j'entends que vous faites enrager votre mère en vous houspillant sans cesse je vais peut-être y penser.

Il mentait, mais Jade prit ses paroles pour argent comptant.

— Si seulement je pouvais récupérer ma voiture et rentrer à la maison !

— C'est ici, la maison, dit Sarah.

— Non, et ça ne le sera jamais. Et toi…, ajouta-t-elle en considérant Clint, sourcils froncés, ne commence pas à jouer au parent avec moi, parce que je ne te connais même pas.

— C'est d'accord, répondit-il. Tant que, de ton côté, tu ne joues pas les ados avec moi.

— Je veux ma voiture, bon sang, répéta Jade. C'est quand même pas bien compliqué de réparer une Honda ?

Sarah remarqua qu'au lieu d'agacer Clint l'attitude de Jade semblait l'amuser, ce qui était une bonne chose. En revanche, son allusion aux avocats l'avait franchement refroidie.

— Il faut que j'y aille, dit Clint. J'ai un chien qui m'attend et pas mal de boulot à faire. J'ai à peu près cinquante têtes de bétail et quelques chevaux, alors il y a pas mal de purin à ramasser chez moi, si vous voyez ce que je veux dire.

Il décocha un sourire à Jade dont le visage s'était fermé, comme si elle craignait sérieusement que Clint ne décide d'endosser immédiatement son rôle de père, auprès d'elle et de Gracie.

— Tu me raccompagnes ? demanda-t-il à Sarah.

Elle le suivit vers la porte. Alors qu'ils contournaient des cartons dans l'entrée, il lui dit, assez fort pour que Jade et Gracie l'entendent :

— Si elles te causent du souci, tu n'as qu'à m'appeler.

— Tu sais qu'elles vont piquer une crise si tu essaies de leur dicter leur conduite ? s'enquit-elle, une fois qu'ils furent sortis sur la terrasse et hors de portée de voix.

— Bien sûr. Je les faisais marcher, c'est tout.

Elle crut alors qu'il allait partir et, honnêtement, elle se sentait tellement lessivée qu'elle avait hâte de se retrouver seule, mais il hésita.

— Des fantômes, Sarah ? lui demanda-t-il, une expression inquisitrice sur le visage.

Elle haussa les épaules, un peu embarrassée.

— Je croyais que ça t'avait passé, ajouta-t-il.

— Gracie est obsédée par Angélique Le Duc. Elle est persuadée d'avoir vu son fantôme et elle pense qu'elle pourrait l'aider à trouver le repos.

— Et tu la crois ?

— Pas vraiment, mais il se passe quelque chose. Naturel, surnaturel, peu importe. Disons que je ne veux pas la braquer en lui disant que les fantômes n'existent pas — pas plus ici qu'ailleurs.

— Tu en as vu un quand tu avais à peu près son âge.

— C'était une hallucination, rétorqua vivement Sarah en regrettant de s'être confiée à lui sur ce sujet. J'étais malade. J'avais de la fièvre.

— Jade affirme que tu l'as accusée d'être montée au deuxième étage alors qu'elle était en bas.

Sarah serra les dents. Elle n'avait aucune envie d'avoir cette discussion avec Clint mais, apparemment, elle n'allait pas y échapper.

— D'accord, j'ai cru voir quelqu'un en haut. Je suppose que je suis un peu nerveuse avec le déménagement et tout le reste.

Elle balaya du regard le terrain obscur entourant la maison.

— Parfois, j'ai l'impression qu'on nous observe. Quelqu'un ou quelque chose.

— C'est pour ça que tu as pris ce chien.

Elle acquiesça.

Clint soutint un instant son regard et, pendant une fraction de seconde, elle eut le sentiment aberrant qu'il allait l'embrasser. Et puis il recula.

— Il faut que je rentre, mais nous n'en avons pas fini.

— Ce n'est que le début, en effet : tu es le père de Jade.

Il sembla sur le point de rétorquer quelque chose mais, pour finir, il se contenta de dire :

— On en discute bientôt.

— Bonsoir.

Sarah referma la porte. Elle en avait marre de tout, et d'elle-même pour commencer. En effet, elle avait beau s'en défendre, elle venait de comprendre qu'elle éprouvait encore de l'attirance pour Clint Walsh. Et, qu'il soit ou non le père de Jade, Clint n'était pas pour elle. Quand elle avait découvert qu'elle portait son enfant, elle avait élaboré des fantasmes dans lesquels elle s'imaginait que Clint et elle se retrouveraient un jour, et qu'ils vivraient ensemble. Tout cela, c'était de la pure fiction, les rêves éveillés d'une jeune fille enceinte et terrifiée par l'avenir. Depuis, elle avait grandi et remisé ces pensées puériles dans le compartiment de son esprit qui renfermait sa jeunesse — un compartiment doté d'une porte solidement verrouillée. Clint était le dernier homme au monde sur lequel elle pouvait s'autoriser à avoir des vues.

Le seul fait de devoir l'intégrer dans la dynamique familiale allait déjà être assez difficile, pas question d'en rajouter.

En entendant le moteur de sa camionnette qui s'éloignait dans l'allée, elle dut réprimer l'envie de le regarder partir par la fenêtre de l'entrée.

Avec un soupir las, elle retourna dans la salle de séjour.

En se répétant, une fois de plus, que le père de Jade n'était pas pour elle.

24

— Pour l'amour du ciel, ressaisis-toi !

A force de crier sur cette idiote à l'autre bout de la grange, Rosalie avait la voix éraillée, mais Candice continuait de sangloter et de pleurnicher.

— Il faut qu'on trouve un moyen de s'échapper d'ici, répéta-t-elle pour la centième fois.

Sanglots.

— Ecoute, tu es sportive ? Est-ce que tu peux, genre, grimper sur le mur du box et sortir, puis venir me libérer ?

Reniflements. Cette fille était vraiment nulle !

— Allez, il faut qu'on sorte d'ici, insista-t-elle. Tu fais du sport ? De la natation, peut-être ?

Rosalie se creusait la cervelle pour essayer de faire réagir Candice, tout en pensant que c'était une cause perdue d'avance.

— Je… je suis luthiste.

Luttiste ?

— Hein, quoi ? Tu fais de la lutte, tu veux dire ?

Pour la première fois depuis longtemps, Rosalie sentit l'espoir renaître en elle. Cette fille était peut-être une future championne olympique, une athlète capable de sauter, de jouer les funambules, de faire des sauts périlleux — n'importe quelle acrobatie susceptible de les aider à sortir d'ici.

— Je joue du luth. Dans un orchestre.

Rosalie se laissa glisser contre le mur et se prit la tête dans les mains, désespérée. Elle avait envie de hurler des obscénités mais à la place elle releva la tête, prit une profonde inspiration et cria :

— Tu peux escalader le mur ?

— Comment ?

Enfin, elle avait l'attention de Candice. Elle lui expliqua alors comment elle avait tenté de grimper le long du mur de sa cellule.

— Regarde s'il y a quelque chose d'encastré dans les parois du box, un truc sur lequel tu pourrais monter, ou bien une fissure dans les planches qui pourrait te servir d'appui.

— Je crois qu'il n'y a rien, se plaignit la fille, sur un ton qui suggérait qu'elle se contentait d'ouvrir de grands yeux, en regardant autour d'elle et en tordant ses jolies mains de *luthiste*.

— Il faut que tu tentes le coup !

— Et toi ?

— J'ai essayé, mais nos box sont peut-être différents. Pour l'instant, rien n'a marché chez moi. Mais je ne vais pas abandonner. Et toi non plus.

Seigneur…

— Allez, tu peux le faire. Il faut juste que tu cherches une façon de sortir.

— Je veux rentrer chez moi.

— Alors trouve une façon de sortir d'ici, merde !

— D'accord, dit enfin Candice en reniflant bruyamment. Mais il fait tellement noir…

— Je sais. Fais ce que tu peux, tâtonne autour de toi…

— Beurk ! Il y a peut-être des rats, des araignées ou des excréments.

Les trois, pensa Rosalie.

— Quand le jour commencera à se lever, regarde bien autour de toi. Partout. Passe la pièce au peigne fin, chaque recoin, chaque fissure. Et regarde s'il y a un moyen de sortir de ta cellule.

Elle était épuisée. Calmer Candice, lui hurler dessus pour qu'elle se ressaisisse et se motive était un combat de chaque instant.

— Je ne sais pas…

— Jusqu'à présent, ces deux crétins ne sont jamais venus le matin, alors ça nous laisse un peu de temps.

Rosalie croisa les doigts en espérant qu'elle ne se trompait pas, mais qu'en savait-elle, au fond ? Elle avait eu l'impression que le pervers qui l'avait enlevée devenait de plus en plus nerveux ; les choses pouvaient donc changer.

Qu'avait-il dit au sujet de son caractère ?

« C'est bien aussi que tu aies un peu de caractère. Ta vraie nature, tout feu tout flamme. Ça va lui plaire aussi. Il sera content si tu lui donnes un peu de fil à retordre. »

Elle frissonna.

Bon sang, mais qui était ce « il » auquel son ravisseur faisait référence et qui semblait tirer les ficelles ?

Et surtout, qu'avait-*il* l'intention de faire d'elle ?

Lunettes de vision nocturne en place et pistolet à la ceinture, il avançait dans les bois entourant Blue Peacock Manor. Par chance, la propriété était tellement étendue qu'il y avait peu de risques qu'on le repère. Il avait garé sa camionnette sur un chemin abandonné à l'écart de la route, puis crapahuté sur les pistes empruntées par les cerfs, celles-là mêmes qu'il avait suivies quand il chassait dans sa jeunesse. A l'époque, il était convaincu que ces bois étaient hantés et il avait vu des fantômes, des démons, et Satan en personne se faufiler entre les bosquets de pins, faisant craquer les branches, projetant de la mousse et des feuilles mortes autour d'eux. Il les avait vus tourbillonner et danser, et il avait senti leur souffle démoniaque dans son dos.

Aujourd'hui encore, alors qu'il était adulte, il les entendait murmurer dans le noir ; les rugissements du vent couvraient leurs voix rocailleuses, qui lui glaçaient le sang.

— Tu es mauvais, grondaient-ils. Dieu le sait, et Il te punira.

A ce moment, une branche craqua, et il pivota sur lui-même, scrutant les alentours à travers ses lunettes. Il aperçut une mouffette qui détalait.

Son cœur battait à tout rompre et il ferma les yeux, le temps de retrouver son sang-froid. Non, il ne croyait pas que ces bois étaient hantés, pas du tout. Il ne s'agissait que d'exagérations, de contes à dormir debout que les habitants de Stewart's Crossing s'étaient transmis de génération en génération. *Aie confiance,* se dit-il. Quand il eut retrouvé un rythme cardiaque normal, il reprit sa marche sur le sentier sinueux, refusant de voir les spectres et les fantômes dont on lui avait parlé il y avait si longtemps. Un coyote apparut dans son champ de vision mais, comme s'il s'était aperçu qu'on pouvait le voir, il sauta derrière un rocher et disparut.

C'était peut-être un loup-garou, lui souffla son imagination fertile. L'espace d'un instant, il frissonna et il se représenta une bête dix fois plus grande qui bondissait de derrière le rocher, cherchant à l'attraper, la mâchoire sanguinolente.

Résolument, il chassa ses peurs. C'était juste des histoires de fantômes idiotes que les enfants racontaient aux plus petits pour qu'ils se tiennent tranquilles.

Heureusement, la forêt céda bientôt la place à des pâtures en friche. Bien sûr, au milieu, il y avait ce foutu cimetière, et la proximité des tombes le mettait sur les nerfs. En se traitant d'idiot, il se dirigea vers le tronc abattu qui lui avait fourni, la dernière fois, un support parfait pour observer la maison.

Et il s'arrêta aussi sec.

Il y avait quelqu'un. Quelqu'un ou quelque chose. Une silhouette sombre étendue sur le sol.

Un frisson de terreur le parcourut, et il tendit la main vers son pistolet.

Un démon ?

Un fantôme ?

Angélique Le Duc, ou plutôt son spectre ?

Le prince des ténèbres lui-même ?

Merde alors ! Le cœur battant la chamade, il serra les doigts autour de son Glock.

La forme sombre se mit à bouger ; elle se retourna sur le ventre et se ramassa sur elle-même, s'apprêtant à bondir.

Il ne réfléchit pas. Son doigt pressa la détente, et le coup de feu retentit dans la nuit, assourdissant, avant de se répercuter contre les collines.

La créature hurla, et son corps se mit à tressauter.

Il tira encore trois fois, et la silhouette cessa de bouger ; elle n'émettait plus qu'un gargouillement sourd. Le sang chargé d'adrénaline, il contemplait la forme sombre étendue devant lui, le souffle court. Il entendit vaguement un chien aboyer au loin. Plus loin encore, le bruit d'un train.

Il respira un grand coup, s'attendant à ce que l'être surnaturel s'évanouisse sans laisser de trace, comme s'il n'avait jamais existé. Mais la créature ne disparut pas ; elle ne s'évapora pas dans un monde souterrain, invisible aux yeux des humains. Elle restait là, plus immobile que le tronc sur lequel elle reposait.

Parce que c'est un être humain, espèce d'idiot ! Pourquoi tes lunettes l'ont capté, à ton avis ? Parce qu'il était vivant, crétin ! Tu viens de tuer un homme! Putain, mais qu'est-ce que tu croyais? Toi et ta foutue imagination! C'est de la vision thermique, mon vieux. Tu sais bien que les fantômes et les démons n'émettent pas de chaleur! Ces fils de putes ont le sang gelé, et leur souffle est si froid qu'il transformerait un homme en bloc de glace. Qu'est-ce que tu vas faire maintenant, pour l'amour de Dieu?

Il était pantelant. Il transpirait. S'approchant prudemment de sa cible, il prit soin de garder l'homme abattu en joue… juste au cas où il ne serait pas humain. Le démon avait peut-être pris la forme d'un homme, allant même jusqu'à émettre de la chaleur pour tromper quiconque traînait dans les parages. Et alors, d'un coup, la bête reprendrait sa forme monstrueuse pour lui sauter dessus.

Il avait la bouche sèche. Du bout de sa botte, il donna de petits coups sur la jambe de sa victime.

Rien.

Il poussa un peu plus fort.

La forme demeurait sans vie.

Alors, il se pencha pour faire rouler la chose et il venait de la retourner sur le dos quand elle émit un grognement affreux, les yeux exorbités, les lèvres retroussées sur une grimace hideuse, un filet de sang s'échappant de sa bouche.

Il se recula précipitamment, brandissant son pistolet comme si la chose allait se transformer en une grotesque créature de la nuit. Mais elle s'était déjà immobilisée.

Du cran, merde! s'exhorta-t-il en approchant de nouveau. Examinant le visage sanglant, il s'aperçut qu'il avait croisé ce type en ville, et peut-être même au Columbia Diner. Ce n'était pas un démon, pas un monstre, pas un putain de fantôme. C'était un homme. Un homme parfaitement mort.

Qu'est-ce qu'il foutait ici, bon sang?

A présent qu'il s'était convaincu que sa victime n'était pas une créature surnaturelle, il se mit à inspecter les alentours du regard et remarqua bientôt une paire de jumelles de précision gisant à côté du tronc abattu. Ainsi, ce type épiait les environs, tout comme lui-même avait eu l'intention de le faire.

En toute hâte, il fouilla les poches de l'homme, en retira son portefeuille, son portable et ses clés. Au fait, où était sa voiture?

Puis il décida qu'il était temps de décamper. Pas question de surveiller la maison ce soir, c'était trop risqué.

Soudain, il s'aperçut qu'un chien aboyait furieusement. Ça venait de cette foutue baraque.

Pas bon, ça, pas bon du tout.

Il songea à tirer le cadavre dans les bois en espérant que le coyote qu'il avait débusqué plus tôt, ou l'un de ses petits copains, se repaîtrait des restes de sa victime. Mais, en entendant les aboiements du chien, il comprit qu'il ne devait pas s'attarder. Sans compter qu'il ne tenait pas à laisser une traînée de sang jusqu'à l'endroit où il avait garé son pick-up.

Si cet idiot de clébard continuait d'aboyer comme ça, il allait alerter tout le comté.

Il était temps de bouger. Rassemblant tout son courage, il souleva le corps et le porta jusqu'au cimetière, encombré de mauvaises herbes d'où jaillissaient les stèles blanches. C'était ici, songea-t-il, que le macchabée avait sa place. Il balança le voyeur malchanceux par-dessus les piquets branlants de la clôture. Le corps atterrit dans un bruit mat. Il retourna en courant vers sa camionnette. Il allait enfiler les vêtements propres qu'il gardait toujours dans le véhicule, puis s'arrêter dans un bar du coin pour se monter un alibi.

La soirée venait de tourner au désastre.

Sarah était dans la cuisine, perdue dans ses pensées, quand Xena, qu'elle avait laissée dehors quelques minutes, se mit à aboyer. Sarah se précipita pour ouvrir la porte. Là, elle trouva Xena sur la terrasse, le poil du dos hérissé, les yeux rivés sur un point distant. Les pattes tendues, la queue dressée, elle alternait grognements et aboiements.

— Que se passe-t-il ? demanda Sarah.

Une nouvelle série d'aboiements lui répondit, comme si la présence de Sarah excitait encore plus la chienne.

— Xena, non ! Rentre à la maison !

Sarah commençait à penser que Xena était encore trop jeune pour être efficace.

Avec un gémissement, tête et queue basses, la chienne la suivit pourtant. Elle laissa échapper un grognement sourd quand Sarah referma la porte à clé derrière elles.

— Je sais, dit-elle en caressant la tête de Xena. Viens.

La chienne trottina derrière elle jusque dans la cuisine, et Sarah se répéta une fois de plus qu'il n'y avait rien dehors, que personne n'observait la maison. Malgré cela, elle était certaine qu'elle se sentirait plus en sécurité la semaine suivante, quand l'annexe serait achevée et qu'elles pourraient s'enfermer derrière ses deux portes et ses fenêtres neuves, toutes équipées de systèmes de fermeture dernier cri.

Ce n'est pas la maison, se rappela-t-elle. Pourtant, elle ne pouvait s'empêcher de se sentir vulnérable, ici. Cela l'irritait au plus haut point. Le problème c'était que, lorsque Clint se trouvait là, elle n'avait plus ce sentiment. Oui, la présence d'un autre adulte aidait et, oui, celle d'un homme encore plus. Mais non, elle n'allait pas tomber dans le piège : elle n'était pas une faible femme, plus à ce stade de sa vie. Quant à Clint Walsh, elle n'allait pas se laisser intimider par lui uniquement parce qu'il était le père de Jade. Et elle n'allait pas non plus profiter du fait qu'ils étaient voisins pour courir chez lui.

Un bruit la fit sursauter. La pétarade d'un pot d'échappement, pensa-t-elle. Le son devait venir de loin car, bien sûr, il n'y avait pas de route à un kilomètre à la ronde.

Xena se rua vers la porte de derrière en aboyant frénétiquement.

— Arrête ! Seigneur, tais-toi !

Se dépêchant de dénicher un biscuit pour chien dans une boîte, elle le donna à Xena, qui l'avala bruyamment.

— Voilà, c'est bien, dit Sarah au moment où retentissait au loin une nouvelle série de détonations.

Un pot d'échappement ? Des pétards ?

Ou des coups de feu ?

Attrapant son portable, elle fonça vers la porte de derrière et l'ouvrit pour pouvoir repérer la provenance du son s'il venait à se répéter.

Xena se faufila derrière elle, et Sarah dut la rattraper par le collier pour l'empêcher de s'échapper.

— Ce n'est rien, dit-elle à la chienne.

Devait-elle appeler la police ? *Et pour leur dire quoi ? Que tu crois avoir entendu des coups de feu ?* Ce n'étaient sans doute que des chasseurs qui faisaient une virée nocturne, ou bien une bande de jeunes idiots, comme ses frères l'avaient été, qui faisaient du

« tir au pigeon » dans les bois, selon l'expression de son père. Ou tout simplement un pot d'échappement. Elle pouvait toujours appeler pour se plaindre qu'on avait pénétré chez elle mais elle n'était pas sûre que les détonations, quelle que soit leur origine, provenaient bien de sa propriété. Elle se mordit nerveusement les lèvres. Xena continuait de gémir et d'aboyer, et elle avait beau essayer de la faire taire et de la calmer, rien n'y faisait.

— Gracie, appela-t-elle en désespoir de cause.

Puis elle traîna la chienne à l'intérieur, refermant la porte à clé derrière elles.

— Gracie ? appela-t-elle de nouveau en se dirigeant vers la salle de séjour.

La fillette était installée à table, avec toutes sortes de papiers étalés devant elle. Son portable collé à l'oreille, elle examinait les documents.

— Ouais… moi aussi. D'accord, dit-elle avec un sourire, tout en faisant tourner un crayon dans sa main. Elle est, euh… je ne sais pas. Une minute.

Plaquant le téléphone contre sa poitrine, elle se mit à hurler :

— Jade ! C'est papa !

Super. Sarah secoua la tête, et Gracie comprit le message.

— Désolée, lança-t-elle dans le téléphone, tout en soutenant le regard de sa mère. Jade n'est pas là… Oui, d'accord. Promis… OK. Moi aussi, je t'aime.

Elle raccrocha et déclara :

— J'avais oublié que ça devait être un peu bizarre pour elle, en ce moment. Maintenant qu'elle a deux pères.

— Tu n'as pas entendu Xena ?

— Si, répondit-elle avec un haussement d'épaules. Elle a vu un écureuil, ou un truc comme ça ?

Xena coinça sa grosse tête entre la mère et la fille, sans cesser de gémir.

— Gracie, il fait nuit, objecta Sarah. Elle ne peut pas avoir vu d'écureuil.

Gracie frotta les oreilles de Xena.

— Alors pourquoi tu aboyais, hein ?

— Je sais que tu étais au téléphone, mais tu n'as rien entendu ? demanda Sarah. Comme les détonations d'un pot d'échappement, par exemple ?

— Non.

Elle secoua la tête puis rapprocha d'elle certains des papiers étalés sur la table.

Sarah se demanda si elle ne dramatisait pas ; toutes ces émotions lui portaient sur les nerfs. Inconsciente des états d'âme de sa mère, Gracie déclara :

— Regarde ce que j'ai trouvé sur Internet, j'avais oublié de te le montrer, tout à l'heure. Je te présente Angélique Le Duc et sa famille. Tiens.

Elle fit glisser une page sur la vieille table — une copie d'une photographie ancienne en noir et blanc. Sarah prit sur elle pour dissimuler son agacement vis-à-vis de l'obsession qu'avait développée Gracie pour tout ce qui touchait à Angélique Le Duc. Elle inspira profondément pour se calmer puis se concentra sur la photo. Gracie pointait du doigt un homme moustachu d'allure austère.

— Alors lui, c'est Maxim, et là, c'est Angélique.

Son index se déplaça jusque sur une femme menue. Elle avait de grands yeux, un nez droit, une bouche en forme de cerise et des cheveux sombres tirés en arrière, dont l'implantation en V donnait à son visage la forme d'un cœur, encore accentuée par son menton pointu. Elle tenait dans les bras un très jeune enfant.

— C'était la seconde femme de Maxim, ce qui explique pourquoi certains des enfants ont presque son âge. Là, c'est George, l'aîné. Il doit avoir environ dix-sept ans.

Le garçon qui se tenait à côté d'Angélique était aussi grand que son père et d'apparence tout aussi sévère, mais il n'avait pas de moustache.

— Il y a aussi Helen, poursuivit Gracie en désignant une fillette chétive au visage impassible. Je crois qu'elle a un ou deux ans de plus que moi. A côté d'elle, c'est Ruth, la blonde en blouse…

— En tablier.

— Ah ! Enfin bref, elle devait avoir neuf ans, je pense. Louis doit donc en avoir cinq.

Sarah approuva d'un signe de tête.

— Le bébé, c'est Jacques, lui confia Gracie.

A l'entendre, elle connaissait intimement chacune des personnes figurant sur le cliché.

— Il doit avoir deux ans, remarqua Sarah. Où as-tu trouvé ça ?

— J'ai fait des recherches pendant mon heure d'étude et j'ai imprimé la photo à l'école.

— Tu n'as pas perdu de temps.

— Oh ! ça, c'est rien. Le plus gros, je l'ai trouvé en ligne avec mon iPad.

Sarah comprenait à présent pourquoi sa fille était restée plongée des heures sur sa tablette ces derniers temps.

— Tu n'es pas plutôt censée faire tes devoirs pendant l'heure d'étude ?

— Oui, mais c'est important, maman. C'est Angélique Le Duc, et regarde comment elle est habillée. Cette robe blanche, c'est la même que celle qu'elle porte quand je la vois. Dans l'escalier, tu sais ?

Bien que préoccupée par les détonations qu'elle avait entendues plus tôt, Sarah s'efforça de se concentrer de nouveau sur la photo. Quelque chose la perturbait.

— Tu la reconnais ? demanda-t-elle à Gracie.

— C'est la femme dans l'escalier, celle qui n'arrive pas à trouver la paix, elle veut que je l'aide ! Je te l'ai déjà dit, tout ça.

— Mais…

— Tu ne me crois toujours pas.

— Si, trésor, je te crois. Je sais que tu vois quelque chose.

— Elle ! Je la vois, *elle !*

Avec un soupir exaspéré, Gracie quitta la table, la chienne sur les talons. Ce que Sarah aurait voulu lui expliquer c'était que, si la jeune fille sur la photo était probablement Angélique Le Duc — et peut-être aussi le fantôme que Gracie était persuadée d'avoir vu —, ce n'était en revanche pas la femme en blanc que Sarah avait vue quand elle était enfant.

Celle qu'elle avait vue ne portait pas non plus cette robe démodée dont Angélique était vêtue sur la photo. Le fantôme de Sarah n'était pas Angélique, en dépit d'une certaine ressemblance avec elle. C'était une autre femme.

A quoi rimait cette histoire, à la fin ?

Elle eut soudain une vision d'elle-même, enfant. Elle était dans le grenier, pieds nus ; elle avait froid… parce qu'elle était trempée ? Tremblante, elle avait levé les yeux vers la tourelle, certaine d'avoir entendu des pas sur le balcon où personne, pourtant, n'était censé aller. Alors d'où provenait ce bruit ? Et n'étaient-ce pas des voix qu'elle entendait, portées par le vent ?

Le cœur battant, elle s'était dirigée vers les marches menant au toit quand elle l'avait vu — un éclat de lumière dans son champ de vision. Une femme.

Son hurlement s'était étouffé dans sa gorge lorsqu'elle avait réalisé qu'elle se trouvait face à une vieille psyché qu'on avait rangée près de l'escalier et couverte d'un drap, qui avait glissé et gisait à présent sur le plancher.

Elle s'était sentie bête. Puis, s'approchant, elle avait adressé un sourire moqueur à son reflet.

Un sourire qui ne lui avait pas été retourné.

Le visage devant elle était resté sombre. Il était mince, presque maigre, et il semblait s'être superposé à sa propre image, comme sur une photo en double exposition. Les vêtements n'étaient pas non plus ceux que portait Sarah — une robe semblait couvrir sa chemise de nuit.

Horrifiée, elle avait reculé et, au même moment, la fille dans le miroir avait ouvert la bouche, comme pour dire quelque chose. Un hurlement s'était étranglé dans la gorge de Sarah, et l'image avait disparu.

Elle était seule dans le grenier. Son cœur cognait dans sa poitrine, et la pensée qu'elle venait d'avoir un face-à-face avec un fantôme s'était imprimée dans son esprit de façon indélébile.

— Sarah ? avait alors appelé sa mère, quelque part en bas.

Sarah s'était enfuie du grenier en courant. Soudain, elle n'était plus sûre d'avoir entendu des pas sur le toit, plus sûre d'avoir vu quoi que ce soit dans la pénombre. Surtout, elle n'était plus sûre d'avoir toute sa raison.

Aujourd'hui, alors que le souvenir refaisait surface, elle s'aperçut qu'elle était désormais certaine que son « fantôme » n'était pas celui de Gracie.

— Fabuleux, murmura-t-elle pour elle-même.

Maintenant, au lieu d'avoir un fantôme dans la maison, elles en avaient deux.

Ou alors, aucun. Ce qui n'était pas de très bon augure pour sa santé mentale, ni pour celle de sa fille cadette.

25

— Je vais m'occuper de toi, ne t'en fais pas.

Sarah était allongée, nue, au bord d'un ruisseau. L'odeur de l'eau vive lui emplissait les narines. Le corps musclé de Clint était étendu sur elle ; leurs nez se touchaient, et elle pouvait voir son front moite briller dans la chaleur de l'été. Au-dessus d'eux, le ciel était aussi bleu qu'un lac de montagne, sans le moindre nuage. Elle distinguait juste le sillage vaporeux d'un avion qui se dissipait lentement. Il l'embrassa. Elle sentit sa barbe naissante lui griffer doucement la peau, puis sa langue jouer souplement avec la sienne et caresser l'intérieur de sa bouche.

Une chaleur vive se répandit dans son bas-ventre. Seigneur, comme elle avait envie de lui ! Ses pensées s'affolèrent et, tandis que l'odeur du sexe montait, piquante, dans l'air de cet après-midi d'été, elle comprit qu'elle ferait tout ce qu'il lui demanderait.

Absolument tout.

Il se pencha sur elle, et elle sentit son souffle sur ses seins nus. Leur pointe se tendit impatiemment, tandis qu'au fond de son ventre l'attente grandissait jusqu'à en devenir douloureuse.

— Fais-moi l'amour, supplia-t-elle.

— Bien sûr, ma chérie.

Les larges mains de Clint se glissèrent sous son dos pour la soulever, la rapprocher encore de lui. Des lèvres avides, douces comme la soie, glissaient sur sa peau.

Le corps de Sarah était en feu.

Il prit la pointe d'un sein dans sa bouche, et elle poussa un cri, enfouissant ses mains dans les cheveux de Clint pour le garder au plus près d'elle, tandis qu'il la caressait de sa langue.

— Aime-moi, murmura-t-elle en s'agrippant à lui de toutes ses forces.

— C'est ce que je fais. Je t'aime.

Si seulement elle pouvait le croire, faire confiance à ces trois petits mots…

Mais quelque chose n'allait pas ; une ombre approchait, elle le sentait.

Sa langue traçait des cercles de feu sur sa poitrine. Il la mordait, juste assez pour lui arracher des soupirs de désir. Elle se cambra et il la caressa plus bas, du bout des doigts, laissant courir sa main le long de son ventre, jusqu'à la naissance de ses cuisses.

Il se mit à l'explorer et, en sentant la moiteur de son désir, il sourit de ce sourire en coin de cow-boy qu'elle trouvait si séduisant. Même si, parfois, elle ne savait comment l'interpréter. L'aimait-il vraiment ? Ou bien jouait-il avec elle ?

Elle gémit.

Les doigts de Clint s'étaient enfoncés plus loin en elle, et elle respirait de plus en plus vite, impatiente et avide. Elle le serrait contre elle, et l'ombre se rapprochait, fondait sur eux, faisant disparaître au passage le soleil et le ciel, les plongeant dans une obscurité grandissante.

— Clint, murmura-t-elle.

Il se redressa, la plaquant sur l'herbe soudain devenue sèche et racornie. De ses genoux, il écarta les cuisses de Sarah.

Elle l'aimait. Elle l'avait toujours aimé.

Avec un grognement et le souffle court, il la pénétra.

— Sarah… Oh ! mon Dieu, Sarah…

Ses mains remontèrent pour venir se perdre dans les cheveux de Sarah ; il y avait du désespoir dans ce geste.

— Si seulement tu voulais bien me faire confiance…

Elle ferma les yeux.

— Je te fais confiance.

— Non.

— Bien sûr que si, insista-t-elle.

Mais il avait cessé de bouger. Il ne lui faisait plus l'amour, et elle sentit la chaleur et le désir déserter son corps d'un seul coup.

— Je te protégerai, dit-il. Je te le promets.

Une goutte froide vint s'écraser sur le visage de Sarah. Puis une autre, et encore une. Des larmes ? De la sueur ?

— Je te le promets, répéta-t-il.

Sa voix avait changé.

Elle ouvrit les yeux et vit qu'il faisait nuit. Ce n'était plus Clint qui lui faisait l'amour, mais Roger qui la tenait dans ses bras. La pluie s'abattait sur eux, et il l'emmenait sur le toit, en direction de la tourelle.

La peur la foudroya.

— Je ne le laisserai pas te faire de mal, dit tendrement Roger, et elle vit qu'il pleurait. Non, je ne le laisserai pas. Je lui ai promis, à elle. J'ai promis…

Pendant une fraction de seconde, elle entrevit l'image de leur sœur, Theresa, qui flotta au-dessus d'eux avant de disparaître d'un coup dans la tempête.

— J'ai promis.

Sarah se redressa brusquement dans son sac de couchage.

Le matin gris filtrait à travers les fenêtres de la salle de séjour où elle et ses filles s'étaient couchées la veille devant le feu, à présent éteint. Son cœur battait à tout rompre, elle était trempée de sueur. Elle avait encore en tête, aussi claires que du cristal, les images de son rêve, dans lequel elle avait fait l'amour avec Clint par une chaude journée d'été. Mais l'instant d'après, la nuit était tombée et la tempête faisait rage, tandis que Roger la portait sur le balcon, nue, vers la tourelle.

Frissonnante, elle s'exhorta au calme : ce n'était qu'un rêve, rien d'autre. Ces images perturbantes ne signifiaient rien. Après la révélation qu'elle avait faite à Clint, il était normal qu'elle ait passé une nuit agitée, et même qu'elle ait rêvé de lui. Quant à son frère et à sa sœur, elle les avait sans doute convoqués à force d'être tiraillée par les sentiments contradictoires que lui inspirait cette immense demeure, à laquelle elle espérait redonner sa beauté d'autrefois.

— Il doit quand même y avoir un sens à tout cela, se dit-elle à mi-voix en se dépêtrant de son sac de couchage.

Il faisait froid dans la pièce, et elle réprima un nouveau frisson. Pas question qu'elle laisse un fichu rêve la perturber. Elle l'était déjà assez quand elle était bien réveillée, merci.

— Café, murmura-t-elle.

Elle se dirigea vers la cuisine pour y préparer une grande cafetière. Ensuite, seulement, elle s'attaquerait au feu.

Elle avait mal partout et elle avait passé une bonne partie de la nuit à s'inquiéter de la façon dont Clint et Jade allaient gérer leur toute nouvelle relation père-fille. Elle dosa l'eau et le café de façon mécanique, appuya sur le bouton de la machine, et celle-ci se mit à gargouiller. Avant même que la dernière goutte ait fini de couler dans la cafetière, Sarah se versa une demi-tasse et se rendit sur la terrasse de derrière, pieds nus.

La chienne la suivit et se mit à aller et venir sur les longues marches de la terrasse puis à flairer les recoins de la cour, en quête d'écureuils ou d'autres petites créatures matinales. Après s'être soulagée près d'un hortensia qui avait perdu ses couleurs, Xena entreprit de se frayer un chemin parmi les mauvaises herbes du jardin qu'Arlene avait autrefois entretenu avec amour. Soudain, elle s'arrêta net. La truffe en l'air, elle regardait au-delà du garage, de l'annexe et de la grange, fixant un point qu'elle était seule à voir.

Des tourterelles ? Des chauves-souris ? Un coyote ou un lapin courant dans les fourrés ?

Ou peut-être rien du tout, d'ailleurs. Jusqu'à présent, cette chienne ne s'était pas montrée particulièrement maligne.

Comme si elle avait lu dans les pensées de Sarah, Xena émit un jappement plaintif puis se mit à aller et venir nerveusement, les yeux rivés sur les champs que cernait la forêt, et sur le cimetière familial où reposaient désormais la plupart des ancêtres de Sarah.

De nouveau, Xena gémit, un peu plus fort cette fois.

— Tout va bien, la rassura Sarah.

Elle avala une gorgée de café fort, savourant le coup de fouet que lui donnait la caféine ; elle en avait bien besoin, ce matin. Avec un peu de chance, le café allait lui éclaircir les idées et chasser de son cerveau l'écheveau formé par les dernières bribes de son rêve troublant.

Elle exécuta quelques mouvements de la nuque pour se détendre un peu, admirant au passage le lever du soleil. Le disque radieux s'élevait à l'est, auréolé au-dessus de la rivière par la brume s'étirant le long de la falaise en rubans cotonneux, qui rappelaient à Sarah les réminiscences de son cauchemar.

— Tu as fini ? demanda-t-elle au chien. Allez, viens, on rentre.

Obéissante, Xena la rejoignit, bondissant sur les marches. Une fois de plus, Sarah s'efforça de repousser les images de son mauvais rêve dans les recoins les plus sombres de son esprit — d'où elles n'auraient jamais dû sortir.

*
* *

— Je m'en fous qu'il faille attendre vingt-quatre heures avant de lancer l'alerte !

Len Fowler était penché sur le bureau de Lucy Bellisario, échevelé et le visage cramoisi.

— Candice est une gentille fille qui ne nous a jamais causé le moindre souci, et elle n'est pas rentrée à la maison cette nuit !

— Monsieur Fowler, s'il vous plaît, asseyez-vous, suggéra Bellisario en lui désignant l'une des chaises situées de l'autre côté de son bureau.

La pendule accrochée au mur indiquait qu'il était à peine 8 heures du matin. Len Fowler donnait l'impression de n'avoir pas fermé l'œil depuis une semaine. Discrètement, elle fit pivoter l'écran de son ordinateur hors du champ de vision de l'homme, pour éviter qu'il n'aperçoive les informations concernant Rosalie qui y apparaissaient.

— Vous pouvez remplir un formulaire d'avis de recherche, en tout cas.

— Je l'ai fait, dit-il en fourrant ses doigts dans ses cheveux gris, déjà passablement ébouriffés.

Il s'assit cependant sur la chaise la plus proche, sa fureur soudainement évanouie. Il semblait vidé, et ses vêtements froissés paraissaient tout à coup trop grands pour lui.

— J'ai laissé ma femme là-bas avec… avec…

Une expression confuse s'abattit sur ses traits.

— Avec l'agent Turner ? suggéra Lucy.

— La femme noire ? Avec des lunettes et les cheveux courts ?

Avant que Bellisario ait pu confirmer que c'était bien elle qui s'occupait de remplir les avis de recherche, il avait repris :

— J'ai laissé ma femme avec elle pour qu'elle puisse lui donner tous les détails, mais ça ne suffit pas, vous comprenez ? Celui qui a enlevé la fille Jamison a dû mettre aussi la main sur Candy. C'est pour ça que je suis venu vous voir, je sais que vous êtes l'inspectrice responsable de l'enquête et je me suis dit que vous pourriez nous aider. Oh ! mon Dieu…

Il enfouit son visage dans ses mains, comme s'il était sur le point de craquer.

— Et si vous me disiez où votre fille se trouvait hier soir ?

proposa-t-elle en rapprochant de lui la boîte de mouchoirs posée sur son bureau — au cas où il craquerait vraiment.

Len eut l'air de se ressaisir.

— Candy était chez son amie Tiffany en fin d'après-midi. Elles jouent ensemble dans l'orchestre du lycée et elles sont copines depuis qu'elles sont toutes petites. Elles avaient prévu de faire une pizza, de discuter — enfin, ce que font les filles de cet âge.

— Tiffany… ?

— Monroe. On a appelé ses parents. Enfin, Reggie l'a fait.

S'éclaircissant la voix, il lui expliqua que Reggie — Regina — était sa femme depuis vingt ans. Ensuite, peu à peu, il livra à Bellisario ce qu'il savait du programme de sa fille la veille — pas grand-chose, à vrai dire.

— D'après ce que j'ai compris, les filles ont passé du temps ensemble, et après Candy a dû avoir envie de bouger, alors elle a décidé de rentrer à la maison à pied. Reggie devait passer la chercher, mais elle est sortie en retard du travail. Nous avons appelé tous ses amis, les membres de la famille, nos connaissances, tout le monde — même les hôpitaux. Personne ne l'a vue.

— Je vais avoir besoin d'une liste de tous ces gens-là — ses amis, vos voisins, votre famille. Elle a un petit copain ?

— Elle n'a que quinze ans !

— Les filles de quinze ans ont des petits copains.

— Je vous ai dit qu'elle ne nous avait jamais causé de soucis !

Bellisario acquiesça.

— Et les amis de Tiffany ? Il y avait d'autres filles ou d'autres garçons, chez elle ?

— Pas que je sache, mais elle a un frère aîné… comment s'appelle-t-il, déjà, son nom m'échappe… Seth ! Oui, c'est ça. Il va à la fac, quelque part dans la région, je ne sais pas exactement où.

— Seth habite par ici ?

— Je ne sais pas… Oui, peut-être. Je crois avoir vu sa voiture quand j'ai déposé Candice.

Son expression s'assombrit d'un coup.

— Vous ne pensez pas que ce garçon…

— Je ne fais que rassembler des informations, monsieur Fowler. Votre fille connaissait-elle Rosalie Jamison ?

— Bien sûr que non. Elle n'avait pas ce genre de mauvaises fréquentations… Enfin, ce n'est pas ce que je veux dire mais, quoi qu'il en soit, je ne crois pas que Candice l'ait déjà rencontrée. Elle n'en a jamais parlé, en tout cas. La première fois que j'ai eu vent de cette Rosalie, c'est quand elle a disparu. Ensuite, bien entendu, nous en avons discuté avec nos deux filles…

Sa voix se brisa, et il se mordit la lèvre, comme brusquement accablé par la gravité de la situation.

— Ce genre de choses n'arrive pas aux gens bien. Nous sommes croyants et pratiquants ! Nous donnons aux associations caritatives, nous…

Il chercha du regard le soutien de Bellisario, mais elle n'en avait pas à lui offrir.

— Si vous voulez nous aider à la retrouver, fournissez-moi une liste des gens qu'elle connaît ou avec lesquels elle est en contact, se contenta-t-elle de répondre. A-t-elle déjà eu des problèmes avec d'autres élèves du lycée ?

— Non, je vous l'ai dit et répété, elle…

Avec un soupir, il s'interrompit et commença à inscrire les noms des amis et connaissances de sa fille, tout en fouillant dans le répertoire de son portable pour noter leur numéro de téléphone. Pendant qu'il écrivait, une femme apparut sur le seuil. Elle était grande et mince, et le chagrin se lisait sur son visage livide. Elle posa sur Bellisario un regard dévasté. Devant elle se tenait une fillette d'une dizaine d'années. La femme avait les mains crispées sur les épaules de la petite, comme si elle craignait qu'on la lui arrache à tout moment.

Bellisario se leva et lui tendit la main par-dessus les piles de dossiers et les tasses de café vides.

— Inspectrice Lucy Bellisario.

La femme lui serra mollement la main ; ce geste semblait requérir toutes ses forces.

— Reggie, dit-elle pour se présenter, sur un ton monocorde. Et voici Emily.

— Enchantée. Vous voulez vous asseoir ?

Elle tendit la main à la fillette pour la serrer d'une façon qu'elle espérait réconfortante, puis indiqua d'un geste l'unique chaise libre. Mme Fowler secoua la tête.

— Non, je… je préfère rester debout, dit-elle sans lâcher sa fille.

Bellisario aurait préféré que la gamine reste en dehors de cette conversation, mais elle comprenait le besoin désespéré des parents de la garder auprès d'eux.

— Candice a-t-elle un téléphone portable sur elle, ou n'importe quel type d'appareil mobile ?

— Quelle fille de quinze ans n'en a pas, de nos jours ? répondit le père.

Il considéra d'un regard sombre la liste qu'il venait d'établir — comme si parmi ces gens qu'il connaissait à peine se cachait un kidnappeur. Puis il reprit :

— Elle en a un, oui, mais elle ne répond pas. On a appelé notre opérateur, elle est sur notre forfait…

Il secoua la tête, l'air impuissant, puis leva les yeux vers sa femme.

— Mais elle ne répond pas, conclut-il à mi-voix.

Sa femme posa une main sur son épaule. De l'autre, elle serrait toujours sa fille.

— Elle ne répond pas, confirma-t-elle dans un murmure, des larmes dans les yeux.

Pendant l'heure qui suivit, les parents de Candice Fowler parvinrent à conserver suffisamment de sang-froid pour répondre au reste des questions de Bellisario. Len Fowler vendait des assurances, il travaillait en indépendant et n'avait aucun ennemi, « absolument aucun », affirma-t-il. Reggie travaillait à temps partiel sur la comptabilité de son mari, et elle faisait du bénévolat au lycée et au Refuge animalier de la seconde chance de Stewart's Crossing — autrement appelé le RASCSC, un acronyme que Bellisario trouvait imprononçable, mais elle garda cela pour elle. Candice faisait partie de l'orchestre du lycée et voulait devenir infirmière, leur confièrent-ils en se tamponnant les yeux. Ils donnèrent à Bellisario tous les détails qu'elle leur réclamait sur les habitudes de Candice, ses professeurs, ses activités extrascolaires, ses amis, ses ennemis, ses comptes sur les réseaux sociaux. L'inspectrice leur demanda ensuite si Candice s'était comportée bizarrement ces derniers temps, ou si elle avait eu des problèmes, que ce soit au lycée ou à la maison. Bien sûr que non, ni au lycée ni à la maison, affirmèrent-ils. Connaissaient-ils Bobby Morris, un ancien petit ami de Rosalie Jamison ? Les parents de Candice secouèrent la tête, mais ils se consultèrent du regard, comme s'ils se posaient mutuellement la question.

— Je n'en ai jamais entendu parler, dit enfin Len.

— Elle n'a jamais mentionné ce nom devant moi. Ni Bobby, ni Bob, ni Robert. Je m'en serais souvenue, confirma Reggie en redressant les épaules. Mais ces temps-ci, les jeunes font tellement de choses sur Internet qu'il est possible que je ne sois pas au courant.

— Et Leo, ça ne vous dit rien ? Vous avez parlé d'Internet. Quelqu'un qu'elle aurait pu rencontrer sur un forum ou sur Facebook ?

Mme Fowler secoua la tête, puis elle baissa les yeux sur sa fille.

— Emily, est-ce que Candice t'a déjà parlé d'un garçon qui s'appellerait Bobby ou Leo ?

La fillette, toujours collée à sa mère, fit non de la tête.

— Candice ne connaît personne qui soit associé à Rosalie Jamison, insista Len, de plus en plus agressif.

Il agissait comme si Bellisario essayait de leur reprocher, à lui et à sa femme, la disparition de leur fille.

Heureusement, Reggie semblait davantage maîtresse d'elle-même. Posant la main sur l'épaule de son mari, elle lui rappela que la police essayait seulement de les aider.

Les épaules de Len s'affaissèrent, et il se rencogna sur sa chaise. Puis il lui demanda où en était l'enquête sur la disparition de Rosalie Jamison, mais Bellisario refusa poliment de lui répondre. Elle ne voulait pas compromettre les avancées de cette enquête, si piètres soient-elles ; elle avait lancé le nom de Bobby Morris un peu au hasard. Tout ce qu'elle avait trouvé à son sujet, c'est qu'il était un petit dealer de marijuana sans envergure et encore, elle n'en avait pas la preuve formelle, il ne s'agissait que de rumeurs qu'elle n'avait pu vérifier. Aucune des pistes sur l'affaire Jamison n'avait abouti à quoi que ce soit. Les zones dans lesquelles les inspecteurs pensaient qu'elle avait pu être enlevée n'avaient révélé aucune trace de lutte. Ils avaient ratissé tout le chemin entre le Columbia Diner et la maison de Rosalie sans trouver le moindre indice.

Même les chiens avaient été incapables de renifler sa trace. Comme si elle était tombée sur une ouverture secrète donnant sur la quatrième dimension.

Ou, plus vraisemblablement, sur un véhicule conduit par quelqu'un qu'elle connaissait.

Là était le hic : Bellisario n'avait pas encore pu prouver sa théorie, mais elle était persuadée que Rosalie connaissait son ravisseur et qu'elle était montée volontairement dans sa voiture. D'où l'allusion à Bobby Morris. Quant au fameux petit ami de Denver, il n'avait toujours pas été identifié, et Bellisario pensait qu'il n'existait peut-être même pas. Dans sa tête, elle avait fini par l'appeler Leo l'Illusion.

Mais, si Rosalie connaissait son ravisseur, il en était peut-être de même pour Candice — ce qui restreignait les pistes et pouvait jouer en leur faveur.

Quoi qu'il en soit, il semblait de plus en plus probable que Candice ait elle aussi été victime d'un enlèvement.

Bellisario fit ce qu'elle pouvait pour la famille Fowler sans parvenir pour autant à apaiser leur panique. Après leur départ, elle se mit en rapport avec Turner, aux Personnes disparues, qui avait déjà lancé une AMBER. Tout ce qu'elle espérait, c'était que l'alerte serait utile, et que quelqu'un appellerait pour leur fournir des informations concernant Candice et/ou Rosalie. Cette enquête s'enlisait, il était temps que quelque chose la fasse avancer.

— Il n'y a rien, cria Candice de cette voix d'enfant qui irritait Rosalie.

Il faisait jour depuis un bon moment, et la fille retenue prisonnière dans le box de Lucky ne s'était pas révélée plus utile qu'avant.

— Tu as regardé partout ?

— Je te l'ai déjà dit ! geignit-elle.

Rosalie avait mal à la tête. Cela faisait des heures qu'elle s'escrimait à se faire entendre de Candice. Cette fille n'était qu'une froussarde — et encore, ce mot était gentil. Le temps passait, et Rosalie avait tout essayé pour la pousser à passer à l'action — elle l'avait enjôlée, lui avait patiemment expliqué comment procéder et elle l'avait même flattée. Tout ça pour rien. Elle se frotta les côtes, toujours endolories par la chute qu'elle avait faite lors de sa tentative d'évasion avortée.

— Il doit bien y avoir quelque chose. Un crochet ? Un clou ? Je ne sais pas, moi, peut-être une planche mal fixée ?

— Je te l'ai déjà dit. Il n'y a rien.

Elle renifla — pour changer.

— J'ai froid.

— Enveloppe-toi dans le sac de couchage.

— Il est sale.

Rosalie soupira. Elle songea que la fille avait peut-être besoin d'un peu de temps, pour s'adapter à son nouvel environnement et appréhender toute la gravité de la situation, mais elles ne disposaient pas de ce luxe.

— J'ai faim.

— Ils ne t'ont pas laissé à manger ?

— Je déteste les sandwichs ! Et on dirait qu'ils viennent d'une supérette, ils sont emballés dans du plastique !

Elle semblait réellement mortifiée. Rosalie ferma les yeux et s'appuya contre le mur en essayant, une fois de plus, de réfléchir à une façon de sortir de ce piège.

— La date de consommation est dépassée ! geignit Candice.

— Il était probablement en promotion.

— Beurk !

Sa voix était montée dans les aigus, indiquant qu'elle était de nouveau sur le point de craquer.

— Je veux…

Ne dis pas « ma maman ». Pitié, ne dis pas ça !

— … rentrer à la maison.

— Moi aussi, dit Rosalie.

Elle était étonnée de s'apercevoir combien la vie avec sa mère et Numéro Quatre, son compagnon ventru, lui semblait douillette et apaisante, maintenant qu'elle était enfermée en compagnie de Candice dans ces vieilles écuries pleines de courants d'air.

— Le seul moyen de rentrer chez nous est de nous échapper d'ici, je te l'ai dit et répété. Ils ne nous laisseront pas partir. Tu ne regardes jamais les séries policières ? Une fois que les victimes ont vu leur visage, les tueurs ne les laissent jamais repartir.

— Les tueurs ? gémit Candice.

— Les méchants. Les tueurs. Les voleurs. Peu importe, c'est une façon de parler.

Rosalie réfléchissait à toute vitesse. Il fallait qu'elle évite de faire paniquer sa compagne, car elle était leur seule chance de salut.

— Même s'ils ne les tuent pas, reprit-elle, ils ne laissent jamais leur victime s'échapper. Ils ne le peuvent pas. Sinon, ils seraient identifiés, et la police les attraperait.

— Oh ! non…

— Il faut qu'on se montre plus rusées qu'eux.

— Tu crois qu'on peut ?

— Oui, mais il va falloir la jouer fine… et être très courageuses.

— Je ne sais pas si je pourrai.

— Si tu veux rentrer chez toi, il faut que tu m'écoutes. C'est notre seule chance.

Rosalie sentait sa patience s'émousser, et elle avait mal à la gorge à force de crier. Seigneur, si ce salaud avait planqué une caméra ou un micro quelque part dans les écuries, elles étaient cuites. Cela dit, songea-t-elle, elles l'étaient déjà plus ou moins et, s'il y avait eu une caméra ou un quelconque appareil de surveillance, elle était à peu près sûre qu'elle s'en serait rendu compte, depuis le temps.

— Bon, dit-elle enfin. Le grand type, il ne me fait plus confiance.

— Pourquoi ?

— En fait, il ne m'a jamais fait confiance.

Elle n'avait pas du tout envie de raconter par le menu sa tentative d'évasion : elle ne voulait pas effrayer davantage Candice, ne voulait pas que celle-ci comprenne que, quoi qu'elles entreprennent, leurs chances de réussite étaient minces, sinon inexistantes. Malheureusement, le sujet risquait d'être abordé à un moment ou à un autre, si son ravisseur et le rouquin décidaient de le mettre sur la table. Elle expliqua donc rapidement à Candice ce qu'elle avait fait l'autre soir — et son retour piteux dans sa cellule.

— Alors il faut que tu l'attires dans ton box, d'accord ? Il croit que tu es…

Une poule mouillée.

— … gentille. Alors sers-toi de ça à ton avantage et, dès qu'il aura le dos tourné, barre-toi de ce box. Mais attention, c'est important : dès que tu es sortie, tu l'enfermes pour qu'il ne puisse pas t'attraper et, seulement ensuite, tu viens me libérer.

— Je ne sais pas… Je ne sais pas… Et l'autre, le petit ?

Oh ! bon sang, elle est vraiment si longue à la détente ? Rosalie n'en croyait pas ses oreilles.

— Bien sûr, répondit-elle patiemment, tu ne pourras appliquer ce plan que si le type qui arrive est tout seul. Jusqu'à présent, le petit n'est jamais venu seul, mais le grand, si, plusieurs fois.

— Alors… tu veux que je l'attire à l'intérieur et que je l'enferme.

— Exactement, mais après il faudra qu'on fasse vite. Il a un portable et il risque de faire venir des renforts rapidement.

Rosalie savait déjà qu'il y avait d'autres personnes impliquées dans leur enlèvement — une sorte de conspiration, semblait-il. Tout était donc dans le timing… sauf qu'avant il fallait que Candice réussisse à attirer l'un des hommes dans sa cellule.

— Il va aussi falloir que tu sois une bonne actrice. Que tu aies l'air d'avoir peur.

— J'aurai pas besoin de faire semblant…

— D'accord. Parfait. Tu peux y arriver, Candice. Si l'occasion se présente.

Mais Rosalie restait sceptique ; tout ce qu'elle savait, c'était qu'elles n'avaient pas le choix.

— Pour commencer, trouve-toi une arme. N'importe quoi qui puisse faire mal.

En elle-même, elle pensait que tout cela était une vaste plaisanterie : elle voyait mal Candice blesser qui que ce soit. Après tout, la fille avait quand même geint parce que les sandwichs de sa cellule n'étaient pas frais…

Elle tritura les morceaux de coupe-ongles dans sa poche, songeant un instant à les jeter à Candice mais, sans compter le fait qu'à cette distance elle était presque sûre de manquer sa cible, elle n'arrivait pas à s'imaginer cette froussarde énucléer l'un de leurs ravisseurs ou essayer de lui trancher la carotide. Même pas lui balancer son genou dans les testicules.

Les chances que cela arrive étaient infinitésimales.

— Alors comme ça, tu m'as payé une bière juste pour pouvoir me soutirer un avis juridique gratuit ? plaisanta Tom Yamashita en enfilant sa veste.

Il était assis en face de Clint à une table du Clippers, un pub dont la carte proposait des bières pression artisanales et locales, et dont les murs étaient décorés de photos, de sculptures et de modèles réduits de bateau. Située au sommet d'une des collines de la ville, la taverne sentait bon le houblon. Ses grandes baies vitrées surplombaient les toits des bâtiments construits plus bas à flanc de coteau et offraient une vue panoramique de la Columbia et de sa rive nord, située dans l'Etat de Washington.

— Pas gratuit, non, répondit Clint en repoussant sa chaise. Tu peux m'adresser la facture.

Il avala le reste de sa bière blanche et chercha son portefeuille dans sa poche.

— Je voulais juste des conseils et j'en avais besoin rapidement. Cette nouvelle m'a un peu pris de court.

— Tu m'étonnes.

— Alors merci.

— Pas de souci.

Tom se leva et ferma son blouson. Fils d'un fermier de la région, il avait deux ans de plus que Clint et, après avoir obtenu une bourse à Stanford, il était devenu avocat. Il avait d'abord rejoint un cabinet prestigieux à San Francisco, avant de décider qu'il n'était pas fait pour la ville.

Sa femme, la mère de ses deux garçons, s'était ralliée à cette idée. Ils étaient donc revenus tous ensemble à Stewart's Crossing, où il avait créé sa propre affaire tout en gérant les vergers familiaux, devenant rapidement l'avocat-fermier le plus apprécié de la ville. Tout en ajustant une casquette de routier sur sa tête, il lança à Clint :

— Au fait, tu sais que le tarif est double, le dimanche ?

— Et toi, tu sais que la prochaine fois que ton tracteur tombera en panne et que tu devras emprunter le mien ça te coûtera le triple ?

Le sourire de Tom s'élargit, dévoilant des dents blanches et régulières et laissant entrevoir des couronnes dorées sur ses molaires.

— C'est de bonne guerre, mon vieux.

Ils se serrèrent la main par-dessus la table, sur laquelle traînaient des verres vides, ainsi que des restes de burgers et de frites dans des paniers en plastique.

— Tout ce que je t'ai dit, je pense que tu le savais déjà, non ? Si cette môme est la tienne et que tu veux en réclamer la garde, il faut que tu te soumettes à un test de paternité et que tu fasses au minimum une demande de garde alternée. Que tu mettes en avant tes droits en tant que père, ce genre de choses. Evidemment, ce serait mieux que tu te mettes d'accord avec Sarah — moins vous aurez à passer de temps au tribunal, moins cher ça te coûtera. Essaie de régler cela avec elle, si possible, et ça devrait passer comme une lettre à la poste.

— D'accord.

— Je commencerai à rassembler les éléments lundi, promit Tom en le saluant de la main.

— Merci.

Mais Tom était déjà parti.

Après avoir déposé sur la table de quoi payer repas, boissons et pourboire, Clint se dirigea vers la grande porte, qui s'ouvrit quand il arriva devant, livrant le passage à quatre inconnus en jeans, chemises à carreaux et blousons. A une époque, Clint connaissait la plupart des habitants de Stewart's Crossing, mais ce n'était plus le cas, songea-t-il en regardant s'approcher du bar les quatre hommes — deux plus vieux que lui, les autres ayant à peu près son âge. Ouvrant la porte d'un coup d'épaule, il sortit de la taverne et fut accueilli par un vent d'est glacial.

Il faisait un temps hivernal. Une pluie fine tombait, formant des flaques sur les trottoirs et les routes, et la température avait chuté. Il avait garé la Bête à quelques rues de là, plus bas sur la colline, au milieu d'autres véhicules — motos, petites berlines, et une grosse camionnette immatriculée dans l'Idaho.

Des véliplanchistes, songea-t-il. C'était l'un des meilleurs coins au monde pour ce sport ; le vent qui s'engouffrait dans les gorges propulsait facilement les larges voiles sur l'eau. La camionnette, équipée de barres de toit, avait de quoi transporter tout l'attirail dont avaient besoin les véliplanchistes, qui étaient de plus en plus nombreux dans cette région autrefois réputée pour la seule fertilité de ses sols.

C'est ainsi, pensa-t-il, les temps changent. N'était-il pas lui-même en train de vivre un bouleversement majeur dans sa vie ? La veille encore, il ignorait avoir une fille. Et aujourd'hui, il devenait père de nouveau, cette fois d'une jeune fille presque adulte qu'il ne connaissait pas. Sarah avait raison : il fallait que ça change, et vite. Cette rencontre avec Tom lui avait permis de définir des limites juridiques en termes de garde et de responsabilité. Il se demanda comment Sarah prendrait le fait qu'il ait impliqué un avocat dans cette histoire, mais il décida qu'il se fichait de son avis sur la question. Il avait attendu dix-sept ans pour découvrir l'existence de sa fille ; à présent, il allait faire les choses à sa manière.

Pourtant, il avait encore des doutes : les raisons invoquées par Sarah pour lui cacher l'existence de Jade étaient-elles valables, ou ne s'agissait-il que de piètres excuses ? Au lycée, il avait été follement amoureux d'elle — c'était une fille tellement décalée, belle, drôle et intelligente. Mais, à l'époque, il ne se voyait pas s'installer avec une fille et il était sorti avec d'autres étudiantes, avait rencontré Andrea. Lors d'une « rupture temporaire » avec celle-ci, il avait brièvement retrouvé Sarah, mais en dehors de cela il n'avait jamais envisagé de renouer avec elle.

C'était du moins ce qu'il se racontait.

A présent, tandis que son souffle formait de petits nuages dans l'air froid, la question le taraudait. Peut-être n'avait-il simplement jamais voulu admettre qu'il avait une fille. Peut-être s'était-il convaincu que Jade était la fille de McAdams parce qu'il n'était pas prêt à endosser la responsabilité d'être père.

Aurait-il mieux valu qu'il sache la vérité ? Aurait-il accueilli à bras ouverts l'idée de la paternité et du mariage ou bien, comme le suspectait Sarah, se serait-il senti pris au piège, ce qui l'aurait amené à en vouloir à sa famille ?

— Fichu bazar, marmonna-t-il.

C'était loin d'être simple, et ses sentiments pour Sarah étaient des plus incohérents. Il avait parfois envie de l'étrangler et, l'instant d'après, de la prendre dans ses bras et de l'embrasser assez fort pour faire disparaître le monde autour d'eux. Elle avait toujours eu le don de le mettre dans tous ses états, de l'exciter physiquement — sauf qu'à l'époque ils étaient jeunes et pleins d'hormones. Aujourd'hui, en revanche… aujourd'hui, il fantasmait toujours sur elle. Il avait été témoin de la façon dont elle s'occupait de ses filles, il l'avait vue envoyer promener ce crétin d'Evan Tolliver, son ex-patron, et tout cela lui avait plu.

Il y avait aussi la manière dont elle l'avait affronté, lui — elle avait assumé ses actes, s'excusant sans pour autant s'aplatir devant lui, insistant pour qu'ils aillent de l'avant. Elle possédait une maturité et un esprit qu'il n'avait pas remarqués jusque-là. Peut-être ces qualités n'existaient-elles pas encore chez elle à l'époque, à moins qu'il n'ait été trop aveugle ou trop égoïste pour y faire attention.

Et maintenant, il avait un problème.

Il devait lutter contre son envie de s'immiscer dans la vie des McAdams, pas seulement en tant que père de Jade, mais aussi en tant que protecteur de Sarah. C'était une réaction archaïque, et il doutait que cette dernière apprécie de le voir s'imposer — surtout quand elle aurait découvert qu'il avait déjà pris contact avec un avocat pour défendre ses droits parentaux.

Il allait devoir se monter extrêmement prudent, songea-t-il en s'arrêtant au carrefour, avant de traverser pour rejoindre sa camionnette. Face à lui, accrochée à un réverbère, se trouvait une photo de la fille disparue, Rosalie Jamison. Pendant quelques secondes, il observa la petite affiche. Il se souvenait que Rosalie l'avait servi au Columbia Diner, quelques semaines plus tôt. Elle devait avoir l'âge de Jade mais elle paraissait plus âgée, avec son petit air effronté. Et maintenant, elle avait disparu — et elle était peut-être morte.

A cette pensée, il serra les mâchoires. Un instant, il se rappela Brandon et la douleur que lui avait causée la perte de son petit garçon. Les parents de Rosalie devaient être dévastés. Il espéra qu'on retrouverait la fille saine et sauve, et qu'elle avait seulement fugué pour aller retrouver un petit copain.

Il attendit que passe une voiture, une Volkswagen remplie à craquer d'adolescents, puis il traversa la rue au petit trot pour rejoindre son pick-up. Tex l'y attendait, juché sur le siège conducteur comme à son habitude. Il s'en laissa chasser en remuant la queue et retourna s'asseoir sur le siège d'à côté.

Une fille. Il avait une fille de dix-sept ans.

Nom d'un chien.

La vie était pleine de surprises.

Il mit le moteur en marche, desserra le frein à main, jeta un coup d'œil derrière lui puis se joignit à la circulation, quasi inexistante. Il n'avait pas cessé de penser à Sarah et à Jade, et de se demander ce qu'il allait bien pouvoir faire du reste de sa vie.

26

Sarah passa l'essentiel de la matinée du dimanche à essayer de ne pas penser à Clint Walsh, à ses cauchemars avec Roger, à l'adolescente disparue ou aux fantômes hantant la vieille demeure. Elle employa son temps à ranger l'annexe. Si seulement elles avaient pu y emménager sur-le-champ ! *Bientôt,* se dit-elle en parcourant l'étage où se trouvaient les deux petites chambres.

— Je ne peux pas partager ma chambre, avait annoncé Jade en découvrant la pièce exiguë.

— Bien sûr que si, tu peux. C'est temporaire.

— Mais…

— Pas de mais. Tu auras de nouveau ta propre chambre quand on réintégrera la grande maison. Après la rénovation.

— Et ensuite, tu revendras.

C'était une possibilité. Elle n'aurait jamais les moyens de garder la maison à elle seule, et ses frères allaient légitimement vouloir récupérer les fonds qu'ils avaient investis dans Blue Peacock Manor.

En quittant l'annexe, elle se dit qu'il serait toujours temps de penser à cela plus tard. Pour le moment, elle avait d'autres chats à fouetter. Elle était en train de se demander comment elle allait avoir le courage d'affronter la sauterie de Dee Linn quand son téléphone sonna.

Quand on parle du loup, pensa-t-elle en voyant le nom de sa sœur s'afficher sur l'écran. Elle décrocha.

— Je pensais que tu serais trop occupée par tes préparatifs de dernière minute pour appeler, lui dit-elle en guise de salutations.

— Je sais, je sais, et heureusement j'ai l'impression que tout le monde a toujours l'intention de venir. J'avais peur qu'avec les filles qui ont disparu les gens décident de rester chez eux, mais apparemment c'est tout le contraire. Ils veulent sortir et se changer les idées.

— « Les filles qui ont disparu », répéta Sarah en espérant avoir mal entendu. Tu veux dire qu'il y en a eu d'autres ?

— Mon Dieu, mais tu n'es pas au courant ? C'est Becky qui me l'a appris, elle l'a vu sur Facebook, je crois... ou alors sur Twitter, je ne sais plus où elle en est avec ces trucs-là. En tout cas, une autre fille de Stewart's Crossing a disparu. Candice Fowler, elle est dans la classe de Becky. Elles ne se fréquentent pas, mais je la connais de nom.

— Que s'est-il passé ?

— Personne ne le sait. Je crois qu'elle rentrait chez elle à pied, après avoir passé l'après-midi chez une amie — oh, comment s'appelle cette fille, déjà ? Je le sais... Seigneur, je déteste oublier les choses. Oh ! Tiffany. Oui, Tiffany Monroe, c'est le nom de l'amie en question. Son père est avocat, il joue au golf avec Walter de temps en temps, ils sont dans le même club. Walter ne l'aime pas plus que ça, mais tu le connais...

Elle acheva sa phrase sur un ton qui laissait entendre que Walter, avec ses petites manies, était terriblement touchant.

Sarah ne répondit rien. Elle était sous le choc : une autre fille avait disparu ?

— La mère de Tiffany est un peu, disons... originale. Elle est psychologue ou psychiatre, je crois.

— Et les Fowler ?

— C'est leur cadette qui a posté le premier message. Tu sais, les gamins passent des tweets sur tout et n'importe quoi. Et puis aux nouvelles de midi, j'ai vu qu'il y avait une alerte AMBER pour les deux filles. Après ça, j'ai commencé à passer des coups de fil pour savoir si mes invités venaient toujours. Tu viens, toi, n'est-ce pas ?

— Euh, oui, répondit Sarah, qui ne cessait de penser aux adolescentes disparues.

Les jambes vacillantes, elle s'appuya contre le mur puis reprit :

— Les pauvres parents. Ça doit être terrible pour eux. Et quant aux filles...

Sa gorge se serra : ces filles étaient-elles encore en vie ?

— Je sais, répondit Dee Linn d'un ton assez peu intéressé. C'est affreux.

Manifestement, c'était surtout sa fête qui l'inquiétait. Elle ne semblait pas réellement se soucier des victimes ni de leur famille.

— Je ne connais pas les Fowler, poursuivit-elle. Le père est comptable ou agent d'assurance, je crois ; mais je peux me tromper. Et puis, ça n'a guère d'importance.

— C'est vrai.

Sarah secoua la tête pour tenter de chasser les images affreuses qui commençaient à envahir son esprit. A dessein, elle changea de sujet :

— Tu as vu maman, récemment ?

— Hier.

— Comment va-t-elle ?

— Toujours pareil, elle a ses moments. Elle continue de parler de Theresa, de dire qu'elle est en sécurité. Avec Luc, je crois. Autant que je sache, il n'y a pas de Luc dans la famille. Et puis, de toute façon, comment maman le saurait-elle ?

— Elle m'a dit la même chose, mais elle n'a pas parlé de Luc. Je crois qu'elle a plutôt mentionné Jean et Matthieu.

— Quoi ? Comme dans la Bible ? demanda Dee Linn. Matthieu, Luc et Jean. Je me demande où est Marc. Enfin, tout ça pour dire qu'on est en train de la perdre. Mme Malone veut la faire transférer à l'hospice.

Sarah s'abstint de tout commentaire. C'était à prévoir, évidemment. Ils savaient tous très bien que ça finirait ainsi, mais elle trouvait que les choses allaient trop vite. Elle se rappela comment sa mère l'avait confondue avec Theresa, sa sœur aînée, quelques jours plus tôt. Dee Linn avait raison : il restait sans doute peu de temps à Arlene, et cette idée attristait sincèrement Sarah.

Dee Linn sembla comprendre :

— Ecoute, Sarah, je sais que tu te sens un peu coupable d'avoir quitté Stewart's Crossing pendant si longtemps et de ne t'être jamais entendue avec maman, mais je t'assure que tu n'y étais pour rien. Quand tu étais gamine, j'étais peut-être très autocentrée, je l'admets, mais j'ai bien vu comment elle te traitait. A un moment donné, elle te surprotégeait, et puis l'instant d'après elle se montrait presque cruelle envers toi. Sois réaliste, Sarah : Arlene n'aurait jamais pu concourir pour le titre de meilleure mère de l'année.

— Elle est vieille, à présent.

— Vieille, grincheuse et toujours aussi méchante. Tu sais, je ne comprends pas pourquoi elle a eu autant d'enfants. Six, tu imagines ? Quelle idée ! Pour être honnête, je me suis toujours demandé pourquoi papa n'avait pas cherché à divorcer. Il l'a épousée uniquement à cause de moi, parce que j'étais déjà en route. Telle que je la connais, elle est sûrement tombée enceinte uniquement pour l'attirer dans ses filets.

Cette réflexion fit frémir Sarah — elle lui rappelait la situation qu'elle avait connue adolescente.

— Je suis sûre qu'elle tenait à mettre la main sur papa, poursuivit Dee Linn. C'était un bon parti, il avait beaucoup d'argent pour l'époque, et puis il y avait la maison. C'était quand même le descendant de l'un des fondateurs de la ville — bon, il n'y a pas de quoi s'en vanter, quand on y réfléchit, mais pour maman c'était quelque chose. En plus, elle avait besoin d'un père pour ses enfants. D'après ce que je sais, Hugh Anderson est mort sans un centime, et il avait une assurance-vie minable. Que pouvait donc faire maman ?

— Epouser papa.

— Non. Tomber enceinte, *puis* épouser papa. Je mettrais ma main au feu qu'elle avait tout planifié. Je parie que, si Theresa était en vie, elle nous le confirmerait.

— Tu as la certitude qu'elle est morte, alors ? demanda Sarah.

— Euh, non. Mais je suppose qu'elle doit l'être. Si elle avait juste fugué, elle serait revenue au bout d'un moment, tu ne crois pas ? Ou elle aurait fait savoir à sa famille qu'elle était vivante, en tout cas. Maman était déjà un cas avant que Theresa ne disparaisse, mais après ça ne s'est vraiment pas arrangé — et je ne te parle pas de Roger. Au fait, Lucy Bellisario t'a appelée ? Elle est inspectrice à la police du comté, maintenant.

— Non, pourquoi ?

— Elle est à la recherche de Roger, justement. Tu parles d'une surprise : deux filles disparaissent à Stewart's Crossing et, comme par hasard, notre cher frère se retrouve dans la ligne de mire de la police.

— Je n'ai aucune idée de l'endroit où il se trouve.

— Je sais. Les jumeaux et moi non plus… Nom d'un chien, regarde-moi l'heure ! Il faut que je file, à plus tard.

*
* *

Pourrai pas venir.

Les yeux braqués sur l'écran brisé de son téléphone, Jade se retenait de crier en relisant le texto de Cody. Il était fou ou quoi ? Il était impossible qu'elle supporte encore une journée sans le voir.

Il ne l'aimait pas, voilà. Assise sur la première marche de l'escalier, elle commença à lui répondre. Sa vie était en train de voler en éclats, et elle se sentait impuissante. Sa fichue voiture était encore au garage ; Sam, le type du cours d'algèbre, continuait de la harceler ; Liam Longstreet avait apparemment envie qu'ils soient « amis » ; et, bien sûr, sa mère et sa sœur, toujours aussi barrées, voyaient des fantômes partout et s'étaient lancées dans le décodage d'une espèce de vieux journal. Quant à Jade elle-même, il lui fallait désormais compter avec un père dont elle avait découvert l'existence seulement douze heures plus tôt. Et, à présent, Cody lui faisait faux bond ? *Maintenant ?* Alors qu'elle avait attendu tout ce temps pour le voir ? Elle écrivit, penchée sur son écran :

Pourquoi ?

C'était une punition cruelle, et elle sentit ses vieux doutes se réveiller, ceux qui lui murmuraient qu'il ne l'aimait pas autant qu'elle l'aimait, qu'il était plus âgé et trop bien pour elle, ou peut-être, comme sa mère l'avait déjà sous-entendu, qu'il se servait simplement d'elle. Sa vie était un pur enfer depuis qu'elles avaient déménagé dans ce trou paumé. Le Paon Bleu, mon cul ! La réponse de Cody ne tarda pas :

Boulot.

En quoi le boulot l'empêchait-il de venir la voir ? Ce n'était pas une excuse.

Faut que je ferme.

Depuis quand ? Il travaillait à temps partiel dans un petit commerce depuis environ six mois, et ses horaires étaient irréguliers, mais aujourd'hui comme par hasard, le soir où il était censé venir la voir, il devait faire la fermeture du magasin ?

Tu peux pas demander à qqn d'autre? Voiture au garage sinon serais venue.

OK.

OK quoi? Ça ne lui posait pas de problème qu'ils ne se voient pas? C'était n'importe quoi. Elle pianota rapidement, avant que la colère ne lui paralyse les doigts :

Tu me manques.

Pareil. Faut que j'y aille.

T'M.

Aussi.

L'échange s'arrêta là, et elle resta à contempler son téléphone, le cœur aussi brisé que l'écran de son portable. *Ouvre les yeux,* se dit-elle, *depuis que Cody a appris que tu déménageais, il a changé.* Et elle savait sans doute pourquoi.

A deux reprises, elle l'avait surpris à tourner autour d'une fille qu'il connaissait du lycée. Sasha Driscoll allait à la fac, mais elle habitait dans le même immeuble que Cody et son colocataire, Ted. L'ennui, c'était que Ted, sortant avec la colocataire de Sasha, habitait pratiquement chez elle, et du coup Sasha passait beaucoup de temps chez Cody. Evidemment, Sarah avait interdit à Jade d'aller là-bas, lui servant toujours la même excuse débile — « Tu es trop jeune pour y aller en l'absence d'un adulte. » Jade savait pourquoi elle répétait ça, bien sûr. Sarah était tombée enceinte avant de partir pour la fac, et elle voulait à tout prix éviter que sa fille connaisse le même sort. Ce que Sarah ignorait, en revanche, c'est que Jade n'avait aucunement l'intention de tomber dans ce piège. Elle avait des amies qui parlaient mariage et bébés, qu'elles ne souhaitaient pas forcément dans cet ordre d'ailleurs, mais Jade voyait plus grand. Elle voulait faire des études et avoir une carrière, même si elle ne savait pas encore laquelle. Quoi qu'il en soit, Cody faisait partie de ses plans.

Mon Dieu, comme elle l'aimait!

Même s'il n'était pas aussi honnête avec elle qu'il l'aurait dû. A ce moment précis, elle se disait que c'était un crétin fini mais, à mesure qu'elle faisait défiler les photos qu'elle avait de lui sur son portable, encore visibles malgré les fêlures sur l'écran, elle se rappela combien elle aimait regarder ses beaux yeux bleus et y contempler son avenir. Elle savait qu'un jour ou l'autre il allait reprendre ses études et devenir prof de philo, ou quelque chose dans le genre. Ce boulot chez Lakeside Cash & Carry était provisoire, il ne l'avait pris que le temps de faire réparer sa voiture et de réfléchir à la suite.

Elle était toujours plongée dans ses photos quand elle entendit les griffes de Xena sur le plancher. La chienne apparut et, comme si elle avait senti que Jade était malheureuse, elle posa sa truffe froide sur la joue de l'adolescente.

— Salut, murmura Jade en caressant la grosse tête de Xena.

Elle fut récompensée par un « baiser » un peu baveux. La chienne entreprit alors de lui laver le visage à grands coups de langue.

— C'est bon, j'ai compris, dit-elle en octroyant une dernière caresse à l'animal.

Elle se leva et se rendit dans la salle à manger, où sa mère et sa sœur étaient penchées sur le vieux journal que Gracie avait déniché dans la cave.

Jade jugeait cette trouvaille sans intérêt mais pas elles, manifestement. Tous les plans de la maison, ainsi que des tasses à café, des crayons et un mètre avaient été repoussés au bout de la table. Elles étaient assises côte à côte près de la cheminée, non loin de l'arcade séparant la salle à manger du salon, le journal ouvert sous leurs yeux. Sa mère tenait un bloc-notes à la main, et Gracie avait posé son iPad allumé devant elles. Une lumière grisâtre pénétrait par les fenêtres sales. Jade remarqua que le camion de Longstreet était garé près de l'annexe d'où s'échappaient des coups de marteau. Elle se demanda si Liam était avec son père, puis chassa cette question de son esprit. Il ne fallait pas qu'elle pense à lui. A vrai dire, elle le trouvait plutôt séduisant. Il était beau à tomber, intelligent, et elle savait, au fond d'elle-même, que le fait qu'il sorte avec Mary-Alice Eklund le rendait inaccessible — et du coup plus fascinant encore.

Sauf qu'elle était amoureuse de Cody — ce crétin.

— Vous avez trouvé des trucs intéressants ? demanda-t-elle avec un intérêt feint.

— Hmm, murmura Sarah sans daigner la regarder.

Elle était complètement absorbée par le journal. Elle le feuilletait, griffonnait quelques notes sur son bloc, plissait les yeux pour déchiffrer les pages jaunies et épelait les mots qu'elle ne comprenait pas afin que Gracie les entre sur son iPad, pour les traduire du français vers l'anglais.

D'une certaine façon, c'était plutôt chouette que sa mère se soit lancée là-dedans, étant donné l'obsession de Gracie pour la première occupante de Blue Peacock Manor.

— Tu as choisi la tenue que tu allais porter ce soir ? demanda alors Sarah en levant la tête.

— Je suis obligée ?

— Oui. Tu viens avec nous. Nous allons ensemble à la fête de Dee Linn.

— Je pourrais peut-être me déguiser en folle, dit Jade. Mais il va falloir que je t'emprunte des vêtements.

— Très drôle, commenta Sarah.

Gracie soupira.

— Pourquoi tu es méchante, comme ça ? Tu te conduis comme la brute de service avec nous.

Pour toute réponse, Jade ricana.

— Il suffit de voir les choses du bon côté, Jade, ce n'est pas plus compliqué que ça, dit Sarah.

Elle articula un autre mot de français avant de l'épeler. Malgré elle, Jade était impressionnée par la maîtrise que sa mère avait de la langue.

— Moi, j'y vais déguisée en fantôme, annonça Gracie. En Angélique Le Duc.

— Maman, tu peux lui dire d'arrêter ? demanda Jade. Elle est complètement obsédée, ça devient inquiétant.

— C'est pour Halloween, se justifia Gracie.

Puis, de cette petite voix suave qui portait sur les nerfs de sa sœur, elle ajouta :

— Sois positive, Jade.

— Il y a une phrase qui contient le mot *maman*, intervint Sarah. « Et je crus avoir vu… »

Elle tourna quelques pages puis reprit :

— Oui, la voilà… Une autre phrase avec le mot *Mère*.

Elle fronça les sourcils, offrant une image vivante de la concentration.

— Où est la bible familiale ?

— La bible familiale ? répéta Jade sans comprendre.

— Le grand livre qui contient toute l'histoire de la famille… Les parents d'Angélique devraient y figurer. Je pensais que sa mère était morte jeune, peut-être même en accouchant de sa fille. Je ne suis pas sûre, mais il me semble avoir entendu parler de ça dans toutes les histoires qui circulent sur Blue Peacock Manor.

— Peut-être qu'Angélique communiquait avec sa mère, suggéra Gracie.

— Après sa mort, tu veux dire ? ironisa Jade.

— Cette bible a plus de cent ans, et elle est restée là pendant une éternité — dans cette pièce, sur cette étagère.

Sarah désigna une armoire encastrée dotée de portes de verre. Elle était vide.

— D'accord, super, soupira Jade, qui avait perdu tout intérêt pour le sujet.

Sarah avait les yeux rivés sur l'étagère vide, l'air perplexe.

— Elle est précieuse pour l'histoire de la famille, tu sais. Ce n'est pas seulement un héritage, elle contient tout notre arbre généalogique. Il y a des pages vides, au début, que les gens pouvaient remplir. De génération en génération, on prenait le temps de consigner toutes les naissances, les mariages et les décès dans la famille. Les divorces aussi, bien qu'il n'y en ait pas eu au départ. En tout cas, ce livre se transmettait d'une génération à l'autre.

— Alors Angélique doit y figurer ? demanda Gracie.

— Ainsi que Maxim et sa première épouse… je ne me souviens plus de son nom.

— Myrtle, répondit Gracie.

— Moi, je me barre, annonça Jade sans pourtant mettre sa menace à exécution.

— Granny l'a rangée dans cette armoire pendant des années. Je me rappelle l'y avoir vue.

En se mordant la lèvre, Sarah balaya la salle à manger du regard, comme si elle s'attendait à voir apparaître le livre. En vain, bien entendu. S'adressant à Gracie, elle dit :

— Attends une minute, tu veux ?

Repoussant sa chaise d'un coup sec, elle sortit en trombe de la pièce pour se ruer dans l'escalier.

Flairant l'aventure, la chienne courut derrière elle.

Une fois leur mère hors de portée de voix, Jade demanda à sa sœur :

— C'est quoi, ton problème ? Tu te prends pour la fille qui murmurait à l'oreille des fantômes ? Bon sang, mais tu as quel âge ? Sept ans ?

Si elle espérait faire honte à sa sœur pour lui faire entendre raison, c'était raté. Le menton levé, Gracie se tourna vers Jade et lui lança d'un ton de défi :

— Et toi, tu te crois mieux ? Tu te conduis comme une amoureuse transie de dix ans. C'est ridicule.

— Qu'est-ce que tu y connais ?

— J'en sais suffisamment, répondit Gracie sur un ton qui fit frissonner Jade.

Pourquoi fallait-il que sa sœur soit aussi cinglée ? Avant qu'elle ait pu lui poser la question, elle entendit son portable biper, annonçant l'arrivée d'un texto. Son cœur bondit dans sa poitrine. Cody était revenu à la raison, il avait trouvé un moyen de décaler son service et il allait venir la voir. C'était sûrement ça ! Tournant les talons, elle abandonna Gracie à son satané journal et tira son téléphone de sa poche. A sa grande déception, le message provenait de Becky.

Elle aimait bien sa cousine, mais elle n'avait pas envie de discuter avec elle maintenant.

J'ai essayé d'appeler. Alors, ce soir ?

Comment ? Jade vérifia ses appels. Rien n'indiquait qu'elle en ait manqués. Super. Apparemment, son portable était plus abîmé qu'elle ne le pensait.

Mon tél est naze. On se voit chez toi ?

OK.

Génial, pensa-t-elle en tripotant son téléphone. Elle allait devoir supporter le clan Stewart et, en plus, son portable faisait des siennes. Décidément, la soirée s'annonçait bien.

Retrouver l'ami et alibi de Lars Blonski, l'un des célèbres repris de justice de Stewart's Crossing, n'avait pas été chose aisée. Lorsque Jay Aberdeen fut enfin amené au poste, il se révéla aussi fuyant qu'une anguille. Quand Bellisario le questionna dans la salle d'interrogatoire, Aberdeen fut incapable de lui donner une version cohérente de ses faits et gestes.

— Ouais, j'étais avec Lars, dit-il.

Il était assis au bout d'une petite table calée contre le mur, Lucy en face de lui. Les micros étaient branchés, et le shérif lui-même se trouvait derrière la glace sans tain qui permettait aux autres agents du service d'assister aux entretiens sans être vus.

— Où ça ?

— A la Caverne. Vous savez bien.

Haussant les épaules, il fouilla dans la poche de son T-shirt, en quête d'un paquet de cigarettes inexistant. Ne l'y trouvant pas, il fronça les sourcils, l'air déçu.

— Quand êtes-vous arrivé ?

— Vers 23 heures, peut-être 23 h 30.

Ils parlaient du soir où Rosalie Jamison avait disparu.

— Vous êtes sûr de l'heure ?

— Je n'ai pas regardé ma montre, si c'est ça que vous voulez dire, répondit-il avec une certaine hostilité.

— Et vendredi, vers 17 ou 18 heures ?

— Lars était avec moi. Chez moi.

— Dans l'appartement que vous partagez avec votre mère ? demanda Bellisario.

— Ouais. Mais elle était pas là.

Evidemment.

— Où était-elle ?

— J'en sais rien. Dehors. Elle faisait des courses, je crois. Il va falloir que vous lui demandiez.

Il grimaça, et ses lèvres vinrent se perdre dans le bouc étroit qui ornait son menton.

— Je le ferai, assura Bellisario.

Elle lui posa une série d'autres questions. Aberdeen répondit à certaines, en éluda d'autres. Elle avait le sentiment qu'il mentait mais, comme il ne lui était d'aucune utilité, elle finit par le laisser partir.

Jusqu'alors, cette journée n'avait pas été très productive. Avec d'autres agents, elle avait interrogé tous les membres de la famille de Candice Fowler, ainsi que Tiffany Monroe et ses parents. Le père de Tiffany était avocat de la défense, et sa mère, psychologue, était souvent convoquée en tant qu'experte lors de procès criminels. Ils s'étaient donc montrés coopératifs mais défiants, ce qui n'avait pas arrangé les choses. Quant au frère de Tiffany, Seth Monroe, il n'avait pas encore été localisé, mais Bellisario avait bien l'intention de discuter avec lui. Aucun des voisins n'avait remarqué quoi que ce soit, et le quartier où habitaient les Monroe n'était pas équipé de caméras de surveillance.

A présent, le FBI était impliqué dans l'enquête. Bellisario n'aimait pas qu'on mette le nez dans ses affaires, mais elle était soulagée que les fédéraux puissent lui apporter leur expertise, leur équipement et leurs énormes bases de données. Le temps était compté. Si ces filles étaient encore en vie, il fallait les libérer avant qu'on ne leur fasse du mal.

Elle n'avait pas envie de se dire que les deux adolescentes avaient été tuées, à peine au seuil de l'âge adulte, mais elle savait que c'était une possibilité. Et, si elles étaient mortes, ils allaient avoir un mal de chien à retrouver leurs corps. Non seulement la rivière était immense et profonde — l'aval du dernier barrage constituait un emplacement parfait pour se débarrasser d'un cadavre que le courant emporterait vers la mer —, mais les forêts qui entouraient Stewart's Crossing étaient denses et pratiquement impossibles à fouiller en hiver.

L'esprit morose, elle raccompagna Aberdeen jusqu'à la sortie, puis s'arrêta pour reprendre un café avant de retourner à son bureau. Concernant Rosalie Jamison, l'hypothèse d'une fugue était désormais à écarter. Dans une ville aussi calme que l'était généralement Stewart's Crossing, il était peu probable que deux filles s'enfuient de chez elles à une semaine d'intervalle et sans concertation. Cela dit, le père de Candice avait beau être convaincu que sa fille était parfaite et incapable de s'écarter du droit chemin, Bellisario ne partageait pas son avis. Elle avait eu quinze ans, elle aussi. Elève passable, elle était considérée comme une fille « bien » par sa famille, mais elle avait des côtés moins sages qu'elle avait su cacher à ses parents. C'était dans la nature humaine, surtout à l'adolescence.

Elle s'engagea dans le couloir qui menait à son bureau tout en soufflant sur son café, évitant de justesse un agent qui escortait un suspect menotté. Celui-ci avait également des chaînes aux pieds, remarqua-t-elle en les entendant s'entrechoquer, tandis qu'on le faisait entrer dans la salle d'interrogatoire qu'elle venait juste de quitter. L'homme avait des cheveux grisonnants qui lui arrivaient aux épaules, et une barbe qui n'avait pas rencontré de paire de ciseaux depuis un bon moment.

— Vous avez pas le droit de faire ça, vous savez, grogna-t-il. Je vais me prendre un avocat.

— Fais donc ça, répondit l'agent Mendoza d'une voix lasse.

Santiago Mendoza était entré dans le service bien avant Bellisario, et il donnait l'impression d'un homme qui a tout vu. Il décocha à Lucy un regard blasé.

— Explique-moi pourquoi tu as besoin d'un arsenal de fusils d'assaut non déclarés, dit-il à son prisonnier.

— Je chasse !

— Des troupeaux d'éléphants, apparemment.

— C'est un pays libre, putain !

— C'est ce qu'on dit, rétorqua Mendoza en ouvrant la porte pour faire entrer le suspect.

Le prisonnier s'arrêta sur le seuil et lança à l'agent un regard étincelant de rage.

— Vous devriez écouter ce qu'*on* dit ou alors retourner d'où vous venez.

— A Los Angeles ? ironisa Mendoza avant de secouer la tête. Je croyais que vous étiez contre le gouvernement. C'est pas ce que vous répétez, avec tous vos amis ? Un peu comme ces types de Ruby Ridge, il y a vingt ans. Des hommes des cavernes façon temps modernes.

— *Bastardo !* siffla le suspect.

— Eh, Bellisario, t'as entendu ça ? s'écria Mendoza avec un sourire en coin. M. Dodds, ici présent, est bilingue.

Bellisario acquiesça.

— *Perfecto.*

Les antigouvernementaux étaient omniprésents dans la région, ces temps-ci. Pourquoi ici, pourquoi maintenant ? Pourtant, elle allait devoir laisser Mendoza tenter de répondre à ces questions.

De retour derrière son bureau, elle tenta une fois encore de trouver un lien entre les deux disparues. A part le fait qu'elles étaient adolescentes, de sexe féminin, et qu'elles vivaient toutes deux à Stewart's Crossing, elles n'avaient pas grand-chose en commun. Tout en sirotant son café, elle observa son écran, sur lequel apparaissaient la photo du permis de conduire de Rosalie

Jamison et le portrait souriant de Candice Fowler fourni par ses parents.

— Où êtes-vous ? demanda Bellisario, comme si les filles pouvaient l'entendre.

Ensemble ? Sans doute. Ou pas. Il pouvait y avoir un imitateur du premier ravisseur. Aussi tordu que cela puisse paraître, toute la publicité faite autour de la disparition de Rosalie Jamison avait pu inspirer un autre malade, qui avait saisi l'occasion d'enlever Candice Fowler.

Mais qui ?

Elle jeta un coup d'œil au dossier de Roger Anderson, qui était ouvert sur sa table. C'était un peu tiré par les cheveux, car il n'avait aucun lien avec les familles des deux disparues, mais il avait grandi à Stewart's Crossing et passé une partie de sa vie dans la région, ainsi qu'en prison. A présent, il faisait profil bas et évitait les autorités, en violation de sa liberté conditionnelle. Et il avait déjà été accusé de violences envers une femme.

— Au troisième coup, t'es mort, Roger, murmura-t-elle en s'emparant du dossier épais, pour parcourir les différents rapports d'arrestation.

C'était loin d'être un citoyen modèle, et il faisait partie d'une famille qui n'était pas réputée pour sa stabilité, à en croire les commérages. Il avait quitté son dernier domicile connu et, selon son agent de probation, n'avait joint aucun membre de sa famille. Celui-ci avait en effet passé quelques coups de fil, et Bellisario avait vérifié ses dires. Jusqu'à présent, elle n'avait pas localisé Roger et, sans les rumeurs qui affirmaient qu'il était dans les parages, elle l'aurait cru parti à l'autre bout du pays.

Oui, Roger Anderson méritait qu'on s'intéresse à son cas. Avant qu'une pauvre fille ne disparaisse de nouveau.

27

Qu'est-ce que tu fais ici ? Tu sais que tu n'as pas le droit d'entrer dans cette chambre. Jamais. Maman va te tuer si elle l'apprend.

Sarah refusait d'écouter la petite voix lancinante dans sa tête. Elle ressemblait beaucoup à celle de Dee Linn, et elle savait que, des années plus tôt, sa grande sœur l'avait avertie de ne jamais franchir le seuil de la chambre de leurs parents. Bien sûr, Sarah était déjà entrée dans cette chambre, pas seulement à l'époque mais aussi récemment, pour faire la liste des réparations à effectuer. Elle s'était alors obligée à oublier les interdits de son enfance, et la paranoïa qui allait avec. Elle était adulte et responsable. C'était juste une maison, et elle avait le droit d'y circuler comme elle en avait envie.

Pourtant, c'était plus facile à dire qu'à faire. Même à présent, alors qu'elle traversait la chambre en question, elle avait l'impression que sa mère l'observait et elle entendait des bribes d'anciennes querelles entre ses parents, des paroles violentes surprises derrière les portes.

— … je t'assure, Franklin, si tu la touches, je ferai en sorte que tu ne puisses plus jamais regarder une autre femme ! avait hurlé Arlene.

De l'autre côté de la porte, Sarah, alors âgée de douze ans, tremblait de tout son corps. Dee Linn, qui passait par là, avait levé les yeux au ciel.

— Mais qu'est-ce qu'ils font ? avait chuchoté Sarah.

— Maman croit que papa a une maîtresse.

— C'est vrai, il en a une ?

L'idée que son père puisse fréquenter une autre femme que sa mère déplaisait à Sarah.

— A ton avis ? avait ironisé Dee Linn. Maman, tu sais…

Et Dee Linn, poussant silencieusement Sarah devant elle pour qu'elle redescende, avait porté l'index à sa tempe, dans un geste laissant entendre que leur mère était folle.

— Mais c'est peut-être vrai, avait insisté Sarah.

— Qui d'autre voudrait de lui ? avait rétorqué sa sœur en fronçant le nez d'un air dégoûté. Regarde les choses en face, Sarah : maman et papa sont tarés, et ils vont très bien ensemble. Et toi…

Elle avait pointé un doigt effilé sous le nez de Sarah.

— Toi, tu ne devrais pas écouter aux portes.

— Tu as entendu toi aussi, avait rétorqué Sarah.

Elle savait très bien que Dee Linn était experte dans ce domaine. Elle ne ratait pas une occasion de s'approprier les secrets des autres et de les utiliser à son avantage.

— Oui mais, moi, je ne l'ai pas fait exprès.

— Menteuse ! avait répliqué Sarah.

Une étincelle de colère s'était allumée dans les yeux de Dee Linn et, pendant un instant, Sarah avait cru qu'elle allait la gifler. Mais Dee Linn s'était contentée de lui agripper le bras, si fort que ses ongles avaient laissé des marques sur la peau de sa petite sœur.

— Arrête, avait sifflé Dee Linn entre ses dents. Arrête de dire que tu sais ce que je fais, parce que ce n'est pas vrai. Tu ne sais rien de moi.

A présent, tout en parcourant les pièces sombres et presque vides, Sarah se posait beaucoup de questions sur sa famille. Des rumeurs concernant l'infidélité de son père avaient circulé bien avant sa mort. Des femmes rencontrées en voyage d'affaires, d'autres à Stewart's Crossing — des femmes que Sarah n'avait jamais vues mais qui avaient hanté les couloirs de Blue Peacock Manor, même si ça n'avait été que dans l'esprit torturé d'Arlene.

Dee Linn, pourtant si vindicative à l'époque, s'était adoucie avec l'âge et avait épousé un homme par lequel elle se laissait dominer. Mais avait-elle vraiment changé à ce point ? Etait-il possible que ce personnage de femme soumise ne soit qu'une façade ? Qui pouvait savoir ?

Sarah passa son doigt sur la vieille coiffeuse couverte de poussière, puis se tourna vers la grande baie vitrée près de laquelle était restée l'une des deux tables de chevet ; l'autre manquait, ainsi que le lit. La moquette était plus claire à l'endroit où ce dernier s'était trouvé. Elle avait entendu, à son corps défendant et un grand nombre de fois, le grincement rythmé des ressorts du matelas, accompagné de gémissements sourds, presque tourmentés.

Perdue dans ses souvenirs, Sarah cherchait distraitement la bible familiale dans laquelle elle comptait découvrir les traces d'un passé obscur, mais tout ce qu'elle trouva fut ce même sentiment troublant qu'elle avait éprouvé durant son enfance.

Sarah avait espéré qu'en revenant à Stewart's Crossing elle serait enfin capable de chasser ses vieux démons. Mais dans la grisaille de cet après-midi d'automne, cernée par le froid et les questions sans réponses qui flottaient entre les murs de Blue Peacock Manor, elle doutait que ces démons acceptent un jour de la laisser en paix.

— Je vous l'ai dit, j'ai pas vu Anderson depuis un bon moment, insista Hardy Jones, assis sur la chaise qui faisait face à Bellisario.

C'était un homme nerveux, toujours en train de se frotter les mains sur son jean ou de lancer des regards furtifs à droite et à gauche. Aujourd'hui, remarqua Lucy, il était encore plus agité que d'habitude, sursautant à la moindre occasion et se frictionnant les bras comme s'il avait froid.

— Mais il est à Stewart's Crossing ? reprit-elle.

Jones étant un ancien compagnon de cellule de Roger Anderson, elle le croyait bien placé pour les aider à remettre la main sur lui.

— Des gens affirment l'avoir vu dans le coin, expliqua-t-elle.

Et, lorsqu'on les questionnait, ces gens n'avaient aucune information solide à fournir au sujet d'Anderson. Bellisario espérait que Jones pourrait lui en dire davantage.

Celui-ci tourna la tête vers la fenêtre.

— Peut-être. Sans doute. Ce type est bizarre.

Tu peux parler, pensa Lucy.

— Il est proche de sa famille ? demanda-t-elle.

— Non. Je crois pas qu'il leur parle.

— Même pas à ses frères ?

— Ouais, ça aussi c'est bizarre, mais non, je crois pas.

— Jacob Stewart ne lui a pas rendu visite ? s'enquit-elle alors que le fax se réveillait dans le couloir en émettant un bourdonnement. Ni sa sœur et son mari, Dee Linn et Walter Bigelow ?

— Pas à ma connaissance, répondit Hardy d'un ton affable, tandis que son œil était agité par un tic.

Il mentait. Selon les rapports qui lui avaient été envoyés par la prison un peu plus tôt, Jacob Stewart avait rendu visite deux fois à Anderson, et Dee Linn une fois, accompagnée de son dentiste de mari.

— Et ses cousins ? Ils sont venus le voir ?

— Je les connais pas.

Le regard suspicieux de Hardy avait quitté la fenêtre pour venir se poser sur Bellisario, comme s'il cherchait à l'évaluer.

— Il en a peut-être un million, pour ce que j'en sais, merde. Il y a des Stewart et des Anderson dans tout le comté, je vois pas comment je pourrais tous les connaître.

— Clark Valente, ça vous dit quelque chose ?

Valente, qui avait à peu près le même âge qu'Anderson, était l'une des rares personnes à avoir rendu visite à Roger pendant sa dernière incarcération.

— Je m'occupais pas de son foutu carnet de rendez-vous, protesta Jones.

Il se rencogna sur sa chaise, lui décochant un regard furieux.

— Vous ne savez donc pas si Valente est venu le voir ?

— Il aurait pu recevoir la visite du président que j'en aurais rien su, putain. Mais non, j'ai jamais entendu parler de… Comment vous dites, déjà ?

— Clark Valente.

— Non.

Encore un mensonge. Hardy les menait en bateau.

Elle jeta un coup d'œil à l'écran de son ordinateur. Il y avait un autre nom sur la liste des visiteurs : Cameron Collins, quatre enfants, propriétaire du grand bazar de Stewart's Crossing.

— Et les amis d'Anderson ?

— Il en avait pas.

— Même pas Cameron Collins ?

— Qui ça ? demanda Hardy.

Puis, comme si la mémoire lui était soudain revenue, il enchaîna :

— C'est pas le fanatique qu'est venu avec sa Bible, pour lui citer des versets ou un truc comme ça ? Celui qu'a un magasin en ville ?

Possible. Bellisario se promit de vérifier la chose rapidement.

— Peut-être, répondit-elle de façon évasive.

— Ce type est venu une fois ou deux.

Au ton de sa voix, pourtant, Bellisario comprit que Hardy doutait. Tout cela ne les menait nulle part, et c'était une énorme perte de temps. Comme pour confirmer ses pensées, son portable vibra sur le bureau, et elle reconnut le numéro de la mère de Rosalie Jamison sur l'écran. A cause du vague lien qui les unissait — la sœur de Lucy était dans la même classe que Rosalie —, Sharon n'hésitait pas à appeler Bellisario sur son portable, à toute heure du jour et de la nuit.

Elle éteignit son téléphone et tenta une autre approche.

— Vous savez, Hardy, ça me paraît tout de même étrange que vous en sachiez si peu. Vous avez partagé sa cellule pendant combien de temps ? Deux ans, deux ans et demi ?

— Vingt-trois mois, grommela-t-il. J'ai eu une remise de peine pour bonne conduite.

— Pourtant, vous ne connaissez pas une seule personne dont votre compagnon de cellule ait pu être proche et vous ne vous souvenez pas d'un seul de ses visiteurs. C'est bien ce que vous me dites ?

Elle lui décocha un regard appuyé puis se cala contre son dossier. Dans un bureau voisin, un téléphone sonnait.

— Alors dites-moi, quelles ont été vos activités, ces mois-ci ? Vous savez, à part faire la plonge à la Caverne ?

— Qu'est-ce que vous voulez dire ? demanda Jones d'un ton soupçonneux.

— Vous essayez de vous tenir à carreau, je suppose.

Hardy se passa la main dans les cheveux sans répondre.

— Alors, que pouvez-vous me dire des disparues ?

— Les quoi ?

— Vous avez entendu les infos, vu les affiches, les prospectus. Rosalie Jamison et Candice Fowler ont disparu.

— Quel est le rapport avec moi ?

Il considéra les photos sur le bureau, puis leva les yeux vers Bellisario. Elle avait enfin réussi à capter son attention.

— Vous savez bien que c'est pas mon truc. Roger, ouais, il a déjà eu des soucis avec les dames mais, moi, jamais. C'est pas mon truc, je vous dis.

Cette fois, il disait la vérité. Tous les crimes de Hardy avaient à voir avec la drogue ou les chèques falsifiés. Et il n'était doué dans aucun de ces domaines — d'où une liste d'arrestations longue comme le bras.

— Si j'appelle votre agent de probation, il ne dira que du bien de vous, c'est ça ?

A vrai dire, elle l'avait déjà fait. Hardy Jones n'avait rien à se reprocher.

— Putain, mais qu'est-ce que vous me voulez ?

A présent, il semblait inquiet et clignait furieusement des yeux.

— N'importe quelle information au sujet d'Anderson.

— Y en a pas. J'en ai pas, je veux dire. Anderson fait cavalier seul, vous pigez ? En plus, il est hyper-tordu, ce type. Il fait que parler de sa sœur, celle qui s'est barrée. Theresa, c'est comme ça qu'elle s'appelle. Il arrêtait pas de me dire comme il l'aimait.

— « Comme il l'aimait » ? répéta Lucy, surprise.

— Ouais, et je parle pas d'amour fraternel, si vous voyez ce que je veux dire, répondit-il avec un regard en coin. Il l'*aimait,* comme un *amoureux*. Il pensait que c'était sa faute si elle était partie. Il parlait toujours de cette baraque, comme quoi elle était géniale, et que sa mère était pas normale. Ce qui était pas normal, à mon avis, c'était ses relations avec sa famille.

Pour la première fois depuis le début de l'interrogatoire, Bellisario eut le sentiment que Jones disait la vérité.

— Vous savez ce qu'ils faisaient ? demanda-t-il. Anderson et elle ?

— Vous pourriez peut-être me le dire ?

— Ils traînaient dans un putain de cimetière sur les terres des Stewart, la Perruche Bleue ou je ne sais quoi.

— Blue Peacock Manor. Le Paon bleu.

— Ils allaient tous les deux dans une crypte ou un truc comme ça. Lui et Theresa.

A présent, Hardy souriait, comme s'il trouvait la situation amusante, mais sans cesser de secouer la tête.

— C'était tordu, je vous dis.

— Vous sous-entendez qu'ils avaient des relations sexuelles ? demanda-t-elle sans détour. Theresa et Roger Anderson ?

— Vu comment il en parlait, s'il se la tapait pas, il en avait sacrément envie, en tout cas. A mon avis, c'est peut-être pour ça qu'elle s'est tirée. La façon dont il parlait d'elle, c'était flippant.

D'un coup, il se tut et se referma comme une huître. Sans doute avait-il l'impression d'en avoir trop dit.

— Autre chose dont vous vous souvenez ?

— Ecoutez, on a partagé une cellule pendant un moment, mais c'est tout. On est sortis tous les deux, point final.

Puis, se penchant au-dessus du bureau, il ajouta sur le ton de la confidence :

— J'essaie de pas trop traîner avec des repris de justice, ça me donne une mauvaise image.

— Vis-à-vis de qui ?

— De tout le monde. Surtout des flics. Pourquoi vous croyez que je vous parle ? C'est pas parce que j'ai fait quelque chose de mal, en tout cas.

Son attitude était devenue hostile, et sa voix un peu geignarde. Et il mentait encore, Bellisario en avait l'intuition. Peut-être était-ce à cause de la façon dont il essayait de lui faire baisser les yeux, ou de ses bras croisés de manière défensive, étirant sa veste en jean sur ses épaules étroites.

Il n'était pas très grand mais faisait de son mieux pour se donner une carrure.

— Vous êtes mécanicien de profession.

— Ouais, mais qui irait embaucher un ex-taulard ? C'est pour ça que je lave des assiettes.

— On a aperçu Roger Anderson à la Caverne.

En réalité, rien n'était moins sûr : un poivrot avait simplement *cru* le reconnaître quand on lui avait montré une photo d'Anderson. Pourtant, Lucy Bellisario décida de garder cette information pour elle, histoire de voir la réaction de Jones.

— Un client l'a vu, expliqua-t-elle.

— Il n'est pas allé en cuisine, en tout cas, se défendit Jones.

— Mais il est venu ?

— J'ai entendu dire qu'il était dans le coin, mais ça n'a rien à voir avec moi. Shirley, la fille du bar, elle l'a vu une fois ou deux.

— Il n'est pas venu vous voir ? demanda-t-elle. Pour discuter un peu ?

— On est pas amis. Pourquoi vous m'embêtez avec ça ? Je vous dis que j'ai pas vu Anderson, point barre. Bon, vous voulez m'accuser d'un truc ?

— On discute, c'est tout.

Elle ne l'avait pas emmené en salle d'interrogatoire pour éviter qu'il se braque. Ici, dans son bureau, l'atmosphère était plus détendue — du moins, elle l'espérait. Pourtant, Hardy n'était pas dupe.

— Bon, on a fini alors, dit-il. J'ai rien fait et je sais même pas pourquoi vous m'avez traîné là.

Il se leva, prêt à partir.

— Très bien, mais si vous avez des nouvelles d'Anderson tenez-moi au courant.

— C'est pas près d'arriver.

— Vous vous êtes disputés ?

— Je vous ai déjà dit qu'on n'était pas amis. Je vois pas comment on pourrait se disputer.

— Vous ne savez pas où il vit ?

— Vous êtes sourde ou quoi ? Je vous ai dit tout ce que je savais sur ce type, merde !

A présent, Hardy était vraiment remonté, mais Lucy n'en avait pas tout à fait fini.

— Il a quitté son appartement à The Dalles, dit-elle en se penchant un peu. Sa logeuse a dit qu'il avait plié bagage du jour au lendemain, sans rien laisser derrière lui. On a vérifié : il n'est plus là, et sa chambre est propre comme un sou neuf. Comme s'il n'y avait jamais mis les pieds.

Ce type est un fantôme, songea-t-elle.

— Et alors ? demanda Jones sans se démonter.

— Il n'a pas prévenu son agent de probation. Qui n'a d'ailleurs pas eu la moindre nouvelle depuis deux mois.

Hardy ne fit aucun commentaire.

Bellisario décida d'enfoncer le clou.

— Il a toujours fait ce qu'on lui demandait, vous savez. Chaque fois qu'il est sorti de prison, il s'est tenu à carreau. Mais cette fois, tout à coup, Roger Anderson ne joue pas le jeu.

— Ça arrive tout le temps. A votre avis, pourquoi il finit toujours par se retrouver derrière les barreaux ? Ecoutez, je vous ai déjà dit que je savais pas où il habitait, que je savais pas ce qu'il faisait, ni avec qui. Je ne fricote pas avec ce mec, point final. Et je dirai plus un mot.

— Très bien.

L'autre avait déjà tourné les talons et s'éloignait dans le couloir, la laissant les mains vides. Pourtant, elle avait le sentiment diffus que Hardy Jones, l'ex-taulard qui affirmait ne pas fréquenter de criminels, lui cachait quelque chose.

Quelque chose d'important.

28

L'expédition dans la chambre de ses parents avait été un fiasco.

Outre des souvenirs qu'elle aurait préféré oublier, Sarah n'avait rien retrouvé dans la suite parentale, pas plus qu'ailleurs au deuxième étage.

Elle s'était même aventurée dans la chambre de Theresa, le cœur battant, s'attendant presque à ce que la statue de la madone se soit de nouveau déplacée, mais ce n'était pas le cas. La figurine était à l'endroit précis où elle l'avait laissée. Elle avait inspecté la chambre et, au moment où elle avait refermé la porte, elle avait eu l'impression que la madone lui adressait un petit sourire béat.

N'importe quoi, avait-elle songé. *C'est dans ta tête, Sarah. Seulement dans ta tête.*

Dans le couloir, elle marqua un temps devant la porte menant au grenier. Elle entendait des pas provenant du premier étage.

— Maman ? appela Gracie, au moment où Xena faisait irruption sur le palier. Tu as dit que tu redescendais tout de suite.

— Oui, désolée. Je pensais arriver à mettre la main sur ce livre. Maman ne s'en serait jamais débarrassée.

Elle jeta un coup d'œil vers la porte du grenier, mais elle n'avait pas remarqué la bible la dernière fois qu'elle avait visité les combles.

Le seul endroit où elle n'avait pas encore cherché était bien entendu la cave.

— Tu ne l'as pas vue quand tu as trouvé le journal ? demanda-t-elle à Gracie.

— Non.

— Tu as regardé partout, non ? dit Sarah en se souvenant que Jade lui avait confié qu'elle avait surpris sa sœur à fouiner en bas. Même au sous-sol ?

— Tu m'as dit que je n'étais pas censée y descendre.

— Mais tu l'as fait, n'est-ce pas? C'est là que tu as trouvé le journal. D'où ma question : quand tu étais à la cave, as-tu vu quelque chose qui pouvait ressembler à cette bible? C'est un gros livre, je pense que tu l'aurais remarqué.

— Je ne l'ai pas vue, désolée.

— Dommage. Si on la trouve, on arrivera sans doute mieux à comprendre ce qui est écrit dans le journal, pourquoi c'est écrit en français et ce que raconte Angélique.

— Pourquoi tu as besoin de ce livre? Tu ne peux pas juste traduire le journal?

— Si, mais c'est ça qui est bizarre. Je ne crois pas que tu aies trouvé le journal d'Angélique Le Duc.

— Comment ça?

— D'après ce que j'ai traduit, ce journal a été écrit par quelqu'un d'autre, sans doute par sa fille Helen. Elle n'arrête pas de parler de sa mère, et je ne crois pas qu'Angélique aurait fait ça.

Gracie afficha une mine déçue.

— Alors il ne nous sera d'aucune aide.

— Ce n'est pas sûr. Mais, pour en être certaines, il faut qu'on trouve la bible.

— Tu crois qu'elle est à la cave?

— Peut-être, répondit Sarah avec un sourire forcé. Allons voir.

Elle allait devoir mettre de côté une phobie vieille de vingt ans.

Rassemblant son courage, Sarah suivit sa fille jusqu'à la porte du sous-sol. Alors que celle-ci l'ouvrait, le téléphone de Sarah sonna, et elle vit le numéro de Clint s'afficher sur l'écran. L'estomac noué, elle s'arrêta en haut des marches et décrocha.

— Allô?

Gracie avait déjà descendu la moitié de l'escalier.

— Salut, dit-il d'une voix égale. Comment ça va?

— Bien.

En dehors du fait que je suis en train d'aller dans un endroit que je redoute depuis toujours.

— Et toi?

Elle commença à descendre.

— Ça va, je crois. J'aimerais passer plus de temps avec Jade, tu sais. Pour qu'on fasse vraiment connaissance.

— Je suis sûre que ça peut s'arranger. Mais tu ne crois pas que c'est à elle que tu devrais en parler?

— Je lui ai envoyé un texto mais elle ne m'a pas encore répondu. Je pensais pourtant qu'elle le ferait. Je vais lui laisser un peu de temps, il faut qu'elle s'habitue à la situation. Ce n'est pas facile d'encaisser tout ça pour une gosse.

Sarah faillit trébucher sur les marches inégales, mais elle se rattrapa à la rampe et parvint à ne pas lâcher son portable.

— Ça fait même beaucoup pour des adultes.

— Je voulais te dire que j'avais parlé à un avocat, aujourd'hui. Tom Yamashita, il est d'ici. Je le connais depuis des années. Il va t'appeler et il voudra sans doute aussi parler à Jade.

— Tu as fait ça ? demanda Sarah, sentant sa poitrine se serrer.

— Ne t'en fais pas. Je ne ferai rien contre toi. Je veux juste connaître mes droits, et Jade doit également connaître les siens. Sans compter McAdams.

— D'accord. Je… je parlerai avec ton avocat, dit-elle à contrecœur.

— Ton ex a adopté Jade, non ?

— Oui, peu après notre mariage, mais…

Elle se demanda comment Noel allait prendre la nouvelle. Probablement pas très bien.

— Je vais m'en occuper, reprit-elle. C'est quelqu'un de… raisonnable.

Elle se demanda si Clint allait la questionner sur le divorce et les raisons qui l'avaient amenée à se séparer de Noel. Son malaise s'accrut.

— Si tu le dis, répondit Clint après un silence. Sarah ?

— Oui ?

— Il y a beaucoup de choses dont nous devons discuter.

— Je sais.

Jusqu'alors, ils ne s'étaient préoccupés que de la partie émergée de l'iceberg.

— D'ailleurs, on devrait peut-être le faire avant de commencer à engager des avocats, ajouta-t-elle, avec un rien de ressentiment.

— Je ne fais pas ça contre toi, je te le promets.

D'une certaine façon, elle le croyait, mais malgré tout elle avait du mal à ne pas se sentir menacée.

— Aurai-je besoin de mon propre avocat ? demanda-t-elle.

— A toi de voir. Mais, comme je te l'ai dit, je ne cherche pas à te causer d'ennuis.

Il se tut un instant puis demanda :

— Alors, qu'est-ce qu'on fait, maintenant, tous les deux ?

Qu'est-ce que tu veux dire ? faillit-elle demander.

En réalité, elle le savait. A mi-voix pour que Gracie ne l'entende pas, elle répondit :

— Toi et moi… c'est fini depuis longtemps.

— On devrait peut-être y repenser.

A ces mots, son cœur se serra. *Ne fais pas ça, Clint. Ne cherche pas à me séduire.*

— C'est-à-dire ? demanda-t-elle pourtant.

— Je me pose des questions, reconnut-il. Ecoute, il y a l'aspect juridique, certes, mais pas seulement. Ça va beaucoup plus loin, Sarah.

— Une chose à la fois, répondit-elle machinalement, tout en considérant le sol fissuré de la cave.

Un conseil qu'il lui fallait elle-même appliquer, en l'occurrence.

— Tu vas à la soirée de Dee Linn et de Walter ? demanda-t-il alors.

Clint était invité ? s'étonna-t-elle avant de se dire qu'après tout cela n'avait rien de surprenant. Tante Marge avait affirmé que Dee Linn avait vu très grand pour sa fête, ce que ses frères avaient déjà mentionné quand ils étaient venus voir Sarah. En fait, sa sœur avait toujours aimé faire les choses en grand, et il n'y avait pas de raison que cette soirée de « retrouvailles » échappe à la règle.

— Oui, j'y serai, répondit-elle. Pas très longtemps, cela dit. Ces grandes réunions, ce n'est pas trop mon truc.

— Je me souviens.

A l'entendre, elle eut l'impression qu'il souriait. Mais elle pouvait se tromper.

— On ne peut pas dire, reprit-il, que tu ressembles beaucoup à ta sœur.

Il avait parlé comme s'il la connaissait encore, comme s'il comprenait combien elle était différente de Dee Linn, cette sœur qui n'avait aucun trait commun avec elle, ni sur le plan physique ni sur celui du caractère.

— Alors à ce soir, je pense.

Elle raccrocha. Elle était tendue, et son cœur battait fort. Pourtant, elle avait passé le cap le plus délicat : expliquer à Clint et à Jade qu'ils étaient père et fille. Malgré cela, elle n'était pas au bout de ses peines. Toute sa famille apprendrait bientôt la vérité et, dans une ville de la taille de Stewart's Crossing, ce genre de révélation ferait l'effet d'une bombe, et elle ferait le tour de la petite communauté en un temps record.

Sarah était capable de faire face aux questions, aux froncements de sourcils réprobateurs ou aux commentaires acerbes. Elle, oui, mais Jade ? Sa fille avait déjà du mal à s'intégrer à Notre-Dame de la Rivière. Devenir soudain la fille de Clint Walsh n'allait pas arranger les choses.

Elle descendit les dernières marches en soupirant.

Gracie avait déjà commencé à fouiller les vestiges entassés par plusieurs générations. Il n'y avait qu'une seule ampoule en état de marche dans tout le sous-sol, et elle n'éclairait pas grand-chose. Elles allumèrent donc leur lampe-torche, et Sarah découvrit des objets qui dataient de sa jeunesse et qu'elle avait oubliés. Un vieux vélo — celui de Jacob, pensait-elle — était appuyé contre le mur, des bocaux étaient empilés sur des étagères de bois, la vieille écrémeuse, avec son tambour et ses disques en inox, était à l'abandon depuis des dizaines d'années. A présent, tout paraissait couvert de toiles d'araignée, et le sol de ciment était fissuré de partout.

Elle allait devoir redescendre avec un spécialiste des fondations ; plusieurs des piliers soutenant la bâtisse semblaient en mauvais état, et qui pouvait savoir combien de temps ils allaient encore tenir. Elle se rappela les paroles de Jacob affirmant que la seule solution était le bulldozer, mais elle se refusait à détruire cette vieille demeure.

Elle sentit un frisson la parcourir tandis qu'elle avançait parmi tous ces objets couverts de poussière.

— C'est pire que dans le grenier, dit-elle à Gracie. Et devine qui va tout nettoyer ?

— Moi ? demanda Gracie.

— Tu peux me donner un coup de main, mais je pense que ce sera à moi de le faire. Je me demande si Dee Linn et les jumeaux voudront récupérer des trucs.

— Je croyais que c'était encore à Granny.

— Je ne sais pas, ma chérie, mais on ne vendra rien de ce qu'elle veut garder et on ne le jettera pas non plus.

Elles commencèrent à ouvrir des boîtes, à pousser des vieux vases et des livres sur les étagères, à déplacer des meubles.

— Ça va nous prendre des heures, gémit Gracie.

— Non… Il n'y en a pas tant que ça. C'est juste mal rangé.

On aurait dit qu'Arlene, aux prises avec les prémices de sa sénilité, s'était servie du sous-sol pour entreposer tout ce dont elle avait été incapable de se séparer. Une vieille radio, une commode cassée, une télévision qui semblait dater des années 1960 — les trésors d'une vie entassés dans la poussière. Etrangement, Sarah avait recouvré son calme ; finalement, elle ne ressentait aucune crainte à se retrouver ici, dans cette cave, en compagnie des objets de sa jeunesse. Des jouets en plastique, un hula-hoop, la collection de pipes de son père et, enfin, posée sur une étagère près de l'ancien cellier, derrière des livres de cuisine à la tranche brisée : la bible.

— La voilà, dit Sarah. Allez, on la rapporte là-haut.

La bible était lourde et difficile à transporter, et Sarah eut du mal à la monter sans trébucher sur les marches, mais elle y parvint et, bientôt, elles étaient revenues dans la salle à manger. L'après-midi était avancé, et la lumière baissait déjà. Sarah ouvrit le volume pour trouver ces pages où, depuis près d'un siècle, on avait consigné les naissances, mariages, baptêmes, décès et divorces de toute la famille.

— J'y suis ? demanda Gracie.

— Je ne sais pas. Je ne crois pas que ma mère la tenait à jour. Non, regarde… je me suis peut-être trompée.

Elle était arrivée à la page où figuraient les mentions les plus récentes. Elle parcourut du doigt la liste des prénoms. Ceux de Dee Linn et des jumeaux y avaient été tracés, de l'écriture fluide d'Arlene, mais le relevé s'arrêtait là, après le nom de Joseph et son heure de naissance, dix minutes après celle de Jacob.

— C'est bizarre, dit-elle à voix haute.

Rien n'avait été inscrit après la venue au monde de Joseph. Plus de mariage, pas de baptêmes — mais peut-être les jumeaux n'avaient-ils pas été baptisés.

Elle eut un choc en découvrant que l'arbre généalogique de la famille s'arrêtait à ses frères et à sa sœur, et qu'elle ne s'y trouvait pas. Son cœur se serra. Sa mère avait-elle été trop occupée avec ses six enfants, dont un nourrisson et deux adolescents perturbés, pour inscrire son nom sur la liste ?

Un instant. Elle comprenait, à présent : elle était née à peu près à l'époque de la disparition de Theresa. Bien entendu, Roger et Theresa n'étant pas les enfants de Franklin, ils ne figuraient donc pas dans le livre ; en revanche, la date du mariage de son père avec Arlene était clairement consignée, suivie de la liste de tous leurs enfants.

Tous, sauf elle.

— On dirait que Granny a arrêté de tenir la bible à un moment donné. Tu vois, mon nom n'y est pas, ni le tien ni celui de Jade, et les derniers mariages n'y figurent pas.

Le sien, bien sûr, puisqu'elle n'existait pas dans la bible familiale, mais ceux de Dee Linn et de Jacob ne s'y trouvaient pas non plus — et Becky, la fille de Dee Linn, n'apparaissait pas dans la liste. C'était comme si, avec la disparition de Theresa, quelque chose était mort en Arlene, comme si sa joie de vivre — si tant est qu'elle l'ait animée un jour — avait disparu.

— Ça ne fait rien, dit-elle à Gracie. Tu sais, on pourra ajouter les noms qui manquent, si tu veux.

— C'est quand même bizarre. Regarde tout ça.

Elle avait raison. Il y avait près de six pages de noms et d'annotations, plus de cent ans de l'histoire des Stewart. Et les branches de l'arbre généalogique s'étendaient en tous sens.

— Tous ces gens — ceux qui sont morts, je veux dire —, ils sont enterrés dans le cimetière ?

— Tu veux dire dans la concession familiale ?

— Oui, je parle des tombes là-bas, répondit Gracie en désignant un point par la fenêtre.

— La famille a cessé d'utiliser ce cimetière il y a des années. Grand-père n'y est même pas, tu sais. Il a été inhumé dans le cimetière municipal, comme la plupart des gens du coin.

— Alors qui est enterré là-bas ?

— Surtout des gens qui sont morts il y a plus de quatre-vingts ans. J'ignore précisément à quelle date le cimetière a été abandonné, mais sans doute au début des années 1930.

Pour détourner l'attention de sa fille du vieux cimetière et la ramener au sujet qui les intéressait, Sarah se remit à feuilleter les pages de la bible.

— La voilà.

Les informations concernant Angélique Le Duc étaient inscrites au grand complet, sans doute consignées après son mariage avec Maxim, moins de six mois après le décès de Myrtle, la première épouse de celui-ci.

Son arrière-arrière-arrière-grand-père n'avait pas perdu de temps. Myrtle était morte à quarante ans, et Angélique n'en avait pas vingt quand il lui avait passé la bague au doigt.

— Angélique a dû inscrire elle-même les détails la concernant, regarde : la mort de sa mère date du lendemain de sa naissance, dit Sarah. Ça arrivait souvent, à l'époque, que les femmes meurent en couches.

— Alors elle n'a jamais connu sa mère ? dit Gracie. C'est triste.

— Oui…

Cette vieille bible était en effet pleine de tristesse.

— Ce qui veut dire, reprit Sarah, que le journal appartient à Helen.

— Ou à Ruth, suggéra Gracie. Ou peut-être même à Monica.

— Non… Regarde la date de naissance de Helen, dit Sarah en désignant une ligne pâlie. 18 avril 1910. Ça correspond. Lors de la disparition d'Angélique, elle aurait eu quatorze ans.

Reprenant le journal, elle en tourna quelques pages.

— Regarde ça, reprit-elle. Elle mentionne les noms de tous ses frères et sœurs. George, Ruth, le petit Jacques, Monica et Louis. *Papa* doit être Maxim, et *maman* Angélique — même si, techniquement, elle était la belle-mère de Helen. La seule personne qui ne soit pas citée, c'est Helen elle-même.

— Parce qu'elle écrit à la première personne.

Sarah sourit.

— Je vois qu'on a bien écouté en cours de grammaire.

— J'ai appris ça il y a longtemps, dit Gracie. Mme Stillman a beaucoup insisté là-dessus en CE2.

— Dans ce journal, « je » est donc Helen, confirma Sarah en tapotant sur le carnet de cuir.

— Ils appelaient Angélique « maman », même si c'était leur belle-mère ?

— Je suppose que Helen et George se souvenaient sans doute de leur vraie mère, Myrtle, mais ce n'était évidemment pas le cas des petits. Comme Angélique était l'épouse de leur père, elle est devenue leur mère — la seule qu'ils aient connue.

En prononçant ces mots, elle les sentit soudain résonner en elle — comme une corde de guitare qu'on aurait fait vibrer de façon imperceptible, lui arrachant pourtant maintes notes différentes. Les ondes ainsi provoquées bousculaient ses souvenirs, convoquant des images floues devant lesquelles son cœur s'emballa.

Pourquoi ?

Etait-ce à force de parler de fantômes ? Du mystère d'Angélique Le Duc et du destin tragique et mystérieux de la belle maîtresse de Blue Peacock Manor ? Ou était-ce quelque chose de plus profond, une chose liée à cette maison, à ce toit sur lequel on disait qu'Angélique avait trouvé la mort ? Une image resurgit dans son esprit — celle de son demi-frère, Roger, les cheveux ruisselants de pluie, le visage trempé, la chemise ouverte flottant dans le vent, qui la portait dans ses bras sur le balcon.

Pleurait-il ? Lisait-elle du remords dans ses yeux ? Ou n'était-ce que le déchaînement des éléments, la pluie libérée par la tempête nocturne qu'elle voyait couler sur son visage ?

Cette vision la taraudait tant qu'elle la mettait physiquement mal à l'aise. Pourquoi n'arrivait-elle pas à se rappeler ? Et pourquoi ne pouvait-elle pas oublier complètement cette image ?

— Maman ? lança la voix de Gracie, rappelant Sarah à la réalité.

Elle cilla, le regard baissé sur le journal ouvert devant elle. Ce qui était arrivé un siècle plus tôt n'avait rien à voir avec elle. Alors pourquoi ces histoires la perturbaient-elles autant ?

— Ça va, maman ? répéta Gracie.

Elle s'éclaircit la voix et, malgré le tremblement qui l'agitait encore, parvint à répondre d'un ton ferme :

— Oui, ça va. Désolée, je m'étais perdue dans mes pensées.

— Quelles pensées ?

— Euh, je réfléchissais à Angélique et à ce qui lui était arrivé, répondit-elle pour couper court aux questions de sa fille.

Puis, rapprochant le journal pour qu'elles puissent le voir toutes les deux, elle ajouta :

— Allez, Gracie, on va l'éclaircir, ce mystère.

29

Il était revenu!

Rosalie entendit le moteur de la camionnette, suivi d'un silence. Après quelques instants, le verrou de la grange grinça, et la porte s'ouvrit bruyamment. Les lumières s'allumèrent, éclairant en partie l'intérieur de sa cellule. Elle se mordit la lèvre, se concentrant pour essayer de déterminer s'il était seul ou non.

Des pas lourds.

Elle attendit.

Pas de conversation, pas d'autres bruits de bottes sur le plancher. Une seule personne qui marchait d'un pas ferme de l'autre côté de la porte.

Parfait!

Etait-ce possible? Auraient-elles cette chance? Pendant un instant, elle se demanda s'il s'agissait de quelqu'un d'autre que son ravisseur et elle faillit appeler pour essayer de le savoir, puis se ravisa juste à temps. Il fallait d'abord qu'elle évalue la situation.

Il existait une possibilité pour qu'elles puissent enfin s'échapper. Si la fille enfermée dans le box de Lucky jouait son rôle.

Jusque-là, Candice s'était révélée complètement inutile, et leurs plans d'évasion avaient échoué. Mes *plans d'évasion,* pensa Rosalie. Candice avait été incapable d'escalader le mur de sa cellule, ni de dénicher quoi que ce soit qui puisse leur servir. Elle n'avait fait que gémir et pleurer. Mais maintenant, elles avaient une occasion — en tout cas, si cette fille voulait bien se souvenir de ce qu'elle avait à faire. Rosalie croisa les doigts en priant pour que tout se déroule comme prévu.

Allez, allez, allez.

Les pas s'éloignèrent pour se diriger vers l'autre bout des écuries.

Silencieusement, Rosalie se colla contre le battant, retenant son souffle pour mieux entendre ce qui se passait dehors.

Un bruit de serrure, une porte qui s'ouvrait.

— Lucky ? appela son ravisseur, d'une voix étonnamment égale et douce.

De la façon dont il s'était adressé à Rosalie quand elle le servait au Columbia Diner — des siècles plus tôt.

— Comment ça va ? demanda-t-il.

Tiens donc. Il semblait s'inquiéter pour Candice. Allait-elle se laisser avoir ? Mais, s'il se souciait vraiment d'elle, peut-être que cela pourrait jouer en leur faveur…

Il n'obtint pas de réponse.

— Il faut que tu manges quelque chose, dit-il. Que tu gardes tes forces.

Il semblait réellement préoccupé. Rosalie se rappela alors comme il avait réussi à l'entuber — elle avait cru qu'il la ramenait chez elle par gentillesse alors que, depuis le début, il avait prévu de la kidnapper.

Candice ne prononça pas un mot.

C'était peut-être une bonne chose. Rosalie serra la lime dans sa main. Elle était tendue, craignant qu'il ne soupçonne quelque chose et ne referme la porte de Lucky derrière lui, comme il le faisait à présent, chaque fois qu'il entrait dans la cellule de Rosalie. Pourtant, autant qu'elle puisse en juger, la porte de Lucky — de Candice, rectifia-t-elle — était toujours entrouverte.

Allez, Candice. Attire ce pervers à l'intérieur et, au moment où il s'y attendra le moins, précipite-toi dehors et enferme-le. Tourne le verrou ! Boucle ce salaud dans ce foutu box !

Souviens-toi du plan. Elle ferma les yeux, espérant de toutes ses forces que ses pensées atteindraient Candice. C'était leur seule chance. Jamais il ne s'attendrait à ce que la timide Lucky lui file entre les mains et l'enferme. *Vas-y, Candice. Qu'est-ce que tu attends ?*

Les secondes s'écoulèrent, et le silence perdura. Elle entendit des bruits sur le toit — une branche ou un écureuil — et le murmure du vent, mais rien en provenance du dernier box.

Rosalie aurait voulu crier à Candice de se bouger, mais elle ne voulait pas faire capoter leur plan. Alors elle se mordit la lèvre, le cœur battant, tandis qu'un flot d'adrénaline se déversait dans ses veines. Si elle en avait l'occasion, elle planterait sa lime dans les yeux de ce salaud ; ensuite, elle lui ouvrirait la gorge.

Sauf qu'elle était à la merci de Candice et de sa réaction.

Allez !

Elle serrait si fort les poings que la lime semblait incrustée dans sa paume.

— Lucky ? répéta-t-il calmement.

Puis il se mit à lui parler d'une voix apaisante. Enjôleuse.

Maintenant ! Vas-y, cours ! Boucle ce fils de pute dans sa prison ! Fais-le, Candice, ALLEZ !

Mais la fille s'était remise à pleurer ; ses sanglots étaient entrecoupés de phrases hachées. Rosalie n'entendait pas ce qu'elle disait, mais avec un peu de chance…

Un coup sourd retentit, suivi d'un grincement.

Quoi ? Il avait refermé la porte ? Comme ça ?

Non !

Elle n'en croyait pas ses oreilles. C'était impossible. Pourtant, elle entendit son ravisseur qui marchait de nouveau dans la grange — dans sa direction, cette fois.

Cette froussarde de Candice n'avait rien fait, rien ! Leur ravisseur était seul, c'était une chance inespérée ! Rosalie avait envie de pleurer de désespoir. Les pas de l'homme se rapprochaient, et elle dut se dépêcher de retourner vers son lit. Il entra sans lui adresser un mot, se contentant de lui laisser de quoi manger et de remplacer ses bouteilles d'eau ainsi que la bassine qui lui tenait lieu de pot de chambre. Elle l'observa d'un œil sombre, le sang battant dans ses tempes, partagée entre la haine et le désespoir. Prête à bondir entre lui et la porte. Sauf qu'il ne lui en laissa pas l'occasion. Refroidi par sa tentative d'évasion, il ne prenait plus de risques et faisait en sorte, plus que jamais, de s'interposer entre elle et la sortie.

Un instant, elle envisagea de lui sauter dessus en brandissant son arme minuscule pour le blesser, peut-être le défigurer. Elle craignait qu'il ne s'agisse de sa dernière chance — peut-être ne reviendrait-il plus jamais seul dans cette grange puante.

Mais elle avait peur.

Pourquoi ? Qu'est-ce que tu attends ? Vas-y !

Trop tard. Avant qu'elle ait pu rassembler son courage et ses forces, il était déjà sorti du box. Comme s'il avait lu dans ses pensées. La porte se referma, et le verrou grinça.

Rosalie lâcha la lime à ongles et se prit la tête dans les mains, tirant sur ses cheveux en étouffant un gémissement de frustration. *Pourquoi tu n'as rien fait ? Tu ne vaux pas mieux que Candice, vous êtes des poules mouillées toutes les deux !*

Quelques instants plus tard, elle se pencha pour ramasser la lime ; au moins, elle n'avait pas fait de bruit en tombant par terre. Encore furieuse contre elle-même, elle se demanda comment elle allait pouvoir retourner la situation à son avantage. Devait-elle l'appeler, puis le bousculer dès qu'il entrerait ? Soudain, elle entendit sa voix.

— Ouais, c'est moi…

Il devait être au téléphone.

— … c'est ça. Je sais que vous en vouliez sept, mais il y en aura sans doute moins.

Il s'interrompit pour laisser parler son interlocuteur. Celui-ci s'exprimait assez fort pour que Rosalie distingue une voix masculine, sans pour autant comprendre ce qu'elle disait.

— Eh ! coupa son ravisseur. Je ne peux pas faire l'impossible… Je vous rappelle que c'est moi qui prends tous les risques, dans cette histoire.

Nouvelle pause.

— D'accord. Mais que les choses soient claires : je vous trouve les filles, et vous venez les récupérer. J'ai un plan et je vais compléter le lot ce soir. Il ne nous reste plus beaucoup de temps, les flics sont partout.

Il se tut de nouveau, puis :

— Non, je ne vous les montre pas avant, c'est trop risqué. Qu'est-ce que vous croyez ? On n'a pas le temps, je vous dis. Venez demain soir avec les autres. Il faut qu'on en finisse…

En entendant ces mots, Rosalie sentit les battements de son cœur s'accélérer.

— Bien sûr que j'ai un alibi, mais on va faire en sorte que je n'aie pas besoin de m'en servir.

Un silence tendu s'ensuivit, puis il reprit :

— Non, non. Pas si tôt. Si quelqu'un voit cinq ou six camionnettes se diriger par ici au milieu de la matinée… Débrouillez-vous pour arriver assez tard pour qu'il n'y ait pas trop de circulation, mais suffisamment tôt pour qu'on ne s'étonne pas de voir passer quelques bagnoles en plus... Vers minuit, ça ira.

Rosalie perçut de nouveau la voix de l'interlocuteur, et son geôlier laissa échapper un rire bref.

— Non, ne vous en faites pas pour lui. C'est pas une lumière, mais il sait la fermer.

Qui ? Le rouquin ? Ou y avait-il encore quelqu'un d'autre ? Le commanditaire de ces enlèvements, peut-être ?

— Ouais, pas de problème, dit son ravisseur d'une voix soudain tendue. Je sais. Allez, on fonce.

Il avait commencé à se diriger vers la porte de la grange. Ses bottes martelaient rapidement le plancher, comme s'il était pressé.

Cela ne présageait rien de bon. Une fois que la petite réunion qu'il venait d'évoquer aurait eu lieu, les chances d'évasion de Rosalie et Candice se réduiraient à néant.

Qu'avaient en tête son ravisseur et ses complices ? Qui étaient les autres victimes ? Manifestement, il ne les avait pas encore capturées. Une autre pensée lui traversa alors l'esprit : si son geôlier et le rouquin se faisaient tirer dessus et tuer lors d'une nouvelle tentative d'enlèvement, comment allait-on les retrouver, elle et Candice ? Allaient-elles mourir ici, de faim et de soif ?

Cette idée l'assomma. Le cœur plus lourd que jamais, elle se laissa glisser contre le mur pour s'asseoir par terre, dans la paille, les toiles d'araignée et, très certainement, les déjections de souris. Demain soir, il allait se passer quelque chose, et elle pressentait que ce serait terrible. *Seigneur !*

Elle se mordit la lèvre, songeant à Leo, le garçon qu'elle avait rencontré en ligne, et à son père, tous deux à des millions de kilomètres de là, dans le Colorado. Une semaine plus tôt, sa vie lui avait semblé si parfaite. Elle se disait alors qu'il allait lui falloir travailler encore un peu au restaurant pour finir d'économiser de quoi s'acheter une voiture. Qu'ensuite elle pourrait partir vers le sud afin d'échapper à Sharon et à Numéro Quatre.

A présent, elle sentait que tout cela n'arriverait jamais.

Quelles que soient ses intentions, son ravisseur n'envisageait certainement pas de la laisser rendre visite à son père, ni de l'aider à rencontrer Leo.

— Je... je suis désolée, murmura une voix faible depuis l'autre côté de la grange.

Candice s'était remise à pleurer.

— Je n'ai pas réussi à le faire. J'avais trop peur. Je… je me suis encore fait pipi dessus.

— Tout va bien, mentit Rosalie.

Elle sentit les larmes couler sur ses joues, et l'obscurité glauque des écuries la glaça. Inutile de se défouler sur cette pauvre Candice.

— Ne t'en fais pas, reprit-elle. Essaie de te nettoyer. Je trouverai un autre plan, on va y arriver.

— Mais tu l'as entendu, non ? Il a parlé de demain soir.

— Il reviendra sans doute avant. Il faut qu'il amène d'autres filles.

Rosalie s'essuya le nez du revers de sa manche et serra les dents pour endiguer ses larmes. Pas question qu'elle se mette à sangloter comme une gamine — ou comme Candice.

Elle déglutit péniblement et s'efforça de réfléchir, à l'affût d'une nouvelle idée pour se libérer de ce piège. Sauf que, des idées, elle n'en avait plus. Et que, pour elles, le compte à rebours avait commencé.

Bon sang, mais où était Liam ? se demandait Mary-Alice en arpentant le parking. Elle releva le col de son manteau pour se protéger du froid humide qui pénétrait dans son cou.

Et pourquoi lui envoyait-il des messages depuis un numéro inconnu ?

Il lui avait donné rendez-vous à l'endroit habituel, derrière le gymnase de Notre-Dame de la Rivière. Tout en patientant, elle s'efforça de ravaler sa colère. C'était enfin dimanche, mais elle avait passé une semaine abominable.

D'abord, sa mère avait découvert ses cigarettes. Oui, elle fumait, et alors ? Pas de quoi en faire toute une histoire. On parlait de cigarettes, pas d'herbe ni de crack, tout de même. Mais sa mère, montant sur ses grands chevaux, avait rappelé à Mary-Alice que sa tante Sally se battait en ce moment même contre le cancer, et elle lui avait extorqué la promesse de cesser immédiatement de fumer.

Une promesse à laquelle Mary-Alice avait failli dès le lendemain — elle était tellement stressée ! Comment pouvait-elle arrêter de fumer alors qu'elle passait la pire semaine de sa vie ? Son rôle d'ange gardien auprès de cette garce de Jade la minait déjà pas mal, mais en plus elle avait le sentiment qu'elle avait encore raté ses examens de préparation au bac. Les notes qu'elle avait obtenues à son premier examen blanc avaient été tout juste correctes et, même si elle n'avait pas encore les résultats de cette seconde série, elle savait qu'ils ne seraient pas à la hauteur des attentes de son père. De toute façon, quelles que soient ses notes, elle allait devoir passer le rattrapage après le nouvel an, si elle voulait être acceptée à l'université de Washington où son père avait fait ses études — ce qui était loin d'être gagné. Il y avait aussi Gonzaga, à Spokane, où sa mère la poussait à s'inscrire. Mais aucune de ces facs ne l'intéressait vraiment — tout ce qu'elle voulait, c'était suivre Liam là où il irait étudier. L'ennui, c'est qu'il excellait en sciences tout en étant un athlète accompli, et les deux universités phares de l'Oregon se l'arrachaient. Mary-Alice doutait d'être acceptée dans celle qu'il choisirait au final. Mais au moins, elle pourrait entamer un cycle court dans une fac voisine. D'une façon ou d'une autre, elle resterait près de lui, qu'il le veuille ou non.

Manifestement, peu importait à Liam qu'ils se retrouvent ou pas dans la même université, et cela énervait Mary-Alice au plus haut point. Ces derniers temps, Liam était distant ; il n'avait pas manifesté l'envie de se retrouver seul avec elle, ce qui ne lui ressemblait pas. En général, il avait tout le temps envie de la toucher et ne manquait pas une occasion de le faire. Mais depuis peu il semblait distrait, perdu dans ses pensées, quelles qu'elles soient. Il ne se confiait plus à elle, ou très peu. Autant de raisons qui justifiaient la colère de Mary-Alice.

Pire encore, il avait manifesté un certain intérêt pour Jade McAdams et il s'inquiétait même d'avoir cassé son portable. Déjà, pourquoi avait-il eu le téléphone de Jade entre les mains ? Cette fille était une nullité hors pair, et Mary-Alice avait envie qu'elle crève.

De toute façon, c'était ce que faisaient tous les gens qui habitaient la vieille baraque de Jade, non ? Selon la mère de Mary-Alice, un bon nombre de Stewart avaient trouvé la mort dans l'affreuse maison du sommet de la falaise, alors une de plus… Le monde ne s'en porterait pas plus mal.

Ses pensées la firent frissonner, puis elle reporta son attention sur les alentours. Au moins, elle n'était pas complètement seule : il y avait une grosse femme en doudoune qui promenait son chien sur la piste du stade. Mary-Alice se fit la réflexion que cette dame n'avait pas du tout le physique pour porter ce genre de blousons. Vraiment, à quoi pensaient les gens ? Elle vit aussi un homme dépasser en courant la femme et son loulou de Poméranie — si c'en était bien un ; avec le brouillard, c'était difficile à dire. La moitié de la piste était plongée dans la brume, et la silhouette fantomatique de l'animal était à peine discernable.

Mary-Alice songea à regagner sa voiture garée un peu à l'écart de la route. De toute façon, avec ce brouillard, on n'y voyait rien. Mais elle était trop remontée contre Liam.

Resserrant la ceinture de son long manteau, elle crut voir un homme assis seul sur l'un des gradins en face mais, quand elle plissa les yeux pour mieux voir, il avait disparu — à moins que la sombre silhouette ne soit masquée par les bancs de brume épaisse qui flottaient au-dessus du sol.

C'était un peu flippant.

Allez, calme-toi, tout va bien. Tu es au lycée, ici. C'est ton terrain de jeu, tu es chez toi. Je te rappelle que tu fais partie des filles les plus populaires de l'école. Sauf qu'aujourd'hui il n'y avait personne dans le coin, pas même quelques sportifs s'entraînant au football. Le lycée semblait lugubre ; ses murs blancs avaient pris une teinte grisâtre, et les vitraux des fenêtres évoquaient des yeux sombres, fixés sur elle. Elle n'avait plus du tout l'impression d'être chez elle.

— Ne fais pas ta cruche, s'intima-t-elle, répétant les mots qu'elle avait souvent entendus dans la bouche de sa mère.

Elle enfonça ses mains au fond de ses poches. Elle avait beau porter des gants, ses doigts étaient gelés. D'ailleurs, tout son corps semblait sur le point de se transformer en bloc de glace.

— Allez, Liam, arrive ! dit-elle en soufflant de petits nuages qui vinrent se fondre dans la brume.

Elle trouvait bizarre qu'il la fasse attendre ainsi. Le campus lui paraissait de plus en plus isolé malgré la présence de la femme en doudoune et du type qui courait.

C'était un endroit un peu en retrait, et pour cette raison Liam et elle en avaient fait leur lieu de prédilection — ici, ils pouvaient se retrouver discrètement ; la seule caméra de sécurité se trouvait au-dessus de la porte de service du gymnase, et elle était cassée.

Elle se frotta les bras, espérant qu'il n'allait pas lui poser un lapin. Dans la lumière déclinante de l'après-midi, et avec ce brouillard, elle se sentait de plus en plus mal à l'aise.

Elle avait vu sur Facebook qu'une autre fille, Candice quelque chose, avait disparu à son tour. Elle ne la connaissait pas, n'en avait même jamais entendu parler : Candice fréquentait l'école publique alors que Mary-Alice était dans le système privé depuis l'âge de cinq ans.

Elle se remit à faire les cent pas sur le bitume constellé de nids-de-poule. Elle n'allait pas attendre toute la soirée ! Pour la vingtième fois, elle consulta son téléphone. Liam n'avait ni appelé ni envoyé de message, et il avait cinq minutes de retard. D'habitude, il était d'une ponctualité sans faille.

Le brouillard s'épaissit encore, et l'obscurité l'enveloppa, accentuant son malaise. Elle se retourna vers la piste, mais le type assis dans les gradins et la femme au chien avaient disparu. En revanche, le joggeur — un petit homme en casquette, sweat-shirt et collants sous son short — continuait ses tours de piste. Elle n'était pas complètement seule.

Elle envoya un message à Liam avant de se rappeler qu'il avait un nouveau numéro. Quelle galère ! Tout changeait en permanence. Au moment où elle tapait le numéro en question, elle entendit un bruit de moteur approcher dans la rue.

Enfin, c'était peut-être lui !

Le bruit s'atténua, comme si le véhicule s'apprêtait à bifurquer sur la route de service menant à l'arrière du lycée.

Pas trop tôt.

Des phares percèrent le brouillard, et un pick-up s'engagea dans la rue.

Ce n'était pas celui de Liam.

Elle allait se mettre à pester quand elle aperçut, collée sur la portière du conducteur, une petite pancarte magnétique portant le logo de Longstreet Construction.

Liam avait pris l'un des véhicules de son père. Elle soupira de soulagement. Keith Longstreet conduisait souvent des véhicules différents, et ces écussons magnétiques lui permettaient d'apposer la marque de son entreprise, quelle que soit la voiture de son choix. Son pick-up n'étant pas des plus fiables, Liam empruntait ceux de son père chaque fois qu'il le pouvait.

La camionnette s'arrêta à quelques mètres de Mary-Alice.

— Il était temps ! s'exclama-t-elle avec colère, au moment où la portière s'ouvrait.

C'est alors qu'elle vit qu'il ne s'agissait pas de Liam. Elle se figea.

— Eh…

Un homme de grande taille au visage renfrogné sauta du véhicule. Elle aurait juré l'avoir vu quelque part, mais elle n'eut pas le temps d'y réfléchir davantage — il avait une arme à la main et il la pointait sur elle.

Elle tourna vivement les talons en poussant un cri perçant dans l'espoir que le joggeur ou la femme au chien l'entendraient.

L'instant d'après, il était sur elle, plaquant son énorme main gantée sur la bouche et le nez de Mary-Alice. D'une poigne de fer, il l'attira contre lui. Ce n'était pas possible, ça ne pouvait pas lui arriver ! *Non, non, non !* Elle mordit de toutes ses forces dans le gant de cuir, et un goût d'huile et de cuir emplit sa bouche.

Son assaillant ne broncha même pas.

— Ne bouge pas, grogna-t-il dans son oreille.

Le souffle chaud sur sa peau la hérissa. Cela ne pouvait pas lui arriver, se répéta-t-elle, pas à elle !

Ignorant l'injonction de l'homme, elle se débattit de toutes ses forces pour essayer de se dégager.

C'est alors qu'elle vit son sauveur. Le joggeur courait vers elle, le visage rouge et des cheveux hirsutes dépassant de sa casquette. *Aidez-moi !* Elle avait essayé de crier mais ne parvint qu'à émettre un son étranglé. Elle lança un regard implorant au coureur, sans cesser de se démener entre les bras de son assaillant.

Au lieu de voler à son secours, l'homme retira sa casquette, révélant des cheveux roux vaguement maintenus par un bandana.

— Ah, elle me plaît, celle-là, dit-il avec un sourire lubrique.

— Les menottes ! ordonna l'autre.

Quoi ? Non !

— Avec plaisir.

Sans cesser de sourire, le plus petit tenta de passer une paire de menottes autour des poignets de Mary-Alice. Elle se tordit en tous sens pour l'en empêcher, s'attendant à tout moment à ce que le type qui la maintenait lui loge une balle dans la tête. Elle n'était pas de taille contre eux. Le petit homme arracha son bandana trempé, libérant une masse de cheveux roux, et s'en servit pour la bâillonner. Tandis qu'il le nouait derrière sa tête, elle dut se retenir pour ne pas vomir en sentant sur ses lèvres et dans ses narines la sueur dont le tissu était imprégné.

Elle ne pouvait pas les laisser faire ça !

Elle continua de se débattre frénétiquement, mais en vain.

Qui étaient ces malades ? Que voulaient-ils ?

Sauf qu'elle le savait.

Au fond d'elle-même, elle le savait, et son cœur faillit s'arrêter à cette pensée. Ils allaient l'enlever, tout comme ils avaient déjà enlevé ces deux filles. Elle sentit son sang se glacer en imaginant ce qu'ils risquaient de lui faire, les tortures qu'elle allait peut-être endurer. Elle ne s'en débattit que davantage. Où était la femme en doudoune ? Où étaient-ils, tous ? C'était un lycée, pour l'amour du ciel ! Le presbytère était tout près.

Mais personne n'apparut dans le brouillard pour venir la sauver.

— Fais-la monter, dit le plus grand des deux, le souffle court.

Son complice, toussant et respirant bruyamment, la tira vers la portière ouverte de la camionnette.

Mary-Alice rua et se tordit, mais ils étaient trop forts et, quelques secondes plus tard, ils parvinrent à la jeter à l'arrière. Le joggeur prit ensuite le temps d'aller chercher les affaires de Mary-Alice dans sa voiture — sac à main et sac de gym. L'autre s'était mis au volant. Il engagea la première et appuya sur l'accélérateur. Dans un crissement de pneus, la camionnette s'élança.

Mon Dieu, aidez-moi !

Mary-Alice était terrorisée à l'idée de ce que ces deux hommes allaient lui faire, mais il fallait qu'elle garde son sang-froid. En se retournant, elle eut la surprise de découvrir qu'elle n'était pas seule sur la longue banquette.

Dana Rickert, une fille de son cours de trigonométrie, était assise à côté d'elle, ligotée et bâillonnée, le regard terrifié. L'homme traversa le parking à vive allure, s'engagea sur la route de service puis s'éloigna du lycée, laissant derrière eux ses hautes flèches et son immense croix.

De ses mains menottées, Mary-Alice tenta d'ouvrir la portière. Verrouillée. Elle songea à se jeter sur le siège avant pour provoquer un accident mais le joggeur, se retournant à moitié, lui adressa un regard entendu en pointant le pistolet sur elle.

— Même pas la peine d'y penser, dit-il en armant le pistolet.

Oh! merde!

Pour la première fois depuis bien longtemps, Mary-Alice adressa à Dieu une véritable prière, le suppliant de toute son âme de l'épargner.

30

Assise à la table de la salle à manger, le journal ouvert devant elle, Sarah lisait et relisait sa traduction. Cela n'avait aucun sens. Si elle ne se trompait pas — et elle avait vérifié plusieurs fois —, Helen se trouvait sur le toit la nuit où sa mère, Angélique Le Duc, était censée avoir trouvé la mort, une centaine d'années plus tôt.

« J'ai trouvé Mère et George sur le toit », disait-elle dans son journal.

Ça ne correspondait pas. Maxim était le mari d'Angélique Le Duc, l'homme qui était censé l'avoir tuée. L'ancêtre de Sarah, celui-là même qui avait bâti cette maison. Pour sa femme.

— Qu'est-ce que c'est que cette histoire ? murmura-t-elle.

— Quoi ? demanda Gracie, aux aguets, tout en se penchant sur les phrases écrites en français.

C'était la seconde langue de Helen, celle qu'elle avait apprise avec sa belle-mère.

— Qu'est-ce que tu lis ? demanda-t-elle encore.

— Dans ce passage, Helen fait le récit de la nuit où Angélique a disparu, expliqua Sarah tout en parcourant la page des yeux. Si elle raconte bien la vérité, Helen se trouvait sur le balcon surplombant le toit cette nuit-là. Elle a vu sa belle-mère et George se battre près de la rambarde.

— George ? répéta Gracie.

— Je sais, il n'y a aucune mention de Maxim.

Une fois de plus, Sarah relut les mots dont l'encre avait pâli. L'image que donnait Helen de cette nuit orageuse était claire : George avait attaqué sa belle-mère avec une hache, essayant de la tuer, ainsi que l'enfant qu'elle portait, tandis qu'elle tentait de parer ses coups avec un chandelier.

— Qu'est-ce qui s'est passé ?

— Helen affirme qu'ils se battaient et que George la traitait de... disons qu'il a employé un terme pas très gentil.

Le mot exact était *traînée*. Selon Helen, George était furieux que sa mère ait couché avec quelqu'un, qu'elle ait une liaison... Non, ce n'était pas ça. En poursuivant sa lecture, Sarah comprit que George, le fils aîné de Maxim, était en réalité l'amant d'Angélique. Et, à en croire Helen, si George était furieux, c'était parce que Angélique portait un enfant qu'il pensait être celui de son père, l'homme auquel Angélique était mariée.

— Qu'est-ce que ça dit ? demanda Gracie pour encourager Sarah à poursuivre.

— D'après Helen, George et Angélique avaient une liaison, reprit Sarah à contrecœur. Ils avaient à peu près le même âge, tu sais.

— Oh ! fit Gracie avec une grimace. Mais c'était comme son fils, non ?

— Je sais, mais il a été élevé par sa mère, Myrtle, la première femme de Maxim. Angélique a épousé Maxim alors que George était déjà presque un homme. Même si ce n'est pas une excuse.

Gracie hocha la tête, et ses boucles glissèrent sur son visage.

— Et ensuite, que s'est-il passé ? Angélique est morte ?

— Apparemment, Angélique et George étaient engagés dans une espèce d'étreinte macabre quand ils sont tombés à la renverse par-dessus la rambarde.

Sarah se tut un instant, les yeux rivés sur la confession d'une fillette qui avait été témoin de cette lutte affreuse, et du sort tragique de sa belle-mère et de son frère depuis la tourelle de cette maison.

— Et ensuite ?

— Cette entrée du journal s'arrête là.

Elle frissonna en y pensant. Pas étonnant que l'âme d'Angélique n'ait jamais trouvé le repos. Rapidement, elle feuilleta les pages suivantes, mais l'histoire d'Angélique s'arrêtait sur ce toit. Après avoir vu les amants précipités dans leur chute fatale, Helen avait tenu son journal de façon plus sporadique et parlait surtout de la famille dont il lui fallait à présent s'occuper. Sarah s'imagina Helen s'efforçant d'être une mère pour tous les autres enfants de Maxim. Elle devait être si jeune — sans doute de l'âge de Gracie —, et les autres étaient encore plus petits. Cela lui paraissait presque impossible.

— Si elle dit la vérité, alors... alors cette nuit-là, ils ont disparu tous les trois — George, Maxim et Angélique.

— Mais, si George et Angélique se sont noyés dans la rivière, qu'est-ce qui est arrivé à Maxim ? demanda Gracie. Où était-il ? Pourquoi n'est-il pas revenu ?

— Helen l'ignore...

Elle examina le journal.

— A deux reprises, Helen pose cette question, à la fin d'une entrée : « Où est papa ? »

— Il est peut-être parti quand il a découvert la liaison de George et Angélique.

— Peut-être... mais il aurait abandonné ses enfants ? La maison ? Le journal s'interrompt deux semaines plus tard. Non, attends une minute...

Elle lut deux fois les mots qu'elle avait sous les yeux, choquée. Etait-ce possible ?

Ce journal vieux d'un siècle tenu par une jeune fille recelait-il la clé du mystère de Blue Peacock Manor ? Dans ce cas, toute l'histoire de sa famille en serait bouleversée. Sarah sentit une légère nausée la gagner.

— Il est dit ici, reprit-elle avec réticence, que Helen pensait que Jacques, le bébé que l'on a vu sur cette photo et mon arrière-arrière-grand-père, était le fils d'Angélique et de George, et non celui de Maxim. Helen avait entendu des disputes à ce sujet.

— C'est flippant.

Puis, après un instant de réflexion, elle ajouta :

— Alors c'était quand même un Stewart. Oh ! attends... qu'est-ce que ça veut dire ?

Ça veut dire que le demi-frère de Jacques était en fait son père, que Maxim était son grand-père, et que c'est le bazar dans mon arbre généalogique.

— Ça veut dire que c'est compliqué.

— Tu emploies toujours ces mots-là quand tu ne veux pas me dire la vérité.

— Tant que je n'aurai pas lu et vérifié tout ce qui se trouve dans ce journal, je ne connaîtrai pas la vérité.

— Je crois ce que dit Helen, répliqua Gracie, sur la défensive.

Angélique a eu un enfant avec le fils de son mari. En fait c'est ça, ce que tu dis.

— Oui, c'est bien ce que je dis. Quoi qu'il en soit, c'est malsain... Mais nous sommes là pour découvrir la vérité et non pour les juger, n'est-ce pas ?

— Je veux juste qu'Angélique trouve le repos.

— Je sais.

Du coin de l'œil, elle aperçut une voiture approcher dans l'allée — une jeep qu'elle ne connaissait pas.

— On dirait que nous avons de la compagnie, dit-elle, presque soulagée de pouvoir changer de sujet.

Elle referma le journal et recula sa chaise, puis s'approcha de la fenêtre. La jeep s'arrêta près de son Explorer, devant le garage.

Avec un peu de retard, Xena s'aperçut que quelqu'un venait d'arriver. Elle se redressa d'un coup et se mit à aboyer comme une furie et à tourner en rond, le poil hérissé.

— Super chien de garde, commenta Jade en entrant dans la pièce. J'ai entendu la voiture avant elle.

Elle revenait de la salle de séjour où elle triait des affaires dans ses cartons, en prévision de leur emménagement dans l'annexe la semaine suivante.

— C'est qui ? demanda-t-elle au moment où la portière de la jeep s'ouvrait.

Sarah reconnut Lucy Bellisario, avec qui elle était allée au lycée. Selon Dee Linn, Lucy ne s'était pas mariée et elle travaillait comme inspectrice au commissariat de police.

— La police, répondit-elle de façon laconique.

— Qu'est-ce qu'elle fait là ? demanda Jade en regardant par la fenêtre.

— Bonne question, lâcha Sarah en observant Lucy refermer la portière puis se diriger vers l'entrée.

Les cheveux de l'inspectrice, aussi roux qu'ils l'avaient été dans sa jeunesse, étaient attachés en arrière. Elle avait les sourcils froncés, et pas une once de maquillage ne venait couvrir son visage soucieux.

— On va bientôt le savoir, ajouta-t-elle. Occupez-vous de Xena, d'accord ?

— Je la tiens, dit Gracie. Chut, ma belle.

Etonnamment, les aboiements féroces de la chienne se muèrent en un gémissement à peine audible qui cessa sitôt que Sarah eut ouvert la porte d'entrée.

— Lucy, dit-elle en guise de salutations.

— Salut, Sarah, répondit celle-ci en lui présentant son badge. Je suis l'inspectrice Bellisario, à présent. Je travaille pour le commissariat de police.

— Oui, je l'ai appris, déclara Sarah en sentant le vent s'infiltrer à travers son pull et son jean. Dee Linn me raconte tout.

Puis, serrant les bras autour d'elle pour se protéger du froid, elle demanda :

— Tu n'es pas là pour une visite amicale, je me trompe ?

— Non, dit Lucy en secouant la tête. Je vais aller droit au but : plusieurs filles ont disparu, alors nous interrogeons toutes les personnes ayant des liens avec elles et nous enquêtons aussi sur les criminels connus.

Sarah sentit son estomac se nouer. Elle savait où cette conversation allait les mener.

— Je peux entrer ?

— Bien sûr.

Sans hésiter, elle ouvrit la porte en grand.

— Pardon pour le désordre, dit-elle machinalement. On vient de déménager de Vancouver, et toutes nos affaires sont stockées ici en attendant qu'on s'installe dans l'annexe.

Pourquoi se sentait-elle obligée de s'expliquer ou de s'excuser ?

— Nous avons encore beaucoup à faire pour réparer cette vieille maison, conclut-elle.

— Il paraît que tu envisages de la restaurer ?

— Oui, mais c'est plus facile à dire qu'à faire, avoua Sarah en guidant Lucy parmi les cartons et les caisses pour la conduire dans la salle de séjour.

A sa décharge, Lucy ne fit aucun commentaire en voyant la pagaille qui régnait dans la maison. Il y avait fort à parier qu'elle avait vu bien pire.

— Des criminels connus, tu disais ? l'encouragea Sarah une fois dans le salon.

Le feu brûlait toujours dans la cheminée, de longues flammes dansant au-dessus des braises rougeoyantes. Les sacs de couchage étaient pliés et empilés dans un coin, avec les oreillers.

— C'est pour ça que tu es là, reprit-elle.

Inutile d'attendre plus longtemps : elles savaient toutes les deux pourquoi Lucy était venue.

— Le nom de Roger Anderson est ressorti.

— Il ressort toujours, soupira Sarah.

Le nœud dans son estomac se resserra. Elle vit les filles arriver de la salle à manger. *Super.* Elles allaient de nouveau entendre parler de leur oncle.

— Ce sont mes filles, dit-elle en leur faisant signe d'approcher. Jade est l'aînée, et voici Gracie. Les filles, je vous présente l'inspectrice Bellisario. Nous sommes allées au lycée ensemble. Oui, Jade, au terrible lycée de Notre-Dame.

A l'intention de Lucy, elle ajouta :

— Jade n'est pas une adepte.

Pour la première fois, Lucy sourit.

— Ravie de vous rencontrer, déclara-t-elle, tandis que les filles la saluaient timidement. Je détestais ce lycée quand j'y suis entrée, moi aussi, mais finalement ça s'est bien passé.

Caressant la tête de la chienne, elle ajouta, en s'adressant à Jade :

— D'après ce que je sais, les sœurs les plus méchantes ont pris leur retraite.

— Ça reste à voir, marmonna Jade d'un air soupçonneux.

— Vous êtes là au sujet des filles qui ont disparu, dit Gracie.

Xena trottina vers le tapis qu'elle s'était approprié au coin du feu.

— Elle cherche votre oncle Roger, répondit Sarah.

Puis, se tournant vers Lucy :

— Je ne l'ai pas vu depuis des années.

— Même pas quand tu allais rendre visite à tes parents ?

— J'étais encore tout bébé quand Roger a quitté la maison pour la première fois. Je ne m'en souviens plus, bien sûr, mais selon ma sœur Dee Linn, qui a dû l'apprendre par ma mère, Roger s'était sérieusement disputé avec mon père — le genre de différend qu'on peut avoir entre beau-père et beau-fils, j'imagine.

Pendant un instant, elle repensa à ce qu'elle avait lu dans le journal de Helen sur la lutte que Maxim et George, son fils, s'étaient livrée au sujet d'Angélique.

— Tu n'as pas grandi avec lui ?

— Non, même s'il revenait de temps à autre. Roger ne s'entendait pas bien avec mes parents, même avec ma mère, alors il ne restait jamais longtemps.

Assez longtemps quand même pour se retrouver avec toi sous la pluie sur le balcon et te porter dans ses bras, traumatisée, pour te ramener à ta mère hystérique. Sa *mère.*

Elle sentit sa bouche se dessécher à ce souvenir qui ne cessait de lui jouer des tours, émergeant en partie pour replonger aussitôt dans le fond de son subconscient. Une sueur froide l'envahit, et elle sentit soudain le regard de Lucy posé sur elle, comme si elle avait lu dans ses pensées.

— Quand est-il venu vivre ici pour la dernière fois ? demanda l'inspectrice.

Sarah eut l'impression qu'elle lui parlait de très loin.

— Euh… Je ne sais pas exactement. Il est peut-être revenu après que j'ai quitté la maison, à dix-huit ans. La fois d'avant, la dernière fois que je l'ai vu… j'avais douze ans, peut-être ?

Elle déglutit péniblement en se remémorant Roger, ses bras solides et son visage trempé.

« Je ne le laisserai pas te faire de mal… Je lui ai promis, à elle. J'ai promis. Je te protégerai. »

La protéger de quoi ? A qui avait-il fait cette promesse ?

Lucy contemplait la cheminée où les flammes léchaient une bûche de chêne couverte de mousse.

— Tu ne l'as donc pas vu récemment ?

— Non.

— Tu n'es jamais allée le voir quand il était en prison ?

— Non, dit-elle, tandis qu'en s'enflammant dans l'âtre la mousse grésillait et se recroquevillait.

— Et il n'est pas venu ici ?

— Non. Je te l'ai déjà dit. Pas depuis qu'on a emménagé.

— Je veux juste vérifier. Selon certaines sources, il serait revenu dans les parages. On l'a vu en ville mais il a l'air de faire profil bas. Je me suis dit qu'il aurait peut-être eu envie de rentrer chez lui.

— Il n'est plus chez lui, ici, souligna Sarah avec fermeté. Dee Linn affirme qu'il vit à The Dalles.

— La chambre qu'il y habitait est vide depuis un moment. La femme qui la lui louait dit qu'il a tout embarqué du jour au lendemain. Il a payé un mois d'avance, avant de disparaître sans un mot.

Une expression étrange sur le visage, elle ajouta :

— Sais-tu comment il a pris la disparition de sa sœur Theresa ? J'ai cru comprendre qu'ils étaient proches.

Sarah se demanda que penser de ce changement de sujet.

— D'après ce que je sais, ça l'a beaucoup perturbé, et il aurait quitté la maison pour cette raison.

Lucy jeta un coup d'œil furtif aux filles, comme si elle hésitait à parler devant elles. Enfin, elle demanda :

— Sais-tu si Roger et Theresa entretenaient une relation… amoureuse ?

— Ils étaient frère et sœur, souligna froidement Sarah.

Lucy eut un signe de tête entendu.

— Est-ce qu'ils auraient pu… ?

— Non !

— Très bien. Je ne fais que me renseigner sur une rumeur. Si jamais il passait par là, tu veux bien m'appeler ? Tu lui diras que je veux lui parler.

— Il ne passera pas, assura Sarah, encore perplexe.

Roger et Theresa ?

Non. Pas moyen. Roger avait peut-être beaucoup de défauts, mais… Des images de son rêve se mirent à tournoyer dans sa tête. « Je te protégerai. Je lui ai promis, à elle. » Elle se sentit soudain oppressée. Et si *elle,* c'était Theresa ? Avait-il promis à Theresa qu'il protégerait Sarah ? Mais pourquoi ?

Un écho lointain se mit à vibrer en elle. Maxim, George et Angélique, un triangle amoureux qui avait pris fin dans le crime et la mort… Qu'en était-il de Theresa et Roger ?

— Tout va bien ? demanda Lucy.

Sarah devina qu'elle devait être livide. Elle avait l'impression que son sang s'était retiré de son visage.

— Oui, oui… ça va très bien, mentit-elle en s'efforçant de paraître calme.

Intérieurement, elle avait l'impression que sa vie venait de basculer.

— Maman ?

Gracie la dévisageait, l'air inquiet. Sarah lui adressa un sourire forcé.

— J'ai dit que tout allait bien.

Le téléphone de Lucy se mit alors à sonner. Elle le sortit de sa poche pour vérifier le numéro, le front plissé, puis elle le rangea.

— Bon, c'est parfait. Ce sera tout pour le moment, dit-elle d'une voix ferme.

Dieu merci.

— Merci d'avoir pris le temps de répondre à mes questions, Sarah.

Sur ces mots, elle prit congé, repartant aussi vite qu'elle était venue.

Encore secouée, Sarah la raccompagna à la porte.

— Appelle-moi si tu as des nouvelles, lui rappela Lucy en lui glissant une carte de visite dans la main. J'aimerais vraiment parler à ton frère et éclaircir certains points.

La main crispée sur la carte, Sarah regarda Lucy retourner d'un pas vif vers sa jeep et s'y engouffrer. Bientôt, la lueur rouge de ses feux avait disparu dans le brouillard.

— C'est quoi, cette histoire avec oncle Roger ? demanda Jade, qui avait surgi derrière elle.

— Je n'en sais rien, répondit Sarah.

Mais la police le soupçonnait.

L'intérieur de la grange était à peine éclairé. Le brouillard voilait la lumière pâle de cette fin d'après-midi, et le jour s'apprêtait à céder la place à la nuit, quand Rosalie entendit le grondement d'un moteur de camionnette qui se rapprochait à vive allure.

— Candice ! hurla-t-elle. Prépare-toi ! Il revient.

Un gémissement sourd lui répondit. Candice semblait de nouveau sur le point de s'effondrer.

Non, elle ne pouvait pas lui faire ça ! Cette fois, elle allait jouer son rôle et duper ce salaud. C'était peut-être leur dernière chance de sortir d'ici.

— Fais comme la dernière fois, cria-t-elle en espérant communiquer son désespoir à Candice. Quand il viendra changer ton eau et ta bassine, fais semblant d'obéir et…

Dehors, le gravier se mit à crisser sous les pneus épais de la camionnette, et le moteur se tut.

Rosalie songea que, si elle entendait ce qui se passait hors de la grange, il y avait de fortes chances pour que son ravisseur l'entende crier. Elle baissa donc la voix.

— Tu sais quoi faire, dit-elle en priant pour que la fille se ressaisisse.

— Je ne sais pas…

Le poing serré autour de son arme ridicule, Rosalie avança en silence jusqu'à la porte de sa cellule, suspendue au moindre bruit. Elle n'eut pas à attendre longtemps. Une minute plus tard, des pas et des voix étouffées lui parvinrent.

Tous ses espoirs s'envolèrent d'un coup.

Il n'était pas seul.

Que vas-tu faire, maintenant ?

Cette idiote de Candice allait-elle penser à se méfier du deuxième homme ? A modifier son plan, à bouger au bon moment ? A ne pas tout gâcher ? Aucune chance, sans doute.

Un cliquetis dans le cadenas, suivi d'un grincement, l'avertit qu'ils venaient d'ouvrir la porte extérieure. Elle retourna rapidement contre le mur.

— Fais attention ! s'écria son ravisseur.

— Putain, je suis en train d'essayer de la faire entrer, et elle a pas l'air vraiment d'accord, si tu veux tout savoir !

C'était le rouquin.

— Débrouille-toi, aboya le premier.

Une autre fille. Ils avaient kidnappé une autre fille !

Dans un claquement, les lumières des plafonds s'allumèrent en clignotant, chassant les ombres dans les recoins de sa cellule.

— Amène-les. Dépêche-toi, cria-t-il.

Les ? Il y en avait plus d'une ?

Des gémissements sourds et un bruit de pas traînants confirmèrent ses pires craintes. Le fait qu'ils aient capturé de nouvelles victimes les rapprochait toutes du moment où les gens que son ravisseur avait eus au téléphone allaient venir les chercher. Collée contre la porte, Rosalie ferma les yeux et se concentra sur ce qui se passait de l'autre côté.

Elle ne parvenait pas à déterminer combien de nouvelles captives ils avaient ramenées, mais au courant d'air qu'elle sentait au-dessus de sa tête, elle savait que la porte extérieure était restée ouverte.

— La blonde, dit son ravisseur. Mets-la chez Princesse !

Rosalie entendit un cri surpris lui répondre. La fille était probablement bâillonnée mais, comprenant qu'on allait l'enfermer, elle résistait à ses agresseurs, traînant les pieds et tentant de hurler tandis qu'on la forçait à entrer dans le box d'à côté.

— Ferme-la ! hurla son ravisseur avec une colère manifeste. Allez, fais-la entrer, qu'on en finisse !

Rosalie se rapprocha du mur séparant sa cellule du box voisin, celui sur lequel devait se trouver le nom de « Princesse ». Elle perçut des coups sourds et des raclements, puis une longue plainte étouffée par le bâillon. La fille se débattait.

— Arrête tes conneries ! cria le rouquin.

— Calme-toi et on t'enlèvera ces menottes, déclara l'autre d'une voix plus calme. Je ne veux pas que tu t'abîmes les poignets. Et on t'enlèvera aussi ce bâillon, mais il faut que tu t'assoies ici, sur ce lit de camp, et que tu arrêtes de bouger. Tu m'entends ? Ça ne sert à rien de crier. Tu peux demander à Star, elle est dans le box d'à côté. La garce a hurlé autant qu'elle a pu mais personne ne l'a entendue. Et tu sais pourquoi. Tu as vu où on est. Personne ne peut t'entendre.

Rosalie reconnut derrière la cloison les bruits désormais familiers de la bassine et des bouteilles d'eau qu'on déposait sur le plancher. La fille s'était tue, peut-être découragée par le discours de leur geôlier.

Ce dernier se remit à parler, s'adressant cette fois à son acolyte :

— On va mettre la petite grosse dans le box de Whisky. Et, si Princesse fait ce qu'on lui dit et qu'elle ne pose pas de problème, on reviendra lui enlever ses menottes et son bâillon. Sinon, elle restera comme ça. A elle de voir.

Des pas, le claquement de la porte. Ils étaient sortis. Rosalie entendit sa nouvelle compagne de misère pousser un bref cri de détresse avant de se taire de nouveau.

Dehors, le rouquin demanda :

— Pourquoi Whisky, d'abord ?

— Parce qu'on commence à être à court de box, crétin ! répondit l'autre d'un ton excédé. Mets-la dedans, vite. Je suis pressé.

Le manège se répéta puis, cinq minutes plus tard, Whisky était enfermée dans son nouveau chez-elle, sans avoir opposé autant de résistance que la voisine de Rosalie, la blonde qu'ils appelaient Princesse.

Elles étaient donc quatre, à présent.

Rosalie cogitait tout en tendant l'oreille. Comme ils l'avaient promis, les deux hommes étaient en train d'ôter aux nouvelles venues menottes et bâillon.

— Laissez-moi sortir d'ici ! hurla aussitôt sa voisine. Tout de suite !

Elle était furieuse et n'avait manifestement pas l'intention d'obéir. Tant mieux.

— Vous ne pouvez pas m'enfermer ici ! cria-t-elle encore.

— Tu n'as pas le choix, lui opposa son ravisseur.

— Et moi je vous dis que je refuse de rester dans cette porcherie !

Ecurie, corrigea Rosalie pour elle-même.

La porte de la cellule voisine se referma dans un bruit lugubre, scellant le sort de Princesse.

— Non ! Laissez-moi sortir !

Un bruit sourd suivi d'un halètement. Rosalie devina que la fille s'était jetée contre la porte.

— Non, non, non !

Elle se mit à marteler le battant de ses poings, en hurlant si fort que Rosalie n'entendait plus ce qui se passait dans le box de Whisky. Pourvu que l'autre fille se montre plus intelligente…

— Continue comme ça et tu vas voir ce qui va t'arriver, l'avertit leur geôlier. Tu te souviens de ce que j'ai dit ?

Elle se tut un instant avant de changer de tactique.

— S'il vous plaît, vous ne pouvez pas me laisser là-dedans. Mon père… Il vous paiera. Tout ce que vous voudrez. Sérieux… et je ne dirai rien. La police ne va pas…

— Ferme-la.

— Non, s'il vous plaît, écoutez-moi, il faut que vous m'écoutiez, supplia-t-elle.

Un peu plus loin dans la grange, l'autre fille pleurait. Et, bien entendu, Candice s'était jointe à ses sanglots. Seigneur, comment allaient-elles pouvoir sortir d'ici ?

— Ferme ton putain de clapet, lança l'homme avec colère.

— Mais…

Cette fois, il hurla :

— Tu veux que je te remette les menottes, c'est ça ? Et le bâillon ? Très bien.

— Non !

Elle se tut.

Pourtant, Princesse avait touché une corde sensible. Leur ravisseur commençait à perdre son sang-froid.

— J'ai d'autres filles, s'écria-t-il. Je n'ai pas vraiment besoin de toi, alors vas-y, fais ta crise, écorche-toi les poings sur cette porte si tu veux, mais ça ne te mènera à rien. A rien du tout.

Il mentait, et Rosalie le savait. Certes, il leur était presque impossible de s'échapper mais, à en croire sa conversation téléphonique de la veille, ce type avait réellement besoin de Princesse et de Whisky. Princesse n'en savait rien, mais quelqu'un donnait des ordres à ce salaud. Il avait pour mission de trouver d'autres filles. Elle avait eu tout le temps de réfléchir et elle soupçonnait qu'elles allaient être vendues à un réseau de prostitution ou de traite des Blanches, être soumises aux désirs sexuels d'un sadique, ou même à la torture. Elle sentit un petit afflux de bile remonter dans sa gorge. A l'idée de ce qui pouvait lui arriver, leur arriver à toutes, elle était plus épouvantée que jamais.

Jusque-là, aucun des deux hommes ne les avait blessées, Candice et elle. Il semblait important qu'elles n'aient pas de marques ; pour le moment, en tout cas, jusqu'à ce qu'elles soient remises — ou vendues — au plus offrant. Elle s'imagina une vente aux enchères où les filles seraient exposées comme de la marchandise, sans doute nues, devant les acheteurs potentiels.

Son estomac se souleva. S'étranglant à moitié, elle se retint de vomir. Il fallait qu'elle fasse le moins de bruit possible. Elle ne voulait pas attirer l'attention du salaud, pas avoir à lui parler, pas aujourd'hui. Mais ce qui l'attendait la terrorisait. Elle et les autres filles étaient à la merci des moindres désirs des hommes qui se tenaient derrière ces portes, un peu comme les chevaux qui avaient jadis occupé ces box.

Sauf que, contrairement à ces animaux, elle comprenait ce qui lui arrivait, et à quel point leur avenir était sombre.

Une fois qu'ils seraient partis, elle avait l'intention de parler aux autres filles et de mettre au point avec elles un plan pour qu'elles fichent le camp d'ici. Bien sûr, elle devrait d'abord subir ce moment d'incrédulité où chacune d'entre elles allait bêtement se mettre à pleurer et à hurler — un moment où elles ne lui seraient d'aucune utilité.

Elle trouverait un moyen d'y mettre un terme. Princesse et Whisky n'auraient pas le luxe de pleurer sur leur sort.

Si elles voulaient s'échapper, c'était maintenant ou jamais.

Elle réprima une nouvelle nausée, la gorge irritée et un goût amer dans la bouche. A ce moment, elle entendit la porte d'une cellule se fermer et un verrou claquer. Bon sang, si une fois seulement ce verrou voulait bien se gripper !

— Bon, je me casse, dit leur ravisseur.

Pendant un instant, Rosalie se demanda s'il allait laisser le rouquin pour les surveiller. Elle pourrait peut-être l'attirer dans son box et s'arranger pour l'y enfermer… Mais non, elle avait espéré pour rien.

— Arrête de traînasser. On y va.

— D'accord, d'accord, j'arrive, marmonna l'autre. Je vérifiais juste que les portes étaient bien fermées… Ouais, je viens.

Un instant plus tard, la lumière s'éteignit, et les écuries sombrèrent dans une obscurité macabre.

31

L'homme se sépara de son complice devant les écuries, et chacun monta dans son véhicule respectif. Première chose à faire : se débarrasser de la camionnette dont ils s'étaient servis pour pincer les deux filles de ce soir. Il y avait un risque qu'on l'ait vue — la femme qui promenait son chien sur la piste du stade l'avait peut-être aperçu, pendant qu'il attendait dans les gradins pour s'assurer que la fille était arrivée. A moins que l'une des caméras de sécurité du lycée n'ait enregistré son image ou celle de la camionnette, quand il était entré sur le parking. Oui, il fallait qu'il se débarrasse de cette caisse, et vite.

Pas de problème.

Elle n'était pas à lui.

Il avait eu de la chance de tomber dessus. Le propriétaire était le voyeur qu'il avait descendu sur le terrain des Stewart. Après avoir pris les clés, le portefeuille et le téléphone du type, il avait utilisé la télécommande pour retrouver sa voiture. Quand il avait appuyé sur le bouton, la grosse fourgonnette avait bipé et ses phares s'étaient allumés, lui permettant de la repérer facilement et de s'en servir pour sa mission du jour. Cela lui avait également permis de laisser son propre véhicule en ville, à la vue de tous et des quelques caméras de Stewart's Crossing qui surveillaient la circulation.

Un éclair de génie.

Tout comme le petit écusson magnétique qu'il avait aimanté sur la portière du conducteur. Tandis qu'il roulait dans les collines, il sourit — tout avait marché comme sur des roulettes.

Ses recherches sur les réseaux sociaux utilisés par les lycéennes lui avaient appris que « Princesse », alias Mary-Alice Eklund, était « en couple » avec le joueur de foot vedette de l'équipe du lycée catholique. Il était tombé par hasard sur l'écusson magnétique de Longstreet Construction, en passant devant un camion en réparation chez Hal. Il n'avait eu aucun mal à le dérober et à le coller sur le fourgon du voyeur. Certes, le véhicule n'était pas immatriculé dans cet Etat, mais il avait décidé de ne pas s'en inquiéter : le temps que quelqu'un s'en aperçoive, il aurait mené sa mission à terme.

Il s'était même servi de cette camionnette quand il avait jeté les papiers d'identité de ses victimes du haut du pont de The Dalles. Oui, songea-t-il en levant le pied pour négocier un virage serré, il était verni.

Pourtant, il ne fallait pas forcer la chance — ce véhicule était devenu trop repérable. Il fallait qu'il efface d'éventuelles empreintes et qu'il s'en débarrasse pour qu'on ne puisse établir aucun lien avec lui. Aucun problème. Il savait que la camionnette, quand on la découvrirait, mènerait les flics sur une fausse piste — celle de son propriétaire disparu. Il avait juste besoin d'un peu de temps. Deux jours, pas plus. Ensuite, quand les flics auraient enfin compris ce qui se passait, il serait libre comme l'air, et surtout à des milliers de kilomètres de là.

Tout en s'engageant sur un pont étroit, il jeta un coup d'œil dans le rétroviseur. Son complice, au volant de la voiture hybride, le suivait à une distance raisonnable, à peine visible dans le brouillard. Il continua de rouler vers le sommet des collines environnantes, s'enfonçant dans les bois, jusqu'à ce qu'il débouche sur un chemin forestier désaffecté, couvert de mauvaises herbes et de buissons. Il ralentit pour s'assurer que son partenaire le suivait, puis il conduisit la camionnette aussi loin de la route que possible. Là, il nettoya rapidement l'habitacle, bien qu'il ait toujours porté des gants pour être certain de ne pas laisser d'empreintes ou de traces d'ADN. Puis, satisfait, il referma le véhicule et, après avoir retiré l'écusson de Longstreet Construction, il rejoignit la Prius garée quelques mètres derrière, dont le moteur tournait au ralenti.

— C'est vraiment utile, tout ça? demanda l'autre débile en reculant dans les hautes herbes.

L'hybride brinquebalait sur les cailloux encombrant le chemin.

— Plus nous gagnerons de temps, mieux ce sera.

Une fois revenu sur la route, son complice passa la marche avant. Maintenant qu'ils étaient de nouveau sur l'asphalte, il appuya sur l'accélérateur, et l'hybride passa automatiquement du mode électrique au moteur essence.

Leur plan était au point. Ils n'avaient pas besoin d'en revoir les détails une fois de plus.

Bientôt, ils entraient dans Stewart's Crossing et, quarante minutes après avoir abandonné le fourgon, l'homme se fit déposer à deux rues de l'endroit où il avait garé sa camionnette, près de la Caverne.

Il y entra par l'allée qu'il avait empruntée pour en sortir puis retourna au bar, à l'endroit précis qu'il avait quitté environ deux heures plus tôt. Entre les deux enlèvements, il avait fait en sorte de se faire remarquer sur les lieux — il avait commandé une bière et laissé sa carte de crédit sur le comptoir avant de sortir fumer.

— Je me demandais si on allait revenir, lança la jolie serveuse en essuyant le bois lisse du bar. Vous avez laissé votre veste, et Carla m'a dit que vous n'aviez pas encore payé.

Depuis son départ, Carla avait fini son service, et c'était cette fille qui servait, maintenant. Elles l'avaient donc vu toutes les deux, ce qui ne ferait que renforcer son alibi.

— Je suis tombé sur de vieux copains en fumant une cigarette dehors. J'ai perdu la notion du temps.

Sans discuter davantage, elle lui servit la pression qu'il réclamait puis reprit sa conversation avec un type qui portait un sweat-shirt vert orné d'un O jaune sur le devant. Il suivait le match de football diffusé sur l'écran de télé suspendu au-dessus du bar et avait à peine touché à sa bière brune.

Tout en sirotant sa propre bière, il consulta le score pour se le mettre en mémoire — il n'en avait rien à faire, mais c'était bon pour son alibi. L'Oregon se faisait écraser par Stanford dans un tournoi du Pac-12 en division Nord.

Le supporter en sweat-shirt vert grimaça.

— Bon sang, lâcha-t-il à la cantonade, ces gars sont de vraies serpillières.

— Ils sont bons, à Stanford, remarqua un autre client au bar. Et en plus, ils sont futés.

— Les Ducks aussi !

Un autre s'esclaffa.

— Sans Phil Knight et Nike, ils ne vaudraient pas un rond.

— Va te faire foutre, marmonna le supporter dans sa barbe.

Celui-ci plongea le nez dans sa bière au moment où un joueur de l'Oregon interceptait le ballon et le rapportait en arrière pour marquer un essai.

— Voilà, ça c'est ce que j'appelle du jeu ! s'exclama-t-il, visiblement rasséréné.

— Super, approuva l'homme en trinquant avec le supporter.

Il le regarda droit dans les yeux, toujours pour son alibi — au cas où il lui en faudrait un. Oui, il y avait un trou dans son emploi du temps de cet après-midi, mais sa camionnette n'avait pas bougé, et il y avait eu un changement de service au bar. Les serveuses auraient donc du mal à se souvenir précisément de ses allées et venues, et leur témoignage éventuel serait davantage questionné. Même s'il y avait des caméras à l'intérieur, lui et son complice disposaient d'alibis suffisamment solides pour combler les failles.

Normalement, il était couvert.

Il fallait juste qu'il remette en place l'écusson magnétique qu'il avait « emprunté » dans le garage de Hal.

Du gâteau.

— Allô, mademoiselle McAdams ? demanda une voix rocailleuse quand Jade décrocha.

L'écran abîmé affichait, difficilement lisible, un numéro inconnu.

— C'est Hal, du garage.

Comme s'il pouvait y avoir un autre Hal dans ce trou à rats.

— J'ai essayé de vous joindre tout l'après-midi. Votre voiture est prête.

— Je croyais qu'elle ne serait pas réparée avant la semaine prochaine.

— La pièce est arrivée, et puisque vous aviez l'air d'être plutôt pressée de la récupérer…

— Oui, c'est vrai ! C'est super.

— On va fermer d'ici vingt minutes et, comme l'atelier n'ouvre pas le dimanche, il vaudrait peut-être mieux que vous veniez maintenant, si vous voulez l'avoir pour le reste du week-end.

— Oui, j'arrive ! Attendez-moi, s'il vous plaît ! s'écria Jade avant de raccrocher.

Soudain, elle se sentait beaucoup mieux.

Elle s'apprêtait à monter l'escalier en courant quand elle s'aperçut que sa mère était dans la salle de séjour, penchée sur les plans de la maison, tandis que Gracie examinait son fichu journal comme s'il contenait les secrets de la création de l'univers.

Depuis que cette inspectrice était partie, sa mère semblait distraite. En tout cas, Jade voyait bien qu'elle n'était pas à ce qu'elle faisait.

Manifestement, il se passait un truc avec l'oncle Roger. Les insinuations de Bellisario étaient complètement tordues, mais sa mère avait refusé d'en parler. Elle avait perdu tout intérêt pour ce qui se passait autour d'elle et paraissait plongée dans un monde étrange qu'elle était la seule à voir. Une fois de plus, Jade songea qu'elle n'était vraiment pas née dans la bonne famille. Les Stewart étaient tous des tarés qui voyaient des fantômes.

C'était peut-être une bonne chose qu'elle soit apparentée à Clint Walsh, finalement — une façon de faire contrepoids aux gènes des Stewart.

Inutile de s'attarder là-dessus, cependant — pas alors que sa voiture était enfin réparée.

— Il faut qu'on parte tout de suite récupérer ma voiture, annonça-t-elle. Elle est prête, et Hal ferme dans vingt minutes.

Sa mère leva les yeux de ses plans.

— Bien sûr, dit-elle d'une voix mal assurée. D'accord… je pense qu'on peut y arriver.

— Il le faut, insista Jade. C'est obligé. Je vais la prendre pour aller à la soirée de tante Dee Linn.

— On y va toutes ensemble, lui rappela Sarah.

— Alors je te suivrai jusque chez elle, dit Jade en attrapant son manteau.

Elle n'arrivait pas à croire qu'enfin, après avoir attendu une éternité, elle allait de nouveau pouvoir conduire sa propre voiture. Vive la liberté !

— On va aller chercher ta voiture, d'accord, mais nous irons toutes les trois ensemble à la soirée. Il y a une deuxième fille du coin qui a disparu, et je tiens à ce qu'on ne se sépare pas.

— Mais ce n'est pas comme ça que je veux passer mes soirées ! répliqua Jade avec colère. Je ne suis plus un bébé.

— Les filles qu'on a enlevées non plus.

— Personne ne sait si elles ont été kidnappées, maman. Elles ont peut-être juste décidé de partir quelque temps.

— Sans rien dire à personne, y compris à leurs amis et à leurs parents ? demanda Sarah en passant la bandoulière de son sac à main sur l'épaule. La police s'inquiète, et moi aussi.

— Maman…

— Tu n'y vas pas toute seule, point ! Allez, Gracie, on y va.

— Mais je n'ai pas envie de venir, protesta Gracie, arrachant un soupir à leur mère.

— Tu plaisantes ? Tu n'as pas entendu ce que je viens de dire ? Va chercher ton blouson.

— Je peux rester ici avec Xena, insista Gracie.

Mais sa mère campa sur ses positions.

— Dépêche-toi.

Jade se précipita vers la porte et traversa la pelouse en courant pour rejoindre l'Explorer de sa mère. Un rapide coup d'œil lui permit de s'assurer que Sarah était juste derrière elle, suivie de près par Gracie.

La chienne s'était aussi précipitée. Elle sauta sur le siège arrière. La famille était au complet, parfait.

Sa mère se mit au volant et démarra la voiture, et elles prirent la direction de la ville. Quelle ironie, songea alors Jade, de voir que c'était maintenant Gracie qui faisait la tête, furieuse d'être arrachée à ses recherches sur le fantôme de Blue Peacock Manor — à croire qu'elle se prenait pour Alice, la détective de la Bibliothèque verte.

Mais Jade s'en fichait bien, au fond. Elle allait récupérer sa Civic et, d'ici la fin du week-end, elle entendait bien voir Cody. D'une façon ou d'une autre. S'il ne pouvait — ou ne voulait — pas lui rendre visite à Stewart's Crossing, il était peut-être temps qu'elle aille le retrouver dans son appartement de Vancouver.

A cette pensée, elle eut un instant de doute : elle n'aimerait peut-être pas ce qu'elle y trouverait, si elle débarquait sans prévenir.

Tant pis. Soit il l'aimait, soit il ne l'aimait pas.

Elle avait le droit de connaître la vérité.

En arrivant sur le parking du commissariat, Bellisario avait le sentiment d'être sur une piste. Pendant tout le trajet de retour, elle avait ressassé l'affaire et en avait déduit que tous les indices convergeaient vers Roger Anderson. Elle avait eu beau essayer de se convaincre qu'il n'était pas impliqué dans les enlèvements, elle n'arrivait pas à se défaire de la conviction qu'il jouait un rôle dans tout cela.

Et puis, si ce n'était pas Anderson, de qui d'autre pouvait-il s'agir ?

Tu n'as rien sur lui. Juste une intuition. Ce n'est pas très professionnel, Lucy. Il t'en faudra beaucoup plus pour suivre cette piste.

A mi-chemin de Stewart's Crossing, elle avait rappelé sa sœur, qui avait tenté de la joindre pendant qu'elle était à Blue Peacock Manor. Lauren, inquiète, lui avait appris que leur mère avait fait une chute. Elle n'avait rien, l'avait-elle rassurée, mais Lauren semblait dépassée par la situation. A dix-sept ans, s'occuper d'un parent souffrant de la maladie de Parkinson n'était pas de tout repos. Lucy elle-même avait du mal, et elle avait trente-cinq ans. Après s'être assurée que l'infirmière qui soignait leur mère à temps partiel était disponible et que cette dernière se reposait confortablement, Lucy affirma à sa sœur qu'elle rentrerait à la maison le plus tôt possible après le travail. Elle se sentait parfois coupable d'être aussi prise par son boulot, mais c'était comme ça, et elle ne pouvait rien y changer.

De toute façon, elle savait ce qui allait se passer quand elle rentrerait. Elle et Lauren allaient discuter une fois de plus de leur mère, qui avait déjà besoin d'un suivi médical à plein temps, à seulement soixante-quatre ans. Lucy le savait, Lauren l'acceptait, mais Landon, leur frère — qui vivait à Tacoma, suffisamment loin pour n'avoir à se frotter à la situation que de rares fois dans l'année —, était persuadé que leur mère allait très bien et il refusait de la faire admettre dans un établissement spécialisé.

Si l'état de santé de leur mère se stabilisait, elles allaient sans doute lâcher le morceau, une fois de plus, mais quoi qu'il en soit, le jour n'était pas loin où il leur faudrait prendre une décision.

Saleté de Parkinson.

Elle se gara sur son emplacement favori, près de la porte arrière du commissariat, de nouveau concentrée sur les disparitions. En entrant dans le bâtiment de brique, elle sentit son estomac gargouiller. Elle avait sauté le déjeuner et s'était arrêtée dans une épicerie à l'entrée de la ville, pour y acheter un sandwich industriel et un Coca light, qu'elle envisageait de consommer à son bureau.

A l'intérieur, la lumière des néons était aveuglante ; elle se reflétait sur le carrelage récemment nettoyé. La lueur du jour finissant entrait encore par les fenêtres en arcade qui avaient résisté au temps. La peinture sur les murs était si récente qu'on n'y distinguait pas la moindre marque.

Pour le moment.

L'édifice avait cent ans, et ce n'était pas un coup de peinture qui suffirait à masquer son âge bien longtemps.

Longeant les vestiaires et la salle de repos, elle se dirigea vers l'aile qui abritait les bureaux des inspecteurs. Arrivée dans le sien, elle se débarrassa de son blouson et repoussa son fauteuil. Elle continuait de se demander si elle faisait fausse route, si son obsession pour Roger Anderson était bien fondée. Certes, il n'allait plus aux entretiens avec son agent de probation, avait quitté son appartement sans préavis, n'avait pas rendu visite aux membres de sa famille, et on l'avait « aperçu » en ville. Il avait un casier judiciaire, oui. Mais aucun antécédent de kidnapping.

Pestant dans sa barbe, elle déballa son sandwich d'une main tout en parcourant ses mails de l'autre. D'un geste machinal, elle ouvrit le pain et repoussa le jambon et le fromage afin d'ôter l'excédent de mayonnaise à l'aide de l'emballage plastique, sans cesser de lire ses messages. Peut-être une caméra de surveillance quelconque avait-elle repéré quelque chose, ou un témoin allait-il enfin leur fournir un indice.

Rien.

De fait, elle découvrit qu'après un complément d'enquête réalisé par un inspecteur adjoint les alibis de tous les autres suspects avaient désormais été validés. Même Lars Blonski pouvait prouver qu'il n'avait jamais approché aucune des deux filles. Sous l'effet du stress, elle commençait à avoir des brûlures d'estomac et elle avala deux comprimés de Rennie avec son soda, avant d'entamer son sandwich.

Bon sang, où étaient-elles ?

Qui avait enlevé ces filles, pour l'amour du ciel ?

Un bruit de pas retentit dans le couloir, et elle leva les yeux au moment où le shérif Cooke entrait dans son bureau.

— On n'est peut-être pas au bout de nos peines, déclara-t-il sans la saluer.

— Il y en a eu d'autres ? demanda-t-elle, alarmée, en s'essuyant le coin de la bouche avec une serviette en papier.

— Je viens d'avoir un coup de fil de Turner, aux Personnes disparues. Deux autres filles manquent à l'appel.

— Quoi ? s'exclama-t-elle en bondissant de son fauteuil.

D'un signe de la main, Cooke lui fit signe de se rasseoir.

— Elles ne sont parties que depuis quelques heures, mais leurs parents ont tout de suite paniqué. C'est peut-être une fausse alerte.

Pourtant, son regard sombre et son expression préoccupée démentaient ses propos.

— Espérons, dit-elle.

— On ne va sûrement pas tarder à les retrouver chez des copines, je suppose.

Elle voyait bien qu'il n'y croyait pas du tout.

— Elles étaient ensemble ?

— Non.

Voilà qui n'était pas de bon augure.

— Mais elles se connaissent, ajouta-t-il. Elles vont toutes les deux à Notre-Dame. La première, Dana Rickert, était partie faire du shopping. Elle n'est pas rentrée. Ses parents ont retrouvé sa voiture sur le parking des magasins d'usine de Troutdale. Son sac à main et son portable n'étaient pas dedans.

— Elle les a sans doute pris avec elle, commenta Bellisario.

Le centre commercial de Troutdale se trouvait à une heure de là, sur l'autoroute 84 en direction de l'ouest.

— Elle est partie ce matin et elle était censée rentrer chez elle pour midi.

Bellisario consulta la pendule digitale qui se trouvait sur son bureau. Les chiffres lumineux annonçaient 16 h 47.

— Elle était seule ?

— Apparemment. Elle n'avait même pas prévu de rejoindre des amies.

— Vraiment ?

— Comme elle ne répondait pas au téléphone, ses parents sont partis au centre commercial en pensant qu'elle avait peut-être un ennui mécanique et que son téléphone était déchargé. Ils ont retrouvé sa voiture et sont allés voir la sécurité. Ensuite, ils ont donné l'alerte. Elle était censée rentrer chez elle pour l'anniversaire de sa sœur — c'était important, j'ai l'impression. Elle était tout excitée, d'après ce qu'ils disent. Elle avait même prévu de lui faire un cadeau spécial.

— Merde.

Bellisario se carra dans son fauteuil, son sandwich abandonné devant elle.

— Il y a une puce GPS sur son téléphone ?

— Il y en avait une, au début. Mais elle est douée en informatique et elle n'aimait pas que ses parents puissent suivre ses allées et venues. Elle l'a désactivée.

— Et les caméras de sécurité du centre commercial ?

— On attend les enregistrements.

Bellisario s'accrochait à l'espoir d'une fausse alerte ; les parents inquiets avaient peut-être paniqué sans raison.

— C'est une amie de Rosalie Jamison ou de Candice Fowler ?

Cooke secoua la tête.

— Pas selon ses parents.

Appuyé au chambranle de la porte, il se rembrunit. Soudain, il parut beaucoup plus vieux que son âge.

— La seconde fille, Mary-Alice Eklund, a dit qu'elle avait rendez-vous avec son petit copain, un garçon du nom de Liam Longstreet.

Bellisario acquiesça.

— Un joueur de foot, dit-elle. Dans l'équipe de Notre-Dame. J'ai vu son nom dans les journaux.

— C'est là qu'est le problème. Le gamin prétend qu'ils n'avaient pas prévu de se voir, mais on a retrouvé la voiture de la fille garée derrière le lycée, à l'endroit où Longstreet affirme qu'ils avaient coutume de se retrouver de temps à autre. Pour être tranquilles.

— Laisse-moi deviner : pas de sac à main. Et elle ne répond pas au téléphone.

— Exactement. Longstreet a reçu un texto bizarre de sa part, mais comme il bossait avec son père il ne l'a vu que deux heures après ; son père est contre les textos et les portables en général, surtout pendant le travail.

— Et que disait ce message ?

— « Pourquoi tu m'appelles de ce numéro ? »

— Tu es en train de dire que quelqu'un se faisait passer pour Longstreet ?

— On dirait bien. La bonne nouvelle, c'est que le père de la gosse a appelé l'opérateur mobile et qu'il leur a fait une grande scène. Il a obtenu le numéro du téléphone duquel on avait appelé sa fille et il l'a composé, mais personne n'a répondu.

— Merde. Il a dû mettre le type en alerte.

— Peut-être. En tout cas, Eklund nous a transmis l'info, et on a le nom du propriétaire du portable. Un type qui s'appelle Evan Tolliver.

— C'est qui ?

— Le propriétaire de Tolliver Construction. A Vancouver, dans l'Etat de Washington.

— Vancouver, répéta-t-elle. C'est de là que vient Sarah McAdams.

Elle se rappelait que Sarah lui avait confié ce détail, tout comme elle se souvenait avoir remarqué les plaques de l'Etat de Washington sur sa Ford Explorer.

— Mais qu'est-ce que Tolliver viendrait faire dans tout ça, bon sang ?

— Aucune idée.

— Je vais en reparler à Sarah, dit-elle.

— Bonne idée, parce qu'il y a aussi un lien entre Mary-Alice Eklund et Jade McAdams. Apparemment, Eklund avait la responsabilité de la fille McAdams. En tant que nouvelle, une fille de terminale était censée la prendre sous son aile, et il se trouve que c'était Mary-Alice Eklund. Sauf que ça se passait mal, selon la mère. Les filles ne s'appréciaient pas, et Mary-Alice avait même raconté que Jade l'avait menacée.

— Des trucs de gamine, j'imagine. J'ai vu Jade McAdams tout à l'heure.

— Peut-être, mais il y avait aussi une histoire de jalousie. Mary-Alice était convaincue que Liam Longstreet s'intéressait à Jade. Quand ses parents lui en ont parlé, il a nié en bloc et leur a dit qu'il ne connaissait Jade que parce qu'il était assistant dans l'un de ses cours.

Deux filles qui ne s'entendaient pas, donc. C'était loin d'être un scoop.

— Et le téléphone de Mary-Alice, il a une puce GPS ?

— Oh oui, répondit Cooke sans enthousiasme. Selon le dernier relevé, il est au fond de la Columbia.

— Seigneur ! s'exclama Bellisario en fermant les yeux.

Les filles disparues avaient-elles été tuées et balancées dans les flots séparant les Etats de l'Oregon et de Washington ? Leurs corps avaient-ils été lestés, pour qu'ils sombrent au fond de la rivière, ou emportés vers l'ouest ? Allait-on les retrouver sur les rives ou écrasés contre l'immense barrage en aval ?

— Le FBI est sur l'affaire, reprit Cooke. La fille Eklund a été vue pour la dernière fois dans l'après-midi. Sa mère a quitté son domicile vers 11 heures, et Mary-Alice était encore dans sa chambre. Elle dormait, sans doute. C'est ensuite que ça devient plus compliqué à suivre, parce que personne n'était à la maison quand elle est partie. Quand Mme Eklund est rentrée vers 14 heures, sa fille n'était déjà plus là. Ses parents ont une peur panique qu'elle ait été enlevée.

— Il est un peu tôt pour lancer une AMBER.

— On s'en fiche, non ? rétorqua Cooke. Au pire, les gamines refont surface, et on aura l'air d'avoir donné l'alerte trop vite. On passera pour des crétins, c'est tout. Le FBI est d'accord pour qu'on le fasse.

— Tu as raison, dit-elle en jetant les vestiges de son déjeuner tardif à la poubelle.

Son mauvais pressentiment s'était accentué.

— Je suis dessus, conclut-elle.

Premier arrêt : l'endroit qu'elle venait de quitter à peine deux heures plus tôt — Blue Peacock Manor, la monstrueuse maison des Stewart. Elle allait discuter de nouveau avec Sarah McAdams et sa fille Jade, pour vérifier deux ou trois choses.

Il fallait aussi qu'elle ait un nouveau tête-à-tête avec Hardy Jones, l'enflure qui lui avait menti le matin même. Il était temps qu'il joue cartes sur table.

32

Sarah était en train de garer l'Explorer sur le parking du garage de Hal quand Gracie, toujours de mauvaise humeur, déclara :

— Je vais attendre dans la voiture.

Le premier réflexe de Sarah fut de refuser, à cause des disparitions. Puis elle s'aperçut qu'elle pourrait garder les yeux sur le véhicule durant les quelques minutes où elle serait dans l'atelier. Elle s'arrêta sous l'auvent qui avait autrefois abrité des pompes à essence, juste devant la porte et la vitrine qui formaient la façade du garage de Hal — un bâtiment peu conventionnel pour la ville, car rien dans son aspect n'évoquait le style western, cher à Stewart's Crossing.

— D'accord, finit-elle par dire.

Gracie pouvait continuer à bouder dans le 4x4 si elle en avait envie, songea Sarah en retirant les clés du contact.

— Ça ne devrait pas prendre trop longtemps.

A peine la voiture arrêtée, Jade s'était précipitée dehors pour entrer dans le garage.

— Je reviens tout de suite, dit Sarah à Gracie avant de suivre son aînée à l'avant du bâtiment, où se trouvait la réception.

Hal, soixante-quinze ans bien tassés, les y attendait. Elle distingua aussi, par les vitres qui séparaient l'espace d'accueil de l'atelier, deux mécaniciens qui travaillaient sur une camionnette dans une petite pièce. Le capot était ouvert, une lampe suspendue au-dessus du moteur. L'un des deux hommes était allongé sous le véhicule, sur un plateau roulant, et l'autre était penché sur le moteur. De vieux panneaux publicitaires vantant les mérites du soda Nehi et des cigarettes Lucky Strike ornaient les murs de l'atelier.

— Et voilà ! Elle est comme neuve ! s'exclama Hal en prenant la carte de crédit de Sarah.

Il la passa dans la machine puis fit glisser son reçu sur le comptoir, où une vieille caisse-enregistreuse émit un tintement sonore quand il l'ouvrit.

La chevelure du garagiste, d'un blanc neigeux, dépassait d'une casquette tachée d'huile qui datait probablement de la même époque que le distributeur de cigarettes installé contre le mur.

— Merci, dit Sarah en rangeant le reçu et sa carte dans son sac.

Jade s'empara des clés, qui brillaient sous les néons du plafond.

Ce geste rappela quelque chose à Sarah… mais quoi ? Un petit détail insignifiant dont elle n'arrivait pas à se souvenir.

— Je vais m'arrêter au magasin pour m'acheter un Coca et deux ou trois trucs dont j'ai besoin, annonça Jade d'une voix enjouée, alors qu'elles sortaient.

— Attends, Jade, je ne crois pas que…

— Maman, s'il te plaît ! Ce n'est pas grand-chose, ça me prendra dix minutes. Ensuite, je rentrerai directement à la maison, c'est promis.

Sarah était sur le point de rappeler à Jade que des filles avaient disparu, mais elles en avaient déjà débattu un million de fois.

— Sois prudente, lui recommanda-t-elle simplement, et on est bien d'accord : tu rentres directement.

— Oui, oui, je sais !

— Ta voiture est dans le parking de derrière, intervint alors Hal en pointant le pouce vers une porte derrière lui.

Jade s'arrêta net et fit volte-face pour prendre la direction qu'il lui indiquait, ses clés scintillant au bout de ses doigts. Sarah la regarda partir, les yeux rivés sur le porte-clés de Jade. Bon sang, mais quelle était cette chose dont elle n'arrivait pas à se souvenir ?

La voix de Hal la ramena d'un coup à la réalité.

— C'est bon de te voir de retour, Sarah.

— Je suis contente d'être revenue.

— Il faut leur lâcher un peu la bride, dit-il. Les enfants, c'est pas facile. On se fait un sang d'encre pour eux. Mais rappelle-toi comme tu étais à son âge. Moi, je m'en souviens. Tu n'avais pas envie qu'on te rogne les ailes.

Il lui adressa un regard entendu.

— Je sais, mais avec ces filles qui ont disparu…

— Et alors ? Il n'y a pas de criminalité à Vancouver ? demanda-t-il avec un sourire encourageant. Elever un enfant, c'est pas pour les mauviettes, je suis bien placé pour le savoir. Tu as vu mes cheveux ? C'est à cause des gosses. J'en ai eu cinq, figure-toi.

Il s'esclaffa.

— Mais ils ont survécu, et maintenant ce sont tous des gens bien. Ils m'ont donné douze petits-enfants, et un treizième est en route.

— Félicitations, dit-elle en songeant qu'elle aurait aimé se sentir aussi sereine que lui.

— Je suis désolé pour ta mère, ajouta Hal, qui avait entretenu les voitures de tous les membres de la famille, y compris celle d'Arlene. Dee Linn m'en a parlé.

Le contraire m'aurait étonnée.

— Transmets-lui mon bonjour.

— Sans faute, promit-elle avant de repartir par l'entrée principale.

Gracie était assise à l'arrière, caressant distraitement Xena tout en jouant sur son téléphone.

Sarah ouvrit la portière et lui demanda :

— Tu me rejoins à l'avant ou on prétend que je suis ton chauffeur ?

— Très drôle, maman, maugréa Gracie.

Elle alla quand même s'asseoir à côté de sa mère.

— Pardon, marmonna-t-elle alors.

— Ce n'est pas grave, on a tous nos mauvais jours.

En réalité, elle avait l'impression de ne plus vivre que cela. Depuis leur arrivée à Stewart's Crossing, elle ne se souvenait pas d'avoir passé une seule bonne journée.

Ce n'était pas tout à fait comme cela qu'elle avait envisagé ce nouveau départ.

Elle sortit du parking et s'engagea dans la rue. Il n'y avait quasiment pas de circulation. Le brouillard se dissipait un peu, et elle aperçut Jade assise au volant de sa voiture quand la Ford Explorer passa devant le portail du parking de derrière où étaient garés les véhicules réparés. Elle lui fit un signe de la main mais Jade, absorbée par son portable, ne leva même pas la tête.

Il y a des choses qui ne changent pas, songea-t-elle en prenant la direction de la maison.

Il fallait encore qu'elles aillent à cette fête, pensa-t-elle en réprimant un grognement. Elle n'avait pas de costume et, à moins de fouiller dans les vieilles malles de sa mère et de sa grand-mère au grenier, elle irait à cette soirée costumée sans même porter un masque.

Cela lui convenait parfaitement. D'après ce qu'elle avait compris, les costumes étaient « facultatifs » — même si, de toute évidence, Dee Linn espérait que tout le monde vienne déguisé.

Tant pis, pensa-t-elle en passant devant le refuge où elles avaient adopté Xena. Puis elle prit la direction des collines. Elle allait se rendre à la soirée de Dee Linn, très bien, et elle était même prête à endurer la compagnie de l'insupportable Walter et de ses amis, et celle de tout le reste de sa famille, mais elle irait comme elle était — en mère célibataire stressée.

Et tu vas voir Clint.

Génial, se dit-elle en se retenant de soupirer.

Clint serra les mâchoires en découvrant les infos à la télévision. La journaliste, une femme élancée à la dentition éclatante, se tenait, tout sourires, dans une rue bordée d'arbres qu'il eut l'impression de reconnaître, tandis qu'elle expliquait que cette zone de la ville était particulièrement mal éclairée.

— … bien que la police ne l'ait pas confirmé, nous pensons que c'est probablement à cet endroit que Candice Fowler a été enlevée.

Il écouta le reste du reportage, puis la discussion grave qui se tint entre la journaliste et un présentateur, retransmise sur un écran scindé en deux. La journaliste hésitait avant de répondre aux questions du présentateur aux cheveux gominés, sans doute en raison d'un problème de synchronisation audio. Clint sentit son sang se glacer en découvrant de quoi il était question. Une autre fille avait disparu, sans doute enlevée. Pire encore, le présentateur mentionna que deux autres jeunes filles n'étaient pas rentrées chez elles ce jour-là. L'information était à prendre au conditionnel, et la police et le FBI se refusaient à tout commentaire.

Il fixa l'écran.

Que diable se passait-il dans cette petite ville habituellement si calme ?

Il pensa à Jade, sa fille depuis peu, et à la jeune Gracie. Etaient-elles en sécurité ? Sans doute pas. Et Sarah non plus. Personne n'était en sécurité quand un pervers était en chasse. Il prit son téléphone pour appeler Sarah puis se ravisa, décidant qu'il préférait la voir en personne. Peut-être exagérait-il, mais on n'était jamais trop prudent.

Tex se mit à gémir ; il voulait sortir. Clint ouvrit donc la porte donnant sur la terrasse derrière la maison et, tandis que le chien se précipitait en bas des marches, il scruta le brouillard en direction de Blue Peacock Manor.

L'hiver, par temps clair, Clint avait un point de vue imprenable sur toute l'étendue de ses terres et sur la forêt qui les séparait de celles des Stewart. Une fois les feuilles tombées, il apercevait à travers les branches nues la vieille maison avec sa tourelle et le balcon du toit.

Aujourd'hui, l'air était épais et dense, les nuages bas empêchant toute visibilité. Il avait toujours aimé les changements de saison et les bizarreries météorologiques provoquées par la proximité des gorges. Mais, à ce moment précis, il n'était plus aussi convaincu. Il ressentait le besoin de voir la maison de Sarah, de distinguer une fenêtre éclairée dans la nuit, de savoir qu'elle et les filles étaient en sécurité.

En outre, pensa-t-il, c'était son droit.

Sarah resta perdue dans ses pensées durant tout le trajet. Pendant que Gracie était penchée sur son iPhone, absorbée par un jeu qui semblait la fasciner, Sarah conduisait en se répétant que le nouveau départ qu'elle avait envisagé à Stewart's Crossing tournait au désastre complet.

Une semaine plus tôt à peine, elle s'était sentie tracassée par la rénovation de la maison, la nécessité de mettre un peu de distance entre elle et Evan Tolliver, et la bonne adaptation de ses filles à leur nouvelle vie.

A présent, toutes ces considérations semblaient presque dérisoires. Clint était entré dans l'équation — un homme qu'elle continuait de trouver séduisant mais qu'il lui fallait aussi tenir à distance, un homme qui avait perdu son fils et venait de découvrir qu'il avait une fille adolescente. Compliqué.

Mais ce n'était pas tout. Tout à coup, il lui fallait aussi affronter les découvertes perturbantes qu'elle avait faites sur sa famille. Tout ce qu'elle avait considéré comme son patrimoine, toutes ses convictions concernant ses ancêtres se révélaient erronées. Il était question d'inceste, de meurtre et peut-être de suicide — voilà en quoi consistait désormais son héritage, à en croire le journal de Helen.

Sans compter le fait qu'on avait délibérément omis de mentionner sa naissance dans la bible familiale. Ses frères et sa sœur y figuraient, alors pourquoi pas elle ? Il ne s'agissait que d'une ligne, après tout. Sa mère n'était quand même pas occupée à ce point. Elle comprenait en revanche pourquoi Roger et Theresa n'apparaissaient pas dans la liste : ils n'étaient pas du même sang que les Stewart, puisque leur père était Hugh Anderson. Mais elle ?

Au-delà de ça, sa préoccupation majeure restait ce prédateur à l'affût dans Stewart's Crossing. Deux filles avaient disparu, peut-être quatre, et on considérait son demi-frère comme le principal suspect, ou comme étant en tout cas impliqué dans ces kidnappings.

Roger… fils de Hugh Anderson.

Jetant un coup d'œil dans le rétroviseur, elle se dit qu'elle aurait dû insister pour que Jade les suive. Sa réaction était peut-être un peu excessive, et elle couvait sans doute un peu trop ses filles à cause de ces disparitions, mais c'était comme ça. En dépit des conseils de Hal, Sarah tenait à être la meilleure mère possible et, si elle et Jade devaient finir chacune sur le divan d'un psychiatre, eh bien tant pis.

Entre-temps, elle allait tâcher de relâcher un peu de pression. Jade avait effectivement besoin de vivre sa vie.

Elles étaient arrivées au niveau du chemin menant à Blue Peacock Manor. Elle négocia le virage trop vite et dut freiner un peu brusquement. Puis elle ralentit pour rouler entre les arbres pris dans la brume. Les choses allaient s'arranger, tenta-t-elle de se persuader.

Il le fallait.

Jade tapait sur son téléphone.

Voiture OK. Peux venir à Vanc. Chez toi ?

Elle envoya le texto à Cody et se demanda comment elle allait pouvoir convaincre sa mère de la laisser partir. Si elle lui disait qu'elle allait passer la nuit chez Cody, celle-ci ferait une attaque. Mieux valait qu'elle envoie un message à certaines de ses copines de Vancouver pour qu'elles lui fournissent une couverture.

Elle n'avait pas vraiment l'intention de passer *toute* la nuit chez Cody — même si l'idée lui plaisait — mais sa mère en ferait une maladie si elle apprenait que Jade avait mis un seul orteil chez lui. Il fallait donc qu'elle demande à Brittany d'arranger les choses avec sa propre mère, célibataire aussi, et que Sarah avait déjà eu l'occasion de rencontrer.

Elle engagea sa Honda dans la rue. Le contact du volant sous ses mains lui donnait un sentiment familier de liberté retrouvée. Elle ne pouvait pas rentrer à Blue Peacock Manor, elle détestait cette affreuse maison. Non, elle n'allait pas rentrer maintenant. De toute façon, elle ne considérait pas cette demeure décrépite comme sa maison. Elle allait d'abord faire un petit tour, puis elle s'arrêterait dans ce restaurant non loin de l'autoroute pour s'acheter des frites et un Coca light. Là, elle attendrait d'avoir des nouvelles de Cody et de Brittany et, une fois qu'elle aurait organisé son escapade à Vancouver, elle retournerait dans la maison de la famille Addams.

Avec un peu de chance, Brittany allait lui répondre rapidement. Tout en traversant le centre-ville, elle commença à chercher la route parallèle à l'autoroute 84. Elle avait l'impression de tourner en rond. Pour une ville de cette taille, Stewart's Crossing était déroutante. N'était-elle pas déjà passée deux fois devant le magasin de fourrage et la Caverne ? Tout en réfléchissant à la façon dont elle allait pouvoir retrouver Cody, elle lança le GPS sur son téléphone et entra le nom du restaurant. Si Brittany ne pouvait pas l'héberger, elle appliquerait le plan B, qui consistait à sortir de la maison en douce et à se faire la belle. Cela dit, elle préférait une solution plus réglo.

Elle n'avait pas envie d'aller jusqu'à faire le mur, à moins d'y être vraiment obligée. Et puis, il y avait cette nouvelle donnée — le père qu'elle venait de se découvrir. Elle ne savait pas trop quoi penser de lui. Il semblait sympa, peut-être même plutôt cool, mais en ce moment elle n'avait pas besoin qu'un *troisième* parent vienne fourrer son nez dans ses affaires. Elle avait fait des pieds et des mains pour savoir qui était son vrai père, mais il y avait assez d'adultes comme ça autour d'elle pour lui imposer leurs règles. En outre, elle avait déjà un père — Noel McAdams, l'homme qui l'avait adoptée. D'ailleurs, tout ça était-il bien légal ? Clint Walsh n'ayant jamais su qu'elle existait, il n'avait pas renoncé à ses droits parentaux. Elle avait lu quelque chose à ce sujet sur Internet — une star qui affirmait que sa gamine était la fille d'un type, sauf que c'était un mensonge... il y avait eu un énorme procès.

Clint avait tenté de la joindre sans laisser de message — il essayait peut-être de lui montrer qu'il était là pour elle tout en lui laissant un peu d'espace. Elle n'avait pas rappelé. Elle n'avait pas encore décidé de ce qu'elle allait faire. C'était dur à digérer, tout ça. Sans compter qu'il était amoureux de sa mère — Jade n'était pas aveugle. D'une certaine façon, c'était chouette, mais cela la mettait quand même mal à l'aise. Et puis il y avait trop de choses à affronter en même temps.

Grâce à la voix qui la guidait sur son GPS, elle finit par trouver la rue qui menait au restaurant. Elle se gara devant le bâtiment bas et tout en longueur, puis entra s'installer sur une banquette, dans un coin. Une serveuse aux cheveux oxygénés vint prendre sa commande puis la laissa.

C'est alors qu'elle prit conscience qu'elle était vraiment seule. Dans le restaurant dont l'éclairage agressif se reflétait sur les murs d'un blanc cru et le carrelage en damier, elle était seule sur une banquette qui aurait facilement pu accueillir quatre personnes. Il n'y avait pas beaucoup de clients — un vieil homme coiffé d'un chapeau et une femme qui faisait des mots croisés tout en sirotant son soda, un burger à peine entamé devant elle.

Pour couronner le tout, les enceintes fixées près du plafond diffusaient une vieille chanson des Beatles que Cody adorait. Il écoutait de tout, du rap à la country en passant par de vieux morceaux des années 1960 ou 1970. *Eleanor Rigby* était son morceau préféré.

Les paroles obsédantes évoquaient la solitude, et Jade sentit qu'elles éveillaient en elle une profonde tristesse. Elle avait à présent deux pères qui ne connaissaient rien d'elle, une mère trop protectrice qui voyait des fantômes, une sœur complètement hallucinée qu'elle aimait malgré tout, et un petit ami qui lui filait entre les doigts.

Ressaisis-toi, s'intima-t-elle tandis que la chanson continuait d'égrener ses notes nostalgiques. Seigneur, c'était la version longue ou quoi ? Elle n'avait pas besoin qu'on lui rappelle combien elle était seule.

La serveuse lui apporta sa boisson. Après en avoir bu une gorgée, elle sortit son téléphone. Pas de réponse, ni de Brittany ni de Cody.

— Allez ! dit-elle tout haut.

Un instant, elle envisagea de renvoyer un message à Cody, mais elle ne voulait pas jouer les filles collantes et le supplier de s'intéresser à elle — ce n'était pas son genre.

Sauf que si, en fait.

Gracie avait raison. Elle était obsédée par Cody, et il se foutait pas mal d'elle. Comme les fichus fantômes de sa sœur, il était toujours hors d'atteinte. L'amour qu'il lui portait était bien fragile. Et elle savait qu'il adorait Sasha, cette étudiante qui connaissait sans doute par cœur cette saleté de chanson des Beatles — laquelle, heureusement, touchait maintenant à sa fin.

Ses frites étaient arrivées mais elle n'avait plus faim, et l'enthousiasme qu'elle avait éprouvé en récupérant sa voiture se dissipait tandis qu'elle scrutait l'écran de son portable. Il fallait voir les choses en face : aussi déchirant que ce soit, Cody ne l'aimait pas. Il ne l'avait sans doute jamais aimée.

Désespérée, elle plongea une frite dans un peu de sauce ranch et la porta à sa bouche. Elle avait deux options. La première, s'enfuir à Vancouver pour mettre les choses au point avec Cody, tout en essayant de convaincre une copine de la recueillir pour qu'elle puisse quitter cette petite ville pourrie. La seconde, accepter le fait que son amoureux était un crétin qui se fichait pas mal d'elle, et officialiser la chose en rompant avec lui. Puis faire ce que sa mère attendait d'elle : accepter sa nouvelle vie dans sa famille de fous, dans cet affreux lycée et cette maison flippante qu'on disait hantée.

Il y avait des côtés positifs au fait de rester, se dit-elle. Sa voisine de vestiaire semblait sympa, et puis il y avait Liam Longstreet. Certes, son ami était un enfoiré de première, mais Liam était plutôt gentil — il avait même proposé de lui trouver un nouveau téléphone — et il serait dans les parages pendant les rénovations de la maison. Sauf qu'il sortait avec Mary-Alice, ce cauchemar ambulant.

Son téléphone vibra, indiquant l'arrivée d'un message. Son cœur fit un bond dans sa poitrine. Elle l'ouvrit en toute hâte pour le lire, persuadée que c'était Cody.

Une fois de plus, elle fut déçue.

C'était sa mère. Qui s'inquiétait pour elle, comme d'habitude.

Tu rentres bientôt ?

Oui. Suis en route.

C'était un demi-mensonge, mais il lui permettait de gagner un peu de temps.

— Je peux vous apporter autre chose ? demanda la serveuse.

Son badge indiquait qu'elle s'appelait Gloria. Elle semblait étrangement préoccupée. Avec ses sourcils froncés et sa bouche pincée, elle allait faire fuir la clientèle, songea Jade.

— Non, tout va bien, mentit Jade.

— Tant mieux, répondit Gloria.

Elle sembla sur le point d'ajouter quelque chose, mais elle se contenta d'offrir à Jade un sourire peu convaincant, avant de retourner au comptoir où l'homme au chapeau était en train d'enfiler sa veste.

Jade but une grande gorgée de soda et se tourna vers la longue rangée de vitres, en direction du parking. Un peu plus loin, elle distinguait le flot des véhicules qui roulaient sur l'autoroute, avec leurs phares émergeant brièvement du brouillard avant de disparaître au loin.

Superposé à cette image, son reflet dans la vitre paraissait pâle et tremblant, comme ces idiots de fantômes que croyait voir Gracie. Elle avait l'air triste. Perturbée. Hantée, même.

Seigneur, c'était ridicule.

Elle ne laisserait personne la rendre malheureuse, pas même Cody Russel.

Avec une détermination nouvelle, elle décida que ce garçon ne valait pas la peine qu'elle souffre autant.

Elle en avait fini avec lui.

Mais elle ne pouvait pas le lui dire par texto. La prochaine fois qu'il appellerait, elle le lui dirait de vive voix.

Mais s'il ne l'appelait pas ?

Tant pis pour lui.

33

— Ça suffit ! Tout le monde se calme ! répéta Rosalie.

Elle avait la voix rauque à force d'avoir hurlé pour couvrir les cris, les pleurs et les gémissements qui s'élevaient des box autour d'elle.

— Fermez-la ! Maintenant !

Silence. Elles l'avaient entendue.

— Ecoutez, dit-elle en posant les mains sur le mur devant elle. Il faut que vous vous calmiez. Nous n'avons pas beaucoup de temps, et on doit trouver un moyen de se sortir d'ici !

— Comment ? demanda la fille de la cellule voisine.

— Je ne sais pas trop. Mais il faut qu'on trouve.

— Je répète ma question : comment ?

Princesse semblait un peu hautaine. Mais Rosalie s'en fichait.

— Qui es-tu ? demanda la fille.

— Je m'appelle Rosalie. Je suis celle qu'il appelle Star.

— Je le savais ! s'exclama sa voisine. Rosalie Jamison. Je croyais que tu étais morte !

— C'est ce que tout le monde pense ? demanda Rosalie dans un accès de panique.

Sa mère avait-elle renoncé à la retrouver ?

Bien entendu, Candice se remit à pleurnicher.

— Ils croient que je suis morte, moi aussi ? gémit-elle. Je suis Candice… Candice Fowler.

— Non, pas tout le monde, expliqua Princesse. Mais Rosalie a disparu depuis si longtemps que ça paraissait vraisemblable. Pour moi, en tout cas. Je ne sais pas ce qu'on dit à ton sujet, Candice.

— Je veux rentrer chez moi, brailla Candice.

— Seigneur, elle est insupportable ! lança Princesse. Elle ne va pas s'arrêter de geindre ?

Non, jamais, pensa Rosalie. Pourtant, elle se mit à crier à l'intention de Candice :

— Arrête ton cirque, maintenant, Candice. On n'a pas le temps, alors un peu de sang-froid !

Candice calma un peu ses pleurs. Ses reniflements portaient toujours sur les nerfs de Rosalie mais au moins, maintenant, celle-ci s'entendait penser. Et surtout, elle pouvait discuter avec les autres filles.

— Et vous, qui êtes-vous ? leur demanda-t-elle à son tour.

Les deux filles se mirent à répondre en même temps.

— Attendez ! Pas tout le monde à la fois. Toi, Princesse.

— Ne m'appelle pas comme ça, c'est humiliant ! rétorqua-t-elle.

Rosalie songea que le sobriquet attribué à cette fille, avec ses airs supérieurs, lui allait comme un gant.

— Je m'appelle Mary-Alice Eklund.

Elle marqua une pause, comme si ce nom devait leur évoquer quelque chose. Comme Rosalie ne répondait pas, Mary-Alice, d'un ton un peu contrarié, expliqua qu'elle fréquentait le lycée catholique privé de Stewart's Crossing et que son père était quelqu'un d'important. Quelqu'un lui avait fait croire à un rendez-vous avec son amoureux et en avait profité pour l'enlever. Elle semblait prendre sur elle pour avoir l'air calme, mais sa voix tremblait un peu. Rosalie savait qu'elle avait peur mais, au contraire de Candice, elle ne s'effondrait pas.

— Il y avait une dame qui promenait un petit chien derrière le lycée, là où on m'a kidnappée. J'espérais qu'elle viendrait à mon secours. Peut-être qu'elle l'a fait, qu'elle a appelé la police, mais rien n'est sûr. A un moment, je ne l'ai plus vue. Pareil pour l'homme dans les gradins. Mon Dieu, et s'ils étaient tous complices ?

C'est possible, pensa Rosalie. Elle savait qu'il y avait quelqu'un derrière tout ça, une personne qui tirait les ficelles.

— Cette femme va peut-être appeler la police, intervint Candice. Elle a peut-être relevé le numéro d'immatriculation de leur voiture.

C'était la première fois qu'elle s'intéressait à autre chose qu'à son nombril. Son cas n'était peut-être pas désespéré, après tout.

Mary-Alice reprit :

— Ma mère et mon père vont me retrouver.

Ah oui, et comment ? pensa Rosalie. La deuxième fille, Whisky, leur apprit qu'elle s'appelait Dana Rickert. Elle était aussi au lycée de Notre-Dame de la Rivière. Elle avait été enlevée devant un centre commercial, puis conduite au lycée où Mary-Alice avait été capturée à son tour.

— Est-ce que quelqu'un sur le parking a été témoin de ton enlèvement ? demanda Rosalie sans y croire.

— Il y avait des gens, répondit-elle en reniflant, mais personne n'était assez près.

— Et les caméras de surveillance ? Il doit y en avoir au lycée ? Et au centre commercial ?

Rosalie réfléchissait à toute allure. Il y avait peut-être une chance que quelqu'un ait vu ce qui s'était passé, qu'on puisse identifier les ravisseurs.

— Oui, je crois, dit Dana.

Mary-Alice semblait avoir des doutes.

— Je sais qu'au lycée au moins une des caméras est cassée. C'est pour ça qu'on se retrouvait là-bas, Liam et moi… avant.

Rosalie ignora la tristesse du ton de Mary-Alice. Au moins, les deux nouvelles semblaient prêtes à agir. Certes, il y avait de la terreur dans leur voix, mais elles n'avaient pas craqué, comme cette pauvre Candice.

Rosalie les harcela de questions, à l'affût du moindre détail susceptible de les aider.

Aucune des filles ne connaissait ses ravisseurs. Seule Rosalie avait eu des contacts avec le plus grand des deux, avant son enlèvement. Dana, cependant, pensait avoir aperçu les deux hommes à une ou deux occasions dans la pharmacie où elle travaillait à temps partiel, mais elle n'en était pas sûre et, en tout cas, ne connaissait pas leur nom.

Aucune ne les avait entendus discuter du sort qu'ils leur réservaient, mais elles savaient toutes que Rosalie avait disparu, c'était à la une des nouvelles. En revanche, elles n'avaient pas entendu parler de Candice, sans doute parce qu'elle avait été enlevée plus récemment. Bien entendu, cette information provoqua un nouvel accès de larmes chez Candice.

Pour une fois, elle pleura sans bruit, et Rosalie n'eut pas à lui demander de se taire.

Quand les deux nouvelles avaient été tirées hors de la camionnette, elles avaient vu une grange et un appentis abritant une voiture, ainsi qu'un petit chalet, mais le brouillard les avait empêchées d'en apercevoir beaucoup plus. Des champs autour, sans doute, mais pas d'animaux. Toutes deux disaient avoir traversé la forêt.

— C'est dans les collines, au-dessus de la rivière, affirma Mary-Alice. Je crois qu'on est passés devant cette vieille taverne, l'Elbow Room.

Rosalie ne l'avait pas remarquée quand elle avait été amenée ici.

— Moi, je ne l'ai pas vue, intervint Dana, mais j'avais tellement peur…

— Moi aussi, dit Mary-Alice d'une voix hésitante, mais… mais mon oncle habitait ici il y a des années, quand mon grand-père était encore en vie. Ils travaillaient tous les deux dans la forêt, et ma mère m'a dit qu'ils allaient à l'Elbow Room après le boulot. Ce n'est pas loin de cette baraque délabrée, vous voyez ce que je veux dire ? Elle est connue… Le Blue Peacock Manor, je crois. C'est là que vit la nouvelle du lycée. Jade McAdams.

Elle avait parlé d'un ton méprisant.

— On est près de sa maison ? demanda Dana.

Rosalie était un peu perdue. Apparemment ces filles habitaient dans le coin depuis toujours contrairement à elle, qui ne connaissait pas la région. Peut-être que cela leur serait utile.

— Oui, on est dans les parages, confirma Mary-Alice.

— C'est loin de la ville ? demanda Rosalie. Ou de la taverne, ou d'une autre ferme, ou de n'importe quoi d'autre ?

Aucune des filles n'en était sûre, mais au moins elles avaient maintenant une idée approximative de l'endroit où elles étaient enfermées et de la direction à prendre pour rejoindre la route la plus proche. C'était déjà quelque chose. Pendant quelques secondes, Rosalie sentit un frémissement d'espoir. Jusqu'à ce qu'elle se rappelle que, si leurs ravisseurs les avaient laissées voir tout cela, c'était uniquement parce que ces écuries ne devaient constituer qu'une prison provisoire. Soit on allait les emmener ailleurs, sans doute très loin, soit on allait les tuer.

Une vague de terreur s'abattit sur elle, mais elle la refoula de son mieux. Quels que soient les plans tordus de leurs ravisseurs, elle allait tout faire pour s'y opposer.

Les filles lui avaient appris tout ce qu'elles savaient. Quand elles commencèrent à se répéter ou à se lamenter sur leur sort à voix haute, Rosalie lança :

— On va devoir agir vite.

Elle était encouragée par le fait que Mary-Alice et Dana semblaient plus solides que Candice. Comme elle l'avait fait avec cette dernière, Rosalie leur demanda de fouiller chaque centimètre carré de leur cellule pour essayer de trouver un objet susceptible de leur servir d'arme. A sa grande surprise, Mary-Alice évoqua la bassine qui leur servait de toilettes.

— Je vais balancer la mienne sur sa vilaine tronche.

— Moi aussi, dit Dana avec amertume. Mais je ferai en sorte qu'elle soit pleine.

Il semblait évident que cette dernière était terrorisée et qu'elle luttait contre les larmes, mais elle aussi paraissait décidée à échafauder un plan d'évasion. Dana leur apprit qu'elle avait été gymnaste jusqu'à ce qu'une blessure à la cheville l'oblige à arrêter, l'année précédente. Depuis, elle avait pris du poids et elle manquait d'entraînement, mais elle était prête à tenter d'escalader le mur. Mieux encore, Mary-Alice affirmait être majorette. Elle était rompue aux pyramides humaines et aux acrobaties. En outre, l'informa-t-elle, elle n'avait jamais été en meilleure forme.

Hautaine mais costaud, se dit Rosalie.

— Vas-y, alors, lui dit-elle. Mais avant, écoutez-moi : quand je dis qu'il ne nous reste plus beaucoup de temps, je ne plaisante pas. Je ne veux pas vous faire peur, mais demain ça ne devrait pas s'arranger pour nous.

— Comment ça? demanda Dana.

Rosalie leur fit le récit des conversations qu'elle avait entendues, sans rien leur cacher.

— Une vente aux enchères? murmura Mary-Alice, horrifiée.

— Je n'en suis pas sûre. Mais quoi qu'il en soit, ça ne présage rien de bon.

— Les salauds! s'exclama Dana tandis que Candice se remettait à pleurer.

— Barrons-nous d'ici! Maintenant! lança Mary-Alice.

Le dédain avait déserté sa voix, laissant place à un sentiment d'urgence.

Enfin, songea Rosalie, une fille qui comprenait.

Maintenant, elles avaient peut-être une vraie chance de s'échapper.

*
* *

Il passa en voiture devant le restaurant, incrédule. Il n'en revenait pas d'avoir autant de chance.

Vingt minutes plus tôt, il s'était garé dans une allée près du garage de Hal. L'heure de la fermeture approchait, et il avait décidé d'attendre le départ du dernier mécano pour sauter par-dessus la clôture et remettre en place l'écusson magnétique sur la camionnette de Longstreet. Hal était un homme d'affaires à l'ancienne, un type qui avait passé toute sa vie à Stewart's Crossing. C'était un homme d'une honnêteté irréprochable qui jugeait inutiles les ordinateurs et tout ce qui touchait de près ou de loin à la technologie. Y compris les caméras de surveillance.

Escalader la clôture pour replacer l'écusson ne poserait donc aucun problème.

Pourtant, tous ses plans avaient changé à la seconde où il avait remarqué une Honda Civic qui sortait du parking — avec à son volant la fameuse Jade McAdams.

Il avait aussitôt remis son moteur en route pour la suivre à bonne distance tandis qu'elle tournait en rond dans la ville. Elle avait fini par atterrir ici, au Columbia Diner, où il avait vu Star pour la première fois. Etonnant, songea-t-il, comme ces noms de chevaux avaient pris. Une fois que les filles étaient enfermées dans les box, la transition opérait, et elles perdaient littéralement leur identité. Ce n'étaient plus que des morceaux de chair à vendre. Il sourit à cette pensée — il allait se faire un paquet d'argent. S'il la jouait fine, les offres allaient bien monter à dix mille par tête, parce qu'elles étaient toutes jeunes, belles et fertiles. C'est pour cela qu'il ne les avait pas touchées ; il n'avait même pas caressé la peau douce de leur joue, ni essayé de tâter leurs seins. Il ne voulait pas abîmer la marchandise, même s'il aurait adoré sentir l'une de ces petites chattes bien serrée autour de sa queue. Ou forcer une de ces filles à le sucer. Une bouche chaude et humide, une langue agile et… merde, ces fantasmes le faisaient bander.

Il ne fallait pas.

Pas encore.

En voyant Jade entrer dans le restaurant, il avait envisagé de l'y suivre, mais il devait éviter d'en faire trop. Il avait donc préféré garer sa voiture un peu plus loin le long de la route, pour garder un œil sur elle dans le rétroviseur. Avec le brouillard, ce n'était pas facile, mais comme il y avait peu de circulation sur cette route il pouvait patienter un moment, le moteur tournant au ralenti.

Deux cigarettes plus tard, il sentit la nervosité le gagner. Qu'est-ce qu'elle foutait ? Pourtant, comme il avait dans l'idée que sa mère n'allait pas l'autoriser à rester bien longtemps hors de vue, il se força à rester patient.

Le problème, c'était que le brouillard s'épaississait et qu'il n'arrivait plus à distinguer sa voiture des autres sur le parking du restaurant.

C'était ennuyeux.

Pas question qu'il laisse filer une occasion pareille.

Alors qu'il s'apprêtait à sortir une troisième clope de son paquet, il entrevit les feux arrière d'une voiture qui reculait sur le parking. Le véhicule fit demi-tour, les phares pointés dans sa direction, lançant des éclairs dans ses rétroviseurs.

Il attendit un instant avant de passer la marche avant, afin d'éviter d'attirer l'attention du conducteur quand il allumerait ses phares.

Une vieille Cadillac massive le dépassa lentement, conduite par un homme d'âge mûr coiffé d'un chapeau.

Merde. Il suivit la voiture du regard. Ses feux rougeoyèrent quand il freina pour s'engager dans la rue qui menait vers la ville.

— Fils de pute, marmonna-t-il.

Il ne pouvait pas rester plus longtemps. Des gens l'attendaient. S'il ne se montrait pas, cela éveillerait les soupçons. Il ne pouvait pas se le permettre, pas plus que de laisser Jade McAdams lui échapper. Il se rappela une fois de plus que, d'ici une trentaine d'heures, sa mission serait finie — la transaction aurait eu lieu et il serait parti, loin de cette petite ville avec ses habitants au cerveau étriqué, loin des griffes de Stewart's Crossing. Rien que ce nom lui collait la nausée. Heureusement, ses souffrances touchaient à leur fin. Sa fuite était planifiée de bout en bout, il avait récupéré de faux papiers, et une nouvelle vie l'attendait à quelques heures de là.

Il avait l'intention de conduire jusqu'au Canada dans un premier temps, sous son identité actuelle. Ensuite, il embarquerait avec son nouveau passeport dans un avion à destination de Mexico. Il ne s'y arrêterait que deux jours, le temps de trouver un pêcheur prêt à le faire passer de Cabo à Mazatlan. De là, il s'envolerait pour São Paulo.

Une fois au Brésil, il s'enfoncerait dans les terres et se dénicherait un village où il espérait vivre comme un prince.

Et ne plus jamais repenser à cette saleté de petite ville.

Un nouvel éclat de lumière dans le rétroviseur attira son attention. Des phares. Une voiture arrivait dans sa direction.

— Allez, ma belle, murmura-t-il.

Cette fois, c'était elle.

Au moment où la Honda de Jade arrivait à sa hauteur, il engagea la marche avant, prenant soin de laisser ses phares éteints avant de la suivre. L'ennui, c'est qu'elle roulait presque à soixante-dix kilomètres heure dans une zone limitée à quarante. Qu'est-ce qui lui prenait ? Elle n'avait pas remarqué ce fichu brouillard ? Si un flic l'arrêtait pour excès de vitesse, tous ses espoirs tomberaient à l'eau.

— Ralentis, lui intima-t-il à voix haute en la voyant prendre un virage à une vitesse bien trop élevée.

La Civic glissa légèrement. Il accéléra. Quand elle eut bifurqué dans une rue plus fréquentée, il alluma ses phares et essaya de la rattraper, mais c'était impossible. Elle marqua à peine le stop puis accéléra, s'élançant sur le carrefour et l'obligeant à brûler le stop. Une camionnette Volkswagen faillit emboutir l'arrière de son véhicule, mais le conducteur l'évita au dernier moment, le gratifiant d'un grand coup de klaxon et d'un doigt d'honneur.

— Va te faire foutre, toi aussi !

Qu'est-ce qui lui prenait, à cette fille, de conduire comme une malade ?

Un instant, il se dit qu'elle l'avait vu, et que c'était pour ça qu'elle roulait si vite ; elle essayait de le semer. La seconde d'après, il décida que c'était lui faire trop d'honneur.

Non, il avait juste affaire à une ado pressée.

Il fallait qu'il arrive à rester derrière elle sans se prendre une amende.

Heureusement, Stewart's Crossing était une petite ville, et trois minutes plus tard ils en avaient franchi les limites. La route était presque déserte, et il avait toujours ses feux arrière en ligne de mire. Il la suivit tandis qu'elle montait dans les collines sans savoir qu'elle allait exactement là où il voulait l'amener, de plus en plus près de l'endroit où il avait caché les autres, de cette grange qui allait devenir sa maison, du moins pour quelques dizaines d'heures. Un endroit qui, ironiquement, se trouvait tout près de ce fichu Blue Peacock Manor.

Bellisario avait été retenue au poste.

D'abord, sa sœur avait appelé pour lui donner des nouvelles de leur mère, puis Lucy avait reçu les enregistrements vidéo du centre commercial où Dana Rickert avait été vue pour la dernière fois, et elle avait pris le temps de les visionner.

En les regardant, elle s'était sentie mal. Pas de doute, deux hommes s'étaient approchés de Dana alors qu'elle s'apprêtait à monter dans sa voiture, les bras chargés de paquets. Pendant que l'un d'entre eux détournait son attention, l'autre l'avait prise à revers et lui avait ordonné d'avancer, sans doute à l'aide d'une arme de petite taille, pistolet ou couteau, invisible sur l'image. Le visage des hommes était masqué par le brouillard, mais on distinguait très bien leur véhicule et sa plaque. Il était immatriculé dans l'Etat de Washington, ce qui n'avait rien d'extraordinaire. Chaque jour, des milliers de résidents de Washington traversaient les ponts menant à l'Oregon, pour venir y travailler ou y faire leurs achats. L'Etat de Washington prélevait des taxes sur les ventes, ce qui n'était pas le cas de l'Oregon, et les centres commerciaux avaient fleuri sur la rive sud de la Columbia pour attirer les consommateurs des autres Etats, et surtout leur argent.

Un coup de fil au service des immatriculations de Washington permit à Bellisario d'apprendre que le fourgon figurant sur les images de la vidéosurveillance était enregistré au nom d'Evan Tolliver, l'homme dont le téléphone avait servi pour envoyer le texto à Mary-Alice Eklund.

Pour couronner le tout, elle avait découvert que Tolliver s'était lui aussi évanoui dans la nature.

Son père avait fait une déposition au service des Personnes disparues à Vancouver. Selon le rapport d'interrogatoire du commissariat, son fils lui avait dit qu'il partait dans leur maison de vacances à Sun River, dans l'Oregon. Le service d'entretien qui s'occupait de la maison en question affirmait qu'il n'était jamais venu. Evan Tolliver ne s'était pas non plus montré au rendez-vous qu'il avait avec un de ses clients de The Dalles.

L'un des aspects les plus intéressants de l'histoire, c'était que le père de Tolliver avait également affirmé que son fils était amoureux de Sarah McAdams, mais que leur relation avait pris fin avant même d'avoir commencé. Il avait aussi insinué que le départ de Sarah pour Stewart's Crossing n'était pas sans lien avec les avances que lui avait faites Evan. « Ce garçon est comme un chien avec son os, avait déclaré le père. Il ne le lâchera pas avant de l'avoir décidé. »

— On va vérifier, dit tout haut Bellisario, après avoir parlé aux agents qui avaient interrogé le vieil homme.

Evan Tolliver avait-il kidnappé ces filles ? Avait-il soudainement pété les plombs et commencé à enlever des gamines dans les rues de la ville où s'était installée la femme qui l'avait repoussé ? Ça n'avait guère de sens, mais ce ne serait pas la première fois que quelqu'un se comporterait de façon aussi bizarre. Les images des caméras de surveillance étaient floues, mais on avait déjà commencé à les comparer à des photos d'Evan Tolliver et à celles d'autres criminels connus. Sans en être certaine, Bellisario avait l'impression d'avoir déjà vu le plus petit des deux hommes. Il ressemblait beaucoup à Hardy Jones. Elle avait déjà donné l'ordre qu'on lui ramène ce type ; elle voulait voir ce qu'il avait à dire — savoir s'il connaissait Tolliver, essayer de le faire sortir de ses gonds.

Tout en enfilant son blouson, elle traversa le commissariat pour sortir par l'arrière, ouvrant la porte d'un coup d'épaule. Là, saisie d'un sentiment d'urgence, elle se mit à courir vers sa jeep.

Quel rapport y avait-il entre Evan Tolliver, un homme au casier parfaitement vierge, et les filles qui avaient disparu de Stewart's Crossing ?

Elle allait le savoir, et vite. Et pour ça, elle savait par où commencer : retour à la case Blue Peacock Manor.

Il faisait froid dans la maison.

Dehors, la nuit tombait, et le brouillard ne s'était pas dissipé.

Quelque chose tracassait Sarah, quelque chose dont elle n'arrivait pas à se souvenir. Elle lâcha ses clés sur la table de la salle à manger où elles tombèrent dans un bruit métallique, sur une copie tachée de café des plans de la maison. Elle passa les cinq minutes suivantes à s'occuper du feu pour essayer de réchauffer le rez-de-chaussée. A l'aide d'un tisonnier, elle remua les bûches calcinées pour libérer les braises puis plaça un bon morceau de chêne mousseux sur les chenets. Quand les braises entrèrent en contact avec le bois sec, le feu commença à crépiter bruyamment, dégageant une chaleur bienvenue. Des ombres se mirent à danser sur les murs.

Qu'est-ce que c'est, bon sang ?

Assise devant la cheminée, elle avait le regard rivé sur les flammes, mais ses pensées étaient ailleurs. En dehors de sa relation avec Clint Walsh et du souci qu'elle se faisait continuellement pour ses filles, il y avait quelque chose qui la chiffonnait. C'était là, tout près, dans un coin de son esprit.

Elle avait beau se concentrer, elle était incapable de le débusquer.

Elle se redressa, rangeant le tisonnier sur son support, puis retourna dans la salle à manger où Gracie, son iPad devant elle, était plongée une fois de plus dans le journal de Helen. La tablette était posée contre la bible familiale, ouverte à la page où figurait l'imbroglio censé résumer l'histoire des Stewart — une histoire qui évoquait à Sarah un arbre squelettique aux branches nues, tordues et emmêlées par les mensonges transmis de génération en génération.

— Je ne comprends pas pourquoi Granny n'a pas mis ton nom, dit Gracie.

— Moi non plus.

— C'est comme si tu n'existais pas. Jade et moi non plus.

— Je sais.

Assez de mensonges. Assez d'excuses. Arlene avait peut-être été occupée lors de la naissance de Sarah, peut-être même débordée, mais au cours des quelque trente années qui avaient suivi elle aurait pu prendre le temps d'inscrire le nom et la date de naissance de sa fille et de ses petites-filles. A moins que…

A moins que tu ne sois pas la fille d'Arlene et de Franklin.

— Non, dit-elle tout haut.

— Non quoi ? demanda Gracie.

— Rien, répondit distraitement Sarah.

Ce n'était pas possible. Elle avait été élevée par sa mère et son père, elle ressemblait à ses frères et à sa sœur, et…

Et elle t'a confondue avec Theresa quand tu es venue la voir, n'est-ce pas ? Et si tu avais vécu toute ta vie dans le mensonge, Sarah ? Si tu n'étais pas celle que tu crois ?

— Maman ?

Gracie avait braqué les yeux sur elle, l'air inquiet.

— Tout va bien, ma chérie. Mais c'est tellement bizarre, tout ça.

— Je sais.

Refoulant son anxiété, elle s'efforça de se concentrer. Pour se calmer, elle prit le temps de se réchauffer une tasse de café au micro-ondes et l'emporta dans la salle à manger, où elle l'abandonna aussitôt sur la table sans l'avoir touchée. Comment connaître la vérité, quelle qu'elle soit ? Et puis, honnêtement, avait-elle vraiment envie de savoir ? Elle considéra les plans — c'était pour ça qu'elle était venue à Blue Peacock Manor. Bien sûr, la réponse ne se trouvait pas dans ces vieux dessins, ce n'était pas possible. Pourtant, elle repoussa ses clés pour aplatir les larges pages et scruter chacune d'entre elles, sans bien savoir ce qu'elle cherchait. Chaque feuillet comportait une date différente, correspondant aux différentes extensions qu'elle avait énumérées à ses frères lors de leur dernière visite. Des schémas de toits et de fondations, de murs et de circuits de plomberie, de l'ensemble des pièces puis, pour finir, un plan de la demeure originale et de l'ensemble du terrain, ainsi que la description juridique des terres et les limites de la propriété.

Un ruisseau la traversait, et sur le plan figurait un étang proche du terrain des Walsh. Quelque part le long de cette ligne, quelqu'un avait indiqué au crayon les bâtiments existants — la maison, la station de pompage, l'abri pour les machines et les granges. Y figuraient aussi les traces d'un vieux dortoir pour les ouvriers et les écuries attenantes ; en bordure de la propriété des Walsh, près du ruisseau, se trouvait le vieux cimetière.

Pour l'amour du ciel, qu'était-elle en train de faire ? Pensait-elle trouver dans ces plans le secret de son identité ? Sourcils froncés, elle se dirigea vers la fenêtre et scruta l'obscurité. Où était Jade, bon sang ? Il y avait déjà une demi-heure qu'elle avait envoyé ce message.

Les nerfs à fleur de peau, elle décida de l'appeler. Si elles voulaient arriver à l'heure à la soirée de Dee Linn, il fallait qu'elles partent d'ici peu, et…

Un coup sourd la fit sursauter.

Il résonna dans ses oreilles, et jusqu'au plus profond de son cœur. Elle leva les yeux vers le plafond. Le bruit provenait du deuxième étage.

La chambre de Theresa.

Gracie ne leva même pas la tête.

Quant à la chienne, allongée par terre aux pieds de la fillette, elle n'avait pas bougé d'un poil.

— Tu as entendu ça ? demanda Sarah en sentant le duvet de ses bras se hérisser.

Il n'y avait personne d'autre à la maison. Du moins, personne n'était censé s'y trouver.

Gracie posa un doigt sur une page du journal pour marquer l'endroit qu'elle était en train de déchiffrer et secoua la tête.

— Non.

— J'ai dû rêver, dit Sarah pour ne pas l'alarmer.

Pourtant, le bruit avait été si fort qu'elle se demandait bien comment Gracie et le chien ne l'avaient pas entendu.

— Je vais quand même aller voir.

Mais sa fille s'était déjà replongée dans le journal.

Sarah monta l'escalier quatre à quatre sans s'arrêter sur le palier entre les étages. Elle se dirigea tout droit vers la chambre de Theresa. Malgré l'appréhension qu'elle éprouvait chaque fois qu'elle approchait de cette pièce, elle ouvrit la porte d'un coup.

Bien entendu, la statue de la madone était par terre. D'une façon ou d'une autre, elle était tombée du manteau de la cheminée et avait atterri près de la fenêtre, par laquelle s'infiltrait un courant d'air glacé.

— Qu'est-ce qui se passe ? demanda Sarah tout haut.

Avant de ramasser la statuette de céramique, elle fit un tour complet sur elle-même, lentement.

— Vous êtes là ? demanda-t-elle à voix basse. Angélique ? Nous savons ce qui vous est arrivé, alors s'il vous plaît… partez. Traversez. Faites ce qu'il faut pour trouver le repos.

Elle parlait comme une vieille folle et, en apercevant son reflet dans le miroir fêlé au-dessus de la cheminée, elle songea qu'elle en avait aussi l'air.

D'un seul coup, elle sentit la température de la pièce chuter.

Sarah se figea, la bouche sèche.

Mon Dieu…

Sa peau se couvrit de chair de poule. Des murmures l'assaillirent soudain, tournoyant autour d'elle, des voix chuchotaient rapidement de courtes phrases qu'elle ne comprenait pas. Non, non. Ce n'était que le bruit du vent qui s'infiltrait dans le cadre de la fenêtre mal close ou qui s'engouffrait en brèves bourrasques dans le conduit de la cheminée.

Vraiment?

C'est dans ma tête, tout ça.

L'air semblait tourbillonner autour d'elle.

Qu'est-ce qui se passe?

Elle se souvint que sa mère lui avait dit de ne jamais entrer dans cette chambre, que c'était toujours celle de Theresa, et que tout ce qui s'y trouvait lui appartenait. « N'entre jamais ici, Sarah Jane, ne touche à aucune des affaires de Theresa. Tu as fait assez de mal comme ça. Je ne veux pas que tu casses ses affaires. »

Du mal? Quel mal?

Pourquoi sa mère semblait-elle lui reprocher quelque chose dont elle ne pouvait se souvenir? Sarah se retourna pour regarder la statuette. Qu'avait dit sa mère, récemment, quand Sarah et les filles étaient allées lui rendre visite à Pleasant Pines?

« Tu ne sais pas que la Madone est la clé de ton salut? La Sainte Mère? C'est elle, la clé. Es-tu une païenne? »

La clé. La Madone. C'était ça, l'image insaisissable qui la taraudait depuis tout à l'heure.

Sur le moment, elle avait trouvé les paroles d'Arlene incohérentes et les avait mises sur le compte de la démence sénile qui s'emparait de sa mère, mêlée à la foi chrétienne qui avait toujours animé cette dernière. Sauf qu'à présent la statuette de Marie était tout près d'elle. Elle la regardait avec un petit sourire satisfait. Comme si elle se moquait d'elle.

Sans réfléchir davantage, Sarah saisit la statuette, refermant les doigts autour de la céramique froide comme si la petite icône était capable de la guider sur le chemin de… de quoi? De la force? De la sagesse? De la paix ou de la foi?

Ou bien sur la voie des réponses?

— Qu'est-ce que c'est? demanda-t-elle, s'adressant à la figurine comme si elle pouvait l'entendre et lui répondre. Si tu es la clé, alors…

De nouveau, elle eut une vision fugace de son reflet dans le miroir, celui d'une folle en train de parler à une statuette inanimée.

— Oh ! pour l'amour du ciel ! s'écria-t-elle avec colère en lançant la figurine sur l'image de la femme démente qui lui faisait face.

Dans un bruit assourdissant, la glace se fendit en mille morceaux, projetant des fragments de verre dans la pièce.

Instinctivement, Sarah s'était détournée, les bras levés pour protéger son visage.

Des éclats acérés l'avaient atteinte, certains s'étant accrochés dans ses cheveux, d'autres lui ayant lacéré les bras avant de retomber par terre.

Sarah tremblait de tout son corps. Elle se mit à respirer profondément pour essayer de se calmer. Qu'est-ce qui lui avait pris ? Pourquoi avait-elle fait ça ?

La pièce était plongée dans un silence absolu, effrayant, seulement perturbé par le bruit saccadé de sa respiration et le battement frénétique de son cœur. Lentement, elle se retourna, son mouvement faisant tomber des éclats de verre qui tintèrent en touchant le sol.

Sur le manteau de la cheminée, la petite statue la regardait, posée bien droite.

Sarah crut que son cœur allait s'arrêter. Impossible que la figurine se retrouve intacte, et dans cette position. Pourtant, la madone la contemplait sereinement, avec le même sourire béat.

Oh ! mon Dieu ! Mon Dieu !

Son cœur allait exploser.

Qu'est-ce qui se passe ? Mais qu'est-ce qui se passe ?

En heurtant le miroir, la statuette aurait dû voler en éclats, ou rebondir et s'écraser sur le plancher, mais non, elle était là sur le manteau de la cheminée, comme avant. Entière.

Tentant d'ignorer sa terreur, Sarah recula d'un pas, le souffle court. De nouveau, ces murmures désormais familiers, ces chuchotements tournoyant autour d'elle… des mots presque inintelligibles : « Fille… bébé… Maman… non, non !… père… ne tue… pas ! »

— Qui êtes-vous ? murmura-t-elle, le cœur battant.

Elle avait l'impression que la pièce était en train de se refermer sur elle comme un étau. Froide. Serrée. L'air était si lourd qu'il en devenait insupportable.

— Qu'est-ce que vous me voulez ?

Son haleine formait de petits nuages tandis qu'elle reculait vers la porte, les yeux rivés sur la figurine, ses chaussures faisant crisser le verre.

— Je ne partirai pas, murmura-t-elle alors qu'elle avait envie de s'enfuir en courant. On reste. Alors… alors débrouillez-vous avec ça !

A ce moment-là, elle eut l'impression que la statuette se mettait à trembler. Celle-ci vacilla un instant au bord de la cheminée puis bascula d'un coup, presque au ralenti, avant de s'écraser au sol dans ce même bruit sourd qu'elle avait entendu depuis le rez-de-chaussée.

Sarah poussa un cri étouffé. Elle la regarda rouler un instant, puis s'arrêter. Dans un bruit caverneux évoquant le chuintement d'un démon, la madone de céramique s'ouvrit lentement en deux moitiés parfaites.

Paralysée de terreur, Sarah vit la partie supérieure de la statuette rouler sur elle-même, faisant crisser au passage les débris du miroir, pour finir sa course le visage vers le haut. Complètement intacte. Les yeux grands ouverts de la madone la fixaient, dans une expression toujours sereine.

Sarah recula précipitamment. Impossible. Elle était en train de rêver, d'halluciner. Ce n'était pas possible autrement.

Elle jeta un coup d'œil effrayé vers l'autre partie de la statue qui, elle, n'avait pas roulé mais avait atterri près de la fenêtre.

C'est alors qu'elle la vit.

La figurine était creuse, et dans la cavité exposée de cette moitié de statue, sur un rembourrage de coton, reposait une vieille clé.

La Madone. La clé.

La respiration précipitée, le visage couvert de sueur, elle lutta pour ne pas s'enfuir dans l'escalier, attraper sa fille et bondir dans sa voiture pour fuir ce lieu aussi vite que possible. Au lieu de ça, elle s'approcha lentement de la statuette brisée, persuadée qu'une apparition furieuse allait l'assaillir en hurlant.

Mais rien ne se passa.

La gorge affreusement sèche, elle retira la clé de son écrin puis battit en retraite vers la porte.

La clé était lourde, sculptée, et glacée au toucher. Elle ne l'avait jamais vue auparavant. Plissant les yeux, elle déchiffra les noms minuscules qui se trouvaient gravés dans le métal.

Matthieu, Marc, Luc et Jean.

Les quatre Evangiles du Nouveau Testament.

L'instant d'après, Sarah comprit quelle porte cette clé allait ouvrir.

Elle resta là, immobile dans le silence, plus terrifiée qu'elle ne l'avait jamais été.

34

Alors qu'elle rentrait chez elle au volant de sa voiture, au son d'une chanson d'amour torturé interprétée par Adele, Jade pensa un instant à Cody. Avant de se rappeler que c'était fini entre eux. Mieux valait se concentrer sur Liam Longstreet. Il s'était montré aussi gentil avec elle qu'elle avait été désagréable avec lui.

Certes, il avait des relations peu recommandables, comme Miles Prentice ou Mary-Alice Eklund, mais peut-être était-il digne de confiance, malgré tout... Il y avait aussi ce Sam, en cours d'algèbre.

Liam avait l'air d'un garçon sérieux, et Sam semblait plutôt marrant, dans son genre.

Alors quoi ?

A ce moment précis, l'un comme l'autre battaient Cody Russel à plate couture.

Les yeux plissés, elle alluma ses feux de route. Pas mieux. Le brouillard s'était transformé en véritable purée de pois et la nuit était presque tombée mais, heureusement, elle était tout près de la maison. Il suffisait qu'elle ne manque pas l'entrée de l'allée.

Oui, elle était certainement tout près. Il lui avait semblé passer devant la boîte aux lettres marquant l'accès de la propriété de Clint Walsh. Sa mère la leur avait montrée lors de leur arrivée à Blue Peacock Manor. Maintenant qu'elle savait que Clint était son père, elle avait l'impression d'être ici depuis des siècles. Elle se demandait encore comment prendre la nouvelle.

Partagée. Elle était partagée. Oui, c'était bien le mot. Elle ne sautait pas de joie à l'idée de l'avoir pour père, mais ça ne lui déplaisait pas non plus.

Pas encore, du moins. Avec le temps, elle verrait bien comment il allait gérer les choses avec elle — ou ne pas les gérer.

Evidemment, elle aurait son mot à dire dans tout ça parce que, quand même, elle n'était plus une gamine, bordel. Et Walsh avait intérêt à respecter sa relation avec son père adoptif. Et, s'il ne le faisait pas, tant pis pour lui. Pendant une grande partie de sa vie, Noel McAdams avait été le seul père qu'elle ait connu. Elle était presque sûre que celui-ci ne verrait rien à redire au fait qu'elle ait rencontré son père biologique. Ou qu'il saurait, en tout cas, affronter dignement la situation. Après tout, il avait abandonné sa famille, non ? Même si sa mère, avec ses drôles d'idées, avait contribué à le faire fuir, il n'avait jamais essayé de négocier pour que ses filles viennent vivre avec lui.

Ce qui en disait long sur son compte.

A présent, tout dépendait donc de Walsh : serait-il assez large d'esprit pour accepter le fait que Jade ait un autre père, qui n'était certes pas lié à elle par le sang mais l'était en tout cas par le temps ?

En jetant un coup d'œil dans son rétroviseur, elle remarqua des phares qui approchaient à vive allure, comme les yeux luisants d'une énorme créature émergeant du brouillard.

Son portable bipa, la distrayant de la voiture derrière elle. Elle reporta son attention sur le support à gobelet à sa droite sur lequel elle avait posé son téléphone.

Un message venait d'arriver. Elle se pencha davantage pour déchiffrer le nom sur l'écran. Il était de Cody. Un sentiment de satisfaction l'envahit. Puis, se rappelant qu'elle avait décidé d'en finir avec lui, elle lança tout haut :

— Pas trop tôt.

Elle se remit à scruter les abords de la route, cherchant à repérer l'allée. Elle était bien par là, non ? Ralentissant légèrement, elle fouilla les alentours du regard, mais elle n'était pas à ce qu'elle faisait. Que lui avait écrit Cody ? Est-ce qu'il s'excusait ? Est-ce qu'il voulait au contraire la plaquer ?

Elle dut lutter contre l'envie d'attraper son téléphone.

Il ne t'aime pas, idiote ! C'est fini !

Bien décidée à ne plus penser à lui, elle agrippa le volant de toutes ses forces tandis qu'elle cherchait le virage. *Il n'en vaut pas la peine, Jade. Tu le sais. Et en fait, tu l'as toujours su. C'est pour ça que tu te sentais si mal.* Serrant les mâchoires, elle fit un ultime effort de volonté pour ne pas prendre son portable, mais la curiosité finit par l'emporter. Elle tendit la main pour ouvrir le texto.

Elle n'acheva jamais son geste. Un choc sourd ébranla l'arrière de sa voiture, et le téléphone lui échappa des mains, venant heurter le pare-brise. Son corps fut projeté en avant, et sa ceinture de sécurité se tendit brusquement, la retenant contre le siège.

Instinctivement, elle écrasa la pédale de frein et lança un coup d'œil dans le rétroviseur, en direction des énormes phares aperçus plus tôt. Le débile qui la suivait lui était rentré dedans !

— Pauvre con ! s'écria-t-elle, secouée et furieuse.

Elle avait oublié Cody. Tout en jurant, elle gara sa voiture sur le bas-côté, faisant crisser les pneus sur le gravier. Seigneur, sa Honda était à peine sortie du garage, et maintenant… maintenant, à cause de ce crétin, tout était à refaire !

Il fallait vraiment être idiot pour suivre quelqu'un d'aussi près dans le brouillard.

Jade se tourna vers le véhicule qui avait embouti sa voiture. Dans la brume, elle vit que le type au volant avait au moins la décence de venir se garer derrière elle. Piètre consolation.

Elle n'avait vraiment pas besoin de ce genre de problème ! Son pare-chocs devait être fichu, et tout l'arrière de la voiture était sans doute froissé. Connard !

Elle ouvrit sa portière et jaillit de la voiture. Cet abruti allait l'entendre.

Le conducteur descendit de sa camionnette. Elle ne distinguait pas son visage, encore plongé dans le noir.

— Vous êtes aveugle, ou quoi ? s'exclama Jade avec colère. Vous n'avez pas vu que je ralentissais ?

Sans répondre, il avança vers l'avant de sa camionnette. La brume formait des rubans mouvants dans la lumière des phares.

— Vous avez entendu ?

Elle avança pour le rejoindre, et c'est alors que sa colère laissa place à un léger accès de panique. Sa mère ne lui avait-elle pas parlé des différentes façons dont les prédateurs humains attrapaient leurs proies ? Certains vous faisaient croire qu'ils avaient perdu leur chien, d'autres vous demandaient un renseignement dont ils n'avaient pas besoin, et une troisième méthode consistait à emboutir la voiture de leur victime pour les faire sortir de leur véhicule. Pour couronner le tout, deux filles avaient disparu à Stewart's Crossing.

Elle s'arrêta net.

— Vous… vous êtes assuré ? demanda-t-elle.

Si seulement elle avait pensé à prendre son portable !

— Qu'est-ce qui se passe ? questionna-t-elle encore.

— C'est le plus beau jour de ta vie, voilà ce qui se passe.

Alors il leva la main et, dans la lumière des phares, elle vit l'arme, un pistolet de petite taille.

Merde ! Non, pas question que ça lui arrive, à elle aussi. Tournant les talons, elle se rua vers sa voiture dont elle n'avait pas refermé la portière. L'habitacle était éclairé, et l'alarme d'ouverture faisait entendre son petit bip rythmé.

Elle avait à peine fait un mètre quand il se jeta sur elle. Son corps massif vint s'écraser sur le sien, et ils atterrirent tous les deux à plat ventre sur la route. Le menton de Jade heurta l'asphalte de plein fouet, et elle sentit du sang jaillir de sa blessure.

Malgré la douleur, elle se mit à se débattre pour essayer de se débarrasser de lui, mais il la clouait par terre de tout son poids. Sans prendre la peine de la menacer de son arme, il lui replia un bras puis l'autre dans le dos et lui passa des menottes aux poignets.

Hurlant à pleins poumons, elle rua et se démena en tous sens, mais il la souleva du sol pour la remettre sur ses pieds, pressant cette fois son pistolet contre sa tempe.

— On y va, dit-il.

Jade continua de se débattre en hurlant, espérant que quelqu'un l'entendrait.

— Espèce de petite garce, grogna-t-il en l'entraînant vers la voiture.

Elle lui lança un coup de pied, et la pointe de sa botte rencontra le tibia de son agresseur. Furieux, il lui tordit les bras, l'obligeant à tomber à genoux, puis leva son arme au niveau de son visage.

— Vous n'allez pas me tuer, dit-elle avec un aplomb qu'elle était loin de ressentir.

— Tu as raison. Mais je peux te faire très mal, Jade, dit-il d'un ton plein de sous-entendus qui lui glaça le sang.

Il connaissait son nom !

Il approcha son visage, si près que son nez touchait presque le sien.

— Je peux te faire tellement mal que tu t'en souviendras encore le jour de ta mort, reprit-il.

Sans lui laisser le temps de répondre, il sortit un bout de tissu de sa poche et le lui scotcha sur la bouche, en serrant tellement qu'elle faillit vomir. Puis il la souleva avec aisance, comme si elle ne pesait rien, et la jeta à l'arrière de sa camionnette.

Quelques secondes plus tard, il était au volant, et la fourgonnette s'élançait sur la route, laissant derrière eux la voiture abîmée de Jade pour s'enfoncer dans la nuit.

— Allons-y ! dit Sarah en arrivant au rez-de-chaussée.

Gracie se trouvait dans la salle de séjour, son téléphone à l'oreille, et Xena était allongée sur un sac de couchage ouvert près du feu.

— Où ça ? demanda Gracie.

Mais Sarah était trop bouleversée pour le lui expliquer. Avait-elle vraiment été confrontée à un fantôme ou à une espèce de créature invisible capable de déplacer des statuettes et de faire baisser d'un coup la température d'une pièce ?

— Dehors, finit-elle par dire en prenant sa fille par le bras, pour l'obliger à se lever. Prends ton téléphone.

— Maman, arrête ! Tu es folle ou quoi ?

Puis, dans le téléphone, elle lâcha :

— Je te rappelle, Scottie.

Sarah s'efforçait de retrouver son souffle et de se calmer. Gracie empocha son portable et lui adressa un regard inquiet. Peu à peu, Sarah sentait sa peur se dissiper.

— Je crois, commença-t-elle, je crois... Mon Dieu, non, c'est impossible, je ne peux pas t'expliquer.

— Essaie, répondit Gracie, le regard braqué sur elle.

Après un instant, elle ajouta :

— Tu l'as vue, n'est-ce pas ? Angélique ?

— Non, non, je n'ai rien vu.

Son propre aveu lui fit soudain réaliser une chose : si Gracie « voyait » le fantôme d'Angélique Le Duc, ce n'était pas le cas de Sarah. Et le fantôme qu'elle avait vu quand elle était petite n'était pas celui de la femme que Gracie lui avait montrée sur les photos. Elle lança un regard anxieux en direction de l'escalier.

— Tu n'as pas entendu le miroir se briser ?

Seigneur, avait-elle tout imaginé ? Mais non, elle avait toujours la clé à la main.

— J'ai entendu quelque chose, répondit lentement Gracie. Mais je discutais avec Scottie et j'ai cru que tu avais renversé un vase ou un truc comme ça.

— C'était bien plus qu'un vase, déclara Sarah.

Le cœur encore battant, elle regarda autour d'elle, en quête de la chienne.

— Xena, au pied !

— Attends, maman, fit Gracie. Tu as peur ?

— Je suis terrorisée. Allez, viens.

Tirant sa fille par le bras, elle s'éloigna des piliers encadrant l'entrée du salon pour l'entraîner vers la cuisine.

— Elle ne te fera pas de mal, dit Gracie en suivant sa mère de mauvaise grâce.

— Qui ça, Angélique ? demanda Sarah dans un souffle, submergée par le besoin de sortir de la maison. Comment le sais-tu ?

— Ce n'est pas comme ça que ça marche, répondit-elle simplement, comme si chacun connaissait les règles régissant les relations entre ce monde et celui des esprits.

— Tu sais ce que pensent les fantômes, maintenant ? Alors que je t'ai ramassée tremblante de peur dans l'escalier, l'autre nuit ?

— A ce moment-là, je ne l'avais pas encore compris.

— Et maintenant, si ? Eh bien, pas moi.

Arrivée dans la cuisine, Sarah fouilla dans les tiroirs pour dénicher une lampe-torche. Puis elle vérifia qu'elle avait bien son portable sur elle. Pour la première fois de sa vie, elle regrettait de ne pas posséder d'arme à feu. Elle opta pour un couteau de poche qu'elle trouva dans le même tiroir que la lampe.

— Si elle avait voulu te faire du mal, ce serait déjà fait, tu ne crois pas ? On vit ici depuis assez longtemps pour ça. Elle a eu assez d'occasions de nous trancher la gorge, de nous électrocuter sous la douche ou de verser de la mort-aux-rats dans nos verres, non ?

— De la mort-aux-rats ?

Sarah secoua la tête. Désolée d'avoir communiqué sa peur à Gracie, elle prit sur elle, s'efforçant de parler de façon rationnelle :

— Je ne sais pas comment ça marche, d'accord, mais regarde cette clé. Elle était cachée là-haut dans une statuette, celle de la petite madone. Je suis incapable de l'expliquer, mais figure-toi que cet objet inanimé, d'un seul coup, s'est jeté du manteau de la cheminée et s'est fendu en deux — en deux moitiés parfaites, comme si on l'avait ouvert avec un ouvre-boîtes invisible...

Seigneur, tu t'entends parler ?

Elle sortit de la cuisine, Gracie sur les talons.

— Elle voulait que tu la trouves ! s'exclama celle-ci en la suivant dans l'entrée. Tu ne vois pas ?

Non, Sarah ne voyait pas. Elle ne voyait rien du tout.

— Alors, elle ouvre quoi ? demanda Gracie. La clé, je veux dire.

— A mon avis...

Elle s'interrompit. Le sang s'était remis à battre fort dans ses tempes.

— La tombe d'Angélique Le Duc, acheva-t-elle.

Gracie étouffa un cri.

— Tu plaisantes ?

— Non.

— Comment le sais-tu ?

— Aucune idée.

— Mais tu vas aller l'ouvrir ? Maintenant ?

— En tout cas, je vais essayer, répondit simplement Sarah.

— C'est vrai ? demanda Gracie avec un effroi mêlé d'admiration.

Passant devant sa mère, elle ouvrit la porte d'entrée et sortit en trombe. Sarah se demanda si elle avait bien fait de l'embarquer dans cette histoire. Ouvrir cette tombe, en pleine nuit, c'était complètement farfelu, mais elle n'allait certainement pas laisser sa fille seule dans la maison, en compagnie d'un spectre qui renversait des statuettes.

— Il arrive ! annonça Rosalie à tue-tête en entendant le grondement du moteur.

C'était la première fois que ses visites étaient aussi rapprochées — il n'y avait que quelques heures qu'il était reparti. Sans doute parce que l'échéance qu'elle redoutait tant approchait.

— Chut... Tout le monde se tait. Il ne faut pas qu'il devine que nous avons un plan.

Un plan, c'était beaucoup dire. Mary-Alice avait tenté d'escalader le mur de sa cellule mais, comme pour Rosalie avant elle, ses efforts avaient été vains. Le lit de camp s'était effondré sous elle, et elle n'était pas parvenue à atteindre le sommet de la cloison. Dana n'avait guère fait mieux. Rosalie l'avait entendue prendre son élan et sauter à plusieurs reprises ; chaque fois, elle avait chuté, proférant alors un torrent d'injures. Quant à Candice, elle pleurait... rien de neuf de ce côté-là.

Rosalie pensait qu'à elles quatre elles avaient une chance de réduire à merci l'un de leurs ravisseurs, peut-être même les deux. Il fallait qu'une fille détourne leur attention pendant qu'une autre attaquait. Mais pour cela, elles devaient parvenir à sortir de leur box. Et il fallait que les salauds qui les y avaient enfermées ne soient pas armés.

Ça faisait beaucoup de conditions à réunir.

Mary-Alice avait trouvé un clou de fer à cheval dans sa cellule et Dana, rien du tout. Quoi qu'il en soit, elles devaient s'échapper avant que les autres hommes rappliquent pour ce rendez-vous organisé le lendemain par leur geôlier. Rosalie frémit en imaginant une immense orgie où des hommes, ivres ou drogués, les violaient tour à tour. Non, se dit-elle en sentant son estomac se nouer, il ne fallait pas qu'elle se laisse aller à ce genre de pensées révoltantes.

Elle aurait tout le temps plus tard.

Pour le moment, sa mission consistait à s'échapper — ça avait été sa seule mission, depuis la nuit où elle avait été assez stupide pour se faire enfermer dans cette camionnette en rentrant chez elle à pied. S'échapper, donc. Et, tant qu'elle y était, faire autant de mal que possible au salaud qui l'avait piégée. Si elle parvenait à prendre le dessus, pour une fois.

On coupa le moteur, et les filles se turent.

Quelques secondes plus tard, l'homme ouvrit la porte à la volée et entra. L'interrupteur claqua, et Rosalie battit des paupières, aveuglée par la lumière.

Une erreur, une seule erreur de sa part et c'était gagné, pensa-t-elle en serrant la lime à ongles dans sa main.

— Bon, ça suffit ! lança-t-il alors, le souffle court et le pas traînant, comme s'il venait de fournir un gros effort physique. Tu entres là-dedans !

Il en avait capturé une autre !

Rosalie entendit la fille essayer de hurler à travers son bâillon.

A entendre le raffut qu'elle faisait, elle n'avait pas l'intention de se laisser faire.

Très bien. Si elle était un peu maligne et qu'elle comprenait qu'elles se trouvaient dans les autres box, elle trouverait peut-être un moyen de les faire sortir.

— Eh ! s'écria Rosalie. Qu'est-ce qui se passe ?

A point nommé, Candice laissa échapper un sanglot bruyant.

— Vous avez une autre fille ? dit encore Rosalie.

— Boucle-la, Star !

— Je m'appelle Rosalie !

— Ferme-la, je te dis... Aïe ! Espèce de petite garce !

Il y eut un bruit de lutte, puis le claquement sec d'une gifle retentit. La fille laissa échapper un hurlement de rage derrière son bâillon.

— Arrête de te débattre, Rebelle, sinon je te prive d'eau, de nourriture et de bassine. Je te laisserai mourir de faim et de soif et déféquer partout, si c'est ce que tu veux !

De nouveau, des cris étouffés, puis un coup sourd.

Seigneur, il la frappait. Cette fois, il semblait se ficher de lui laisser des marques. Il avait l'air hors de lui. Jamais Rosalie ne l'avait senti aussi furieux — du moins, pas depuis sa tentative d'évasion.

— Tu vois ça, Rebelle ? hurla-t-il. Non, je te parle pas de ma bite, espèce de petite pute, mais de cette ceinture. Tu vas en tâter, je te jure. Demande à Star, elle te dira ce que ça fait.

Une autre fille — Dana, devina-t-elle — poussa un cri étouffé, et Candice éclata en sanglots.

La nouvelle victime se tut. Sans doute était-ce la meilleure chose à faire, mais Rosalie regrettait qu'elle se soit soumise aussi vite. Certes, le salaud qui les avait enlevées était tout-puissant, mais elle aurait aimé que « Rebelle » fasse davantage honneur à son surnom. Pour sortir d'ici, elles allaient devoir être fortes, unies, et surtout prêtes à prendre tous les risques.

Rosalie entendit des bruits indiquant que l'homme venait d'apporter à la nouvelle de l'eau et une bassine.

Enfin, le silence se fit, et Rosalie songea que le salaud devait être en train d'évaluer sa nouvelle victime. Les secondes s'égrenèrent lourdement. Elle sentit une chauve-souris passer au-dessus d'elle et, dans la cellule voisine, Mary-Alice poussa un cri. Puis le silence revint dans le bâtiment.

Il avait dû retirer le bâillon de Rebelle car, soudain, une voix inconnue résonna dans la grange.

— Qu'est-ce que vous m'avez fait ? hurla-t-elle. Laissez-moi partir, sale con !

Pour toute réponse, la porte claqua, le verrou grinça, et la nouvelle victime se retrouva enfermée comme les autres.

— Vous ne pouvez pas faire ça ! cria-t-elle.

Comme les autres avant elle, elle se jeta sur la porte.

Sans perdre de temps, l'homme éteignit la lumière et sortit des écuries en claquant la porte. Le cliquetis du cadenas retentit.

— Espèce d'immonde salaud ! Laissez-moi sortir, hurla Rebelle de toutes ses forces. Vous ne pouvez pas faire ça !

Elle martelait le battant de bois, comme si elle pensait pouvoir le briser de ses poings nus.

Le rugissement du moteur se fit entendre, et la camionnette s'éloigna.

— Non ! cria-t-elle. Oh ! mon Dieu, non…

— Eh ! appela Rosalie. On est quatre de plus à être enfermées ici.

— Mais qu'est-ce qui se passe, bon sang ?

Elle semblait complètement perdue, et c'était normal : elle venait juste d'être capturée par un malade qui, pour couronner le tout, lui avait tapé dessus.

— Je suis Rosalie Jamison, celle qu'il a appelée Star.

— Oh ! non… C'est bien ce que je craignais. Mais je ne voulais pas y croire.

— Eh bien, tu peux y croire.

— Il y a qui d'autre ?

— Candice — les types l'appellent Lucky.

— Candice… Une seconde. *Les* types ?

— Il n'est pas tout seul, expliqua Rosalie.

Elle lui parla du rouquin, puis lui présenta Dana — Whisky — et enfin, Mary-Alice.

— Alias Princesse, conclut-elle.

— Bon sang, c'est encore pire que je le pensais, se lamenta la nouvelle.

— Jade, articula alors Mary-Alice, avec un dégoût perceptible dans la voix.

— Mary-A, répondit Jade sur le même ton.

— Du calme, toutes les deux, intervint Rosalie, pressentant une dispute. Je sais pas ce qui se passe entre vous, si vous vous connaissez ou quoi, mais on n'a pas de temps à perdre avec des gamineries.

Dieu merci, elles cessèrent aussitôt de s'adresser la parole. Rosalie exposa à Jade tous les détails de la situation, évoquant même le rendez-vous planifié pour le lendemain soir et ses craintes quant à ce que cette rencontre augurait.

— Ces salauds ne plaisantent pas, affirma-t-elle, alors notre seule chance de nous en tirer, c'est de sortir d'ici avant que le reste de cette bande de pervers ne débarque.

Pendant quelques secondes, tout le monde se tut. On n'entendait plus que la chauve-souris voler.

— D'accord, dit enfin Jade. Comment on fait ?

— D'abord, fouille ton box pour essayer de trouver n'importe quel objet qui puisse nous être utile. Nous avons besoin d'armes. Je sais que tu n'y vois rien pour l'instant mais, dès le lever du jour, ou bien s'il revient et qu'il allume, cherche autour de toi, regarde ce que tu peux trouver, et tiens-toi prête à t'en servir.

— Comment fais-tu pour être aussi calme ? demanda Jade.

Rosalie était loin d'être calme. Elle avait peur, elle était en colère et secouée par une multitude d'autres émotions qui ne lui étaient d'aucune aide dans cette situation.

— Toi, je ne sais pas, mais je n'apprécie pas qu'on m'appelle par le nom d'un cheval et je n'aime pas non plus qu'une espèce de tordu me kidnappe pour me vendre à un réseau de prostitution ou je ne sais quoi. Alors je compte bien tout faire pour me barrer d'ici.

— Je marche, lança Jade avec fermeté.

35

Sarah avançait au pas de course sur le chemin qui menait au cimetière, brandissant sa petite lampe-torche devant elle. Gracie était à côté d'elle et la chienne quelque part dans les champs bordant le sentier. La nuit était en train de tomber, et le mince faisceau de la lampe peinait à percer l'obscurité.

Des années plus tôt, Sarah avait emprunté ce même chemin sous la lune. Après être sortie discrètement de la maison, elle avait traversé les champs en courant, le cœur et le pas légers, pour rejoindre Clint près de l'étang.

Ça lui semblait tellement loin. Cet été-là avait consisté en une succession de journées enflammées et de nuits passionnées, passées à profiter du soleil et de l'eau, ou à faire l'amour.

A présent, elle n'éprouvait plus l'impatience d'alors mais une appréhension grandissante. Plutôt que de tourner à droite pour contourner l'étang, elle bifurqua à gauche pour prendre la direction du cimetière, qu'elle avait exploré quand elle était enfant. Durant son adolescence, en revanche, elle avait tout fait pour l'éviter ; les histoires de fantômes que se plaisaient à lui raconter ses frères l'avaient conduite à se méfier des esprits malveillants. Certes, l'unique objectif des jumeaux avait été de lui faire peur, et leurs récits idiots, tout droit sortis de leur imagination, n'avaient jamais semblé aussi cauchemardesques que ce qu'elle vivait à présent.

Arrivées au sommet d'une petite butte, elles virent le cimetière apparaître sous leurs yeux dans la lumière du crépuscule. Les stèles émergeaient du brouillard et une clôture brisée, couverte de ronces, délimitait la concession. La tombe d'Angélique Le Duc surplombait toutes les autres.

— Wouah, murmura Gracie, impressionnée.

Quand Sarah eut trouvé l'entrée, elle n'hésita pas : piétinant les hautes herbes et évitant les stèles, elle traversa la parcelle pour se diriger vers le caveau bâti au centre du cimetière. L'édifice de marbre, orné d'écritures gravées et de sculptures représentant des anges, avait été autrefois entouré d'un parterre de roses. Mais, quand elle balaya les lieux avec le faisceau de sa lampe, elle vit que les rares pieds encore présents avaient dépéri et qu'ils étaient dépourvus de feuilles. Arrivée devant la porte du caveau, elle leva sa lampe pour en éclairer la partie située entre le chambranle et les anges sculptés. C'est là qu'étaient gravés des versets de l'Evangile selon saint Matthieu.

Puis elle passa sur le côté, éclairant le mur orienté vers le sud, celui où l'on avait gravé un verset attribué à saint Marc.

— Qu'est-ce que tu fais ? demanda Gracie tandis que Xena, qui avait bondi au-dessus de la clôture, se mettait à renifler les tombes. On entre ?

— On va entrer.

Ou du moins, je *vais entrer,* corrigea-t-elle intérieurement. Elle n'était pas sûre d'avoir envie que Gracie pénètre dans le caveau, si d'aventure elle parvenait à l'ouvrir. Pas avant de s'être assurée qu'il n'y avait pas de danger.

A l'arrière du monument, elle déchiffra un verset de saint Luc puis, pour finir, sur le dernier des quatre murs, un verset de l'Evangile selon saint Jean.

Un frisson lui parcourut l'échine. Qu'avait dit sa mère, déjà ? Que Matthieu et Jean protégeraient Theresa ? Plus tard, elle avait également affirmé que sa fille était en sécurité avec Luc. Et Dee Linn avait même plaisanté à ce sujet, se demandant où était Marc.

— Juste là, murmura Sarah.

Qu'allait-elle trouver à l'intérieur ? Une tombe vide et poussiéreuse ? La dernière demeure de la sœur qu'elle n'avait jamais connue ?

Son cœur se mit à battre plus fort. Etait-ce possible ? Allait-elle trouver Theresa dans ce caveau, ici même ? Non… Si sa mère avait su où sa fille chérie se trouvait, jamais elle n'aurait été aussi obsédée par un éventuel retour. Pourtant, ces phrases énigmatiques qu'elle avait prononcées, celles que Sarah et sa sœur avaient mises sur le compte de la sénilité… que signifiaient-elles ?

Le vent se leva d'un coup, chassant la brume. L'air semblait soudain glacial. Sarah était revenue devant l'entrée du caveau.

De nouveau, elle fit courir le faisceau de sa lampe sur les anges sculptés au-dessus de la porte. Les visages des chérubins étaient abîmés, et des traces de poussière maculaient leurs joues comme autant de traînées laissées par des larmes noires.

— Bon, d'accord, on y va. Mais j'entre la première, Gracie, et tu m'attends ici. Si je vois que c'est sans danger, je t'appelle, et tu pourras descendre me rejoindre. Je ne sais pas ce que je vais trouver. S'il y a encore des corps, en bas…

— Ça ira, maman, je survivrai. De toute façon, qu'est-ce que tu t'attends à trouver dans une tombe ?

Dieu seul le sait, pensa Sarah en éclairant la serrure pour y glisser la clé.

— Je reviens tout de suite.

Au diable la soirée. Clint se fichait pas mal de Dee Linn ou de Walter Bigelow, et de la fête costumée à laquelle il avait d'abord eu l'intention de se rendre. S'il avait accepté cette invitation, c'était uniquement parce qu'il savait que Sarah y serait et qu'il voulait la revoir. Certes, il s'était dit que ce serait seulement pour briser la glace — après tout, ils étaient voisins, et c'est lui qui aurait la charge d'inspecter les travaux de sa maison, et… bref, il s'était raconté des histoires.

Il rejoignit sa camionnette à grands pas. Puis il siffla Tex, qui semblait bien décidé à l'accompagner, et ouvrit la portière côté conducteur. Le chien fila comme une flèche et bondit sur le siège, emballé à l'idée de partir pour une nouvelle aventure, comme toujours, même s'il ne s'agissait que d'aller acheter un paquet de piles au magasin. Pour lui, chaque trajet était l'occasion de se tenir debout près de la vitre entrouverte, les pattes avant posées sur la portière et le nez au vent. Clint mit en marche le moteur de la Bête et démarra. Il ignorait comment il allait expliquer sa présence à Sarah mais, au fond, cela n'avait guère d'importance.

Qu'elle le veuille ou non, il faisait désormais partie de sa famille. Après avoir passé la journée à ressasser le fait que Jade était sa fille, il avait décidé qu'au lieu de se morfondre il était temps de prendre les choses en main — pas seulement en embauchant un avocat, mais aussi en agissant. Ils étaient voisins, nom d'un chien. Ils devaient pouvoir s'entendre.

Il avait l'intuition que ce ne serait pas facile mais, si le passé lui avait appris une chose, c'était que la vie pouvait être courte et qu'il fallait aller de l'avant, saisir chaque occasion qui se présentait. Sarah avait pris le taureau par les cornes en revenant à Stewart's Crossing, elle avait même eu le courage de s'installer dans cette grande baraque en ruine qu'elle avait toujours affirmé détester. Si elle avait eu le cran d'affronter ses peurs et ses démons, pourquoi pas lui ? La vérité, c'est qu'il avait tourné le dos à Sarah des années plus tôt parce qu'elle était compliquée ; c'était une femme différente et mystérieuse, une femme capable de le faire basculer tout entier. A l'époque, il n'était pas facile de l'aimer à ce point, et ce ne serait évidemment pas plus simple aujourd'hui.

De l'aimer ?

Il leva la tête vers le rétroviseur pour se regarder dans les yeux. *Du calme, mon gars. Il est un peu tôt pour les grands mots.*

Et pourquoi attendre, au fond ? Il le savait hier comme il le savait à présent : Sarah McAdams était la femme la plus fascinante qu'il ait jamais rencontrée.

Arrivé sur la route, il ralentit puis, voyant qu'elle était déserte, il accéléra de nouveau. Il avait envie de voir Sarah et Jade, et même la petite Gracie. Tout de suite. Etait-ce ridicule ? Sans doute. Mais, maintenant qu'il était décidé à s'entendre avec Sarah, il ne voulait plus attendre.

Sans pouvoir se l'expliquer, il se sentait saisi par un étrange sentiment d'urgence.

Il était en train de négocier le dernier virage avant de s'engager dans l'allée menant à Blue Peacock Manor quand il vit des phares apparaître face à lui. Il leva le pied, attendant que la voiture passe pour pouvoir s'engager sur le chemin. Les yeux plissés, il scruta le véhicule à travers le brouillard. Quelque chose n'allait pas. La voiture ne bougeait pas. Elle était à moitié sur le bas-côté, et la portière était ouverte. Sourcils froncés, il se mit à rouler au pas. Peut-être que le conducteur avait crevé et qu'il était sorti de la voiture pour aller chercher de l'aide. Sans refermer sa portière ? Etrange. Dépassant l'entrée de l'allée menant chez Sarah, il avança jusqu'à la voiture. Les alentours semblaient déserts mais, avec ce brouillard, comment en être certain ? Il se gara juste devant, mit les warnings et coupa le moteur.

— Pas bouger, intima-t-il à Tex, qui s'était mis à gémir.

Avec cette purée de pois, il ne voulait pas que le chien risque de se faire écraser par une voiture.

Il descendit de sa camionnette, et le gravier crissa sous ses bottes. Un mauvais pressentiment l'assaillit. L'habitacle éclairé de la voiture était vide, et le moteur tournait.

— Eh ! appela-t-il. Vous avez besoin d'aide ?

Le silence était total.

— Holà ! cria-t-il de nouveau en tournant lentement sur lui-même.

Clint balaya du regard la forêt du côté de chez Sarah, puis le grand champ d'en face. Contournant la voiture, il découvrit que le pare-chocs arrière avait été enfoncé, assez violemment pour plier le coffre. Mais il n'y avait personne dans les parages. Il s'apprêtait à appeler la police pour signaler l'accident quand il remarqua que le véhicule était immatriculé dans l'Etat de Washington.

Sarah conduisait une Explorer, ce n'était donc pas sa voiture, mais…

Un instant, il eut l'impression que tout se figeait autour de lui. Jade n'avait-elle pas évoqué le fait que sa voiture, une Honda, était au garage ? Il se sentit soudain oppressé, et une image surgit dans son esprit. La scène d'un autre accident — celui dans lequel son fils avait perdu la vie. Une voiture réduite à un tas de tôle froissée. Sa femme derrière le volant.

Mais non, ce n'était pas la même chose. Bon sang, que s'était-il passé ici ? Le moteur n'était pas coupé ; Jade ne l'avait donc pas simplement laissée au bord de la route pour rentrer chez elle. Il regarda à l'intérieur.

Comme il l'avait craint, le téléphone de sa fille était par terre, devant le siège passager, juste à côté de son sac à main. Il l'ouvrit pour en sortir son portefeuille. Il contenait de l'argent, une carte de crédit et son permis de conduire… et elle avait tout laissé dans la voiture.

Son cœur cessa de battre.

Aucune femme n'abandonnait son sac à main.

Aucun adolescent ne se séparait de son téléphone.

Une pensée affolante le traversa. Il avait entendu parler d'accidents provoqués délibérément, au cours desquels des criminels emboutissaient un véhicule pour forcer leur victime à sortir de la voiture…

C'est alors qu'il vit le sang. Une tache rouge sombre, une petite flaque sur l'asphalte, près du bas-côté. *Pourvu que ce ne soit pas celui de Jade,* pensa-t-il avec désespoir. Pourtant, il ne se faisait pas d'illusions : c'était la voiture de Jade, et il ne faisait aucun doute qu'il s'agissait également de son sang.

Il sortit vivement son portable de sa poche ; il fallait qu'il appelle Sarah. Peut-être que Jade était simplement blessée, et qu'on l'avait conduite à l'hôpital. Sinon, il appellerait la police. Pas question qu'il perde la fille qu'il venait à peine de rencontrer. Alors qu'il composait le numéro de Sarah, il entendit le vrombissement d'un moteur dans le virage ; une seconde plus tard, des éclats de lumière bleus et rouges se mirent à éclairer le ciel sombre par intermittence.

La police était là.

Pourvu qu'elle ne soit pas arrivée trop tard.

Bellisario écrasa la pédale de frein. Qu'est-ce que c'était, bon sang ? Un accident ? Il y avait des voitures sur le bord de la route, tous feux allumés, portières ouvertes. Et un homme appuyé sur le capot d'une Honda.

— Ecoute, il faut que j'y aille, j'ai une urgence, dit-elle dans le micro de son kit mains libres. Mais trouve-moi Hardy Jones et ramène-le au poste. Si ce n'est pas sa sale tronche qu'on voit sur les bandes vidéo qui montrent l'enlèvement de Dana Rickert, je veux bien me couper un bras.

— Reçu, dit Mendoza. Et tant que j'y suis, je vais lui demander quelles sont ses relations avec notre ami Josh Dodds, maintenant qu'on l'a coincé pour détention illégale d'armes à feu. Le FBI est en train de le cuisiner, et on dirait qu'il en sait plus qu'on ne le pensait sur ces enlèvements.

— Sérieusement ?

Le type près de la Honda s'était mis à courir vers elle en agitant les bras.

— C'est ce qu'il dit. Mais il exige un avocat, il veut passer un marché. Si Dodds est impliqué, ça nous donnera l'avantage, on pourra les monter l'un contre l'autre.

— Et Roger Anderson, dans tout ça ?

— Justement, je suis dessus.

— Essaie de voir si Jones et Dodds nous donnent Anderson.

C'est sûrement le type qui se trouve avec Hardy sur les vidéos. La taille correspond.

Pourtant, elle n'en était pas entièrement convaincue. Il y avait quelque chose qui clochait, avec ce deuxième homme. Quelque chose qui ne collait pas dans le tableau.

— Il y a un accident. Envoie des renforts au virage juste avant Rocky Point, un kilomètre au sud de l'Elbow Room, près de l'entrée de Blue Peacock Manor. Dans ce brouillard, on va avoir besoin de bloquer la circulation.

— Reçu.

Il raccrocha, et Bellisario se gara sur le bas-côté avant de sortir son arme de son étui.

— Stop ! ordonna-t-elle en ouvrant sa portière. Mains sur la tête.

Elle n'aimait pas qu'on s'approche d'elle en courant.

Le type obtempéra.

— Il faut que vous m'aidiez, dit-il. Je suis Clint Walsh et je viens de trouver la voiture de ma fille mais elle n'est pas dedans.

Il s'était arrêté au milieu de la route. En avançant vers lui, Lucy vit qu'il avait l'air affolé. Son visage lui était familier, mais elle ne le connaissait pas.

— Que s'est-il passé ?

— Je me rendais chez ma voisine pour voir ma fille.

— Elle était là-bas en visite ?

— Non, elle y habite, dit-il. Ma fille est Jade McAdams, cette Honda est à elle, et je l'ai trouvée comme ça, ouverte et vide. Son sac, son portable et ses papiers sont dedans. Et il y a du sang sur le bord de la route. Il faut appeler Sarah Stewart, sa mère, pour voir si Jade est à la maison. Elle a peut-être juste laissé sa voiture ici.

Bellisario, son arme toujours braquée sur lui, vit à l'expression de Clint Walsh qu'il ne se faisait pas d'illusions. Comme pour confirmer ses pensées, il ajouta :

— Je crois que ma fille a été kidnappée. Il faut qu'on la retrouve. Maintenant !

Jade était terrifiée et furieuse. Elle n'arrivait pas à croire qu'elle était enfermée avec ces filles dans une grange sombre et puante. Et que, d'après ce que disait Rosalie, ces ordures allaient les vendre aux enchères à un réseau de prostitution. Mais il n'était pas question qu'elle se laisse faire.

Si un seul d'entre eux posait la main sur elle, elle le tuerait.

Elle se frotta les bras. Les écuries étaient traversées de courants d'air, et le vent glacial semblait s'infiltrer entre les planches des vieux murs de bois.

Rosalie avait parlé de trouver une arme, et, pendant les quelques instants où la lumière avait été allumée, Jade avait vu quelque chose — un fer à cheval, croyait-elle — accroché au-dessus de sa porte. C'était haut, mais elle espérait pouvoir l'atteindre quand même.

Si elle pouvait s'en emparer et fracasser le crâne du fumier qui l'avait traînée ici, elle le ferait sans hésiter. Elle avait vu pas mal de séries policières et, en théorie, elle savait comment tuer un homme. Il fallait lui sauter à la gorge, lui arracher la pomme d'Adam avec les dents, lui enfoncer le nez dans le cerveau avec la paume de la main, viser les yeux et les testicules.

Elle comptait essayer tout ça.

Le plan de Rosalie était simple : prendre le dessus sur le premier des deux types qui entrerait dans un box. Avant cela, les y attirer, puis s'échapper en les enfermant dans leur propre prison. Ensuite, la fille qui se serait libérée irait ouvrir toutes les autres cellules, et elles partiraient dans le camion garé dehors ou prendraient le large dans les bois.

Aussi simple que ça.

Sauf que ça n'avait aucune chance de marcher.

Elle se frotta la joue avec précaution, là où le crétin l'avait frappée. Deux fois. Elle était sûre qu'elle avait une marque.

— Je crois que je sais où nous sommes, déclara Jade après avoir mis bout à bout toutes les informations glanées dans les récits des quatre autres filles.

— Où ça ? demanda Mary-Alice.

Jade se raidit. Elle n'arrivait pas à se faire à l'idée qu'elle était enfermée ici avec cette sale prétentieuse de Mary-Alice, une des personnes qu'elle détestait le plus au monde. *C'est une victime, elle aussi. Vous êtes alliées.* Cela lui faisait mal de l'admettre, mais c'était pourtant vrai.

— Je crois qu'on est sur notre propriété.

— « Notre » propriété ? demanda Dana.

— Celle de ma mère et de ma famille, expliqua Jade.

A un moment donné, elle s'était intéressée aux cartes et aux plans que sa mère avait éparpillés sur la table lors de la visite de ses oncles. Jade n'avait alors qu'une idée en tête : quitter Blue Peacock Manor ou amener Cody à venir la voir. Elle avait donc tenté de repérer sur les plans des lieux où elle aurait pu le rejoindre en toute discrétion.

— Si je ne me trompe pas, nous sommes dans les vieilles écuries situées près d'un ancien dortoir à l'extrémité est de la propriété. La maison n'est pas si loin que ça. Il suffit de suivre la rivière en direction de l'ouest.

— Comme par hasard, lança Mary-Alice, l'air sceptique. On est sur les mêmes terres que le Blue Pigeon.

Jade ne se donna pas la peine de corriger. Peu importait, après tout. Rosalie avait raison : que cela lui plaise ou non, elles étaient toutes embarquées dans la même galère, Mary-Alice comprise. L'union faisait la force. *Et rappelle-toi : plus vous serez nombreuses et unies, plus vous aurez de chances de vous échapper.*

— Ce n'est peut-être pas une coïncidence, reprit-elle. Peut-être que ces types sont liés à Blue Peacock Manor.

— Comment ça ? demanda Mary-Alice.

— Je n'en sais rien, avoua-t-elle.

Elle songea à son arbre généalogique, aux changements qu'il avait subis récemment. Si la défunte Helen disait vrai, Angélique avait conçu un enfant avec son beau-fils, l'homme même qui avait fini par la tuer. Sans compter cette histoire avec Theresa et Roger, deux personnes qui lui étaient apparentées du côté de sa mère, mais qui n'étaient pas des Stewart. Et que dire d'elle-même, la fille qui, la veille encore, ignorait le nom de son père biologique ?

— Ecoutez, tout ce que je veux dire, c'est que nous sommes sur les terres de ma mère, et que si nous sortons d'ici…

— *Quand* nous sortirons d'ici, corrigea Rosalie.

— Quand nous sortirons d'ici, nous devrons aller vers l'ouest, en direction de la maison. C'est ce qu'il y a de plus près.

— Vendu, dit Rosalie. Il fait sombre, et nous nous séparerons pour courir vers la rivière et la suivre dans le sens du courant.

— Mais… comment on saura que c'est la bonne direction ? demanda Candice d'une voix tremblante.

— Il faut que la rivière soit sur ta droite, expliqua Jade.

Elle ne précisa pas que la maison était censée être hantée. De toute façon, que ces esprits existent ou qu'ils ne soient que le fruit de l'imagination de sa mère et de Gracie, ils ne pouvaient pas être pires que les monstres bien réels qui avaient décidé de les vendre au plus offrant.

La porte allait-elle vraiment s'ouvrir? Retenant son souffle, Sarah tenta de tourner la clé.

Elle ne bougea pas d'un millimètre.

Elle essaya de nouveau.

Rien.

Pas de bruit de loquet, pas le moindre cliquetis dans la serrure. Juste le silence.

— Ça me paraît mal parti, confia-t-elle à sa fille.

Gracie semblait déçue.

— Mais, si ce n'est pas la clé du caveau, qu'est-ce qu'elle ouvre?

Bonne question, pensa Sarah. Elle ne connaissait aucun endroit assez vieux, sur la propriété, pour pouvoir être ouvert par une clé de ce type. Elle avait examiné chaque pièce de la maison, y compris la cave et le grenier. Il n'y avait aucune pièce restée fermée à clé.

Cela n'avait aucun sens. D'ailleurs, rien n'en avait, à vrai dire. Pas quand les fantômes vous chassaient de votre propre maison, nom d'un chien !

— Où est Xena?

— Par là, répondit Gracie.

Tournant la tête, elle siffla, mais Xena demeura invisible.

— Tiens-moi ça, dit Sarah en lui tendant la lampe.

Elle s'escrima de nouveau sur la serrure, appuyant plus fort, cette fois.

Un déclic, et la clé tourna soudain avec aisance dans son logement, comme si celui-ci venait d'être graissé. Sarah retint son souffle. Elle dut pousser la porte de l'épaule pour parvenir à l'ouvrir.

Son cœur battait la chamade. *C'est parti,* se dit-elle. Le brouillard semblait s'être rapproché, comme pour envelopper la tombe où Angélique Le Duc aurait dû reposer si sa vie — comme sa mort — s'était déroulée normalement.

Sauf que rien ne se déroulait jamais comme prévu.

Reprenant sa lampe, elle en dirigea le mince faisceau vers l'intérieur, éclairant une courte volée de marches qui s'enfonçaient dans le caveau obscur.

— Tu restes ici, répéta-t-elle à Gracie. Juste ici, je veux dire.

Elle lui indiqua l'entrée du caveau.

— Et garde Xena près de toi.

— Maman, ça va aller. Ce n'est pas parce que tu paniques que...

— Ici. Avec la chienne à côté de toi, lui intima Sarah. Ne discute pas.

— D'accord, soupira Gracie.

Elle siffla de nouveau et, quelques secondes plus tard, la grosse chienne au poil clair apparut, bondissant hors de l'ombre pour venir s'asseoir près de Gracie en remuant la queue.

— Au pied.

Xena gémit, mais Gracie ne céda pas.

— Couchée, lui ordonna-t-elle.

Xena resta assise. Sa compréhension des ordres restait assez limitée, mais Sarah était satisfaite que Gracie soit en sécurité avec sa chienne.

Inspirant profondément, elle serra la poignée de sa lampe et s'engagea dans l'escalier. La gorge nouée et les muscles du dos contractés comme jamais, elle avait l'impression de se retrouver dans un film d'horreur. Guidée par la lueur pâle de sa lampe, elle continua sa descente. *C'est complètement dément, Sarah. Tu n'as jamais rien fait d'aussi dingue. Tu casses des miroirs, tu paniques devant une statuette et maintenant tu explores une tombe en pleine nuit.*

Elle avait atteint la dernière marche. L'air était rare et sec. Une odeur de poussière et de pourriture ancienne lui emplit soudain les narines.

Plongé dans un silence absolu, le caveau était plus vaste qu'elle ne l'aurait imaginé — comme détaché du reste du monde.

— Gracie ? appela-t-elle sans se retourner.

Sa voix résonna contre les murs.

— Je suis là, maman.

Parfait.

Lentement, les nerfs tendus comme la corde d'un arc, elle balaya le sol de sa lampe. Son cœur battait follement, et elle était sur le qui-vive, prête à bondir. Il n'y avait personne dans le caveau, s'efforça-t-elle de se convaincre. Personne d'autre qu'elle, en proie au battement effréné du sang dans ses tempes.

Elle se trompait.

Devant elle, sur une longue dalle de marbre, reposait un squelette. Une femme, à en juger par sa taille, par les mèches de cheveux sombre, sur son crâne, et la chemise de nuit pourrissante qui recouvrait son corps.

— Oh! mon Dieu!

Le cadavre semblait reposer là depuis longtemps. Ses dents étaient visibles sous les rares lambeaux de chair encore accrochés au visage, et ses orbites étaient vides. Les mains n'étaient plus qu'un tas d'os enchevêtrés sur sa poitrine creuse.

Sarah se sentit prise de vertiges, comme si elle allait s'évanouir.

Après toutes ces années, le mystère était levé. Sarah était certaine d'avoir retrouvé sa sœur.

Mais Theresa n'était pas seule.

36

— Mon Dieu ! répéta Sarah en portant une main à son cœur.

Elle avait la peau moite, le front couvert de sueur. Les murs épais du caveau sombre semblaient se refermer sur elle. D'une main tremblante, elle dirigea sa lampe vers un coin de la tombe. Le rayon pâle glissa sur un autre corps, et elle recula d'un pas. Un homme, devina-t-elle. Vêtu d'un pantalon et d'une chemise d'une autre époque, qui tombaient en poussière, il était accroupi contre le mur, offrant à la vue de Sarah son visage macabre décharné, les os crayeux et la bouche figée dans une sorte de sourire grotesque. Il lui manquait plusieurs dents et, au-dessus de ses orbites vides, elle distingua une large entaille dans son crâne.

Cet homme avait été assassiné des décennies plus tôt, on lui avait défoncé le crâne à l'aide d'un objet dur et tranchant, et…

La bouche sèche, secouée de frissons incoercibles, Sarah avala péniblement sa salive. Son cœur battait à un rythme effréné dans sa poitrine, et la peau de ses bras s'était hérissée. Cet homme devait être Maxim Stewart, le premier propriétaire de Blue Peacock Manor — le mari qu'Angélique Le Duc avait trompé.

Etouffant une prière, elle repensa au récit qu'avait fait Helen de la nuit où Angélique, Maxim et George avaient disparu. Une image d'une clarté effarante lui emplit l'esprit — celle d'une hache sanglante brandie au-dessus de la tête d'Angélique titubant sur le balcon du toit.

Maxim était-il déjà mort à ce moment-là, son cadavre enfermé dans le caveau destiné à sa femme ? Son propre fils l'avait-il assassiné dans un accès de jalousie ? Etait-ce ainsi que s'était achevé leur triangle amoureux ? Après avoir enfermé son père mort ou mourant dans le caveau, avait-il traîné son arme à travers champs pour rejoindre la maison, empruntant exactement le même chemin que celui si souvent suivi par Sarah quand elle allait rejoindre Clint, celui qu'elle venait de parcourir ce soir en courant, pour pénétrer dans cette tombe ?

Par terre, tout près de ce qui restait de l'homme, elle distingua une tache sombre. Celle du sang qui s'était écoulé de sa blessure après que son fils l'avait laissé là. Il avait saigné à mort, agonisant, seul, dans l'obscurité de ce caveau.

D'autres visions de cette nuit d'horreur l'assaillirent de nouveau, et elle les chassa pour se retourner vers Theresa — si c'était bien elle. Comment était-elle morte ? Avait-elle rendu son dernier souffle ici même, allongée comme dans un cercueil, les mains humblement croisées sur la poitrine ?

Sarah avait le regard rivé sur ce qui, autrefois, avait été un corps plein de vie.

Quelqu'un savait que Theresa était là.

La personne qui l'avait portée dans ce caveau et avait verrouillé la porte derrière elle, puis caché la clé dans la petite statue de la madone.

Mais qui ? Et pourquoi ?

Dehors, Gracie trépignait nerveusement, agacée que sa mère ne la laisse pas entrer dans la tombe. Après tout, c'était elle qui avait eu l'idée d'explorer le cimetière, et elle était mieux armée que sa mère pour affronter les fantômes. Il n'y avait qu'à voir comment Sarah avait réagi en voyant le fantôme d'Angélique Le Duc dans la chambre de Theresa un peu plus tôt.

Ce n'était pas juste, pensa-t-elle en serrant ses bras autour d'elle. Elle s'aperçut que Xena ne tenait pas en place. Elle gémissait sans discontinuer, les oreilles et la queue dressées, comme pressée de courir à la poursuite d'un opossum, d'un raton laveur ou, pire, d'un putois. Gracie n'était pas d'humeur à se faire arroser par l'une de ces sales bêtes, et Xena l'angoissait à scruter l'obscurité de cette façon, le poil hérissé, en poussant de petits gémissements aigus dans la nuit.

— Tais-toi ! ordonna-t-elle.

Puis, se ravisant :

— Bon, d'accord, montre-moi.

A l'aide de la lampe de son téléphone, elle éclaira la zone devant elle et s'enfonça un peu plus loin dans l'ombre, à l'écart du caveau. Tout ce qu'elle espérait, c'était que la chienne n'avait pas débusqué un animal sauvage prêt à lui bondir dessus. Il y avait des coyotes et des couguars dans les bois près d'ici. Chassant ses craintes, elle avança encore un peu.

Elle n'avait pas peur des tombes. Ni des cimetières. Pourtant, elle n'aimait pas la façon dont Xena se comportait. La chienne avait bondi devant elle, droit devant. Le brouillard l'avait avalée, et Gracie n'entendait plus que ses aboiements, de plus en plus aigus. *Ne te laisse pas paralyser par de bêtes histoires de fantômes,* s'intima-t-elle.

Zut, où était donc passé ce chien ?

Progressant à pas prudents, elle éclaira le sol inégal, couvert d'herbes hautes et criblé de terriers de taupes. *C'est ridicule. Il n'y a rien, là-bas.* Plus nerveuse que jamais, elle passa le long d'une petite stèle couverte de lierre — la tombe d'un enfant mort depuis longtemps. Son cœur se serra quand elle la vit. Tous ces gens morts. Tous ses ancêtres, enterrés là, sous ses pieds.

Où était cette fichue chienne ?

Gracie tenta de suivre les aboiements, mais Xena avait disparu dans l'obscurité et le brouillard.

— Viens, ma belle, appela-t-elle en s'efforçant d'ignorer l'étrange crainte qui l'envahissait.

Elle éclaira les alentours, balayant le sol de sa lampe. Tout à coup, la chienne cessa d'aboyer.

— Qu'est-ce qu'il y a ? demanda-t-elle. Xena ?

Un grognement sourd lui répondit.

Etait-ce sa chienne ?

Plus inquiète que jamais, Gracie tourna sur elle-même. La lampe de son portable n'était pas assez puissante pour qu'elle y voie bien loin. Elle était encore assez près du caveau pour appeler sa mère en cas de problème, et…

Elle entendit un nouveau grognement. Au même instant, elle aperçut un éclair métallique dans la lumière, un scintillement. Une montre ? Ici ? Elle se pencha pour voir, et un frisson d'horreur la secoua. C'était bien une montre. Attachée à un poignet inerte, surmontant une large main aux doigts grands ouverts.

Malgré son affolement, elle fit remonter sa lampe le long du bras, jusqu'à l'épaule. Le faisceau s'arrêta au niveau du torse. Le blouson était maculé d'une grande tache sombre.

— Mon Dieu ! s'exclama-t-elle en reculant précipitamment, éclairant sans le vouloir la tête de l'homme.

Un visage violacé — celui d'un mort. Le visage d'Evan Tolliver.

Accablée de terreur, elle essaya d'ordonner à ses jambes de se mettre en mouvement. Il fallait qu'elle s'éloigne, c'était trop affreux. C'est alors qu'elle entendit un grognement menaçant. C'était Xena. Le poil hérissé, la tête basse, elle avait le regard fixe, planté non pas sur l'homme mort étendu par terre, mais sur Gracie elle-même. Non, ce n'était pas tout à fait vrai : Xena avait les yeux rivés sur un point situé derrière Gracie, comme si elle regardait quelqu'un se trouvant dans son dos, comme si…

Tout à coup, elle sentit des mains fortes la prendre sous les aisselles et la soulever de terre. Elle se mit à hurler.

— Arrête ! lui ordonna une voix grave. Ne fais pas de bruit !

L'haleine de l'homme, contre son oreille, était chaude et fétide. Des bras durs comme l'acier l'étreignirent, l'entraînant loin du cadavre. Gracie hurlait et se débattait.

— Chut, lui dit-il. Je vais te protéger. Tu seras en sécurité, je te le promets.

Tu parles ! Balançant son talon en arrière, elle le frappa au tibia de toutes ses forces, mais il ne la lâcha pas pour autant, se contentant d'étouffer un cri de douleur entre ses dents. Du coin de l'œil, elle vit que Xena s'était ramassée sur elle-même, prête à bondir.

Le chien s'élança au moment précis où Gracie se remit à hurler.

A l'instant où Sarah s'apprêtait à remonter, un hurlement à glacer le sang retentit dehors, si perçant qu'elle eut l'impression qu'il faisait vibrer les murs.

Gracie !

Sarah se précipita dans l'escalier en criant.

— Gracie !

Un claquement bref l'accueillit en haut des marches. La porte venait de se refermer.

Non !

Sarah se jeta contre les battants de bois et poussa de toutes ses forces. Il fallait qu'elle sorte, qu'elle rejoigne sa fille !

La porte ne bougea pas.

Lâchant sa lampe, elle essaya de nouveau, hurlant et poussant, martelant furieusement les panneaux. C'est alors qu'elle entendit la clé tourner dans la serrure.

— Je vous répète que Jade est ma fille, insista Clint d'une voix où la frustration le disputait à l'angoisse. Elle est peut-être chez elle. Quelqu'un a dû lui rentrer dedans, et elle est sans doute revenue à la maison à pied.

— Mais le moteur est allumé, observa Bellisario en le dévisageant comme si elle avait affaire à un criminel ou, en tout cas, à un fou furieux. La voiture marche toujours, elle aurait pu conduire pour rentrer, non ?

— Appelons Sarah.

Il sortait son téléphone de sa poche quand un hurlement terrifié perça la nuit.

Instinctivement, il se retourna vers l'endroit d'où le cri était venu, vers l'ouest et la propriété des Stewart. D'ici, la vieille maison se trouvait à moins de cinq cents mètres à vol d'oiseau, en aval de la rivière.

Le cri retentit de nouveau. Un cri de femme, terrifié.

— Qu'est-ce qui se passe ? dit Bellisario. Je n'aime pas ça.

Une main sur son arme, le regard braqué vers la maison, elle fouillait l'obscurité du regard.

Mais Clint avait cessé de l'écouter. Il courait déjà vers sa camionnette. Quelqu'un, une femme, avait besoin d'aide, et il n'allait pas rester les bras croisés. Si ce flic n'avait pas envie d'y mettre son nez, tant pis pour elle.

Il bondit dans la cabine et Tex, percevant son anxiété, lui céda aussitôt la place sur le siège.

— Eh, attendez ! s'écria le flic derrière lui.

Il l'ignora et claqua la portière avant de s'éloigner en faisant crisser ses pneus. Il lui avait déjà tout expliqué au sujet de Jade, de sa voiture, et du fait qu'il était le père de la jeune fille. Qu'elle se débrouille avec ça. Dans son rétroviseur, il vit l'inspectrice parler au téléphone tout en fonçant vers sa propre voiture.

Clint abaissa sa vitre et tendit l'oreille, à l'affût d'un autre cri, mais il n'entendait que le hurlement des sirènes au loin. Serrant le volant, il pria pour que les flics se rendent au même endroit que lui, et qu'il s'agisse bien des renforts réclamés par Bellisario.

Arrivé devant l'allée qui menait à Blue Peacock Manor, il prit le virage un peu vite, et l'arrière de sa camionnette chassa.

— Descends ! ordonna-t-il au chien en levant un peu le pied de l'accélérateur.

Tex sauta par terre, devant le siège passager. Au même moment, les roues cessèrent de patiner, et Clint accéléra.

Seigneur, que se passe-t-il ?

Son cœur battait à tout rompre, et un flot de questions inondait son esprit. Manifestement, Jade était en danger. Etait-ce elle qui avait crié ? Ou bien s'agissait-il de Sarah, ou de Gracie ?

— Putain ! s'écria-t-il tandis que sa camionnette filait en rebondissant sur l'allée cahoteuse, faisant fuir un chevreuil au passage.

Les sirènes se rapprochaient.

— Arrivez, bon sang ! cria-t-il, comme si les flics pouvaient l'entendre.

Il serrait le volant à l'en briser, les jointures blanchies, tous les muscles du corps tendus. Malgré tous les efforts qu'il faisait pour rester rationnel, l'écho de ce cri terrifié hantait son esprit, superposé à l'image de la voiture de Jade abandonnée.

Un dernier virage, et les rangées de pins autour de lui cédèrent la place à la clairière dans laquelle la vieille maison se dressait. A la seule lueur de ses phares, la demeure autrefois majestueuse, avec sa tourelle cernée de brume, s'était transformée en une bâtisse aux allures maléfiques.

Il freina brusquement, s'arrêtant dans la cour. Les cris avaient cessé, mais le silence qui leur succédait était encore plus angoissant.

L'Explorer de Sarah était garée à son emplacement habituel, et il n'y avait pas d'autre véhicule en vue. Etait-ce bon signe ou non ? Les fenêtres du rez-de-chaussée étaient faiblement éclairées.

— Faites qu'elles soient là, murmura-t-il en sortant vivement de la voiture. Je Vous en prie, faites qu'elles soient là.

Il franchit l'allée en courant et monta quatre à quatre les marches de la terrasse. La porte d'entrée était légèrement entrouverte, comme si quelqu'un était sorti en toute hâte.

— Sarah ! appela-t-il de toutes ses forces en déboulant dans l'entrée. Jade !

Il se mit à courir d'une pièce à l'autre, le bruit de ses bottes résonnant sur le plancher. Ses craintes grandissaient de seconde en seconde.

Un feu brûlait dans la cheminée, et une tasse de café était posée sur la table de la salle à manger, à côté des clés de Sarah. Il effleura la tasse — elle était encore tiède. Puis il aperçut son sac à main sur une chaise, et un sac à dos d'enfant sur la pile de sacs de couchage dans le salon.

— Sarah ! hurla-t-il de nouveau, d'une voix tonnante.

Pas de réponse.

Pourtant, il ne renonça pas. Il se précipita au premier étage, ouvrant les portes et criant leur nom.

— Sarah ! Jade ! Gracie !

Seules des pièces vides l'accueillirent, des chambres silencieuses, sans meubles et sans vie.

Pour l'amour du ciel, où étaient-elles ?

Et où était leur fichu chien ?

Sans refermer les portes, il composa le numéro de Sarah sur son portable et fonça au deuxième étage, son téléphone à l'oreille, ses bottes claquant sur les marches.

L'appareil commença à sonner puis s'interrompit brutalement. « Echec appel », lui indiqua l'écran.

— Merde !

Arrivé sur le palier, il se remit à fouiller les pièces, le souffle court, sans cesser de hurler leur nom. Dans un état proche de la panique, il inspecta la suite parentale, un vaste placard et deux salles de bain, puis arriva devant la dernière chambre, au coin de la maison — celle de la sœur disparue. La porte était ouverte et, à l'intérieur, il crut distinguer des traces de lutte. Des centaines de débris de verre jonchaient le sol, et il ne restait plus du miroir dominant la cheminée que le cadre et quelques éclats acérés aux reflets menaçants. Près de l'âtre gisait la moitié d'une petite statue de la Vierge, visage en l'air, ses traits sereins contrastant avec le chaos de la pièce.

Ciel ! que s'était-il passé ici ?

Du verre brisé, se dit-il. *Pas de sang.*

Où étaient-elles, nom d'un chien ?

Mâchoires serrées, il composa de nouveau le numéro de Sarah. « Echec appel. »

— Bordel de merde ! jura-t-il.

Que faisaient les flics ?

Sortant de la chambre vide, il ouvrit la dernière porte de l'étage, celle qui menait au grenier. Sans réfléchir, il se rua dans l'escalier étroit et sombre.

— Sarah ! Jade !

Des chauves-souris, dérangées dans leur sommeil, s'envolèrent dans des battements d'ailes frénétiques. Le cœur cognant dans la poitrine, il éclaira la mansarde à l'aide de son portable. Sous les voliges et les solives, il ne vit que des vieux meubles, des cartons, des caisses et des paniers abandonnés là depuis des décennies — des trésors d'un autre temps.

Il n'y avait personne ici et pas non plus, supposa-t-il, sur le toit juste au-dessus. Il s'engagea néanmoins dans l'escalier en spirale, courant à demi, et ouvrit d'un coup d'épaule la porte de la tourelle pour accéder au balcon. Il était déjà venu, bien sûr, en compagnie de Sarah. En dehors de la cave, qui la terrifiait, elle lui avait fait visiter la maison de fond en comble quand ils étaient jeunes, et ils avaient même fait l'amour sur ce toit. Cette nuit-là, se souvint-il, elle avait tremblé entre ses bras, répondant à ses caresses avec plus de retenue qu'à l'accoutumée, les yeux toujours grands ouverts, même quand il l'embrassait. Comme si elle avait été perturbée — elle n'avait pas pu ou pas voulu s'expliquer, quand il lui avait demandé ce qui se passait.

Clint s'avança rapidement sur le balcon et scruta le paysage derrière les cheminées. Loin en contrebas, la rivière grondait dans la gorge. Une fois de plus, il tenta d'appeler Sarah, mais toujours sans succès.

La peur au ventre, il se remit à s'époumoner, mais ses cris se perdaient dans les rugissements de la Columbia et le hurlement des sirènes plus proches.

Elles étaient parties. La maison était vide, comme il l'avait redouté.

Un kaléidoscope d'images terrifiantes se mit à tournoyer dans son esprit. Surtout, ne pas s'aventurer dans cette direction, ne pas céder à la panique. *Retrouve-les, Clint, c'est tout.*

Penché sur la rambarde, il fouilla la nuit du regard. Depuis ce point de vue, il aurait pu avoir une vision à trois cent soixante degrés de la propriété environnante — si seulement le brouillard s'était dissipé et que la nuit avait été plus claire.

Où êtes-vous ? se demanda-t-il.

A ce moment-là, il entrevit des éclairs rouges et bleus à travers les nappes de brume.

Les flics.

Trop tard, pensa-t-il. Pourtant, il descendit aussi vite que possible pour rejoindre le rez-de-chaussée, s'efforçant de reconstituer ce qui avait pu se passer. Sans paniquer.

Il savait que Sarah s'était trouvée sur les lieux très peu de temps auparavant. Le feu dans le salon était récent, les bûches à peine entamées. Le café dans la tasse était encore chaud, et sa voiture était garée devant la maison. Si un autre véhicule était arrivé ou reparti d'ici au cours des quinze dernières minutes, il aurait vu ses phares ou entendu son moteur.

Non, elle n'était pas loin, il le sentait.

La cave !

Vite, il contourna la cage d'escalier pour aller ouvrir la porte du sous-sol. Il s'élança sur les marches branlantes et découvrit un vaste espace servant d'entrepôt aux vestiges des générations précédentes. Il passa rapidement en revue les étagères, l'écrémeuse, l'étendoir poussiéreux… Tout ça ne l'aiderait pas à retrouver sa famille.

Personne n'était caché dans l'ombre.

Echec sur toute la ligne.

Elles n'étaient pas là non plus, hélas. Tournant les talons, il retourna en courant au rez-de-chaussée, se précipitant sur la porte d'entrée toujours ouverte. Combien de temps s'était-il écoulé depuis ce cri terrifiant ?

Cinq minutes ? Dix ?

Beaucoup trop, en tout cas.

Tâchant une nouvelle fois de joindre Sarah, il sauta à bas des marches de la terrasse et s'immobilisa sur place, en percevant au loin une série d'aboiements saccadés.

La chienne de Sarah. Elle donnait l'alarme.

Le souffle court, Clint tendit l'oreille de plus belle. Les aboiements provenaient des environs de l'étang, à l'extrémité de la propriété. Seigneur, que fichaient-elles là-bas ?

Il courut jusqu'à sa camionnette pour aller chercher la lampe-torche qu'il gardait dans la boîte à gants et siffla son chien.

— Viens, Tex ! ordonna-t-il au moment où la jeep de Bellisario débouchait entre les arbres.

Il ne l'attendit pas.

Tex bondit de la camionnette et Clint, qui courait déjà en direction des aboiements, lui lança un ordre bref :

— Attaque !

La sonnerie de son téléphone s'interrompit abruptement. Clint était en train d'essayer de la joindre, et chaque fois que son numéro apparaissait sur l'écran, l'appel échouait.

— Allez, allez, sanglota Sarah en tapant sur la porte, terrorisée à l'idée d'être enfermée dans ce caveau en compagnie de deux cadavres.

— Gracie ! cria-t-elle, les poings et les épaules endoloris. Gracie, ouvre cette porte !

Que s'était-il passé ? Pourquoi Gracie avait-elle crié ? Oh ! mon Dieu, le pervers qui avait kidnappé ces filles s'en était-il pris à Gracie ? Non, ce n'était pas possible.

— Gracie ! s'époumona-t-elle de plus belle en martelant la porte.

Elle percevait des sons étouffés. Les aboiements de la chienne, le hurlement d'une sirène, mais pas le moindre son provenant de sa fille. Pas depuis qu'elle avait crié.

Mon Dieu, je Vous en prie, si Vous m'écoutez, protégez-la !

— Walsh, arrêtez ! lança la voix de Bellisario derrière lui.

Qu'elle aille au diable. Il courait de toutes ses forces sur le chemin qu'il avait parcouru cent fois étant jeune, mû par une peur sans nom. Seigneur ! pourquoi n'avait-il pas pris son fusil ?

Heureusement, les flics étaient sur ses talons, l'arme au poing, mais il ne pouvait pas compter sur eux tout de suite, car il les devançait d'une bonne centaine de mètres. Il fonçait à travers l'herbe sèche et les buissons comme s'il avait le diable à ses trousses. Un reflet sur l'étang lui indiqua qu'il approchait du but.

Il avait perdu Tex de vue, mais il entendait l'autre chien aboyer comme s'il avait débusqué un ours. Non, ses hurlements ne provenaient pas de l'étang. Il vira à gauche, comprenant que le chien se trouvait à un endroit plus éloigné de la rivière. Près du vieux cimetière ? Là où lui et les jumeaux Stewart s'étaient autrefois entraînés au tir, avec leur carabine à air comprimé ? Qu'est-ce que ce chien fichait là-bas ? Hors d'haleine, il atteignit le sommet de la butte, et ce qui restait de la concession familiale des Stewart lui apparut : des stèles grisâtres plantées de travers, et d'autres qui s'étaient complètement effondrées. Bondissant par-dessus la clôture, il se dirigea vers le centre du cimetière et l'unique caveau de la parcelle, pointant sa torche sur le vieux mausolée couvert d'étranges sculptures.

La chienne avait acculé quelqu'un ou quelque chose. Babines retroussées, Xena claquait des mâchoires face à une silhouette plaquée contre le mur du caveau.

Un homme de grande taille serrait contre lui Gracie McAdams, qui se débattait comme un beau diable. Le visage du type était masqué par la tête de la fillette, cela donnait l'impression qu'il se servait d'elle comme d'un bouclier humain.

— Au secours, criait Gracie. Au secours !

— Posez-la ! ordonna Clint.

Un bref instant, il vit l'homme cligner des yeux, ébloui par sa lampe, mais celui-ci ne relâcha pas Gracie.

Clint avait eu le temps de le reconnaître. Son estomac se noua.

— Police ! Lâchez-la ! lança soudain Bellisario quelque part derrière Clint.

Trop tard, pensa-t-il une fois de plus. Il s'était déjà élancé en avant.

— Walsh, restez en arrière, merde !

Du coin de l'œil, Clint aperçut l'inspectrice qui avançait sur l'agresseur et sa captive terrifiée, l'arme à la main.

— Police ! répéta avec force Lucy Bellisario. Roger Anderson, relâchez cette enfant et levez les mains en l'air !

37

La porte s'ouvrit d'un coup, laissant entrer un brusque courant d'air froid dans le caveau.

— Sarah ! appela Clint.

Elle monta les marches en titubant et franchit la porte, se jetant entre ses bras ouverts. Ils s'effondrèrent ensemble sur le seuil du mausolée.

— Dieu merci, tu n'as rien ! dit-il d'une voix qui tremblait un peu.

Il lui embrassa le front, et elle sentit sa chaleur et son odeur réconfortantes l'envelopper. C'était tellement bon... Pourtant, elle recula presque aussitôt.

— Gracie ? demanda-t-elle.

— En sécurité. Tout va bien.

Il la serra de nouveau contre lui, et elle eut l'impression de se liquéfier. Les joues sillonnées de larmes, elle vit sa fille courir vers eux. Sans lâcher Clint, elle lui ouvrit les bras pour l'étreindre.

— Tu vas bien, mon Dieu, tu vas bien, murmura-t-elle, éperdue. J'étais enfermée. La porte...

C'est alors qu'elle remarqua les gens rassemblés à côté d'eux. Bellisario, trois autres policiers, et...

— C'est lui ! s'exclama Gracie en désignant un homme de grande taille près des agents.

Il avait les mains menottées dans le dos. Une longue barbe mangeait la moitié de son visage et, quand le regard de Sarah croisa le sien, ses yeux s'illuminèrent.

— Roger, murmura-t-elle.

Agitée par des émotions contradictoires, elle scruta les traits affûtés de son demi-frère.

— Mais pourquoi... ?

Etreignant plus fort sa fille, elle eut soudain l'impression que les pièces d'un très ancien puzzle se rapprochaient les unes des autres dans sa tête.

Elle se souvint de cette fois où ils s'étaient retrouvés ensemble sur le toit, alors que la tempête faisait rage. Il tenait serré contre lui son corps frissonnant et trempé.

— Je vais te protéger, avait-il promis.

La pluie coulait de son visage sur la peau nue de Sarah. Doucement, il avait traversé le balcon glissant pour la porter dans la pièce vitrée se trouvant au sommet de l'escalier en colimaçon. Elle avait senti son cœur battre douloureusement dans sa poitrine et son estomac se soulever de honte quand il s'était retourné vers le balcon pour regarder, à travers les vitres zébrées de pluie de la tourelle, l'homme qui se tenait dehors. A la vue de l'homme, les épaules affaissées dans la pluie battante et le pantalon défait, elle avait vomi par-dessus l'épaule de Roger.

— Papa ? avait-elle alors murmuré.

Elle se souvenait qu'il l'avait amenée sur le toit, la serrant fort contre lui tout en déboutonnant sa chemise de nuit.

— Je t'aime, jolie Sarah, avait-il dit en soulevant sa chemise pour la faire passer par-dessus sa tête. Je veux juste te toucher un petit peu, trésor, parce que je t'aime tellement.

Le souffle court, elle avait vainement essayé de se dégager.

— Ça sera notre secret. Notre endroit à tous les deux.

Puis sa grosse main calleuse avait caressé son épaule avant de venir se poser sur ses seins naissants.

— Oh ! mon Dieu ! murmura-t-elle à ce souvenir, secouée de nausées malgré les bras de Clint qui l'étreignaient.

S'arrachant brusquement à son contact et à celui de sa fille, elle se jeta en avant, les mains sur le sol, et elle vomit, comme elle l'avait fait cette nuit-là. Elle tremblait de honte, une honte accablante. Comme si son père était toujours penché sur elle, qu'il menaçait une nouvelle fois de la violer.

— Non, murmura-t-elle entre deux hoquets. Non, ne me touche plus, jamais !

Dans une ultime convulsion, elle cracha un flot de bile. Puis, paupières battantes, elle revint à la réalité. Elle était là, dans le cimetière, avec Clint et Gracie, et…

Roger. Dans le souvenir de cette nuit affreuse, encore frais dans son esprit, elle leva les yeux vers lui et se remit péniblement debout.

— Allez, Anderson, dit Bellisario. On y va.

— Non… Ce n'est pas… Il n'a pas…, balbutia Sarah.

Au prix d'un effort surhumain, elle se ressaisit — Roger venait d'être arrêté, comprit-elle, et la police pensait qu'il était à l'origine des récents enlèvements.

— Vous l'arrêtez ? demanda-t-elle à Bellisario.

Dans son dos, elle sentit Clint se tendre. Gracie vint se glisser sous son bras.

— Non, ce n'est pas…, répéta-t-elle sans parvenir à trouver ses mots.

Elle prit une grande inspiration et parvint enfin à former une phrase cohérente :

— Theresa, ma sœur. Elle est là, en bas, dit-elle en désignant d'un geste las le caveau derrière eux. Son corps, je veux dire.

Gracie leva la tête.

— C'est vrai ?

— Roger, demanda Sarah à son frère. C'est toi qui l'as mise là ? Tu savais, n'est-ce pas ?

Il fronça les sourcils, mais ses épaules s'affaissèrent d'un coup, et il hocha la tête. Le flic à côté de lui ne le quittait pas des yeux, comme s'il s'attendait à ce que son prisonnier tente de s'échapper d'un instant à l'autre.

— Je n'ai pas réussi à la sauver, dit-il d'une voix assourdie par l'émotion, les traits tordus par la culpabilité. Je n'ai pas réussi à sauver ma sœur.

Sarah s'efforçait de comprendre. Cet aveu semblait avoir fait perdre dix centimètres à son frère.

— Comment ça ? demanda-t-elle.

— Cet homme était en train d'essayer d'enlever votre fille, interrompit Bellisario.

— Non, lancèrent en même temps Sarah et Roger.

Puis celui-ci reprit, s'adressant à Sarah :

— C'était ton père. Lui… lui et Theresa. Il ne voulait pas la laisser tranquille. Oh ! seigneur, j'aurais dû faire quelque chose !

Tout le monde — les policiers, Clint et Gracie — restait silencieux à écouter cet homme, dont le visage était déformé par la haine qu'il éprouvait pour le père de Sarah.

Elle n'était pas sûre de comprendre.

— Mon père a tué Theresa ? demanda-t-elle, avec le sentiment qu'on lui plongeait un pieu dans le cœur.

— C'était sa faute. A cause de ce qu'il lui avait fait. Après la naissance du bébé, Theresa n'a plus jamais été la même. Elle est morte à cause de lui.

— A cause de lui ? répéta-t-elle, secouée.

Quelque chose ne collait pas dans cette histoire. Un vent glacial se mit à souffler de l'est, s'engouffrant dans la gorge et chassant le brouillard. Les bras de Clint se resserrèrent autour de ses épaules.

— Allons-y, dit Bellisario, qui semblait en avoir entendu assez.

— Non, attendez ! protesta Sarah sans quitter son frère des yeux. Comment est-elle morte ?

— Elle en a fini, dit-il simplement, d'une voix étranglée. Elle s'est suicidée. Pour mettre fin à ses tourments. Ceux qu'il lui infligeait. Elle s'est pendue dans l'annexe.

Sarah avait l'impression que les fondements de sa vie reposaient sur des sables mouvants. Les vérités les plus solides et les mensonges les plus sombres s'entremêlaient secrètement sous la surface, et elle perdait pied.

— Je l'ai trouvée et j'ai coupé la corde, reprit-il, le regard torturé et empli des regrets de toute une vie. Je… j'ai nettoyé. C'était tout ce que je pouvais faire. Ensuite, je l'ai amenée ici pour qu'elle puisse reposer en paix.

Cette vérité-là était terrifiante. Elle représentait un fil tragique dans le tissu de mensonges qu'avait été sa vie.

— Et tu n'as rien dit à maman ?

— Je n'en ai pas eu besoin. Elle savait.

Il avait parlé avec conviction, et Sarah se rappela les sanglots horrifiés qui avaient retenti dans l'escalier quand Roger l'avait ramenée du grenier. Elle revit très clairement le visage livide de sa mère abasourdie, et comment elle s'était effondrée dans l'entrée.

— Salaud ! avait-elle crié. Non, non, non !

La statue de la petite madone à la main, elle avait frappé le sol, et la figurine au visage serein ne s'était pas cassée, elle était restée intacte tandis qu'Arlene se brisait, gémissant et jurant, des larmes plein les joues.

— Je suis tellement désolée, avait-elle dit à Sarah.

Pourtant, elle n'avait même pas essayé de lui ouvrir les bras. A la place, elle étreignait la figurine, la petite statue de Theresa, comme si sa vie en dépendait…

— Maman a réglé le problème, reprit Roger.

Sarah sentit un étau lui enserrer le cœur. Les souvenirs affluaient, les éléments disparus de sa vie tournoyaient dans sa tête. Autour d'eux, le vent d'est, froid et violent, achevait de dissiper le brouillard. Les pièces continuaient de s'assembler, une à une.

— Le bébé, murmura-t-elle. C'était lui, le problème ?

Elle devina la réponse avant qu'elle ne franchisse les lèvres de Roger.

— Non, Sarah. Le bébé, c'était toi.

Elle recula en titubant, refusant encore d'y croire. Pourtant, elle se rappelait la réaction de sa mère à la maison de retraite, quand Mme Malone avait annoncé la visite de Sarah. « Votre fille », avait-elle dit. Arlene savait ce qu'il en était. « C'est Theresa, ma fille ! » avait-elle proféré, la prenant pour la femme que Sarah avait toujours considérée comme sa demi-sœur. A présent, si Roger disait vrai, ce simple fait était lui aussi un mensonge, un secret qu'Arlene lui avait caché pendant plus de trente ans.

— Theresa était ma mère, dit Sarah.

Cette phrase lui paraissait irréelle, mais elle répondait à beaucoup de questions.

Roger ne dit rien.

— Et mon père ? murmura-t-elle.

Sauf qu'elle savait la vérité, aussi écœurante qu'elle soit. Tout était clair, maintenant : Sarah était bien la fille de Franklin Stewart, l'homme qu'elle avait toujours appelé papa, mais sa mère était Theresa. Arlene avait élevé Sarah comme sa propre fille. Peut-être avait-elle fait croire à sa famille et à ses amis qu'elle avait été enceinte, peut-être s'était-elle recluse, comment savoir ? Puis, des années plus tard, quand l'homme qui l'avait conçue avait de nouveau cédé à ses pulsions perverses et avait tenté des attouchements sur la chair de sa chair, Roger était intervenu.

Sa respiration était courte, son cœur battait follement, et son ventre était en proie à la bile et à la haine.

— Sarah, murmura Clint en la prenant de nouveau dans ses bras. Tout va bien, mon cœur…

— Non ! s'écria-t-elle. Non, tout ne va pas bien !

S'adressant à Roger, elle demanda :

— Comment maman croit-elle avoir arrangé les choses ? En m'adoptant ? Mais il n'y a pas que ça, n'est-ce pas ? Tu as dit : « Elle a réglé le problème. »

Elle s'approcha de son demi-frère pour le regarder droit dans les yeux.

— Qu'est-ce que tu entendais par là ?

— Qu'elle l'a tué, Sarah.

Pendant un instant, personne ne prononça un mot.

— Explique-toi, dit enfin Clint.

— Ma mère a tué ses maris, répondit Roger d'une voix blanche. Tous les deux. D'abord mon père, pour pouvoir épouser Franklin et puis, quand elle n'a plus supporté les pulsions incestueuses de Franklin, quand elle a compris qu'il ne changerait jamais, elle a commencé à l'empoisonner, comme elle l'avait fait avec mon père. Elle l'a regardé mourir à petit feu, jour après jour.

— Et comment le savez-vous ? demanda Bellisario.

— C'est moi qui ai acheté le poison. Pas pour mon père, bien sûr. A l'époque, j'étais trop jeune et je ne comprenais pas ce qu'elle faisait. Mais après, quand elle m'a demandé d'acheter de la mort-aux-rats en ville, je l'ai fait. Et, quand j'ai vu que c'était pour Franklin, je n'ai rien dit.

Il détourna les yeux, et son regard se perdit dans le vide.

— Ce n'était que justice. A cause de Theresa.

— Sarah, ce ne serait pas la première fois que des criminels mènent quelqu'un en bateau, intervint Bellisario.

— Non, coupa Sarah.

Elle se souvenait du regard satisfait de sa mère quand elle avait failli avaler la mouche dans son lait, il y avait si longtemps. Plus récemment, Arlene avait été accusée de mettre du sucre dans le verre d'un diabétique à la maison de retraite.

— Je le crois, ajouta-t-elle.

Sa mère était en réalité sa grand-mère et une meurtrière ; son père était un pervers sexuel qui avait violé sa sœur aînée et tenté de faire la même chose avec elle.

— C'est quand même dur à avaler, dit Bellisario, l'air peu convaincu.

Elle semblait sur le point d'indiquer à l'agent d'emmener Roger quand elle se ravisa.

— Mais qu'est-ce que vous faisiez ici avec la gamine ? demanda-t-elle.

— Je vous l'ai dit, répondit Roger. Je la protégeais.

— De quoi ? Ou de qui ? demanda Sarah.

Elle dévisagea les uns après les autres ceux qui s'étaient rassemblés dans le vieux cimetière, près du caveau ouvert d'Angélique Le Duc. C'est alors qu'une crainte nouvelle émergea dans son cerveau : qu'est-ce qu'ils faisaient tous là ? Comment avaient-ils su où la trouver alors qu'ils auraient dû être occupés à chercher le fou qui enlevait les filles de Stewart's Crossing ?

Non !

— Où est-elle ? demanda-t-elle d'une voix aiguë en se tournant vers Clint.

Un seul regard lui suffit à confirmer ses pires craintes.

— Oh ! mon Dieu ! Où est Jade ?

Lucy Bellisario considéra Roger Anderson, assis en face d'elle dans la salle d'interrogatoire.

Il était pâle, les yeux injectés de sang, la barbe mal taillée. Ses vêtements n'avaient pas dû être lavés depuis un bon mois.

Il avait les chevilles entravées, et ses mains menottées étaient croisées devant lui sur la table, comme s'il s'apprêtait à prier. Sous la lumière crue des néons, il paraissait malade et presque terrassé.

— Reprenons depuis le début, suggéra-t-elle.

Il y avait une heure qu'elle l'interrogeait, et elle ne croyait pas un mot de ce qu'il lui avait dit.

— Où est Jade McAdams ?

— Je vous ai dit que je ne le savais pas. Demandez à Hardy Jones.

— C'est fait. Il a dit qu'il ne savait rien.

— Il ment.

— C'est ce qu'il dit aussi à ton sujet.

L'interrogatoire était observé derrière le miroir sans tain, et tout était filmé.

— J'étais là pour les sauver, dit Anderson.

— Sarah et ses filles ? Comme tu as sauvé Rosalie Jamison ?

— Je ne la connais pas.

— Et Candice Fowler ?

— Je vous l'ai déjà dit. Elle non plus, je ne la connais pas.

Il était calme. Trop calme.

— Je n'ai pas réussi à protéger Sarah, dit-il pour la quatrième fois, mais je voulais aider ses filles. M'assurer qu'elles étaient en sécurité.

— Mais Franklin Stewart est mort depuis longtemps. A vous en croire, votre mère s'en est occupée.

— C'est vrai.

— Pourquoi pensiez-vous que les filles McAdams étaient en danger ?

— Elles sont en danger depuis toujours, dit-il simplement.

Bellisario en avait sa claque des réponses énigmatiques de ce type. Cette soirée était irréelle. D'abord, ils avaient trouvé Anderson dans le cimetière, puis Sarah McAdams et les corps dans le caveau. Anderson affirmait ignorer à qui appartenait le squelette masculin, mais Sarah était certaine qu'il s'agissait de Maxim Stewart, l'homme qui avait bâti Blue Peacock Manor pour Angélique Le Duc — une femme qui avait apparemment trompé son mari avec son beau-fils. Anderson avait admis que c'était lui qui avait enfermé Sarah dans le caveau un peu plus tôt, « pour la protéger ». Il cherchait depuis quelque temps un moyen de les mettre à l'abri, elle et ses filles, hors de portée du kidnappeur. Mais ce soir, Sarah avait trouvé la clé du caveau, et il l'avait vue quitter la maison, qu'il espionnait depuis qu'elles y étaient revenues. Il les avait suivies au cimetière. Dans son esprit dérangé, il s'était dit que le caveau constituait un refuge sûr. *Comme par hasard*, avait songé Bellisario, qui se remettait mal des révélations rocambolesques sur l'histoire de la famille Stewart.

L'autre corps était censé être celui de Theresa Anderson, la sœur de Roger, poussée à la folie par les viols que lui avait fait subir son beau-père. Pour le moment, cela restait de l'ordre des simples conjectures, mais les analyses ne tarderaient pas à confirmer ce fait. Par ailleurs, Anderson affirmait que, s'il s'était mis à raser les murs et à ne plus rencontrer son agent de probation, c'était parce qu'il avait pressenti qu'il se tramait quelque chose. En effet, Hardy Jones, un soir qu'il avait trop bu après son service à la Caverne, s'était vanté auprès de Roger d'être sur un gros coup. Sans lui dire exactement de quoi il retournait, il avait évoqué le fait que les « filles » valaient beaucoup d'argent, et que des hommes seraient prêts, si les circonstances étaient réunies, à payer cher pour les acheter, afin d'en faire des esclaves ou des putes, peut-être même de bonnes épouses. Aussitôt, Anderson avait été sur le qui-vive, car il savait que Sarah et ses filles s'installaient à Stewart's Crossing. Il s'était juré de les protéger puisqu'il avait failli à sa promesse envers Theresa de veiller sur Sarah, son bébé, depuis toutes ces années. Et tant qu'à faire, il veillerait également sur Jade et Gracie, les filles de Sarah. Depuis qu'elles étaient arrivées à Stewart's Crossing, il vivait dans les bois. Il changeait d'endroit chaque nuit, mais il n'était jamais loin d'elles.

Bellisario avait du mal à croire Anderson, mais il y avait un accent de vérité dans son récit. L'ennui, c'était qu'elle échouait à démêler le vrai du faux. Et, si Anderson n'était pas en cheville avec Hardy Jones, qui diable était derrière tout ça ?

La situation se détériorait rapidement.

Il se gara dans un parking vide près du centre-ville. Il était en sueur. *Garde ton calme,* s'enjoignit-il. Il ne fallait pas qu'il éveille les soupçons, que sa nervosité le trahisse. Personne ne devait savoir qu'il menait une double vie.

Il avait entendu dire que Dodds était sous les verrous et que la police avait convoqué Hardy Jones au poste pour l'interroger. Tous deux connaissaient la marche à suivre et devaient s'en tenir au plan. Dodds était solide, mais Jones restait imprévisible. Il regrettait de l'avoir amené à sa première grande rencontre avec les « montagnards », comme ils se désignaient eux-mêmes — un groupe de voyous qui vivaient dans l'Idaho, définissaient leurs propres règles et défiaient le gouvernement. Ils avaient transformé leurs maisons en véritables forteresses dotées d'abris souterrains, de réserves de nourriture, d'eau et d'armes, et cernées de pièges au cas où l'« ennemi » oserait mettre le pied sur leur propriété. Ils tenaient à ce que leurs femmes soient fortes, belles, peut-être un peu fougueuses mais, au final, soumises à leur « mari ».

Heureusement, ils étaient prêts à y mettre le prix. Les ventes de munitions rapportaient bien, et ils étaient disposés à payer leurs femmes à prix d'or. Ils les appelaient des « épouses ». Ils disposaient de leurs propres pasteurs, qui les mariaient selon les règles de leur petit culte fondamentaliste.

C'était une transaction dangereuse, mais ô combien lucrative !

Il allait donc devoir faire profil bas pendant encore quelques heures. Rapidement, il composa un numéro sur son portable et entendit un clic quand son correspondant décrocha. Avant que le montagnard n'ait eu le temps de parler, il dit :

— On avance l'opération de vingt-quatre heures. Venez ce soir, à minuit. Il n'y aura que cinq filles, pas sept, mais il faut qu'on les déplace. Maintenant.

Il sentit l'homme hésiter. *C'est maintenant ou jamais, enculé,* eut-il envie de lui crier. Mais l'autre semblait avoir compris.

— Bon, d'accord. On sera là.

— Avec le fric, rappela-t-il à son client.

— Bien sûr.

Il raccrocha avec un soupir de soulagement, alluma une cigarette, baissa sa vitre et se remit à conduire en direction de la maison où vivaient le Dr Bigelow et sa femme, tout en haut de Stewart's Crossing. Comme pour faire un pied de nez à la petite ville rustique aux décors de western située en contrebas, leur demeure était épurée et moderne, dotée de larges baies vitrées et d'un aménagement en *open space* — un concept qui semblait faire fureur en ce moment. Construite sur un seul niveau, elle offrait une vue imprenable sur la rivière et la rive de l'Etat de Washington. C'était sans nul doute l'adresse la plus haut de gamme de Stewart's Crossing. Le Dr Bigelow, sa commère de femme et tout leur fichu fric, dont ils avaient hérité pour l'essentiel... Quelle putain de farce!

A en juger par le nombre de véhicules alignés dans l'allée sinueuse et garés le long de la route, la soirée devait battre son plein. *Parfait.* Il ne s'était pas déguisé; il tenait à ce qu'on le reconnaisse, qu'on voie qu'il était présent ce soir — même si, d'ici vingt-quatre heures, cela n'aurait plus d'importance. Mais, pour le moment, il avait besoin d'un alibi qui puisse tenir quelques heures. En outre, il voulait s'assurer que les soupçons de la police s'orienteraient vers quelqu'un qu'elle considérait déjà comme suspect. Après cela, il serait loin.

Balançant sa cigarette à demi consumée par la fenêtre, il prit une bouteille de merlot sur le siège à côté de lui, sortit de sa voiture puis traversa l'allée pavée d'ardoises pour aller sonner à l'immense porte vitrée. Dee Linn, déguisée en Marie-Antoinette et coiffée d'une haute perruque blanche, vint lui ouvrir en personne.

— Mon Dieu ! dit-elle, l'air déçu. Encore un invité qui est

venu en civil. Je suppose que tu n'as pas eu le mémo qui expliquait que c'était une soirée costumée ?

— Désolé, dit-il en lui tendant la bouteille de vin. J'ai été très occupé.

Elle lui adressa une moue incrédule puis examina l'étiquette, sourcils levés.

— Pas mal, dis donc. Merci.

Walter Bigelow, docteur en chirurgie dentaire, daigna rejoindre sa femme sur le seuil. En dépit du « mémo », il avait revêtu l'uniforme qu'il portait chaque jour au cabinet : une blouse et un air supérieur.

— Content que tu aies pu venir. Ta mère et ta sœur sont déjà là. Tu connais Marge : toujours ponctuelle.

— Ça, c'est sûr, confirma-t-il en serrant la main de Walter.

Il aperçut Joseph, en jean et chemise décontractée, penché un verre à la main au-dessus d'une table chargée de petits fours et décorée de citrouilles, de chats noirs et d'un chapeau de sorcière. Les traiteurs étaient dans la cuisine, tous vêtus d'un pantalon noir, d'une chemise blanche et d'un long tablier orange. Il se mêla à un groupe d'invités en vêtements de ville ; il y avait aussi trois femmes censées ressembler à des chatons, une ou deux sorcières, un couple déguisé en Egyptiens de l'Antiquité, un Rambo et un Indiana Jones.

Il s'interdisait de consulter sa montre et s'efforçait de paraître détendu malgré les secondes qu'il sentait s'écouler une à une, au ralenti.

Plus que quelques heures, se dit-il en volant une bière sur le plateau d'un extra. *Ensuite, à moi la liberté.*

Les mains de Jade étaient à vif. Il faisait trop sombre pour qu'elle les voie, mais elle sentait sa chair palpiter. Elle savait qu'elle s'était cassé les ongles et abîmé le bout des doigts et les paumes. Elle entendait les autres filles aller et venir dans leur cellule, avaler de grandes goulées d'eau ou uriner dans leur bassine.

Quelle misère ! C'était inhumain, putain !

Avant que la nuit ne soit complètement tombée, elle avait profité de la pénombre pour essayer de grimper sur le mur de ce fichu box, mais en vain. Encore et encore, elle avait escaladé la paroi rugueuse, prenant appui du bout des orteils dans les nœuds du bois ou entre les planches les plus disjointes mais, chaque fois qu'elle avait approché le sommet du mur, elle avait perdu l'équilibre et s'était retrouvée par terre. Son seul triomphe avait été de parvenir à faire basculer le fer à cheval et à le rattraper au vol.

Les autres filles ne s'en étaient pas beaucoup mieux tirées. Dana, qui affirmait être gymnaste, avait été incapable de passer par-dessus la cloison (rien d'étonnant, cette fille était une vantarde) et Mary-Alice, ce boulet, clamait qu'elle avait trouvé un outil dans un coin de son box ; quelque chose qui servait à nettoyer les sabots des chevaux selon elle. Jade ne lui faisait pas confiance, même maintenant. Elle mentait sûrement. Candice n'avait rien, mais Rosalie disait qu'elle avait trouvé un objet qui pouvait servir d'arme, un bout de coupe-ongles ou quelque chose comme ça. A l'entendre, c'était minuscule. Non, son fer à cheval était la seule arme véritable en leur possession.

Tout ce qu'elle espérait, c'était qu'au cours des vingt-quatre heures qui leur restaient avant cette prétendue vente aux esclaves la police, des parents ou ce fichu FBI allaient les retrouver. Jade avait vérifié, et aucune fille n'avait de téléphone sur elle. Les salauds leur avaient confisqué tout ce qui pouvait contenir de l'électronique.

La peur ne la quittait pas, et elle pensait sans répit à ce que ses ravisseurs avaient l'intention de lui faire. Quoi qu'il arrive, pourtant, elle ne resterait pas les bras croisés. Le plan de Rosalie n'était pas génial, mais c'était leur seule carte à jouer. Pourvu que cette pleurnicheuse de Candice tienne bien son rôle ! Si elle parvenait à faire croire aux deux abrutis qu'elle était malade et à leur faire baisser la garde, elles auraient peut-être une chance, mais cela paraissait mal parti.

Jade se mit à faire les cent pas dans le box où régnait encore une odeur diffuse de chevaux et d'urine. Si seulement elle avait un clou à enfoncer dans les planches, quelque chose d'assez long et d'assez solide pour lui servir de point d'appui et supporter son poids, elle pourrait se hisser par-dessus la porte, passer de l'autre côté… Elle ouvrirait les autres cellules, et elles s'enfuiraient toutes en courant, iraient vers l'ouest, vers la maison de Jade, retrouver sa mère et sa sœur.

A cette pensée, son cœur se serra. Elles étaient si proches et si loin à la fois ! Les reverrait-elle jamais ? Et ce père qu'elle venait de rencontrer ? Aurait-elle l'occasion d'apprendre à le connaître ?

Pas si tu laisses ces malades décider de ton sort !

Elle s'assit au bord de son lit de camp. Quelqu'un allait venir les libérer, c'était certain. Elles n'étaient pas à ce point perdues dans la nature. Il y avait bien des hélicoptères du FBI réservés à la recherche des otages, non ? A la télé, ils montraient toujours des bataillons de tireurs d'élite, habillés tout en noir, coiffés de casques et armés de fusils d'assaut.

Mais ça, c'était dans les grandes villes.

Non, s'avoua-t-elle, *c'est à Hollywood.*

— Eh ! hurla soudain Rosalie. Ecoutez ! Vous entendez ? Quelqu'un arrive.

Le silence s'abattit sur les écuries. Jade osait à peine respirer. En effet, elle perçut bientôt un bruit de moteur qui approchait. Ses muscles se contractèrent. Amenait-il une ou plusieurs autres filles ? Venait-il seulement les voir ?

— Gardez le plan bien en tête, cria Rosalie. Si on peut l'avoir ce soir, avant qu'il amène d'autres types, ou même s'ils sont tous les deux, il faut le faire. Tu m'entends, Candice ?

— Oui, répondit celle-ci d'une voix découragée.

Jade se sentit soudain abattue. Leur plan reposait sur les épaules d'une fille qui était de toute évidence le maillon faible du groupe. C'était ridicule. Mais au moins, Candice avait cessé de sangloter et de geindre. C'était déjà ça. Cela dit, aurait-elle le cran d'exécuter leur plan ? Jade en doutait. Elle ne pouvait pas mettre sa vie entre les mains de Candice Fowler.

— Laissez-moi le faire, hurla-t-elle. Je ferai semblant d'être malade. J'en suis capable, je le sais.

— Non. On s'en tient au plan, répliqua Rosalie.

— Ouais, Jade, ne fous pas tout en l'air.

C'était Mary-Alice, évidemment.

Jade n'avait pas envie de dénigrer Candice, mais ménager les susceptibilités n'était pas non plus sa priorité. Après tout, c'était leur vie qu'elles jouaient !

— Elle est trop geignarde, elle n'arrivera pas à les duper. Je peux le faire, moi !

— Il ne te croira pas, il se doutera de quelque chose, dit Rosalie, une note de désespoir dans la voix. Tu lui as tenu tête avant, et il t'a frappée, pas vrai ? Il ne tombera pas dans le piège. Restons-en à ce qu'on a prévu. Tout le monde s'en tient au plan, point barre.

Rosalie, habituellement si calme, parlait d'une voix de plus en plus aiguë.

— Il faut qu'on essaie. Peu importe qui franchit cette porte, Candice, c'est à toi de jouer !

Frustrée, Jade abattit un poing rageur sur la cloison.

— Très bien. D'accord.

— Je vais le faire, dit alors Candice de sa voix plaintive de petite souris.

Le poing serré autour du fer à cheval, Jade ferma les yeux, priant pour que le ciel leur vienne en aide.

38

Hardy Jones, avec ses cheveux roux hirsutes et son air dédaigneux, considérait Bellisario d'un air de défi, presque supérieur. Lucy détestait cet homme. Une larve, pensait-elle, voilà ce qu'il était. Un tas de chair humaine inutile, portant une veste en jean et un Levis usé.

Elle était fatiguée. Jusque-là, cet interrogatoire n'avait mené à rien de concret, et l'heure tournait. La pendule sur le mur indiquait 23 h 30. Il y avait des heures qu'ils étaient là.

— Je ne sais pas de quoi vous parlez, continuait-il de protester, assis sur la chaise libérée peu auparavant par Roger Anderson.

— Je te parle de ta vie et de ta liberté, répliqua sèchement Bellisario. Soit tu nous dis ce que tu sais, et où sont les filles, soit tu vas derrière les barreaux pour un long, très long moment.

— Je ne sais rien au sujet de ces filles. Quelles filles, d'abord ?

— Ce n'est pas ce qu'affirme Roger Anderson.

— Il ment. C'est un repris de justice.

— Comme toi.

— Mais je n'ai jamais rien fait à une femme, moi. C'est son truc, pas le mien.

Sur ce point, il n'avait pas tort. Et pourtant, Lucy avait décelé plusieurs fois une lueur dans ses yeux qui ne lui disait rien qui vaille. Il fallait qu'elle amène cette larve à cracher le morceau.

— Bon, alors considérons les choses sous un autre angle, dit-elle calmement. Ce n'est pas non plus ce que prétend Dodds.

— Qui ?

— Josh Dodds. Tu le connais.

— Non, protesta Jones.

Sa pomme d'Adam se mit à tressauter, et une fine pellicule de sueur apparut sur son front.

— Bien sûr que si. C'est le type qui vit dans les montagnes de l'Idaho, juste en face de la frontière dans la Panhandle, avec les antigouvernementaux. Il n'arrête pas de s'attirer des ennuis. Tu l'as rencontré une fois ou deux à la Caverne.

Tout ça, c'était du bluff, mais elle décida de pousser sa chance en voyant le petit sourire satisfait disparaître du visage de Jones.

— Nous attendons d'en avoir la confirmation sur les bandes vidéo, mais Dodds dit qu'il te connaît.

— Putain de menteur! pesta Jones en croisant les bras sur son torse maigre. Je vous ai déjà dit que, moi, je le connaissais pas. Et je fais pas dans le trafic de flingues ou de munitions...

Il se tut d'un seul coup.

— Je n'ai jamais parlé de trafic d'armes, dit tranquillement Bellisario.

— Vous avez dit qu'il était avec les antigouvernementaux. C'est leur came, ça, non?

— Pas seulement, Hardy. Ils font beaucoup d'autres choses. Illégales, pour la plupart. Et il paraît que certains d'entre eux ne sont pas très gentils avec leurs femmes, et qu'ils en cherchent qui puissent leur servir de servantes. Ou d'esclaves.

Se souvenant de quelque chose qu'elle avait lu à ce sujet, elle enfonça davantage le clou, toujours à l'aveugle :

— Certains se cherchent une épouse. Ou peut-être deux.

Hardy Jones étouffa un rire dédaigneux. Mais Bellisario voyait bien qu'il cogitait, qu'il cherchait un moyen de se sortir du piège qui se refermait rapidement sur lui. Dans le passé, il n'avait jamais hésité à balancer ses complices ou à rejeter la faute sur les autres.

— Roger Anderson affirme que tu gardes les filles dans les parages. Bon, ce n'est pas dans ton appartement, on a vérifié. Moi, je pense que tu les planques quelque part dans les collines. Dans un endroit isolé. Comme ça, si tes captives crient...

— Je n'ai pas de captives! Pas de filles!

— ... personne ne peut les entendre, continua-t-elle sans se démonter.

Mais Hardy s'était tu. Sa pomme d'Adam allait et venait de plus belle, mais il semblait déterminé à ne plus ouvrir la bouche. En évoquant le fait que les filles étaient enfermées non loin de là, elle avait manifestement fait mouche, pourtant cela ne lui était pas d'une grande aide. La ville était petite, mais les alentours étaient constitués de collines abruptes et sauvages qui s'étendaient sur des kilomètres.

Elle était presque sûre que Jones n'agissait pas seul. Il n'était pas assez malin pour avoir monté toute cette opération, il avait forcément un complice un peu plus futé. Quelqu'un qui connaissait la région. Quelqu'un en qui les filles auraient pu avoir confiance. Quelqu'un, pensait-elle, que Rosalie Jamison, au moins, connaissait. Et, si Bellisario voyait juste, Jones était en train d'essayer de faire porter le chapeau à son ancien compagnon de cellule, Roger Anderson.

Etait-ce son idée ? se demanda-t-elle en dévisageant Jones. Sans doute pas. Cet homme n'avait pas l'étoffe d'un chef. C'était un suiveur, et pas très doué, en outre.

Alors, qui était derrière tout ça ?

Dans sa tête, elle passa en revue toutes les personnes assez proches de Roger Anderson pour pouvoir le faire accuser de ces enlèvements. C'était forcément quelqu'un qui le connaissait. Peut-être quelqu'un en qui il avait confiance et qu'il avait côtoyé ? Il y en avait quelques-uns, surtout parmi ceux qui étaient allés le voir en prison. Etait-il possible que l'homme auquel elle pensait soit allé voir non seulement Roger Anderson, mais aussi ce bon vieux Hardy Jones ?

Elle s'apprêtait à balancer le nom du type à Jones mais au même moment il reprit la parole, lui épargnant cette peine.

— Ecoutez, j'ai un alibi, dit-il précipitamment, tentant avec une maladresse évidente de retomber sur ses pieds. Chaque fois qu'une fille a été enlevée, vous savez que j'ai un alibi. Et… et, si vous ne me croyez pas, appelez Clark Valente, il vous le dira. J'étais avec lui. Je crois qu'il est à la soirée du dentiste et de sa femme. Vous savez, le Dr Bigelow.

— Le cousin de Roger ? demanda-t-elle avec le sentiment d'avoir enfin mis le doigt sur quelque chose d'utile. Vous avez raison, je crois que je vais l'appeler.

Et vite, ajouta-t-elle pour elle-même en se levant pour sortir de la pièce.

— Eh ! s'écria Jones. Vous ne pouvez pas me laisser ici !

Et comment, qu'elle le pouvait.

— Surveille-le, dit-elle à un agent dans le couloir. Et ne le laisse pas approcher d'un téléphone.

Alors, elle se mit à courir.

Sarah arpentait la salle de séjour en tous sens, une couverture sur les épaules. Le drame dans le cimetière puis sa déposition au commissariat l'avaient épuisée, et pourtant elle était trop tendue pour songer à fermer l'œil. Clint attisait le feu, tandis que Gracie et la chienne étaient pelotonnées sur le canapé. Sarah se sentait malade d'angoisse. Jamais elle n'avait éprouvé une telle impuissance. Elle avait beaucoup discuté avec Clint, évoquant même la statue de la madone. A aucun moment la pensée de Jade ne les avait quittés. Où était-elle, avec qui, et surtout… était-elle encore en vie ?

— On va la retrouver, dit Clint.

Mais ses paroles sonnaient creux.

— Comment ?

— La police. Bellisario. Le FBI.

Sarah secoua la tête, désespérée.

— Il faut qu'on fasse quelque chose, dit-elle.

Clint hocha la tête. Comme elle, il éprouvait le besoin d'agir ; son calme apparent n'était qu'une façade destinée à la rassurer.

Sarah se sentait piégée dans cette maison, comme si les murs se refermaient sur elle.

— Je vais sur le toit, annonça-t-elle.

— Pourquoi ?

— Parce que j'étouffe, ici.

Il jeta un coup d'œil à sa montre. Il était près de minuit, mais il n'en dit rien. Sarah le savait. Elle avait senti au plus profond d'elle-même chacune des secondes écoulées depuis la disparition de Jade.

— Je viens avec toi, dit Gracie.

Sarah accepta son offre avec soulagement. Elle ne voulait pas la perdre de vue un seul instant. Elle s'en voulait à mort d'avoir laissé Jade rentrer seule à la maison. C'était sa faute, mais à aucun moment Clint ne le lui avait reproché. Il se sentait sans doute trop coupable lui-même.

Il fallait qu'elle sorte, qu'elle respire, qu'elle s'éclaircisse les idées. Elle s'élança dans l'escalier, serrant fort la rambarde. Tout ce que

Roger Anderson lui avait appris ce soir ne faisait que renforcer sa détermination à monter sur ce toit. Elle avait un vieux compte à régler avec son père. Elle allait se rendre sur ce balcon, et plus jamais elle ne redouterait l'obscurité et la terreur qui s'étaient abattues sur elle cette nuit-là.

Clint et Gracie sur les talons, elle gravit les deux étages, passant sans s'arrêter devant la chambre où ses parents s'étaient si souvent disputés. A présent, elle comprenait pourquoi.

Pas tes parents, corrigea-t-elle. *Ton père et ta grand-mère.*

Tous ces secrets enfin révélés tourbillonnaient douloureusement dans sa tête. Roger s'était promis de protéger sa mère aussi, bien qu'Arlene soit une meurtrière. En passant devant la chambre de Theresa, elle se força à ne pas regarder à l'intérieur, à ne pas accorder un regard à la madone brisée ou au miroir fracassé. Ils empruntèrent l'escalier du grenier, traversèrent la mansarde, puis montèrent les marches de la tourelle. La peau moite, Sarah sentait enfler en elle une terreur familière; mais, à présent qu'elle en connaissait l'origine, elle allait pouvoir la bannir à jamais.

Arrivée sur le balcon du toit, elle aspira de grandes goulées d'air frais. Le brouillard s'était enfin dissipé et la pleine lune diffusait une lueur argentée au-dessus de la campagne. La nuit était calme. Même la rivière s'était faite discrète. Aucun son ne perturbait le silence, pas même le roulement d'un train passant sur les voies de chemin de fer dans le lointain, ni le ululement d'une chouette dans les bois environnants.

Elle frissonna, et Clint lui passa un bras autour des épaules, la tenant fermement. A son tour, elle enlaça le corps mince de Gracie, qui se laissa aller contre elle. Trois membres d'une famille. Il ne manquait que Jade.

— On va la retrouver, assura Clint en posant sa joue chaude contre la tempe de Sarah.

— Mon Dieu, oui, je l'espère!

Elle avait beau s'efforcer d'être confiante, elle ne pouvait s'empêcher de se demander, en regardant vers l'est, en amont de la rivière, si elle reverrait jamais sa fille.

Clint resserra son étreinte autour d'elle. Au même moment, elle perçut un scintillement au loin. Des phares, sans doute. Elle allait détourner le regard quand d'autres lueurs vinrent rejoindre la première. Encore des phares. Il semblait y avoir toute une file de voitures. En temps normal, elle n'y aurait pas prêté attention, mais elle trouva étrange que les véhicules soient si proches les uns des autres, surtout sur cette petite route de campagne sinueuse et bordée d'arbres… Où allaient-ils ? En esprit, elle revit le plan de la propriété avec ses quelques constructions à l'abandon, son ancienne route forestière…

— Clint ? dit-elle vivement. Pourquoi quelqu'un irait-il à la vieille cabane forestière ?

— Je ne sais pas, répondit-il en tournant la tête vers le point qu'elle fixait.

— Qu'est-ce qui reste, là-bas ?

— La cabane, si tant est qu'elle soit encore debout. Et des écuries, si je me souviens bien.

— Personne n'y est allé depuis des années. Pourquoi maintenant ?

— Je ne sais pas, répondit Clint en échangeant un regard avec elle. Mais on y va.

La porte s'ouvrit dans un claquement sec, et la lumière inonda soudain la grange.

C'est parti, songea nerveusement Jade.

— Allez, les filles ! C'est le grand soir, annonça l'homme.

— Ce soir ? demanda Rosalie, l'air affolé.

Pour l'instant, il était seul. Le petit homme qui lui servait de complice, celui qu'avaient évoqué les autres filles, n'était pas avec lui — pas dans la grange, du moins. Peut-être surveillait-il les alentours. Elle cacha le fer à cheval sous son sweat-shirt.

— Vos nouveaux maris sont en route, et je veux que vous soyez bien sages.

— Nos maris ? répéta Mary-Alice.

— C'est ça, Princesse. Vos maris. Des hommes qui veulent des épouses obéissantes.

— Quoi ? s'écria Mary-Alice d'un ton horrifié.

Tais-toi, tiens-t'en au plan ! lui intima silencieusement Jade. *C'est toi qui voulais qu'on le suive.*

— Seigneur, mais de quoi vous parlez, bon sang ? demanda encore Mary-Alice.

— N'invoque pas Son nom en vain ! aboya l'homme d'une voix forte. Et oui, vous allez obéir !

— Vous nous vendez pour qu'ils nous épousent ? lâcha alors Dana avec dégoût. Je pense que c'est illégal !

Elle se tut soudainement, s'apercevant sans doute que tout ce que faisait cette ordure était illégal.

— Mais je croyais que c'était demain, lança Rosalie.

— Il y a eu un petit changement, alors préparez-vous. Croyez-moi, ça se passera beaucoup mieux si vous vous tenez tranquilles. Ces gars-là aiment bien les personnalités un peu fortes, mais ils veulent des femmes qui soient à leur service. Plus vous serez gentilles avec eux, mieux ce sera pour vous.

Dans tes rêves, songea Jade. Elle brûlait de lui balancer son genou dans les couilles. A cet instant, elle perçut un bruit de moteur dans le lointain. Un autre véhicule arrivait. Ils étaient là ! C'étaient eux, les hommes qui voulaient les acheter. Il fallait agir vite, maintenant ou jamais.

Allez, Candice, vas-y.

Mais la fille enfermée dans le box de Lucky n'émit pas un son. Couverte de sueur, Jade se mit à faire les cent pas dans sa cellule, s'efforçant de contrôler sa panique. Cette andouille était sourde ou quoi ? Seigneur, maintenant, Jade entendait un deuxième moteur, et peut-être même un troisième !

Depuis son box au bout de la grange, Rosalie se racla la gorge, manifestement dans l'intention de signaler à Candice que c'était à elle de jouer.

Toujours rien.

Allez !

Désespérée, Jade se dit qu'il était temps de prendre la situation en main. Si Candice ne bougeait pas, elle allait faire elle-même semblant d'être malade. Jade ouvrit la bouche, prête à se mettre à geindre, mais au même moment elle perçut une faible plainte.

— Ooooh…

Puis un bruit de toux.

— Je… je crois que je vais vomir, gémit Candice.

Elle semblait réellement à la torture. Il y avait des chances pour qu'elle ne fasse même pas semblant.

— Tu vas très bien, dit leur ravisseur.

— Non… non… Je suis désolée, dit-elle de sa voix de petite souris. Ooooh… oh, mon Dieu !

Elle se mit à émettre des bruits de haut-le-cœur. A présent, Jade était certaine qu'elle était bel et bien sur le point de vomir.

— Arrête! tonna-t-il.

Nouveaux haut-le-cœur, puis un bruit de liquide cascadant au fond d'une bassine.

— Oh! putain, non, pas maintenant! s'écria-t-il, furieux.

Puis, comme s'il venait lui aussi d'entendre le bruit des véhicules qui approchaient, il ajouta précipitamment :

— Ecoute, Lucky, il faut que tu te nettoies. Tout le monde... tout le monde se nettoie!

— Ooooh, gémit de nouveau Candice.

Ses plaintes s'étaient amplifiées, et Jade retint sa respiration, les dents plantées dans sa lèvre inférieure.

— Merde!

Un cliquetis de cadenas. Un grincement de porte.

— Bon, Lucky, lança-t-il avec colère. C'est quoi, le problème?

Un coup sourd retentit — celui d'une bassine s'abattant sur un crâne, accompagné d'un bruit d'éclaboussures. L'homme poussa un cri tandis que des pas précipités résonnaient sur le plancher.

— Sale petite garce! rugit-il.

Apparemment, Candice s'était échappée.

Jade l'entendit se précipiter vers le box voisin et le déverrouiller.

Un autre bruit de coup. Dana, qui avait sans doute rabattu sa porte sur lui. L'homme laissa échapper un cri étranglé mais continua d'avancer. Son pas lourd faisait crisser les planches. Dana poussa un cri strident, puis Jade entendit des bruits de lutte. Dana hurlait, l'homme jurait.

— Rentre là-dedans, salope!

La porte de la cellule claqua de nouveau, et le verrou grinça.

Jade sentit le cœur lui manquer. Candice était sortie, mais elle ne pourrait pas l'affronter seule, et les autres hommes allaient bientôt arriver! Le bruit des moteurs se rapprochait. Ils étaient tout près. L'instant d'après, des pneus crissèrent sur le gravier, et elle entendit des voix masculines couvrir le ronronnement des moteurs.

— Laissez-moi sortir! hurlait Dana en se jetant vainement contre la porte de sa cellule.

— Toi, viens ici, cria l'homme à Candice.

Elle laissa échapper un petit miaulement effrayé.

Non !

Soudain, la porte de Jade s'ouvrit en grand.

Sous les néons, une jolie fille rousse à l'air terrorisé la regarda pendant une fraction de seconde avant de détaler. Jade bondit hors de son box.

Aussitôt, l'homme fut sur elle. Une poigne de fer se referma autour de son cou et la souleva du sol.

— Retourne là-dedans ! ordonna-t-il, le regard fou et le visage cramoisi.

Sans y réfléchir à deux fois, Jade glissa vivement la main sous son sweat-shirt et brandit le fer à cheval, l'abattant de toutes ses forces sur le crâne de l'homme.

Il chancela, et sa main se desserra. Entre-temps, la rousse — Candice — avait ouvert une nouvelle cellule, celle de Star. Rosalie en émergea comme un diable d'une boîte. Pendant que Jade était aux prises avec l'homme, Rosalie se précipita pour libérer les autres. De nouveaux bruits de moteur leur arrivaient aux oreilles. Seigneur, combien étaient-ils ? C'était impossible, elles n'y arriveraient jamais !

— Que se passe-t-il ? cria un homme à l'extérieur du bâtiment. Valente !

Valente ? Jade connaissait ce nom, celui d'un cousin de sa mère. Ce fumier faisait partie de sa famille, en plus ? Elle se débattit de plus belle pour lui échapper. Il semblait un peu étourdi par le coup qu'elle lui avait assené, mais il ne renonçait pas. Il se jeta sur elle, la projetant sur le sol où elle vint s'écraser tête la première. Son menton heurta violemment le plancher et sa blessure se rouvrit. La douleur explosa dans sa mâchoire, et elle sentit le sang couler. Tandis qu'il la traînait sur le sol, elle lui lança de violents coups de pied et parvint à se libérer. Elle se remit debout et lui fit face. Apercevant un portable qui dépassait de la poche de son pantalon, elle s'en empara d'un geste vif. Au même moment, surgie de nulle part, Rosalie bondit sur le dos de l'homme, un bras passé autour de son cou. Il se mit à tourner sur lui-même pour la désarçonner. Pendant ce temps, Jade composait frénétiquement le numéro des urgences.

— Au secours ! cria-t-elle quand l'opérateur décrocha.

Toujours à cheval sur l'homme, Rosalie abattit son poing fermé sur l'œil du monstre, y plongeant un minuscule morceau de métal. Un flot de sang jaillit. L'homme poussa un hurlement de chat écorché et tomba à genoux. Rosalie restait accrochée à lui comme une tique. Elle retira son poing ensanglanté de l'orbite de leur ravisseur, puis frappa de nouveau comme une furie, toujours au même endroit, encore et encore, lui arrachant des hurlements à glacer le sang. Il se débattait pour la mettre à terre, mugissant de douleur, mais Rosalie tenait bon.

Dehors, un bruit de cavalcade. Des hommes s'interpellaient, paniqués.

— Putain, qu'est-ce qui se passe ?

— On se casse !

A cet instant, un hurlement de sirène déchira la nuit, et l'instant d'après des lueurs bleues et rouges envahirent la grange.

— Oh ! merde, les flics ! cria l'un des hommes.

La police ? songea Jade en se redressant péniblement. *Dieu soit loué !*

Des bruits de bottes et des cris résonnaient dehors.

A l'intérieur, le monstre avait fini par se débarrasser de Rosalie. Son œil n'était plus qu'une masse ensanglantée, et il poussait des gémissements désespérés.

— A l'aide ! cria-t-il.

Sans hésiter, Rosalie planta son arme minuscule dans sa gorge.

— Crève, salaud !

A cet instant, les flics firent irruption dans les écuries, arme au poing.

— Restez derrière moi ! leur ordonna leur chef, une femme que Jade reconnut comme étant l'inspectrice venue questionner sa mère — Lucy Bellisario.

Sans l'écouter, l'homme qui se trouvait derrière elle se précipita à l'intérieur. Les traits tendus, une lueur terrifiée dans les yeux, Clint Walsh fouilla la grange du regard, jusqu'à ce qu'il repère Jade.

Alors, sans un mot, il s'élança et la serra dans ses bras de toutes ses forces.

— Jade, tu vas bien, tu n'as rien ? demanda-t-il d'une voix tremblante.

Elle hocha la tête, incapable de répondre. Puis elle s'accrocha à lui, le nez enfoui dans son épaule.

— Oh ! ma chérie…

Jade sentit les larmes jaillir de ses yeux. Juste au-dessus de l'épaule de Clint, elle aperçut alors, serrées l'une contre l'autre, Gracie et Sarah qui se tenaient sur le seuil. Dans leurs yeux écarquillés, elle lut de l'épouvante, mais aussi un immense soulagement.

Secouée par un gigantesque sanglot, elle posa la tête sur l'épaule de son père. Elle était sauvée.

Epilogue

L'été suivant
Blue Peacock Manor

Un cri perçant s'éleva dans le ciel. Depuis le balcon du toit, Sarah baissa les yeux vers la cour où elle vit le nouveau paon faire la roue pour ses femelles. Elle sourit en repensant à tout ce qui s'était passé au cours des neuf derniers mois.

Le soleil radieux lançait des reflets sur les eaux impétueuses de la Columbia. La journée promettait d'être belle. Pour la première fois depuis des années, Sarah se sentait heureuse. Un bruit de moteur attira soudain son attention, et son sourire s'élargit. Clint arrivait au volant de sa vieille guimbarde.

Ils avaient décidé d'emménager ensemble. Ils parlaient même de mariage et évoquaient la possibilité d'avoir un bébé. Mais ils prenaient leur temps. A cause des filles. Au cours de ces derniers mois, Gracie s'était épanouie. La gamine qu'elle avait été se transformait en adolescente, elle s'intéressait de plus en plus au maquillage et aux garçons, sans pour autant renoncer à sa fascination pour les fantômes à laquelle s'ajoutait, depuis la tragédie de l'automne précédent, un intérêt grandissant pour les enquêtes criminelles.

Sarah descendit l'escalier de la tourelle. Aujourd'hui, elle n'avait plus peur dans cette maison, ni sur le toit ni dans la cave — même si c'était loin d'être son endroit favori.

Clint s'installait petit à petit, au fur et à mesure que les travaux de la maison avançaient. On avait refait plomberie et électricité, mais aussi abattu et remplacé les cloisons abîmées. La cuisine, toujours dans un sale état, était opérationnelle. Quant aux salles de bains, elles avaient toutes été rénovées. Les filles et Sarah avaient déjà choisi leur chambre. Cette dernière dormirait dans la suite parentale — avec Clint, si tout allait bien —, Jade dans celle qui avait appartenu à Dee Linn. Gracie avait bien sûr insisté pour s'installer dans l'ancienne chambre de Theresa. Elle était toujours persuadée que la pièce était hantée par son fantôme, l'esprit qu'avait affronté Sarah. En revanche, elle était convaincue que le fantôme d'Angélique Le Duc avait déserté les lieux.

— Elle a enfin trouvé le repos, maman, avait-elle expliqué à Sarah.

Peut-être.

Elles avaient emménagé dans l'annexe peu après les terribles événements qui avaient trouvé leur terme lorsque Jade et les autres filles avaient été sauvées des griffes de Clark Valente. Apparemment, il avait toujours été jaloux de la « branche Stewart » de la famille. Il n'avait jamais rien fait de ses deux mains, ne s'était jamais marié et, pour finir, il s'était mis en tête de dénicher des filles qui puissent servir d'« épouses » potentielles à des hommes qui ne respectaient ni les femmes ni la loi.

C'était un plan tordu, certes, mais il aurait pu se révéler très lucratif pour Clark. Celui-ci avait perdu un œil sous les coups de Rosalie Jamison, et il attendait son procès avec les montagnards. De façon assez ironique, il n'était pas impossible qu'il empoche prochainement une belle somme en vendant son histoire à Hollywood. Les négociations étaient en cours et, si la justice l'autorisait — ce qui restait douteux —, un film sur la tragédie pourrait être réalisé.

Sarah, elle, pensait que cet homme qui avait semé la terreur et le chagrin autour de lui aurait dû être enfermé à perpétuité, sans percevoir le moindre centime. Elle avait beau se répéter que cela aurait pu être pire, elle ne pardonnerait jamais à Clark. Jamais. Tout ce qu'elle lui souhaitait, c'était une longue vie de misère entre les quatre murs d'une cellule.

Par bonheur, Jade n'avait pas gardé de séquelles de ce drame. Elle continuait de clamer qu'elle détestait Notre-Dame de la Rivière mais, peu après le drame, elle avait commencé à sortir avec Liam Longstreet. Durant l'hiver, il était souvent venu à la maison pour aider son père avec les travaux. Cody Russel n'avait jamais mis les pieds à Stewart's Crossing, et Jade semblait l'avoir définitivement oublié. Malgré les heures de captivité partagées avec Mary-Alice Eklund, Jade continuait de considérer celle-ci comme son ennemie mortelle, mais cela ne durerait sans doute pas : Mary-Alice partait quelque part à l'est pour faire ses études, leur avait appris Liam. Lui-même s'apprêtait à entrer à l'université, mais il ne quitterait pas l'Oregon.

Sarah avait enfin accepté son passé. Son père, ce salaud, aurait mérité un sort encore plus cruel que celui qu'Arlene lui avait réservé. Arlene, fragile et plus confuse que jamais, serait bientôt jugée lors d'un procès auquel elle ne comprendrait jamais rien. Apparemment, elle avait assassiné deux hommes et elle n'en éprouvait aucun remords. Mais, vu son état, il était difficile d'en être absolument sûr. Tante Marge, elle, était « dévastée » par l'arrestation de son fils. Elle avait juré de ne plus jamais adresser la parole à Sarah. Quant à Caroline, elle ne s'était pas manifestée ; son frère et elle n'avaient jamais été proches.

Clark, qui habitait un appartement minuscule non loin de celui de sa mère, avait vécu en vendant et achetant divers produits plus ou moins légaux sur Internet, mais cela n'avait jamais été très lucratif. A l'époque où il s'essayait au trafic d'armes, il avait fait la connaissance de Josh Dodds et des montagnards. Il avait rencontré Rosalie Jamison dans le restaurant où elle travaillait et en avait fait sa première victime. D'après ce qu'avait entendu Sarah, Rosalie était partie vivre à Denver avec son père, et elle allait s'inscrire dans une fac du Colorado. Selon sa mère, elle était enfin sur le droit chemin, prête à oublier les horreurs de sa captivité et à repartir de zéro.

C'était le temps des nouveaux départs, pour tout le monde.

En arrivant au rez-de-chaussée, Sarah se réjouit une fois de plus que ses frères et sa sœur, après le drame, aient décidé de lui revendre leurs parts. Bien entendu, elle n'avait pas de quoi les racheter à elle seule, mais Clint avait proposé de mettre sa propre maison en vente et de s'installer avec elle, à Blue Peacock Manor. Ils possédaient donc tous les deux la maison et parlaient, à présent, d'y aménager des chambres d'hôtes.

Elle sortit pour rejoindre Clint. Quand elle ouvrit la porte, les deux chiens bondirent à l'extérieur et fondirent sur le paon, qui leur adressa un regard noir en lançant un cri à glacer le sang. Tex et Xena s'en désintéressèrent aussitôt, et Clint prit soin d'éviter le gros oiseau en avançant vers la terrasse.

— Pas sûr que ce soit une bonne idée, dit-il en pointant un doigt vers le paon.

— Va dire ça à Gracie.

— Je sais, mais…

Il s'interrompit pour la prendre dans ses bras.

— Tu m'as manqué.

— Ça fait seulement trois heures que tu es parti.

— Je sais, je voulais juste être romantique.

— Essaie encore…

Il lui décocha un regard suggestif.

— D'accord.

La prenant par la taille, il l'embrassa avec fougue, la faisant basculer en arrière. Elle trébucha et dut s'accrocher à lui pour ne pas tomber. Comme chaque fois qu'elle était dans ses bras, elle se sentit fondre. Avec lui, elle était en sécurité. La langue de Clint joua avec la sienne, provocante.

— Et ça, c'était comment ? s'enquit-il enfin, sans relâcher son étreinte.

— Un peu mieux, dit-elle en riant.

— Tu es impossible !

— Je fais de mon mieux.

Il l'aida à se redresser, un large sourire aux lèvres.

— Alors, demanda-t-il, où sont les filles ?

— Gracie est chez Scottie, et Jade…

— Chez Liam.

— Tu as tout compris.

— Alors, il n'y a que nous deux ?

— Sans le moindre doute.

— Parfait.

Il la considéra un instant, une lueur avide dans les yeux. Quand il la souleva dans ses bras, elle poussa un petit cri et s'accrocha à lui.

— Tu vas voir si je ne suis pas romantique ! lança-t-il.

Pour toute réponse, elle l'embrassa. Il franchit le seuil, referma la porte derrière eux et monta l'escalier en la portant dans ses bras.

CHEZ MOSAÏC

Par ordre alphabétique d'auteur

ANNE BARTON	*Secrets et préjugés*
ANNE BARTON	*Orgueil et volupté*
ANNE BARTON	*Le bal de Mayfair*
KARMA BROWN	*Des millions de larmes et de rires*
T.J. BROWN	*Le temps des insoumises*
LAURA CALDWELL	*La coupable parfaite*
LAURA CALDWELL	*Le piège des apparences*
PAMELA CALLOW	*Indéfendable*
PAMELA CALLOW	*Tatouée*
DIANE CHAMBERLAIN	*Des mensonges nécessaires*
JOSHUA CORIN	*La prière de Galilée*
SUSAN CRAWFORD	*Qu'est-il arrivé à Celia Steinhauser ?*
SYLVIA DAY	*Afterburn/Aftershock*
BARBARA DELINSKY	*Le goût salé du secret*
ANDREA ELLISON	*L'automne meurtrier*
LORI FOSTER	*La peur à fleur de peau*
LORI FOSTER	*Le passé dans la peau*
JAMES GRIPPANDO	*Les profondeurs*
HEATHER GUDENKAUF	*L'écho des silences*
HEATHER GUDENKAUF	*Le souffle suspendu*
ADENA HALPERN	*Les dix plus beaux jours de ma vie*
MEGAN HART	*L'ange qui pleure*
KRISTAN HIGGINS	*L'Amour et tout ce qui va avec*
KRISTAN HIGGINS	*Tout sauf le grand Amour*
KRISTAN HIGGINS	*Trop beau pour être vrai*
KRISTAN HIGGINS	*Amis et RIEN de plus*
KRISTAN HIGGINS	*L'homme idéal... ou presque*
KRISTAN HIGGINS	*Un grand amour peut en cacher un autre*
KRISTAN HIGGINS	*A un détail près*
KRISTAN HIGGINS	*Sans plus attendre*

…/…

CHEZ MOSAÏC

Par ordre alphabétique d'auteur

ELAINE HUSSEY	*La petite fille de la rue Maple*
ELAINE HUSSEY	*Sweet Mama's Café*
LISA JACSKSON	*Le couvent des ombres*
LISA JACSKSON	*Ce que cachent les murs*
LISA JACSKSON	*Passé à vif*
LISA JACSKSON	*De glace et de ténèbres*
LISA JACSKSON	*Linceuls de glace*
LISA JACSKSON	*Le secret de Church Island*
LISA JACSKSON	*Dernier soupir*
LISA JACSKSON	*Ne réveille pas le passé*
PAM JENOFF	*La fille de l'ambassadeur*
ANDREA KANE	*La petite fille qui disparut deux fois*
ANDREA KANE	*Instincts criminels*
ALEX KAVA	*Effroi*
ALEX KAVA	*Au cœur du brasier*
MARY KUBICA	*Une fille parfaite*
CHRISSIE MANBY	*Une semaine légèrement agitée*
RICK MOFINA	*Zone de contagion*
RICK MOFINA	*Vengeance Road*
JASON MOTT	*Face à eux*
BRENDA NOVAK	*Kidnappée*
BRENDA NOVAK	*Tu seras à moi*
BRENDA NOVAK	*Repose en enfer*
ANNE O'BRIEN	*Le lys et le léopard*
AMY REED	*Invincible*
TIFFANY REISZ	*Sans limites*
TIFFANY REISZ	*Sans remords*
TIFFANY REISZ	*Sans détour*
TIFFANY REISZ	*Sans peur*
EMILIE RICHARDS	*Le parfum du thé glacé*
EMILIE RICHARDS	*Le bleu de l'été*
EMILIE RICHARDS	*La saveur du printemps*

../...

CHEZ MOSAÏC

Par ordre alphabétique d'auteur

NORA ROBERTS	*La fierté des O'Hurley*
NORA ROBERTS	*La saga des O'Hurley*
NORA ROBERTS	*Par une nuit d'hiver*
NORA ROBERTS	*Retour au Maryland*
NORA ROBERTS	*Rêve d'hiver*
NORA ROBERTS	*L'été des amants*
NORA ROBERTS	*Des souvenirs oubliés*
NORA ROBERTS	*Sous les flocons*
NORA ROBERTS	*Petits délices et grand Amour*
NORA ROBERTS	*Des baisers sous la neige*
ROSEMARY ROGERS	*Une passion russe*
ROSEMARY ROGERS	*La belle du Mississippi*
ROSEMARY ROGERS	*Retour dans le Mississippi*
ROSEMARY ROGERS	*Les nuits de Ceylan*
KAREN ROSE	*Elles étaient jeunes et belles*
KAREN ROSE	*Tout près du tueur*
KAREN ROSE	*Dors bien cette nuit*
KAREN ROSE	*Personne pour t'entendre*
KAREN ROSE	*Pour que tu n'oublies pas*
KAREN ROSE	*Tes larmes et ton sang*
KAREN ROSE	*La cible de trop*
MAGGIE SHAYNE	*Dans les yeux du tueur*
GENA SHOWALTER	*Alice au pays des zombies*
GENA SHOWALTER	*Alice et le miroir des Maléfices*
GENA SHOWALTER	*La reine des zombies*
DANIEL SILVA	*L'affaire Caravaggio*
ERICA SPINDLER	*Les anges de verre*
ROBIN TALLEY	*Des mensonges dans nos têtes*
MARYLISE TRECOURT	*Au-delà des apparences*
ANTOINETTE VAN HEUGTEN	*La disparue d'Amsterdam*
LOUISE VIANEY	*Une mariée de trop*
SUSAN WIGGS	*Là où la vie nous emporte*
SUSAN WIGGS	*Avec vue sur le lac*
SUSAN WIGGS	*Les héritières de Bella Vista*

La plupart de ces titres sont disponibles en numérique.

Composé et édité par HARLEQUIN

Achevé d'imprimer en Allemagne
par GGP Media GmbH, Pößneck
en octobre 2015

Dépôt légal en novembre 2015

Cet ouvrage a été imprimé sur Classic 65g
de la gamme Printing & Reading Stora Enso,
usine d'Anjala, Finlande

Pour l'éditeur, le principe est d'utiliser des papiers
composés de fibres naturelles, renouvelables, recyclables,
et fabriquées à partir de bois issus de forêts qui adoptent
un système d'aménagement durable. En outre, l'éditeur attend
de ses fournisseurs de papier qu'ils s'inscrivent dans
une démarche de certification environnementale reconnue.